빌리 배스게이트

BILLY BATHGATE
by E. L. Doctorow

Copyright ⓒ E. L. Doctorow, 1989
All rights reserved.

Korean translation copyright ⓒ MUNHAKDONGNE Publishing Corp., 2018
Korean translation rights arranged with ICM Partners, New York, N. Y.
through EYA(Eric Yang Agency), Seoul.

이 책의 한국어판 저작권은 EYA(Eric Yang Agency)를 통해
ICM Partners와 독점계약한 ㈜문학동네에 있습니다.
저작권법에 의해 한국 내에서 보호를 받는 저작물이므로
무단 전재 및 무단 복제를 금합니다.

이 도서의 국립중앙도서관 출판예정도서목록(CIP)은
서지정보유통지원시스템 홈페이지(http://seoji.nl.go.kr)와
국가자료공동목록시스템(http://www.nl.go.kr/kolisnet)에서 이용하실 수 있습니다.
(CIP제어번호: CIP2018007514)

Billy Bathgate
E. L. Doctorow

빌리 배스게이트

E. L. 닥터로 장편소설
공진호 옮김

문학동네

일러두기

1. 주석은 모두 옮긴이주다.
2. 본문 중 고딕체는 원서에서 이탤릭체로 강조한 부분이다.

제이슨 엡스타인에게

차례

1부

1

그가 계획한 일이 아니고서야 우리 차가 부두에 진입했을 때 배가 거기에 있었겠으며, 또 시동까지 걸려 있었겠는가 싶었다. 부글대는 강물이 푸른빛을 발했다. 빛이라고는 그뿐이었다. 달빛도 없었다. 우리 차는 물론이고 항만 관리인이 앉아 있어야 할 초소도, 배마저도 전깃불을 밝히지 않았다. 그럼에도 모두 어디에 무엇이 있는지 알았기에 대형 패커드의 운전사 미키가 경사로를 내려가 브레이크를 걸었어도 부두의 판자들이 덜걱거리지 않았다. 차가 트랩 옆에 닿기 무섭게 차문이 열리더니 그들이 보와 여자를 거칠게 몰아쳐 그렇게 어두운데도 눈 깜짝할 사이에 트랩에 오르게 했다. 둘은 저항하지 않았다. 검은 물체의 움직임, 그게 내가 본 전부였다. 자기 손이 아닌 다른 사람의 손이 입을 막았을 때 나올 법한 겁에 질린 소리가 내가 들은 전부였던 것 같다. 문이 탕 닫히자 차는 웅웅 소리를 내며 가버렸다. 도착해서 일 분도 채 지나지 않아

이미 배와 부두의 틈이 벌어지고 있었다. 아무도 그러지 말라는 사람이 없었기에 나는 갑판으로 뛰어올라 뱃전 난간에 섰다. 내가 겁을 먹었을 거라고 생각하겠지만 나는 유능한 아이였다. 그가 그렇게 말했다. 배우는 데 자질이 있는 유능한 아이라고. 지금 돌이켜보면 그가 누구보다 큰 관심을 기울인, 힘의 야만성을 열렬히 숭배하는 자질이었다. 아, 그리고 그 살벌한 분위기, 누구든 그의 면전에 서면 눈 깜짝할 사이에 끝장나버릴 것 같은 그 분위기, 모든 건 그것을 축으로 돌아갔다. 바로 그것이 내가 그 자리에 있는 이유였고, 나를 유능한 아이라고 한 그의 판단에, 그가 정말 미친개라는 위험에 짜릿한 전율을 느끼는 이유였다.

게다가 내게는 청춘의 자신감이 있었다. 이 경우엔 마음만 먹으면 언제든 내가 원할 때 도망갈 수 있다는 단순한 추정이었다. 그를 앞지르거나 그의 노여움에서 멀어지거나 그의 이해 범위와 세력권을 벗어날 수 있으리라는. 여차하면 담장을 넘고 뒷골목을 내달리다 비상계단에 뛰어올라 얼마든지 저가임대아파트의 지붕 난간을 탈 수 있기 때문이었다. 나는 유능한 아이였다. 그가 알기 전에 알고 있던 사실이었다 하지만 그의 입에서 나온 말은 내게 확신 그 이상이었다. 나는 그의 수하가 되었다. 그런데 그때 그런 생각까지 한 건 아니다. 그저 불가피하면 발휘할 수 있는 소질 같은 것이었고, 생각이랄 것까지도 없이 필요시에 대비해 머릿속에 대기하고 있는 본능 같은 것일 뿐이었다. 그렇지 않고서야 배가 부두에서 밀려나며 발아래로는 푸른빛을 발하는 강물이 넓어지는 것을 보고도 어떻게 훌쩍 뱃전 난간으로 뛰어올랐겠는가. 뭍이 멀어지고 검은 밤 강바람이 눈을 스치는데, 살인을 일삼는 거구의 갱들과 함께 탄 배에서 오도 가도 못하는 나를 지나쳐가는 거대한 원양정기선처럼 전깃불의 섬 맨해튼이 눈앞에 우뚝 솟아오르는데, 어떻게 그 광경을 그저 바라보며 서 있었겠는가.

내가 받은 지시는 간단했다. 특별히 할일은 없지만 주의를 기울이며 아무것도 놓치지 말라는 것이었다. 그는 이렇게 분명하게 말하지 않았겠지만, 사랑이든 위험이든 모욕이든 죽을 듯이 처참한 지경이든, 그 어떤 상황에 처하더라도 언제나 눈을 밝히고 언제나 귀를 기울이는 사람이 되라는 것, 목숨을 잃는 순간에도 무엇 하나 놓치지 말라는 것이었다.

아무튼 나는 그게 계획된 일임을 알았다. 하지만 그다운 격분으로 얼룩져 있어서 순간적인 발상에서 일어난 일이라는 생각을 하지 않을 수 없었다. 이를테면 소방 안전 조사관의 기업가적 재간에 대한 감사의 뜻으로 빙긋 웃어 보이고는 그의 목을 조른 다음 덤으로 두개골을 박살낸 경우와 마찬가지였다. 나는 일찍이 그런 광경을 본 적이 없었다. 좀더 능숙하게 처리하는 방식이 있겠지만, 어떤 방식으로든 그건 쉬운 일이 아니었다. 그의 기술은 아무런 기술도 부리지 않는 것이었다. 뭐랄까, 그냥 양팔을 치켜든 채 악악거리며 달려들어 태클을 걸듯 온몸으로 그 운 나쁜 놈을 덮쳐 넘어뜨리고는 그 위로 몸을 날려 앉았다. 그 순간 퍽! 소리가 났는데 어쩌면 놈의 등이 부러지는 소리였는지도 모른다. 그런 다음 쫙 뻗은 놈의 양팔을 무릎으로 단단히 내리누르고 다짜고짜 목부터 우그려잡아 엄지손가락으로 숨통을 눌렀다. 놈의 혀가 비어져나오고 눈알이 뒤집히자 코코넛 깨듯 바닥에 머리통을 두어 번 탁탁 내리쳤다.

게다가 배 위의 그들은 모두 턱시도 차림이었다. 나는 그 와중에

별걸 다 기억해두었는데, 미스터 슐츠의 경우 검은색 넥타이에 페르시아 양털 칼라가 달린 검은색 코트, 스카프는 하얀색 실크였고, 모자는 대통령 것처럼 윗면 가운데에 골이 지고 테가 좁은 연회색 중절모였다. 보는 모자와 코트를 휴대품 보관소에 맡긴 채였다. 엠버시 클럽에서 맥주 사업 참여 5주년 기념 만찬이 열리는 이날을 위해 메뉴에 이르기까지 모든 계획이 세워져 있었다. 그런데 한 가지 문제가 있었으니, 보가 그날 행사의 취지를 잘못 이해했는지 가장 최근에 사귄 얼굴이 반반한 애인을 끼고 나타나버렸다. 그들이 그 둘을 몰아쳐 대형 패커드에 태울 때 나는 무슨 영문인지 몰랐지만, 그 여자의 출현은 계획에 없었다는 생각이 들었다. 그러니까 그녀는 여기 예인선에 타고 있었다. 밖에서 볼 때 안은 완전히 어두웠다. 현창에 커튼이 쳐져 있어 무슨 일이 일어나는지 볼 수 없었지만 미스터 슐츠의 목소리는 들렸다. 알아들을 수는 없어도 그의 기분이 좋지 않다는 건 알 수 있었다. 보를 좋아하는지도 모르는 그녀에게 그가 당할 일을 목격하게 하는 건 그들이 원하는 바가 아니라고 나는 생각했다. 그때 철제 사다리를 밟는 발소리가 들리시, 아니 감지되어서 얼른 갑판실을 등지고 돌아 난간 위로 몸을 굽혔다. 그와 동시에 성난 수면 위로 주름진 푸른빛이 비치더니 다시 현창에 커튼이 쳐졌는지 이내 시야에서 사라졌다. 잠시 후 되돌아오는 누군가의 발소리가 들렸다.

이런 상황에서 나는 그의 지시 없이 승선한 게 과연 잘한 짓인지 더는 확신할 수 없었다. 우리 모두 그랬듯 나도 그의 기분에 맞춰 살았다. 나는 언제나 그를 기분좋게 하는 방법을 궁리했다. 그는 사람들의 마음속에 그를 달래야겠다는 충동을 불러일으켰다.

그래서 그가 지시한 일을 할 때면 나는 급박한 마음으로 최선을 다하도록 스스로를 다그쳤다. 그러면서도 한편으로는 그가 불만스러워할지도 모를 예측할 수 없는 경우에 대비해 마음속으로 나를 변호할 말을 준비했다. 그렇다고 해서 어떤 항소 절차가 있을 거라고 생각한 건 아니었다. 밀항자의 처지로 그곳 차가운 난간에 서 있던 나는 결단을 내리지 못했다. 그런 상태로 몇 분이 흘렀다. 배 뒤로 펼쳐진 다리들을 수놓은 불빛을 보며 과거에 대한 감상에 젖었다. 그때 배는 하류를 따라 묵직하게 넘실거리는 바다로 접어들며 사방으로 흔들리기 시작했다. 나는 균형을 잡으려고 발을 넓게 벌려야 했다. 바람도 점점 거세져 뱃머리에 부딪쳐 흩어지는 물보라에 얼굴이 젖었다. 난간을 부여잡고 갑판실 벽에 등을 단단히 기대었지만 물은 외계의 짐승이라는 깨달음이 떠오르면서 현기증이 일었다. 그러자 흐르는 매 순간마다 바다의 신비한 힘과 가없이 광대한 모습이 내 상상 속에서 어떤 생명체로 그려졌다. 그것은 바로 내가 타고 있는 배뿐 아니라 세상 모든 배를 받치고 있었다. 그 배들을 한데 모아 모두 엮는다 해도 넘실거리며 출렁이는 그 짐승의 가죽을 한 치도 가리지 못할 것이었다.

그래서 나는 안으로 들어갔다. 갑판실 문을 살짝 연 후 어깨부터 들이밀고 슬그머니. 어차피 죽을 바에야 안에서 죽는 편이 낫겠다는 생각에.

갑판실 천장에 매달린 램프의 불빛이 눈부셔 눈을 감았다 뜬 순간 나는 보았다. 세련된 보 와인버그가 뾰족한 에나멜 가죽 구두를 옆에 벗어놓고 서 있었다. 구두 옆에는 검은색 실크 양말과 거기에 달린 양말 가터가 죽은 뱀장어처럼 뒤틀린 채 놓여 있었다. 그의 하얀 발은 금방 벗어놓은 신발보다 훨씬 길고 넓어 보였다. 그는 자기 발을 물끄러미 내려다보고 있었다. 발이란 게 턱시도 차림에서는 좀처럼 보일 일이 없는 사적인 신체 부위이기 때문이었을 것이다. 나는 그 시선을 따라가다 그가 어떤 생각을 하고 있을지 확신이 들어 동정해야 할 것 같은 느낌이 들었다. 인류의 문명에도 불구하고 우리는 끝이 저마다 길이가 다른 다섯 갈래로 나뉘고 일부는 단단한 껍질로 덮인 이런 것으로 돌아다니는구나 하고 그는 생각했으리라.

매사에 사무적이고 무표정한 어빙이 보 앞에 무릎을 꿇고 앉아 바깥쪽에 검은 공단 세로줄이 있는 보의 바지를 무릎까지 차근차근 접어올렸다. 어빙은 나를 보았지만 그답게 못 본 척하는 편을 택했다. 미스터 슐츠의 손발인 그는 시키는 대로만 할 뿐 일절 다른 생각을 하는 티를 내지 않았다. 그는 보의 바지를 걷어올렸다. 가슴골이 푹 들어가고 머리가 벗어지기 시작한데다 피부가 까칠하고 혈색이 해쓱한 게 알코올중독자처럼 보였다. 알코올중독자가 술을 안 마실 때 치러야 하는 맑은 정신의 대가를, 그것이 요구하는 집중력을, 언제나 상중인 듯한 상태를 나는 잘 알고 있었다. 나는 어빙이 무엇을 하든 그를 지켜보는 게 좋았다. 이번처럼 특이한 일이 아니더라도 그랬다. 그는 바짓가랑이 하나를 접어도 매번 폭이 똑같았다. 매사에 꼼꼼하고 한 동작도 낭비하지 않는 사람이었다. 직업의식이 투철했지만 자신이 선택한 삶의 불확실성에 대처하는 일 말고는 직업이랄 게 없던 터라 삶 자체가 곧 직업인 양 처신했다. 꼭 좀더 고전적 직업인 대저택 집사처럼 말이다.

그리고 보 와인버그에게 부분적으로 가려진 채 갑판실 맞은편에 나와 보의 간격만큼 떨어져 서 있는 사람이 있었다. 보드라운 회색 중절모를 뒤로 젖혀 쓰고 하얀 스카프를 좌우 길이가 다르게 두른 채, 코트는 풀어젖혀 양복 재킷 주머니에 한 손을 찔러넣고 옆구리쯤에 있는 다른 손으로는 갑판 아무데나 총구가 향하게 총을 들고 있는, 바로 미스터 슐츠였다.

이 장면이 얼마나 놀라웠던지 나는 사람들이 역사적이라고 여기는 사건에 표할 법한 경의를 드러냈다. 모든 게 일제히 상하 운동을 하고 있었지만 세 사람은 의식하지 못하는 듯했다. 이 안에서는 바람 소리마저 누그러져 멀게 느껴졌다. 공기는 타르와 디젤유 냄새로 탁하고 답답했다. 그리고 둘둘 말아 고무 타이어처럼 차곡히 쌓아놓은 굵은 밧줄 뭉치와 도르래와 쇠사슬 권양기가 있었다. 벽에는 갖가지 도구와 등유램프, 밧줄걸이 등 많은 물건이 걸려 있었다. 이름이나 용도는 몰랐지만 나는 선뜻 그것들이 선상생활에 중요하리라고 수긍했다. 이 안에서는 예인선 엔진의 강력한 진동이 마음을 편안하게 해주었다. 문을 닫으려고 잡고 있던 손에 진동이 느껴졌다.

미스터 슐츠가 나를 쳐다보더니 홀연 크고 고른 흰 이를 드러내며 너그러운 감탄의 미소를 지었다. 이목구비가 투박한 그의 얼굴에 주름이 잡혔다. "투명인간이군." 그가 불쑥 던진 말에 나는 움찔했다. 교회에 걸린 초상화가 말을 한다면 아마 그렇게 놀랄 것이다. 나도 모르게 그를 마주보고 웃었다. 어린 소년의 가슴에 기쁨이 용솟음쳤다. 어쩌면 그 순간 내 운명이 위기에 처하지 않은 데 대해 신에게 감사하는 마음이었을지도 모른다. "저것 좀 봐, 어빙,

녀석이 따라왔어. 야, 너 배 좋아해?"

"아직 모르겠는데요." 나는 솔직하게 말했다. 어째서 이 솔직한 대답이 웃기는 건지 알 수 없었지만 그가 호른 같은 소리로 크게 웃었다. 그 엄숙한 상황은 전혀 아랑곳하지 않는다는 듯이. 내게는 나머지 둘의 태도가 더 바람직하게 여겨졌다. 미스터 슐츠의 목소리에 대해 말할 게 더 있다. 목소리는 그가 지닌 지배력의 중요한 요소였기 때문이다. 늘 그렇게 크지는 않았지만 속이 차 단단한 말소리가 조화롭게 웅웅 울리는 소리와 함께 목청을 통해 나왔다. 실제로 악기 소리와 매우 흡사해서 목청이 울림통인 것만 같았다. 흉강과 코뼈도 관련이 있을지 모른다. 그의 목소리는 저절로 주목을 끄는 바리톤이었다. 호른 같은 목소리를 갖고 싶게 만드는 그런. 그렇지만 그가 화를 내며 목청을 높이거나 이처럼 웃을 때면 귀에 거슬려 그 소리를 싫어하지 않을 수 없었다. 이때 내가 그랬던 것처럼. 아니, 어쩌면 싫었던 것은 내가 한 말이었는지도 모른다. 죽을 사람을 앞에 두고 오가는 조롱에 내가 가담했기 때문이다.

나는 갑판실 벽에 달려 있는 벤치인지 선반인지 모를 좁은 초록색 핀지에 앉았다. 도대체 보 와인버그가 무슨 짓을 했다고 저러는 걸까? 그와는 별로 안면이 없었다. 그는 방랑 기사 같은 면이 있었다. 149번가 사무실에도 좀처럼 나오지 않았고, 차를 타는 일도 없었으며 트럭을 타는 일은 더더구나 없었다. 하지만 변호사 딕시 데이비스나 회계의 귀재 아바다바 버먼처럼 은연중에 늘 중요한 실무적 위치에서 사업에 중추적인 역할을 하는 듯했다. 그는 미스터 슐츠를 대신해 다른 갱단과 협상을 벌이거나 사업상 필요한 살인을 수행하는 등 대외적 업무를 맡아 하는 것으로 알려져 있었다. 거물 중 한 사람이었고, 아마 악명 높기로는 미스터 슐츠에 버금갔을 것이다. 이제 바짓가랑이가 무릎까지 접혔다. 무릎을 꿇었던 어빙이 일어서서 팔을 내밀자 보 와인버그가 무도회의 공주처럼 그 팔을 잡았다. 그리고 앞에 놓인 세탁통 안에 조심스럽고 신중하게 한 발씩 들였다. 세탁통은 마르지 않은 시멘트로 채워져 있었다. 나는 물론 갑판실에 들어섰을 때부터 파도로 출렁이는 배의 움직임에 따라 세탁통에 든 시멘트가 이리저리 밀리는 모양을 보고서 둔하게나마 그게 바깥의 바다를 도식적으로 보여준다는 걸 알았다.

나는 갑작스러운 일들을, 뇌우 세례를 받는 듯한 경험을 감당할 수 있었다. 하지만 솔직히 이 일은 그 정도를 넘어섰다. 굳어가는 시멘트에 발을 담그고 내 앞에 앉아 있는 사람이 떠날 여행을 생각하니, 그 광경을 목격하며 자신감을 잃지 않을 수 없다는 걸 깨달았다. 그 기이한 밤을 이해해보려고, 강을 빠져나와 바다로 진입할 때 쩔거덩 외로운 소리로 경고해준 부표처럼 요절할 인생의 불행한 조종弔鐘 소리를 이해해보려고 나는 무진 애를 썼다. 그들이 나무 식탁의자를 보 와인버그 뒤에 밀어놓고 앉으라고 한 다음 손을 묶도록 내밀라고 했을 때, 내 마음속 법정의 증인은 내가 몸소 겪는 시련이라는 생각이 들었다. 그들은 보의 손목을 십자로 겹치고 빨랫줄로 묶었다. 약간 뻣뻣한 새 줄은 철물점에서 팔던 그대로 둥글게 말려 있었다. 등뼈 마디처럼 생긴 손목 사이로 어빙이 묶은 매듭은 완벽했다. 한데 묶인 손을 무릎 사이에 놓고 실뜨기놀이를 하듯 칭칭 감은 다음 무릎을 쳐들지 못하도록 의자와 함께 서너 번 묶었다. 그리고 세탁통 손잡이에 끈을 걸어 다시 의자에 두어 번

감은 뒤 마지막으로 의자 다리에서 끈의 끝자락을 매듭지었다. 자신이 묶인 방식을 잠시 탄복하듯 정신없이 바라보는 걸로 봐서 보는 이 보이스카우트 기술이 다른 사람에게 쓰인 모습을 본 적이 있는 듯했다. 배의 갑판실에서 굳어가는 시멘트에 발을 담근 채 웅크리고 앉아 있는 사람도 마치 자신이 전에 보았을 법한 사람, 아니면 자신이 아닌 다른 사람이라도 된다는 듯한 태도였다. 배는 불을 켜지 않은 채 맨해튼 코엔티스 슬립 공원 앞을 지나 뉴욕만을 가로질러 대서양으로 나아갔다.

갑판실은 타원형이었다. 뒤쪽 가운데에 난간이 달린 해치가 있었는데 그리로 내려간 곳에 여자가 갇혀 있었다. 앞쪽에 볼트로 죄어 고정한 철제 사다리로 올라가면 위에 달린 해치를 통해 조타실로 갈 수 있었다. 조타실에서는 선장인지 누군지가 자기 소임을 다하고 있었다. 노젓는 배보다 큰 배는 타본 적이 없었던 나는 이 모든 게 반길 일이었다. 배라는 게 이 모든 것들을 갖춘 구조물이며, 그 안의 모든 것 역시 바다의 법칙에 따라 건조되었다는 사실, 그리고 미약하게나마 이 세상을 횡단하는 데 분명히 장구한 사고의 역사가 반영된 수단이 존재한다는 사실이 그랬다. 파도가 점점 더 크게 넘실대는 바람에 다들 단단히 의지할 게 필요했다. 미스터 슐츠는 내 맞은편 벽에 붙은 벤치에 앉았고, 어빙은 조타실로 올라가는 사다리를 지하철 봉 잡듯 쥐었다. 한동안 침묵이 흘렀다. 들리는 거라곤 돌아가는 엔진 소리와 파도 소리뿐이었다. 오르간 연주를 들을 때와 같은 엄숙한 모습들이었다. 그런데 갑자기 보 와인버그가 꿈틀거리더니 주위를 돌아보기 시작했다. 뭐가 있는지, 누가 있는지, 무엇을 할 수 있을지 보기 위해서였다. 그의 검은 눈이 나를 힐끗 스쳤고, 그 시선이 그리는 원 위에서 나는 아주 짧은 원호에 불과했다. 그래서 엄청난 안도감을 느꼈다. 거친 숨소리처럼 쌕쌕거리며 넘실대는 바다나 호흡하기에 적당하지 않은 물의 속성, 또는 바다의 차가움이나 캄캄하고 한없이 깊은 바다의 뱃속에 대한 책임이 내게 없었고 또 그걸 원하지도 않았기 때문이다.

초록색에 가까운 작업용 램프의 불빛이 파편처럼 흩어진 어둑한 갑판실 안에 친밀감 같은 게 감돌면서, 누구 하나가 조금만 움직여도 모두의 시선이 집중되었다. 그런 상황에서 나의 시선은 들고 있던 총을 커다란 코트 주머니에 집어넣는 미스터 슐츠의 작은 동작에 고정되었다. 총을 넣은 그는 안주머니에서 은제 시가 케이스를 꺼내 한 대를 집어들고 다시 케이스를 넣었다. 그리고 입으로 시가의 끝을 잘라 뱉었다. 어빙이 라이터를 가지고 그에게 다가가 엄지손가락으로 한 번에 불을 켜 시가 끄트머리에 댔다. 미스터 슐츠는 몸을 약간 수그리고 시가를 돌리며 고르게 불을 붙였다. 바닷소리와 그르릉 돌아가는 엔진 소리 사이로 시가를 빨아 빠지지 불붙이는 소리가 들렸다. 그럴 때마다 그의 뺨과 이마가 불빛으로 달아올랐다. 이 특별한 상황에 욕구를 채우기 위해 붙인 시가의 불빛에 그의 위압적인 존재감이 더욱 커 보였다. 어빙은 라이터 불을 끄고 뒤로 물러났다. 미스터 슐츠는 등을 기대고서 입 한쪽으로 시가를 태우며 갑판실을 연기로 채웠다. 연기는 높은 파도에 부대끼는 선실에서 맡기에 과히 좋은 냄새는 아니었다.

"야, 창문 좀 열어라." 그가 말했다. 나는 기다렸다는 듯 돌아서 벤치에 무릎을 대고 커튼 뒤로 손을 넣어 현창 걸쇠를 푼 다음 밖으로 밀었다. 손에 밤이 느껴졌다. 거둬들인 손이 축축했다.

"정말 캄캄한 밤이지 않아?" 미스터 슐츠가 말했다. 그러고는 일어나더니 빙 돌아 보에게 갔다. 보는 선미 쪽을 바라보고 앉아 있었다. 미스터 슐츠는 환자를 앞에 둔 의사처럼 보 앞에 쭈그려 앉았다. "이것 좀 봐, 우리 주인공이 떨고 있잖아. 이봐, 어빙." 그가 말했다. "다 굳으려면 얼마나 더 있어야 하지? 보가 춥잖아."

"오래 안 걸립니다." 어빙이 말했다. "조금만 있으면 됩니다."

"조금만 더 있으면 된다는군." 미스터 슐츠는 보에게 통역이 필요한 양 말을 전했다. 그리고 미안하다는 듯 웃음을 보이고 일어나 다정하게 보의 어깨에 손을 얹었다.

그러자 보 와인버그가 말을 꺼냈다. 나는 그의 말을 듣고 정말로 놀랐다. 풋내기나 평범한 사람이라면 그런 상황에서 할 수 있는 말이 아니었다. 이때까지 미스터 슐츠의 입에서 나온 어떤 말보다 보의 그 한마디를 통해 이들이 일상적으로 지닌 고도의 대담함이 어느 정도인지 알 수 있었다. 다른 차원의 세계에 사는 사람들 같았다. 어쩌면 단지 절망에 승복한 것이었는지도 모른다. 혹은 위험한 방식으로라도 미스터 슐츠의 마음을 끌고자 한 것이었는지도. 그런 상황에 처한 사람이 스스로 죽는 방법과 시간을 어느 정도 좌우할 수 있다고 여기다니, 나는 그런 게 가능하리라고는 생각조차 못했을 것이다. 그는 이렇게 말했다. "더치, 넌 개새끼야."

나는 숨을 죽였지만 미스터 슐츠는 고개를 가로저으며 한숨을 쉴 뿐이었다. "처음엔 빌더니 이젠 욕을 하는군."

"빈 적 없어. 여자를 풀어주라고 했을 뿐이지. 그렇게 말할 때만 해도 네가 사람인 줄 알았다. 그런데 너란 놈은 개새끼일 뿐이야. 빨아댈 자지를 찾지 못하면 누가 쓰고 버린 콘돔이라도 주워 빠는 개새끼. 더치, 네가 바로 그런 놈이야."

보 와인버그가 나를 쳐다보지 않는 한 나는 그를 바라볼 수 있었다. 그는 분명 배짱이 있었다. 잘생긴 사람이었고. V자 이마선이 보이도록 부드럽고 윤이 나는 검은 머리칼을 가르마 없이 뒤로 빗어넘겼고, 가무잡잡하고 광대뼈가 올라간 얼굴엔 인디언 같은 면모가 있었다. 입술은 두툼하니 보기 좋았고 턱은 단단했다. 이 얼굴을 받치고 있는 목은 길어서 넥타이와 셔츠 칼라가 잘 어울렸다. 윙칼라에 맨 검은 넥타이가 비뚤어지고 매끄러운 검은 턱시도 재킷은 어깨 위로 추켜올라가 우그러진 채, 꼼짝할 수 없어 수치스럽게 몸을 웅크리고 있는 상황인 터라 굴종적인 자세로 약삭빠르게 남의 눈치나 살피는 눈빛으로 보일 수밖에 없었지만, 그래도 그는 거물 깡패의 멋과 격조를 연상시켰다.

순간적으로 내 충성심에 혼란이 온 건지, 아니면 속으로 판사 노릇을 하는 내게 제시된 논거가 아직 만족스럽지 않았던 건지, 통에 발을 담근 자와 같은 기품이 미스터 슐츠에게도 좀 있었으면 싶었다. 사실 미스터 슐츠는 최고급 옷을 입어도 형편없어 보였다. 어떤 사람들에게 나쁜 시력이나 구루병이 있듯 그는 옷차림이 어색해 보이는 결점이 있었다. 그도 분명 그 사실을 알았을 것이다. 왜냐하면 무슨 일을 하든 팔뚝으로 바지를 쓱 치켜올리는가 하면, 셔츠 칼라를 느슨하게 잡아당기며 턱을 쳐들기도 하고, 조끼에 묻은 시가 재를 털거나 중절모를 벗어 손날로 골 모양을 잡기도 했으니까. 무슨 불만족의 중풍이라도 앓는지 그는 무의식적으로 끊임없이 자신과 옷의 관계를 바로잡으려고 했다. 그렇게 만지작거리지만 않으면 옷이 잘 들어맞을 것만 같을 정도였다.

아마 목이 짧고 둔해 보이는 그의 몸 때문이었는지 모른다. 여자든 남자든 신체적 우아함이나 기품의 비결은 목의 길이에 있다는 게 지금의 내 생각이다. 목이 길면 여러 추정이 뒤따른다. 체중과 키의 알맞은 비율, 자세에 대한 자연스러운 자부심, 사람들과 시선을 마주치는 재능, 유연한 척추와 적절한 보폭을 갖췄으리라는 것. 그래서 대체적으로 자기 몸의 움직임에 대해 일종의 만족을 느끼게 되며, 결국 운동 능력을 갖추거나 춤을 좋아하게 된다. 반면에 목이 짧은 사람은 수많은 형이상학적 불행을 예견하게 한다. 어떤 불행이든 그것은 예술, 발명, 큰 재산을 창출하는 삶에는 맞지 않는 적성을 갖게 하고, 정신착란으로 인한 살인적 분노를 유발하게 마련이다. 절대적인 법칙이랄지 심지어 입증하거나 반증할 수 있는 가설로 이것을 제시하는 건 아니다. 과학계에서 비롯한 견해라기보다 라디오가 없던 시절 항간에 떠돌며 충분히 타당하다고 여겨졌던 그런 종류의 진리를 어렴풋이 알아챈 것일 뿐이다. 어쩌면 미스터 슐츠도 천부적인 무의식의 판단력으로 그와 같은 진리를 감지했을지 모른다. 이때까지 내가 아는 것만 해도 그가 친히 수행한 살인이 두 건인데 모두 목 부위를 겨냥했다. 하나는 소방 안전 조사관의 목을 조른 일이고, 웨스트사이드 불법 로토 조직 보스에겐 그보다 더 악랄하고 편의적인 파괴 행위가 가해졌다. 그자는 하필이면 운 나쁘게도 웨스트 47번가 맥스웰 호텔의 이발소 의자에 앉아 면도를 기다리며 고개를 뒤로 젖히고 있다가 미스터 슐츠에게 걸렸다.

기품이 없어 애석한 노릇이지만 이에 대한 보완책인 양 그는 다른 방식으로 사람들에게 깊은 인상을 준 것 같았다. 어쨌든 그의 몸과 마음은 서로 매끄럽게 연동했다. 둘 다 강력하게 단도직입적이어서 장애물을 만나도 돌아가지 않고 정면 돌파하거나 딛고 넘어갔다. 실은 이때 보 와인버그가 그의 그런 성질에 대해 한마디했다. "한번 생각들 해봐." 그가 갑판실에 있는 사람들을 향해 말했다. "마피아 애들같이 치사한 수를 써서 이 보 와인버그를 이렇게 만들다니, 기가 막히지 않아? 다름 아닌 나를, 빈스 콜을 대신 처치해주고 잭 다이아몬드의 귀를 잡아 그놈 입에 총구를 처넣을 수 있게 해준 나를 말이야. 마란자노를 처치해서 다른 조직들한테 백만 달러짜리 존경을 받도록 해주었지. 큰 이익을 보게 해주고 보호도 해줬지. 게다가 너무 멍청해서 혼자 힘으론 하지도 못할 할렘 불법 로토를 조직해서 큰돈을 고스란히 안겨다주었지. 그래서 우라질 백만장자로 만들어주었는데, 천한 양아치 놈을 그럴듯하게 만들어주었는데, 이 빈민가 출신의 멍청이를. 이 우둔한 새끼. 잘 들어둬, 내가 결국 어떤 꼴을 당했는지. 약혼녀가 보는 앞에서 날 레스토랑 밖으로 끌고 나와? 여자든 어린애든 뭐가 됐든 네놈은 상관하지 않지. 예의가 없어. 웨이터들이 민망해하는 걸 봤나, 어빙, 자네가 거기 없었다면 웨이터들이 어땠는지 보았어야 했는데. 광고판을 보고 딜랜시 스트리트에 가서 산 양복을 입고 앉아 음식을 우걱우걱 퍼먹는 저 자식을 쳐다보지 않으려고 애쓰는 모습을."

나는 이제 무슨 일이 벌어지든 목격하고 싶지 않았다. 눈살을 찌푸리고서 차가운 갑판실 벽에 본능적으로 등을 밀어댔다. 하지만 미스터 슐츠는 별다른 반응을 보이지 않는 듯했다. 아무런 표정이 없었다. "어빙한테 그러지 말고," 그가 응답으로 한 말이었다. "나하고 말해."

"말은 사람들끼리 하는 거야. 사람은 의견이 맞지 않으면 말부터 한다고. 오해가 있으면 서로의 말을 다 들어보고. 사람들은 그래. 근데 난 네가 어디서 생겨났는지 모르겠거든. 어떤 냄새나는 자궁에서, 어떤 고름과 오물과 원숭이 정액으로 가득한 곳에서 나왔는지 모르겠다고. 더치, 너는 원숭이야. 쪼그리고 앉아 엉덩이나 긁지그래. 나무에 좀 매달려봐. 우우, 더치, 우우."

미스터 슐츠는 아주 침착하게 말했다. "보, 네가 알아둬야 할 게 있는데, 난 말이야, 이제 광기는 졸업했어. 화를 내지 않는다고. 그러니 지껄여도 소용없어." 그리고 그는 흥미를 잃은 사람처럼 벽을 따라 내 맞은편 자기 자리로 돌아갔다.

어깨가 구부정하고 머리가 수그러진 보 와인버그를 보니, 귀인들은 천성이 도전적이며 더 나아가 철면피 같은 살인자의 배짱도 발휘할 수 있다는 말이 맞을지 모른다는 생각이 들었다. 죽음이란 청구 대금을 지불하거나 예금을 붓듯이 일상적으로 평범하게 접하는 일이라서, 자신의 죽음마저 다른 사람의 죽음과 별다를 게 없는 그런 영역의 살인자. 이 갱들은 흡사 자신들이 선택한 삶의 훈련을 통해 어떤 초자연적 투사의 정신을 지니게 된, 일종의 진보한 인류 같은 부류의 살인자인 것이다. 하지만 내 귀에 들린 것은 절망의 노래였다. 보는 항소는 없다는 걸 누구보다 잘 알았다. 최대한 신속하고 고통 없는 죽음만이 그가 바랄 수 있는 전부였다. 그리고 바로 이것이 그가 꾀한 일이라는 확신이 엄습하면서 내 목구멍은 바짝 타들어갔다. 그렇게 미스터 슐츠의 일촉즉발 성미를 자극해 자신이 죽는 방법과 시간을 좌우하고자 한 것이다.

그리하여 나는 그답지 않은 절제된 반응이 잔인하리만치 효과적이었음을 알게 되었다. 미스터 슐츠는 자신의 성미를 감추고 예인선의 말없는 사령관, 얼굴 없는 프로가 되었다. 보가 한 말로 자신을 지워 없애고, 정평이 난 심복 보 와인버그의 모범적 태도를 따라 침착하고 사색적이고 객관적인 사람 행세를 했다. 반면에 보는 욕설과 폭언과 고함을 퍼부으면서 슐츠가 된 듯했다.

의식으로서 치러지는 죽음이 어떻게 삼라만상에 개입해 변경을 가하는지 어렴풋이나마 알게 된 건 그때가 처음이었다. 즉 도치가 일어나는 것인데, 순식간에 모든 위아래가 거꾸로 혹은 안팎이 뒤집어져 눈으로 밀려들고, 전화에 혼선이 생긴 것처럼 안 보이던 이면이 안으로부터 파열해서 언뜻 보일 뿐 아니라 냄새까지 나는 듯한 경험을 하게 된다.

"사람은 말을 하지, 사람답다면." 보 와인버그는 이제 전혀 다른 어조로 말했다. 나는 가까스로 그의 말을 들을 수 있었다. "사람은 과거를 명예롭게 존중할 줄 알지, 사람답다면 말이야. 사람은 빚을 갚을 줄 알지. 그런데 넌 빚을 갚은 적이 없어. 그 큰 빚을, 엄청난 명예의 빚을 말이야. 널 위해 일할수록, 널 형제처럼 대할수록, 넌 나를 낮잡았지. 네가 나한테 이럴 줄 진작 알았어야 했는데. 내 가치만큼, 나한테뿐 아니라 그 누구에게도 그들의 가치만큼 지불할 줄 모르는 빚쟁이라는 사실 하나만으로도 진작 알았어야 했는데. 난 너를 보호해줬어. 네 목숨을 수십 번도 더 살려줬고. 네 손발이 되어 프로답게 일했지. 이게 네가 빚을 갚는 방식이란 걸 진작 알았어야 했는데. 이게 더치 슐츠가 셈을 하는 방식이란 걸. 넌 말도 안 되는 저급한 거짓말이나 꾸며내 돈을 뜯어내지. 갖은 방법으로 속여먹는 비열한 사기꾼이라고."

"넌 항상 말을 잘했어, 보." 미스터 슐츠가 말했다. 그는 시가를 뻐끔거리며 모자를 벗어 손날로 골 모양을 다듬었다. "고등학교를 나와서인지 나보다 말은 잘해. 하지만 난 숫자 머리 하나는 좋으니까 공평한 것 같군."

그리고 그는 어빙에게 여자를 데려오라고 했다.

그녀가 올라왔다. 바다에서 떠오르는 해처럼 구불구불한 금발에 이어 하얀 목과 어깨가 보였다. 아까는 차 안이 어두워 그녀를 제대로 보지 못했다. 호리호리한 몸매에 가는 어깨끈이 달린 흰 이브닝드레스 차림이었다. 어둡고 기름에 절어 공포감을 자아내는 이 배에 갇혀 창백해진 그녀는 겁에 질린 채 혼란스러워하며 두리번거렸다. 그러자 끔찍하고 악랄한 겁탈의 예감이 내 가슴을 틀어잡았다. 여자뿐 아니라 기품까지도 겁탈할 터였다. 나의 느낌을 확증해주기라도 하듯 보 와인버그의 목구멍에 신음소리가 걸렸다. 미스터 슐츠에게 퍼붓던 욕지거리나 저주는 어디 가고 자신을 묶은 줄에서 벗어나려고 용을 쓰며 의자를 좌우로 기우뚱거렸다. 그러자 미스터 슐츠가 코트 주머니에서 권총을 꺼내 쥐고 손잡이로 보의 어깨를 내리눌렀다. 그녀의 초록색 눈이 휘둥그레졌고 보는 절규했다. 괴로워하며 고개를 쳐들고서 압박당해 고통스러운 얼굴로 그녀에게 자기를 보지 말라고, 돌아서서 자기를 보지 말라고 말했다.

곧이어 올라온 어빙이 쓰러지는 그녀를 뒤에서 받아 한쪽 구석에 쌓인 푹신한 방수포더미에 앉힌 후 둘둘 말린 밧줄더미에 등을 기대게 했다. 그녀는 옆으로 몸을 돌리고 다리를 당겨 앉은 뒤 사람들에게서 고개를 돌렸다. 나는 그제야 그녀를 볼 수 있었다. 아름다운 여자였다. 섬세한 옆얼굴은 내가 상상하던 귀족적인 면모를 지녔다. 선이 가는 코와 그 밑에 초승달 모양으로 입술까지 이어져 예쁘게 파인 인중, 옆에서 보았을 때 가운데가 도톰한 입술은 양끝에서 가느다란 선을 이루었다. 턱은 윤곽이 뚜렷한 게 다부지게 보였으며 목은 물새처럼 우아한 곡선이었다. 대담하게도 나의 시선은 저절로 아래를 향했다. 어깨와 윗가슴이 드러난 반짝이는 새틴 드레스 밖으로 윤곽이 드러나 있었지만 내가 측정하기에는 아무리 작은 속옷도 거추장스럽지 않을 여위고 가냘픈 가슴이었다. 어빙이 그녀의 모피 숄을 가져와 어깨에 둘러주었다. 모두 한데 모이자 갑자기 갑판실 안이 좁아진 느낌이었다. 그녀의 드레스 자락에 묻은 얼룩이 눈에 띄었다. 얼룩에 뭔가 들러붙어 있었다.

"사방에 토했어요." 어빙이 말했다.

"저런, 미스 롤라, 정말 미안하오." 미스터 슐츠가 말했다. "배에는 공기가 충분하지 않아서 말이오. 어빙, 술이라도 좀." 그는 코트 주머니에서 가죽에 싸인 납작한 휴대용 술병을 꺼냈다. "미스 롤라에게 이걸 좀 따라드려."

요동치는 배 안에서 어빙은 다리에 힘을 주고 버텨 섰다. 술병을 돌려 열고는 금속 뚜껑에 조심스럽게 위스키를 따라 여자에게 내밀었다. "자, 마셔요, 아가씨." 미스터 슐츠가 말했다. "고급 몰트 위스키요. 그걸 마시면 속이 편해질 거요."

나는 그녀가 기절한 걸 그들이 왜 모르는지 알 수 없었지만, 그들은 나보다 더 많은 걸 알고 있었다. 머리를 약간 움직이는가 싶더니 그녀가 눈을 떴다. 눈에 초점을 모으려고 애쓰는 모습이 느닷없이 내 소년기 연애 감정을 무참히 짓밟았다. 그녀는 손을 내밀어

술을 받아 가만히 쳐다보더니 고개를 젖히고 입에 탁 털어넣었다.

"브라보!" 미스터 슐츠가 말했다. "뭘 좀 아시네. 뭐든 모르는 게 없겠는데. 뭐라고? 보, 자네 뭐라고 했나?"

"더치, 제발." 보가 나직이 말했다. "끝났어, 다 끝났잖아."

"아냐, 아냐, 걱정 말게, 보. 이 숙녀 분께는 아무런 일도 없을 테니. 약속하지. 자, 미스 롤라. 지금 보가 어떤 곤경에 처했는지 알 거요. 둘이 사귄 지는 얼마나 됐소?"

그녀는 그를 쳐다보지도, 대꾸를 하지도 않았다. 무릎 위에 놓인 손이 늘어지면서 금속 뚜껑이 굴러떨어져 벌어진 갑판 틈새에 끼었다. 어빙이 그것을 얼른 집었다.

"오늘밤에야 비로소 그쪽을 만날 영광을 얻었으니 말이오. 보가 한 번도 당신을 데려온 적은 없었지만 사랑에 빠졌다는 건 분명했거든. 보, 이 바람둥이 총각이 누군가한테 완전히 반했다는 게. 그리고 왜 그랬는지 알겠어, 아주 잘 알겠어. 그런데 저 친구가 당신을 롤라라고 부르던데, 분명 진짜 이름은 아닐 테지. 롤라라고 불리던 여자들을 내가 전부 알거든."

어빙이 배 앞쪽으로 가 미스터 슐츠에게 술병을 건네고 계속 걸어가려는 순간 오르막이 되었다. 배가 파도에 올라타며 앞쪽이 솟구쳤기 때문이다. 앞쪽 사다리에 이른 어빙은 돌아서서 다른 사람들과 마찬가지로 여자를 쳐다보며 가만히 기다렸다. 그때 배가 갑자기 푹 하강했고, 그녀는 여전히 대꾸하지 않았다. 뺨 위로 두 줄기 눈물이 소리 없이 흘러내렸다. 세상은 안팎으로 온통 물이었다. 그리고 그녀는 말이 없었다.

"어쨌든 간에." 미스터 슐츠가 말을 이었다. "당신이 누구든 보가 지금 어떤 곤경에 처했는지 알겠지. 그렇잖은가, 보? 이제 자네 인생에서 어떤 일들을 할 수 없는지 여자에게 보여줘, 보. 다리를 꼬고 코를 긁고 하는 아주 단순한 일도 더는 할 수 없다는 걸 보여주라고. 아, 그렇지, 비명은 지를 수 있을 거야. 소리도 지를 수 있고. 하지만 발도 들지 못하고 바지 지퍼를 내리거나 벨트를 풀지는 못하지. 저 친구는 할 수 있는 게 별로 없소, 미스 롤라. 이제 천천히 이생에 작별을 고하는 중이지. 아가씨, 그러니까 이제 말해보라고. 그냥 궁금해서 묻는 거니까. 둘이 어디서 만났지? 언제부터 애인이 된 거야?"

"대답하지 마!" 보가 소리쳤다. "그녀는 아무 상관 없어! 이봐 더치, 구실을 찾는 거야? 내가 그 구실을 다 대주지. 그럼 결국 네가 개자식이라는 결론에 이를 거야."

"아아, 저 고약한 말버릇하고는." 미스터 슐츠가 말했다. "이 여자 앞에서. 그리고 어린애도 있는데. 보, 여기 여자와 어린애가 있다고."

"사람들이 더치를 뭐라고 부르는지 알아? 똥자루. 똥자루 슐츠." 보가 깔깔 웃었다. "누구나 별명이 있지. 그리고 그게 더치의 별명이야. 똥자루. 지린내나는 양조 맹물을 맥주랍시고 거래하면서 대금은 지불하지도 않지. 보수를 주는 데는 아주 짠돌이야. 주체 못할 정도로 돈이 많으면서 동료들한테는 박하게 굴고. 맥주 공급에 음식점 갈취, 불법 로토까지 이렇게 규모가 큰 사업을 쫀쫀한 구멍가게 운영하듯 한단 말이야. 똥자루, 내 말이 맞지?"

미스터 슐츠는 생각에 잠겨 고개를 끄덕였다. "하지만 이봐, 보. 난 여기에 서 있는데 자네는 거기에 앉아 있잖아. 이제 모든 게 끝났어. 격조 있는 보 와인버그 선생이 지금 이 순간 있고 싶은 자리는 어딜까? 감히 네 윗사람을 치려고 해? 그게 격조 있는 행동인가?"

"제 어미와 씹하며 하늘을 날 놈." 보가 말했다. "제 아비에게 거리에 떨어진 말똥을 핥게 할 놈, 제 새끼 입에 사과를 물려 통구이로 밥상에 올릴 놈."

"저런, 보." 미스터 슐츠는 눈알을 위로 굴렸다. 양쪽으로 팔을 뻗고 손바닥을 위로 향한 뒤 하늘을 향해 무언의 하소연을 했다. 그리고 보를 다시 쳐다보더니 옆구리에 부딪혀 소리가 날 정도로 양팔을 털썩 내렸다. "내가 포기하지." 그가 중얼거렸다. "모든 게 소용없군. 어빙, 밑에 빈 선실 있어?"

"고물에 선실이 있어요." 어빙이 말했다. "후미에요"라며 설명조로 덧붙였다.

"고마워. 자, 미스 롤라, 그럼 가실까요?" 미스터 슐츠는 앉아 있는 여자에게 무도회에서 하듯 손을 내밀었다. 그러자 그녀가 헉하고 놀라며 그의 손을 피해 뒤로 물러나더니 몸을 웅크리고서 드레스 속의 무릎을 모아 안으며 등을 기댔다. 미스터 슐츠는 자신의 어디가 그리 혐오스러운지 검사라도 하듯 잠시 손을 쳐다보았다. 우리 모두 그의 손을 쳐다보았다. 보도 아래로 떨군 이마를 들고 쳐다보았다. 그리고 동시에 어빙이 묶어놓은 줄을 끊어보려고 안간힘을 쓰면서 질식하듯 이상한 소리를 내뱉고 귀와 목은 붉게 달아올랐다. 미스터 슐츠는 손가락이 뭉툭했고 엄지와 집게손가락 사이에는 살이 통통하게 올랐다. 손톱은 손질이 필요했다. 손가락마다마다 듬성듬성 검은 털이 자라 있었다. 슐츠는 여자를 홱 잡아채 일으켰고, 그 바람에 그녀가 비명을 질렀다. 그는 그녀의 손목을 잡은 채 돌아서서 보를 똑바로 쳐다보았다.

"이봐, 아가씨." 그녀를 쳐다보지 않은 채 그가 말했다. "저 친구가 순순히 굴지 않을 테니 그를 위해 우리가 뭔가 해줘야지. 그러면 마지막 순간이 왔을 때 아무래도 상관없다고 할 거야. 그 순간이 오히려 고마울 테니까."

미스터 슐츠는 여자를 앞세워 떠밀며 갑판 아래로 내려갔다. 그녀가 계단에서 미끄러지며 비명을 지르자 미스터 슐츠가 닥치라고 하는 소리가 나더니 곧 가냘프고 길게 울부짖는 소리가 들렸다. 문이 쾅 닫히는 소리가 난 다음에는 바람 소리와 물이 철벅이는 소리만 들렸다.

나는 무엇을 해야 할지 몰랐다. 여전히 갑판실 측면의 벤치에 앉아 몸을 구부리고서 양손으로 벤치를 꼭 잡고 있었다. 엔진의 진동이 뼈를 타고 전해졌다. 어빙이 헛기침을 하고는 사다리를 타고 조타실로 올라갔다. 이제 보 와인버그와 나, 단둘이 남았다. 그는 홀로 고통스러워하며 고개를 숙였다. 나는 그와 단둘이 있는 게 내키지 않아 어빙이 서 있던 사다리 아래에 잠시 섰다가 위로 오르기 시작했다. 등을 사다리에 대고 한 단씩 발뒤꿈치로 오르다 갑판과 해치 사이의 중간쯤에서 멈추고 꼼짝하지 않았다. 어빙이 조타수와 이야기를 나누기 시작했기 때문이다. 조타실을 올려다보니 어둑했다. 아니, 어둡기는 했지만 나침반이나 계기반의 다른 기기들이 발하는 빛이 섞여 있었을 것이다. 아직 보이지 않는 목적지를 향해 가는 배의 조타실에서 뱃머리 너머 바다를 쳐다보며 이야기하는 그들의 모습이 머릿속에 그려졌다.

"있잖아." 어빙이 말했다. 굵고 깔깔한 목소리였다. "난 해상에서 일을 시작했어. 빅 빌 밑에서 쾌속정을 운전했지."

"그래?"

"응, 그렇다니까. 언제였더라, 십 년쯤 됐나? 빅 빌은 좋은 배들을 가졌지. 리버티 모터를 장착했는데 짐을 가득 싣고도 시속 삼십오 노트까지 속력을 냈다고."

"그렇지." 조타수가 말했다. "나도 그런 배를 알아. 매리 비가 기억나는군. 베티나도 기억나고."

"맞아." 어빙이 말했다. "킹 피셔, 골웨이도 있었지."

"어빙." 보 와인버그가 통에 발이 담긴 자리에서 불렀다.

"여기 밀주 하역장에 와서 박스를 싣고 재빨리 다시 브루클린 쪽으로 건너가거나 커낼 스트리트 앞 강으로 갈 수 있었지."

"그렇지." 조타수가 말했다. "우린 배의 이름과 번호를 가지고 있었어. 어떤 게 빌의 배이고 어떤 게 추적해야 할 배인지 알았지."

"뭐?" 어빙이 말했다. 위쪽 어둠에서 흘러나온 이 말에는 힘없는 미소가 실려 있는 것 같았다.

"아무렴." 조타수가 말했다. "당시에 나는 연안 경비정을 운전했어. CG282호."

"허, 그거 참." 어빙이 말했다.

"자네들이 지나다니게 내버려뒀지. 까짓것 뭐, 갑판사관조차 한 달에 백 달러 남짓 받았으니까."

"어빙!" 보가 소리쳤다. "제발!"

"빌은 알아서 모든 걸 손봐뒀지." 어빙이 말했다. "난 빌의 그런 점이 마음에 들었어. 운에 맡기는 법이 없었거든. 첫해가 지나고서는 현금을 가지고 다닐 필요조차 없었지. 모든 게 신용으로 거래되었어. 신사들처럼. 보, 뭐라고?" 사다리 가까이에서 어빙이 외치는 소리가 들렸다.

"어빙, 날 죽여줘. 제발 부탁이야. 머리에 총을 쏴."

"보, 내가 그러지 못한다는 거 알잖아." 어빙이 말했다.

"더치는 미친놈이야. 미치광이라고. 나를 고문하고 있잖아."

"미안해." 어빙이 부드럽게 말했다.

"그 아일랜드 놈은 나보다 더했어. 그래서 내가 더치 대신 그놈을 제거했다고. 내가 어떻게 했을 거 같아? 이렇게 고문했을 것 같아? 붙잡아두고 생각할 시간을 줬을 거 같아? 탕, 한 방으로 끝냈어. 관대하게 끝내줬다고." 보 와인버그가 말했다. "관-대-하게 말이야." 마지막 말은 흐느낌과 함께 터져나왔다.

"보, 술이라면 줄 수 있어." 어빙이 위에서 외쳤다. "술 좀 줄까?"

하지만 보는 흐느끼느라 듣지 못한 듯했다. 어빙은 해치 언저리에서 잠깐 기다리다 가버렸다.

조타수가 라디오를 틀었다. 주파수 다이얼을 돌리자 칙칙 소리가 나다가 말소리가 잡혔다. 그는 라디오 볼륨을 줄였다. 그 소리가 배경음악처럼 흘렀다. 사람들이 무언가 말을 했고, 다른 사람들이 대답했다. 서로 자기 입장이 옳다고 주장했다. 이 배에 탄 이들의 목소리는 아니었다.

"일이 깔끔했지." 어빙이 조타수에게 계속 말했다. "벌이도 좋았고. 날씨는 아무래도 좋았어. 난 어떤 날씨라도 다 좋아했거든. 내가 생각한 장소와 시간에 정확히 상륙하는 것도 좋았고."

"아무렴." 조타수가 말했다.

"나는 시티 아일랜드에서 자랐네." 어빙이 말했다. "소형선 조선소 근처에서 태어났지. 만일 이 일을 안 했으면 해군에 입대했을 거야."

보 와인버그가 신음하듯 엄마라는 말을 내뱉었다. 엄마, 엄마 하는 소리가 계속되었다.

"나는 야간작업을 마칠 무렵이 좋았어." 어빙이 말했다. "132번 가에 있는 선박 창고에 배를 두었지."

"그렇지." 조타수가 말했다.

"동트기 직전에 이스트강을 거슬러올라갈 때면 도시는 깊이 잠들어 있었어. 갈매기들을 비추는 햇빛이 제일 먼저 눈에 들어오지. 곧 하얗게 갈매기들이 보였어. 그런 다음 헬게이트 다리 꼭대기가 금빛으로 변하는 걸 볼 수 있었지."

2

내가 그 자리에 이르게 된 것은 저글링 때문이었다. 우리는 언제나 파크 애비뉴의 창고 근방에서 빈둥거렸다. 부와 전설적 이야기가 있는 그 파크 애비뉴가 아니라 브롱크스의 파크 애비뉴. 차고와 단층짜리 기계 공장, 석재 적치장이 늘어서 있고, 벽돌처럼 보이도록 만든 아스팔트 소재의 외장용 자재로 외벽을 마감한 목조 가옥이 띄엄띄엄 보이는 이상하게 특색 없는 거리였다. 모양이 고르지 않은 벨기에산 석재로 포장된 대로는 업타운과 다운타운을 가르는 넓은 도랑을 끼고 있었다. 거리보다 10미터 낮은 도랑 바닥에는 철로가 깔려 있었고 뉴욕센트럴 기차들이 날카로운 소리를 내며 질주했다. 우리는 모두 그 소리에 익숙했다. 기차가 지나가며 일으키는 바람에 간혹 길가에 둘러진 휘고 구부러진 철창 울타리가 흔들렸다. 대화를 나누다가도 중간에 멈추고는 소음이 잦아들 때까지 기다렸다 하던 말을 계속했다. 우리는 언제나 맥주 운반 트럭이 나타나는지 힐끔거리며 거기서 빈둥거렸고, 다른 아이들은 1센트짜리 동전을 벽에 던지며 놀거나, 보도에 그린 도형 안에 병뚜껑을 던져 넣는 게임을 하거나, 워싱턴 애비뉴의 구멍가게에서 세 개비에 1센트를 주고 산 담배를 사서 피우기도 했다. 하지만 대개는 미스터 슐츠의 눈에 띄어 갱이 될 자질을 인정받아 일자리를 얻을 수 있지 않을까 궁리했다. 소리나 질러대는 어머니와 손찌검이나 하는 아버지 앞에서 부엌 식탁 위로 빳빳한 100달러짜리 지폐를 던져주겠노라면서. 그때 나는 줄곧 저글링을 연습했다. 스폴딘 고무공, 돌, 오렌지, 빈 초록색 코카콜라 병 등 무엇이든 사용했다. 펙터 베이커리 노점 바구니에서 슬쩍한 따끈한 롤빵으로도 저글링을 했다. 예사로 했기 때문에 누구도 그걸로 나를 성가시게 하지 않았다. 다만 나 말고는 누구도 할 줄 모르는 것이다보니, 가끔 나를 툭 쳐서 리듬을 깨뜨리려 하거나 오렌지를 공중에서 낚아채 달아나는 일은 있었다. 아무튼 나는 저글링을 하는 아이로 알려졌고, 신경성 안면 경련을 알아보듯 사람들의 눈에 띄게 되었다. 어쨌든 내 잘못은 아니었다. 저글링을 하지 않을 때면 아이들의 지저분한 귓불에 손을 대고 동전을 사라지게 했다가 다시 나타나게 하는 마술을 부렸다. 아니면 카드를 섞거나 에이스를 접어서 하는 마술을 보여주거나. 그래서 아이들은 나를 맨드레이크라고 불렀다. 허스트가 발행한 신문 〈뉴욕 아메리칸〉의 연재 만화에 나오는 마술사 이름이었다. 연미복에 높은 실크해트를 쓰고 콧수염을 기른 남자였는데, 나는 마술에 관심이 없는 만큼이나 그에게도 관심이 없었다. 마술은 중요한 게 아니었다. 한 번도 중요한 적이 없었다. 중요한 것은 손재주였다. 발아래로 기차가 바람을 일으키며 질주할 때 줄타기

곡예사가 줄을 타듯 철창 울타리 위에서 걷기 연습을 하는 것만큼, 혹은 텀블링이나 물구나무서기나 옆으로 재주넘기 등등 무엇이든 민첩성에 대한 나의 충동을 유발시키는 건 다 해보는 것만큼이나 중요했다. 나는 특히 유연해서 달음질이 쏜살같았다. 시력이 좋았고 정적마저 들을 수 있었으며, 무단결석생 지도원이 길모퉁이를 돌기도 전에 그의 냄새를 맡을 수 있었다. 그러니 아이들은 나를 팬텀이라고 불러야 옳았다. 팬텀은 〈뉴욕 아메리칸〉의 다른 만화에 나오는 주인공 이름이었다. 투구 모양 가면을 쓰고 몸에 찰싹 달라붙는 보라색 고무옷을 입은 그에게 친구라고는 늑대뿐이었다. 하지만 그애들은 대개 아둔해서 내가 그 '세계'로 사라지고 나서도 나를 팬텀이라 부를 생각을 못했다. 그 세계에 들어가길 꿈꾸던 모든 아이들 중 내가 유일했음에도.

파크 애비뉴의 창고는 뉴저지의 유니언시티와 서부 지점들에서 트럭으로 운반해오는 녹색 맥주를 보관하기 위해 슐츠 갱단이 유지하던 여러 창고 중 하나였다. 트럭이 도착하면 경적을 울리지 않아도 스스로 지능을 갖춘 것처럼 창고 문이 저절로 접히며 열렸다. 그 트럭들은 1차대전 당시 쓰던 것들로, 원래 군대에서처럼 카키색 그대로였다. 보닛은 비스듬히 경사졌고, 뒷바퀴는 이중 타이어에 체인 전동 방식이라 움직일 때면 뼈를 갈아 부수는 소리가 났다. 짐칸 가장자리에는 버팀목이 세워져 있었고 거기에 판자를 빙 둘러 박았다. 화물은 방수포를 씌워 단단히 묶어놓았다. 그렇게 하면 아무도 그 화물이 무언지 모를 것처럼 유별나고 심지어 매우 세심하게. 하지만 트럭이 모퉁이를 돌아 들어서면 거리 전체에 맥주 냄새가 진동했다. 그 트럭들은 브롱크스 동물원 코끼리들이 풍기는 사냥당한 짐승의 냄새를 몰고 다녔다. 한편 트럭 운전석에서 내리는 자들은 야구모자와 두꺼운 모직 점퍼 차림의 평범한 트럭 운전사들이 아니라 오버코트에 중절모를 쓴 사내들이었다. 내근하던 운전사들이 나와 우리들이 간절히 들여다보고 싶어하는 어두운 창고 안으로 트럭을 후진시켜 깊숙이 집어넣을 동안, 트럭에서 내린 자들은 버릇처럼 양손을 한데 동그랗게 모아 라이터를 감싸쥐고 담배에 불을 붙였다. 그 모습에 나는 위험지대를 순찰하고 돌아온 경찰관들이 떠올랐다. 그 모든 공공연한 무법적 힘과 군대식 자급 자족이 아이들의 가슴을 뛰게 했다. 우리는 구구거리고 꼬꼬댁거리는 꾀죄죄한 전령 비둘기떼처럼 그곳에서 많은 시간을 보냈다. 맥주 트럭이 시슬 갈아대는 소리를 내며 길모퉁이를 돌아 그 비웃는 얼굴 같은 보닛을 내밀면 우리는 바닥에서 후다닥 날개 치듯 일어났다.

물론 그 창고는 미스터 슐츠의 여러 맥주 은닉처 중 하나에 불과했다. 우리는 그런 곳이 꽤 많다는 걸 알았지만 몇 군데나 되는지는 몰랐다. 그리고 사실을 말하자면 우리 중에 실제로 그를 본 아이는 없있다. 하지만 우리는 희망을 버리지 않았고, 일단은 우리 동네가 그의 은닉처가 될 자격이 있다는 사실이 자랑스러웠다. 그가 우리를 신뢰한다는 데에 자부심을 느꼈다. 그리고 각자의 포부에 대해 서로 핀잔을 놓지 않고 드물게 감상적이 될 때에는 우리가 무언가 고귀한 것의 일부라는 생각을 했다. 또한 뽐낼 일 없는 평범한 이웃 동네의 아이들보다 분명 우세한 위치에 있다는 생각도 했다. 맥주 은닉처가 있고, 그런 곳이기 때문에 수염 까칠한 험악한 얼굴로 주변을 살피는 사내들의 다채로운 문화가 있고, 가급적 바깥공기를 쐬지 않는 걸 명예로 여기는 관할 경찰서가 있다고 말이다.

금주법이 폐지되었는데도 미스터 슐츠가 금주법 시기에 쓰던 방식들을 고수하는 게 나는 특별히 흥미로웠다. 맥주란 황금과 같아서 합법화되었다 치더라도 취급하기 위험한 물건임을 의미한다고 생각했다. 또 구매자에게 지속적으로 겁을 주지 않으면 미스터 슐츠가 공급하는 맥주보다 더 질 좋은 맥주를 살 거라는 생각도 들었다. 그리고 놀랍게도 이 모든 게 의미하는 바는 그가 내심 자신의 사업을 사회의 법이 아닌 그만의 법으로 움직이는 독립 왕국으로 여긴다는 것, 그래서 어떤 일이 합법이든 불법이든 그에게는 매한가지여서 자신이 생각하는 방식대로 운영하되 누구든 방해하면 철퇴를 맞으리라는 것이었다.

그런 생활이 브롱크스 역사에서 그 시기에 살았던 우리 삶의 전부였다. 그래서 코딱지가 끼고 이는 검푸른 그 더러운 말라깽이 아이들만 본다면 학교나 책이란 게 있기나 한 건지 알 도리가 없었을 것이다. 또한 그 아이들과 관련된 어른들로 이루어진, 대공황의 밝은 햇빛 아래 압류라는 형태로 희미해져가는 문명사회가 있다는 것도. 특히 나를 본다면 더더욱 알 수 없었을 것이다. 그러던 어느 날, 내 기억으로는 유별나게 고온 다습한 날이었다. 7월의 그날은 너무 더워서 철창 울타리를 따라 자란 잡초들이 고개를 숙였고 자갈길에는 열기의 아지랑이가 몽실몽실 오르는 게 보일 정도였다. 아이들은 모두 나태하게 창고 벽을 따라 일렬로 앉아 있었다. 나는 그 좁은 길 건너편 잡초와 돌투성이인 곳에 서서 기찻길을 마주하고 최근에 익힌 솜씨를 선보이고 있었다. 무게가 서로 다른 물체를 가지고 하는 저글링이었다. 고무공 두 개, 네이블오렌지 한 개, 달걀 한 개, 검은 돌 한 개를 한꺼번에 연동시키는 갈릴레오식 곡예였다. 서로 무게가 달라도 일정한 흐름을 만들어내는 게 요령이었다. 각각의 속도가 보완되도록 물체를 던져 일종의 리듬을 유지함으로써 어느 하나는 항상 정점에 올라 있도록 하는 것이다. 굉장한 고도의 기술인 만큼 초보자의 눈에 쉽고 평범해 보일수록 능숙한 것이었다. 그래서 나는 내가 저글러일 뿐 아니라 저글러의 일을 이해하는 유일한 사람이라는 걸 알았다. 얼마 후에는 아이들의 존재도 잊고서 궤도를 선회하는 행성처럼 잡다한 물체들이 오르락내리락 내 시선을 가르는 중에 뜨거운 잿빛 하늘을 응시하며 서 있었다. 또한 그에 필적하는 일종의 정신적 재주를 부려 나 자신을 저글링했다. 나는 곡예사이자 관객이었다. 그렇게 무아경에 빠져 세상을 생각할 겨를이 없었다. 가령 라살 쿠페가 파크 애비뉴와 177번가가 만나는 모퉁이를 돌자마자 보도에 바싹 붙어 소화전 앞에서 시동을 끄지 않은 채 서 있었는데도, 그다음엔 남자 셋이 탄 뷰익 로드마스터가 길모퉁이를 돌아 창고 문 앞을 지난 뒤 178번가 모퉁이에 섰는데도, 끝으로 대형 패커드가 긴모퉁이를 돌아 미끄러지듯 창고 바로 앞에 다가와 멈추었는데도. 내가 그쪽을 쳐다보고 있었다면 엉덩이를 털며 천천히 일어서는 아이들이 차에 가려 보이지 않을 자리였다. 그때 오른쪽 앞문이 열리더니 한 사내가 내려 오른쪽 뒷문을 열었고 흰색 리넨 더블브레스트 양복을 입은 사내가 내렸다. 재킷 단추가 잘못 끼워져 약간 흐늘흐늘해 보였다. 넥타이는 잡아당겨 느슨하게 풀어헤친 채였다. 그는 커다란 손수건으로 얼굴을 훔쳤다. 어려서는 동네에서 아서 플레겐하이머로 알려졌지만 세상에는 더치 슐츠로 알려진 바로 그자였다.

　물론 내가 주변에서 벌어지는 일을 보지 못했다는 건 거짓말이다. 나는 그 모든 것을 보았다. 천부적으로 남다른 주변시력을 타고났기 때문이다. 하지만 그가 얼굴에 웃음을 머금은 채 자동차 지붕에 팔꿈치를 대고 기쁨에 찬 소년 천사가 주님을 경배하듯 치켜뜬 눈에 입을 약간 벌린 채 나의 저글링하는 모습을 지켜보고 있다는 걸 나는 알면서도 모른 척했다. 바로 그때 나는 기막힌 행동을 해 보였다. 내 시선은 저글링 물체들이 그리는 궤도에서 벗어나 달아오른 거리 건너로 향했다. 그리고 얼굴에는 보통 인간의 놀란 감정을 드러냈다. 아니 이럴 수가, 저기에 서서 나를 쳐다보는 사람이 다름 아닌 더치 슐츠야, 라고 말하는 것이나 다름없는 표정이었다. 그러는 중에도 피스톤처럼 손놀림을 계속했고 내 소형 행성들, 즉 고무공 두 개, 네이블오렌지 한 개, 달걀 한 개, 검은 돌 한 개는 하나씩 마지막 궤적을 그린 후 깃털 뽑히듯 허공으로 치솟아 동일한 간격으로 내 등뒤의 울타리를 넘어 뉴욕센트럴 철로로 내려가는 비탈진 도랑으로 자취를 감췄다. 나는 빈 손바닥을 하늘로 향한 채서 있었고, 시선은 과장된 경외감을 드러내며 그에게 못박힌 채였다. 사실 그 경외감은 당시 내가 느낀 감정의 상당 부분을 차지했다. 그 거물은 그런 나를 보고 웃으며 박수를 보냈다. 그리고 옆에 있는 부하를 힐끗 보며 감탄하도록 부추기자 부하는 그의 부추김대로 했다. 미스터 슐츠가 손가락질로 나를 불렀다. 나는 얼른 길을 건너 차를 빙 둘러 가서 섰다. 그곳은 궁정의 사실私室 같았다. 궁정 한쪽에서는 내 패거리가 구경하고 있었고 다른 한쪽에는 열린 패커드 문이 있었다. 그리고 다른 쪽에는 깊숙한 창고의 어둠이 있었다. 나는 나의 왕을 마주보고 섰다. 그는 손을 주머니에 집어넣더니 두께가 호밀빵 절반만한 새 지폐 뭉치를 꺼냈다. 그리고 10달러짜리 하나를 뽑아 내 손에 탁 놓았다. 지폐에 인쇄된 18세기 초상화 양식의 뾰족한 타원형 안에 잘 모셔진 알렉산더 해밀턴의 차분한 얼굴을 들여다보다 나는 처음으로 낭랑하면서도 거친 슐츠의 목소리를 들었다. 한순간 멍해진 나는 만화가 살아 움직이는 것처럼 해밀턴이 말하는 거라고 생각했다. 하지만 정신을 차리고 상황이 파악되자 그 소리가 바로 내가 동경해온 거물급 갱의 목소리였음을 깨달았다. "유능한 녀석이군." 그가 결론짓듯 말했다. 부하에게 말한 건지 내게 말한 건지, 아니면 혼잣말을 한 건지, 셋 모두를 향해 말한 건지 알 수 없었지만. 그때 살집이 두툼한 살인자의 손이 왕의 지휘봉처럼 내려오더니 후끈한 손바닥이 내 뺨과 턱과 목에 부드럽게 머물렀다. 그는 곧 손을 거두고 내게 등을 돌리고는 맥주 은닉처의 깊은 어둠 속으로 모습을 감췄다. 삐걱거리는 소리와 함께 거대한 문이 펴졌다 닫히면서 쿵 하는 큰 소리를 내고 안에서 잠겼다.

그때 벌어진 상황은 획기적인 운명의 결과가 무엇인지 단번에 보여주었다. 나는 곧바로 다른 아이들에게 둘러싸였다. 내가 그랬던 것처럼 그애들도 모두 내 손바닥 위에 펼쳐져 있는 빳빳한 새 지폐를 뚫어지게 쳐다보았다. 홀연 나는 부족의 희생제물이 되는 일을 피하려면 시간이 얼마 없다는 생각이 들었다. 누군가 한마디 할 터였다. 누군가 두툼한 손바닥 아래로 내 어깨를 칠 터였다. 노하고 분한 마음이 불길처럼 일고, 그 부富를 나누고 징계를 가하자는 집단의식의 논리가 발동할 터였다. 아마도 내가 알랑방귀나 뀌는 아첨꾼이며 혼자 잘났다고 생각한 대가로 머리가 깨져 마땅하다는 정도의 의미일 것이다. "이것 봐." 나는 돈을 내밀어 보이며 말했다. 하지만 사실은 양팔을 뻗어 나를 빙 둘러싼 그애들이 더 가까이 오지 못하도록 막기 위함이었다. 공격이 시작될라치면 밀착해 들어오는 일종의 움직임이 있기 때문이다. 그것은 개인의 신체가 태생적으로 보유한 영토권에 대한 침입이었다. 나는 손가락으로 빳빳한 지폐를 쥐고 세로로 한 번 접고 또 한 번 접은 다음 우표 크기로 두 번 더 단단히 접고 나서 주문을 외며 양손을 서로 재빠르게 교차시킨 후 손가락을 딱 튕겼다. 10달러짜리 지폐가 사라졌다. 아, 이런 제기랄, 한심한 빙충이들, 잠시나마 내 의지할 데 없는 마음을 너희같이 형편없는 패거리에게 기대야 했다니 어처구니가 없구나, 싸구려 잡화점이나 터는 좀도둑들아, 어린 동생들이나 못살게 구는 얼간이들아, 어디 감히 천재적인 범죄 인생을 살길 바라는 거냐, 눈은 아둔한 동태눈 같고 입은 멍청하게 헤벌어지고 등은 원숭이같이 구부정한 너희가. 두고두고 엿이나 먹어라, 내 너희를 빈민가 허름한 방에서 깩깩 울어대는 어린애들과 나태한 여편네와 함께 아주 처참한 노예처럼 살며 서서히 죽어가는 삶에 처하노라, 너희가 죽는 날까지 좀도둑질이나 하면서 하찮은 보상이나 얻고 감옥살이나 할 것을 선고하노라. "저기 봐!" 내가 하늘을 가리키며 소리쳤다. 아이들의 눈길이 내 손을 놓치지 않고 따랐다. 내가 자신들의 동전이나 쇠구슬이나 행운의 부적인 토끼 발을 가지고 종종 그랬던 것처럼 공중에서 지폐를 나타나게 할 거라고 생각했을 것이다. 늘 그렇듯 그애들이 쉽게 속아넘어간 순간, 아무것도 없는 허공을 올려다보는 그 순간에 나는 몸을 홱 굽혀 포위망을 빠져나와 그대로 줄행랑을 쳤다.

일단 내가 뛰기 시작하자 아무도 따라잡지 못했다. 나는 177번가에서 워싱턴 애비뉴로 내달린 다음 오른쪽으로 돌아 남쪽으로 뛰기 시작했다. 몇은 내 뒤를 바싹 쫓았고 몇은 길 건너편에서 나와 평행으로 달렸다. 뒤에서 쫓아오던 아이들 중 일부가 보도 양쪽으로 흩어져 달렸다. 내가 갑자기 방향을 바꿔 뒤로 뛸 것을 예상한 행동이었다. 하지만 나는 곧장 달렸다. 실제로 그곳에서 벗어날 속셈이었고, 아이들은 숨을 헐떡이며 하나씩 떨어져나갔다. 나는 확실히 해두기 위해 방향을 한 번 더 바꿔 내달렸다. 그리고 마침내 완전히 혼자가 되었다. 3번 애비뉴의 고가 철로가 있는 골짜기에 이르러 전당포 건물 입구에서 신발끈을 풀고 납작하게 편 돈을 최대한 신발 속 깊숙이 집어넣었다. 그리고 끈을 묶고 다시 뛰기 시작했다. 뛰는 게 좋아서 뛰었다. 마치 영화의 한 장면처럼 고가 철로의 침목 사이로 비치는 햇빛과 그늘이 그 아래에서 평행으로 달리는 내 얼굴 위로 계속 교차했다. 줄무늬처럼 내리비치는 햇살이 미스터 슐츠의 손처럼 따뜻했고 나는 번득번득 눈이 부셨다.

그후로 얼마 동안 나는 예전의 나답지 않은 아이가 되었다. 말수가 적어졌고 공공기관에 협조적이었다. 정말이지 학교에도 갔다. 하루는 밤에 숙제를 하려는데 엄마가 물이 아니라 불이 담긴 컵들이 놓인 식탁 앞에 앉아 나를 쳐다보았다. 불은 애도의 조건이며 생명의 요소는 변하는지라, 물을 한 잔 붓고 마법의 주문을 외우면 타오르는 촛불이 되는 법이었다. 빌리, 엄마가 내 이름을 불렀다. 빌리, 무슨 일이니, 무슨 짓을 저질렀어? 흥미로운 순간이었다. 나는 그 순간이 계속될까 궁금했다. 하지만 그건 잠시뿐, 엄마의 주의는 다시 촛불로 향했다. 촛불이 놓인 에나멜 식탁 쪽으로 고개를 돌려 뜻을 읽어내기라도 하듯 촛불을 응시했다. 너울거리는 촛불 하나하나가 엄마의 신앙을 이루는 글자라도 되는 듯. 사시사철 밤이고 낮이고 엄마는 식탁 한가득 밝혀놓은 촛불을 읽었다. 해마다 한 번 쓸 초 한 개만 있으면 되었지만, 엄마는 간직해야 할 수많은 기억이 있었고 그 기억을 밝히고자 했다.

나는 아파트 건물 외벽에 붙은 비상계단 층계참에 앉아 밤바람이 불기를 기다리며 나답지 않은 생각의 사슬을 좇았다. 어떤 의도를 가지고 맥주 은닉처 앞에서 저글링을 한 건 아니었다. 다른 아이들과 마찬가지로 내 갈망의 속성도 특별하지 않았다. 그것은 어떤 지역에 사느냐에 달린 문제였다. 내가 만일 양키 스타디움 근처에 살았다면 야구선수들이 어디로 해서 옆문으로 들어가는지 알았을 것이다. 한편 리버데일에 살았다면 뉴욕 시장이 퇴근해 집에 가는 길에 경찰차 안에서 손을 흔들며 지나가는 모습을 보았을 것이다. 그것은 각자가 사는 곳의 특유한 문화의 문제였다. 우리 가운데 누구도 그 범위를 벗어나지 못했으며 대부분이 그에 미치지도 못했다. 가령 우리가 태어나기 한참 전 어느 토요일 밤에 진 오트리가 우리 동네 트레몬트 애비뉴의 폭스 시어터에 와서 그의 영화가 상영되기 전이나 후에 웨스턴 밴드 연주에 맞춰 노래를 불렀다면, 그렇다면 그건 우리 것이었다. 우리에게 속했다. 우리 것인 이상 그게 무엇인지는 중요하지 않았다. 그러자 명성은 무엇인가에 대한 생각, 즉 그것은 단순히 세상에 이름이 오르는 일, 세상에 알려지는 일, 일류든 이류든 그런 유명인들의 눈에 비친 풍경과 내 눈에 비친 풍경이 같아지는 일이란 생각에 확신이 들었다. 우리가 사는 동네의 거리를 그들이 아는 것이었다. 그게 전부였고, 적어도 나는 그렇게 믿었다. 그러니까 내가 매일 빈둥거리며 생활했더라도, 오매불망 미스터 슐츠가 오기를 기다리며 끊임없이 저글링만 한 게 아니었다는 말이다. 그건 우연히 일어난 일이었다. 그런데 막상 그 일이 있고 보니 운명처럼 여겨졌다. 세상은 우연으로 움직이지만 모든 우연에는 예언적 무게가 실려 있었다. 나는 녹슨 비상 철제 계단에 발을 디디고 창턱에 엉덩이를 걸치고 앉아 가지가 말라빠진 화분들을 향해 10달러짜리 지폐를 펼쳐 보였다가 접어서 사라지게 했다. 하지만 나도 모르게 또다시 지폐를 드러내 도로 펴 보았다.

　길 건너 바로 맞은편에 맥스 앤드 도라 다이아몬드 어린이집이 있었다. 사람들이 고아원으로 알고 있는 곳이었다. 붉은 벽돌 건물에 창틀 주변과 지붕선 가장자리가 화강암으로 단장되어 있었다. 양쪽으로 난 웅장한 곡선형 현관 계단은 아래에서 위로 올라갈수록 점점 폭이 좁아지면서 양쪽이 현관 앞에서 만났다. 현관 밑으로는 반지하실이 있었다. 어린아이들이 양쪽 계단 여기저기에 삼삼오오 모여 앉아 있거나 몸을 쭉 뻗은 채 기대어 있었다. 새처럼 재잘거리기도 하고 계속 계단을 오르내리며 서로 어울렸다. 어떤 아이들은 새처럼, 도시의 새인 참새나 찌르레기처럼 난간에 앉아 있었다. 건물 자체가 저녁공기를 쐬러 나온 맥스나 도라라도 되는 양, 돌계단에 옹기종기 모여 있거나 난간에 매달리기도 했다. 나는 그들이 그 많은 아이들을 다 어디에 재우는지 알 수 없었다. 학교라기에는 너무 작고 아파트라기에는 그만치 높지 않은 건물이었기 때문이다. 다른 건물이 잇대어 지어지지 않을 것을 가정하고 설계된 건물이었는데, 건물 사이에 빈 공간을 둔다는 건 제아무리 다이아몬드 가문 같은 후원자라도 브롱크스에서는 생각지 못할 일이었다. 그런데 그 건물에는 일종의 드러나지 않은 부피와 황폐하지만 독특한 장엄함이 있었다. 나는 그곳에서 내가 성장하는 데 중요한 성경험을 여러 번 했을 뿐 아니라 어린 시절의 친구 대부분을 사귀었다. 그런데 그때 내 불알친구 아널드 가비지가 걸어오고 있었다. 구제불능 고아 친구 중 하나였다. 그는 유모차를 밀고 있었는데, 그 안에는 그날 수집한 알 수 없는 보물들로 가득했다. 가비지, 그는 긴 시간 일을 했다. 나는 커다란 곡선형 현관 계단 아래 반지하로 이어지는 층계 위로 그가 유모차를 덜컹덜컹 내리는 모습을 지켜보았다. 그는 어린아이들을 거들떠보지도 않았다. 문을 열자 어두운 내부가 보였고 그는 그 안으로 모습을 감췄다.

나는 어려서 많은 시간을 이 고아원에서 보냈다. 그렇게 시간을 보내다보니 나도 그곳 고아인 것처럼 건물 안 여기저기를 돌아다녔다. 그애들이 고아가 되어 부모로부터 물려받은 멍든 마음을 안고 살았듯 나 역시 그랬다. 나는 거기서 창문 밖 건너편의 우리집을 한 번도 내다보지 않았다. 내가 어떻게 고아라는 생각을 하게 되었는지 참으로 이상한 일이었다. 그때만 해도 내게는 다른 엄마들처럼 집에 들락거리는 엄마가 있었다. 게다가 집주인이 와서 문을 쾅쾅 두드리기도 하고 날이 새도록 훌쩍이기도 하는 가정생활 엇비슷한 무엇을 향유하기도 했고.

나는 고개를 돌려 등뒤의 부엌을 들여다보았다. 부엌은 엄마의 추억의 촛불로 밝혀져 있었다. 어둑해지는 아파트와 거리, 그 가운

데서 부엌만 오페라극장처럼 반짝였다. 내게 찾아온 그 절호의 기회에 내가 생각한 것보다 더 깊은 내력이 있는 건 아닐까, 고아원과 가까이 있다는 사실이 그 근원은 아닐까 하는 생각이 들었다. 고아원에 서린 으스스한 기운 때문에 어떤 재난의 용암이 천천히 흘러나와 길 건너편에 이르러 매년 조금씩 차올라 우리집을 또하나의 맥스 앤드 도라 다이아몬드 자선단체로 주조한 것은 아닌가 싶었다.

물론 더이상 고아원에서 놀지 않은 지도 오래였다. 언덕길을 내려가 웹스터 애비뉴 건너편에서 배회하는 습관이 든 후였다. 그쪽에는 내 또래의 불량한 애들이 있었고, 고아원이란 데가 그렇듯 어린애들이나 있는 곳으로 보이기 시작했기 때문이다. 그래도 구제불능인 여자애 한둘과는 여전히 연락하며 지냈고, 아널드 가비지를 만나러 가는 것도 여전히 좋았다. 나는 아널드의 진짜 이름이 뭐였는지 모른다. 하지만 그게 무슨 상관이겠는가? 그는 평생 매일같이 브롱크스를 싸다니며 쓰레기통을 뒤져 이것저것 찾아냈다. 큰길이나 골목, 현관 계단 아래, 공터, 건물 뒤뜰, 상점 뒤, 건물 지하실 등을 뒤지며 다녔다. 당시만 해도 생활 쓰레기가 꽤 유용하게 쓰였기 때문에 경쟁이 늘 뒤따랐고, 그래서 쉬운 일이 아니었다. 고물상들은 이륜 리어카를 끌고, 행상들은 보따리를 지고 거리를 돌아다녔으며 손풍금 악사, 부랑자, 주정뱅이 들도 마찬가지였다. 딱히 물건을 주울 목적으로 다니지 않는 사람들도 지나가다 주워갈 만한 게 있으면 가져갔다. 그런 이들 중에서도 가비지는 뛰어난 능력을 발휘했다. 다른 넝마주이들이 버린 것들을 발견하기도 했는데, 밑바닥까지 내려갈 대로 내려간 절박한 부랑자마저 거들떠보지 않는 물건에서 가치를 보았다. 선천적으로 장소를 파악해내는 재능이 있는지 다달이 날을 바꾸어가며 다른 동네로 이끌리듯 돌아다녔다. 그가 거리에 나타나기만 해도 사람들은 계단 아래로 창문 밖으로 물건들을 집어던졌다. 수년간 수집을 해오다보니 사람들은 그것에 익숙해졌고 그를 존중했다. 그는 학교에 가는 법이 없었다. 집안일을 돕지도 않았다. 마치 혼자인 아이처럼 살았는데, 영리하지만 거의 말이 없는 이 뚱뚱한 친구에게 아주 잘 맞는 방식이었다. 그는 기이할 정도로 외골수적이고 비상식적인 목적을 가지고 그렇게 사는 방식을 발견했다. 그걸 보면 자연스러울뿐더러 이치에도 맞는 듯해서 나라고 그렇게 살지 못할 이유가 어디에 있을까 싶었다. 부서지고, 찢어지고, 벗겨진 것을 사랑하는 것. 고장난 것을 사랑하는 것. 구부러지고 금가고 부속이 없어진 것을 사랑하는 것. 냄새나는 것, 그 누구도 더럼을 씻어 그게 무엇인지 확인해보려 하지 않는 것을 사랑하는 것. 형체가 분명하지 않고, 용도를 알 수 없고, 기능이 뚜렷하지 않은 것을 사랑하는 것. 그것들을 사랑하고 보관하는 것. 나는 나답지 않은 생각으로 결심한 바가 있어, 촛불이나 들여다보는 엄마를 내버려두고 비상계단 난간을 획 넘어 수직 사다리를 타고 내려갔다. 열려 있는 창문 안으로 여름 속옷 차림인 사람들이 보였다. 나는 사다리 끝을 잡고 매달려 잠시 흔들거리다 손을 놓고 보도로 뛰어내렸다. 그리고 발이 땅에 닿는 동시에 뛰기 시작했다. 후다닥 길을 건너 맥스 앤드 도라 다이아몬드 어린이집의 거대한 화강암 계단 밑 지하로 쑥 들어갔다. 아널드 가비지가 사무실로 쓰는 곳이었다. 거기서는 항상 재 냄새가 났는데, 사시사철 쓸쓸한 마른공기에 재가 섞여 어떤 따뜻한 느낌을 주었다. 공기 중에는 석탄재와 상한 감자나 양파에서 나는 향유 냄새가 어우러져 떠다녔다. 물론 위층 복도나 다락방 같은 곳에 대대로 아이들이 오줌을 싸놓아서 나는 코를 찌르는 습한 냄새보다 나았다. 가비지는 평생 쌓아온 어마어마한 재고에 새로 획득한 물건을 보태어 정리하느라 분주했다. 나는 그에게 총을 갖고 싶다고 말했다. 그라면 총을 구해줄 수 있으리라고 믿어 의심치 않았다.

미스터 슐츠가 훗날 내게 회상하기를 처음이 손에 땀을 쥐게 하는 법이라고 했다. 손에 이 무거운 걸 쥐게 되면 머릿속으로 계산을 하지. 그들이 나를 믿기만 하면 해낼 수 있을 텐데 하고. 그러면 여전히 과거의 자신에 머물고 있는 거야. 애송이의 생각을 가진 애송이인 거지. 그들이 도와주리라고, 방법을 가르쳐주리라고 의지하는 건데, 처음엔 그렇게 시작하는 법이지, 그렇게 서투르게. 눈을 보거나 떨리는 손을 보면 알 수 있어. 그렇게 해서 그 숨막히는 순간을 피부로 느끼게 돼. 신부가 던진 부케처럼, 누구든 선수 치는 사람이 가질 수 있는 경품처럼 일시적으로 공중에 붕 떠 있는 듯한 순간인 거야. 총이란 게 정말 내 것이 아니면 무용지물이거든. 그럴 때 어떤 일이 일어나느냐, 총이 내 것이 되지 않으면 난 죽은목숨이라는 걸 깨닫게 되지. 그 상황을 만든 건 나 자신이지만 내게서 분리되어 누구든 취할 수 있는 격분한 독립체가 돼. 바로 그걸 내가 흡수해야 하는 거야. 다시 말해서 내가 든 총을 바라보고 있는 바로 그들이 나한테 이런 일을 저질렀으며, 이 총이 겨누는 대상이 된 건 그들이 저지른 참을 수 없는 범죄 때문이라고 분노하는 거야. 그 순간 나는 더이상 애송이가 아니야. 사실은 이전부터 가슴속에 항상 있었던 분노를 발견한 거지. 사람이 바뀐 거야. 바뀐 척하는 게 아니라. 평생 그토록 분노해본 적이 없었으니 격분의 울부짖음이 가슴에서부터 밀고 올라와 목이 메는 거야. 그 순간 나는 이미 애송이가 아닌 거라고. 총이 손에 쥐어 있고 분노가 자기 안에 있어야 할 곳에 자리잡은 거지. 그러면 놈들은 알아. 내가 원하는 것을 내놓지 않으면 자신들은 죽은목숨이라는 것을. 이 시점에 이르면 앞뒤도 분간 못하고 지랄하게 되거든, 자신도 못 알아볼 정도로. 이제 새사람이 되었으니 못 알아보는 것도 당연하지. 확실히 새사람으로 거듭나 더치 슐츠가 되었으니까. 그다음부터는 모든 게 순리대로 풀려. 아주 놀라우리만치 쉬워지는데, 그게 아주 짜릿한 맛이지. 오줌싸개가 태어나는 바로 그 첫 순간처럼. 세상 밖으로 나와 잠시 머뭇거리다 이윽고 자신의 이름을 외치고 이 땅에서 달콤하고 상쾌한 인생의 공기를 들이마시는 오줌싸개처럼.

물론 당시에 나는 그 이야기를 세세히 이해하지 못했지만 내 손에 느껴지는 묵직한 무게를 통해 미래의 내가 어떻게 될지 어렴풋이 감을 잡았다. 그놈을 손에 쥐는 것만으로도 나는 새로운 어른 신분을 부여받았다. 어른이 되어 당장 무엇을 할지 아무런 계획이 없었지만 어쩌면 미스터 슐츠가 나를 써줄지도 모른다는 생각이 들었다. 그래서 그의 기대에 부응할 만한 것을 생각해 준비를 해두고 싶었다. 어쨌든 그것은 일종의 수여식이었다. 총알도 없는데다 심히 닦아내고 기름칠할 필요가 있는 총이었지만, 그래도 총을 쥔 팔을 쭉 뻗어 탄창을 뺐다가 찰칵! 하는 기분좋은 소리를 내며 도로 끼울 수는 있었다. 일련번호는 확실하게 줄로 갈아 지워져 있었다. 이것은 갱단이 쓰던 무기임을 의미했다. 가비지가 그것을 어디서 찾았는지 듣고서 그 사실을 확신했다. 노스 브롱크스 외곽의 펠럼만 습지 진흙에 들창코 같은 총구가 푹 박혀 있었다고 했다. 썰물 때에 잭나이프를 펴 땅에 꽂아놓은 모양으로.

무엇보다 총의 명칭이 아주 짜릿하게 들렸다. '오토매틱'. 소형이지만 묵직한 최신식 장비였다. 가비지는 고장난 총이 아닐 거라며 총알이 없으니 나더러 그것만 구하면 될 거라고 했다. 그는 흥정하려 들지 않고 내가 부른 3달러를 묵묵히 받아들였다. 그리고 첩첩이 쌓인 통들 사이에 깊이 숨겨둔, 그의 전 재산이 담긴 엘 코로나 시가 상자를 꺼내 내가 건넨 10달러짜리 지폐를 넣은 후 그 동네에서 흔히 볼 수 있는 꼬깃꼬깃하고 낡은 1달러짜리 지폐 일곱 장을 꺼내주었다. 그걸로 거래는 종결되었다.

그날 밤 나는 놀랍도록 너그럽고 마음이 확 트인 기분이었다. 니커스* 바지 오른쪽 주머니에 든 비밀스러운 야망의 무게 때문이었다. 그 주머니 안쪽에 난 구멍에 총구를 쑤셔넣으면 밖으로 표시가 나지 않겠다는 내 직관이 옳았음을 확인했다. 구멍으로 삐져나간 짧은 총신은 바깥 허벅지에 수직으로, 손잡이는 수평으로 닿았다. 마치 계획이라도 한 것처럼 모든 게 깔끔하게 맞아들어갔다. 나는 집으로 돌아가 엄마에게 1달러짜리 다섯 장을 건넸다. 엄마가 웹스터 애비뉴의 세탁공장에서 받는 주급의 절반쯤 되는 돈이었다. "이 돈은 어디서 났니?" 엄마가 물었다. 지폐를 손에 꼭 쥐고 웃는 듯 마는 듯 미소를 지으며. 그러고는 곧 식탁 위 촛불들의 마지막 장면으로 주의를 돌렸다. 나는 총을 숨겨두고 다시 밖으로 나갔다.

---

* 무릎 아래에서 단추로 여미는 통이 헐렁한 바지.

어른들이 길가를 차지하고 있었다. 거기서 놀던 아이들은 이제 집에 들어가고 없었다. 집은 이 북적거리는 저가임대아파트 생활에서 그나마 다소간의 질서가 있는 곳, 부모의 책임에서 비롯되는 행동 규범이 존재하는 곳이었다. 길가의 현관 계단에서는 카드놀이가 벌어졌다. 시가 연기가 여름밤 공기를 타고 둥실둥실 떠다녔다. 여자들은 집에서 입는 옷차림으로 어린 여자애들처럼 무릎을 끌어모으고 돌계단에 앉아 있었다. 쌍쌍이 거니는 남녀가 가로등 불빛 아래로 지나갔다. 이 모든 빈곤 속의 침울한 전원적 풍경에 나는 그만 감동했다. 아니나 다를까, 고개를 들어보니 맑은 창공에서 불가해한 하늘 한 조각이 지붕선 사이를 비집고 들어오는 듯 보였다. 이 모든 낭만적인 감상이 일자 내 친구 리베카가 생각났다.

리베카는 검은 머리에 눈동자가 진한 아이였다. 도드라진 윗입술 위에 곱고 검은 솜털이 듬성듬성 나 있었다. 고아들은 안에 들어가 있었다. 방충망 때문에 불투명한 창문마다 불빛이 새어나왔다. 나는 안에서 나오는 시끄러운 소리를 들으며 바깥에 서 있었다. 남자아이들이 있는 쪽에서 더 요란한 소리가 들려왔다. 그러다 종소리가 나자 건물 옆길을 통해 작은 뒤뜰로 가서 못쓰게 된 작은 놀이터 한구석 철망 울타리에 기대앉아 기다렸다. 한 시간쯤 지나 위층의 불이 대부분 꺼지자 나는 일어나 비상계단 밑으로 갔다. 그리고 풀쩍 뛰어 제일 아랫단을 잡고 계단으로 연결된 사다리에 올랐다. 그렇게 두 팔과 두 다리로 내 몸을 끌어올리며 사랑하는 사람에게 가는 검은색 사다리를 탔다. 꼭대기까지 올라서는 아래에 안전 그물도 없는 상태에서 창턱을 향해 휙 몸을 날렸다. 제일 위층 복도에 열려 있는 창문이었다. 열한 살에서 열네 살까지 가장 나이가 많은 여자아이들이 기숙하는 층이었다. 나는 마녀같이 귀여운 내 친구가 누워 있는 침대로 갔다. 얼굴을 들여다보니 그녀가 짙은 눈을 뜨고 있었다. 나를 보고도 전혀 놀라지 않았다. 같은 방의 원생들에게도 특별히 놀랄 일이 아니었다. 나는 늘어선 침대들 사이에서 그들이 쳐다보는 가운데 그녀를 이끌고 반 층짜리 층계로 통하는 문을 열고 나가 옥상으로 올라갔다. 병뚜껑 게임과 셔플보드 선이 그어져 있는 일종의 놀이터였다. 여름밤에 그 선들이 어스레히 빛을 발했다. 옥상 가장자리를 두른 차단막과 계단 문 사이 구석진 곳에 서서 나는 리베카에게 열광적으로 키스를 퍼부었다. 그리고 잠옷의 목둘레선으로 손을 집어넣어 손가락 등으로 젖꼭지를 살살 건드렸다. 그런 다음 작고 탱탱한 그녀의 엉덩이를 양손에 쥐었다. 하얀 면 잠옷의 마찰과 함께 여체의 곡선이 느껴졌다. 그때 나는 자제하지 못하고 정신을 놓아버리기 전에, 즉 그녀의 거래 입지가 가장 유리해지기 전에 적정 가격을 협상했다. 그리고 줄어든 1달러짜리 접힌 지폐들에서 한 장을 빼 건넸다. 그녀는 돈을 받아들어 꾸깃꾸깃 뭉쳐 쥐면서 다짜고짜 몸을 쪼그리더니 바닥에 털썩 앉아 기다렸다. 나는 선 채로 한 발씩 운동화를 벗고 바지와 팬티까지 벗었다. 마술사답지 않게 살짝 떨면서 어색하게. 그러면서도 미스터 슐츠나 나 같은 사내들은 돈다발이 홀쭉하든 두툼하든 지폐를 깔끔히 접어가지고 다니는데, 우리 엄마나 귀여운 리베카 같은 여자들은 돈을 꼭꼭 뭉쳐 쥐는 걸 떠올리며 참 별나기도 하다는 생각을 했다. 머리에 숄을 두르고 슬픔에 젖어 심란한 상태로 촛불 앞에 앉아 있으면서도, 1달러를 받고 땅바닥에 드러누워 두 번 섹스를 받아주면서도 손에 쥔 돈을 놓지 않았다.

3

배가 부두다리 사이로 들어가 정박했다. 승용차 두 대가 엔진을 끄지 않은 채 빗속에서 대기하고 있었다. 나는 미스터 슐츠가 나한테 지시를 내려주길 바랐지만, 그는 본명이 롤라가 아닌 여자를 마구잡이로 앞차 뒷좌석에 밀어넣은 후 그 옆에 타고는 문을 쾅 닫았다. 나는 어찌할 바를 몰라 어빙을 따라 뒤차에 탔다. 보조 좌석이 있어 다행이긴 했지만 밀집해 앉은 덩치 큰 폭력배 셋을 마주봐야 했다. 어빙도 다른 자들처럼 오버코트에 중절모 차림이었다. 그들의 시선은 앞에 앉은 운전자와 그 옆 사람의 어깨 너머 창문을 통해 앞서가는 차를 쫓았다. 심각한 의도를 가지고 무장한 사람들 사이에 낀 채 가는 것은 과히 유쾌하지 않았다. 사실 미스터 슐츠가 나를 볼 수 있는 데가 아니라면 혼자 있고 싶었다. 브롱크스 외곽으로 통하는 거리를 흔들리며 달리는 3번 애비뉴 고가 전철에 혼자 올라 깜박거리는 전구 불빛 아래 열차 광고를 읽을 수도 있을 것이다. 미스터 슐츠는 충동적이고 분별없는 짓들을 저질렀다. 내가 그들과 하나라는 게 걱정스러웠다. 나를 흔쾌히 받아들인 건 조직의 아랫사람들보다는 윗선이었다. 나는 스스로 조직에서 일종의 준회원이라고 생각하는 게 좋았다. 실제로 그렇다면 나는 유일한 준회원일 것이며, 그 자리는 나를 위해 일부러 마련한 것일 터였다. 그랬다면 이 돌대가리들이 느끼는 바가 있었을 텐데 사실은 그렇지 않았다. 어쩌면 나이와 상관이 있는 건 아닌가 싶었다. 미스터 슐츠는 삼십대였고 미스터 버먼은 그보다 나이가 많았다. 하지만 어빙을 제외하고는 대부분이 이십대였다. 좋은 일자리에 승진 기회도 있는 스물한 살짜리의 눈에 열다섯 살짜리는 한낱 애송이 불량소년에 불과했다. 사업적인 상황에서 애송이의 존재는 적절하지 않았다. 분별력을 거론하지 않는다 해도 분명 모두의 위엄에 모욕적이었다. 엠버시 클럽의 경호원 지미 조이오는 우리집에서 골목을 돌아나오면 있는 위크스 애비뉴에 살았는데, 그의 남동생은 초등학교 5학년 때 나와 같은 반이었다. 사실 내가 5학년이 되었을 때 그는 두 번 유급해 3년째 5학년이었다. 하지만 두어 번 지미와 마주쳤을 때 그는 내가 누군지 알았을 텐데도 알은체하지 않았다. 이 청부살인자들 가운데서 매순간 나라는 존재는 주제넘은 꾀짜라고 느끼지 않을 수 없었다. 소년이랄 것도 없었다. 왕의 큰 개들을 겨우 피할 수 있을 만큼만 민첩한 난쟁이에 기형적인 어릿광대라고나 할까. 미스터 슐츠가 좋아하는 것은 그의 보호를 받아 명을 유지했지만, 나는 그들 틈에서 내 위치를 개선할 필요가 있음을 알았다. 하지만 언제 어떻게 그렇게 할 수 있을지는 알지 못했다. 보조 접의자에 앉아 그들의 무릎에 닿지 않으려고 신경쓰는 상황은 내가 노리던 것이 아니었다. 아무도 뭐라는 사람은 없었지만 그런 일에 대해 실질적인 상식으로 판단해볼 때, 내가 미스터 슐츠의 또 한번의 살인에 대한 목격자라는 것을 나는 알았다. 지극히 사적이고, 말할 것도 없이 가장 치밀하게 계획된 살인에 대한. 그 사실이 신뢰할 만한 준회원으로서의 내 명예에 보탬이 될지 아니면 나를 심각한 위험에 빠뜨릴지 열심히 생각했다. 내가 뒤를 보고 앉아 있는 차는 1번 애비뉴를 달리고 있었다. 새벽 두시였다. 기분이 찜찜했다. 내가 원한 상황이 아니었다. 정말이지 그러지 않아도 됐는데 왜 그 상황에 나를 노출시켰는지, 지지리도 못난 얼간이 짓을 했다. 나는 미스터 슐츠의 일시적인 기분 때문에 발탁되었던 것이다. 오, 하느님. 여전히 배를 타고 있는 듯 다리에 힘이 쭉 빠지고 속이 메스꺼웠다. 어쩌면 그 순간에도 보는 뜬눈으로 양팔을 머리 위로 향한 채 물속으로 계속 가라앉고 있을지 모른다는 생각이 들었다. 나는 최대한 이성적으로 생각할 수 있는 범위 내에서 미스 롤라는 어떻게 될지 알아내고자 했다. 그녀도 목격자였다. 살인자들이 외부 목격자를 달가워할 리 만무했다. 그래서 나는 이 상황에서 그녀의 상태가 각별하게 느껴졌고, 그녀가 어떤지 정보가 필요했다. 그녀는 아직 살아 있겠지?

나는 내 정신상태가 마음에 들지 않아 창밖을 내다보고 도시의 구조와 불 꺼진 건물들의 견고함, 빛나는 검은 길 위에 비치는 신호등 불빛을 흡수했다. 도시는 내가 청할 때마다 언제나 확신을 주었다. 나는 내 거창한 계획을 떠올렸다. 만약 내가 스스로의 충동을 믿지 못한다면 나는 미스터 슐츠와 격이 다른 인간이다. 그는 생각 따위는 하지 않고 행동했다. 나도 그래야 했다. 우리는 둘 다 무언가에 이끌려 행동하는 존재였다. 나는 나를 신뢰하는 만큼 그도 신뢰해야 했다. 나는 짜릿한 삼차원의 위험에 놓였다. 나 자신, 내 비호자, 그리고 그에게 위험한 일, 즉 사업하며 살인을 일삼는 삶 등 모든 것이 나에게 위험했다. 게다가 그 모든 위험 너머에는 경찰이 있었다. 그러면 사차원이 된다. 나는 창문을 약간 열어 신선한 밤공기를 들이마시며 긴장을 풀었다.

차는 업타운을 향해 달렸다. 4번 애비뉴를 거쳐 터널을 통과해 경사로를 오른 뒤 그랜드센트럴 기차역을 끼고 빙 돌아 파크 애비뉴에 들어섰다. 진정한 의미의 파크 애비뉴에. 차는 새로 생긴 월도프-아스토리아 타워스 호텔 앞을 지나갔다. 피콕 앨리*로 유명하고, 정열이 넘치는 지배인 오스카의 인기도 그에 못지않은 호텔이었다. 나는 이 모든 걸 〈미러〉에서 읽어 알고 있었다. 그 신문은 귀중한 정보원이었다. 호텔 앞을 지난 차는 곧 59번가에서 좌회전해 고르지 않은 길에 들어섰다. 전차가 앞서가고 있었다. 권투 시합의 공 소리 같은 전차 벨소리가 귀에 땡땡 울렸다. 차는 달리던 차선에서 곧 벗어나 센트럴파크 모퉁이의 티컴세 셔먼 장군 동상 가까이에 섰다. 장군은 빗속을 터벅터벅 걷는 듯한 말 위에 올라 있었다. 빗물은 광장 맞은편 계단식 분수에서도 흘러내려 얕은 분수 못에 고였다. 분수 꼭대기에 과일 바구니를 들고 선 여인에게 가려면 셔먼 장군이 탄 말은 그 못을 지나야 했다. 그가 과일을 원한다고 가정했을 경우에 말이지만. 나는 공공기념물을 좋아하지 않았다. 뉴욕에서 그것들은 유령같이 이질적인 존재였다. 허무맹

---

* 월도프와 아스토리아 두 건물을 이어주는 통로.

랑한 거짓은 아닐지언정 도무지 뉴욕과는 상관이 없었다. 브롱크스에 대해 별의별 말을 다 할 수 있겠지만, 뒷발로 선 말을 탄 장군이나 과일 바구니를 든 여인, 또는 죽어가는 전우들로 이루어진 예술적인 언덕에 서서 하늘을 향해 팔과 소총을 높이 치켜든 군인들을 찾아볼 수는 없을 것이다. 차문이 열리자 나는 화들짝 놀랐다. 미스터 슐츠가 거기 서 있었다. "야, 인마." 그가 말하더니 손을 뻗어 내 팔을 홱 잡아당겼다. 나는 졸지에 비를 맞으며 그랜드아미 광장에 섰다. 천지가 물인 이곳에서 갱단의 도깨비 같은 저글링의 귀재도 이젠 끝장이로구나 하는 생각이 들었다. 센트럴파크의 어느 관목 숲 아래 진흙탕에 얼굴이 처박힌 채 시체로 발견될 테지. 얼마나 깊은 데서 죽었느냐가 어떤 성취의 척도라면, 2.5센티미터 깊이의 물에 코를 처박은 나는, 주둥이로 나를 끌어내 눈에 묻은 진흙을 핥는 개에게나 합당한 가치가 있을 터였다. 하지만 그는 나를 앞차로 서둘러 데려가며 말했다. "저 여자를 아파트로 데려가. 어떤 경우에도 다른 데다 전화를 걸게 해선 안 돼. 뭐, 그러지도 않겠지만. 저 여자가 짐을 챙길 거다. 넌 내가 올 때까지 저 여자와 함께 기다려. 오래 걸리진 않을 거야. 저 여자와 같이 있기만 하면 돼. 내가 거기로 전화를 걸면 여자를 데리고 내려와. 알겠어?"

나는 알겠다는 표시로 고개를 끄덕였다. 우리는 앞차로 다가갔다. 모자챙에서 빗물이 뚝뚝 떨어지고 있었는데 그는 그제야 뒷좌석에서 검정 우산을 꺼냈다. 우산을 펴더니 몸을 굽혀 차에서 여자를 내리게 하고 내게 여자와 우산을 넘겨주었다. 우리 셋이 한 우산 아래 있다니, 아름다운 순간이었다. 여자는 희미하고 야릇한 미소를 띠고 그를 쳐다보았다. 그는 여자의 뺨을 살살 어루만지며 소리 없이 웃었다. 그러고는 급히 차에 몸을 실었다. 문이 미처 닫히기도 전에 차는 날카로운 타이어 소리를 내며 보도에서 떨어져 총알같이 내달았다. 뒤차도 바로 따라붙었다.

우리는 세차게 몰아치는 폭풍우 속에 섰다. 나는 미스 롤라의 아파트가 어딘지 모른다는 사실을 퍼뜩 깨달았다. 왠지 모든 게 나한테 달려 있으며, 그녀는 아무런 의지도 없이 내가 인도해주기만을 기다린다는 생각이 들었다. 그녀가 양손으로 내 팔을 잡고 바싹 붙어 섰다. 커다란 검정 우산에 부딪치는 빗소리가 작은북 소리처럼 요란했다. 그녀는 나를 이끌고 걷다 뛰다 하며 5번 애비뉴를 건넜다. 빗물에 잠기다시피 한 길이 반짝였고, 바닥에 떨어지는 빗방울이 되튀기며 아래에서 우리를 적셨다. 그녀는 사보이 플라자 호텔로 향하는 듯했다. 아니나 다를까, 도어맨이 우산을 받쳐들고 회전문에서 나와 우리에게 뛰어왔다. 친절을 과시하는 것 말고는 쓸데없는 짓이었다. 우리는 곧 재빠르게 안으로 들어가 카펫이 깔리고 환하게 불을 밝혔지만 분위기가 있는 로비에 섰다. 연미복 상의에 줄무늬 바지를 입은 사람이 우리 우산을 받아주었다. 미스 롤라의 아름다운 얼굴에 갑자기 흥분의 빛이 돌았다. 그녀는 젖어서 엉망이 된 자신의 옷을 내려다보고 웃으면서 손으로는 젖은 머리칼을 매력적으로 쓸어넘겼다. 그리고 양쪽 손목을 흔들어 카펫 바닥에 물기를 털었다. 프런트 직원이 그녀에게 응당 해야 할 인사말을 건넸다. 안녕하세요, 미스 드루, 네 안녕하세요, 찰스. 호텔 직원들과 친해져 그곳에 서 있던 경찰도 정중하게 인사를 건넸다. 그는 악천후인 밤에 순찰을 돌 때면 호의적인 로비의 푸근함을 찾아 그곳에 있는 걸 좋아했다. 나는 감히 그를 쳐다보지 못했다. 목이 바짝 타들어갔다. 그녀가 나에 대해 어떻게 해명할까 생각하며 기다렸다. 어느 경찰이 봐도 나는 명백한 불량소년이었다. 나는 회전문 쪽으로 고개를 돌리지 않으려고 애썼다. 어차피 그 문을 통해 도망칠 가능성은 없었다. 엘리베이터 뒤쪽 원형 계단을 택하면 위로 올라갈 수는 있지만 결국 다시 내려올 수밖에 없을 것이었다. 나는 미스터 슐츠가 잘 생각해서 내린 결정이기를 간절히 바랐다. 짐작건대 미스 롤라, 미스 드루, 아니 그녀가 누구든, 함께 저녁을 먹고 잠을 자려고 했을 만큼 좋아했던 남자가 죽어버린 그날 밤, 그녀가 겪은 일이 무엇이든 나는 그녀가 지략은 아니더라도 분별력은 있는 여자이기를 간절히 바랐다. 하지만 그녀는 객실 열쇠를 건네받으면서 아무런 해명도 하지 않았다. 낡힐 대로 낡힌 모조 스웨이드 점퍼에 육해군용 작업바지를 입고 브롱크스식 올백 머리를 한 낯선 소년들을 매일 밤 데리고 나타나기라도 했던 듯 아무렇지 않게 행동했다. 그녀는 늘 함께 밤을 보내는 친구인 것처럼 내 팔을 붙잡고 엘리베이터로 갔다. 우리가 타자 엘리베이터 문이 닫혔다. 담당자는 몇 층인지 물어보지도 않고 우리를 태운 채 올라갔다. 올라가면서 내 마음속에 떠오른 생각이 있었다. 해명은 모든 사람에게 요구되지만 윗선에 있는 사람은 예외라는 사실, 그리고 잔인한 초록색 눈으로 나를 힐끗 쳐다보는 미스 드루에게 예인선에서 있었던 일은 매우 신나는 경험이었다는 사실이었다. 이 직감이 무서운 그림자를 드리웠다.

호텔의 구조는 이랬다. 엘리베이터에서 내리면 바로 방이었다. 아무것도 깔리지 않은 마룻바닥에 니스칠을 해 반들반들한 게 아주

고급스러웠다. 맞은편 벽에는 양탄자인지 태피스트리인지가 걸려 있었다. 갑옷 기사들이 창을 들고 앞발을 든 말에 탄 채 횡렬로 줄지어 서 있었는데 무언가 벌어지는 장면 같았다. 말이 모두 똑같은 각도로 서 있는 모습이 라디오시티의 라인댄서들 같았다. 현관홀이었기 때문에 가구라곤 하나도 없었다. 양쪽 구석에 놓인 허리 높이의 항아리를 의자 삼아 앉지 않는다면 말이다. 그 항아리에 앉으면 흰 천을, 아니 기분에 따라 수의라고도 부를 수 있는 것을 두르고 있는 그리스 철학자들 한가운데에 엉덩이를 들이미는 셈이었다. 하지만 나는 새로운 미스 드루의 뒤를 따르는 편을 택했다. 그녀는 왼쪽에 있는 천장 높이의 문을 양쪽으로 호기롭게 활짝 열어젖히고 짧은 복도를 성큼 걸어갔다. 복도 벽에는 잔금이 가고 누리끼리한 유화 몇 점이 걸려 있었다. 왼편에 열려 있는 문이 시야에 들어왔다. 그녀가 그 앞을 지나는데 남자 목소리가 들렸다. "드루?"

"나 오줌 눠야 해, 하비." 그녀는 아무렇지 않게 사무적으로 말했다. 그리고 계속 걸어 복도 모퉁이를 돌았고 또다른 문이 열렸다 닫히는 소리가 들렸다. 뒤에 남겨진 나는 개인 서재 입구에 서서 방안을 들여다보았다. 유리문 달린 책장들과 거기에 비스듬히 기대어져 바닥의 레일을 따라 이동할 수 있는 사다리가 보였다. 그리고 광택이 나는 나무틀에 장착된 거대한 지구본도. 초록색 갓이 달린 놋쇠 스탠드가 안락한 소파의 양쪽 끝에서 방을 밝히고 있었다. 소파에는 남자 둘이 나란히 앉아 있었다. 한 명이 다른 한 명보다 약간 더 나이들어 보였다. 그런데 놀랍게도 나이 많은 사람이 더 어린 사람의 발기한 성기를 손에 쥐고 있었다.

좀 민망하지만 나는 그들을 빤히 쳐다보았다. "오늘밤엔 안 들어올 줄 알았는데!" 나이 많은 남자가 외쳤다. 나를 보며 외쳤지만 귀는 다른 데 기울이고 있었다. 그는 성기를 잡고 있던 손을 놓고 소파에서 일어나 나비넥타이를 바로 고쳤다. 이 하비라는 사람, 키가 크고 잘생겼다. 조끼를 갖춘 트위드 양복 차림이 아주 말쑥했다. 그가 한 손을 조끼 주머니에 찔러넣는 폼을 보고 거기가 아픈가 싶었지만 내게 걸어오는 모습을 보니 아픈 것 같지는 않았다. 그러기는커녕 아주 건강하고 자신을 돌볼 줄 아는 사람처럼 보였다. 뿐만 아니라 존경심까지 불러일으켜 나도 모르게 옆으로 비켜섰다. 그는 옆으로 지나가며 내 귀에 대고 큰 소리로 말했다. "너, 괜찮아?" 그때 이 하비라는 자의 관자놀이께에서 빗어 넘겨진 머리칼에서 선명한 빗질 자국을 보았다.

해명이 없는 행성에 사는 것, 그것은 모든 걸 무척 손쉽게 해준다. 공기는 다소 희박했다. 내가 아는 공기보다 약간 희박했지만 몸을 격렬하게 움직일 필요는 없을 것 같았다. 소파에 앉아 있는 녀석은 엄지와 집게손가락으로 소파 등덮개를 집어 몸을 가렸다. 그리고 눈을 치켜뜨며 나도 공범자라는 듯 웃었다. 나는 그가 나처럼 노동자계급임을 깨달았다. 처음 보았을 때는 몰랐다. 속눈썹에 마스카라를 칠했는지 확실히 눈가가 뚜렷하고 검고, 검은 머리칼은 기름을 발라 가르마 없이 바짝 빗어 넘겼다. 연갈색과 회색의 마름모 무늬가 있는 대학 스웨터를 어깨에 두르고 소매를 앞으로 묶은 차림이었다.

이 놀라운 경험은 모두 미스터 슐츠가 시킨 일 때문에 비롯되었으므로 나는 그 일에나 집중하는 게 좋겠다고 생각했다. 그리고 복도를 어슬렁거리며 모퉁이들을 돌다 벽에 패드를 덧대고 온통 흰색과 회색뿐인 넓은 침실에 있는 하비를 발견했다. 브롱크스의 침실 셋을 하나로 튼 것보다 더 컸다. 거울 달린 화장실 문이 하얀 타일 바닥 위로 열려 있었고, 그 안에서 드루가 욕조에 물을 받고 있었다. 그는 거대한 더블베드 한구석에 앉아 다리를 꼰 채 담배를 들고 있었다. 물소리 때문에 아주 큰 소리로 말해야 했다.

"자기?" 그가 외쳤다. "나가서 무슨 일이 있었는지 말 좀 해봐. 설마 그를 차버리진 않았겠지."

"아니야. 하지만 이제 내 인생에는 없는 사람이야."

"아니, 뭘 어쨌길래! 자기 그자한테 반해서 열을 올렸잖아." 하비는 씁쓸하면서도 자조적인 미소를 지으며 말했다.

"굳이 알아야겠다면야. 그 사람 죽었어."

하비는 상체를 곧추세우면서 혹시 제대로 알아들은 게 맞는 건가 하며 고개를 쳐들었다. 하지만 아무런 말도 하지 않았다. 그러고는 고개를 돌려 나를 쳐다보았다. 나는 한구석에 멀찍이 떨어진 채 회색 잔털 천을 씌운 팔걸이 없는 의자에 앉아 있었다. 서재에서와 마찬가지로 여기에서도 어울리지 않는 생뚱맞은 아이, 그녀가 말한 새로운 정보를 들은 지금에야 그 아이가 눈에 들어온 것이다. 나도 보란듯이 그처럼 등을 조금 펴고 무례한 태도로 그를 쳐다보았다.

그는 곧바로 일어서더니 화장실로 들어가 문을 닫았다. 나는 침대 옆 탁자의 전화기를 들고 잠시 귀를 기울였다. 호텔 교환원의 목소리가 들리자 나는 네, 부탁합니다, 하고 수화기를 내려놓았다. 전화기는 흰색이었다. 나는 흰색 전화기를 본 적이 없었다. 전화선마저 흰색 천으로 싸여 있었다. 큰 침대의 헤드보드에도 흰색 덮개가 씌워져 있었고, 가장자리에 레이스가 달린 크고 푹신한 베개가 대여섯 개 놓여 있었다. 가구는 모두 회색이었고, 두툼한 카펫도 회색이었다. 광원이 안 보이는 조명이 천장 돌림 장식에서 나와 천장과 벽을 밝혔다. 침대 양쪽 탁자에 책과 잡지가 놓여 있고, 문짝과 곡선형 다리까지 흰색인 거대한 수납장도 두 개 있는 걸로 봐서 두 사람이 쓰는 침실이었다. 수납장은 각각 남성용 여성용 옷장으로 쓰였고, 각 수납장과 짝을 이루는 서랍장에는 남자의 셔츠와 여자의 속옷이 들어 있었다. 그때까지만 해도 나는 타블로이드 신문에서 얻은 부에 대한 지식으로도 그것이 어떤 건지 상상할 수 있다고 생각해왔다. 하지만 이 방에서 세세하게 목격한 부는 정말 놀라웠다. 손잡이가 긴 구둣주걱, 색색의 스웨터, 온갖 스타일과 기능에 따라 구비된 신발, 빗과 브러시 세트, 반지나 팔찌가 잔뜩 들어 있는 조각공예 상자, 한쪽으로 회전하다 멈춘 다음 반대 방향으로 회전하는 추가 달린 황금빛 탁상시계 등 부자들이 실제로 필요로 하는 것이란 정말이지 놀라웠다.

화장실 문이 열리고 하비가 미스 드루의 드레스, 속옷, 스타킹, 구두를 전부 양손으로 받쳐들고 나왔다. 그리고 그 모든 걸 쓰레기통에 버리고 나서 손을 비벼 털었다. 기분이 별로라는 걸 알 수 있었다. 그는 방 안쪽 구석에 있는 다른 문을 열고 그 안으로 모습을 감췄고, 이내 그 방의 불이 켜졌다. 일종의 드레스룸이었다. 그는 여행용 손가방을 들고 나와 침대 위로 던지고는 그 옆에 다시 다리를 꼬고 앉아 무릎에 양팔을 교차해 얹은 채 기다렸다. 나도 내가 앉은 자리에서 기다렸다. 곧 그녀가 큰 타월을 몸에 두르고 화장실에서 나왔다. 타월 한쪽 끝을 쇄골 아래에 끼워 고정하고 머리엔 다른 타월을 터번처럼 둘렀다.

　그녀의 행동을 두고 말싸움이 났다. 그는 상황이 변칙적이고 문제를 일으키는 방향으로 돌아가고 있다고 말했다. 그녀는 나름대로 자신들이 다음날 저녁식사 초대에 응해야 한다고 주장했다. 주말의 요트 경주는 말할 것도 없었다. 그녀는 자신들의 친구를 모두 잃고 싶은 걸까? 그는 전적으로 합리적이었지만 나는 그가 하는 말을 도통 따라잡을 수 없었다. 미스 롤라인지 미스 드루인지가 옷을 입으며 시종일관 자신의 주장을 펼쳤기 때문이다. 그녀는 옷장 앞에 서서 몸을 감고 있던 대형 타월을 풀어 바닥에 떨어뜨렸다. 리베카보다 훨씬 키가 크고 허리도 길었다. 엉덩이는 좀 물렁하고 납작한 듯했다. 하지만 나의 음란하고 귀여운 리베카처럼 등뼈가 연약한 소녀같이 도드라졌다. 모든 신체 부위는 리베카와 같았고 그 부위들의 집합은 눈에 익은 여성의 몸이었다. 내가 무엇을 기대했는지 모르겠으나 그녀 역시 뜨거운 목욕물에 몸을 담그면 살갗이 발개지는 이 세상의 한 인간이었다. 그녀는 가터벨트를 하고 한 발씩 내디디며 부드러우면서도 효율적인 동작으로 희고 가는 다리에 얇은 스타킹을 신었다. 솔기가 삐뚤어지지 않게 조심하며 스타킹을 끌어당겨 입은 뒤 발가락을 꼼지락거리며 발을 바닥에 내려딛고 스타킹을 엉덩이에 걸쳐 가터벨트에 달린 금속 클립을 채웠다. 그런 다음 흰색 새틴 팬티에 한 발씩 넣고 확 잡아당겨 입고는 허리띠 단추를 딱 소리가 나게 채웠다. 이는 예전부터 꾸준히 여자라는 종족이 훈련해온, 여성의 갑옷이라고 가정되어온 G-스트링을 능률적으로 입는 방식이었다. 전쟁이나 반란, 기근, 홍수, 가뭄, 북극광에도 대비할 수 있으리라고 가정되어온. 내가 쳐다보는 사이에 그녀의 몸은 점점 더 옷으로 감추어져갔다. 그녀는 스커트를 입고 옆구리의 지퍼를 올렸다. 그리고 발을 꿈틀거리며 하이힐을 신었다. 허리 아래까지만 옷을 입고 머리에 두른 타월은 풀지 않은 채 짐을 꾸리기 시작했다. 서랍장과 옷장, 옷가방 사이를 왕복하면서 결정은 쏜살같고 실행은 일사천리였다. 그 와중에도 그녀는 입을 쉬지 않았다. 친구들이 어떻게 생각하든 그녀는 전혀 개의치 않는다고, 대체 무슨 상관이 있느냐고, 자신은 만나고 싶은 사람은 마음대로 만날 것이고 그도 잘 알지 않느냐고, 그러면서 웬 불평이냐며 그렇게 징징거리는 그가 지겨워지기 시작했다고 말했다. 그러고는 가죽 옷가방의 뚜껑을 닫고 황동 자물쇠 두 개를 찰칵 잠갔다. 나는 예인선에서 미스 롤라와 미스터 슐츠 사이에 일어난 일에 대해 거의 다 들었다고 생각했는데, 분명 그게 전부가 아닌 듯했다. 그들 사이에 어떤 협정이 있었고, 그녀는 그것을 이행하기로 결정했다.

"내가 말하는 건 질서야, 어떤 질서가 필요한 거라고." 하비라는 자가 말했다. 말로 이기려는 생각은 일찌감치 포기한 게 분명했다. "당신 때문에 우리 모두 파멸할 거야." 그가 투덜거렸다. "스캔들 조금 난 거 가지고 이러는 게 아니잖아? 당신은 아주 영리하고 제멋대로인 문제지. 그래도 한도가 있는 법이야, 한도가 있는 법이라고. 앞으로 감당하지 못할 일에 빠지면 어떻게 할 거야? 내가 나타나 구출해주기를 기다릴 건가?"

"웃기시네."

그녀는 상체를 벗은 채로 화장대 거울 앞에 앉아 머리에 두른 타월을 벗고 헬멧 모양의 짧은 머리칼에 몇 차례 빗질을 했다. 그런 다음 입술에 립스틱을 바르고 캐미솔을 찾아 어깨를 움츠려 입고는 그 위에 블라우스를 입고 아랫자락을 스커트에 집어넣었다. 블라우스 위에 재킷까지 입고 난 그녀는 팔찌 한두 개와 목걸이를 하고 서서 처음으로 나를 쳐다보았다. 미스 롤라 미스 드루, 그녀는 새로운 여자였으며 그 두 눈에는 가공할 만한 목적의식이 어려 있었다. 꿈에 그리던 살인자와 도망치기 위해 그렇게 온통 크림색과 청록색으로 치장한 여자를 내가 언제 또 본 적이 있었던가?

그렇게 해서 우리가 탄 차는 새벽 세시에 뉴욕을 벗어나 22번 도로를 부리나케 달린다. 나는 처음 가보는 산악지대로 몇 킬로미터쯤 들어섰다. 나는 운전사 미키 옆의 조수석에 앉고 미스터 슐츠와 여자는 뒷좌석에 앉았다. 그들은 샴페인 잔을 들고 있다. 그는 그녀에게 자기가 살아온 이야기를 해주고 있다. 100미터 정도 일정한 간격을 두고 뒤따르는 차에는 어빙과 룰루 로젠크란츠, 미스터 아바다바 버먼이 타고 있다. 교육을 받는 밤치고 길었다. 그런데 그게 다가 아니다. 나는 산속으로 들어가고 있다. 미스터 슐츠는 내게 세상을 보여주려 한다. 비록 내가 본 것은 백인의 유방뿐이었지만, 그는 내게 〈내셔널 지오그래픽 매거진〉 정기구독권과도 같았다. 나는 해저 같은 넓은 침대의 윤곽과 미스 드루라는 백인 여체의 곡선을 보았고, 이제 검은 산의 등고선을 보고 있다. 생전 처음으로 세상에서 도시가 어떤 곳인지 이해한다. 그토록 자명한 것을 나는 그제서야 알았다. 나는 도시에서 벗어나본 적이 없었다. 도시와 거리를 두어본 적이 없었다. 도시는 양서류가 떠나는 여행의 정거장이다. 우리가 점액을 벗으며 나오는 곳이다. 햇볕을 쬐고 배를 채우고 자국을 남기고 춤을 추고 화석화된 배설물의 첨탑을 남기는 곳이다. 우리는 거기서 나와 광풍이 불고 비는 오지 않는 검은 산속으로 들어가고 있다. 눈이 감겨온다. 손잡이를 돌려 약간만 열어둔 쪽창 틈으로 불어 들어오는 바람의 부드러운 휘파람 소리가 들린다. 제대로 된 소리가 아니라 사람이 혼자 흥얼거리듯 부는 휘파람과 비슷하다. 8기통 엔진이 내는 묵직한 저음의 쟁기질, 소싯적에 주사위 놀음판을 돌아다니며 돈을 털었던 이야기를 늘어놓는 미스터 슐츠의 울리는 쉰 목소리, 축축한 고속도로를 웅웅거리며 미끄러지듯 달리는 타이어 소리 등, 그 모든 소리들은 두 팔로 몸을 감싸고 가슴에 고개를 묻는 중에 나의 두뇌 회로가 항변하며 도는 소리와도 같았다. 웃음소리가 한 번 더 들렸지만 나는 꼼짝도 할 수 없었다. 내 인생 최고의 새벽 세시였다. 그러나 나는 한숨도 자지 못했다.

4

신문에서 월터 윈첼의 칼럼을 읽고 나는 미스터 슐츠가 도망자라는 것을 알았다. 연방정부가 탈세 혐의로 그를 수배했다. 어느 날 경찰이 도끼를 들고 이스트 149번가의 본거지를 급습해 미스터 슐츠의 맥주 사업과 관련된 범법 증거를 발견했다. 하지만 나는 두 눈으로 직접 그를 보았으며 내 얼굴에 닿은 그의 손을 느꼈다. 신문지상에서만 알던 사람을 직접 보는 것만도 굉장한데 법망을 피해 도망중이라고 보도된 사람을 직접 보다니, 약간 마법 같은 기분이 들었다. 신문에서 미스터 슐츠가 도망중이라고 했다면 그건 사실이었다. 하지만 사람들은 '도망'이라는 말을 들으면 대부분 야간에는 도주하고 주간에는 칩거할 거라 생각한다. 그런데 진짜 관건은 눈에 띄지 않는 상태다. 달아나지도 않고 숨지도 않는데 도망중이라면 도망자는 늘 있던 곳에 계속 존재하면서 사람들의 시야를 조정할 따름이다. 그것은 아주 효과적인 마술이다. 당연히 돈을 흔들어 보이기만 하면 되는. 지폐 한 장을 꺼내 흔들면 투명인간이 되는 것이다. 그래도 필요할 때마다 먹힌다는 보장은 없는, 어렵고도 위험한 마술이다. 맨해튼에서는 먹히지 않을 거라고 나는 판단했다. 탈세 혐의로 미스터 슐츠를 재판정에 세우려는 연방수사관들이 있는 곳이니까. 브롱크스라면, 가령 브롱크스에서도 맥주 은닉처가 있는 동네라면 그 마술이 훨씬 잘 통할 터였다. 그리고 가장 잘 통하리라고 내가 판단한 곳은 연방수사관의 강요로 경찰이 습격해 증거물을 압수간 바로 조직의 본거지였다.

그 일은 어느 여름날 그렇게 시작되었다. 그날 소년 빌리는 웹스터 애비뉴를 따라 덜컹거리며 남쪽으로 달리는 전차 후미에 매달려 149번가로 향했다. 이렇게 이동하는 건 쉬운 일이 아니었다. 손으로 붙잡을 데라고는 바깥쪽 창턱밖에 없었다. 전차가 반대 방향으로 간다면 물론 그쪽이 앞유리창이다. 즉 창문이 크기 때문에 매달려 있는 동안 안에서 머리가 보이지 않도록 시종 몸을 낮추고 있어야 한다는 의미였다. 전차 운전사가 백미러를 통해 나를 발견한다면 전차를 말처럼 날뛰게 할 테니, 즉 전동식 브레이크를 걸어 끼기긱거리며 전차를 세울 테니 나는 떨어지지 않을 수 없다. 뒤에 차가 있건 없건 그들은 개의치 않았는데, 그러면 젠장맞을 상황이 된다. 그뿐 아니라 발끝을 디딜 곳도 극히 좁은 펜더뿐이었다. 그러니 사실상 이동하는 동안은 무엇을 붙잡는다기보다 몸 전체를 차체에 흡착시키는 셈이었다. 그러다 전차가 정차하면 다시 출발할 때까지 일단 내려 서 있는 게 올바른 행동이었다. 전차가 섰는데도 계속 매달려 있다가 경찰이 나타나기라도 하면 정말 무방비 상태에서 경찰봉으로 엉덩이를 얻어맞을 도리밖에 없기 때문이다.

그뿐 아니라 일단 내려 있어야 다음번에 정차할 때까지 매달려 있을 힘을 비축할 수 있었다. 빠른 속도로 달릴 때 그놈의 전차에서 떨어지고 싶지는 않았으니까. 창고와 정비소, 철공소, 목재소가 줄지어 있는 공장 거리인 웹스터 애비뉴를 달릴 때는 특히 더 그러했다. 그 거리는 신호등 사이의 간격이 길어서 고속전차는 멀리 있는 다음 정거장까지 마음껏 속력을 냈다. 바퀴 위의 객차가 요란하게 덜컹거리며 좌우로 흔들리고 전차 기둥이 전선을 긁으며 스파크를 일으킬 정도로. 사실 전차에 매달려 탔다가 죽은 아이가 한둘이 아니었다. 그럼에도 이것은 내가 선호하는 이동 방식이었다. 내 수중에 2달러나 있어 5센트라는 요금은 새발의 피였어도 그랬다.

나는 그 거대한 기계덩어리를 끌어안듯 붙들고 있다가 그곳에 다다르자 정거장에 닿기 전에 뛰어내려 달음질쳤다. 그런데 이스트 149번가에 있는 본거지의 주소를 몰라 하는 수 없이 피곤하게 두어 시간 비탈길을 터덜터덜 걸었다. 서쪽으로 콩코스 대로에 이르면 동쪽으로 온 길을 되돌아갔다. 날은 더워 푹푹 찌는데 내가 무얼 찾고 있는지도 알지 못했다. 하지만 결국 운이 따랐다. 149번가와 서던 대로가 만나는 지점에서 멀지 않은 폐쇄된 화이트캐슬 햄버거가게 주차장에 승용차 두 대가 나란히 세워져 있었다. 라살 쿠페와 뷰익 세단이었다. 두 대 중 한 대만 있었어도 내 시선을 끌지 않았을 테지만 두 대가 나란히 서 있는 모습은 눈에 익었다. 햄버거가게 옆에 폭이 좁은 4층짜리 사무실 건물이 있었다. 건물 색이 난잡하고 커다란 창문들은 온통 먼지투성이였다. 건물 안에 들어가니 지린내와 나무 썩는 냄새가 났다. 내부 안내판이 있었더라도 알아보지 못했을 것이다. 나는 신이 났다. 계속 있고 싶었지만 거기서 나와 길 건너 보도 갓돌에 주저앉았다. 그리고 내 양쪽에 주차된 트럭 사이로 길 건너편을 주시하며 기다렸다.

그런데 참 흥미로웠다. 정오쯤이었던 것 같다. 전선 위로 햇빛이 내리쬐고 트럭의 배기가스가 하얀 꽃처럼 푹푹 뿜어져나왔다. 아스팔트 도로에서는 열기가 아지랑이처럼 가물가물 피어올랐고, 운동화 뒤축이 도로 표면에 초승달같이 옴폭한 자국을 남겼다. 아마 예리한 형사라면 그걸 보고 말했으리라. 그자가 앉았던 자리야, 뒤꿈치를 쿡 디뎠던 거지, 옴폭 파인 걸 보니 한낮이었을 거야. 그 사이 길 건너편에는 간혹 누군가가 나타났다. 대개 와이셔츠 차림인 사내들은 사람들 눈에 띄지 않으려는 듯 신속히 건물로 들어갔다. 길모퉁이의 버스정류장에서 내린 자도 있고, 승용차에서 내려 시동을 켜놓은 채 갓돌에서 대기하는 자도 있고, 옐로우캡에서 내린 자도 있었다. 그들은 모두 서둘렀다. 급한 일이 있는 듯했다. 백인이든 흑인이든 표정이 모두 초조해 보였다. 성큼성큼 걷는 사람, 종종걸음치는 사람, 그중에 한 사람은 다리를 절었다. 그런데 중요한 건, 그들이 모두 들어갈 때는 갈색 종이봉투를 들었는데 나올 때는 빈손이었다는 것이다.

보도 주변이나 골목길 뒤나 쓰레기통 같은 데를 뒤지면 종이봉투 한 개쯤이야 쉽게 찾을 수 있을 것 같았지만, 어쩐 일인지 149번가는 사정이 달랐다. 그래서 나는 종이봉투를 구하려고 식료품점을 찾아 뭔가를 사야만 했다. 그 사람들이 그랬던 것처럼 종이봉투 입구를 말아 접은 다음 봉투를 두어 번 접었다 펴서 구깃구깃하게 만들었다. 나는 심호흡을 크게 한 번 한 뒤, 한 블록밖에 되지 않았지만 그 분위기에 젖어보고 싶어 그자들처럼 성큼성큼 걸었다. 그리고 제법 땀을 내며 사람들 틈을 헤집고 나아가듯 건물 문을 열고 지린내가 진동하는 어둑한 로비에 들어섰다. 귀를 기울이면 바퀴벌레 기어다니는 소리가 들려올 것 같은 나무계단을 껑충껑충 올라갔다. 나는 그들이 꼭대기층에 있으리라는 걸 알았다. 그래야 얘기가 되니까. 위로 올라갈수록 내부가 밝아졌다. 꼭대기층에 오르니 천장에 녹슨 쇠창살이 달린 채광창이 있었다. 그리고 층계참이 끝나는 지점에 곳곳이 독특하게 파이고 찌그러진 밋밋한 철문이 나왔는데, 손잡이는 잘려나갔는지 없었다. 손끝으로 살짝 밀어보니 문이 스르르 열렸다. 나는 안으로 들어갔다.

그 안에 무엇이 있으리라 생각했는지는 모르지만, 일단 들어가보니 바닥이 갈라지고 잘게 쪼개진 짧고 텅 빈 복도 끝에 칠을 하지 않은 새 철문이 또 나왔다. 이 문에는 밖을 살펴볼 수 있는 작은 렌즈 구멍이 있었다. 손끝으로 밀어보았지만 꿈쩍하지 않았다. 그래서 문을 두드린 다음 안에서 렌즈를 통해 내가 든 봉투를 볼 수 있도록 한두 발자국 물러서서 기다렸다. 들여보내주기를 청하는 내 심장박동 소리, 대형 망치 소리보다, 도끼로 철문을 내리치는 소리보다, 4층까지 나무계단을 뛰어오르는 열댓 명의 경찰 발소리보다 큰 내 심장박동 소리가 그들에게 들릴까?

문이 찰칵 하고 5센티미터 정도 열렸다. 기왕 이렇게 된 거 될 대로 되라는 심정으로 들어갔다. 쾌적하고 큰 방에는 오래된 낡은 책상이 여러 개 있었다. 책상 앞에 앉은 사내들은 티켓이나 돈뭉치를 세고 있었다. 늘 그렇듯 하나같이 엄지손가락에 침을 묻혀가면서. 전화벨이 울려대는 와중에 나는 가슴 높이 정도 되는 카운터에 봉투를 올려놓고 서서 그 모든 광경을 구경했다. 문을 열어주고 내 뒤에 서 있는 사람은 애써 신경쓰지 않으려고 했다. 키가 180센티미터 정도인 그자는 숨소리가 요란했다. 코를 골듯 숨을 쉬는 부류인 그에게서 마늘 냄새가 풍겨왔다. 그때는 몰랐지만 그자의 이름은 룰루 로젠크란츠였다. 머리가 비정상적으로 크고 단정치 않은 검은 머리칼은 이발을 해야 할 것 같았다. 작은 눈은 덥수룩한 눈썹에 가려 보이지 않다시피 했고, 코는 딸기코에 마맛자국이 남은 푸르죽죽한 볼은 푹 꺼졌다. 그가 내쉬는 마늘 냄새가 밀려올 때마다 나는 그가 목구멍에서 불을 뿜는 상상을 했다. 미스터 슐츠는 보이지 않았다. 대머리인 남자가 카운터 앞으로 왔다. 긴소매 셔츠의 팔꿈치 위로 잔뜩 차고 있는 고무줄이 출렁거렸다. 그는 잠시 이상하다는 눈초리로 나를 쳐다보더니 카운터의 봉투를 거꾸로 집어들어 내용물을 쏟아냈다. 셀로판지로 두 개씩 포장된 듀건 컵케이크가 열두어 개 쏟아져나왔을 때 그의 얼굴에 떠오른 표정을 나는 아직도 기억한다. 그는 갑자기 사색이 되며 화들짝 놀라 눈을 휘둥그레 떴다. 그리고 멍한 표정으로 상황을 파악하려고 애썼다. 그 모든 게 한 순간이었다. 그는 곧 다시 봉투를 뒤집어 흔들었다. 뭐든 펄럭거리며 나올 줄 알았나보다. 그것도 모자라 봉투를 쳐들어 안에 무슨 속임수라도 숨어 있는지 들여다보았다. "이런 우라질, 이게 뭐야?" 그가 소리쳤다. "도대체 뭘 가져온 거야?"

일하던 사람들이 손을 멈추자 실내가 조용해졌다. 한두 사람이 일어나 무슨 일인지 보려고 카운터로 왔다. 룰루 로젠크란츠가 내 뒤에 바짝 붙었다. 우리는 모두 말없이 컵케이크만 바라보았다. 그건 내가 애초에 의도한 바가 아니었다. 길거리에서 봉투를 주웠다면 컵케이크를 사지 않았을 테니까. 그랬으면 봉투에 바람을 불어

넣어 안에 무언가 든 것처럼 보이게 했을 것이다. 그러면 퍽 터뜨릴 수 있었다. 한 손으로 입구를 쥐고 심벌즈를 치듯 다른 손으로 바닥을 쳐서. 만일 그랬다면, 그의 면전에 대고 종이봉투를 팡 터뜨렸다면, 온순하지 않은 사람 같으면 무슨 짓을 할지 모르니 내 인생은 그걸로 종쳤을지도 모른다. 책상 앞에 앉은 여남은 사내들은 사무실 바닥으로 몸을 날렸을 테고, 룰루 로젠크란츠는 몽둥이로 후려치듯 주먹으로 내 머리를 내리쳤을 것이다. 그러면 나는 바닥에 엎어졌을 테고, 그는 그런 내 등을 발로 밟아 꼼짝 못하게 한 다음 두개골 정중앙에 총알을 박아 나를 처형했을 것이다. 이런 자들이 있는 자리에서는 갑자기 큰 소리를 내지 않는 게 신상에 좋다는 사실을 나중에야 알았다. 아무튼 나는 종이봉투 때문에 무언가를 사야 했고, 바닐라 아이싱을 입힌 초코 컵케이크를 골랐다. 그들은 묵직한 불법 로토 티켓 뭉치나 고무줄로 묶은 돈다발을 기대했겠으나, 나는 과자 진열대에서 컵케이크를 양팔로 잔뜩 쓸어 안아들고 식료품점 계산대에 놓으며 별다른 생각은 하지 않았다. 그저 돈을 내고 가게에서 나와 거리를 걸어내려가 건물 계단을 오른 뒤 철문을 통과해 뉴욕에서 가장 살벌한 총잡이들의 눈앞에 컵케이크를 늘어놓았을 뿐이다. 그것도 미스터 슐츠의 불법 로토 범죄단 심장부에서. 내 행동에는 조금의 오차도 없었다. 태연하게 고무공 두 개, 네이블오렌지 한 개, 달걀 한 개, 검은 돌 한 개로 저글링을 하며 물을 뿜는 분수처럼 등뒤의 울타리 너머 뉴욕센트럴 철로로 하나씩 던져 넘겼을 때처럼, 당장은 내 모든 행동이 먹혔다. 일이 잘못될 리 없었다. 스스로 생각해도 불가사의한 일이었다. 나는 줄곧 뚜렷한 이유 없이 알고 있었다. 이 세상에서 내 인생이 어떻게 풀리든 미스터 슐츠와 관계있으리라는 것을. 지금은 그게 의심 스러워 보이기 시작했지만. 그리고 어쩌면 내게 권한이 주어질지도 모른다는 것을, 아주 희미한 암시를 통해 알고 있었다. 그러한 상황에 놓이면 이런 느낌이 든다. 마법에 걸린 느낌, 다시 말해 무엇보다 스스로 결정할 수 있는 건 아무것도 없음을 뜻한다.

이 헤비급 두뇌들이 컵케이크의 이데아에 대한 생각에 잠겨 서 있던 바로 그 순간, 미스터 슐츠의 목소리가 들리더니 안쪽 사무실에서 회색 핀스트라이프 양복을 입은 사람이 허겁지겁 가방에 서류를 집어넣으며 뒷걸음쳐 나왔고, 그 뒤를 따라 미스터 슐츠가 나타났다. "이런 젠장, 변호사라는 인간이 도대체 돈은 돈대로 받아먹으면서 일을 어떻게 하는 거야!" 미스터 슐츠가 소리쳤다. "거래를 하면 될 걸 가지고, 아주 간단하잖아, 간단한 거래. 법이 어쩌고저쩌고 헛소리나 하지 말고 책임진 일이나 제대로 하라고. 나 좀 그만 등쳐먹고. 나 참 속 타 죽겠네, 그렇게 꾸물거리는 동안 차라리 내가 법을 공부해서 온 주마다 다니며 변호사 시험에 합격하겠어."

미스터 슐츠는 긴소매 와이셔츠에 멜빵을 하고 타이는 매지 않았다. 손에 구깃구깃한 손수건을 쥐고 목과 귓가의 땀을 훔치며 변호사 앞으로 성큼 다가섰다. 나는 처음으로 햇빛에 방해받지 않고 그를 똑똑히 보았다. 숱이 적은 검은 머리칼을 매끈하게 뒤로 넘겨 이마가 넓게 드러났다. 감기에 걸렸는지 알레르기가 있는 건지 두툼한 눈꺼풀 가장자리는 분홍빛이었고 코가 붉었다. 아래턱은 주발 같고, 호른 소리와 매우 흡사하게 울리는 목소리에 어울리지 않게 큰 입은 말을 할 때면 심란할 정도로 물결치듯 움직였다. "서류 좀 놔두고 내 말 들어." 그가 앞으로 성큼 나서며 손등으로 서류가방을 탁 쳐서 내동댕이쳤다. "여기 책상이 몇 개지? 이십 개잖아. 그런데 몇 사람이 앉았는지 보라고, 열 사람이야. 빈 책상을 보면 뭔가 느끼는 게 없어? 그놈들이 나를 포위해 들어오고 있다고, 이 멍청한 변호사 자식아. 매주 잠행할 때마다 나는 판돈도 잃고 물주도 잃는다고. 저 골뱅이 같은 이탈리아 개자식들한테 내 부하들을 뺏기고 있단 말이다. 내가 물러난 지 열여덟 달이라고, 이 아이비리그 출신 바보 새끼야. 네가 오후에 검사랑 차나 마시면서 노닥거리는 틈에 저들은 내가 가진 걸 모두 빼앗아가고 있단 말이야!"

변호사는 당황해 어쩔 줄 몰라하면서도 서류가방 때문에 화가 나 얼굴이 시뻘게졌다. 그는 곧 가방을 집어들고 쪼그리고 앉아 가방에서 쏟아진 걸 모두 주워담기 시작했다. 살결이 희멀건 그는 체면을 구기면 얼굴이 붉어지는 부류였다. 나는 그의 구두에 주목했다. 반질반질한 코끝에 작은 장식 구멍이 점점이 나 있는 검정 윙팁스 구두였다. "더치." 그가 말했다. "지금 상황에서 패를 쥔 건 보스가 아니란 사실을 모르시나보군요. 우리 친구인 주 상원의원에게 부탁을 했고, 그가 해낸 일을 당신도 알잖아요. 게다가 지금까지 워싱턴에서 가장 유능한 변호사 세 명을 썼어요. 지금은 제일 잘나가는 변호사와 일을 하고 있고요. 아주 관록 있고 평판 좋은 소송 전문 변호사죠. 인맥도 좋아요. 그런데 그마저도 몸을 사리는 실정이에요. 어려운 케이스니까. 연방수사관이라 그런지 빈틈이 없어요. 시간이 걸리는 게 유감이지만 그러려니 할 수밖에 없습니다."

"그러려니 하라니!" 미스터 슐츠가 외쳤다. "그러려니 해?" 나는 그가 변호사를 죽일 거라면 지금이라는 생각이 들었다. 그는 욕설을 줄줄이 내뱉었다. 그의 목소리에 실려 나오는 욕설은 마치 호칭기도 같았다. 그는 큰 걸음으로 왔다갔다하며 악악댔다. 내가 그의 성깔을 본 건 그때가 처음이었다. 나는 선 자리에서 꼼짝할 수 없었다. 그의 목에 힘줄이 돋는 걸 보며 변호사가 어째서 위축되지 않는지 의아했다. 나는 그 광경을 무엇과도 비교할 수 없었다. 나의 눈에 그것은 격렬함의 극치였다. 다른 사람들에겐 식구들 간의 말싸움처럼, 말하자면 늘상 있는 일이라 필연적으로 의례적인 양상을 띠면서 수없이 겪음으로써 익숙해진, 새로울 것 없는 분노의 폭발이었겠지만 나로서는 이해할 수 없었다. 그러다 나는 깜짝 놀라고 말았다. 미스터 슐츠가 돌아다니다 내가 서 있는 카운터 앞으로 오더니 열변을 토하는 와중에 컵케이크를 보고 하나를 집어든 것이다. 그는 포장을 뜯고 케이크를 감싼 주름진 갈색 종이를 벗겨내고서 바닐라 아이싱을 입힌 초코 컵케이크를 먹으며 다시 입씨름을 계속했다. 하지만 그것은 거의 무의식적인 행동이었다. 마치 먹는 행위가 산만해진 분노의 형태이자 두 행위가 어떤 이름 없는 일반적인 욕구의 기능이기라도 한 것처럼. 빈 종이봉투를 들고 있던 자로서는 그것으로 문제 해결이었다. 스핑크스의 수수께끼가 풀렸다. 그는 제자리로 돌아갔다. 다른 사람들도 돌아서서 각자 자기 책상으로 돌아갔다. 룰루 로젠크란츠도 문가의 제자리로 돌아가 등나무의자를 벽에 기울여 대고 앉아 올드골드 담뱃갑을 탁탁 쳐 한 개비를 꺼내 피워 물었다.

나는 여전히 꿈쩍하지 않았다. 목숨은 아직 붙어 있었다. 그들도 알아챘는지 모르지만 내가 있을 곳은 거기였다. 최소한 잠시 동안이라도. 미스터 슐츠는 나를 쳐다보지도 않았다. 그런데 재미있어하는 눈초리로 날카롭게 모든 걸 보고 이해한 누군가가 있었다.

내 야심의 뻔뻔한 성향도 놓치지 않은 것 같았다. 눈 한 번 깜박하지 않고 나를 똑바로 쳐다보는 시선이 느껴져 돌아보니 창가 저쪽 벽 가까이 놓인 책상 앞에 어떤 남자가 앉아 있었다. 그는 전화를 하며 나를 쳐다보았다. 은밀하고 조용하게 대화를 나누는 듯했지만 미스터 슐츠가 악악대는 소리를 전혀 불편해하지 않는 모양이었다. 나는 즉각 그가 유명한 아바다바 버먼이라는 걸 알았다. 의심의 여지가 없었다. 그는 미스터 슐츠의 회계 브레인이었다. 다른 사람들은 도통 뭐가 뭔지 이해하지 못하는 그렇게 소란스러운 상황에서도 통화를 하며 나에게 잔잔한 미소를 보일 수 있는 건 남들보다 우월한 두뇌의 분산 집중력 때문이었다. 그는 몸을 살짝 틀고 손을 높이 들어 허공에 숫자를 썼다. 그것을 신호로 사무실 오른쪽에 앉은 사람이 일어서서 즉시 칠판에 6이라고 받아 썼다. 그러자 모두가 동시에 불법 로토 티켓을 마구 떼어 바닥으로 떨어뜨렸다. 마치 린드버그 퍼레이드*가 지나가는 장면을 추상적으로 형상화한 듯했다. 그가 훗날 설명해준 것이지만, 6은 플로리다 마이애미 트로피컬 파크의 배당금 표시기에 따른 것으로, 그날 첫 세 번의 경주에 해당하는 총 배당률의 소수점 앞 마지막 숫자였다. 이 숫자가 그날의 첫번째 당첨 번호였다. 두번째 번호는 같은 방식으로 그다음 두 번의 경주 결과로 결정되었다. 마지막 번호는 그날의 마지막 두 번의 경주로 결정되었다. 대개는 그랬다는 말이다. 왜냐하면 당첨 번호에 걸린 돈이 크거나, 해몽이나 점성술 책을 참고하기 좋아

---

* 1927년 무착륙 대서양 횡단 비행에 성공한 미국 비행사 찰스 린드버그를 환영하는 퍼레이드에서 1750톤에 달하는 종잇조각이 뿌려졌다.

하는 도박꾼들이 한 번호로 우루루 몰리거나 하면, 미스터 버먼이 마지막 순간에 한패거리인 경마장 직원에게 전화해 베팅을 했기 때문이다. 그럼으로써 미세하게나마 배당률에 변화를 주어 마지막 당첨 번호를 배당금이 그리 크지 않은 걸로 바꾸었다. 그는 그런 방식으로 미스터 슐츠의 종합적인 이익을 지켰음은 물론 조직에는 명예를 가져다주었다. 그리고 미스터 버먼은 자신이 고안한 이 술 책으로 인해 아바다바*라는 이름으로 알려졌다.

그가 허공에 쓴 숫자가 모든 소란법석을 뚫고 전달되어 칠판에 가시화되는 것을 보고 나는 즉시 평판으로만 알았던 그의 능력을 인정했다. 그는 통화를 마치고 자리에서 일어섰다. 앉은 키와 큰 차이가 나지 않았다. 그는 노란색 더블브레스트 여름 양복에 파나 마모자를 뒤로 젖혀 썼다. 재킷 단추가 풀려 있었는데 옷자락이 비스듬한 걸로 봐서 약간 곱사등 같았다. 걸음걸이도 옆으로 기우뚱 거렸다. 실크 와이셔츠는 양복보다 진한 노란색이었고 연한 파란 색 실크 넥타이가 실버 넥타이핀으로 셔츠에 고정되어 있었다. 나는 그렇게 신체적으로 불운한 사람이 멋진 옷을 입고 싶어한다는 사실이 놀라웠다. 바지는 멜빵 때문에 너무 높이 끌어당겨져 가슴 이 없어 보일 정도였다. 그가 카운터 앞으로 왔다. 카운터 너머로 그가 보이는 부분과 내가 보이는 부분의 차이는 별로 없었다. 그는 갈색 눈동자에 둥그런 금속테 안경을 쓰고 있었다. 나는 그의 시선 에 위협을 느끼지 않았다. 그 시선은 무언가에 완전히 몰두한 영역

---

* 아바다바(Abbadabba)는 주문 아브라카다브라(Abracadabra)에서 따온 말로, 버먼의 마법 같은 솜씨를 뜻한다.

에서 말미암은 듯했다. 갈색 눈동자 언저리가 흐릿한 푸른색이었다. 콧날은 날카로웠고 콧구멍으로 곱슬곱슬한 코털이 삐져나왔다. 턱은 뾰족했으며 V자로 교활하게 생긴 입술 한쪽 끝에서는 그가 말할 때마다 담배꽁초가 위아래로 움직였다. 그는 갈고리 같은 손을 컵케이크 한 개에 얹었다. "야, 커피는 어디 있어?" 그가 담배 연기 속에서 눈을 가늘게 뜨고 말했다.

5

잠시 후 나는 계단을 부리나케 달려 내려갔다. 블랙커피는 몇 잔, 설탕을 넣은 건 몇 잔, 크림을 넣은 건 몇 잔, 크림과 설탕을 모두 넣은 건 몇 잔 하고 속으로 외우면서 149번가의 블러바드 다이너를 향해 달렸다. 나는 자동차보다 빨랐다. 버스와 트럭의 경적 소리, 삐거덕거리는 기어 소리, 마차의 말발굽 소리와 덜컹거리는 소리, 평일의 가장 분주한 시간에 접어들며 움직이는 모든 차량의 소음이 내 가슴속에서는 성가대의 찬양으로 들렸다. 나는 옆으로 재주넘기를 했다. 두 번 공중제비를 넘었다. 더치 슐츠 갱단이 부여한 첫 임무를 수행하게 된 것에 대해 신께 감사할 다른 방법을 그때는 알지 못했다.

물론 나는 늘 그래왔듯 실제 현실보다 앞서갔다. 며칠 동안 그들의 참을성을 침범하지 않을 만한 거리에 머물렀고, 대부분의 시간을 그 모든 것이 시작된 내 관측 지점인 길 건너편 보도 갓돌에서 보냈다. 미스터 슐츠는 나라는 존재를 인지하지도 못했다. 저글링 하던 나를 기억하지 못했다. 내가 바닥에서 불법 로토 티켓을 쓸어 모을 때에야 비로소 나를 의식하고는, 도대체 누구이며 거기서 뭘 하고 있느냐고 아바다바 버먼에게 물었다. "그냥 어떤 애야." 미스터 버먼이 말했다. "우리 행운의 마스코트." 왠지 모르지만 미스터 슐츠는 그 대답으로 만족했다. "우리한테 행운이 필요하긴 하지." 그는 중얼거리면서 자기 방으로 들어갔다. 그렇게 해서 나는 매일 아침 출근하는 사람처럼 웹스터 애비뉴 전차에 올랐다. 커피 심부름이든 바닥 청소든 할일이 주어지면 그날을 성공한 날로 쳤다. 미스터 슐츠는 대개 사무실에 없었다. 사업 운영은 미스터 버먼의 몫인 듯했다. 짧은 시간이었지만 결정권을 가진 자가 그라는 사실을 이해하기 시작하기에는 충분했다. 판단을 내리는 건 미스터 슐츠였지만 나한테 일을 주는 건 미스터 아바다바 버먼이었다. 그러던 어느 날 미스터 버먼이 내게 불법 로토를 자세히 설명해주겠다고 했다. 그러자 내 마음속에 제자라는 개념이 떠올랐다. 그리하여 나는 갓돌에 앉아 대기하는 꼬마 행동대원으로서 자존감을 가질 수 있었고, 그로 인해 마음을 차분히 먹고 인내할 수 있었다.

미스터 슐츠가 없을 때는 그 생활이 지루했다. 아침에 수금원들이 종이봉투를 가져오기 시작해 정오에는 모든 배달이 완료되었다. 오후 한시에 그날의 첫 경주가 시작되었고, 한 시간이나 한 시간 반마다 칠판에 숫자가 적혔다. 그리고 다섯시면 마법의 숫자 조합 작업이 끝났고 여섯시에 폐장해 모두 퇴근했다. 범죄는 순조롭게 진행될 때면 아주 따분하기 마련이다. 크게 수지맞는 장사이지만 매우 따분하다. 사무실에 마지막까지 남는 사람은 대개 미스터 버먼이었다. 그는 가죽 서류가방을 들고 퇴근했는데, 나는 그 안에 그날의 수익금이 들었으리라 추측했다. 그가 종종걸음으로 사무실 건물을 나서면 곧바로 세단이 앞에 와 섰고 그가 타자마자 출발했다. 그는 보통 차에 앉아 길 건너에 있는 나를 향해 고개를 끄덕여 알은체를 했다. 그렇게 그가 하루 일과를 마친 뒤에야 나의 하루도 끝이 났다. 나는 작은 표시 하나, 미세한 단서 하나라도 놓치지 않고 무엇이든 배우려고 노력했다. 승용차 뒷좌석의 삼각 쪽창 너머로 보이는 그의 얼굴, 때로는 담배 연기로 더욱 흐릿해진 그의 얼굴은 그날의 일과가 끝났음을 알리는 비밀스러운 지시였다. 미스터 버먼은 미스터 슐츠의 이면과 같았다. 그들은 나의 세계에서 남극과 북극이었다. 전자가 차분히 숫자를 다룬다면 후자는 맹렬한 분노를 표출했다. 그들만큼 서로 그토록 다른 짝은 찾을 수 없을 것이다. 가령 미스터 버먼은 언성을 높이는 법이 없었다. 말할 때는 입가에서 떠나지 않는 담배를 물지 않은 쪽으로 말했다. 담배 연기에 절어 거칠어진 그의 목소리는 점선처럼 끊어지며 조각조각 들렸다. 그래서 그의 말을 들으려면 귀를 바짝 기울여야 했다. 소리를 지르지 않는 것까지는 좋았는데 같은 말을 반복하는 법이 없었기 때문이다. 곱사등에 무릎을 잘 굽히지 않고 뻣뻣하게 걷는 바람에 그는 전체적으로 약간 기형적인 분위기를 풍겼고, 그 모든 게 허약함을 암시했다. 일종의 신체적인 우중충함을 그는 색을 잘 맞춘 말쑥한 의복 스타일로 채색했던 것이다. 그에 반해 미스터 슐츠는 야수 같은 건강함 그 자체였고 무질서한 변덕과 넘치는 감정의 도가니 속에서 움직였다. 옷 따위는 그런 그의 성질을 그대로 표출하지도, 확대시켜 보여주지도 못했다.

어느 날 나는 미스터 버먼의 책상 옆에 떨어져 있는 티켓을 발견했다. 여느 티켓과는 달라 보였다. 보는 사람이 없음을 확인한 나는 그걸 집어 호주머니에 쑤셔넣었다. 그리고 저녁때 집 앞에 이르러 꺼내어 보았다. 폐지 세 장이었다. 종이마다 열여섯 칸으로 분할된 사각형이 그려져 있고 각 칸마다 다른 숫자가 적혀 있었다. 그 숫자들을 한참 들여다보니 무언가 보이기 시작했다. 수직이든 수평이든 대각선이든 각 줄의 합계가 똑같았다. 그런데 각 종이의 숫자 조합은 서로 완전히 달랐다. 그는 합계가 그런 식이 되도록, 같은 게 반복되지 않도록 매번 다른 숫자 조합을 생각해냈던 것이다. 다음날 기회가 있을 때 나는 그를 관찰했다. 그가 일한다고 생각했던 게 사실은 종이에 뭔가를 끼적이며 빈둥거리는 것이었을 뿐이라는 걸 알았다. 그는 온종일 거기 책상 앞에 앉아 계산을 했다. 나는 사업과 관련된 일이리라 여겼지만, 사실 그 사업에 그만큼의 일은 필요하지 않았다. 식은 죽 먹기였으니까. 그가 그렇게 관심을 기울인 숫자들은 다름 아닌 수수께끼 풀이용이었다. 미스터 슐츠는 빈둥거리는 적이 없었다. 그 정도는 나도 알 수 있었다. 그는 사업 외에 다른 것을 생각할 만한 자질이 없었다. 그에 반해 내가 보기에 아바다바 버먼은 숫자로 숨을 쉬고 숫자로 꿈을 꾸었다. 그의 의지로 어찌할 수 있는 게 아니었다. 그가 숫자와 숫자로 이룰 수 있는 것에 사족을 못 쓴 반면 미스터 슐츠는 야망에 꼭 붙들려 있었다.

내가 근처에서 얼쩡거리는데도 미스터 버먼은 첫 주가 다 지나도록 내 이름이나 사는 곳이나 나이 따위를 전혀 묻지 않았다. 어쨌든 나는 거짓말로 둘러댈 생각이었지만 그런 질문은 없었다. 내게 말을 걸 때는 녀석이라고 불렀다. 어느 날 오후였다. "야, 녀석아, 일 년이 몇 달이지?" 그의 질문에 나는 열두 달이라고 대답했다. "좋아, 그럼 각 달마다 순서를 매긴다고 쳐봐. 1월은 첫째 달, 이런 식으로 말이야, 알겠어?" 나는 알겠다고 대답했다. "좋아, 나한테 네 생일을 말하지 말고 그 달의 숫자와 그다음 달의 숫자를 더해, 이해했어?" 나는 이해했다. 그가 나와 말을 주고받는다는 게 신났다. "좋아, 그럼 이번에는 그렇게 더한 숫자에 5를 곱해봐, 됐어?" 나는 잠시 머리를 굴린 다음 됐다고 말했다. "좋아, 그럼 거기에 10을 곱하고 네 생일의 날짜를 더해, 됐어?" 아, 네, 됐어요. "그럼 그 숫자가 뭔지 불러봐." 나는 그 숫자를 불렀다. 959. "좋아, 고맙다, 네 생일은 9월 9일이구나."

그는 물론 정확히 맞혔고, 나는 인정한다는 뜻으로 씩 웃어 보였다. 그런데 그는 틈을 주지 않고 계속 말했다. "이제 네 호주머니에 잔돈이 얼마나 들었는지 맞혀보지. 맞히면 바로 내가 그 돈을 따는 거야, 알겠지? 틀리면 그 금액만큼 내 돈을 너한테 줄게. 그러면 네 돈은 두 배로 불어나는 거야, 좋지? 내가 못 보게 돌아서서 얼마나 있는지 세어봐." 나는 얼마가 있는지 이미 알기 때문에 세어볼 필요 없다고 말했다. "좋아, 그럼 마음속으로 네가 가진 돈에 2를 곱해봐, 곱했어?" 내가 가진 27센트에 2를 곱하면 54센트였다. "좋아, 거기에 3을 더해, 됐니?" 57센트. "좋아, 이번엔 5를 곱해, 됐어?" 285센트. "좋아, 거기서 6을 빼, 됐어? 자, 그럼 최종 숫자를 말해봐." 나는 279센트라고 말했다. "좋았어, 네 녀석은 이제 27센트를 잃었다, 맞지?" 그의 말이 맞았다.

나는 감탄해서 고개를 저으며 웃었지만 속이 쓰렸다. 그래서 얼굴에 떠오른 웃음이 거짓으로 느껴졌다. 나는 27센트를 건넸다. 그가 돌려주지 않을까 하는 희망이 슬며시 떠오르기도 했지만, 그는 그 돈을 호주머니에 집어넣고 책상으로 다시 돌아앉았다. 나는 빗자루를 잡고 덩그러니 서 있었다. 그때 문득 이런 생각이 들었다. 그런 머리를 가진 자가 내 생일이나 내가 가진 돈이 얼마인지 알고 싶을 때 쓰는 게 이런 방법이라면, 우리집 주소랄지 내가 다니는 공립학교의 고유번호를 알고 싶었다면 어떻게 했을까. 모든 건 숫자로 전환될 수 있다. 이름마저도 암호처럼 각 글자에 숫자를 지정할 수 있다. 빈둥거리는 게 하나의 이해 체계라는 생각에 이르자 나는 혼란스러워졌다. 두 사람 모두 자신이 원하는 것을 얻는 방법을 알았다. 미스터 슐츠가 누구인지 그 이름이나 평판을 전혀 모르는 사람이라도, 그의 일을 방해하는 사람이 있다면 그는 무조건 불구로 만들거나 살해할 태세가 되어 있다는 것을 대번에 감지했다. 하지만 아바다바 버먼은 용의주도했다. 그는 확률을 계산했다. 걸음새는 시원찮아도 머리 회전만은 초고속이라 발생하는 모든 일과 결과, 모든 욕망과 그 욕망을 충족시키는 수단이 전부 머릿속에서 가치 있는 숫자로 전환되었다. 이는 그가 결과를 예상할 수 없는 일은 절대로 하지 않는다는 걸 의미했다. 단지 현재의 처지를 향상시켜 성공해보고자 애쓰는 평범한 아이인 나로서는 두 사람 중 누가 더 연구 대상으로 삼기에 위험한지 알 수 없었다. 두 사람 모두 굽히지 않는 어른다운 의지를 갖고 있었다. "너 스스로 이런 네모칸 숫자판을 만들어봐. 일단 원칙만 알면 그리 어렵지 않으니까." 미스터 버먼이 담배 연기 사이로 짧게 마른기침을 내뱉으며 말했다.

그로부터 한두 주 뒤에 모종의 긴급한 상황이 발생했다. 미스터 버먼이 사무실 사람들을 어디론가 급파하고 전화로도 지시를 내렸다. 그러다 인원이 부족했는지 나를 손짓해 부르더니 종잇조각에 무언가를 썼다. 125번가의 주소와 조지라는 이름이었다. 나는 바로 이때가 기회라는 걸 알았다. 나는 아무런 질문도 하지 않았다. 할렘에는 처음 가보는 것인데도 가는 길조차 물어보지 않았다. 나는 옐로우캡을 타기로 했다. 운전사가 알아서 데려다줄 터였다. 내게는 청소와 심부름으로 받은 팁을 모아둔 4달러라는 밑천이 있었다. 택시를 타면 내가 얼마나 신속하고 신뢰할 만한지 보여줄 수 있을 테니 훌륭한 투자가 되리라고 생각했다. 하지만 그전까지 한 번도 택시를 잡아본 적이 없었기 때문에 내가 흔드는 손을 보고 택시가 와서 서자 조금 놀랐다. 나는 택시를 한두 번 타본 게 아닌 것처럼 쪽지의 주소를 불러주고 차에 올라타 문을 쾅 닫았다. 영화를 보고 택시 운전사들을 대하는 적절한 행동을 알고 있던 터였다. 마음속에 이는 흥분을 전혀 내색하진 않았지만, 빨간색 가죽이 갈라진 뒷좌석 중앙을 떡하니 독차지하고 앉은 나는 거리를 채 벗어나기도 전에 택시를 앞으로 선호할 새 교통수단으로 결정했다.

택시는 그랜드콩코스를 달려 138번가 다리를 건넜다. 내가 가진 주소는 125번가와 레녹스 애비뉴가 만나는 모퉁이 부근에 있는 과자점이었다. 영화에서처럼 나는 운전사에게 대기하라고 말했지만 그는 미터기에 표시된 요금이라도 먼저 지불해야 기다리겠다고 했다. 나는 요금을 지불하고 가게로 들어갔다. 눈이 퉁퉁 부어 커다래지고 얼굴 한쪽에 벌건 멍이 든 사람이 서 있었는데, 나는 그가 조지라는 걸 바로 알아차렸다. 그는 얼음 한 조각을 눈 밑에 대고 있었는데, 얼음이 녹으면서 손가락 사이로 눈물처럼 흘러내렸다. 피부색이 옅은 흑인 조지는 잿빛 머리칼에 잿빛 콧수염이 단정한 사내였다. 그는 잔뜩 겁을 먹고 사색이 되어 있었다. 손님이라기보다 친구처럼 보이는 사람 두셋이 카운터 앞에 앉아 있었다. 역시 흑인인 그들은 더운 여름날인데도 모직 작업모를 쓰고 있었다. 그리고 나를 보고 탐탁지 않아하는 듯했다. 나는 평정을 잃지 않고 애써 어엿한 직원처럼 행동했다. 창문 너머 바깥을 내다보니 흑인들이 지나가며 나를 쳐다보았다. 그러고 보니 창문의 판유리가 대각선으로 갈라져 있었다. 신문 진열대 앞 리놀륨 바닥에는 깨진 유릿조각들이 떨어져 있었고. 갈라진 유리창 때문에 밖에서 기다리는 택시가 반으로 갈라진 것처럼 보였다. 아무것도 연결되어 있지 않았다. 아무것도 붙어 있지 않았다. 이 작고 어둑한 과자점은 대륙에서 떨어져나간 땅조각처럼 미스터 슐츠로부터 갈라져나와 있었다. 조지는 음료 바 아래의 아이스크림통에서 갈색 종이봉투를 꺼냈다. 다른 사람들이 그러듯 위를 단단히 감아 만 봉투를 벨기에산 대리석 카운터에 턱 올려놓았다. "어쩔 수가 없어, 나는 이제 저들 밑에서 일하게 됐어." 그가 얼굴에 얼음 조각을 댄 채 말했다. "가서 그렇게 말해, 알았어? 도리를 지키려다 이렇게 된 거야. 가서 그렇게 말하라고. 사실 모두 꺼졌으면 좋겠어. 방금 한 말도 전해. 백인들 싹 다 말이야."

　그렇게 해서 나는 종이봉투를 두 손에 꼭 쥐고 브롱크스로 돌아갔다. 봉투 안에 뭐가 들었는지는 보지 않았다. 수백 달러가 들어 있으리라는 건 알았지만 열어보지 않았다. 수금원이라는 공식적인 지위를 얻은 것만으로도 행복했다. 조지의 심부름꾼에게 무슨 일이 생겼는지 궁금했지만 사실 크게 신경쓰이지는 않았다. 아무런 차질 없이, 게다가 두려움도 없이 그 일을 처리해서 기분이 최고였으니까. 조지란 자는 비록 노여운 상태였지만 내가 그런 일을 할 만한 사람인지 의구심을 품거나 내 신상에 대해 한마디도 하지 않았다. 그저 나를 미스터 슐츠의 부하 중 하나로, 프로로 대해줬다. 고통이나 불행에 직면해서도 얼굴에 아무런 감정을 드러내지 않는 프로로, 수금하러 와서 볼일을 마치고 돌아가는 프로로. 그뿐이었다. 그 수금원이 탄 택시는 이제 할렘강을 지나는 다리를 덜컹거리며 건너고 있었다. 그는 살아 있다는 게 아름답고 신이 나서 감사하는 마음이었고 행복감에 겨워 가슴이 쿵쿵거렸다. 강물이 공장의 오물을 신고 흘렀다. 강변 철공소의 용접 불꽃이 7월 독립기념일의 작은 폭죽 같았다.

6

　나는 물론 그들에게 발탁되어 기뻤지만 당시 더치 슐츠 갱단의
사정은 별로 좋지 않았다. 딕시 데이비스가 미스터 슐츠로 하여금
지방검찰청에 자수하게 한다는 계획을 내놓기 전까지는 사정이 좋
아질 기미가 보이지 않았다. 딕시 데이비스는 미스터 슐츠가 늘 소
리를 질러대던 그 변호사의 이름이었다. 이런 일의 내막을 모른다
면, 미스터 슐츠가 기소 인부 절차를 밟기 위해 자수하려는 게 납
득되지 않을 것이다. 그런데 그는 그 생각에 골몰해 왔다갔다하며
가만있지를 못했다. 한번은 좌절감에 격분해 실제로 머리칼을 쥐
어뜯으려 하기까지 했다. 사실 일단 들어가 보석금을 내고 나오면
자유롭게 사업을 돌볼 수 있는데도 아직 그 결단을 내리지 못한 것
이었다. 재판의 승산을 높여줄 법적인 보장이 없으면 자수하지 못
하겠다고 했다. 가령 반드시 뉴욕이 아닌 다른 곳에서 재판이 열린
다는 보장 말이다. 왜냐하면 시민들 가운데 배심원이 구성되는데,

뉴욕에서는 그가 저지른 짓들로 인해 불미스러운 평판이 있던 터라 시민들이 그를 곱게 볼 리 없었기 때문이다. 그리고 그것이 변호사가 검찰과 끊임없이 벌이는 협상의 핵이었다. 그는 검찰에 스스로 걸어들어가기 전에 어떤 보증을 원했다. 그게 없다면 체포되더라도 석방을 기대할 수 없었다.

범죄 비즈니스란 여느 사업과 마찬가지로 주인이 항상 차고앉아 지켜야 유지된다고 그는 내게 말했다. 주인만큼 자기 사업에 신경쓰는 사람은 없을뿐더러, 주인은 수익이 끊이지 않도록 하고 모두가 긴장을 늦추지 않도록 하며, 무엇보다 사업을 키워나가야 하는 부담을 안고 있기 때문이라고. 또한 과거와 달리 이제 구태의연한 방식으로는 사업체를 유지하기 어렵다고, 성장하지 않으면 고갈되어버린다고 설명했다. 일종의 생명체와 같아서 자라기를 멈추면 죽기 시작한다고, 물론 그가 운영하는 바로 그 사업체도 특성상 그렇다고 했다. 공급과 수요를 맞춰야 할 뿐 아니라 미묘한 행정 사무와 외교 기술까지 요구되는 매우 복잡한 사업체였다. 수익금만 보더라도 응당 그것을 관리하는 특수팀이 필요하기 때문에 사업을 하려면 그들에게 의존해야 한다. 그들은 뱀파이어와 같아서 피를 위한 돈을 필요로 한다. 그가 자리를 차고앉아 돈을 주지 않으면 그들은 날개를 접고 감각기관을 닫은 채 안개 속으로 사라진다. 범죄 비즈니스는 주인이 공개적인 신분을 유지하지 않으면 그 사업과 점차 거리가 생기다 결국은 일궈놓은 사업마저 잃게 된다. 사실상 실력이 있는 만큼 성공하기 마련인데, 또 그만큼 개자식들이 그걸 빼앗으려고 더욱 달려든다. 비단 경찰만 의미하는 게 아니다. 경쟁자들도 마찬가지다. 신사들은 몰리지 않는 경쟁이 치열한 분

야라, 무장에 빈틈이라도 보이면 가차없이 치고 들어온다. 그가 지휘소에 없다거나 그런 말이 도는 건 말할 것도 없고, 일개 초병이 근무중에 잠들거나 멍청한 보병이 꾐을 당해 근무지에서 이탈하기라도 하면 볼장 다 본 거였다. 그게 무엇이든 작은 그 틈으로 탱크를 앞세워 밀고 들어올 테고, 그러면 그것으로 끝장일 테니까. 그들은 그를 두려워하지 않을 테고, 두려워하지 않으면 무법지대에서 그는 죽은목숨이나 마찬가지다. 아마 관에 넣을 건더기조차 없을 정도로 형체를 못 알아볼 지경이 될 것이다.

나는 이런 내용들을 나 자신의 일로 받아들였다. 이 거물이 시티아일랜드의 2층짜리 붉은 벽돌집 뒤뜰에서 방충망이 둘린 베란다에 앉아 자신의 생각과 근심을 고아 빌리, 행운의 마스코트 빌리에게 털어놓는데, 이 갑작스럽고 예측하지 못했던 친밀감의 수혜자가 되어 어안이 벙벙한 내가 어찌 내 일인 양 생각하지 않을 수 있겠는가. 나를 알아보지도 못하던 그가 길 건너에서 능숙하게 저글링을 하던 나를 보았던 첫 순간을 기억해냈다. 그런데 내가 어찌 그의 가슴속에 담긴 비밀스러운 근심거리를 모른 체할 수 있겠으며, 내 마음속에서 영원히 지워지지 않을 일로 여기지 않을 수 있겠는가. 그를 항상 괴롭히는 상실에 대한 두려움, 부당한 상황에 속으로 흘리는 메마른 눈물, 자신의 인고와 통찰력에 대해 스스로 느끼는 영웅적인 만족감을. 어쨌든 이곳은 그가 보호받는 구역에서 잠시 떠나 있을 때 머무는 비밀 장소였다. 이 붉은 벽돌집은 브롱크스에서 흔히 볼 수 있는 평지붕 가옥이었다. 다만 브롱크스에 속하지만 멀리 떨어진 이 섬에서 방갈로가 줄지은 이 짧은 거리 가운데 그런 집은 이 집이 유일했다. 나도 이제 이곳을 아는 몇 안 되

는 사람 중 하나였다. 어빙도 물론 그중 하나였는데, 이 집이 그의
어머니 소유였기 때문이다. 따라서 그의 나이든 어머니도 그 몇 안
되는 사람 중 하나였다. 그녀는―손에 물기가 마를 새 없이 부지
런한 여인이었고―요리도 하고 매사에 평소대로 행동했다. 뉴욕
의 공원 어디에든 있는 튼튼한 가죽나무 몇 그루가 심어진 이 조용
한 골목길에서. 그리고 미스터 버먼도 그중 하나였다. 미스터 슐츠
에게 수입금을 가져가 맞춰보는 어느 오후에 나를 데리고 간 걸로
봐서 알 수 있었다. 그들이 할일을 하는 동안 나는 혼자 울타리가
쳐진 뒤뜰에 앉아 이런저런 생각에 잠겼다. 같은 거리의 이웃들은
물론 조금 더 벗어난 인근 주민들도 모르지 않으리라는 생각이 들
었다. 검은 승용차가 세워져 있고 그 옆 보도에는 사내 둘이 앉아
밤낮으로 지키는데, 자기네 동네에 유명한 사람이 방문했다는 걸
어떻게 모를 수 있겠는가. 게다가 이곳은 작은 동네인데다 뉴욕풍
이기는 하지만 사실 해안가 마을이었다. 아파트와 상점, 고가 전철
과 전차, 노점상 수레가 있고 언덕진 포장도로와 분지로 이루어진
브롱크스와는 공통점이 별로 없었지만 양지바른 섬이었다. 도시의
모든 것에서 벗어나 이곳 주민으로 사는 건 특별한 느낌일 터였다.
내가 그랬던 것처럼. 나 혼자만의 탁 트인 공간, 내게는 대양 같아
보이는 롱아일랜드 사운드만의 경치, 땅에 붙박이지 않은 듯 이리
저리 움직이는 점판암이나 돌처럼 유유히 이리 밀리고 저리 쓸리
는 잿빛 바다의 먼 수평선 등, 나는 사는 것 같은 삶에 접속한 순간
을 만끽했다. 적이 존재하기에는 너무 거대한 기념비적 규모의 몸
통을 지닌 바다는 장중하기만 했다. 철망 울타리 건너편의 바로 옆
은 선착장이었다. 온갖 종류의 요트와 모터보트가 버팀목에 얹혀

있거나 모래사장에 기우뚱하게 세워져 있었다. 부두다리에 밧줄로 묶어 정박해놓은 요트도 몇 척 보였다. 그중 나의 시선을 사로잡은 건 니스칠을 한 마호가니 쾌속정이었다. 세련된 모양새에 언제든 출발할 준비가 되어 보였다. 홈이 난 황갈색 가죽 좌석에 창틀은 반짝이는 황동으로 되어 있고, 운전대는 자동차와 같았으며 선미에선 작은 성조기가 휘날렸다. 뒤뜰과 선착장 사이, 물이 육지에 닿는 지점의 철망 울타리에 틈새가 보였다. 거기서 배가 정박해 있는 부두다리로 길이 나 있었다. 나는 그게 유사시에 미스터 슐츠가 빠져나갈 수 있는 도피로라는 걸 알았다. 그렇게 전력을 다하는 삶이 얼마나 부러웠는지 모른다. 우리를 싫어하는 정부, 우리를 원하지 않는 정부, 우리를 파멸시키려는 정부를 무시하는 삶, 그 괴물의 목전에서 눈초리를 받으며 의지와 기지와 전투사의 정신으로 연방탈퇴주의자들처럼 무기를 배치하고, 사람을 매수해 동맹자로 삼고, 돈과 인력으로 보호책을 쌓고 변경을 정찰하는 삶이.

하지만 그것을 넘어, 인생의 속성 중 하나인 위험으로부터 삶을 창출해내고 항상 목전의 죽음을 관조하며 그 삶을 엮어나가는 일, 그것이 나를 전율하게 했다. 그렇기 때문에 이 섬, 이 거리에 사는 주민들은 절대로 그를 밀고하지 않을 것이었다. 그들은 그가 거기 있는 걸 자랑스럽게 생각했고, 삶과 죽음의 빛처럼 그를 의식하며 살았다. 가장 훌륭한 이들이 예배를 볼 때나 처음으로 낭만적인 사랑을 느낄 때 얻게 되는 우월한 인식이나 깨달음의 순간들을 경험하며.

"염병할, 내가 가진 건 전부 스스로 벌어야 했던 거야. 누가 거저 준 건 아무것도 없어. 무명의 처지에서 출발했지. 전부 이 두 손으로 일군 거야." 미스터 슐츠가 말했다. 그는 그 사실을 얘기하며 생각에 잠긴 채 앉아 시가를 깊게 빨았다. "물론 실수도 여러 번 했지만 그러면서 배우는 거지. 감방에 들어간 건 열일곱 살 때 딱 한 번뿐이다. 강도질하다 잡혀서 블랙웰스 아일랜드의 구치소에 보내졌지. 변호사도 없었고 부정기형 선고를 받았어. 그게 무슨 형이냐면, 내가 하는 거 봐서 출감 시기를 결정하겠다는 거야. 그 정도면 괜찮았지. 지금 내가 고용한 이 잘나가는 변호사들이 그때 내 변호를 했으면 아마 종신형을 받았을 거야. 그렇지, 오토?" 그가 낄낄거리며 말했다. 하지만 미스터 버먼은 파나마모자로 얼굴을 덮고 의자에 앉은 채 이미 잠들어 있었다. 아마 그는 미스터 슐츠가 얼마나 힘들게 살았는지 불평하는 소리를 그전에도 한두 번 들어봤을 것이다.

"여하튼 나는 거기서 나오려고 알랑거리는 짓 따윈 절대로 안 했어. 그러기는커녕 큰 소동을 벌였지. 내가 아주 거칠게 구니까 더는 데리고 있지 못하고 뉴욕주 북부의 소년원으로 보냈어. 젖소 나부랭이가 있는 작업농장이었지. 너 소년원에 들어가본 적은 있고?"

"없습니다."

"거긴 정말 쉬운 데가 아니었어. 나는 체격이 크지도 않았지. 너 정도였으니까. 작고 마른 불량배. 거기에는 불량한 아이들이 많았지. 나는 일찌감치 악명을 떨쳐야 한다는 걸 알았어. 거기선 그게 중요해, 소문이 나거든. 그래서 나는 열 명도 거뜬히 상대할 만큼 독하게 굴었어. 누구든 나를 건들면 가만 내버려두지 않았다. 시빗거리를 찾아다니며 덩치 큰 녀석들을 골라 상대했지. 나를 잘못 건드린 놈은 그날이 제삿날이었고, 한두 놈이 그렇게 아주 후회할 짓을 했지. 나는 그 빌어먹을 데서 탈출까지 했어. 어려운 일이 아니었거든. 철망만 넘으면 관목 숲이었는데, 거기서 하루 낮과 밤을 보내고 잡혔어. 그 때문에 형기가 두어 달 늘어난데다 덤으로 몸에 온통 옻독이 올랐다. 그래서 칼라민 로션을 바르고 다니는 통에 미친 좀비처럼 보였어. 마침내 출소하는 날, 정말이지 내가 떠난다고 모두들 기뻐했지. 너, 갱단에 들었나?"

"아닙니다."

"그럼 어떻게 진로를 트려고? 일은 어떻게 배우고? 나는 갱단에서 애들을 데려와. 거긴 일종의 훈련소야. 너 혹시 프로그홀로 갱이라고 들어봤어?"

"아뇨."

"맙소사. 옛날 브롱크스 갱단 중에서도 가장 유명했는데. 도대체 너희 세대는 어떻게 된 거냐? 그게 원조 더치 슐츠 갱인데, 그걸 몰랐다고? 역사상 가장 거친 뒷골목 싸움꾼이었지. 입으로 코를 물어뜯고, 불알을 뿌리째 잡아 뽑고 말이야. 내가 소년원에서 출감했을 때 갱단원들이 내게 이름을 붙여주었어. 명예로운 일이었지. 내가형을 살면서 고생하고 단련이 돼 아주 제대로 된 물건이 되어 나왔다는 걸 보여주는 거니까. 그래서 그뒤로는 모두 나를 더치맨이라고 불렀지."

나는 헛기침을 하고 방충망 밖으로 보이는 쥐똥나무 산울타리너머의 바닷물을 쳐다보았다. 세모난 흰색 돛을 단 작은 배가 빛을받아 아른거리는 방충망을 헤치며 항해하는 것처럼 보였다. "갱단이 몇 개 있긴 있는데요." 나는 말했다. "대부분 멍청한 애들이어서요. 그런 애들이 잘못하는 걸로 애매하게 제가 고생하고 싶지는 않아요. 요즘에는 곧장 제일 우두머리에게 가서 진짜 훈련을 받아야 한다고 생각합니다."

나는 마음이 죄어왔다. 그를 똑바로 쳐다보지 못하고 내 발만 내려다보았다. 그의 시선이 느껴졌다. 시가 냄새가 났다.

"이봐, 오토." 그가 말했다. "일어나, 자네 뭔가 빠뜨린 게 있어."

"아, 그래? 그건 보스 생각이겠지." 덮어쓴 모자 밑에서 미스터 버먼의 목소리가 들렸다.

일이 한꺼번에 몰리지는 않았지만 주야로 끊임이 없었다. 정해진 시간 같은 건 없는 듯했다. 가능한 일의 시점 외에는, 그리고 그게 어떤 일이든 차를 타고 그 일이 벌어지는 장소로 간다는 것 외에는 아무런 계획이 없었다. 그 시점을 향해 달려가는 차 안에서 창밖을 내다보면 스쳐지나가는 인생이 이상한 색조를 띠었다. 즉 태양이 빛나면 너무 밝게 빛났고 밤이면 칠흑같이 어두웠다. 세상의 모든 조직은 내 주의력과 결탁한 모의의 일부인 것 같고, 내 주위의 당연한 것은 무엇이든, 현재 하는 일이 주문하는 각별히 절대적인 도의적 요구로써, 당연하지 않은 것이 된다. 이건 내가 바라던 바였으며 나는 정상에서 훈련을 받고 있었다. 가령 그들은 나를 브로드웨이와 49번가의 교차로 모퉁이에 내려주고 그 자리에서 서성거리며 망을 보도록 했다. 그게 내가 받은 지시의 전부였지만 중대한 일이었다. 차 한 대는 그대로 속력을 내며 사라져 다시 보이지 않았지만, 미스터 버먼이 탄 차는 몇 분마다 돌아와 지나쳐갔다. 검은색 승용차와 승객을 찾아 슬렁슬렁 돌아다니는 옐로우캡, 승객이 별로 없는 이층 버스와 전차로 복잡한 거리였기 때문에 벽돌처럼 각진 검은색 쉐보레 세단은 특별히 눈에 띄지 않았다. 운전사 미키도 미스터 버먼도 내 앞을 지나가며 나를 보지 않았다. 그걸 보고 나는 그들을 표나게 바라보지 말아야 한다는 걸 스스로 배웠다. 나는 아직 문을 열지 않은 잭 뎀프시 레스토랑 입구에 섰다. 오전 아홉시나 아홉시 반이었다. 브로드웨이는 꽤 상쾌해 보였다. 신문 가판대, 핫도그와 코코넛 음료를 파는 가판대, 납으로 만든 자유의여신상 피규어를 파는 가게 두어 군데 말고는 대부분 문이 닫혀 있었다. 49번가 건너편 어느 건물 2층의 무용학원에서 비스듬히 열린 커다란 창 너머로 〈바이바이 블랙버드〉의 피아노 연주가 흘러나왔다. 브로드웨이에는 그 지역 사람들로 이루어진 커뮤니티가 있다. 오락장과 술집이 하루 영업을 시작하기 전인 오전 시간이면 그들을 볼 수 있다. 영화관 입구의 차양 위쪽으로 있는 아파트에 사는 사람들인데, 개를 데리고 〈레이싱 폼〉*이나 〈미러〉, 우유를 사러 나온다. 빵을 배달하는 사람들이 식료품점 앞에 차를 세우고 식빵이 담긴 선반과 롤빵이 든 커다란 봉투를 나른다. 또 일꾼들이 육류 배달 트럭에서 큰 날고기 덩어리를 꺼내 어깨에 짊어지고 레스토랑 지하실로 연결된 롤러 운반로로 나른다. 나는 계속 지켜보았다. 흰색 하복 차림에 카키와 오렌지색으로 장식된 모자를 쓴 거리 청소부가 큰 비를 들고 말똥이나 폐지, 잡동사니, 쓰레기 등 브로드웨이가 남긴 밤의 흔적을 폭넓은 쓰레받기에 쓸어담아 바퀴가 두 개 달린 쓰레기통에 버렸다. 그 모습이 마치 가정주부가 부엌 청소를 하는 듯했다. 얼마 후에 물탱크 트럭이 길에 물을 뿌리

---

* 타블로이드판 경마신문.

며 지나가자 도로 표면이 반짝이며 산뜻해졌다. 그와 거의 동시에 로우스 스테이트 극장 조명등에 줄줄이 불이 켜졌다. 그 극장은 내가 서 있는 곳에서 브로드웨이를 따라 몇 블록 남쪽으로 내려가다 7번 애비뉴와 교차하는 곳에 있었다. 햇빛 때문에 타임스스퀘어의 타임스 빌딩 전면에 설치된 전광판의 주요 뉴스를 잘 알아볼 수 없었다. 검은색 쉐보레가 다시 돌아왔다. 이번에는 미스터 버먼이 나를 흘끗 쳐다보았다. 나는 불안해지기 시작했다. 내가 봐야 하는 게 뭔지 모르면서도 그걸 보고 싶었지만, 통행 차량은 특별히 많거나 하지 않고 보통이었으며 제각기 할일을 하며 보도를 걸어가는 사람들의 모습에서도 눈에 띄는 긴박감은 찾아볼 수 없었다. 양복과 넥타이 차림의 남자가 사과 궤짝을 어깨에 지고 나타나 길모퉁이에 내려놓고 '사과 5센트'라는 표지를 걸었다. 아침 기온이 올라가고 있었다. 나는 혹시 내가 봐야 하는 게 내 뒤의 레스토랑 안에 있는 건 아닌가 하는 생각이 들었다. 창문 너머로 유타주 마닐라의 권투장에서 수천 관중이 지켜보는 가운데 링에 서 있는 잭 뎀프시의 대형 확대 사진이 보였다. 이 위대한 권투선수가 지미 듀랜트, 패니 브라이스, 루디 밸리 같은 유명 연예인과 악수를 하는 사진들도 보였다. 바로 그때 레스토랑 유리창에 비친 길 건너편 사무실 건물이 눈에 들어왔다. 얼른 돌아보니 5층인가 6층에서 누군가가 양동이와 스펀지를 들고 외벽 돌출부로 나와 벽돌에 박힌 고리에 안전벨트를 걸더니 몸을 뒤로 젖히고 크게 반원을 그리며 유리창에 비눗물을 묻혔다. 그리고 곧 다른 사람이 그 위층의 창문을 통해 돌출부로 나오더니 같은 작업을 했다. 나는 유리창을 닦는 그들을 지켜보면서, 왠지 모르지만 내가 놓치지 말고 봐야 하는 것이 길가의 높은 곳에서 아침 작업을 하는 유리창닦이들임을 알았다. 그들이 일하는 지점 바로 아래 보도에 놓인 A자 모양 표지판이 행인들에게 위에서 작업중이니 조심하라고 알렸다. 그것은 유리창닦이들이 그들의 노동조합 이름을 걸고 세워둔 표지판이었다. 나는 이미 브로드웨이를 건너 49번가와 7번 애비뉴가 교차하는 지점 남서쪽 길모퉁이에 서 있었다. 거기서 그자들이 위에서 일하는 것을 구경했다. 두 사람은 옥상 난간에서 내린 작업대 위에 있었다. 15층 정도의 높이였다. 나는 그게 꼭대기층의 초대형 유리창을 닦기 위한 방편임을 깨달았다. 유리창 폭이 안전벨트를 걸기에는 너무 넓었기 때문이다. 갑자기 작업대 한쪽에 연결된 밧줄이 끊어져 채찍처럼 휙 허공으로 날아올랐다. 작업대가 기울어지면서 스펀지와 양동이와 걸레를 든 두 사람이 자맥질하듯 양팔을 휘저으며 떨어졌다. 한 사람은 건물 벽에 부딪혀 구르듯 떨어졌다. 내가 비명을 질렀는지 모르겠다. 나 말고 누가 그것을 보거나 들었는지도 모르겠다. 하지만 그가 떨어지는 중에, 그가 죽기 몇 초 전에 이미 거리 전체가 그것을 알았다. 모든 차량이 마치 어떤 줄에 하나로 엮여 팽팽히 잡아당겨진 것처럼 뚝 멈췄다. 집단적으로 브레이크를 밟아 끽 소리가 났으며, 인근 몇 블록 내의 모든 행인이 그 끔찍한 일을 감득했다. 마치 모든 사람이 높은 공중에서 무슨 일이 일어나는지 깨닫고 그 상황의 구도가 어그러지는 순간을 즉각 알아차리기라도 한 듯했다. 한 사람은 몸을 쭉 뻗친 채 건물 앞에 주차된 차의 지붕에 수평으로 떨어졌다. 대포가 발사되는 듯한 소리, 뼈와 살의 에너지가 무섭게 폭발하는 소리가 났다. 그가 우묵하게 찌그러진 철제 지붕에 박힌 채 몸을 움직이는 모습에 나는 숨이 막힐 정도로 놀랐다.

산산조각난 뼈들이 미세하게 꿈틀거렸다. 뜨거운 철판에 떨어진 지렁이처럼 잠깐 몸통을 뒤틀더니 그나마 남은 놀라운 생명이 손가락을 통해 바르르 떨다 꺼져버렸다.

기마경찰이 49번가를 질주해 내 앞을 지나갔다. 다른 유리창닦이는 밧줄이 풀려 수직으로 매달린 작업대 한쪽을 잡고 발 디딜 데를 찾아 다리를 버둥거렸다. 그러나 발 디딜 데는 없었다. 그가 붙들고 있는 작업대가 그의 생존을 보장할 수 없을 정도로 좌우로 심하게 흔들렸다. 그가 비명을 질렀다. 지상 8층이나 10층 높이에 매달린 사람이 팔뚝으로 붙들 수 있는 건 무엇일까? 손가락으로, 손끝의 근육으로 붙들 수 있는 건 무엇일까? 더없이 높은 밀도의 천둥 번개처럼 우리 앞에서 허공, 물, 포장한 흙을 쩍 가르고 바닥 모를 가능성을 제시하는 이 끔찍한 깊이의 세상에서 우리가 붙들 수 있는 것은 무엇일까? 녹색과 흰색이 섞인 경찰차가 사방에서 몰려들었다. 사다리 소방차가 북쪽의 57번가를 돌아 브로드웨이로 들어섰다. 나는 이 참사에 마음을 빼앗겨 숨도 제대로 쉬지 못했다.

"야!"

뒤를 돌아보니 미스터 버먼이 탄 쉐보레가 브로드웨이 길가에 정차했다. 문이 열렸다. 나는 짧은 블록을 뛰어가 차에 타고 문을 닫았다. 그러자 운전사 미키가 차를 출발시켰다. "이 녀석아, 멍청하게 입 벌리지 마, 촌놈들이나 그러는 거야." 미스터 버먼이 말했다. 그는 내게 화가 나 있었다. "네 일은 관광이 아니야. 있으라고 한 데 있어야지."

이 말에 나는 창밖을 다시 내다보고 싶은 걸 꾹 참았다. 다른 때였다면 브로드웨이를 달리는 차들 때문에 바깥 경관이 보이지 않아도 창밖을 내다보았을 것이다. 하지만 나는 꼼짝 않고 조용히 앉아 정면을 응시하겠다는 의지를 스스로 다졌다.

운전사 미키는 변속기어를 넣지 않을 때는 양손으로 운전대를 잡았다. 운전대를 시계로 생각하면 양손이 열시와 두시에 각각 위치했다. 그는 느리지는 않은 적당한 속력으로 운전했다. 다른 차들과 경쟁하지 않았다. 가속을 하거나 추월을 하지도 않는 것 같은데 교통 상황을 잘 이용했다. 신호등이 바뀌려고 할 때 무리해서 지나려 하거나 파란불로 바뀌기가 무섭게 액셀러레이터를 밟는 일이 없었다. 운전사는 미키였고, 그는 그 일밖에 할 줄 몰랐지만, 그것은 매우 중요한 일이었다. 그가 운전하는 모습을 지켜보거나 차의 움직임을 몸으로 느껴보면 단순히 차를 운전하는 것과 전문가적 권위를 가지고 운전하는 것 사이에 차이가 있음을 알 수 있었다. 나로 말하자면 차를 운전할 줄 몰랐다. 어떻게 할 수 있었겠는가. 하지만 미키라면 차가 시속 160킬로미터로 달리더라도 50킬로미터로 달리듯 평온하고 안전하게 운전할 수 있으며 어떤 상황에서든 차를 자유자재로 몰 수 있으리라는 걸 알았다. 줄 끊어진 연처럼 유리창닦이가 떨어져 죽는 장면과 함께 미키의 숙달된 운전 실력이 미스터 버먼의 말을 확증해주는 무언의 꾸짖음으로 내 마음속에 자리잡았다.

나는 미키를 알고 나서 그가 죽을 때까지 단 한 번도 말을 주고받은 적이 없었던 것 같다. 그는 자신의 말솜씨를 창피하게 생각했던 것 같다. 그의 지능은 모두 두툼한 손과 눈에 집중되어 있었다. 뒷좌석에 앉아 있으면 간혹 전문가다운 신속함으로 흘끗 백미러를 보는 그의 눈이 보였다. 옅은 파란색 눈이었다. 머리칼은 전혀 없었고 목 뒤에는 두툼한 주름이 잡혔는데 내게 너무나 익숙한 뒷모습이었다. 귀는 귓바퀴가 알뿌리처럼 둥그렇게 부푼 모양이었다. 그는 클럽 권투의 예선을 넘어보지 못한 프로 권투선수였다. 그에게 가장 큰 명성을 가져다준 것은 키드 초콜릿에게 TKO를 당한 일이었다. 키드 초콜릿이 세상에 이름을 알리기 시작할 무렵, 양키 스타디움 맞은편의 제롬 경기장에서 어느 날 밤에 열린 시합에서였다. 나도 들은 얘기다. 그때 내가 왜 그랬는지 모르겠지만 나는 우리 모두를 위해 울고 싶었다. 미키는 웨스트사이드로 차를 몰아 어떤 트럭 차고에 주차했다. 미스터 버먼과 내가 커피를 마시러 길 건너 간이식당으로 간 사이 미키는 쉐보레를 다른 차로 바꿔서 약 이십 분 후에 나타났다. 차종은 내시였다. 검은색과 오렌지색으로 된 번호판이 예전 것들과는 완전히 달랐다. "죄 짓지 않고 죽는 사람은 없어." 미스터 버먼이 식당에서 말했다. "모든 사람이 죄를 지으니 우리도 언젠가는 죽겠지." 그러고는 숫자놀이판을 테이블 위로 툭 던졌다. 열여섯 칸으로 나눠진 판에 숫자 타일 열다섯 개를 일정한 배열이 되도록 맞추는 게임인데 나더러 갖고 놀라는 것이었다. 이 놀이의 요점은 각 숫자를 제자리로 이동시키기 위해 쓸 수 있는 빈 네모칸이 한 개밖에 없다는 것이다. 그 빈칸은 대개 각 숫자가 제자리를 찾아가는 데 방해가 되는 곳에 있게 마련이다.

그런데 내가 늘 말하듯 그건 일종의 자원입대였다. 내 발로 걸어 들어가 입대한 것이다. 입대해서 제일 처음 배우는 건 밤과 낮이라는 일상적인 규칙이 없다는 것이다. 미세한 차이가 있는 다른 종류의 낮이 있을 뿐이다. 그러니까 때에 따라 일을 더 하고 덜 하는 구분이 있을 까닭이 없었다. 가장 어둡고 고요한 시간이라도 낮의 일종일 뿐이었다.

그 누구도 행해지는 일에 대해 설명하려 하지 않았고, 그 일들을 합리화하려고도 하지 않았다. 나는 그런 것을 물어볼 정도로 어리석지 않았다. 내가 이해한 것은 어떤 확고한 윤리가 그들 사이에 팽배해 있었다는 점이다. 일단 그 첫번째 단순한 반대 전제를 받아들이면 온갖 정상적인 모욕감과 마음의 상처, 온갖 짓밟힌 정의감, 옳고 그른 게 무엇인가에 대한 온갖 확신이 발동되었다. 그런데 내가 이해하기 힘들었던 건 바로 그 전제였다. 미스터 슐츠가 말해줄 때는 아주 쉬웠다. 잠시 동안이지만 그럴 때는 모든 게 분명했다. 나는 그 전제의 느낌은 몰라도 취지는 알게 되었다고 결론 내렸다. 그러나 미스터 슐츠와 함께 있으면 누구나 알 수 있듯이 그 취지의 정신을 불러일으키는 건 바로 그 느낌이었다.

한편 나는 시티 아일랜드의 가옥 뒤뜰 베란다에서 여러 업무가 집중적으로 처리되고 있다는 것을 알 수 있었다. 조용한 오후에 이루어진 그 일들은 예측된 것인 듯했다. 이쯤에서 미스터 슐츠의 엠버시 클럽에 대해 얘기해야겠다. 그가 소유한 부동산 중 하나인 그 클럽은 파크 애비뉴와 렉싱턴 애비뉴 사이의 이스트 56번가에 있었는데, 클럽 이름이 필기체로 쓰여 있는 화려한 차양이 공공연하게 눈에 띄었다. 나는 신문의 가십난을 통해 나이트클럽에 대한 모든 것을 알았다. 누가 그곳을 들락거렸으며 그중 어떤 사람들이 상류층 유명인인지도 알고 있었다. 영화배우와 브로드웨이의 남녀 배우들이 공연을 마치고 그곳을 찾았으며, 운동선수나 작가, 국회의원도 드나들었다. 그들은 모두 서로 아는 사이인 듯했다. 간혹 악단과 쇼걸이 공연을 펼치거나 흑인 여가수가 블루스를 부른다는 것도 알았다. 클럽마다 말썽꾼을 상대하는 어깨나 담배를 쟁반에 담아 돌아다니며 파는 여자들이 있었다. 여자들은 망사스타킹을 신고 작고 깜찍한 챙 없는 원통형 모자를 썼다. 나는 그런 걸 직접 본 적이 없는데도 모두 빠삭하게 알고 있었다.

그래서 나를 그리로 보내 웨이터 보조로 일하도록 했을 때 아주 신이 났다. 한번 상상해보라. 나이 어린 소년이 다운타운의 나이트클럽에서 일한다는 것을! 하지만 일을 시작하고 첫 주 동안은 내가 예상했던 것과 달랐다. 무엇보다 내가 일하는 시간에 유명인이라곤 한 사람도 보이지 않았다. 사람들이 와서 식사하고 술 마시고 소악단의 연주를 듣고 춤을 췄지만 다들 대수롭지 않은 인물들이었다. 유명인이 있는지 두리번거리는 모습들을 보면 알 수 있었다. 그들은 유명인을 보러 온 사람들이었다. 클럽은 보통 자리가 많이 비었지만 쇼가 시작되는 열한시쯤이면 사정이 달라졌다. 클럽 전체에 파란색 등이 켜졌다. 긴 의자가 벽에 빙 둘러 붙어 있었고 작은 댄스플로어를 중심으로 파란색 보를 씌운 테이블들이 놓여 있었다. 막이 없는 작은 무대 위에서 악단이 음악을 연주했다. 색소폰 둘, 트럼펫 하나, 피아노 하나, 그리고 기타와 드럼으로 구성된 별로 대단할 거 없는 악단이었다. 휴대품 보관을 맡은 여직원은 있는데 담배를 파는 여자는 없었다. 야간에 유명인의 험담거리를 찾으러 다니는 월터 윈첼이나 데이먼 러니언 같은 기자도 없었다. 클럽에 활기라곤 없었다. 미스터 슐츠가 모습을 보일 수 없었기 때문이다. 그는 클럽의 인기를 이끄는 핵심이었다. 사람들은 중요한 일이 일어나는 곳, 또는 일어날 수 있는 곳을 좋아했다. 사람들은 권력을 좋아했다. 바 카운터 뒤에서 바텐더가 팔짱을 낀 채 하품을 했다. 외풍이 드는 가장 안 좋은 자리인 문가 테이블에 매일 밤 검사보 두 명이 자리잡고 앉아 있었다. 라임 리키 칵테일이 앞에 놓여 있었지만 입도 대지 않은 채 재떨이만 채웠다. 나는 성실하게 재떨이를 비웠다. 그들은 나를 쳐다보지 않았다. 짧은 적갈색 재킷을 입고 나비넥타이를 맨 나를 아무도 거들떠보지 않았다. 그들이 말을 걸 만한 적자가 되기에는 너무 신분이 낮았다. 나는 나이트클럽 세계에서 잘해나가고 있었으며 웨이터 보조로서 노련한 웨이터들마저 크게 알아채지 못했다는 사실에서 일종의 번뜩이는 자부심을 느꼈다. 그게 내가 가치 있는 이유였다. 왜냐하면 미스터 버먼이 나를 거기에 배치하며 여느 때와 다름없이 잘 지켜보라고 지시했기 때문이다. 나는 그의 말대로 행했다. 그리고 나이트클럽에 오는 사람들이 스스로 얼마나 바보짓을 하는지 알았다. 그들은 샴페인이 한 병에 25달러나 하는데도 좋아했다. 20달러 지폐를 쥐여주면 지배인은 그들을 테이블로 안내했다. 빈 테이블이 많아서 원하는 자리를 청하기만 하면 돈을 찔러주지 않아도 그 자리로 안내해주었을 텐데 말이다. 홀은 폭이 좁고 길었으며 텅 비다시피 했다. 연주가 한 차례 끝나면 연주자들은 골목으로 나갔다. 그들은 모두 마약을 했다. 여가수마저 그랬는데, 사흘째인가 나흘째 밤에 그녀가 손바닥을 내밀며 내게 대마초를 건넸다. 나는 그들이 하는 것을 본 대로 대마초를 빠끔 빨아들였다. 작은 깜부기불 조각이 목구멍을 타고 내려가는 것처럼 알알하고 쓴 맛이 났다. 당연히 헛기침이 나왔다. 그러자 그들이 웃었다. 온정이 어린 웃음이었다. 여가수를 제외하고 모두 백인이었고 나와 나이 차이가 그리 많이 나지 않았다. 그들이 나를 어떤 사람으로 보았는지 모른다. 어쩌면 스스로 돈을 벌어 대학을 다니는 사람으로 보았을지 모른다. 그들이 나를 어떤 사람으로 생각하든 그대로 내버려두었다. 해럴드 로이드가 쓰던 둥근 뿔테 안경만 있으면 완벽한 위장이 되었을 텐데. 주방은 사정이 달랐다. 주방장은 흑인이었다. 입에 담배를 물고 요리를 하느라 담뱃재가 스테이크에 떨어지기도 했다. 심기를 건드리는 웨이터나 졸때기에게는 큰 식칼을 들고 으름장을 놓았다. 그는 항상 화가 나 있어서 고기 기름이 불에 떨어져 불꽃이 솟구치듯 분노를 터뜨리는 사람이었다. 오직 접시닦이만 그를 무서워하지 않았다. 잿빛 머리칼에 다리를 저는 흑인이었는데, 아주 뜨거운 비눗물이 차 있는 싱크대에 팔을 푹 담가도 아무런 느낌이 없는 듯했다. 접시를 가져다주는 사람이 나였던지라 우리는 가깝게 지냈다. 내가 접시의 음식 찌꺼기를 닦아내고 주는 걸 그는 고맙게 생각했다. 우리는 상호간에 프로였다. 주방 바닥은 자동차 정비소처럼 기름투성이라 다닐 때 조심해야 했다. 바퀴벌레들은 마치 그 자리에 달라붙은 것처럼 편안하게 벽을 점거하고 있었다. 전등 스위치 줄에 달려 있는 파리끈끈이가 시커멨다. 간혹 조리대 위에서 음식물 찌꺼기통 사이를 바삐 움직이는 생쥐 한두 마리가 보였다. 이 모든 것이 파란색 조명을 밝힌 엠버시 클럽의 타원형 유리창이 달리고 폭신한 패드를 덧댄 반회전문 뒤에서 일어나는 일이었다.

나는 짬이 나면 멈춰 서서 여가수의 노래에 귀를 기울였다. 목소리는 가냘프고 감미로웠으며 노래할 때는 시선을 먼 곳에 두는 듯했다. 그녀가 노래할 때면 사람들은 항상 나가서 춤을 추었다. 여자 손님들은 상실과 외로움의 노래, 사랑을 돌려주지 않는 남자에 대한 사랑 노래를 좋아했으니까. 내가 사랑하는 이는 다른 사람의 차지, 그가 부르는 감미로운 노래는 다른 사람을 위한 거지요. 그녀는 마이크 앞에 서서 별다른 몸짓 없이 노래를 불렀다. 아마도 그렇게 피워댄 대마초 탓이었을 것이다. 간혹 노랫말과 전혀 어울리지 않는 부분에서 어깨끈 없는 새틴 드레스를 어색하게 끌어올렸다. 별 몸짓을 하지 않으면서도 가슴이 드러날까 신경이 쓰이는 모양이었다.

매일 새벽 네시나 네시 반쯤이면 미스터 버먼이 파스텔톤의 교묘한 옷을 조합해 입고서 산뜻한 모습으로 나타났다. 이때는 검사보들도, 웨이터도, 악단도 모두 가버리고 없는 시간이었고 클럽은 겉보기에만 열려 있었다. 순찰 경관이 바에 앉아 공짜 술을 한 잔 얻어 마시는 정도랄까. 테이블보를 모두 걷어내는 일은 내 몫이었다. 테이블 위에 의자를 올려놓는 것도 마찬가지였는데, 그래야 아침에 청소부 아주머니 둘이 와서 진공청소기로 테이블 아래까지 청소하고 댄스플로어에 대걸레질을 하고 왁스를 바를 수 있었다. 그런 다음 나는 지하실로 불려갔다. 비상구 앞 복도에서 조금 떨어진 곳에 장식 판자로 도배된 작은 사무실이 있었다. 비상구를 열고 나가 배수로 같은 곳을 통과해 철제 계단을 한 층 오르면 골목으로 나갈 수 있었다. 미스터 버먼은 이 사무실에서 그날 밤 매상을 계산하며 내게 그날 본 것을 물었다. 물론 아무것도 없다는 게 내 대답이었다. 맨해튼에서 누리는 새로운 삶, 즉 밤생활 말고는. 그 짧은 한 주 사이에 모든 게 뒤바뀌었다. 나는 새벽에 일을 마치고 낮에 잠을 잤다. 내가 본 것은 성공한 사람들의 삶과 돈의 흐름이었다. 그것은 내가 149번가에 살며 돈을 벌고 모았던 형태가 아니라 소비의 형태였다. 이 돈은 파란색 조명과 화려한 옷, 무심하게 부르는 연가로 탈바꿈했다. 나는 휴대품 보관을 담당하는 여직원이 그 일을 하게 해주는 대가로 미스터 버먼에게 돈을 주는 것을 알았다. 그 반대가 아니었다. 하지만 그녀에게는 돈벌이가 되는 일자리인 듯했다. 즉 그녀는 퇴근하면 바깥 차양 아래서 기다리는 남자와 같이 갔다. 매일 밤 다른 남자였다. 하지만 미스터 버먼은 그런 걸 물어보는 게 아니었다. 나는 매력적이고 귀여운 나의 친구 리베카가 검은색 레이스 드레스에 하이힐을 신고서 나와 함께 가수의 노래에 맞춰 춤추는 모습을 상상했다. 그녀는 웨이터 보조 조끼를 입은 내 모습에 감명받을 것이다. 나는 미스터 버먼이 간 뒤에 그 사무실에서 잠을 잤으며 돈을 주지 않고 리베카와 섹스하는 꿈을 꿨다. 꿈속에서 나는 갱단의 멤버였고, 이 사실 하나만으로도 그녀는 나와의 섹스를 즐기리만치 나를 사랑하게 되었다. 물론 미스터 버먼이 내게 거기서 자라고 했을 때 이런 걸 의도했던 건 아니다. 아침에 일어나 끈적끈적한 몽정의 흔적을 발견하는 게 이틀에 한 번꼴은 되었다. 이 때문에 세탁 문제가 발생해서 브로드웨이 주민들처럼 렉싱턴 애비뉴의 중국인 세탁소를 찾아 해결했다. 그리고 3번 애비뉴의 고가 전철 아래 가게에서 양말과 속옷, 셔츠와 바지를 샀다. 그곳은 우리 동네 3번 애비뉴와 같았다. 그 주를 지내며 나는 불만이 없었다. 맨해튼에서 지내보니 아주 편했다. 맨해튼은 브롱크스와 다르지 않았다. 단지 브롱크스가 닮고자 하는 도시일 뿐이었다. 거리가 다르긴 했지만 그건 익히기만 하면 되었다. 이제 주급으로 12달러를 받는 일자리도 생겼다. 음식 접시를 거두어들이고 두 눈 똑바로 뜨고 주변을 잘 살피는 임무에 대한 대가로 미스터 버먼의 호주머니에서 나오는 돈이었다. 무엇을 살펴야 하는지 모르긴 했지만. 클럽에서 일한 지 사나흘 후부터는 7번 애비뉴의 사무실 건물 벽에서 구르듯 떨어진 유리창닦이의 시체가 마음속에 떠오르는 일도 드물었다. 갱단마저 이스트사이드에서는 다르게 행동하는 것 같았다. 나는 지하 사무실의 간이침대에서 잠을 자고 정오쯤 되면 철제 계단을 올라 곧장 뒷골목으로 나갔다. 거기서 모퉁이를 돌아 몇 블록 걸어내려가면 렉싱턴 애비뉴에 카페테리아가 있었다. 주로 택시 운전사들이 점심을 해결하는 그곳에서 나는 푸짐하게 아침을 먹었다. 그리고 롤빵과 번을 사서 카페테리아 주인이 회전문 밖으로 내쫓은 노인들에게 주었다. 내 생활력을 반추해보니 흠잡을 데가 없었다. 다만 엄마를 보러 브롱크스에 가지 않는 게 흠이라면 흠이었다. 우리 동네 모퉁이의 과자점으로 전화를 걸어 엄마와 한 번 통화를 했다. 엄마에게 한동안 어디 좀 다녀오겠다고 말했는데 그걸 기억하는지는 알 수 없었다. 가게에서 전화를 받고 누군가를 시켜 엄마를 불러오는 데 십오 분이 걸렸다.

이것은 평화롭던 시기를 회상하는 막간 이야기이다.

그러던 어느 날 밤, 나는 미스터 버먼에게 보 와인버그에 대한 보고를 할 수 있었다. 그는 일행과 함께 와서 저녁을 먹고 악단에게 팁을 주며 자신이 좋아하는 곡 두어 가지를 연주하도록 했다. 내가 그를 알아본 건 아니었고, 그가 오자 웨이터들이 모두 활기를 띠었다. 미스터 버먼은 내 보고에 딱히 놀란 것 같지 않았다. "보는 다시 올 거야." 그가 말했다. "그 친구가 한 테이블에 누구와 함께 앉았는지는 신경 안 써도 돼. 문가 바에 누가 앉는지나 잘 봐둬." 나는 그가 시키는 대로 했다. 이틀 후였다. 보가 금발 미녀를 옆에 끼고 멋진 남녀 한 쌍과 함께 나타났다. 남자는 옷을 잘 차려입고 금발 머리를 올백으로 넘겼으며 여자는 흑갈색 머리의 백인이었다. 그들은 벽에 붙은 좌석 중 악단과 가까운 가장 좋은 자리를 차지했다. 그날 밤 특별한 자극을 찾아 클럽에 온 손님들은 원하던 걸 보게 되어 행운이라고 생각하는 듯했다. 보가 멋있어 보이기 때문만은 아니었다. 키가 크고 피부는 까무잡잡하고 다부지게 생긴데다 완벽한 옷차림에 치아까지 반짝였는데도 말이다. 하지만 그는 모든 조명을 흡수해 파란색 불빛을 붉어 보이게 만들었다. 그 때문에 다른 사람들이 상대적으로 모두 흐릿하고 작아 보였다. 그와 일행은 오페라나 브로드웨이 뮤지컬 같은 중요한 곳에 다녀왔는지 모두 정장 차림이었다. 그는 이 사람 저 사람과 인사를 나눴다. 마치 자신이 클럽의 주인인 양 행동했다. 악단이 평상시보다 일찍 무대에 나와 춤곡을 연주했다. 그러자 엠버시 클럽은 곧바로 내가 상상했던 그 나이트클럽이 되었다. 사람들이 계속 밀려들어 클럽은 만원이었다. 마치 뉴욕 전체가 서둘러 몰려드는 듯했다. 사람들이 계속 보가 있는 테이블로 가서 인사를 나눴다. 보와 동석한 사람은 유명한 골프선수였는데, 나는 그의 이름을 듣고도 누군지 몰랐다. 골프는 내가 좋아하는 종목이 아니었다. 여자들은 웃으며 담배를 한두 모금 피우고 재떨이에 놓았다. 나는 그게 꺼지면 얼른 재떨이를 새 것으로 바꾸어놓았다. 사람들이 더 많아질수록, 음악과 웃음소리가 요란해질수록 엠버시 클럽이 점점 더 커지는 것 같았다. 그러다 결국 세상에 그곳만 존재하는 듯 느껴졌다. 바깥세상에 거리도, 도시도, 국가도 없는 듯했다. 귀가 윙윙 울렸다. 나는 웨이터 보조에 지나지 않았지만 월터 윈첼이 나타나 보와 함께 잠시 앉았다는 사실이 개인적인 승리로 느껴졌다. 내가 그를 직접 본 것도 아니었는데 말이다. 나는 숨 돌릴 틈도 없이 바빴다. 그리고 보 와인버그가 나중에 내게 말하기를, 웨이터에게 가서 이렇게 전하라고 했다. 외풍이 있는 문가 테이블에 앉은 검사보들에게 새로 한 잔씩 돌리라고. 나는 큰 기쁨을 느꼈다. 자정이 훨씬 지나 그가 요기를 좀 해야겠다고 했을 때, 나는 작고 딱딱한 롤빵을 가져가 침착하게 다룰 줄 알게 된 은제 집게로 그들 앞에 놓인 작은 접시에 나눠주었다. 롤빵 서너 개를 집어 음악에 맞춰 저글링을 선보이고 싶은 충동을 억제하면서. 그때 악단은 아주 장중하면서도 느긋한 박자로 〈라임하우스 블루스〉를 연주하고 있었다. 오, 라임하우스 키드, 오 오 그들이 간 길을 가는 라임하우스 키드.

하지만 그런 와중에도 나는 미스터 버먼의 지시를 잊지 않았다. 보 와인버그가 오기 직전에 와서 바의 끝자리에 앉은 사람은 이마에 이랑처럼 골이 진 룰루 로젠크란츠가 아니었다. 작은 꽃 모양 귀를 가진 미키도 아니었다. 트럭이나 149번가의 사무실에서도 본 적 없는 사람이었다. 그뿐 아니라 조직 전체에서도 전혀 본 적이 없었다. 체구가 작고 통통한 그는 옷깃이 큰 연회색 더블브레스트 양복에 흰색 투 톤 와이셔츠, 초록색 새틴 넥타이 차림이었다. 그는 그리 오래 머물지 않았다. 담배 한두 대를 피우고 생수 한 잔을 마셨을 뿐이었다. 얌전히 남의 눈에 띄지 않게 음악을 즐기는 듯했다. 위가 납작한 중절모를 바 카운터에 벗어놓은 채 누구와도 얘기를 나누지 않았고 주변이 어떻든 신경쓰지 않았다.

뒷골목으로 통하는 배수로의 지하 사무실에 아침이 밝았을 때 미스터 버먼이 영수증더미를 보다가 눈을 치켜뜨고 물었다. "그래서?" 안경 너머의 언저리가 연청색인 갈색 눈이 나를 쳐다보았다. 그자는 자기가 가져온 성냥을 쓰고는 나머지를 재떨이에 놓고 갔었고, 그가 떠나자 나는 바 카운터 뒤로 돌아가 쓰레기통을 뒤져 그것을 찾아 보관했다. 하지만 지금은 이 증거물을 제시할 때가 아니었다. 기본적인 속성만 말할 필요가 있었다. "타지에서 온 사람이에요. 클리블랜드 출신의 이탈리아인 같던데요."

그날 아침엔 잠을 못 잤다. 미스터 버먼이 내게 전화번호를 주며 바깥 공중전화에서 전화를 건 다음 신호가 세 번 가면 끊으라는 심부름을 시켰다. 나는 돌아오는 길에 커피와 롤빵을 샀다. 청소부 아주머니들이 와서 클럽을 싹 청소했다. 바에 등 한 개를 남겨두고 모든 불을 끈 실내는 기분좋게 평화로웠다. 정문의 커튼 틈새로 살짝 비쳐든 햇살에 먼지가 부스스했다. 대기하고 있으면서 눈에 띄지 않는 것보다 대기하고 있으면서 눈에 띄어야 할 때가 언제인지 아는 것도 내가 체득하던 일의 일부였는데, 이때 선택한 방편은 전자였다. 아무래도 미스터 버먼이 나와 말하기를 꺼리는 게 분명했기 때문이다. 나는 지하실에 있지 않고 녹초가 된 채 아침의 어스름 속에서 홀로 바에 앉아 있었다. 사람을 식별하는 쓸모 있는 일을 했다는 데 자부심을 느끼면서. 그때 홀연 어빙이 나타났다. 그건 미스터 슐츠가 가까이 있다는 걸 의미했다. 어빙은 카운터 뒤에서 잔에 얼음을 담은 다음 라임을 네 등분해 손가락으로 즙을 짜넣었다. 그리고 탄산수를 찔끔찔끔 부었다. 한 방울도 흘리지 않고 어찌나 깔끔하게 채웠던지 잔을 든 자리에 아무 자국도 남지 않았다. 그는 라임 소다를 한입에 들이켰다. 그리고 잔을 헹군 뒤 마른 타월로 물기를 닦고 카운터 밑에 집어넣었다. 그 순간 나의 자기만 족은 어리석다는 생각이 들었다. 그건 내가 내 경험의 주체라고 믿는 데 있었다. 어빙이 정문으로 갔다. 누군가 몇 분 동안 계속 유리창을 두드렸기 때문이다. 어빙은 경솔한 소방 안전 조사관에게 문을 열어주었다. 하필이면 왜 이 시간을 택해 왔는지 모르겠지만, 아무튼 이 거대한 돌의 도시에서 부드럽게 빛나는 아침 햇살 속에 두런두런 퍼지는 소리가 있었다. 이 부패한 민주당 관리는 이제 죽은목숨이며 저 부패한 민주당 관리는 죽을 거라는 두런거림이었다. 우리가 마치 고대 부족의 예언에 따라 미세한 꽃들이 피어나는 어떤 사막이기라도 한 듯했다. 나는 일이 실제로 벌어지기 전에 잘못 생각하면 어떻게 되는지 미리 알고 있었다. 추측은 위험하며 지각력이 결여된 자신감은 치명적이다. 이 남자는 소방 안전 조사관 직이 어떤 자리인지, 조사관의 업무 원리에서 자신이 차지하는 위치는 무엇인지, 화재 체계에서 자신이 얼마나 열등한 위치에 있는지를 망각하고 있었다. 어빙은 언제든 호주머니의 돈을 쓸 채비가 되어 있었기에 시간이 일 분만 더 있었어도 돈을 쥐여주고 조사관을 내보냈을 것이다. 그런데 때맞춰 미스터 슐츠가 그날 아침 소식을 가지고 사무실에서 위로 올라왔다. 다른 때 같으면 조사관의 뻔뻔함을 진심으로 높이 사며 지폐 몇 장을 뽑아주었을 것이다. 아니면 이런 같잖은 놈, 이런 걸로 여길 들어오다니 뭘 모르는 놈이군, 했을지 모른다. 불만이 있으면 돌아가 해당 부서에 말하라고 했을지도 모르고. 혹은 전화 한 통으로 멍청한 네 놈의 목이 달아나게 해주겠다, 했을지도 모른다. 하지만 그는 분노의 고함을 지르며 달려들어 조사관을 쓰러뜨리고 목을 짓이기다 달걀 깨듯 댄스플로어에 두개골을 내리쳤다. 그 밝기에서 내가 본 살아 있는 그의 모습은 곱슬머리의 청년이었다. 나이는 아마 나보다 몇 살밖에 많지 않았을 것이다. 어쩌면 퀸스에 처자식이 있을지도 모를 일이었다. 나처럼 삶에 대한 포부도 있었을 것이다. 사람이 죽는 걸 그렇게 가까이에서 본 건 그때가 처음이었다. 그 시간이 얼마나 길게 느껴졌는지 나는 지금도 말할 수 없다. 긴 시간이 흐른 듯했다. 무엇보다 부자연스러웠던 건 소리였다. 극한 감정이 표출되는 소리. 섹스할 때의 소리가 간혹 그럴 수 있을 것도 같지만 그 소리는 생명이라는 관념을 수치스럽고 비열하게 만든다는 점에서 달랐고, 또한 생명이 그렇게 굴욕을 당하고 영원히 그런 상태가 될 수 있다는 점에서도 달랐다. 미스터 슐츠는 바닥에서 일어나 무릎을 털었다. 머리 주변 바닥에 피와 체액이 그물처럼 퍼졌는데도 그에게는 피 한 방울 묻지 않았다. 그는 바지를 끌어올리고 손으로 흐트러진 머리를 매만지고는 넥타이를 똑바로 고쳤다. 그리고 숨이 찬 듯 크게 심호흡을 했다. 금방이라도 울부짖을 것 같은 표정이었다. "이 너절한 거 치워." 그가 말했다. 나도 지시 대상에 포함되었다. 그는 도로 지하실로 내려갔다.

나는 꼼짝도 못할 것 같았다. 어빙이 나더러 주방에서 빈 쓰레기통을 가져오라고 했다. 쓰레기통을 가지고 돌아와보니 그는 이미 머리와 발목이 닿도록 시체를 포갠 뒤 그자의 재킷으로 묶어두었다. 지금 생각해보니 어빙은 그 시체를 완전히 절반으로 포개기 위해 분명 등뼈를 부러뜨렸을 것이다. 재킷이 머리를 덮고 있어 나는 크게 안도했다. 상체에 아직 온기가 남아 있었다. 우리는 접힌 시체를 함석 쓰레기통에 엉덩이부터 집어넣었다. 그리고 프랑스산 와인 상자에 든 짚을 가져다 빈 공간을 채우고 주먹으로 탕탕 내리쳐 뚜껑을 단단히 닫았다. 그런 다음 그것을 간밤에 나온 주방 쓰레기와 함께 56번가에 쓰레기트럭이 올 때에 맞춰 내갔다. 어빙은 운전사와 잠시 얘기를 나누었다. 그 차는 상가에서 나오는 쓰레기를 수거해가는 민영 회사 소속이다. 시정부는 주택의 쓰레기만 수거해간다. 인부 둘이 보도에 서 있다 함께 쓰레기통을 번쩍 들어 트럭의 쓰레깃더미 위에 서 있는 인부에게 올려주었다. 그자는 내용물을 쏟아내고 빈 통을 트럭 옆으로 넘겨 다시 두 인부에게 내려주었다. 한 개를 제외하고는 모두 빈 통으로 돌려받았다. 상쾌한 이른 아침, 트럭 엔진이 그르릉거리며 공전하고 그 종사자들이 부주의하게 함석 쓰레기통을 보도에 내던지며 고막이 쟁쟁 울리도록 전날의 쓰레기를 치우는 광경을 지켜볼 사람도 없겠지만, 설령 있었다고 해도 지난 황홀한 밤이 배출한 냄새나는 쓰레깃더미와 함께 시체가 든 통이 트럭에 실려가고 있다는 건 아무도 눈치채지 못했을 것이다. 또한 그로부터 한두 시간 후에 플러싱메도 쓰레기 매립지의 트랙터가 그것을 퍼서 상공을 맴도는 갈매기들의 간절한 욕구가 미치지 못하는 땅속 깊이 매립하리라는 건 꿈도 꾸지 못했을 것이다.

어빙을 침울하게 한 것은, 아바다바 버먼을 침울하게 한 것은 그게 계획에 없던 일이라는 사실이었다. 그들의 얼굴에 그렇게 쓰여 있었다. 예기치 않게 상황이 복잡해질 수 있겠다는 두려움 때문이 아니었다. 그건 전문가들이 할 걱정은 아니었다. 그보다는 제멋대로 오만한 생각을 품은 그런 멍청한 놈을, 사실 진짜 오만함에는 미치지도 못하는 생각을 품은 놈을 굳이 죽일 필요는 없다는 것이었다. 근본적으로 그자는 뇌물을 뜯으려 한 게 아니었다. 얼마 후에는 미스터 슐츠마저 침울해 보였다. 아직 아침인데도 그는 바에서 어빙이 따라준 체리헤링주를 두어 잔 들이켰다. 그는 자기가 자신을 포함한 우리 모두가 져야 할 십자가가 될 것이라고 생각한 듯 침통해 보였다. 흥미롭게도 그는 그의 기질에서 벗어난 말을 했다. "거리에 온통 소문이 퍼지고 나면 나로서도 어떻게 할 수가 없어." 그가 말했다. "어빙, 노머 플로이 기억하지? 내 돈 3만 5천 달러를 해먹은 갈보년 말이야. 빌어먹을 승마 선생 놈하고 도망간 년. 내가 어떻게 했지? 내가 어떻게 했어? 그냥 웃었지. 기왕 도망갔으니 잘해보라면서. 물론 언젠가 그 천한 금발 머리를 찾으면 이빨을 모두 부러뜨리겠지만. 하지만 안 그럴지도 모르지. 그런데 바로 그게 문제야. 이 자식들이 사방에 말을 퍼뜨린다는 거지. 아니, 염병할 소방 안전 조사관? 그럼 뭐야, 다음은 우편배달원인가?"

"아직 시간이 있어." 미스터 버먼이 말했다.

"아무렴, 아무렴. 하지만 여기서 더 내려갈 수는 없어. 더는 견딜 수가 없다고. 더이상 이 짓은 못해. 변호사들 말을 너무 들었어. 오토, 검찰은 내가 세금을 토해낸다고 해도 봐주지 않겠다는 거잖아."

"그렇지."

"딕시와 한 번 더 만날 약속을 잡아. 하인스에게 분명히 해둘 것도 있어. 그다음에 무슨 일이든 닥치는 대로 처리하자고."

"의지할 게 없는 건 아니야." 미스터 버먼이 말했다.

"맞아. 이제 우리가 해치워야 할 한두 가지 긴요한 일을 처리하자고. 그런 다음 아지트로 가는 거야. 그 개자식들한테 보여주겠어. 그놈들 모두에게. 내가 여전히 더치맨이란 걸."

　미스터 버먼이 나를 바깥으로 불러냈다. 우리는 갓돌에 놓인 빈 쓰레기통 옆에 섰다. 그가 말했다. "100이라는 수를 이루고 있는 숫자들을 한번 생각해봐. 각 숫자는 얼마만큼의 가치가 있을까? 어떤 숫자의 값은 1이고 또 어떤 숫자의 값은 99인 게 사실이지. 99는 1이 99개인 것이고. 하지만 개별적 숫자 100개가 한 줄로 정렬해 있을 때 각 숫자의 가치는 100분의 1일 뿐이야. 이해돼?" 나는 이해했다고 대답했다. "좋아, 그럼 그중 숫자 구십 개를 치워버려봐, 열 개만 남도록. 어떤 숫자가 남든 상관없어. 예를 들어 처음 다섯 개와 마지막 다섯 개가 남았다고 하자. 그럼 이 열 개의 숫자에는 각각 어떤 가치가 있지? 각 숫자에 매겨진 번호는 중요하지 않아. 개별적인 숫자가 전체에서 차지하는 몫이 중요한 거지. 이해돼?" 나는 이해했다고 말했다. "남은 숫자의 수가 적을수록 각 숫자는 더 가치 있는 거야, 그렇지? 그 숫자에 매겨진 번호가 무엇이든 아무런 상관이 없어. 각 숫자는 다른 숫자에 둘러싸여 있었다는 것보다 그 자체로서의 유용함이 더 가치 있는 것이야. 무슨 뜻인지 알겠어?" 나는 그렇다고 대답했다. "그래, 그래, 그럼 내가 한 말을 곰곰이 생각해봐. 하나의 숫자가 겉보기와 내용이 어떻게 다를 수 있는지. 어떻게 보기와는 다른 가치를 띨 수 있는지. 결국 숫자는 숫자일 뿐 다른 게 뭐가 있겠냐고 생각하겠지. 하지만 이 간단한 예를 보면 그렇지가 않아. 나랑 함께 좀 걷자. 네 꼴이 말이 아니구나. 창백해 보여. 너 바깥바람 좀 쐬야겠다."

　우리는 동쪽 방향으로 걸었다. 렉싱턴 애비뉴를 건너 3번 애비뉴로 향했다. 미스터 버먼과 함께 걸을 때는 천천히 걸어야 했다. 그는 약간 옆으로 비스듬히 걸었다. "너한테 내가 가장 좋아하는 숫자를 말해줄 건데, 그전에 뭔지 한번 맞혀봐." 그가 말했다. "모르겠는데요, 짐작이 안 가요. 어쩌면 다른 숫자들을 만들어내는 숫자일지도." 나는 말했다. "제법이군. 단 그건 어떤 숫자로도 할 수 있지. 내가 가장 좋아하는 숫자는 10이야. 왜 그런지 알아? 10은 짝수와 홀수의 개수가 같거든. 그리고 일의자리와 십의자리까지 단위수*가 있지만 일의자리가 부재하는 걸 사람들은 0이라고 잘못 알고 있지. 또 10에는 첫번째 홀수와 첫번째 짝수, 그리고 첫번째 제곱수가 있다고. 1부터 4까지 합하면 10이 되기도 하고. 그래서 10이내 행운의 숫자야. 너는 행운의 숫자가 있어?"

나는 고개를 가로저었다. "10이 괜찮을 거다." 그가 말했다. "이제 집에 돌아가라." 그는 호주머니에서 지폐 뭉치를 꺼냈다. "자, 네가 웨이터 보조로 일한 급료 12달러와 퇴직금 8달러. 너는 이것으로 해고다."

내가 미처 어떤 반응을 보이기도 전에 그가 말했다. "그리고 이거 받아라, 이 20달러는 그냥 주는 거다. 네가 성냥갑에 찍힌 이탈리아 레스토랑 이름을 읽을 수 있어서 주는 거야. 그건 네 돈이야."

나는 돈을 받아 접어서 호주머니에 넣었다. "고맙습니다."

"자, 옛다, 50달러. 10달러짜리 다섯 장, 너한테 주는 거지만 이건 내 거야. 너한테 주는데 왜 내 것인지 알아?"

---

* 단위수는 0보다 먼저 생겨난 개념이다. 그래서 단위수가 0일 때는 숫자로 부르지 않고 '부재한다'고 한다.

"저한테 뭘 사오라고 시키시는 건가요?"

"그래, 맞아. 가서 바지 한두 벌 하고 괜찮은 재킷 한 벌 새로 사. 와이셔츠랑 넥타이랑 끈 묶는 구두도 사고. 네 눈엔 그 운동화가 어떻게 보이냐? 고상한 엠버시 클럽의 웨이터 보조가 끈은 너덜너덜하고 혀는 툭 튀어나오고 그것도 모자라 엄지발가락마저 보이는 낡은 홀면 농구화를 신고 밤새 홀을 돌아다녔다니. 내가 아침에 와서 그걸 보고 속으로 당황스럽기까지 했다. 사람들이 발은 별로 쳐다보지 않으니 망정이지. 나는 그런 게 눈에 띈다고. 그 운동화는 태워버리든지 해. 머리도 이발하고. 어째 비오는 밤의 이시 캐비블 꼴이야. 손가방도 하나 사서 좋은 새 내의와 양말을 넣어라. 읽을 책 한 권도 함께. 서점에서 진짜 책을 사. 잡지나 만화책 같은 거 말고 진짜 책을. 그것도 가방에 넣어두고. 형편이 되면 책 읽을 때 쓸 안경도 사고. 이거, 안경 말이야, 내가 끼고 있는 것 같은."

"저는 안경을 안 쓰는데요." 나는 말했다. "시력이 아주 좋아요."

"전당포에 가면 도수 없는 안경을 찾을 수 있을 거야. 그냥 내가 하라는 대로 해, 알겠어? 그리고 이렇게 하자. 며칠 쉬고 있어. 편안하게 놀라고. 시간이 있으니까. 필요할 때 너에게 사람을 보내마."

우리는 3번 애비뉴 고가 전철역으로 올라가는 계단 아래에 섰다. 그날도 무더운 여름날이 될 것 같았다. 나는 머릿속으로 주머니의 돈을 세보았다. 모두 90달러였다. 그때 미스터 버먼이 지폐 뭉치에서 10달러를 뽑았다. "네 어머니한테 뭐 좋은 거라도 사다 드리도록 해." 그가 말했다. 전철을 타고 집으로 가는 내내 그 한 마디가 머릿속을 떠나지 않았다.

7

그 아침 시간엔 브롱크스로 가는 전철에 사람이 별로 없었다. 나는 혼자 전철을 타고 가며 창문 너머로 건물들의 내부를 바라보았다. 건물 안 사람들이 스냅사진처럼 언뜻언뜻 눈에 들어왔다. 벽에 바짝 밀어붙인 흰 에나멜 침대, 뚜껑 열린 우유병과 접시가 놓인 둥근 오크 테이블, 아침인데도 그대로 켜져 있는 스탠딩램프, 주름진 셀로판 갓이 씌워진 램프 옆의 푹신한 초록색 의자. 오 분이나 십 분마다 지나가는데도 마치 처음 보는 것처럼 창턱에 팔을 괴고 전철을 구경하는 사람들도 있었다. 방에 전철 소리가 울리고 진동 탓에 벽의 회칠이 갈라져 벗겨지는 집에 산다는 건 어떤 느낌일까? 생각 없는 여자들은 창과 창 사이에 걸어둔 줄에 빨래를 널었고 전철이 지나갈 때마다 옷장 서랍이 덜거덕거렸다. 그전까지만 해도 뉴욕이 그렇게 첩첩이 쌓인 도시인 줄 미처 생각하지 못했다. 모든 게 다른 것 위에 쌓여 있었다. 아파트 위에 아파트가 있듯 전철마저 도로의 상공뿐 아니라 지하로도 달렸다. 뉴욕은 모든 게 층 층이었다. 도시 전체가 암반이라 무엇이든 할 수 있는 것이다. 거기에 기초를 박고 마천루를 올리든, 지하에 터널을 파고 지하철을 놓든, 철제 들보를 박아 아파트 건물 사이 상공을 지나는 고가 철로를 내든 말이다.

나는 양손을 바지 주머니에 집어넣은 채 앉아 있었다. 돈을 양손에 반반씩 나눠 쥐었다. 왠지 브롱크스까지 가는 길이 멀게만 느껴졌다. 내가 얼마나 집을 나와 있었지? 짐작이 되지 않았다. 1차대전 때 프랑스에 주둔한 보병이 일 년 만에 휴가를 받아 나오는 기분이 이럴까. 모든 게 낯설어 보였다. 나는 한 정거장 전에 내려 서쪽으로 한 블록 걸어서 배스게이트 애비뉴로 갔다. 사람들이 쇼핑할 게 있으면 찾는 시장 거리였다. 나는 갓돌에 세워진 수레와 아파트 1층에 낸 노점 사이로 붐비는 보도를 걸었다. 상인들은 모두 오렌지와 사과, 귤, 복숭아, 자두에 같은 가격을 붙이고 경쟁했다. 1파운드에 8센트, 1파운드에 10센트, 하나에 5센트, 세 개에 10센트. 가격이 적힌 종이봉투를 깃발처럼 건 가는 막대기가 과일이나 채소 상자 뒤에 꽂혀 있었다. 하지만 그것으로는 충분치 않았다. 그들은 목청 높여 가격을 불렀다. 아주머니, 이것 좀 보세요, 제일 좋은 과일이에요, 이 자몽 좀 만져보세요, 신선한 조지아산 복숭아가 방금 들어왔어요. 그들은 장보러 나온 여자들에게 말을 걸며 구슬렸고 이에 여자들이 대꾸했다. 순박하기도 하고, 보채기도 하고, 좀도둑도 더러 있는 이 생활 풍경을 보니 기분이 좀 나아졌다. 잡담 소리가 요란한 가운데 거리에서 트럭이 경적을 울렸고, 아이들은 거리 이쪽에서 저쪽으로 쏜살같이 건너다녔다. 머리 위 비상계단에서는 실직한 남자들이 골이 진 러닝셔츠에 바지 차림으로 앉아 신문을 읽었다. 그 지역 상권에서 특권계급에 속하는 상인들은 상점다운 상점을 운영하고 있었다. 주민들은 그곳에 들어가 아직 깃털도 뽑지 않은 닭이나 신선한 생선, 소 옆구리살 스테이크, 우유, 버터, 치즈, 훈제 연어, 훈제 송어, 피클 등을 살 수 있었다. 잡화점 앞에는 차양 가로대에 양복이 걸려 있거나 문 앞에 내놓은 이동식 행거에 드레스가 걸려 있었다. 배스게이트 거리에서는 옷도 매우 쌌다. 5달러나 7달러, 혹은 12달러만 주면 바지 두 벌에 재킷을 한 벌 살 수 있었다. 나는 열다섯 살이었고, 주머니에는 100달러가 들어 있었다. 사람들이 생계를 위해 다투는 일상의 바로 그 순간, 의심할 바 없이 내가 배스게이트 애비뉴에서 가장 부자라는 걸 알았다.

나는 길모퉁이 꽃집에 들어가 엄마에게 줄 제라늄 화분 하나를 샀다. 내가 이름을 아는 유일한 꽃이었다. 향기는 별로 나지 않았다. 뭐랄까, 꽃향기보다는 흙이나 채소 냄새가 더 났다. 하지만 그건 언젠가 엄마가 사놓고는 물을 주지 않아 부엌 창밖의 비상계단에서 그대로 시들어 죽은 꽃이었다. 이건 잎이 풍성하고 푸르렀으며 아직 개화하지 않은 작은 빨간색 꽃봉오리가 있었다. 제라늄 화분 한 개는 선물을 사라고 받은 돈에 비하면 턱도 없이 작은 것이었지만, 내가 주는 성의의 선물이지 슐츠 갱단을 대표해 아바다바 버먼이 주는 게 아니었다. 이제 집으로 걷는 발걸음이 약간 떨렸다. 길모퉁이 과자점을 돌아가자 맥스 앤드 도라 다이아몬드 어린이집 아이들이 소화전에 연결된 스프링클러의 물을 맞으며 속옷 바람으로 뛰어노는 모습이 보였다. 그날 그 거리는 교통이 통제되었다. 아침 열시쯤이었을 것이다. 아이들은 모두 젖은 속옷 바람으로 뛰어다녔다. 아주 어린 아이들이 날카로운 소리를 질러댔다. 햇빛을 받아 몸이 반짝이는 조그만 아이들의 몸놀림이 아주 날래고 잽쌌다. 물론 몇 안 되는 좀더 큰 아이들은 울로 만든 진짜 수영복을 입고 있었다. 남자애나 여자애나 똑같이 위아래가 하나로 붙어 있고 어깨끈이 달린 짙은 파란색 수영복을 입었다. 고아들의 유니폼 같은 그 파란색 수영복은 해져서 살이 들여다보이는 경우도 적지 않았다. 저가임대아파트에 사는 일반 가정집 아이들도 한데 어울렸다. 그애들은 각기 다른 색 수영복을 입었고, 구경하는 엄마들도 물 아래서 뛰고 싶어하는 눈치였지만 체면 때문에 차마 그러지 못했다. 스프링클러가 뿜어내는 물에 젖어 반들거리는 검은 아스팔트 도로 위로 우산처럼 무지개가 걸렸다. 나는 매혹적인 나의 친구 리베카를 찾아보았지만 거기에 없으리라는 걸 알았다. 다른 완고한 여자들처럼 그녀도 스프링클러의 물보라 아래서 뛰노는 모습을 보이고 싶지 않을 터였다. 제아무리 더워도 도저히 그럴 수는 없었다. 체면상 그들은 부모 세대 못지않게 남들과 구별을 두어야 했다. 사실 그건 우리 모두 마찬가지였다. 나도 예외는 아니었다. 그 누구보다 완고한 나는 어둑한 아파트 뒤뜰을 지나 밝은 곳으로 나가 팔각형 타일이 깔린 어두운 통로를 올라 내가 자란 아파트 건물로 들어갔다.

엄마는 내가 생각한 대로 일을 나가고 집에 없었다. 세상 어디를 봐도 우리집 같은 집은 없었다. 부엌에 불이 난 적이 있어서 에나멜 식탁 위에 커다란 달걀 모양으로 탄 자국이 있고 그 가장자리의 페인트는 기포처럼 오톨도톨했다. 그런데 컵에 담긴 촛불은 켜진 채 정렬되어 있었다. 날이 추울 때는 창문 틈새나 문 아래, 또는 수하물 전용 엘리베이터 통로를 통해 바람이 새어 들어와 불꽃들이 제각기 춤추듯 흔들거렸다. 하지만 그때는 촛불이 얌전히 타고 있었다. 초가 예전보다 더 많아진 것 같았다. 마치 샹들리에를 보는 듯한 느낌이었다. 물론 나는 똑바로 서 있었지만 바닥에 누워 웅장한 하늘을 쳐다보는 것 같았다고 해도 좋을 것이다. 엄마에게는 뭔가 당당한 면이 있었다. 엄마는 키가 컸다. 나보다 더 컸다. 거실 화장대 위의 결혼사진을 보고 새삼 엄마의 키가 아버지보다 크다는 사실을 떠올렸다. 엄마는 소파를 침대 삼아 거실을 침실로 사용하기도 했다. 몇 해 전 엄마는 크레용으로 사진 속 아버지 부분의 유리 위에 크게 엑스자를 그었다. 아버지의 얼굴을 긁어내버린 뒤였다. 엄마는 그런 짓을 곧잘 했다. 나는 어렸을 때 양탄자는 모두 남성용 양복이나 바지 모양인 줄 알았다. 엄마가 곰이나 호랑이 같은 짐승의 모피처럼 아버지의 양복을 마룻바닥에 못질해놓았기 때문이다. 집안은 언제나 초가 타들어가는 냄새, 촛불이 꺼질 때 나는 냄새, 심지가 탈 때 나는 연기 냄새로 가득했다.

화장실은 부엌 옆에 있었다. 변기만 하나 달랑 있는 좁고 어둑한 곳이었다. 욕조는 부엌에 있었는데 경첩이 달린 무거운 나무뚜껑으로 덮여 있었다. 나는 엄마 눈에 쉽게 띄도록 거기에 제라늄 화분을 놓았다.

내가 잠자는 작은 침실에 낯선 물건이 있었다. 한때는 훌륭했을 것 같은 낡은 갈색 고리버들 유모차였다. 그것 때문에 방이 꽉 찬 듯했다. 테가 움푹 들어간 바퀴를 앞뒤로 밀어보니 근들거렸다. 하지만 타이어는 하얗게 잘 닦여 있었다. 이음매에 연결되어 젖혀진

뚜껑은 날씨에 따라 차양처럼 펼쳐지며 장식 쇠살이 양쪽 옆구리의 제자리에 짤깍 맞춰지게 되어 있었다. 고리버들이 삐져나온 구멍들이 뚜껑 위에 사선으로 늘어서 있었고, 창문으로 들어온 빛이 그 틈으로 밝게 비쳤다. 낡은 봉제인형 하나가 유모차 안에 비스듬히 누워 있었다. 아마 길에서 같이 주웠을 것이다. 아니면 아널드 가비지에게 따로따로 사서 함께 둔 건지도 모른다. 내가 돌아오면 보라고 그걸 끌고 계단을 올라와 집으로 들어와서 내 방에 둔 것인지도.

엄마는 별 질문도 없이 그저 나를 보니 좋은 것 같았다. 내가 오자 엄마의 주의력이 분산되었다. 촛불이 전화라고 치면 엄마는 동시에 두 가지 대화를 나누는 꼴이었다. 한편으로는 내 말을 듣고 또 한편으로는 촛불을 쳐다보았다. 우리는 늘 그렇듯 욕조 옆에 앉아 식사를 했고, 내가 사온 꽃은 일종의 장식물이 되었다. 무엇보다 엄마에게 내가 직장을 구했다는 것을 알렸다. 웨이터 보조로 일하며 밤에는 야간 경비도 겸한다고 말했다. 또 팁이 많아서 좋은 일자리라고도 했다. 내가 한 말은 그게 다였고 엄마는 그걸 믿는 눈치였다. "하지만 물론 여름 동안만이다. 9월에는 학교에 가야지." 엄마가 촛불 위치를 바로잡으려고 몸을 일으키며 말했다. 나는 그러겠다고, 하지만 복장을 제대로 갖추지 않으면 일자리를 잃을 수 있다고 했다. 그래서 토요일 오후 엄마가 퇴근했을 때 함께 웹스터 애비뉴 전차를 타고 포댐 로드로 갔다. 엄마가 선택한 I. 코언 상점에서 양복을 샀다. 엄마는 그곳에서 예전에 아버지가 같은 값에 다른 데보다 좋은 옷을 샀다고 했다. 엄마는 보는 눈이 있었다. 바깥세상에서 갑자기 능숙하고 유능한 엄마가 되었다. 그래서 나는 여러 가지 이유에서 안심이 되었다. 가령 내가 옷을 살 줄 몰랐기 때문이다. 한편 엄마는 상당히 평범해 보이기도 했다. 가지고 있는 옷 가운데 가장 좋은 드레스를 입었는데, 하얀색 바탕에 큰 보라색 꽃무늬가 있는 드레스였다. 머리는 위로 빗질해 올리고 모자를 써서 길어 보이지 않았다. 엄마한테 신경쓰이는 점 중 하나가 머리칼을 자르지 않는다는 것이었다. 짧은 머리가 유행이었지만 엄마는 머리를 길렀다. 아침에 세탁공장으로 출근할 준비를 할 때면 머리를 하나로 길게 땋아 위로 감아올린 다음 기다란 머리핀 몇 개로 고정했다. 화장대 위에 놓인 다 쓴 사워크림 병에 그런 긴 장식 머리핀이 잔뜩 담겨 있었다. 밤에 부엌 욕조에서 목욕을 하고 잠자리에 누운 엄마를 보면 간혹 긴 직모에 눈길이 가지 않을 수 없었다. 곱게 빗질한 검은색과 회색이 섞인 머리칼이 소파 쿠션에 펼쳐져 있었다. 일부가 흘러내려 바닥에 닿거나 성경책 갈피에 끼여 있기도 했다. 신경쓰이기는 엄마의 신발도 마찬가지였다. 일의 성격상 하루종일 서 있어야 했기 때문에 늘 발이 아플 수밖에 없었다. 그래서 해결책으로 남성용 신발을 신었다. 흰 신발이었는데 엄마는 사시사철 매일 밤 그 신발에 흰 광택제를 발랐다. 내가 기분이 별로일 때 그걸 갖고 뭐라고 하면 엄마는 그저 간호사들이 신는 신발이라고만 했다. 말다툼을 할 때 내가 비난을 퍼부으면 엄마는 미소를 지었다. 그리고 그럴수록 더욱 내면으로 침잠했다. 하지만 나를 비난하는 적은 없었다. 정신을 온통 딴 데 빼앗긴 채 간혹 질문만 할 뿐이었다. 다만 걱정 어린 그런 질문이 채 끝나기도 전에 그 불안정한 주의력 때문에 엄마의 걱정은 사라져버렸다. 하지만 이날 토요일 오후 포댐 로드에서 엄마는 아주 멋져 보였고, 함께 있는 동안 거의 내내 나한테 집중했다. 엄마는 여름용 연회색 싱글브레스트 양복에 바지 두 벌, 애로우 셔츠 한 벌, 넥타이 한 개를 골랐다. 셔츠 칼라엔 끝이 말리지 않도록 심지가 박혀 있었고 빨간색 니트 넥타이는 끝이 네모진 모양이었다. 우리는 I. 코언 양복점에 한참 머물렀다. 나이가 지긋한 양복점 신사는 우리가 얼마나 가난한지 보고도 모른 체했다. 내 운동화의 상태, 엄마의 하얀 남성용 신발을 보고도 우리를 불신하지 않았다. 이 체구가 작고 통통한 남자는 기도용 숄처럼 목에 줄자를 걸고 있었다. 그는 가난한 이들의 자존심이 무언지 나름 알고 있는 모양이었다. 엄마가 내가 준 돈이 든 지갑을 열어 보였다. 그러자 이목구비가 반듯하고 키가 큰 여자가 누더기 옷을 걸친 아이를 데려와 아무렇지 않게 양복과 다른 옷가지에 18달러를 쓰는 이런 일에 호기심보다는 안도하는 기색을 그의 얼굴에서 엿볼 수 있었다. 어쩌면 그는 엄마를 부유한 괴짜로 알고 자선 행위로 거리에서 나를 불러 데려왔으리라고 생각했을지도 모른다. 나는 그날 밤 그가 집으로 돌아가 아내에게 이 일을 하며 철학자가 다 되었다고 말하리라는 생각이 들었다. 매일 일을 하면서 인간의 본성은 놀라움으로 가득하다는 사실과, 누구든 인생에 대해 말할 수 있는 게 있다면 오직 인생이란 알 수 없는 것이라는 사실을 깨닫기 때문이다.

I. 코언 양복점은 수선도 해주는 곳이어서 기다리면서 바짓단을 줄일 수 있었다. 하지만 우리는 곧 돌아오겠다고 하고 나와 그랜드콩코스로 가는 굽이진 비탈길을 올랐다. 나는 애들러 신발가게를 발견하고 밑창이 아주 두툼한 검은색 운동화 한 켤레를 사고 구

두도 한 켤레 골랐다. 미스터 슐츠의 변호사 딕시 데이비스가 신은 것과 같은 스타일로 가죽 뒤축이 살짝 높은 검은색 윙팁스 구두였다. 이것들을 사자 9달러가 더 줄었다. 나는 구두 상자를 들고 새 운동화는 바로 신었다. 우리는 슈래프트 레스토랑이 나올 때까지 포댐 로드를 걸어올라갔다. 브롱크스의 선남선녀들이 거기 다 모여 오후 티타임을 즐기고 있었다. 우리는 크러스트 부분을 잘라낸 식빵으로 만든 작은 치킨샐러드 샌드위치를 주문했다. 그에 더해 엄마는 차를, 나는 초코 아이스크림 소다를 시켰다. 모든 음식이 성긴 레이스 무늬가 그려진 종이받침 위에 놓였다. 웨이트리스는 검은색 유니폼에 흰 레이스 에이프런을 둘렀는데 그 무늬가 종이받침과 같았다. 나는 엄마와 이런 시간을 보낼 수 있어 기분이 매우 좋았다. 엄마에게도 즐거운 시간이었으면 하는 마음이었다. 나는 도기가 달그락거리는 소리, 야단스럽고 자만심 강한 웨이트리스들이 음식을 나르며 쟁반의 균형을 잡는 모습, 거리에 면한 창문으로 쏟아져들어와 빨간색 카펫을 밝게 비추는 오후의 햇빛을 즐겼다. 손님들의 위신에 걸맞게 소리 없이 천천히 도는 커다란 천장 선풍기도 마음에 들었다. 나는 엄마에게 말했다. 새 옷을 사줄 돈도 있다고, 그것도 아주 많이 있다고, 그러니 엄마 발에 잘 맞는 새 구두도 사자고, 엄마만 괜찮으면 당장 걸어서 이 분 거리밖에 안 되는 알렉산더 백화점으로 가자고. 백화점은 브롱크스의 번화가인 포댐 로드와 그랜드콩코스 교차점에 있었다. 하지만 엄마는 어느새 종이받침의 레이스 무늬에 관심이 갔는지, 도드라진 무늬를 더듬더니 맹인이 점자를 읽듯 눈마저 감고 손가락 끝으로 무늬의 선을 따라갔다. 그러다 무슨 말을 했는데, 내가 제대로 들은 건지 확신할 수 없었지만 다시 말해달라고 하기가 두려웠다. 엄마는 "쟤가 지금 자기가 뭘 하고 있는지 알면 좋겠어"라고 했다. 마치 테이블에 다른 사람이 있기라도 한 듯 엄마의 음성이 다른 사람의 목소리처럼 들렸다. 나는 그게 엄마 스스로 한 말인지, 아니면 도드라진 종이받침의 점들을 소리내어 읽은 것인지 알 수 없었다.

여하튼 나는 그날 밤 엄마 지갑에 40달러를 넣었다. 나에게 남은 돈은 25달러와 잔돈 조금이었다. 문득 내가 자질을 타고난 듯 큰 단위 지폐들을 다루고 큰 금액에 곧잘 익숙해지고 있다는 생각이 들었다. 사람이란 돈에 금방 익숙해질 뿐 아니라 돈에 대한 신기한 느낌이 사그라지면 결국 특별해 보이지도 않게 된다. 그렇지만 엄마가 세탁공장에서 받는 주급은 고작 12달러인데도 내게는 여전히 놀라운 금액이었다. 다시 말해 종전대로 보자면 가치 있는 돈이었다. 반면에 내가 번 돈은 많아도 그렇지 않았다. 그건 아바다바 버먼의 생각이었다. 나는 내가 넣어둔 돈이 엄마의 주급 봉투에 든 돈과 같은 가치를 띠었으면 하는 마음이었다. 우리 동네에선 내가 돈이 많은 게 분명했다. 나는 윙스 담배 몇 갑을 사서 줄담배를 피워댔을 뿐 아니라 아낌없이 나누어주기도 했다. 안경을 사러 3번 애비뉴의 전당포에 갔다가 새틴으로 된 운동팀 양면 재킷도 샀다. 한 면은 검은색이고 뒤집으면 감쪽같이 흰 재킷이 되었다. 나는 저녁마다 그것을 입고 거리를 활보했다. 옷에 새겨진 팀 이름은 '섀도스'였다. 내가 알기론 그 지역 운동팀이 아니었다. 검은 재킷 쪽에는 장식적인 흰색 필기체로 박음질되어 있었고 흰 재킷 쪽에는 검은색 글자로 되어 있었다. 아무튼 나는 그 재킷을 입고 다녔다.

담배와 새 운동화, 그리고 어쩌면 나 자신은 느끼지 못했을지라도 남들한테는 두드러져 보였을지 모를 태도의 변화로 인해 거리의 모든 사람들에게 나는 다른 종류의 산수 문제로 보이게 되었다. 그건 아이들뿐 아니라 어른들에게도 마찬가지였는데, 나는 그들이 쉽게 알아챌 수 있는 것을 내심 알아주길 바랐으니 얄궂은 일이었다. 풋내기가 쉽게 돈을 벌 수 있는 길이 하나밖에 없다는 건 누구나 아는 사실이었지만, 동시에 나는 그래도 그들이 몰랐으면 싶었다. 나는 원래의 내가 달라지는 걸 원치 않았다. 유년기에 받을 천벌이 보류되어 살아남은 아이, 살짝 맛이 간 여자로 알려진 엄마 밑에서 제멋대로 자란 아이, 그게 나였다. 하지만 내게는 훗날 좋은 결실을 맺을 무언가가, 성장하면서 명예의 특징을 갖출 수 있는 무언가가 있었다. 그래서 사람을 볼 줄 아는 선생이나 신이 개입해 나의 두뇌 전압을 바짝 올려 브롱크스 주민이 자랑스러워할 미래의 실력자로 키울 수 있을 것이었다. 안목 있는 어른이 나를 보았다면, 알고 지낸 적이 없거나, 같은 아파트 건물에 살면서 또는 과자점이나 교정에서 나를 주목했더라도 내가 알아채지 못했던 어른이 나를 보았다면, 이곳에서 벗어날 가능성이 있는 아이 중 하나라고 느꼈을 것이다. 내 행동방식에 대단한 기지가 있다고, 게임을 하는 무의식적인 동작에 대단하고 멋진 총명함이 있다고 보았을 것이다. 그러면 잠시 동안 자신과 같은 부류에 대한 의리가 개입되지 않은 객관적인 희망을 느꼈을 것이다. 언제든 기회는 온다는 희망, 상황이 아무리 나빠도 미국은 하나의 거대한 저글링 같아서 우리는 모두 어떻게든 공중에 떠 있을 수 있고, 결국 신의 우주 안에서 손에서 손으로가 아닌 빛에서 어둠으로, 밤에서 낮으로 이동할 수 있다는 희망을.

아무튼 무엇을 바랐든 내가 느낀 변화는 뚜렷했다. 나를 특별하다고 느끼고 거리에서 은밀히 의식하는 모습을 수없이 본다. 신학교 같은 데를 들어가면 그럴까, 사람들이 나를 흘낏 쳐다보고 그들의 의식에 등록하는 것이다. 그렇게 나를 한번 보고는 어떤 관계도 맺고 싶지 않다고 확신하겠지. 아니면 신앙생활 혹은 정치적 삶에 대한 그들의 생각에 비추어 나를 보고 잠시 신중한 주의를 기울이겠지. 그러고는 내가 그들에게 해를 끼칠까, 아니면 이로움을 줄까 생각하리라. 그러면 이제 나는 사회 체제에 이름을 올린 또하나의 인사가 되는 것이다.

그런 한편 사람들은 아무것도 몰랐다는 것을 말해두어야겠다. 내가 누구에게 고용되어 어디서 일하는지 말이다. 그 모든 것은 나의 신화적인 신분 변화에서 부차적인 것이었다. 물론 그 방면에 진출한 사람들에게는 부차적인 게 아니었지만 그래도 그들은 원칙상 전혀 관심을 보이지 않았다. 왜냐하면 첫째, 그런 건 때가 되면 알려지기 마련이니까. 둘째, 프로의 눈에 나는 아직 분명한 햇병아리였으니까. 아무튼 나는 이게 우리 동네에서 일어난 아주 미묘한 변화라는 걸 말하고 싶다. 다만 바깥에서 보내는 시간이 많은 여름이 아니라면 그렇게까지 많은 사람이 알게 되지는 않았을 것이다. 그러니까 무슨 말인가 하면, 나는 집에 돌아간다는 자의식을 느끼면서도 그 누구도 내 신변에 일어난 변화의 규모를 알게 되리라는 환상은 품지 않았다. 타블로이드 신문들에서 떠들어대는 그 흥분된 삶을, 인쇄소의 잉크로 찍혀 배포되고 숨은 그림 찾기의 나뭇잎 사이에 여우처럼 숨어 있는 그 흥분된 삶을 내가 어떻게 살았는지 말이다. 그런데 나는 바로 그 시대에 사람들의 관심을 모은 중요한 뉴스의 한복판에 있었다.

어느 날 밤, 섀도스 재킷을 흰색 쪽으로 입고 마녀 리베카와 아널드 가비지와 함께 고아원 현관 계단에 앉아 있었다. 계단은 거의 우리 차지였다. 어린애들은 외출 금지 시간이 되어 모두 안으로 불려 들어갔다. 하늘은 아직 연푸른색을 띠고 있고 가로등은 켜지지 않은 여름밤이었다. 집마다 열어놓은 창문으로 라디오 소리나 다투는 소리가 새어나와 거리는 제법 시끄러웠다. 녹색과 흰색이 섞인 순찰차가 길모퉁이를 돌아 다가왔다. 우리가 있는 곳에 이르자 보도 가까이 차를 대고 멈추었다. 잔잔하게 엔진 돌아가는 소리가 들렸다. 나는 차 안에 있는 경찰을 쳐다보았다. 그도 계단에 앉은 나를 올려다보았다. 그리고 날카롭고 신중한 시선으로 나를 살폈다. 그 순간 갑자기 주변이 고요해지는 듯했다. 물론 실제로는 그렇지 않았지만. 내 흰 재킷이 하늘에 남아 있는 빛을 받아 밝게 달아오르는 것 같았다. 나는 그 빛의 힘으로 공중에 붕 뜬 기분이었고 순찰차마저 둥둥 떠가는 듯했다. 차체의 짙은 녹색 하부와 흰색 상부가 타이어에서 분리된 채. 그때 차창을 통해 나를 보던 경찰이 고개를 돌려 내게는 보이지 않는 운전석의 동료에게 뭐라고 말했다. 그들의 웃음소리와 함께 총구에서 총알이 나가듯 헤드라이트가 켜지더니 순찰차는 곧 자리를 떴다.

나는 미스터 슐츠가 말해준 적이 있는, 그 처음으로 느끼는 분노가 무엇인지 그 순간 깨달았다. 그 이상한 빛 가운데에서. 그것이 어떻게 나한테 이익으로, 또 자질로 이해되는지 알게 되는 순간이었다. 나는 결정적인 범죄적 분노를 느꼈다. 그게 뭔지 감을 잡았다. 만족스러운 기분으로 그걸 느꼈다. 맥스 앤드 도라 다이아몬드 어린이집 현관 계단의 다른 괴짜 애어른들과 함께 있는 자리에서 말이다. 내가 애써 얻으려 하면서도 동시에 원하지 않았던 것, 철없는 아이가 꿈꾸는 그 특별한 악명은 이제 공식적인 게 되었다. 나는 다른 부류의 시민이었고 더이상 의심의 여지는 없었다. 나는 화가 났다. 그때까지 내가 어떤 사람인지 결정하는 건 나이지 망할 경찰이 아니라고 생각했기 때문이다. 또한 이 세상에 잠정적인 것이라곤 없다는 데 화가 났다. 그리고 미스터 버먼이 내게 돈을 주고 집에 보낸 것은 다름이 아니라 돈의 대가가 무엇인지 가르치려는 것이었는데 내가 그걸 깨닫지 못했다는 사실에 화가 났다.

그때 그가 한 말이 생각났다. 그냥 마음 편히 놀라고 한 말이. 그리고 내가 필요하면 데리러 오겠다고 한 말이. 그때 나는 고가 철로 계단 아래에 서 있었다. 사실 나는 그의 말을 귀담아듣지 않은 거였다. 우리는 왜 남의 말을 귀담아듣지 않을까? 그리고 잠시 후 나는 계단을 뛰어올라 개찰구에 5센트짜리 동전을 넣었다. 조명등 아래 개찰구 구멍에 달린 돋보기로 동전에 찍힌 아메리칸 버펄로가 확대되어 보였다.

그래서 그날 밤 나는 한 번도 해본 적 없는 파티를 열었다. 그게 적절하게 반항적일 듯싶었다. 나는 3번 애비뉴에서 값만 제대로 주면 미성년자에게 맥주를 파는 술집을 찾아내 30리터짜리 한 통을 사고 통 따는 기구를 빌렸다. 가비지가 자기 수레 중 하나에 그것을 싣고 천으로 덮은 뒤 운반했다. 우리는 덜커덩거리며 그것을 끌고 계단을 내려가 지하 창고 안으로 들였다. 나는 거기서 파티를 열었다. 창고의 잡동사니를 치워 빈 공간을 충분히 확보하는 게 큰 일이었다. 우리는 결국 낡은 소파 한두 개를 놓고 춤을 출 만한 공간을 마련했다. 한편 가비지는 길고 먼지투성이인 잔을 맥주잔으로 내놨다. 그리고 소라처럼 구부러진 소리나팔과 레코드 바늘 한 벌이 딸린 오래된 빅트롤라 축음기와 춤곡으로 쓸 흑인 음악 레코드도 한 상자 제공했다. 나는 그가 제공한 모든 것에 사용료를 지불하겠다고 말했다. 그날 밤 모두를 대신해 비용을 지불할 작정이었다. 내가 숨쉬는 공기에 대한 대가마저 신에게 지불할 용의가 있었다. 그렇게 나는 맥스 앤드 도라 다이아몬드 어린이집의 구제불능들을 위해 파티를 열었다. 각 층 책임자와 관리 주임을 포함해 모두가 잠자리에 든 다음이었다. 결국 파티에는 내 친구 리베카를 포함해 여남은 명 정도 왔을 것이다. 리베카는 일부 다른 여자애들처럼 잠옷 차림으로 왔지만 귀걸이와 립스틱은 잊지 않았다. 여자애들은 모두 립스틱을 발랐다. 다 같은 색인 걸 보니 하나로 함께 바른 모양이었다. 우리는 맥주를 놓고 요란을 떨었다. 맛이 밋밋한 걸로 봐서 미스터 슐츠의 은닉 창고에서 나온 것이 틀림없었다. 그래도 우리는 그 맥주로 어른다운 타락에 필수인 맛을 보았다. 누군가 남의 집 부엌에 몰래 들어가 살라미 세 개와 식빵 여러 조각을 파라핀 종이에 싸왔다. 가비지는 통을 뒤져 식칼을 찾고 부서진 커피테이블을 갖다놓았다. 우리는 샌드위치를 만들고 잔에 맥주를 따랐다. 나는 담배를 풀고 원하는 애들은 피우라고 했다. 공기 중에 부옇게 떠 있는 석탄 먼지가 낡은 스탠드램프의 누런 불빛에 빛나는 지하실에서 우리는 건조하고 칙칙한 공기를 들이마시며 윙스 담배를 피우고 거품 빠진 맥주를 마시고 샌드위치를 먹고 1920년대 흑인 가수들의 노래에 맞춰 춤을 추었다. 중창으로 사랑을 노래하다 제창으로 씁쓸하게 끝을 맺는 느린 곡들이었다. 가사는 돼지 족발과 젤리롤, 마차 타기, 나쁜 짓을 한 아버지, 나쁜 짓을 한 어머니, 이미 떠난 기차를 기다리는 사람들 등에 관한 것이었다. 우리 중 춤출 줄 아는 사람은 아무도 없었다. 고아원에서 배운 스퀘어댄스가 고작이었지만, 음악이 나오자 우리는 저절로 춤을 추었다. 가비지는 축음기 옆에 앉아 태엽을 감고 아무 그림도 없는 종이 재킷에서 레코드를 꺼내 축음기에 올려놓았다. 다리를 꼰 채 탁자에 베개를 깔고 앉아서 그는 춤도 추지 않고 말도 하지 않은 채 오직 그 일만 했다. 그의 지하실에서 무엇을 해도 좋다고 허락한 게 그가 발휘할 수 있는 최선의 무덤덤한 사교성이었다. 그는 맥주도 마시지 않고 담배도 피우지 않았다. 음식을 먹거나 지지직거리며 끊임없이 흘러나오는 음악에 심취할 따름이었다. 코넷과 클라리넷, 튜바, 피아노, 드럼 소리가 구슬픈 격정을 자아냈다. 여자애들이 자기들끼리 춤을 추다가 같이 추자며 남자애들을 끌어냈다. 감미로운 흑인 음악에 맞춰 서로 끌어안고 춤을 추는 백인 아이들, 우리의 파티는 제법 엄숙해졌다. 모두 사람 사는 것같이 살아보겠다는 생각으로 충만했다. 거기가 다름 아닌 고아원인데도. 그런데 여자애 몇이 아널드 가비지의 큰 통들 깊숙한 곳에서 커다란 종이 상자들을 발견하면서 분위기가 서서히 달라져 보이기 시작했다. 여러 옷가지를 모아둔 상자였다. 가비지는 괘념하지 않는 눈치였다. 여자애들은 잠옷 위에 이것저것 입어보았다. 다른 모자를 써보기도 하고 다른 드레스를 입어보기도 했으며 구식 하이힐을 신어보기도 했다. 내 귀여운 리베카는 발목까지 내려오는 스페인풍 검은색 레이스 옷을 입고 곳곳이 고리 모양으로 심하게 찢어진 얇은 분홍색 숄을 어깨에 걸쳤다. 하지만 발에는 아무것도 신지 않고 나와 계속 춤을 췄다. 남자애들은 미식축구 선수의 패드처럼 어깨에 심이 들어간 양복 재킷에 코가 뾰족한 에나멜 구두를 신고 폭이 넓은 큰 넥타이를 맨 목에 둘러맸다. 그렇게 우리는 담배 연기와 재즈 음악 속에서 우리가 원하던 모습이 되어, 미래의 우리가 다닐 엠버시 클럽의 먼지 속에서 수줍은 아이들의 사랑이 깃든 옷차림으로 춤을 췄다. 그리고 오직 운이 좋은 자만이 알게 되듯 신은 마음의 지시일 뿐 아니라, 새로 발견한 너울거리는 율동을 하는 엉덩이의 지시이기도 하다는 걸 알았다.

한참 뒤 리베카와 나는 소파에 앉아 있었다. 그녀는 다리를 꼬고 더러운 발을 흔들거렸다. 검은색 레이스 옷 아랫단 밑으로 잠옷이 삐져나와 보였다. 모두 가고 그녀만 남았다. 그녀는 여자애들이 보통 별다른 이유 없이 그러듯 양손으로 검은 머리칼을 쓸어모아 능숙한 솜씨로 중력의 법칙을 무시하고 머리 뒤에 고정시켰다. 나는 그때 약간 취했던 것 같다. 아마 우리 둘 다 그랬을 것이다. 게다가 우리는 정열적으로 또 밀착해서 춤을 추었다. 나는 담배를 피웠고, 그녀가 내 담배를 가져가 빠끔 한 모금 빨더니 들이마시지 않고 그냥 내뱉었다. 그리고 내게 담배를 돌려주었다. 그제야 그녀가 속눈썹과 눈꺼풀에 바른 마스카라가 보였다. 여자애들이 공동으로 바른 빨강 립스틱은 처음보다 좀 옅어졌다. 그녀는 발을 흔들거리며 곁눈질로 나를 쳐다보았다. 검은 포도처럼 짙은 눈이었다. 구멍이 숭숭 난 탁한 분홍색 숄이 그녀의 하얀 목에 둘려 있었다. 나는 애무의 영역에서 흐느적거리느라 다음 순간에 대한 예고를 알아차리거나 준비를 하지 못했다. 마치 그녀를 방금 처음 만난 것처럼, 또는 방금 그녀를 잃기라도 한 것처럼, 물론 마치 그녀와 옥상에서 섹스를 한 적이 없었던 것처럼. 나는 입안이 바짝 타들어갔다. 그녀는 믿을 수 없을 정도로 어린애 같은 아름다움을 발산했다. 나는 그 순간까지 파티의 주최자이자 아낌없이 나누고 호의를 베푼 그날 밤의 보스였다. 우리가 춘 그 모든 춤, 아, 알았다. 내가 그녀를 편애해 음탕한 생각을 품고 비상계단으로 침입했다는 사실을 모르는 사람이 없다는 것을. 하지만 그건 운동경기나 마찬가지였다. 빌어먹을, 게다가 나는 그녀에게 돈을 지불했다. 내가 그녀를 너무 뚫어지게 바라보았는지, 그녀가 고개를 돌리고 눈을 내리깔았다. 그리고 발을 요란하게 떨었다. 그녀와, 오직 그녀하고만 춘 그 모든 춤은 고된 소유의 의식이었다. 고대 마녀 같은 이 아이는 나보다 더 빨리 알고 있었다. 이제 모든 게 마음으로 옮겨졌다는 것을. 세상에서 내 신분이 상승하자 우리의 관계도 무한한 중요성을 띠며 부상했다는 듯이. 이제 우리 둘 다 그 사실을 지평선처럼, 앞에 놓인 먼 곳처럼 볼 수 있었다. 그애들, 그 바보 같은 놈들도 분명히 모두 그걸 알 터였다. 그런데도 나는 시종 내가 느꼈던 게 달콤하고 친밀한 쾌락이라고만 생각했다.

아무튼 다른 애들이 전부 가고 난 뒤 우리는 처음으로 둘 다 알몸인 채 한 소파에 누웠다. 모두 잠든 시간이었다. 가비지마저 안쪽 어딘가의 깊은 사실에서 잠들었다. 우리는 먼지와 재가 날리는 어두운 지하실에 누워 있었다. 수동적으로 그냥 드러누워 있는 내 몸 위로 리베카가 올라타 내 목에 한 줄기 시원한 바람처럼 긴 숨을 들이쉬면서 아랫도리를 내려 몸을 밀착시키고 천천히 서툴게 율동을 터득해나갔다. 나는 참을성을 갖고 그녀가 하는 대로 내버려뒀다. 나는 그녀의 등에 손을 대고 있다 엉덩이로 옮겼다. 등줄기를 따라 솜털을 더듬으며 엉덩이가 갈라지는 데까지 내려갔다. 나는 그녀의 털이 머리칼처럼 검다는 걸 알고 있었다. 손가락을 작은 항문에 갖다댔다. 그녀가 엉덩이를 들었을 때 항문에 손가락이 닿았다가 도로 내릴 때는 단단한 엉덩이 사이에 꽉 끼었다. 그녀가 상체를 들자 머리칼이 앞으로 쏟아져내려 내 얼굴을 쓸었다. 몸을 다시 낮추자 머리칼이 귓가에 닿았다. 그녀가 멈추었을 때 나는 그녀의 뺨에 키스했다. 그녀가 입술로 내 목을 더듬었다. 그러자 작고 단단한 젖꼭지가 내 가슴에 닿았고 촉촉이 젖은 허벅지가 내 허벅지에 느껴졌다. 언제 시작되었는지 생각나지 않지만, 그녀는 내 귀에 대고 들릴까 말까 한 소리로 은밀하게 칭얼거리며 미세한 발견을 표시하고는 불규칙한 율동으로 허둥대다 몸이 뻣뻣해지더니 이내 그녀의 내부 근육이 내 성기를 꽉 조였다. 밑으로 손을 뻗쳐 항문을 만지자 양쪽 엉덩이가 손가락을 죄었다 풀고 다시 죄었다 풀었다. 그녀의 내면이 내 성기를 죄었다 놓았다 하는 운동과 일치했다. 더이상 참을 수 없었던 나는 등을 굽히며 그녀를 끌어당겼다. 축 늘어져 내리누르는 그녀의 몸을 붙잡고 내가 위에 있는 것처럼 격렬하게 상하 운동을 했다. 속도가 빨라지면서 그녀는 작은 신음소리를 내며 내 가슴과 허벅지에 퍽퍽 부딪쳤고, 이윽고 내 율동에 맞춰 움직이며 말 더듬는 소리를 내기 시작했다. 처음에는 완벽하지 않았지만 마침내 내 몸과 맞물려 제대로 부드럽게 합해야 할 때 합하고 떨어져야 할 때 떨어졌다. 더는 참을 수 없이 강렬한 자극에 나는 그녀의 몸속에 사정하며 그녀를 꼭 끌어안았다. 꼭꼭 쥐어짜는 멋지고 작은 그녀의 몸속에 내가 할 수 있는 한 깊이 들어가 경련했다. 그러는 동안 그녀는 양팔로 나를 감싸안고 있었다. 그리고 우리에게 평온이 찾아들었다. 우리는 말이나 키스가 필요없는 차원의 대단한 신뢰감을 느끼며 지극히 감미롭고 지극히 느리고 지극히 조화로운 잠에 빠져들었다.

8

살갗에 와닿는 허전한 찬 공기와 잿빛 채광에 잠이 깼다. 맥스 앤드 도라 다이아몬드 어린이집 지하실에 찾아드는 전형적인 아침 채광이었다. 마녀의 몸이 연기처럼 사라진 양 검정색과 분홍색 레이스더미가 소파 옆 바닥에 널브러져 있었다. 내 사랑은 다시 아이 신분이 되어 위로 올라가고 없었다. 기관에 수용된 고아들은 일상 생활에서 기본적인 교활함을 익혔기 때문에 잡히지 않는 법을 안다. 나는 그게 갱의 여자가 되기 위한 훈련으로 과히 나쁘지 않겠다는 생각이 들었다. 몇 살이 되어야 결혼을 할 수 있을까, 나는 궁금했다. 나는 누운 채로 내가 따라잡을 수 있는 것보다 더 빨리, 더욱 다양한 방식으로 변해가는 내 인생을 반추해보았다. 어쩌면 그건 모두 같은 것이었을까, 마치 모든 것에 같은 전압이 걸려 있기라도 한 것처럼. 그래서 미스터 슐츠가 나를 만져 내가 변화하고 내가 리베카를 만져 그녀가 변화하고, 결국은 무한히 연장되며 서로를 따르는 한 줄기 섬광이 되는 것일까. 그녀는 이전까지만 해도 오르가즘에 이르지 못했다. 적어도 나와 할 때는 그랬다. 하지만 다른 사람과도 마찬가지였으리라는 확신이 들었다. 그녀는 음모가 거의 없었다. 나에게 걸맞게 성숙해가고 있었다.

아, 그 순간 내가 이 귀엽고 신비롭고 천애고아인 여자애에게 느낀 감흥이란! 지중해의 올리브 같은 그녀, 민첩하고 젖꼭지처럼 야들야들한 어린 마녀, 둥글게 구부린 등뼈, 솜털이 난 엉덩이, 여자로서 더할 나위 없이 거친 삶을 사는 백치, 그런 그녀가 나를 좋아하다니! 그녀와 달리기를 하고 싶었다. 나는 그녀가 제법 잘 달릴 수 있다는 걸 알았다. 내가 나이가 더 많으니까 그녀를 먼저 출발하도록 하겠지만 만만치 않은 경주가 되리라 확신한다. 나는 그녀가 지치지도 않고 한 발로 뛰거나 재빠르게 두 발을 번갈아 디뎌가며 줄넘기하는 걸 본 적이 있다. 줄로 바닥을 탁탁 치며 둥글게 돌리면서 왼손과 오른손에 든 줄이 서로 엇갈려드는 것을 양쪽 발을 교차시키며 넘었는데, 누구보다도 빨라서 제일 오랫동안 줄에 걸리지 않았다. 또한 그녀는 물구나무서기를 한 채 걸을 줄도 알았다. 치마가 뒤집혀 남자아이들에게 흰 팬티를 보여도 개의치 않았다. 길거리에서 가무잡잡한 다리를 허공에 저으며 보란듯이. 그녀는 운동선수이자 체조선수였다. 나는 그녀에게 저글링을 가르칠 요량이었다. 또한 마주보고서 볼링 핀 여섯 개를 주고받는 저글링도 함께 연습할 생각이었다.

하지만 우선은 그녀에게 뭔가 사주고 싶었다. 무엇이 좋을까 생각해봤다. 그리고 가만히 귀를 기울였다. 나는 고아원을 우리집처럼 훤히 알고 있었다. 숙취가 있는데다 김빠진 맥주의 고약한 냄새로 가득한 공기 때문에 모든 신호 감각이 굴절되었어도, 건물이 울리는 정도로 봐서 시간이 얼마나 됐는지 알 수 있었다. 부엌에서 인기척이 나는 듯 마는 듯 했다. 아직 새벽이었다. 나는 일어나 옷을 들고 뒷계단으로 올라가 남자 샤워장으로 갔다. 그리고 십 분 뒤 새아침이 밝은 바깥에 나와 섰다. 최근에 이발한 머리가 젖어 반짝였다. 섀도스 재킷은 새틴으로 된 흰색 면이 드러나게 입었다. 아침식사는 어제 해지기 전에 펙터 베이커리 트럭 옆 배달 선반에 놓인 큰 빵봉지에서 슬쩍한 신선한 베이글로 해결했다.

아직 아무도 일어나지 않은 이른 아침이었다. 엄마도 일어나지 않았다. 거리는 텅텅 비었다. 희멀건 하늘 아래 가로등이 아직 켜져 있었다. 나는 3번 애비뉴로 가서 전당포의 쇼윈도에 뭐가 있는지 보고 살 만한 게 있으면 영업시간이 될 때까지 기다리기로 했다. 리베카에게 장신구를 사주고 싶었다. 어쩌면 반지를.

고가 전철역 계단 아래 신문 가판대도 아직 열지 않은 시각이었다. 노끈으로 묶인 조간신문 꾸러미들이 배달 트럭에서 던져진 채 길바닥에 놓여 있었다. 나는 〈미러〉의 헤드라인을 보기도 전에 내가 읽어야 할 것이라는 걸 알았다. 글자를 읽기도 전에 그게 나를 끌어당기는 느낌이었다. 처참한 갱단 살인 사건. 이발소 의자에 앉아 죽은 사람의 흐릿한 사진이 헤드라인 밑에 실려 있었다. 처음엔 머리가 없는 줄 알았는데, 사진 설명을 보니 피범벅이 된 뜨거운 이발사용 타월로 칭칭 감겨 있었던 것이다. 그는 웨스트사이드의 한 불법 로토 조직 보스였다. 마음이 어수선해진 나는 기사를 읽기 위해 신문꾸러미 옆 바닥에 진짜로 3센트를 놓고 한 부를 뺐다.

나는 소유자의 관심을 가지고 신문을 읽었다. 처음에는 고가 철로 그늘 아래에서 읽었지만, 빠짐없이 다 읽었는지 확실하지 않아 머리 위 철길 받침목 사이의 햇빛이 비추는 곳으로 자리를 옮겼다. 나는 평화로운 아침 햇살 아래에서 〈미러〉에 실린 그날의 갱단 살인 사건 기사를 다시 읽었다. 도로에도 고가 철로에도 움직이는 것이라고는 아무것도 없었다. 전철도 전차도 지나가지 않았다. 그저 자갈 포장된 길에 드리운 어둡고 밝은 줄무늬들이 눈에 들어올 뿐이었다. 교도관이 감방 쇠창살에 몽둥이를 스치며 지나가는 듯한 형상이었다. 흰 종이에 인쇄된 검은 글씨 위로 어둠과 빛이 교차하는 것을 보자 이 뉴스가 나를 향한 개인적인 메시지라는 깨달음이 들면서 머리가 아파오기 시작했다.

물론 나는 이게 누구의 작품인지 알았다. 기사에서는 헤드라인과 사진으로 알 수 있는 것보다 더 많은 걸 알 수는 없었다. 그래도 나는 극도로 집중해 기사를 읽었다. 내가 동종 업계에 몸담았을 뿐 아니라 그 일을 저지른 분파의 일원이었기 때문이다. 기사에서 나는 나의 멘토를 읽어낼 수 있었다. 이에 대해 아무런 증거도 필요하지 않다는 게 그 증거였다. 나는 그것을 알았기 때문에 기사에서 미스 디 슐츠의 이름을 찾으려고까지 했다. 사랑의 속세에서 첫날밤을 보낸 뒤 감각이 둔해져 제대로 생각할 수 없어서인지 기사에 그의 이름이 없는 게 이상했다. 마치 내가 아는 건 세상사람 모두가 알 것이라는 듯, 마치 내가 모르는 건 다른 모든 사람도, 특히 신문도 모를 거라는 듯. 나는 신문꾸러미가 놓인 자리로 돌아가 〈뉴스〉를 한 부 뽑았다. 이 신문도 사진이 거의 비슷했고 다른 정보는 없었다. 그래서 허세가 심한 〈헤럴드 트리뷴〉을 보니 글자 수만 조금 더 많을 뿐 다른 신문들과 마찬가지였다. 아무도 몰랐다. 갱이 매주 매일 살해당하는데, 누가 무슨 이유로 살해했는지는 오리무중이었다. 계보가 다른 세력끼리 야합하고 동맹이 원수가 되고 동업 관계가 깨지는 과정에서는 언제든 그 바닥에서 노는 누구에게라도 살해당할 수 있었다. 언론이든 경찰이든 추적 수사를 하고 사건의 전말을 밝히려면 목격자나 증언, 증빙서류가 필요했다. 그들은 여러 가설을 세울 것이다. 하지만 그걸 권위 있는 이론으로 만들자면 모든 게 잠잠해진 뒤 역사가들이 잔해를 하나하나 해치듯 많은 시간이 필요했다. 이와 대조적으로 나는 현장에 있기라도 했던 것처럼 곧바로 정황을 이해했다. 그는 무엇이든 손에 잡히는 것을 사용했다. 발끈해서 뭐든 주변에 있는 것으로 저질러버렸다. 그렇지 않고서야 사람을 죽이기 위해 이발 의자에 앉힐 필요는 없지 않겠는가. 그는 거기에 앉은 그를 발견하고 면도칼을 집었다. 소방 안전 조사원의 경우와 마찬가지로 완전히 정신이 나갔을 것이다. 나는 위대한 더치 슐츠의 제국이 쇠퇴하는 시기에 그에게 고용되었다. 그는 자제력을 잃어가고 있었다. 신문 1면에 실린 그것은 잔인한 미치광이의 초상이었다. 젠장, 이제 어떻게 하지? 나는 내가 공평하지 않은 방식으로 연루되었다는 생각이 들었다. 마치 그가 신뢰를 깨뜨렸고, 결국 그에게선 자기파멸밖에 배울 게 없겠다는 생각이.

나는 진땀이 났다. 끔찍하고 견디기 어려운 메스꺼움과 함께 속이 울렁거렸다. 그럴 때면 그냥 몸을 던져 땅바닥을 움켜쥐고 싶은, 달리 아무것도 할 수 없을 것 같은 심정이 든다. 나는 휙 둘러보고 쓰레기통을 찾아 신문을 버렸다. 신문을 가지고 있기만 해도 잡혀갈 수 있다는 듯이, 그것이 내가 공범이라는 증거라도 된다는 듯이.

나는 어느 건물 입구에 쭈그리고 앉아 머리를 무릎 사이에 묻고 지독한 메슥거림이 가시기를 기다렸다. 몇 분이 지나자 기분이 조금 나아졌다. 흘린 땀이 서늘하게 느껴지면 괜찮아진 것이다. 다시 숨을 쉴 수 있다. 언제든 도망칠 수 있다는 남모르는 확신을 갖게 된 순간이 아마 그때였을 것이다. 그들이 나를 찾으러 올 수는 있겠지만 절대로 찾아내지는 못할 터였다. 그들이 상상할 수도 없을 만큼 많은 탈출 수단을 알고 있었으니까. 하지만 미스터 슐츠는 내가 그의 곁에 있을 때보다 없을 때 내게 더 큰 위험이었다. 이게 내가 자각할 수 있는 유일한 것이었다. 그는 이런 일을 또 저지를 것이고 나는 그 일에 대해 알지도 못한 채 다시 불려갈 터였다. 내가 미스터 버먼을 포함해 그들을 보는 일이 적을수록 그만큼 더 위험에 무방비로 노출되는 상황이었다. 매우 상반된 발상이지만 물리칠 수 없는 예감이기도 했다. 내가 볼 수 있는 곳에 그가 없으면 내가 언제 도망쳐야 할지 어떻게 알 수 있겠는가? 그때 나는 그 자리에서 돌아가 그들과 함께 있어야 한다는 걸 알았다. 그게 스스로에게 힘을 부여하고 자신을 보호하는 길이었다. 나는 고가 철로 아래에 앉아, 그들과 있지 않고 나와 있을 사치를 부릴 상황이 아니라는 걸 통감했다. 그들과 함께 있지 않으면 안전하지 않았다.

나는 확실하게 생각하지 않았었다고 스스로에게 말했다. 마음을 진정시키기 위해 걷기 시작했다. 걷고 또 걷다보니 곧 세상은 무슨 일이 일어나든 받아들일 수 있다는 확신이 들었다. 고가 전철이 우레 같은 소리를 내며 머리 위 철로를 지나갔다. 도로에 승용차와 트럭 들이 보이기 시작했다. 직장인들은 출근을 하고 전차가 종을 울렸으며 상점 주인들은 문을 열었다. 나는 간이식당을 찾아 들어가 카운터에 앉았다. 이 세상의 동료 시민들과 어깨를 나란히 하고 토마토주스와 커피를 마셨다. 기분이 좀 나아지자 달걀프라이 두 개와 토스트, 베이컨, 도넛과 커피를 더 주문했다. 그리고 입가심으로 생각에 잠겨 담배를 피웠다. 그러고 나자 전망이 그렇게 나빠 보이지 않았다. 그는 내가 있는 자리에서 미스터 버먼에게 말했다. 우리가 해치워야 할 한두 가지 긴요한 일이 있네. 12층 건물 아래로 떨어진 유리창닦이가 그 하나였고 이게 다른 하나였다. 사업상의 계획적인 살인으로, 웨스턴유니언의 전보처럼 군더더기가 없고 단도직입적이었다. 희생자는 어쨌든 그 바닥 사람이었다. 경쟁자였다. 따라서 그가 행한 살인은 미스터 슐츠가 뜻을 전하고 싶은 몇몇 사람들에게 상징적인 의미가 있었다. 하지만 면도칼로 저지른 살인이기 때문에 검찰이나 범죄 담당 기자들은 물론, 그쪽 사정을 잘 아는 경찰이나 부패한 민주당 사람들, 사실상 경쟁자를 제외한 그 바닥 사람들에게는 분명 다른 누군가의 소행으로 보일 터였다. 그건 더치맨 특유의 방식이 아니었기 때문이다. 그것은 흑인 갱의 살인 방식 혹은 그 보복적인 성격으로 볼 때 시칠리아 갱의 방식이었다. 하지만 어쨌든 그 사건은 누구의 소행인지 알 수 없을 정도로 살인의 모든 요소를 갖추었다.

이 모든 생각을 하고 나니 제법 마음의 위로를 얻었지만, 이 중요한 문제들이 결정되는 때에 그들이 나를 집으로 보냈다는 사실에 이내 불쾌해지기 시작했다. 내가 알지 못하는 사이에 내 처지가 바뀌었다고 생각하니 불안했다. 더 나쁜 건, 애초부터 내가 내 처지를 과대평가했다는 사실이었다. 결국 나는 3번 애비뉴를 되돌아 걸었다. 원래대로 마음이 다시 불안해지면서 미스터 슐츠에게 돌아가야 한다는 생각도 변함이 없었다. 나는 아주 이상한 상황에 놓였다. 엠버시 클럽에서 아침에 저질러진 살인을 보고 나는 안색이 창백해졌다. 어쩌면 그렇게 창백해지지 말았어야 했는지도 모르겠다. 그들은 내게 자질이 없다고 생각했을지도 모른다. 어느새 나는 뛰고 있었다. 그늘과 햇볕을 헤치며 집을 향해 달렸다. 혹시 내가 없는 사이에 어떤 연락이라도 오지 않았을까 하는 생각에 두 계단씩 뛰어 올라갔다.

하지만 아무런 연락도 없었다. 엄마는 서서 머리를 말아올리고 있었다. 긴 장식 머리핀 두 개를 입에 물고 양팔을 올린 채 뒷머리를 매만지며 이상하다는 듯 나를 쳐다보았다. 나는 엄마가 어서 출근했으면 했다. 엄마는 미적거리는 폼이 사람을 아주 열나게 하는 데가 있었다. 엄마의 순간순간은 다른 사람들의 시간보다 더욱 길게 느껴졌다. 엄마는 자기가 고안해낸 이상한 시간, 일종의 위엄 있는 시간 속에서 움직였다. 마침내 엄마가 문을 닫고 나갔다. 나는 벽장에서 새로 산 중고 여행가방을 꺼냈다. 의사가 쓰는 큰 왕진가방처럼 입구가 접히며 닫히는 가죽가방이었다. 거기에 I. 코언에서 산 양복과 윙팁 구두, 와이셔츠, 넥타이, 미스터 버먼과 같은 도수 없는 금속테 안경, 속옷과 양말 등을 넣었다. 칫솔과 빗도 챙겼다. 책은 아직 사지 못했지만 다운타운에 가서 살 생각이었다. 그리고 침대 아래 숨겨둔 총을 꺼내기 위해 엄마가 애지중지하는 그 소름끼치는 유모차를 끌어내야 했다. 가장 밑바닥에 총을 넣고 걸쇠를 건 뒤 버클 달린 줄을 단단히 조이고 가방을 문 옆에 가져다놓았다. 그리고 비상계단 창가에서 밖을 지켜보았다. 나는 바로 그날 아침에 그들이 나를 데리러 오리라는 확신이 들었다. 그들이 와야 했다. 그건 이제 나에게 화급한 문제였다. 그들이 오지 않을 리 없었다. 나를 버릴 거였으면 왜 미스터 버먼이 내게 새 옷을 사라고 했겠는가. 뿐만 아니라 나는 알고 있는 게 너무 많았다. 게다가 빠릿빠릿해서 무슨 일이 벌어지는지도 알았다. 당장 벌어지는 일보다 더 많은 것을 알았다. 그다음에 어떤 일이 일어날지까지도.

내가 모르기도 하고 예측할 수도 없는 게 한 가지 있긴 했다. 그들이 어떻게 와서 나를 데려갈까, 내가 어디에 있는지 어떻게 알까 하는 것이었다. 그런 생각을 하던 참에 순찰차가 천천히 다가오더니 우리 아파트 건물 앞에 섰다. 나는 생각했다. 이제 끝장이다, 너무 늦었다, 모든 게 끝났어, 경찰이 모두 체포하러 다니는구나, 그가 결국 일을 저질렀구나, 우리를 모두 죽일 셈이야. 며칠 전에 나를 훑어본 건방진 경찰이 차에서 내렸다. 나는 법이 의미하는 바와 제복의 위력, 그리고 미래의 삶에서 제외된다는 절망적인 감정을 체감했다. 꾀와 민첩함의 달인일지라도 공포에 간담이 서늘해지는 순간과 맞닥뜨리면 무력해진다. 다가올 재난을 보고 얼어붙는다. 헤드라이트 불빛에 잡힌 짐승처럼. 나는 어떻게 해야 할지 몰랐다. 그는 건물 쪽으로 오더니 모습을 감추었다. 어두운 층계를 올라오는 발소리가 들렸다. 다시 거리를 내려다보니 다른 경찰이 차에서 내려 팔짱을 낀 채 운전석 문에 기대어 서 있었다. 우리집 비상계단 바로 아래였다. 나는 포위됐다. 문으로 다가가 발소리에 귀를 기울였다. 곧 그의 숨소리가 들려왔다. 이런 젠장! 그가 주먹으로 문을 두드렸다. 개새끼. 문을 여니 어둑한 문간이 꽉 차도록 그가 우뚝 서 있었다. 뚱뚱하고 덩치가 큰 경찰이 손수건으로 회색 머리칼을 훔치고 나서 경찰 모자의 안쪽 테두리를 닦았다. "자, 가자, 이 똘마니야." 그가 말했다. 경찰이 으레 제복 상의 아래에 총, 야경봉, 티켓북, 총알 등 온갖 것을 매달고 다니듯, 푸른 제복을 입은 그도 무언가 주렁주렁 매달아 거추장스러워 보였다. "아무것도 묻지 마. 너는 수배중이야. 가자."

그럼 여기서 미스터 슐츠가 이 살인 사건에 대해 내게 말해준 것을 요약해보겠다. 그가 한 말을 도저히 그대로 옮길 수 없을 것 같아서다. 먼저 그와 함께 있는다는 게, 그의 신임을 받아 이 내밀한 이야기를 듣는다는 게 어떤 기분인지 알아야 한다. 그건 겁에 질린 가슴 벅찬 기쁨이다. 간혹 말하는 그의 얼굴을 쳐다보느라 세세한 사항들을 놓칠 수도 있다. 스스로 그의 시야에 들어가 있는 자신의 무모한 행동에 문득 놀라기도 한다. 그의 생각에 내 생각을 맞추고 속으로 그의 목소리를 내고자 하는 마음속 깊은 내 열망을 그가 알아채지 않았으면 싶지만, 그건 어디까지나 희망사항이다. 하지만 이 내밀한 이야기를 듣게 되어 뿌듯한 마음에 입다물고 그저 멍청히 귀를 기울이는 동안, 그날 아침에 겁을 먹었던 기억이 떠오르면서 한순간이라도 그의 호의나 그를 의심한 나 자신이 바보스럽고 다소 불충하다는 생각이 들었다. 왜냐하면 그가 이런 얘기를 해주었기 때문이다. 이발소 사건은 사실 즉흥적이었지만 사전에 계획한 일과 다름없이 나무랄 데가 없었다. 게다가 사전에 계획한 일도 잘못되는 경우가 부지기수라는 걸 감안하면 계획한 일보다 더 훌륭했다. 동시에 여러 가지가 성취되었기 때문에 그는 그게 천재적인 습격이었음을 곧바로 알아챘다. 그 여러 가지는 서로 잘 들어맞았다. 훌륭하게 성공한 다른 거래들처럼 운과 영감이 반반 섞인 경우였지만, 어쨌든 거래로서 결함이 없고 시적인 효과를 낸 노련한 일이었다. 물론 단순하고 정당한 보복이라는 유일하고 타당한 동기에 단단히 기초한 것이기도 했다. 그는 그 일 처리에 대단한 자부심을 느꼈다. 소방 안전 조사관 사건에서 보인 자제력 상실로 곤혹스러웠던 기분이 그 일로 누그러진 듯했다. 보의 경우처럼 애석함이나 오래가는 상처나 슬픈 감정이 전혀 없었다고 그는 말했다. 여기엔 어떠한 사적인 감정도 없었다. 미스터 슐츠가 맥스웰 호텔에서 이 분도 안 걸리는 성매매업소에서 한창 즐기고 있을 때 어빙이 가서 그자가 있는 곳을 알렸다. 미스터 슐츠는 시러큐스에서 돌아온 것을 기념하고 있었다. 그는 시러큐스의 검찰에 자진 출두해 보석금을 내고 법원에서 걸어나왔다. 더이상 도망자 신세가 아니었다. 그는 새로운 계획의 첫 단계를 축하하는 의미에서 매춘부들과 와인을 마시는 것으로 서두를 장식했다. 인생에서 그보다 더 멋진 일이 어디 있겠어요? 나는 이렇게 말하려고 했다. 다시 돌아와 과거의 삶을 되찾는다는 것이, 닦지 않은 구두를 신은 발끝부터 살짝 때가 묻은 연회색 중절모를 쓴 머리끝까지 옛날의 더치맨으로 돌아온다는 것이 얼마나 멋진 일인지 알기라도 한다는 듯. 그러니까 이건 정말 행운이었다. 좋은 징조였다. 그는 이발소로 가서 그 멍청이의 단골 이발사가 머리를 손질하는 동안 어떻게 일을 치를지 생각했다. 그리고 면도를 하려고 의자를 젖혔을 때는 모든 준비가 되어 있었다. 많은 자들이 그러듯 그 불법 로토 조직 보스도 줄무늬 커트보 아래 무릎에 총을 두고 있었다. 호텔 로비에 있는 이

발소 유리문 밖 야자수 화분 옆에서는 부하 두 명이 앉아 석간신문을 읽고 있었다. 그게 당시 상황이었다. 부하 하나가 들고 있는 신문 위로 시선을 힐끗 들어올렸다. 돌출된 이마에 눈썹이 덥수룩한 룰루 로젠크란츠가 그 앞에 떡하니 서서 부러진 이를 드러내며 그를 향해 빙긋 웃었다. 그 옆에 서 있던 어빙이 집게손가락을 입에 대 보였다. 그것을 본 그자는 작게 헛기침을 해서 동료의 주의를 환기시켰고, 둘은 잠시 눈길을 교환하더니 신문을 접고 일어섰다. 즉각 충성심을 내던지기로 합의함으로써 잘 알려진 무서운 두 인물의 호의를 얻고자 했다. 그들은 바란 대로 자리를 뜰 수 있었다. 아무런 격한 감정도 보이지 않고 어빙과 룰루에게 신문을 넘겨주고는 호텔 회전문을 돌아 사라졌다. 어빙과 룰루는 야자수 화분 옆 그들이 있었던 의자에 앉아 신문을 읽었다. 하지만 미스터 슐츠의 말에 따르면 사실 룰루는 글을 읽을 줄 몰랐다. 한편, 정규 영업시간 외에는 아주 특별한 손님만 받는 그 이발사는 손님 얼굴에서 코끝만 남겨두고 따끈한 타월을 커스터드 롤빵처럼 둘둘 말았다. 그러는 동안 이발소 밖에서 벌어지는 의식을 지켜본 이발사는 그 의미가 무엇인지 알아차리고는 조용히 양해를 구하고 거울 달린 옆문을 통해 나가 영원히 자리를 떴다. 창고를 지나 큰길로 이어지는 골목길로 나가려다 때마침 들어오던 흰 반소매 가운 차림의 다른 이발사와 마주쳐 우물우물 변명을 하며 그 옆을 지나가려 한 것이다. 그 다른 이발사는 바로 미스터 슐츠였다. 검은 털이 부숭부숭한 팔뚝은 굵었지만 근육질은 아니었다. 목은 굵고 짧았으며 성가시게 매일 두 번씩 면도하는 뺨에는 검푸른 음영이 드리워 있었다. 더치맨은 누워 있는 손님에게 다가가 이발사의 정중한 살핌을 흉내내며 그의 얼굴에 따끈한 타월을 더 얹었다. 그리고 라벨 없는 작은 병에 든 물약을 콧구멍에 집중해서 떨어뜨렸다. 어떤 선견이 있었던 건지 구체적인 이유도 대지 않고 업소의 마담한테 빌려온 약이었다. 그는 의자 주변을 빙빙 돌며 관리 차원으로 작은 소리를 내보고 모든 게 이상 없음을 확인했다. 그런 다음 커트보 밑을 더듬어 희생자의 느슨해진 손가락 사이에서 총을 빼내 우아한 동작으로 옆에 놓고 목 부위로 드리워진 타월을 조심스럽게 얼굴 위로 젖혔다. 그리고 미리 칼집에서 뽑아놓은 면도칼을 거울 아래 선반에서 집어 흠 없이 선 날을 확인하자마자 조금도 주저하지 않고 턱 바로 아래의 노출된 목을 가로로 갈랐다. 앙다문 가느다란 입술 같은 핏자국이 서서히 웃는 모양으로 벌어지자 희생자는 움직이는 듯 마는 듯 약간 꿈틀거렸다. 어깨가 살짝 들썩였고 무릎이 들렸다. 비난하기보다는 물음을 던지는 듯한 몸짓이었다. 미스터 슐츠는 미라가 된 그의 입을 팔꿈치로 내리누른 채 의자 뒤 손 닿는 데 있는 크롬 도금 된 스팀기에서 따끈한 타월을 집어 가슴과 목과 머리를 덮었다. 타월은 온통 연분홍빛으로 물들었다. 느릿느릿 꾸물거리는 저녁놀 빛깔 같았다. 그는 날이 15센티미터는 되는 면도칼을 느긋하게 깨끗이 닦는 오만함을 보이고 칼을 접어 빗이 꽂혀 있는 가슴주머니에 집어넣었다. 그러고는 불법 로토 세계의 물주, 관리인, 수납원, 수금원 들이 로비에서 구경이라도 하고 있는 양 그쪽을 향해 설욕의 눈길을 던지고, 스미스 앤드 웨슨 권총의 손잡이를 줄무늬 커트보에 문질러 닦은 다음 도로 희생자의 손에 쥐여 무릎에 올려놓았다. 그리고 커트보를 몸 위로 평평하게 펴놓고서 거울 달린 문을 열고 나갔다. 짤깍 소리와 함께 범죄 현장의 문이 닫했다. 이발 의자 두 개와 시체 두 구, 타일 바닥을 뒤덮은 두 핏줄기를 남긴 채.

"처참할 건 전혀 없었어." 미스터 슐츠가 말했다. 내 관심을 끈 기사 헤드라인을 두고 한 말이었다. "신문이 떨어대는 허풍일 뿐이야. 걔들은 사실을 있는 그대로 말하는 법이 없어. 더할 나위 없이 깔끔하고 전문적으로 해치웠는데 말이야. 아무튼 그놈은 마취제 때문에 이미 죽었던 건지도 몰라. 닭도 목을 떼이고 나서도 움직이거든. 죽었는데도 홰치며 내달리기도 하는 걸 알아? 나는 시골에서 본 적이 있지."

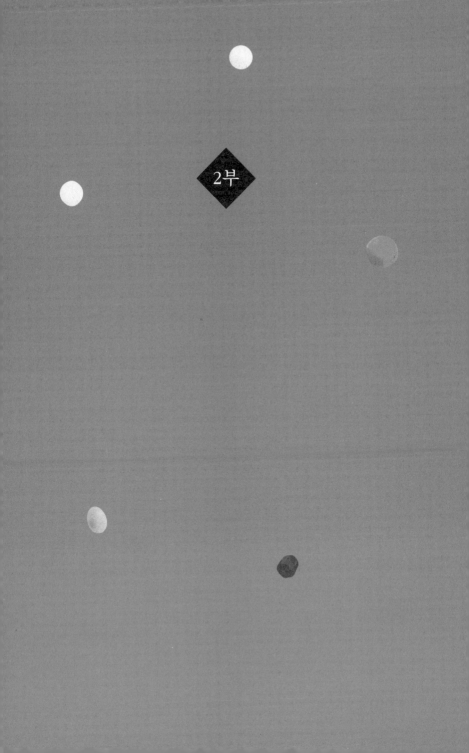

2부

9

첫날 아침, 우리는 법원 건물 앞 계단에 서서 작은 마을과 그 너머 산에서 흘러내려오는 시냇물에 걸린 다리를 바라보았다. 시내는 우리를 둘러싼 밭과 초원, 언덕으로 흘렀다. 언덕 비탈은 온통 초록과 라일락 투성이였고 밭작물은 짙은 녹색이었다. 짙푸른 하늘에서 태양이 밝게 빛났다. 멀리서 소 우는 소리가 들렸다. 그 소리가 내게는 위대하고 비정한 자연이 부르는 기쁨의 노래처럼 들렸다. 그때 룰루 로젠크란츠가 투덜거렸다. "난 모르겠다. 여기서 산책하고 싶으면 어떡하지?"

뉴욕의 밴코틀랜트 공원을 시골로 친다면 모를까, 그때까지 나는 시골에 가본 적이 없었다. 나는 시골 냄새와 빛이 좋았다. 그토록 창창한 하늘의 평화가 좋았다. 또한 인간이 한곳에 정착한다는 게 무슨 의미인지 알게 되었다. 소도시에서 조금 떨어진 곳에서 사람들은 생활에 필요한 것들을 키웠다. 농사를 짓고 젖소를 길렀다.

자치주청 소재지인 오논다가는 그들의 시장이었다. 언덕 비탈에 조성된 까닭에 농지가 내려다보였고, 산에서 내려온 시냇물이 농지를 관통해 흘렀다. 아무도 제지하는 사람이 없어서 나는 덜거덕거리는 낡은 나무다리로 솔솔 산책을 나가 바위들 위로 빠르게 흐르는 얕은 개울을 내려다보았다. 다리 위에서 보니 생각보다 폭이 넓어서 시내라기보다 강에 가까웠다. 강을 따라 조금 걷다보니 폐쇄된 목재소가 나왔다. 바람이 제대로 불기만 하면 쓰러져버릴 것처럼 헛간들이 기울어 있었다. 폐쇄된 지 오래지만 과거의 누군가는 야심을 가졌던 게 분명했다. 그것은 지리 시간에 책에서 보았지만 잘 이해하지 못했던 천연자원을 갖춘 사업체였다. 그러니까 나는 천연자원이라는 말을 잘 이해하지 못했다. 산림의 나무와 개울, 개울가의 목재소를 직접 보아야 비로소 그게 무엇인지 알 수 있고 그 모든 게 이치에 맞는다는 걸 알 수 있다. 그렇다고 내가 그런 인생을 살고 싶다는 마음이 든 건 아니다.

무수한 사람들이 오논다가에서 살고 죽었으며 그들이 뒤에 남긴 것은 집이었다. 집들을 보니 지어진 지 오래되었음을 금방 알 수 있었다. 나무로 지어진 집들이었다. 시골 사람들은 그런 집에서 살았다. 서로 이웃해 세워진 집들은 커다란 상자 같았다. 짙은 갈색으로 니스칠을 한 집도 있었고 회색 페인트가 벗겨진 집도 있었다. 경사진 박공지붕에 장작을 쌓아두는 베란다가 딸려 있고, 간혹 집 한쪽에 원추형 지붕을 씌운 탑도 있었다. 탑에 난 유리창은 반원형이었고 지붕널은 패턴이 다양했으며 지붕 가장자리에는 철제 격자 장식을 둘러놓았다. 골칫거리 비둘기를 막으려는 장치인가 싶었다. 어쨌든 나는 여기도 미국이라고 룰루 로젠크란츠한테 말했지만 그는 모호한 입장을 취했다. 적어도 공공건물은 돌로 지어져 있었다. 법원은 붉은 벽돌에 화강암으로 장식되어 있었는데, 나는 맥스 앤드 도라 다이아몬드 어린이집이 생각났다. 물론 법원은 그곳보다 컸고 창문과 문이 아치형이었으며 사법절차가 가끔 그렇듯 건물 모서리가 둥그스름하게 원만했다. 4층 높이의 오논다가 공립학교도 법원과 똑같이 볼품없는 붉은 벽돌 건물이었다. 오논다가 공공도서관도 마찬가지였는데, 한 칸짜리 그 작은 건물은 사람들이 실제보다 독서를 더 진지하게 생각한다는 인상을 주기 위함인지 외벽을 석판으로 마감했다. 교회는 고딕 양식으로 지은 회색 석조 건물이었다. 성령교회라는 적절한 이름이 붙어 있었는데, 그 마을에서 본 건물 중 오논다가가 붙지 않은 유일한 곳이었다. 오논다가라는 인디언이 꽤 지대한 영향을 미친 모양이었다. 법원 앞 잔디밭에 그의 동상이 세워져 있었다. 눈 위로 손차양을 하고 서쪽을 바라보는 모습이었다. 미스 롤라 미스 드루는 처음으로 바깥에 나왔을 때 그 동상을 보고 매우 흥미로워하는 눈치였다. 미스터 슐츠가 참지 못하고 짜증을 내며 잡아끌 때까지 거기서 눈을 떼지 못했다.

마을에서 가장 웅장한 건물은 호텔이었다. 호텔 이름은 물론 오논다가였다. 6층짜리 붉은 벽돌 건물로 상가지구의 중심부에 있었다. 그걸 상가라고 부를 수 있다면 말이다. 많은 상점들이 폐점하고 창문 밖에 '임대' 표지판을 걸어두었다. 몇 대 되지 않지만 길가에 주차한 차들의 앞바퀴가 갓돌에 올라가 있었다. 오래된 소형 A형이나 T형 포드 자동차와 문짝이 달리지 않은 체인구동식 농장용 트럭들이었다. 오논다가에는 별로 특기할 만한 일이 없었다. 사실상 우리가 그곳에 갔다는 것 자체가 특기할 일이었다. 늙은 흑인 벨보이가 진심으로 즐거워하며 꼭대기층의 내 방까지 가방을 날라 줄 때 그걸 깨달았다. 팁을 주려고 했는데 그는 머뭇거리지도 않고 그냥 가버렸다. 여기가 우리 모두가 머물 호텔이었다. 미스터 슐츠는 6층 전체를 빌렸다. 모두 최소한 독방 하나씩은 차지했다. 그렇지 않으면 남들 보기에 이상할 거라고, 미스터 슐츠가 미스 롤라 미스 드루를 흘끗 쳐다보며 말했다. 그녀는 스위트룸을 혼자 차지했고 그도 전용 스위트룸을 차지했다. 나머지는 모두 1인용 침실에 들었다. 단 미스터 버먼은 방 하나를 더 썼는데, 그 방에 호텔 교환원을 거치지 않는 특별 전화선을 주문해 설치했다.

우리가 도착한 날 아침 나는 침대에 올라 폴짝폴짝 뛰어봤다. 문 하나를 열어보니, 저런! 거대한 욕조가 있는 욕실이었다. 얇은 흰 타월이 여러 장 걸려 있고 문 안쪽에는 전신거울이 붙어 있었다. 욕실 크기가 우리집 부엌만했다. 바닥은 작은 흰색 팔각형 타일로 되어 있었다. 브롱크스의 우리 아파트 복도보다 훨씬 깨끗할 뿐 모양은 똑같은 타일이었다. 침대는 폭신하고 널찍했다. 단풍나무로 만든 헤드보드는 살 달린 거대한 바퀴의 반쪽 모양이었다. 그 옆 탁자에는 램프 하나가 작은 안락의자 쪽을 향해 놓여 있었다. 거울 달린 화장대의 상단 서랍을 열어보니 분실하기 쉬운 동전이나 작은 소지품을 보관하는 둥글고 오목한 칸들이 있었다. 줄을 잡아당겨 얇고 흰 커튼을 걷으니 그 뒤에 검은색 블라인드가 내려져 있었다. 블라인드는 내가 다닌 학교에 있는 것과 똑같았다. 슬라이드나 영화를 볼 때 창턱에 달린 작은 도르래 줄을 잡아당겨 블라인드를 내렸다. 침대 옆에 있는 라디오를 켜봤지만 치직거리기만 하는 게 주파수가 제대로 맞춰질 것 같지 않았다.

나는 이런 사치가 좋았다. 베개가 두 개 놓여 있고, 보풀보풀한 표면이 무늬를 이룬 위에 젖꼭지 같은 작은 면직물 단추가 일정한 간격으로 줄줄이 박힌 흰 침대보 위에 누웠다. 그 단추들을 만지며 나는 리베카를 생각했다. 양손을 머리 뒤에 받치고 누워 그녀가 나를 올라탄 상상을 하며 엉덩이를 몇 번 위로 쳐들어봤다. 호텔 독방은 섹시한 장소였다. 아래층 로비의 책상에 비치된 필기구를 본 게 떠올라 하루이틀 뒤에 그녀에게 편지를 써야겠다고 생각했다. 나는 편지에 무슨 말을 쓸까 떠올려보았다. 잘 지내라는 말도 없이 떠난 일에 사과를 해야 할지 등등을 생각하는데 방안의 고요함이 방해가 되었다. 나는 일어나 앉았다. 사방이 온통 정적에 싸여 있었다. 부자연스러운 고요였다. 처음에는 그게 사치의 일부인 줄 알았으나 지금은 자신을 알아주기 바라는 다른 존재처럼 느껴졌다. 누군가 나를 지켜본다는 느낌이 드는 건 아니었다. 전혀 아니었다. 오히려 벽지의 무늬나 가구들은 내게 사회의 특정 기대치들을 드러내 보이려고 애쓰는 듯한 느낌에 가까웠다. 벽지는 작은 미나리 아재비꽃이 끝없이 늘어선 무늬였고, 단풍나무로 만든 가구들은 신비로운 의식을 올바르게 치르도록 나를 기다려주는 의례 도구처럼 묵묵히 제자리에 서 있었다. 나는 자세를 바로잡았다. 침대 옆 탁자 서랍을 열어보니 성경책이 있었다. 누가 깜빡하고 두고 갔나 보다 했지만, 방이 흐트러짐 없이 잘 정돈되어 있는 걸 보고 나니 그것이 비품임을 깨달았다. 창밖을 내다보았다. 건물 뒤편에 면한 방이었지만 상점과 창고 들의 평지붕이 제법 잘 보였다. 오논다가에서는 움직이는 게 아무것도 보이지 않았다. 호텔 뒤편에 우뚝 솟은 소나무 언덕이 하늘을 가렸다.

나는 룰루 로젠크란츠의 기분이 어떠할지 이해할 수 있었다. 이곳에는 우리에게 익숙한 생활이 없었다. 경적 소리와 딸랑거리는 벨소리, 덜그럭대는 바퀴 구동 소리, 브레이크가 끼익 멈추는 소리 등 시끌벅적한 기계음이 없었고, 지나치게 좁은 공간에 무례하고 가지각색인 사람들이 너무 많이 북적거려 이기적으로 자유롭게 행동할 수 있는 환경도 아니었다. 그래도 그에게는 어빙이나 미키가 있었고 그들과 더불어 다년간 충성해온 조직을 위안으로 삼을 수 있었다. 그런데 그들 중 누구도 딱히 나를 좋아하지 않았다. 그때까지 아무도 내가 오논다가에서 할일이 뭔지 말해주지도 않았고. 커피 심부름을 할 시점은 벗어난 것 같았지만 확실하지는 않았다. 신뢰를 받지 못한 상태에서 무언가를 아는 건 독임을 나는 알고 있었다. 나는 나름대로 신뢰받을 이유와 내가 처한 위험의 깊이를 비교하며 평가하고 있었다. 처음이 아니었다. 언제나 그런 식일 거라는 생각이 들었다. 만사가 순조롭고 해악 없는 운좋은 삶을 실수 없이 살고 있다는 느낌이 들 때마다 내가 기억해야 할 건 오로지 작은 실수 하나로, 어쩌면 나도 알지 못하는 사이에, 내 인생이 비뀔 수 있다는 것이었다. 나는 늘 살인 공모자였다. 언제든 체포되어 재판받고 사형에 처해질 수 있었다. 하지만 그 이유만으로 내 위치를 공고히 하기에는 충분치 않았다. 나는 보 와인버그를 생각했다. 그리고 문을 열고서 불빛이 침침한 복도를 아래위로 둘러보았다. 카펫이 깔린 넓은 복도에는 그림자 하나 얼씬하지 않았다. 방문이 모두 닫혀 있었다. 방으로 도로 들어와 정적을 깨뜨리지 않도록 문을 꼭 닫았다. 나는 정적의 중압감을 떨치기 위해 뭐든 해야겠다고 작정하고 가방을 풀어 코언 양복점의 새 양복과 바지 두

벌을 꺼내 먼지 쌓인 큰 벽장에 걸었다. 셔츠와 소지품과 총은 화장대 서랍에 넣었다. 빈 가방을 벽장에 넣고 침대 가장자리에 걸터앉으니 기분이 더 가라앉았다. 어쩌면 길을 떠나 어딘가에 도착했을 때 늘 느끼기 마련인 기이한 기분 탓인지도 모른다. 아니면 혼자 생활하는 데 익숙하지 않아서인지도 모르지, 나는 혼잣말을 했다. 혼자 생활한 지 이제 오 분이나 십 분밖에 되지 않아 아직 적응을 못한 탓일 터였다. 아무튼 그날 아침에 느꼈던 낙관적인 기분은 완전히 사라졌다. 벽지의 미나리아재비 잔가지 무늬 사이로 기어가는 바퀴벌레를 보고 나서야 기분이 좀 풀렸다. 오논다가 호텔이 겉보기와 다르다는 걸 알았기 때문이다.

처음 이틀은 거의 혼자 있었다. 미스터 버먼은 내게 소액권으로 50달러를 주며 최대한 여러 곳에서 쓰라고 일렀다. 보기보다 그리 쉬운 일이 아니었다. 배스게이트 애비뉴와 달리 오논다가에는 대지의 산물이 풍부하지 않았다. 가게들은 이상할 정도로 조용하고 어둑했으며 진열 선반은 대개 텅 비었다. 게다가 영업하는 가게들 사이사이로 폐점해서 창문과 문을 판자로 못질해 막아놓은 가게들이 있었다. 나는 벤 프랭클린이라는 간판이 걸린 싸구려 잡화점에 들어갔다. 비참한 가게였다. 뉴욕의 최고 잡화점을 돌아다니며 물건을 훔쳐봤기 때문에 나는 잡화점이 어때야 하는지 알고 있었다. 그런데 이 작은 가게는 주인이 안쪽에 전구 하나만 켜두어서 음침하고 초라하기 그지없었다. 시골아이들이 맨발로 들어왔다가 썩은 마룻바닥 위에서 가시가 박힐 지경이었다. 가게에는 물건이 별로 없었다. 나는 철제 장난감 자동차와 경찰 인형이 부착된 오토바이를 몇 개 사서 아이들에게 나눠주었다. 여성복 상점을 발견하고 들어가 엄마에게 줄 선물로 챙 넓은 밀짚모자를 샀다. 상자에 넣어 우체국으로 가져가 우송료가 가장 비싼 배송 방식을 택했다. 그리고 귀금속점이 보여 거기서 1달러를 주고 회중시계를 샀다.

드러그스토어의 창문을 들여다보니 룰루와 운전사 미키가 보였다. 그들은 음료 바 앞에 앉아 빨대로 몰트 밀크를 마시고 있었다. 한 모금 빤 다음 잔을 들여다보고 얼마나 더 마셔야 그 고역이 끝날까 하는 듯했다. 나는 그들 역시 미스터 버먼에게서 나와 똑같은 임무를 부여받았음을 알고 기분이 아주 좋아졌다. 그들이 가게에서 나오자 연습 삼아 그들을 미행했다. 그들은 트랙터가 진열된 쇼윈도 앞에 서서 우물쭈물했다. 그리고 신문가게를 발견하고는 안으로 들어갔다. 내게 물었다면 거기엔 뉴욕 신문이 없다고 말해주었을 것이다. 그들이 밖으로 나와 담배에 불을 붙이는데 담배가 얼마나 묵었는지 불이 횃불처럼 확 타올랐다. 룰루는 똥이라도 밟은 표정이 되었고, 미키가 그를 토닥거렸다. 그들은 양파 20킬로그램짜리 한 자루를 사서 길가의 쓰레기통에 버렸다. 그리고 잡화점에 들어갔다. 나는 창문 너머로 셔츠와 모자, 끈으로 묶는 작업화를 사는 그들을 보았다. 나는 그들이 그걸 절대 신지 않으리라는 걸 알았다.

돈을 마구 쓰며 맞이한 둘째 날, 내 창의력은 고갈되었다. 그때 문득 친구를 만들어 어제와 동일한 목적을 달성할 수 있겠다는 생각이 들었다. 그래서 나를 따라다니는 아이들에게 아이스크림콘을 사주고, 법원 건너편 작은 공원에서 분홍색 고무공 세 개로 저글링을 보여주었다. 오논다가 어디에나 아이들이 있었다. 오후에 내가 본 유일한 인간은 아이들뿐이었다. 셔츠도 없이 오버올만 달랑 입은 아이들은 모두 맨발이었고, 잔뜩 찡그린 얼굴은 온통 주근깨로 덮여 있었다. 그들을 보니 내가 사는 동네와 고아원 아이들이 생각났다. 하지만 시골 아이들에게는 유머가 별로 없었다. 잘 웃지도 않고 뛰놀지도 않았다. 아이들은 진지하게 집중해서 저글링을 보긴 했지만 내가 가르쳐주겠다고 하자 뭉그적거리기만 했다.

한편 누구보다도 미스터 슐츠와 미스 롤라 미스 드루가 보이지 않는 것이 가장 눈에 띄었다. 슐츠의 스위트룸엔 밤낮으로 룸서비스가 끊이지 않았다. 나는 그녀가 자신의 방에 사람이 든 흔적이나 남겼을까 궁금했다. 그러다 그녀가 그러려고나 했을까 싶었다. 그녀 생각을 하지 않으려고 했지만 쉽지 않았다. 밤에 혼자 침대에 누워 윙스 담배를 피우며 치직거리는 라디오에서 흘러나오는 희미한 댄스 음악을 듣고 있자면 더욱 그랬다. 그녀의 알몸을 본 게 유감이었다. 하필 이 시간에 그녀를 상상하기에는 너무 많은 것을 알고 있었다. 사실 그녀를 생각하면 속이 메슥거렸다. 그리고 급기야 화가 났다. 물론 그녀는 내가 여성에 대해 얼마나 무지했는지 가르쳐주었다. 처음에 나는 그녀를 갱들이 벌이는 끔찍한 집중사격에 희생된 명문가 출신 여성이라고 생각했다. 하지만 사보이플라자 아파트에 올라가보니 그저 최고 실력자들에게 꼬랑지나 흔드는 여자인 게 분명했다. 나는 극한 상황에 처한 여자들만 그런 선택을 한다고 생각했는데 부자들도 마찬가지였고, 그녀도 그런 부류였다. 그녀는 타락해도 될 만큼 세련된 방종을 허락하는 일종의 진보한 결혼생활을 했다. 완전히 제멋대로였다. 일종의 원시적 행동을 좋아했다. 이른 새벽 시간에 방금 자신의 애인을 살해한 남자와 샴페인을 마시며 어디로 향하는지도 모른 채 패커드에 타고 있었으니 말이다. 사람에 따라서는 어느 정도 위험을 동반한 추악한 상황으로 보일 수 있을 것이다. 하지만 그녀의 사적인 침실에서 그녀의 눈을 보았을 때는 전혀 그런 생각을 엿볼 수 없었다. 외출 준비를 하는 여자가 빈틈없이 자신의 상품성을 갖추며 있는 그대로의 모습을 노출하는, 그래서 무릎을 꼭 붙이고 앉거나 한쪽 발끝을 밖으로 향하게 살짝 내밀고 서 있을 필요가 없는 때였는데도.

그들은 꼬박 이틀 동안 방에서 나오지 않고 함께 있었다. 사흘째 되던 날 늦은 아침, 어쩌다보니 호텔 로비에서 나오는 그들을 보게 되었다. 그들은 손을 잡고 있었다. 길에서 시골뜨기 아이들에게 저글링이나 보여주는 내 모습이 미스터 슐츠의 눈에 띄었을까 걱정되었다. 하지만 그의 안중에는 그녀밖에 없었다. 미키가 패커드 문을 연 채 잡고 있었다. 미스터 슐츠는 그녀의 손을 잡아 태우고 자신도 얼른 차에 올랐다. 그의 표정을 보니 그녀와 침대에서 보낸 이틀 동안 호감도가 상승한 모양이었다. 그들이 탄 차가 멀어져가는 것을 보며 나는 생각했다. 배에서 있었던 일을 아는 건 생명에 위협이 되니까 저렇게 해서라도 살아남으려는 거겠지. 하지만 웃기는 생각이었다. 단순히 살아남는 것에 그녀는 전혀 관심이 없는 게 분명했기 때문이다.

하지만 나는 그 이튿날 저녁식사에 초대를 받고 기분이 좋아졌다. 호텔 레스토랑의 큰 원형 식탁에 모두 모였다. 미스터 슐츠의 오른편에는 미스 롤라 미스 드루, 왼편에는 아바다바 버먼이 앉았다. 룰루, 운전사 미키, 어빙, 그리고 나는 그를 마주보며 빙 둘러앉았다. 미스터 슐츠는 기분이 무척 좋았다. 다른 갱들도 함께 모인 걸 기뻐하는 눈치였다. 향수병에 걸린 건 나뿐만이 아닌 듯했다.

다른 두세 개의 식탁에서는 나이 지긋한 부부들이 우리를 힐끗 거리다가 서로 가까이 몸을 기울이고 대화를 나눴다. 지나가던 사람들이 레스토랑 창문에 얼굴을 대고 안을 들여다보다 사라지면 곧 다른 사람들이 와서 똑같이 들여다보았다. 프런트의 남자 직원과 나이가 지긋한 흑인 벨보이가 수도 없이 문 앞으로 와서 안을 들여다보며 빙긋이 웃거나 그냥 쳐다보았다. 우리가 여전히 여기 있는지 확인하려는 건가 싶었다. 미스터 슐츠는 그 모든 것에 흡족해했다. "아가씨." 그가 웨이트리스를 불렀다. "여기 어떤 와인들이 있지?" 나는 참 기이한 질문이라고 생각했다. 병마개를 돌려 따는 테일러 뉴욕 스테이트 와인밖에 없다고 하자 그가 이미 알고 있었다는 듯 웃기 전까지는. 웨이트리스는 부스럼이 있는 살갗에 몸집이 통통한 젊은 여자였다. 포댐 로드의 슈래프트 레스토랑에서 본 웨이트리스들과 같은 옷을 입었다. 흰색 테두리가 둘린 검은색 유니폼이었다. 그리고 머리에는 풀을 먹여 빳빳한 작은 모자를 썼다. 여하튼 그녀는 너무 긴장한 나머지 계속 무언가를 떨어뜨리거나 잔에 물을 넘치도록 붓는 등 자꾸 실수를 저질렀다. 금방이라도 울먹이며 그곳을 뛰쳐나가지 않을까 싶었다. 미스터 슐츠는 개의치 않고 테일러 뉴욕 스테이트 레드 와인 두 병을 주문했다. 미키와 룰루는 위스키가 아니라면 차라리 맥주를 마시겠다는 눈치였다. 하지만 아무 말도 하지 않았다. 그들은 넥타이마저 불편해했다. "정의를 위하여." 미스터 슐츠가 잔을 들며 말하고는 미스 롤라 미스 드루와 건배했다. 그녀는 농담이라고 생각했는지 그를 쳐다보며 듣기 좋은 걸걸한 소리로 웃었다. 나머지 우리도 잔을 맞부

덮치며 건배했다. 비록 우유였지만 나도 건배했다.

우리 식탁은 식당 한가운데 샹들리에 바로 아래에 있었다. 샹들리에의 맑은 유리 전구가 내뿜는 빛이 모든 걸 흐릿하고 눈부시게 만들어 사람들의 표정을 잘 알아볼 수 없었다. 나는 마흔여덟 시간 동안 정신을 못 차릴 정도로 섹스를 하고 난 사람들이 어떻게 보이는지 보고 싶었다. 나는 어떤 증거를 원했다. 추상적인 질투로 이루어진 내 상상의 공간을 위해 무언가 실제적인 것이 필요했다. 하지만 필요한 것을 얻을 수 없었다. 적어도 그 조명 아래에서는 미스 롤라 미스 드루의 얼굴을 보기가 특히 어려웠다. 커트한 금발 머리, 초록색 눈동자, 우윳빛 피부의 그녀는 눈이 부시도록 아름다워서, 그 모습을 쳐다보는 것은 태양을 똑바로 바라보려는 것과 같았다. 그 광휘를 꿰뚫고 그녀를 정면으로 바라볼 수 없었다. 아주 잠깐이면 몰라도 그 이상이면 눈을 다칠 수 있었다. 그녀는 오직 미스터 슐츠에게만 주의를 기울였다. 그가 입을 열 때마다 귀머거리가 입술을 읽으려는 것처럼 즉시 그를 쳐다보았다.

저녁은 깍지콩과 으깬 감자를 곁들인 미트로프였다. 식료품점에서 파는 식빵 한 바구니, 버터 한 덩이, 케첩 한 병이 식탁 한가운데에 놓여 있었다. 음식은 따끈하고 맛있었고 배가 고픈 참이라 나는 음식을 급하게 먹었다. 모두 마찬가지였다. 다들 마구 먹어댔다. 미스터 슐츠는 웨이트리스에게 미트로프 한 접시를 더 주문했다. 시장기가 조금 누그러지고 나서야 나는 미스 롤라 미스 드루가 음식은 건드리지도 않은 채 식탁에 팔꿈치를 괴고서 늑대 같은 우리 패거리를 열심히 쳐다보고 있다는 것을 알아차렸다. 우리는 포크를 움켜쥐고 입을 벌린 채 음식을 씹었으며 포크로 빵을 찍어 가져갔다. 그녀는 완전히 넋을 잃은 것 같았다. 내가 다시 쳐다보았을 때 그녀는 포크를 들어 주먹 쥐듯 손잡이를 꼭 감아쥐었다. 그리고 어떻게 쥐는 게 편한지 보려고 이리저리 고쳐 잡더니 접시 위의 미트로프 한 조각을 찍어 천천히 눈앞까지 들어올렸다. 그 순간 다들 잠잠해졌다. 식탁에 둘러앉은 이들의 시선이 모두 그녀에게 집중되었다. 하지만 우리를 의식하지 못하는 듯했다. 그녀는 포크를 내리고는 미트로프를 꽂은 채로 접시에 놓았다. 그리고 주변에 아무도 없이 혼자 있는 양 멀리 있는 무언가를 생각하는 듯 하더니 식기 세트에서 냅킨을 집어 무릎 위에 폈다. 그러고는 상냥하지만 건성인 미소를 보이며 미스터 슐츠를 쳐다보고는 고개를 돌려 자신의 술잔을 내려다보았다. 그가 급히 술잔을 채웠다. 그러자 그녀는 식사를 하기 시작했다. 왼손에 포크를 쥐고 오른손에 나이프를 들고 미트로프를 자른 다음, 나이프를 놓더니 포크를 오른손에 바꿔 쥐고 잘게 자른 고기 조각과 으깬 감자를 조금씩 입에 집어넣었다. 눈에 띄는 우아한 동작이 종교의식을 치르는 속도로 행해졌다. 학교 선생이 칠판에 글자를 쓰며 한 음절씩 또박또박 소리 내어 읽는 것과 같았다. 우리가 바라보는 가운데 그녀는 와인잔을 들어 입에 가져갔다. 그 어떤 마시는 소리도 나지 않았다. 귀를 쫑긋 기울여도 홀짝, 후루룩, 꿀꺽, 꼴깍 하는 소리가 들리지 않아 나는 그녀가 잔을 내려놓았을 때 과연 와인을 마시기는 한 건지 보고 싶었다. 내가 본 고상함을 과시하는 행동 중에 남을 가장 우울하게 만드는 행동이라고 결론짓지 않을 수 없었다. 그녀가 아무리 아름답다 해도 그 순간만큼은 난 그녀에게 매력을 느끼지 못했다. 룰루 로젠크란츠는 청부살인업자라도 겁먹을 만큼 인상을 찌푸리고서 운전사 미키와 시선을 주고받았다. 아바다바는 침울한 표정으로 멀뚱멀뚱 식탁보만 쳐다보았다. 평소에 표정이 무덤덤한 어빙마저 눈을 내리깔았다. 하지만 미스터 슐츠는 당연한 주장이 제기되었다는 듯 입술을 뿌루퉁하게 내밀고 고개를 끄덕였다. 그리고 몸을 앞으로 기울이고서 좌중을 한번 둘러본 후 스스로 생각하기에 조절된 목소리로 말했다. "미스 드루, 그대의 사려 깊은 의견에 감사하는 바요. 우리들을 위해 신중히 행동하라고 그런 거겠지."

나는 무언가 중대한 변화가 생겼음을 바로 알아차렸지만, 나중에 내 방으로 돌아가기 전까지는 그게 무엇인지 생각할 엄두도 내지 못했다. 나는 불을 끄고 침대에 누웠다. 오논다가 벌판에서 귀뚜라미가 울었다. 밤이라는 거대한 몸에서 뛰고 있는 시끄러운 맥박 소리 같았다. 생물이 살고 교미하고 죽은 채 떠돌아다니는 바다 같은 밤. 미스 롤라 미스 드루는 기억을 업신여겼다. 엄밀히 말해 그녀는 포로였다. 목숨이 위태로웠다. 하지만 그녀는 포로가 될 생각이 없었다. 그녀도 기여할 뭔가가 있었다. 미스터 슐츠가 한 말은 물론 일리가 있었다. 우리는 독재 체제의 외국을 여행하듯 이곳에서 조심스럽게 행동해야 했으니까. 하지만 우리 모두에게 충격을 준 건 그가 그녀의 편을 든 일이었다. 그녀는 이 미친 무언극을 연기해 보였다. 감히 자신보다 못한 처지에 있는 자들을 가르칠 특권을 가진 것처럼 행동했다. 그런데 그 자리에 있었던 사람이라면 모두 했을 법한 행동, 즉 그녀에게 귀싸대기를 올려붙이기는커녕 미스터 슐츠는 그녀의 그런 행동을 인정했을 뿐 아니라 거기서 가치마저 발견했다. 그 자리에서 그가 좌중에게 한 말은 일종의 공고처럼 느껴졌다. 즉 그녀가 어떤 식으로든 그와 그들 사이에 끼어들게 되었으며, 앞으로도 계속 그러리라는 뜻으로 들렸다.

물론 내 생각이 맞는지, 다른 사람들도 그렇게 생각했는지 알 수 없었다. 하지만 미스터 슐츠와 일해본 결과, 그는 사람들이 자신을 쫓아다니는 걸 좋아했다. 그는 추종자, 팬, 시중드는 사람, 그 밖에 자기에게 의존하는 사람들, 자기에게 이끌리는 사람들에게 약했다. 자신을 뽐내는 애송이든 그가 죽인 자의 애인이든 상관없었다. 어차피 그녀는 전리품이었고, 보 와인버그의 사랑을 받았기 때문에 그녀의 가치가 만족스러운 것이었다. 미스터 슐츠가 죽은 보에게 한 방 먹이는 승리감을 만끽하려고 그녀를 침대로 데려가 섹스를 한 게 아닐까 하는 생각을 하지 않을 수 없었다.

이튿날 아침 일찍 미스터 버먼이 문을 두드렸다. 십오 분 안에 새 양복을 차려입고 안경까지 쓰고서 로비로 가 미스터 슐츠를 만나라는 것이었다. 나는 십 분 만에 준비를 끝냈다. 덕분에 뛰어가서 길모퉁이를 돌아 도넛 한 개와 커피를 사기에 충분한 시간이 남았다. 호텔로 돌아오는데 모두 밖으로 나오고 있었다. 미키는 패커드를 대기시킨 채였다. 룰루 로젠크란츠가 그의 옆에 탔고, 미스터 슐츠와 미스 드루는 뒤에 탔다. 나도 차에 올랐다.

차는 얼마 달리지 않았다. 사실 길모퉁이를 돌자마자 나오는 오논다가 내셔널 은행에 갔을 뿐이었다. 폭이 좁은 석회석 건물에 난 길고 좁은 창문 두 개에는 철창이 쳐져 있었고 현관 위 삼각 석조 지붕을 기둥이 받치고 있었다. 미키는 길 건너편에 차를 세웠다. 엔진을 끄지 않은 채 우리는 모두 차 안에서 그 건물을 바라보았다.

"예전에 프리티 보이 플로이드와 함께 일한 앨빈 핀커스를 만난 적이 있어요." 룰루가 말했다. "아주 기막힌 금고털이죠."

"그래, 그런데 지금은 어디 있지?" 미스터 슐츠가 말했다.

"그래도 한동안 잘나갔어요."

"생각 좀 해봐." 미스터 슐츠가 말했다. "한탕 벌인다는 게 자물쇠로 단단히 잠긴 곳이라니. 멍청하긴. 그런 범법 행위는 경제적 주류에 들지 못해." 그는 무릎 위의 서류가방을 톡톡 두들겼다. "자, 그럼 가볼까." 그가 말하며 먼저 차에서 내려 미스 드루와 내가 내리도록 문을 붙잡아줬다.

나는 무슨 일을 해야 할지 몰랐다. 미스 드루는 내가 차에서 내리자 "잠깐" 하더니 클립으로 고정한 내 넥타이를 똑바로 고쳐줬다. 나는 본능적으로 뒷걸음쳤다.

"그냥 예의바르게 행동해." 미스터 슐츠가 말했다. "쉽지 않다는 거 아니까."

나는 검은색 윙팁 구두 때문에 벌써 뒤꿈치에 물집이 잡힌 걸 알았다. 도수 없는 금속테 안경의 철제 다리 끝이 귀 뒤를 꼭 죄었다. 물론 미스터 버먼이 지시한 책은 깜빡하고 사지 못했다. 그래서 비상수단으로 호텔방에서 가져온 성경책을 왼손에 들었다. 오른손은 미스 드루가 잡았다. 미스터 슐츠를 따라 길을 건너가며 그녀는 내 손을 꼭 쥐었다. "너 멋져 보인다." 그녀가 말했다. 나는 불쾌했다. 창이 두꺼운 구두를 신었는데도 그녀보다 작다는 것이. "이거 칭찬인데." 그녀가 말했다. "인상 쓸 일이 아니라고." 그녀는 매우 쾌활했다.

우리는 곧바로 안내를 받아 철창으로 막힌 창구를 지나 안쪽 사무실로 들어갔다. 책상 앞에 앉아 있던 은행장이 앞으로 나와 미스터 슐츠와 정중하게 악수했다. 그러면서도 우리 모두를 힐끗 쳐다보며 냉정하게 감정했다. 그는 풍채가 좋은 사람이었다. 입술을 움직여 말할 때마다 둥근 관처럼 생긴 살집 두툼한 턱이 수압펌프 같아 보였다. 그의 등뒤로 열린 문 너머에는 철창문이 하나 있었고, 그 안은 자체가 거대한 금고인 내실이었다. 두꺼운 금고문은 열린 채였고, 안에는 우체국 사서함처럼 수많은 서랍이 있었다. "자, 자." 서로 소개가 끝나자 그가 말했다. 미스터 슐츠가 나를 자신의 영재라고, 미스 드루를 내 가정교사라고 소개한 참이었다. "모두 앉으십시오. 유명하신 분들이 우리 작은 마을을 찾는 일은 별로 없지요. 모든 게 마음에 드셨으면 합니다."

"아, 네." 미스터 슐츠가 말했다. 그는 이미 서류가방의 끈을 풀고 있었다. "우리도 시골에서 여름을 보내려고요."

"아, 네, 그렇다면 바로 찾아오셨습니다. 수영할 수 있는 웅덩이, 송어가 사는 개울, 개간하지 않은 숲이 있답니다." 이 말과 함께 순간적으로 그의 시선이 다리를 꼬고 앉은 미스 드루에게 향했다. "하이킹을 좋아하시는지 모르겠지만 산 위에 전망이 좋은 곳도 있습니다. 맑고 좋은 공기를 마음껏 마실 수 있지요." 그는 자기가 무슨 우스운 얘기를 한 것마냥 웃었다. 그리고 계속해서 분위기를 띄우려고 의미 없는 잡담을 늘어놓았다. 그러면서도 시선은 계속 서류가방을 향했다. 미스터 슐츠가 몸을 앞으로 기울여 덮개를 연 채로 가방을 책상에 올렸다. 가방을 툭 밀었다 잡아당기자 달러 뭉치들이 커다란 초록색 압지 위로 쏟아졌다. 그러자 은행장의 입에서 흘러나오던 말이 뚝 끊겼다. 하지만 수압펌프가 멈추기까지는 잠깐 기다려야 했다.

많은 돈이었다. 나는 그렇게 많은 돈을 본 적이 없었다. 하지만 나는 은행장보다 더 큰 자제력을 보였다. 특별한 것을 본 티를 내지 않았다. 미스터 슐츠는 5천 달러로 당좌예금을 개설하고 나머지는 대여금고에 넣어두고 싶다고 말했다. 잠시 후 은행장의 늙은 비서가 불려 들어왔다. 그녀와 은행장은 정중한 말을 부산하게 늘어놓더니 건수 잡은 돈을 세기 위해 가지고 나갔다. 그사이 미스터 슐츠는 뒤로 기대앉아 은행장 책상 위의 담배 상자에서 시가를 꺼내 불을 붙였다.

"야." 미스터 슐츠가 말했다. "너 창구가 몇 개 열려 있는지 봤어?"

"한 개 아닌가요?"

"그래. 머리 희끗한 직원이 신문을 읽고 있었지. 룰루 일행이 은행에 들어설 때 문가에 경비 한 놈 없을 거야. 이 은행의 보유금이 얼마나 되는지 알아? 소농장 저당권을 꽤 많이 가지고 있겠지? 허구한 날 오논다가 소농장들의 저당권을 빼앗아 팔아치울 거야. 틀림없어. 저자는 한밤중에 자지도 않고 대여금고에 넣어둔 내 현금만 생각할 거야. 그 돈이 무엇에 상당하는지 말이야. 한 일주일이니 열흘쯤 있으면 나한테 전화가 올 거다."

"그러면 당신은 그를 마음껏 요리하는 거죠." 미스 드루가 말했다.

"두말하면 잔소리지. 지금 당신은 이 산간벽지의 수호성인을 보고 있는 거라고." 그는 검은 양복 재킷의 단추를 채우고, 있지도 않은 소매의 먼지를 탁탁 털었다.

그러고는 시가를 입에 문 채 몸을 굽혀 양말을 추켜올렸다. "여기 일만 잘 끝나면 국회의원에도 출마할 수 있을 거야."

"다른 것 하나 언급하고 싶은 게 있어요. 입 쑥 내밀고 골낼 것 같으면 말 안 하고요." 미스 드루가 말했다.

"뭔데. 설마, 또 내가 말을 잘못했나?"

"피보호자protégé라고 했어야죠, 프로테제."

"내가 뭐라고 했는데?"

"영재prodigy라고 했어요. 완전히 다르잖아요." 이때 은행장이 양손을 비비며 아주 만족스러운 표정으로 돌아왔다. 그는 쉬지 않고 떠들어대며 서명할 양식을 내밀고는 만년필 뚜껑을 빼서 뒤에 꽂은 뒤 책상 맞은편에 앉은 미스터 슐츠에게 건넸다. 쓱쓱 서명하는 만년필 펜촉 소리가 나자마자 그는 잠잠해졌다. 서류 처리는 침묵 속에 착착 진행되었다. 마치 국가 간 협정이 맺어지는 모양새였다. 이윽고 나이든 여자 비서가 영수증과 수표책을 가지고 들어오자 분위기가 다시 활기를 띠며 어수선해졌다. 잠시 후 우리는 일어나 작별인사와 감사의 말, 뭔가 필요한 게 있으면 연락하라는 말 따위를 주고받았다. 돈이 사람들의 기분을 북돋우는 건 사실이다. 그들은 기분이 좋아져 비정상적인 상태에 처하게 된다. 그러면 갑자기 우리에게 관심을 가지고 호의를 보이는 것이다. 은행장은 미스터 슐츠 외에 다른 사람은 모두 무시하다시피 했는데 이제 와 내게 말을 걸었다. "이보게, 젊은 친구, 요즘 젊은 세대는 무슨 책을 읽나?" 이 질문이 정말 자기에게 중요하기라도 한 것처럼 물었다. 그는 제목을 보려고 내 손에 들린 책을 들어올렸다. 그가 어떤 책을 기대했는지는 모르겠다. 어쩌면 프랑스 소설이었을지도. 어쨌든 그는 크게 놀라했다. "너, 대단하구나." 그는 이렇게 말하고서 내 어깨를 잡더니 가정교사를 쳐다보았다. "경의를 표합니다, 미스 드루, 저는 보이스카우트 단장입니다. 이 같은 십대들이 있는 한

이 나라의 미래는 전혀 걱정할 필요가 없지 않겠습니까?"

그는 정문까지 우리를 안내했다. 우리 모두의 발소리가 대리석 바닥에 울려퍼졌다. 우리가 지나가는데 단 한 명뿐인 창구 직원이 창구 안에서 일어났다. 무슨 행진이라도 하는 기분이었다. "안녕히 가십시오." 은행장이 현관 계단에서 손을 흔들며 말했다.

룰루가 자동차 문을 연 채 잡고 있었다. 우리가 뒤에 타고 그가 앞에 타자 미키는 시동을 걸고 기어를 넣은 뒤 출발했다. 그제야 미스터 슐츠가 말했다. "도대체 그게 무슨 말이었지?" 그리고 미스 드루 앞으로 손을 뻗어 내 손에서 오논다가 호텔의 성경책을 가져갔다.

책장을 넘기는 소리 말고는 완전한 정적이 감돌았다. 나는 창밖을 내다보았다. 차는 사람이 거의 없는 중심가 내리막길을 천천히 달렸다. 이곳 시골에는 사료판매점 같은 가게들이 있었다. 나는 완전히 비참한 기분이었다. 새 양복에 창이 두꺼운 구두를 신고 미스 드루와 허벅지를 맞댄 채 몇 주 전까지만 해도 내게 꿈처럼 멋진 사람으로만 존재했던 사내의 호화로운 자가용 뒷좌석에 앉아 있었지만 말이다. 나는 시가 연기 때문에 창문을 끝까지 내렸다. 틀림없이 무언가 상상도 못할 끔찍한 일이 벌어지리라는 생각이 들었다.

"어이, 미키." 미스터 슐츠가 말했다.

운전사 미키의 옅은 파란색 눈동자가 백미러에 비쳤다.

"저기 언덕바지 첨탑이 보이는 교회에 차 좀 세워." 미스터 슐츠가 말했다. 그러더니 낄낄 웃기 시작했다. "우리가 미처 생각하지 못한 게 있어." 그는 미스 드루의 무릎에 손을 얹었다. "이 뒤에 앉은 친구한테 경의를 표할까 하는데."

"나를 보지 말아요, 보스." 그녀가 말했다. "나와는 아무런 상관도 없는 일이니까."

미스터 슐츠가 몸을 굽혀 미스 드루 옆에 앉은 나를 쳐다보았다. 그는 거대한 이를 한껏 드러내며 빙긋 웃었다. "그게 사실이야? 네가 생각해낸 거였어?"

나는 미처 설명할 틈이 없었다. "이봐." 그가 미스 드루에게 말했다. "내가 어떤 말을 골라서 했다면 다 이유가 있어서 그러는 거라고. 저 녀석은 진짜 영재야."

그렇게 해서 나는 뉴욕주 오논다가의 성령교회 주일학교에 등록하게 되었다. 1935년의 길고 지루한 여름이었다. 나는 지긋지긋하게도 매주 일요일마다 사막의 패거리들과 그들이 일으킨 율법과의 마찰, 소동과 사기, 서로 치고받고 싸운 방식이나 자신들을 변호하는 거창한 주장 따위에 관한 설교를 견뎌야 했다. 그것은 돌벽에서 습기가 배어나오는 교회 지하실에서 여름감기로 콧물을 훌쩍이는 다른 아이들과 함께해야 했던 나의 신성한 운명이었다. 그들은 오버올이나 색 바랜 꽃무늬 원피스를 입었다. 옷이 모두 몸에 비해 너무 컸다. 신발을 신었든 맨발이든 그애들은 벤치에 앉아 다리를 흔들거렸다. 내가 모든 것을 성취했어도, 그렇게 먼길을 왔는데도 고아원에 있는 것이나 매한가지였다.

다만 일요일은 최악의 날일 뿐이었다. 우리는 주중 내내 열심히 일했다. 완전히 착한 일밖에 하지 않았다. 병원을 방문해 병실마다 잡지나 사탕을 가져다주었다. 무엇이든 파는 게 남아 있는 상점이 있으면 그게 트랙터 부품이 아닌 이상 우리는 들어가 무엇이든 샀다. 마을에서 1.5킬로미터 정도 떨어진 곳에 엉망이 된 미니 골프장이 있었는데, 나는 미키와 룰루와 함께 여러 차례 차를 타고 그리로 갔다. 우리 셋은 공을 퍼팅해서 작은 나무관, 원통, 파이프 안으로 집어넣는 게임을 했다. 나는 제법 잘하는 편이어서 그들의 돈을 몇 달러 따기도 했지만, 룰루가 별안간 좋지 않은 스포츠맨십을 발휘해 자기 무릎으로 골프채를 쳐 부러뜨리는 걸 보고 다시는 그곳에 가지 않겠다고 마음먹었다. 마을에서는 촌뜨기 아이들이 몇몇씩 모여 있다 내가 호텔 밖으로 나오면 뒤를 졸졸 따라왔다. 나는 그애들에게 사탕이나 바람개비, 아이스크림을 사줬다. 그러는 동안 미스터 슐츠는 재향군인회가 후원하는 아이들의 부모를 위해 모임을 열거나, 교회 친교 행사를 떠맡아 가정에서 만든 케이크를 모두 산 다음 사람들을 파티에 불러 커피와 함께 제공하기도 했다. 우리 중에서 오직 그만이 길고 지루한 날들을 실제로 즐기는 눈치였다. 미스 드루는 승용마 마구간을 발견하고 매일 아침 미스터 슐츠와 함께 말을 타러 나갔다. 나는 6층 복도 창가에 서서 시골길로 말을 타고 나가 휴경지에서 그녀가 그에게 말 타는 법을 가르쳐주는 모습을 구경했다. 그녀는 보스턴의 고급 잡화점에 전화해 팔꿈치에 가죽을 댄 트위드재킷과 실크 목도리, 챙에 작은 깃털이 꽂힌 진녹색 펠트 모자, 반들반들하고 부드러운 가죽 부츠와 승마바지를 주문해 우체국 배송으로 받았다. 승마바지는 독특한 라벤더색이었는데 엉덩이 부분이 둥그스름하게 펼쳐진 모양이었다. 그녀는 허리가 길고 엉덩이가 좀 납작한 편이라 맵시가 괜찮았지만 미스터 슐츠의 둔중한 체격에는 어울리지 않았다. 그 옷을 입으면 다부진 맛이 사라졌다. 그렇다고 해서 우리 중 누구도, 미스터 버먼마저도 이 사실을 그에게 알릴 생각은 없었다.

내가 유일하게 즐긴 시간은 이른 새벽이었다. 언제나 제일 먼저 일어났다. 그리고 신문가게에서 〈오논다가 시그널〉을 사서 내가 발견한 골목길에 있는 작은 찻집 같은 간이식당에서 아침을 먹으며 읽었다. 여주인이 손수 빵을 구웠고 아침이 아주 맛있었지만, 나는 이 정보를 아무한테도 말하지 않았다. 우리 중 〈시그널〉을 읽는 사람은 나뿐인 것 같았다. 농장 소식과 그날의 연감 지식, 가정에서 통조림 만드는 법 등이 실린 아주 따분한 신문이었지만, 만화 〈팬텀〉이나 〈애비와 슬래츠〉를 보면서 조금이나마 현실을 산다는 느낌을 받을 수 있었다. 어느 날 아침신문 1면에 미스터 슐츠가 은행으로부터 근교의 농장을 사들여 그걸 빼앗겼던 가족에게 되돌려주었다는 기사가 실렸다. 호텔에 돌아와보니 평소보다 많은 낡은 차들이 갓돌에 바퀴를 받치고 주차되어 있었다. 좁은 로비 여기저기에 오버올 차림의 남자들과 홈드레스 차림의 여자들이 의자에 앉거나 쪼그린 채 있었다. 그때부터 호텔 안팎에서 항상 지켜보는 사람들이 생겼다. 농부나 그 아내들이 한둘씩 혹은 많으면 여남은씩 모였다. 그날그날 시간대에 따라 달랐다. 나는 그중 마른 사람은 정말 비쩍 말랐고 뚱뚱한 사람은 굉장히 뚱뚱하다는 사실에 주목했다. 미스터 슐츠는 그들 곁을 지나갈 때 항상 공손하게 행동했다. 그리고 호텔 식당이 마치 자기 사무실인 양 한쪽 테이블로 두어 명씩 데려가 잠시 그들의 얘기를 들어주고 질문도 했다. 나는 그가 담보권이 행사된 저당물을 몇이나 찾아줬는지 모른다. 아마 한 건도 없었을 것이다. 모르긴 몰라도 그 달 치 할부금이나 몇 달러 쥐여주고, 그의 표현대로라면 간신히 먹고살도록 해준 게 전부였을 것이다. 일은 그런 식으로 이루어졌다. 그는 사람들의 기분을 감안해 사무적인 사람이라는 겉모습을 유지하면서 그들의 이름을 받아 적은 다음 다음날 다시 오라고 말했다. 그러면 아바다바 버먼이 사무실로 쓰는 그의 6층 방에서 가져온 작은 갈색 봉투에 현금을 넣어 건네는 것이다. 미스터 슐츠는 그 일로 사람들 위에 군림하는 것처럼 보이고 싶어하지는 않았다. 그런 면에서 그는 대단한 센스를 발휘했다.

시골이 그토록 아름다우면서 동시에 그런 보이지 않는 곤경에 처해 있다는 게 나는 불가사의했다. 나는 가끔 천천히 강가로 내려가 다리를 건너 시골길을 걸었다. 걸을 때마다 익숙해져 조금씩 더 멀리 갔다. 휑한 하늘, 야생화가 만발한 언덕, 길 끝에 서 있는 집. 헛간과 가축도 한두 마리 보였다. 이곳 북부의 도시는 모두 끝나는 지점이 있으며 거기부터 휑한 길이 시작되었다. 그 길을 가려면 신념이 필요했다. 일정한 간격으로 세워진 전신주가 용기를 북돋워주었다. 전신주와 전신주 사이에 걸린 전깃줄이 축 처져 있었다. 조금씩 오르락내리락 뻗은 길을 가르며 계속되는 흰색 중앙선을 보면 반가웠다. 밭에서 나는 짚 냄새와 길가 텃밭의 거름이 발산하는 열기를 타고 날아오는 알 수 없는 냄새에도 익숙해졌다. 처음에는 정적의 소리라고 생각했던 게 사실은 자연의 소리라는 걸 알았다. 보통 바람과 산들바람, 깜짝 놀라 부산히 움직이는 소리, 관목 숲에서 무언가 미끄러지는 소리, 관악기 같은 짖는 소리, 벌레가 붕붕거리는 소리, 타박타박, 풍덩풍덩, 개굴개굴, 그 어떤 소리도 눈에 보이는 근원지가 없는 듯했다. 이렇게 소요하는 날이 많아지면서 생물을 보고서 알기 전에 어떻게 먼저 소리를 듣고 냄새를 맡을 수 있을까 하는 생각이 들었다. 마치 시력은 자연계에서 가장 엉성한 감각인 양. 신비롭게 펼쳐진 풍경에서 배울 게 많았다. 그 풍경은 있는 그대로의 땅과 크고 힘있는 하늘 사이에 개입된 어떤 위안도 제공하지 않아서, 나로서는 그것이 저가임대아파트와 빈민가에서는 일상인 비굴한 수치를 겪으리라고 전혀 예상하지 못했을 테다. 하지만 나는 이미 포장도로를 벗어나 여기저기 흙길을 탐색했다. 그러던 어느 날, 발로 툭툭 돌을 차며 널찍한 자갈길을 걷고 있는데 시골의 소리 같지 않은 놀라운 규모의 소음이 들렸다. 계속 걸어가다보니 굉음이 연속적으로 울리고 있다는 것을 알았다. 기동력을 갖춘 야전군이 이동하는 소리 같았다. 나는 오르막길을 올랐다. 저멀리 밭에서 흙먼지가 잔뜩 일었다. 앞을 바라보니 가난한 시골 사람들의 검은색 차와 트럭 들이 길가에 세워져 있었다. 오논다가 인구의 대다수일 것 같은 주민 한 무리가 광대한 감자밭을 점령한 트랙터와 수확기와 트럭이 일으키는 먼지 속에서 밭을 가로지르고 있었다. 수확기가 트럭에 연결된 자동 벨트에 감자를 쏟아부었다. 수확기를 뒤따르는 주민들은 허리를 구부린 채 포대를 끌고 가며 기계가 놓친 감자를 주워 담았다. 곤궁의 절박함에 아예 무릎과 양팔로 땅을 짚고서 허겁지겁 고랑을 따라가며 줍는 사람도 있었다. 남자, 여자, 어린애 할 것 없이 다 있었고, 그중 한둘은 성령교회의 주일학교에서 본 얼굴이었다.

그제야 미스터 슐츠의 전략 범위가 내게 분명해졌다. 나는 사람들이 어떻게 속을 수 있을까 싶었다. 그가 하는 짓이 너무도 뻔한데. 하지만 그는 아무도 속이려고 애쓰지 않았다. 그럴 필요가 없었다. 그가 뉴욕의 거물 깡패라는 사실을 이들이 알고 모르고는 중요하지 않았다. 어쨌든 이곳 사람들에겐 뉴욕에 대한 사랑이 없었고, 오논다가에서 성실함만 보이면 그가 뉴욕에서 무엇을 하든 개인 소관이었다. 그의 명성에 상응하는 규모라면 그가 왜 그런 식으로 그런 일을 하는지 따위는 전혀 문제가 되지 않았다. 물론 그는 노골적이었다. 하지만 일단 군중에게 맛을 들여놓으면 그처럼 해야 했다. 모든 게 대규모로 이루어져야 했다. 공중에 문자 쓰기처럼 그 근방 멀리까지 알려지도록.

어느 날 밤 호텔에서 함께 저녁식사를 하는 자리였다. "오토, 내가 이 모든 일에 들이는 비용 정도를 매주 위원장에게 갖다 바쳤잖아. 그런데 여기는 돈을 더 들게 만드는 흥정꾼이 없어." 미스터 슐츠는 생각을 곱씹으며 말했다. "그렇잖아, 오토? 우리는 직거래를 하는 거라고. 농장에서 신선한 달걀을 사는 셈이지." 그가 웃었다. 오논다가에서 꾀하는 모든 일이 원하는 대로 되어가는 눈치였다.

하지만 아바다바 버먼은 그다지 낙관적으로 생각하지 않는 모양이었다. '위원장'은 부패한 민주당 관리 미스터 하인스를 가리키는 암호였다. 연방수사관들이 그의 조직을 쑥대밭으로 만들기 전까지 미스터 하인스는 조직에 이롭지 않은 똑똑한 경찰들을 스태튼 아일랜드로 전출 보냈고, 자신의 본분을 이해하지 못하는 치안판사들을 법정에서 은퇴시켰다. 그리고 확실히 안전을 기하기 위해 돈을 들여 뉴욕 역사상 가장 관대하고 온건한 검찰을 뽑아 앉혔다. 비즈니스를 벌이기에 훌륭한 방식이었다. 그러나 이곳의 현실은 심상치 않은 상황에서 자신들을 구해내고자 애쓰는 게 고작이었다. 게다가 조직원들은 자신이 놀던 물에서 벗어나 있었고, 법을 준수해본 경험이 없어 항상 옳은 행동을 하리라는 보장이 없었다.

또 한 가지 문제는 미스 드루였다. 미스터 슐츠는 그녀에 관해 미스터 버먼과 전혀 상의하지 않았다. 그녀가 일행의 품격을 높여주고, 자신의 배경에서 배운 것들을 통해 자선을 베푸는 방법과 취해야 할 형식, 해야 할 것과 하지 말아야 할 것 등을 생각해낸다는 데에는 의심의 여지가 없었다. 게다가 더치맨에게 약간의 품격을 더해주는 데 소질이 있는 듯했다. 그 결과 이곳 사람들은 그를 의심할 바 없는 조직폭력배라고 생각하기가 한층 더 힘들어졌다. 하지만 그녀는 X였다. 미스터 버먼은 수학에서 그 값을 모르는 수에 대해, 심지어 이득인지 손해인지 모르더라도, X로 칭한다고 했다. 숫자 대신 문자를 배정하는 것이다. 미스터 버먼은 문자를 별로 존중하지 않았다. 그는 오른손으로 조금씩 샐러드를 먹고 있는 미스 드루를 쳐다보았다. 그녀의 왼손은 테이블 밑으로 내려가 있어 보이지 않았다. 미스터 슐츠가 깜짝 놀라며 와인잔을 쓰러뜨린 걸 보아 그녀가 왼손으로 미스터 슐츠의 은밀한 부위를 만진 게 분명했다. 그는 냅킨을 집어 입을 막고는 기침을 했다. 그리고 얼굴이 벌게져서 그녀를 미친 계집이라고 말하며 웃기 시작했다.

식당 반대쪽 구석에 어빙과 룰루, 운전사 미키가 자기들끼리 따로 앉아 있었다. 그들은 전혀 즐겁지 않았다. 한번은 미스터 슐츠가 자기 쪽을 쳐다보지 않던 룰루에게 소리를 지른 일이 있었다. 깜짝 놀란 룰루는 벌떡 일어나 재킷 안으로 손을 집어넣고서 황망히 주변을 두리번거렸다. 어빙이 룰루의 팔뚝에 손을 얹었다. 그때부터 미스 드루가 그들을 따로 앉게 하면서 위계가 생겼다. 그후 매일 밤 룰루, 어빙, 미키는 우리 넷과 다른 식탁에 앉았다. 오논다가에서의 생활이 요구하는 바에 따라 미스터 슐츠는 미스 드루나 나와 많은 시간을 보냈다. 그중에서도 미스 드루와 보내는 시간이 대부분이었다. 나는 부당한 취급을 받고 내쫓긴 기분이었다. 그러니 다른 사람들 기분이 어땠을지 이해할 수 있었다. 미스터 버먼도 그 모든 걸 이해했을 것이다.

물론 더치 슐츠가 이곳에서 무엇을 하고 있는지 뉴욕의 언론이 일단 낌새를 채기만 하면 우리의 상황은 발열하듯 급속도로 바뀔 터였다. 하지만 내가 그걸 알 수는 없었다. 모든 게 매우 괴상하고 아찔한 상황이었다. 가령 미스 드루는 나에게 어머니가, 미스터 슐츠는 아버지가 될 수도 있었다. 이것은 어느 일요일, 내가 성령교회의 주일학교를 빼먹지 않기 위해 아예 훨씬 이른 아침 그들과 함께 세인트바르나바 성당에서 미사를 볼 때 그냥 떠오른 생각이었다. 아니, 생각까지도 아닌, 그것만도 못한 느낌이었다. 그는 모자를 벗었고 그녀는 흰 레이스 숄로 머리를 덮었다. 우리는 모두 회중석 뒷자리에 엄숙하고 밝은 모습으로 앉아 오르간 음악을 들었다. 내가 싫어하고 몹시 혐오하는 악기였다. 오르간은 의로움을 위협하는 듯한 강렬한 화음으로 귀를 먹먹하게 하거나, 경건함을 작은 파이프 소리에 담아 교활하게 귓구멍을 파고들었다. 오르간 소리와 함께 제단 위에서 실크 예복을 입고 향로를 흔드는 신부의 말도 들어야 했다. 신부의 등뒤에는 황금색 십자가에 못 박혀 피 흘리는 가엾은 그리스도의 채색 석고상이 있었다. 아, 정말이지 이건 내가 꿈꾸던 범죄자의 삶이 아닐 뿐 아니라 내가 알던 것보다 더 마음에 안 드는 일들도 있었다. 미사가 끝난 뒤 미스터 슐츠는 에잇, 까짓 거, 하고는 보 와인버그를 위해 정문 테이블 위 작은 잔에 담긴 초 한 개에 불을 붙였다. 우리가 보도로 나오자 신부가 쫓아

나왔다. 나는 색색의 예복을 입은 제단 위의 사제들이 회중석에 누가 있는지 보지 않는다고 생각했는데 아니었다. 그들은 모든 걸 살펴본다. 그는 몬테인 신부였고 억양이 독특했다. 우리를 만나 반갑다고 하며 내 손을 잡고 격렬하게 악수했다. 그러고 나서 미스 롤라 미스 드루와 프랑스어로 이야기를 나누었다. 그는 프랑스계 캐나다인이었다. 대머리를 가리려고 숱이 적어 철사 같은 머리칼을 한쪽에서 다른 쪽으로 빗어 넘겼지만 물론 대머리로 보였다. 나는 혀가 둔해져 벙어리가 된 기분이었다. 활동비로 아침엔 팬케이크를, 저녁엔 애플소스를 곁들인 햄 스테이크를 먹어 체중이 불었다. 도수 없는 가짜 안경을 썼고, 교회에 다녔고, 머리를 단정히 빗었다. 미스 롤라 미스 드루가 사주는 옷을 입어 항상 깨끗하고 단정한 차림이었는데, 그것들은 그녀가 보스턴의 상점에 전화해 내 치수에 맞게 주문한 옷이었다. 나는 그녀의 프로젝트가 되었다. 정말로 나를 돌볼 책임이 있기라도 한 듯이. 그런데 그녀가 나를 똑바로 뚫어지게 쳐다볼 때 조금도 그녀의 역할에 맞는 품성이 보이지 않아 기분이 이상하지 않을 수 없었다. 그녀는 위장과 실제를 분간하지 못하는 듯했다. 어쩌면 부자라서 자신이 위장하는 건 무엇이나 진실이라고 생각했는지도 모른다. 그런데 나로 말하자면, 전력질주한다는 게 뭔지 더는 알 수 없었다. 내가 나 자신이라는 것을 확신할 수 없었다. 지나치게 웃음이 헤펐고 여자애 같은 말투를 썼다. 그리고 정도를 벗어난 습관들에 빠졌다. 섀도스 재킷을 입고는 상상도 못할 일들이었다. 엿듣는 것도 그중 하나였다. 단지 돌아가는 상황에 대한 정보를 캐려고 도청장치를 사용하는 경찰처럼 다른 사람들의 대화를 엿들었다.

가령 어느 날 밤 내 방에 있는데 어디선가 시가 냄새가 났다. 사람 목소리도 들렸다. 복도에 나가니 미스터 버먼이 사무실로 쓰는 방이 약간 열려 있었다. 나는 그 앞으로 가 슬쩍 안을 들여다보았다. 미스터 슐츠가 목욕가운 차림에 슬리퍼를 신고 그 방에 있었다. 매우 늦은 시간에 그들은 조용조용 이야기를 나누었다. 만일 내가 들킨다면 무슨 봉변을 당할지 알 수 없었다. 하지만 될 대로 되라는 심정이었다. 나도 이제 조직의 일원이었으니까. 나도 그들과 도망치고 있었으니까. 더치 슐츠와 같은 층을 쓰게 된 상황을 이용하지 않으면 그게 무슨 소용이겠냐고 스스로에게 말했다. 여하튼 내 감각은 여전히 예리해서 쓸모가 있었다. 나는 그들의 눈에 띄지 않는 곳으로 물러서서 귀를 기울였다.

"아서." 미스터 버먼이 말하던 참이었다. "애들이 보스를 위해서라면 궁지에 몰리는 일도 마다하지 않을 거라는 거 알잖아."

"궁지에 몰리지 않아도 돼. 그저 눈만 똑바로 뜨고 있으면 돼. 여자들한테 모자를 들어올려 인사하고 호텔 여직원 엉덩이만 내버려두면 된다고. 그게 과도한 주문인가? 녀석들한테 돈도 주잖아. 안 그래? 염병할, 유급휴가나 마찬가지라고. 그런데 도대체 뭐가 불만인지."

"아무도 뭐라고 안 했어. 내가 아는 걸 말하는 거야. 말로 설명하기가 쉽지 않군. 식탁 예절 같은 그런 것들이 애들의 자존심을 건드려. 여기서 북쪽으로 30킬로미터쯤 가면 술집이 있는데, 가끔 거기로 보내 쌓인 걸 발산하도록 해야 할 것 같아."

"정신 나갔어? 이렇게 일을 잔뜩 벌여놓은 마당에 어느 망할 놈의 술집에서 애들이 창녀를 놓고 싸움이라도 벌이면 어쩌자는 거야? 그건 곤란해, 주경찰관하고 말썽이라도 생기면."

"어빙이 그런 일은 생기지 않도록 할 거야."

"아니, 미안하지만 이건 내 앞날이 걸린 문제잖아, 오토."

"그야 그렇지."

잠시 침묵이 흘렀다. 미스터 슐츠가 입을 열었다. "드루 프레스턴 얘기로군."

"이제야 그 여자의 성을 말해주는군."

"이렇게 하지. 쿠니한테 전화해서 포르노 영화랑 영사기를 구해서 가지고 오라고 해."

"아서, 어떻게 말해야 좋을지 모르겠군. 쟤들은 진지한 성인이야. 생각이 깊지는 않아도 생각할 줄은 안다고. 그래서 자네 못지 않게 자기들 앞날을 걱정해."

미스터 슐츠가 왔다갔다하는 소리가 나다가 멈췄다. "젠장." 그가 말했다.

"어쨌든 그래." 미스터 버먼이 말했다.

"정말이야, 오토, 돈이 드는 것도 아니잖아. 이 여자가 가진 돈은 내 평생 만질 수 있는 것보다 더 많아. 이 여자는 다르다고. 좀 제멋대로라는 건 인정해. 그런 부류는 으레 그러니까. 하지만 때가 되서 손 좀 봐주면 될 거야. 내가 약속하지."

"쟤네들, 보를 잊지 않고 있어."

"그게 무슨 소리야? 그건 나도 마찬가지야. 나도 심란해. 나야말로 누구보다 심란하다고. 내가 말끝마다 그 얘기를 해야만 해?"

"아서, 사랑에 빠지지만 마." 미스터 버먼이 말했다.

나는 최대한 소리 내지 않고 방으로 돌아와 잠자리에 들었다. 드루 프레스턴은 실제로 매우 아름다웠다. 몸매가 호리호리했고, 시골에 왔을 때 그랬듯이 스스로를 의식하지 않을 때에도 그녀의 동작에는 분명히 무의식적인 우아함이 있었다. 몇 십 년은 된 책들이 대부분인 다이아몬드 고아원의 낡은 서고에 있는 동화책에 나오는, 숲속의 작은 동물들과 대화를 나누는 상냥한 젊은 여자들처럼. 자신이 어디에 있는지, 누구와 함께 있는지 순간적으로 망각하는 순간, 그녀의 흠잡을 데 없는 얼굴에 그런 여자들의 얼굴이 비쳤다. 뱃머리처럼 위로 살짝 들려 말린 풍만한 입술, 강렬한 호기심으로 무례해 보일 수도 있고, 속눈썹을 그윽하고 얌전하게 아래로 드리우면 고약하게 건방져 보일 수도 있는 맑고 큼직한 초록색 눈동자. 우리 모두 그녀의 지배를 받았다. 이성적인 미스터 버먼마저도. 그는 우리 가운데 가장 나이가 많았고 신체적 결함이 있었다. 오래전부터 그 결함을 감수하는 법을 터득해 잊고 살아왔지만, 그녀처럼 섬세한 골격을 가진 미녀 앞에서는 사정이 달랐다. 이 모든 것 때문에 그녀는 아주 위험했고, 불안정했고, 매 순간의 색에 동화해서 자신이 처한 상황이 제시하는 역할에 빠져들었다. 이런 생각을 하는 가운데 나는 우리가 다들 이름을 사용하는 데 조심성이 없다는 생각도 들었다. 주일학교에 등록할 때 목사가 이름을 묻자 나는 빌리 배스게이트라고 말했다. 그리고 그가 명부에 그렇게 쓰는 것을 지켜보았다. 그때는 미처 깨닫지 못했지만, 그럼으로써 나는 세례를 받듯 갱단에 입회한 셈이었다. 왜냐하면 그 순간에 언제든 원할 때 쓸 별명이 생겼기 때문이다. 아서 플레겐하이머가 때에 따라 더치 슐츠가 되고 오토 버먼이 어떤 집단에서는 아바다바인 것처럼. 이름에 관한 한 그것은 자동차 번호판 같아서 언제든 다른 차에 달 수 있다. 차체에 용접된 게 아니라 일시적 식별을 위해 부착된 것일 뿐이다. 예인선에서 미스 롤라라고 생각했고 호텔에서는 미스 드루였던 여자가 오논다가에서는 프레스턴 부인이었다. 그러니까 그녀는 누구보다 한 걸음 앞선 셈이었다. 그녀와 동행해 사보이플라자에 갔을 때 로비 직원이 그녀를 미스 드루라고 부르는 것을 듣고 그릇된 인상을 받았을 수 있다는 걸 나는 인정하지 않을 수 없었다. 반드시 그게 혼전의 성이라서 그랬던 게 아닐 수 있다. 내가 알기로 그 계층 사람들은 여자가 결혼해도 혼전의 성을 그대로 썼으니까. 그보다는 직업적으로 서비스업에 종사하는 연장자로서 어렸을 때부터 그녀를 보아왔다고 해서 어른이 되어서도 어릴 때 이름으로 부르기는 적절하지 않고, 또 그녀를 너무 오랫동안 알아와서 단순히 그녀를 성으로 호칭하기도 마땅치 않아 그랬는지도 모를 일이었다. 모든 걸 명백하게 이해할 필요는 없는지도 모른다. 별명에 관한 것조차도. 어쩌면 나의 문제는 모든 것을 확실하게 알아야 하고, 그게 변하지 않기를 바란다는 점이었을지 모른다. 나부터 변하고 있으면서도. 내가 있는 곳을 보면, 내가 무엇을 하고 있는지 보면 말이다. 나는 잠잘 때 말고는 안경 없이 살 수 없는 사람처럼 매일 아침 도수 없는 안경을 쓰고 매일 밤 잠자리에 들 때마다 벗었다. 나는 갱단의 견습생이 되었고 성경 교육을 받았다. 브롱크스 출신의 부랑아인 내가 시골에서 '소공자'처럼 살고 있었다. 내가 상황에 의존적이라는 것 말고는 그 무엇도 이치에 닿지 않았다. 상황이 바뀌면 나도 덩달아 바뀔까? 예스, 대답은 예스였다. 그러자 어쩌면 식별이란 모두 일시적일지 모른다는 생각이 들었다. 상황이 계속 바뀌는 인생을 살았으니까. 그러고 보니 아주 만족스러운 발상이었다. 나는 이것을 번호판 식별 이론으로 정했다. 이론인 만큼 나 자신에게뿐 아니라 미친 사람이든 멀쩡한 사람이든 누구에게나 적용할 수 있으리라고 생각했다. 이론을 갖추고 보니 롤라 미스 드루 프레스턴 부인보다 미스터 오토 아바다바 버먼이 겉보기와는 달리 더 걱정되었다. 방에 새 목욕가운이 있었다. 나는 미스터 아서 플레겐하이머 슐츠가 자러 돌아간 뒤 그것을 입고 아바다바 버먼의 방으로 가 문을 두드리고 그에게 X가 무엇을 의미하는지 말해줄까 했지만, 애초에 나를 그 지점까지 오게 한 게 무거운 입이라는 타고난 재능의 깊은 의지임을 떠올리고는 깨끗하게 그 생각을 접었다. 그것은 절대로 변하지 말아야 했다.

10

나는 전에 없이 늦잠을 잤다. 잠에서 깨 방안이 훤한 것을 보자마자 알았다. 창문에 달린 흰 커튼이 영화 시작 직전의 영화관 은막 같았다. 객실 담당 직원이 복도에서 진공청소기를 돌렸다. 호텔 뒤편에서 체인구동식 배달 트럭 소리가 들렸다. 침대에서 일어나는데 팔다리가 매우 무겁게 느껴졌지만 몸을 씻고 옷을 입었다. 그리고 십 분도 안 되어 문을 나서 아침식사를 하러 갔다. 호텔로 돌아와보니 아바다바 버먼이 앞에 나와 있었고, 뷰익 로드마스터가 도로변에 주차해 있었다. 그는 나를 기다린 것이다. "야, 녀석아." 그가 말했다. "어서 타. 드라이브나 가자."

뒤에 타보니 가운데 자리만 남아 있었다. 어빙과 룰루 로젠크란츠 사이였다. 편한 자리가 아니었다. 미스터 버먼이 앞에 타자 미키가 시동을 걸었다. 룰루가 몸을 앞으로 기울이더니 긴장감이 감도는 말투로 말했다. "이 피라미 새끼는 왜 데려가는 겁니까?" 미스터 버먼이 대꾸할 생각도 않고 앞만 똑바로 쳐다보고 있자 룰루는 뒤로 등을 털썩 기댔다. 그리고 나를 잡아먹을 듯 쏘아보며 대놓고 모두에게 들으라는 듯이 말했다. "나는 이 우라질 짓들이 넌더리가 나. 하나하나 죄다 지긋해."

미스터 버먼도 알았다. 그걸 이해했다. 누가 알려줄 필요도 없었다. 차가 법원 앞을 지나는데 오논다가 경찰차가 도로변에 주차해 있다 빙 돌아 나오더니 우리 뒤를 따랐다. 나는 뒤를 힐끗 보고서 다시 확인하고는 무슨 말을 하려다 본능적으로 입을 꼭 다물었다. 미키의 옅은 파란색 눈이 규칙적으로 백미러에 비쳤다. 미스터 버먼의 어깨가 앞좌석 등받이 위로 간신히 올라왔고, 그가 쓴 파나마 모자는 곱사등 탓에 정상보다 앞으로 기울었다. 하지만 내가 볼 때 그것은 노련과 지혜에서 나온 몸가짐이었다. 아무튼 나는 그가 우리 뒤의 경찰차에 대해 알고 있으며 누가 말해줄 필요도 없다는 걸 알았다.

미키는 판자 바닥이 덜거덕거리는 오논다가 다리를 건너 교외로 차를 몰았다. 정오의 모든 것이 바싹 말라 희멀겋게 보였고 차 안은 더웠다. 십 분 내지 십오 분 후 포장도로를 벗어난 차는 어느 농가 마당으로 들어가 닭들 사이를 헤치며 조금씩 안쪽으로 전진했다. 닭들이 항의하듯 요란하게 울며 날개를 퍼덕였다. 폴짝폴짝 뛰는 한두 마리 염소 옆을 지나고 헛간과 곡식 저장탑을 돌아 길고 울퉁불퉁한 흙길에 들어서자 미키는 속력을 냈다. 자갈이 타이어에 깔려 튀는 소리가 났고 차 뒤로 흙먼지가 뭉게뭉게 일었다. 오두막 주위를 둘러싼 철망 울타리 앞에 차가 섰다. 잠시 후 경찰차의 브레이크 소리와 차문이 세게 닫히는 소리가 들렸다. 경찰 한 명이 우리 차를 지나 울타리 문의 자물쇠를 열었고 이어 '출입금지' 푯말이 붙은 문을 활짝 열자 미키가 그 안으로 차를 몰았다.

내가 오두막이라고 생각했던 것은 사실 긴 병영 같은 구조물이었고 오논다가 경찰의 사격연습장이었다. 바닥은 흙으로 되어 있었고 저멀리 끝에 흙벽이 있었다. 언덕이나 제방처럼 높이 쌓은 흙벽이었다. 도르래에 연결된 철삿줄이 빨랫줄처럼 건물 양쪽을 연결했다. 경찰이 통에서 종이표적을 몇 장 꺼내 철삿줄의 집게에 꽂아 도르래로 제방 벽 쪽을 향해 보냈다. 그런 뒤 문가로 가서 의자 다리 두 개에 의지해 뒤로 기대앉아 담배를 말았다. 룰루 로젠크란츠는 격식도 차리지 않고 가로대 앞으로 가 45구경 권총을 꺼내 발사하기 시작했다. 나는 머리가 터질 것만 같았다. 주위를 돌아보니 다른 사람은 모두 가죽 귀마개를 하고 있었다. 그제야 나는 테이블 위에 귀마개가 한 뭉치 있는 것을 보고 얼른 한 개를 집어 썼다. 그러고 나서도 미친 룰루가 사격하는 동안 귀마개 위로 손을 올려 양쪽 귀를 꼭 감싸야 했다. 룰루는 표적을 산산조각냈고 화약 냄새가 공중에 진동했다. 큰 구경이 일으킨 진동의 메아리가 건물 벽을 밖으로 밀어냈다 다시 안으로 끌어들인 느낌이었다.

룰루는 도르래를 돌려 표적을 앞으로 가져왔지만 자세히 들여다보지도 않고 빼버린 뒤 새것을 끼워 반대편 벽으로 보냈다. 그리고 급히 권총을 장전했다. 너무 서두른 나머지 총알을 몇 개 떨어뜨리기도 했다. 또 쏴대고 싶어 안달이었다. 그는 언쟁할 때 손가락으로 상대방을 쿡쿡 찌르며 강조하듯 다시 한 발씩 쏴댔다. 계속되는 굉음이 오두막 건물을 가득 채웠다. 나는 그 소리가 너무 견디기힘들어 밖에 나가 햇빛을 받으며 자동차 펜더에 기대섰다. 머릿속에서 웅웅 울리는 소리에 귀를 기울였다. 서로 다른 높이의 소리가 동시에 울렸다. 미스터 슐츠의 패커드가 내는 경적 소리 같았다.

사격이 몇 분 동안 멈췄다 다시 시작되었는데, 이번에는 신중하게 겨냥해 쏘는 모양이었다. 한 발 쏘고 뜸을 들였다 다시 쏘는 식이었다. 그런 사격이 한동안 계속되고 나서 미스터 버먼이 흰 종이 표적을 들고 밖으로 나왔다. 그러고서 내가 서 있는 데로 오더니 뷰익의 보닛 위에 표적을 나란히 놓았다.

표적에는 검은색 잉크로 사람의 머리와 상반신 모양이 인쇄되어 있었다. 한 표적에는 사람 모양 안팎으로 흩어진 총알 자국과 가슴 한가운데에 삐죽삐죽한 모양의 큰 총알 자국이 있었다. 그 구멍으로 보이는 자동차 보닛이 햇빛을 반사했다. 다른 표적은 작고 정확한 구멍들이 어떤 모양을 형성하다시피 했다. 이마 중앙에 한 개, 양쪽 눈이 있을 곳에 각각 한 개, 양쪽 어깨에 한 개, 가슴 정중앙에 한 개, 허리 바로 위 복부에 두 개의 구멍이 나 있었다. 사람 모양 표적을 벗어난 것은 하나도 없었다.

"누가 더 잘 쏘는 거 같냐?" 미스터 버먼이 물었다.

니는 조금의 오차도 없이 공들여 쏜 구멍들이 있는 두번째 표적을 가리키며 머뭇머뭇 대답했다. "어빙이요."

"그게 어빙 거라는 걸 알겠어?"

"어빙은 모든 게 이런 식이에요. 아주 깔끔하죠. 허비하는 게 없어요."

"어빙은 살인한 적이 한 번도 없어." 미스터 버먼이 말했다.

"사람을 죽여야 하는 상황이 없으면 좋겠지만," 나는 말했다. "그래야 한다면 이런 식으로 쏘는 법을 알고 싶어요." 그러면서 어빙의 표적을 가리켰다.

미스터 버먼은 펜더에 기대서더니 올드골드 담뱃갑을 톡 흔들어 한 개비를 꺼내 입에 물었다. 그리고 한 개를 더 빼서 내게 권했다. 나는 그것을 받아 그가 준 성냥으로 그의 담배와 내 담배에 불을 붙였다.

"만일 네가 궁지에 몰리면 룰루가 너를 엄호하며 눈에 뵈는 것도 없이 탄창을 비워줬으면 할 거다." 그가 말했다. "그런 상황이 되면 모든 게 순식간에 결판난다는 걸 너도 알게 될 거야." 그는 손가락 한 개를 편 손을 휙 내밀었다 거둬들이더니 다시 두 손가락을 내밀었다 거둬들이고 하는 식으로 손가락을 다 펼 때까지 연속해서 손을 내밀었다. "팡팡팡팡팡, 하면 끝나는 거야." 그는 말했다. "그렇게 말이지. 전화를 걸 시간도 없어. 자판기에서 잔돈을 꺼낼 겨를도 없고."

잘못을 깨닫긴 했지만 내 생각을 쉽게 바꾸진 않았다. 나는 고개를 숙이고 내 발을 쳐다보았다. "여자가 자수를 놓는 것도 아니고, 그렇게 깔끔할 필요는 없는 거야."

우리는 거기에 그대로 서 있었다. 그는 한동안 아무런 말도 하지 않았다. 날이 무척 더웠다. 하늘 높이 새 한 마리가 빙빙 돌았다. 해는 안 났지만 무더운 대낮의 희멀건 하늘에서 모형 글라이더처럼 선회하며 짧게 급강하하기도 했다. 붉은색 또는 벽돌색을 띤 새는 공중에서 빈둥거리며 이리저리 표류했다. 나는 권총이 탕탕 발사되는 소리에 귀를 기울였다.

"물론." 미스터 버먼이 말했다. "시대는 변해. 너를 보면 앞으로 어떨지 알 수 있어. 너는 다음 세대니까 필요한 것들이 달라질 수 있지. 다른 기술이 필요할지도 모르고. 만사가 매끄럽고 합리적으로 이루어질 수도 있겠지. 사람들은 조용히 일을 처리할 거고, 거리에서 총격도 별로 벌이지 않을 거야. 룰루 같은 인물은 점점 필요가 없어지겠지. 그런 때가 오면 사람을 죽여야 하는 일은 없을지도 몰라."

나는 그를 쳐다보았고, 그도 나를 쳐다보았다. V자로 생긴 그의 입가에 희미한 웃음기가 돌았다. "그렇게 될 거 같으냐?" 그가 물었다.

"모르겠어요. 제가 보기에 그럴 가능성은 별로 없을 것 같아요."

"일정한 시점에 이르면 사람들은 모두 장부를 보지. 숫자는 거짓말을 안 하니까. 숫자를 읽고, 오직 이치에 합당한 것만 보는 거야. 숫자가 언어인 셈이지. 언어의 모든 글자가 숫자로 바뀌는 셈이고. 세상 사람들이 모두 같은 방식으로 이해하는 게 바로 숫자야. 하지만 글자는 소리를 놓치면 어조와 함께 모든 게 사라져버리지. 짤깍하는 소리든 탁 터지는 소리든 구개음이든, 또는 어! 아! 하는 감탄의 소리든, 잘못 이해될 수 있는 소리든 감미롭게 사람을 속이는 소리든 마음속에 이미지를 연상하게 하는 소리든 말이야. 그러면 전혀 다르게 이해하게 돼. 숫자의 언어는 그렇지 않지. 모든 게 벽에 쓴 계시처럼 누구에게나 분명하다고. 아무튼 말했듯이 숫자를 판독해야 할 특정한 시기가 온다는 거야. 내가 하는 말 이해하겠어?"

"협력 문제죠." 나는 말했다.

"바로 그거야. 철도 업계에서 일어난 일이 완벽한 예지. 철도를 한번 봐라. 한때는 철도 회사가 많았지만 서로 제 살 깎아먹기식 경쟁을 했지. 그래서 지금은 몇 개나 있나? 전국에 지구별로 하나씩 있지. 게다가 철도 조합이 있어서 워싱턴의 장애물들을 제거해주고. 모든 게 아주 조용하지. 간소하게 합리화된 거야."

나는 담배 연기를 들이마셨다. 거부할 수 없는 흥분이 폐부와 목구멍으로 퍼지는 게, 마치 나의 힘이 어렴풋이 드러나는 것 같았다. 내가 들은 건 예언이었다. 하지만 그게 불가피한 결과일지 계획된 배신일지 확실하지 않았다. 그러나 내가 가치 있는 존재로 인정받는다는 걸 안 이상 그게 무슨 대수겠는가?

"여하튼 장래에 어떤 일이 생기든 기본적인 건 배워둬야 해." 미스터 버먼이 말했다. "무슨 일이 일어나든 너 스스로 처신하는 법을 배워야 한다고. 어빙한테 말해놓았으니 너한테도 보여줄 거야. 쟤들이 끝나면 네 차례야."

"네? 사격 말인가요?" 나는 말했다.

내가 아널드 가비지에게 산 자동권총이 그가 내민 손 위에 놓여 있었다. 깨끗이 닦여 기름칠이 되어 있었고, 녹슨 자국이 전혀 없었다. 총을 받아드니 탄창이 들어 있었다. 무게를 보니 장전되었다는 걸 알 수 있었다.

"그거 가지고 다니려면 배우도록 해." 미스터 버먼이 말했다. "아니면 서랍장 속옷 아래 말고 다른 데 두든가. 넌 똑똑하긴 한데 여느 아이들처럼 바보 같은 짓을 한단 말이야."

처음으로 장전된 권총을 쥐고 들어올려 발사했을 때의 느낌을 나는 죽어도 잊지 못할 것이다. 뼈로 전달되는 그 기운찬 반동의 공포를. 어떤 힘을 갖추게 된다는 데에는 의심의 여지가 없다. 그 것은 기사 작위 수여식과도 같다. 내가 직접 발명하거나 설계하거나 제작하지 않았어도 그 공적은 내 것이다. 그게 내 손안에 있기 때문이다. 어떻게 작동하는지 알 필요도 없다. 그 공적은 오로지 내 것이다. 손가락을 약간만 오므려도 20미터 떨어진 종이에 구멍이 나버리는데, 어찌 이 회전과 발사의 인과작용을 사랑하지 않을 수 있겠는가. 나는 경외감을 느꼈다. 가슴이 두근거렸다. 총은 발사되는 순간 살아난다. 움직인다. 그전에는 실감하지 못했던 사실이었다. 나는 설명 들은 내용을 떠올리려고 집중했다. 숨을 고르고 발을 땅에 단단히 붙인 채 팔을 옆으로 뻗어 팔을 따라 총을 바라보고서 조준했다. 나는 그날 하루종일, 실은 그 주 내내 연습하고 굳은 흙덩이들이 도자기 깨지듯 튀는 모습을 수없이 보고 나서야, 비로소 총을 내 따뜻한 손에 친숙한 물건으로 바꾸어놓았고 내가 겨냥한 걸 명중시킬 수 있었다. 본래의 운동신경, 저글러의 탄력 있는 팔, 강건한 다리, 날카로운 시력이 모두 천부적인 성취 수준에 성큼 도달했다. 누군가를 죽이기 위해 집게손가락에 약간의 압력을 가해 표적에 총알을 날렸다. 며칠간 오후에 조금씩 연습한 끝에, 이마 정중앙이든 양쪽 눈이든 어깨든 심장이든 배든, 내가 원하는 곳을 조준해 맞힐 수 있게 되었다. 어빙은 표적을 거둬들여 테이블 위에 놓고 이전 표적과 견주어보았다. 총알 구멍들이 서로 일치했다. 그는 칭찬하지는 않았지만 나를 가르치는 일을 결코 따분해하는 눈치는 아니었다. 룰루는 일부러 나를 보지 않으려 했다. 그는 내 계획을 몰랐다. 나는 정확성을 갖춘 어빙의 기술을 내 기량으로 다스림으로써, 자세를 풀고 팔을 내렸다가 분노의 폭발로 난사하는 룰루처럼 순식간에 총을 겨누어 발사하되 총알을 모두 표적의 한 곳에 정확히 맞히고 싶었다. 막상 룰루가 그 모습을 보면 뭐라고 말할지도 알았다. 종이표적을 쏘는 게 무슨 대수라고, 누구하고든 한번 같이 일하러 나가볼까, 그놈이 레스토랑 자리에서 일어나는데, 크기가 88밀리미터 대공포만해 보이고 총신은 철도 트레일러에 얹는 대형 장거리포만큼 넓고 길어 보이는 총을 들고 사람들이 불시에 들이닥쳐 나를 향해 오면 내가 어떻게 하는지 보여주지.

매일 사격연습장을 열어주고 의자를 뒤로 기울인 채 앉아 담배를 말아 피우는 경찰도 이상하게 같은 태도를 보였다. 나는 연습 둘째 날에야 그가 서장이란 걸 알았다. 그의 모자에는 그곳의 다른 경찰에게서는 볼 수 없는 장식용 수술이 달려 있었다. 경사의 모자에도 없는 것이었다. 반소매 셔츠 밖으로 드러난 팔뚝은 과거에 근육깨나 있었을 중늙은이의 것이었고 배는 축 늘어졌다. 경찰서장 정도면 도시 사람들한테 돈을 받고 손수 사격연습장 문이나 따주고 구경이나 하며 시간을 보내지 않을 것이라 생각했는데, 오논다가의 경찰서장은 시간이 남아돌았다. 게다가 이 일은 그의 직무와 아무런 상관도 없었다. 그는 십대 소년을 가만히 지켜보았다. 사격을 하는 동안에도 서장이 입가에 옅은 미소를 띠고 등뒤에서 나를 구경한다는 생각이 들었다. 그도 몬테인 신부처럼 시골의 제도권 직장에 배속된 사람이었다. 거의 세상에서 눈에 띄지 않아도 꽤 안락할 뿐 아니라 삶에 대한 보상 역시 만족스러운 자리였다. 살담배 연기 때문에 그의 존재가 내 의식에서 떠나지 않았다. 마치 농부들이 여흥 삼아 지나가는 행렬을 구경하러 현관 테라스에 나와 앉아 있는 것 같았다.

오논다가에 와서 처음으로 나는 일다운 일을 한다는 기분이 들었다. 방아쇠를 당겨댄 그 며칠 동안 사격장에 나갈 시간만 기다렸다. 그리고 허기진 채 저녁식사 시간을 맞았다. 여전히 귀가 웅웅 울렸고 연소된 화약의 강한 자극이 기억에 남아 머릿속에서 탁탁 튀는 듯했다. 그들이 나를 양성하려는 게 분명했다. 그제야 생각해 보니 미스터 슐츠의 생활이 겉으로는 무질서해 보여도 사실은 모든 게 조직적이었다. 그들은 현재의 법률적 요구부터 예측되는 미래의 필요까지 모든 것을 매우 참을성 있게 다루고 있었다. 먼 곳에서 사업 이권을 경영하고, 북부 자치주청 소재지에 진출하고, 나름의 방식으로 내부 문제를 판결했다. 미스터 슐츠는 또한 이 소풍에 예쁜 사람 하나를 데려왔다. 하나도 떨어뜨리지 않고 움직이는 모양이 마치 저글링 같지 않은가. 나는 권총을 쏘는 게 정말 좋았다. 아마도 내가 갱의 역사상 가장 뛰어난 최연소 저격수일 거라는 생각이 들었다. 으스대기까지 했는지는 잘 모르겠다. 어쨌든 밤에 침대에 누워 우리 동네 얼간이들이 워싱턴 애비뉴에서 나를 쫓던 생각을 했다. 그런 일이 다시 일어나 뛰다 말고 돌아서서 그애들을 향해 팔을 쳐들고 총을 겨누면 어떨까 상상했다. 그걸 본 애들은 미끄러지고 갑자기 멈춰 서면서 서로의 몸 위로 엎어지거나 나를 피해 주차된 자동차 밑으로 기어들어가리라. 그런 광경을 머릿속에 그리며 나는 어둠속에서 빙긋 웃었다.

하지만 그것 외에 내가 웃으며 총으로 할 수 있는 일은 생각할 수 없었다.

이쯤에서 말해야 할 것이 있다. 내가 설명하는 이러한 생활의 이면에서 다른 일들이 진행되고 있었다. 내가 직접 관련되지 않은 사업 분야였다. 미스터 슐츠는 여전히 불법 로토 수익금을 거둬들이고 있었다. 여전히 맥주 장사를 했고, 유리창닦이와 웨이터 노조를 운영했고, 한두 차례 하루이틀 정도 사라져 뉴욕에 다녀왔지만 대체로 장거리에서 떨어져 모든 것을 운영했다. 그처럼 아주 가까운 측근 외에는 아무도 믿지 못하는 의심 많은 천성이라면 그러한 사업 경영은 별로 마음 편한 방법이 아니었을 것이다. 그는 심지어 측근이라도 눈에 띄지 않으면 믿지 못했다. 그리고 미스터 버먼의 특별 전화기에 대고 소리를 지르는 때가 많았다. 벽이 두꺼워 무슨 말인지 알아들을 수는 없어도 음조나 음색, 억양은 분명히 느껴졌다. 그래서 어느 날 갑자기 그의 고성이 들리지 않는다면 나는 불현듯 놀랄 것이다. 매일 창가를 지나는 전철이 어느 날 지나가지 않아 한밤중에 잠이 깬 사람처럼 말이다.

미키는 뉴욕으로 장거리를 운전해 이틀씩 다녀오는 일이 많았다. 다른 차를 타고 다른 사람들이 나타나는 일도 있었다. 나 말고는 모두 아는 사이들이었다. 그들은 어빙과 룰루와 함께 다른 테이블에서 식사를 했다. 못 보던 얼굴이 매주 두셋 정도는 되었던 것 같다. 이 모든 것을 보고 나는 사업 규모를 인식하기 시작했다. 매주 지불하는 급료만 해도 분명 상당했을 것이다. 나의 유리한 관찰자적 시각에서 볼 때 미스터 슐츠는 도망자로서 손실을 겪은 후였지만 꿋꿋이 버티고 있었다. 내가 이런 판단을 내리기는 쉽지 않다. 왜냐하면 그는 시종일관 자신을 부당한 취급을 받은 사람, 배신당한 사람, 바보 취급을 받은 사람으로 묘사했기 때문이다. 미스터 버먼은 늘 열심히 장부를 들여다보았다. 때로는 미스터 슐츠가 함께 그 일을 하기도 했다. 대개 밤늦게까지 실로 많은 시간을 그 일에 할애했다. 한번은 미스터 버먼의 사무실 앞을 지나가는데 문이 열려 있었다. 그때 처음으로 그 방안에 있는 금고를 보았다. 바닥 옆에는 빈 캔버스 우편물 자루가 놓여 있었다. 그걸 보고 나는 모든 현금이 내 방 건너편의 바로 그곳에 모인다는 걸 알아차렸다. 이 사실이 나를 심란하게 했다. 미스터 슐츠는 그날 정치적 의도를 가지고 징표 조로 입금한 것 외에는 은행계좌를 연 게 없었다. 은행 거래 기록이 있으면 소환되거나 자산을 압류당하거나 세금 관련 소송을 당할 수도 있었기 때문이다. 그러니 단순히 조심하자는 것이었다. 연방정부는 149번가 사무실을 기습해서 확보한 계산 출력 전표와 도박 기록부를 근거로 소송을 제기했다. 그것만으로도 상황은 매우 불리했기 때문에 회계의 모든 일을 현금으로 처리하는 것이 불가피했다. 일반 지출도, 뇌물도, 급료도 현금으로 나갔다. 현금이 도는 사업인지라 미스터 슐츠에게 돌아가는 이익금도 순전히 현금이었다. 그래서인지 어느 밤 나는 현금 파도가 밀려드는 꿈을 꾸었다. 미스터 슐츠는 물이 빠진 뒤 바삐 돌아다니며 해변에 널린 돈을 다발로 퍼내 감자처럼 포대에 채워넣었다. 나는 꿈을 꾸면서도 오논다가 시골이 해변에 있는 것을 깨닫고 이것이 꿈이라는 걸 알았다. 그리고 꿈을 꾸는 가운데 그 꿈을 해몽하고, 그가 얼마 동안 계속 퍼담았으니 필시 현금을 담은 포대가 아주 많이 쌓여 있을 거라고 꿈속에서 생각했다. 그러자 그것이 은닉된 금괴로 변했지만 꿈속에서는 어디에 숨겨졌는지 알지 못했다. 잠을 깨서도 모르기는 매한가지였다.

이 시기에 미스터 슐츠의 변호사 딕시 데이비스가 뉴욕에서 왔다. 불법 로토 사무실에서 본 적 있는 바로 그 변호사였다. 그는 내가 모르는 갱단원이 운전하는 내시 세단을 타고 오논다가 호텔에 도착했다. 내게 딕시 데이비스는 옷 잘 입는 사람의 전형이었다. 내 구두도 그의 윙팁 구두를 보고 고른 것이었다. 그날 그는 여름용 갈색 컨트리슈즈를 신었다. 신발 위 구두코에서 끈 매는 부분까지 크림색 망사가 이어져 있었다. 발이 시원할지는 몰라도 내 눈엔 그리 좋아 보이지 않았다. 아주 옅은 갈색 더블브레스트 양복은 마음에 들었다. 연파랑과 회색과 분홍색 줄무늬가 쳐진 면 넥타이도 멋져 보였지만, 무엇보다 마음에 든 건 그가 차에서 웅크리고 내릴 때 쓰던 밀짚모자였다. 때마침 로비로 내려오던 나는 나름 옷 색상에 무디지 않은 미스터 버먼이 회전문 밖에서 그를 맞이하는 모습을 보았다. 딕시 데이비스는 서류가방을 들고 있었고, 마치 변호사의 삶에 따르는 불가해한 문제들로 꽉 찬 듯 보였다. 그는 내가 기억하던 모습과 좀 달랐다. 미스터 슐츠와의 만남이 어떠할지 예상한 탓인지 로비에 들어서자마자 자신감을 잃은 것 같았다. 그는 밀짚모자를 벗고 초조한 듯 주변을 두리번거리며 양팔로 서류가방을 끌어안았다. 웃으면서 쾌활하게 행동했지만 얼굴은 여느 도시인과 마찬가지로 창백했다. 머리를 올백으로 빗어 넘긴 그는 내가 기억하던 바와 달리 미남이 아니었다. 이가 두드러지게 많이 보이고 행동거지가 간살스러웠다. 웃을 때는 양쪽 입가가 밑으로 내려갔다. 브롱크스에서는 그런 걸 똥 먹는 웃음이라고 불렀다. 미스터 버먼과 엘리베이터로 향하는 그의 얼굴에 바로 그 웃음이 어렸다.

미스터 슐츠는 오후 시간에 다른 일로 바쁠 터라 그동안 드루 프레스턴에게 내 가정교사 노릇을 하라고 일렀다. 나는 규모가 작은 인디언 박물관 밖에 서서 그녀와 회담을 가졌다. 박물관은 법원의 붉은 벽돌 건물 뒤편 지하에 있었다. 그리로 내려가는 계단 앞에서 그녀가 말했다. "들어가봐야 머리 장식이나 창 같은 것들만 몇 개 있을 뿐이야. 그리고 어차피 내가 가정교사 노릇을 얼마나 잘하는지 볼 사람도 없으니까 그냥 소풍이나 가자. 좋지?"

나는 교육에 관계된 것만 아니면 뭐든 좋다고 말하고, 뒷골목의 비밀 찻집으로 그녀를 데려갔다. 여주인의 음식 솜씨가 아주 좋은 곳이었다. 거기서 치킨 샐러드 샌드위치와 과일, 나폴레옹 케이크를 사고 주류판매점에 들러 그녀가 와인을 한 병 산 다음, 마을 동쪽의 언덕길을 지나 산으로 갔다. 내 생각과 달리 한참 올라가야 했다. 전에 내가 돌아다니며 답사한 곳은 대부분 동쪽과 서쪽의 농경지였다. 산은 항상 실제보다 가깝게 보인다. 우리는 포장도로가 끝나는 지점을 훨씬 벗어났지만 여전히 나선형으로 돌아 올라가는 널찍한 흙길을 오르고 있었다. 오논다가 호텔 뒤의 거대한 언덕은 내 방에서 바라본 것과 다름없는 모습이었다. 손을 뻗으면 닿을 것 같지만 여전히 멀기만 했다. 올라가다 말고 돌아서서 시내의 지붕들을 내려디보며 얼마나 왔는지 확인해봐도 마찬가지였다.

그녀는 앞장서서 성큼성큼 걸었다. 보통 때 같으면 경쟁심이 일었겠지만 뒤에서 그녀의 기다란 종아리 근육이 움직이는 걸 바라보는 게 즐거웠다. 그녀는 마을의 경계를 벗어나자마자 가정교사 티가 나는 스커트를 끌러 벗더니 어깨에 휙 걸쳤다. 그 순간 나는 가슴이 멎는 줄 알았지만 그녀는 스커트 안에 짧은 바지를 입고 있었다. 당시 여자들이 입던, 엉덩이 부분과 통이 낙낙한 바지였다. 길쭉한 다리로 성큼성큼 걷는 모습이 아주 매력적이었다. 숙달되고 기민한 걸음새였다. 그녀는 고개를 숙이고 걸으며 아무것도 들지 않은 팔을 앞뒤로 흔들었고, 짧은 바지에 가려진 양쪽 엉덩이가 오르락내리락 번갈아 출렁거렸다. 그 모습이 금세 내게 일상처럼 친숙해졌다. 그녀는 오르막길인데도 제법 잘 걸었다. 길쭉한 다리와 흰 발목양말에 굽 낮은 신발을 신은 발이 앞을 향해 쭉쭉 뻗었다. 평탄한 길이 나오면서 우리는 햇볕에서 벗어나 소나무가 드리운 그늘로 들어섰다. 여기서부터 길이 점점 좁아져 오솔길이 되었고 숲속으로 들어서자 전혀 다른 세상이었다. 바닥이 마른 갈색 솔잎으로 두껍게 덮여 발밑이 매우 폭신했다. 고요한 가운데 마른 잔가지가 발에 밟혀 탁탁 부러지는 소리가 들렸다. 하늘 높이 우거진 상록수에 가려 햇빛이 주근깨처럼 점점이 보이거나 드문드문 바닥에 비쳤다. 그 정도 규모의 숲에 들어가보기는 처음이었다. 브롱크스에도 흙이 드러난 땅이 있기는 하다. 그런 곳이면 잡초가 온통 뒤틀려 밀림의 나무처럼 자라기는 했지만 그 안에 들어가 길을 잃을 정도는 아니었다. 브롱크스 동물원의 야생에 가까운 곳에서도 이때처럼 크든 작든 무언가 동굴 같은 곳에 들어온 듯한 느낌은 받지 못했다. 숲이라는 게 바닥이 있어서 그 위를 걸을 수 있는 곳이라는 걸 처음으로 알았다.

드루 프레스턴은 길을 아는 듯 행동했다. 옛날에 벌목을 하려고 낸 길이라며 앞장서는 그녀를 믿고 나는 뒤를 따랐다. 양지바른 작은 초지에 들어섰을 때 그만하면 소풍 장소로 좋겠다고 생각했지만 그녀는 멈추지 않고 대체로 오르막인 쪽을 향해 계속 걸었다. 그때 나는 우리가 마을에서 몇 킬로미터나 떨어진 산속에 이르렀다는 것을 알았다. 물소리가 들렸기 때문이다. 그리고 곧 오온다가강에 다다랐다. 얕은 지점인데다 여느 개울보다 폭도 별로 넓지 않아서 물속에 박힌 바위를 딛고 건널 수 있겠다 싶어 우리는 강을 건넜다. 그만하면 그만 갈 거라고 생각했는데 그녀가 강을 건너서도 계속 걸어 어두운 숲이 시작되는 가파른 언덕을 오르기 시작해서 나는 불평할까 생각했다. 양말과 새 운동화가 마찰을 일으켜 물집이 생긴데다 각다귀들 때문에 드러난 다리가 근질근질했다. 소공자처럼 여름용 새 리넨 반바지와 파란색과 흰색 줄무늬가 쳐진 반팔 폴로셔츠를 입은 탓이었다. 그녀가 골라준 옷이었다. 그러던 차에 갈색 나무가 우거진 널찍하고 평탄한 천연 공원에 이르렀다. 물 흐르는 소리가 더 크게 들렸다. 그녀는 마침내 나보다 몇 미터 앞에 멈춰 서서 움직이지 않았다. 그녀가 실루엣을 보이며 눈부신 광채에 휩싸였다. 그녀 가까이로 가보니 폭포가 있는 양지바른 계곡의 가장자리였다. 굵은 물줄기가 암반 위로 떨어져 하얀 포말을 일으키며 소용돌이치면서 우레와 같은 소리를 냈다. 바로 그녀가 소풍 장소로 선택한 곳이었다. 마치 처음부터 이런 곳이 있다는 것과 정확히 어디에 있는지 알기라도 했다는 듯. 우리는 뒤엉키고 이끼 낀 뿌리 가장자리에 걸터앉아 허공에 다리를 내밀었다.

그러고는 파라핀 종이를 풀어 샌드위치를 꺼냈다. 그리고 스커트를 펼쳐놓은 위에 음식들을 놓았다. 그녀는 뉴욕 스테이트 레드 와인의 병마개를 돌려 땄다. 그리고 센스를 보인 건지 경솔한 건지 모르겠지만 그녀는 내가 자기처럼 당연히 병째 입을 대고 마시리라 생각하고 내게 병을 건넸고, 나는 안경을 벗은 다음에야 그것을 받아 입에 가져갔다. 우리는 아무 말 없이 앉아 먹고 마시며 놀랍도록 아름다운 계곡을 물끄러미 바라보았다. 허옇게 침식된 암반이 햇빛을 받아 흠치르르하게 빛났으며 우레 같은 소리가 가득했다. 수면 가까이에서 끊임없이 무지개가 아른아른 피어오르는 게, 마치 물이 아닌 빛이 퍼부으며 색색으로 부서지는 듯했다. 이만한 비밀 장소는 분명 없으리라. 여기에서 지낼 수 있다면 우리가 자유롭게 될 것만 같은 기분이 들었다. 미스터 슐츠는 이런 곳이 존재하리라고 꿈에도 모를 테니 절대로 우리를 찾지 못할 것이다. 이 낭만적인 장소에서 내가 무슨 새로운 추정을 하고 있었던가? 고개를 돌려 그녀를 보고 그녀의 침묵이 나의 침묵과 다르다는 걸 깨닫지 못했더라면 내가 무슨 말을 입 밖에 낼 뻔했던가? 그녀는 어깨를 웅크리고 앉아 있었다. 혼자 깊은 상념에 잠긴 게 분명했다. 내가 옆에 있는 것도 잊고 먹는 것도 잊었다. 두 손으로 와인병을 잡은 채 무릎 사이에 끼고 있을 뿐 내게 마시라고 건네는 것도 잊었다. 이 상태는 내게 유리했다. 그녀의 주의를 끌지 않고 그녀를 쳐다볼 수 있기 때문이었다. 먼저 나는 그녀의 허벅지를 바라보았다. 근육이 크게 발달되지 않은 허벅지는 그렇게 앉은 자세에서 옆으로 퍼지기 마련이다. 풍부한 햇빛에 노출된 허벅지는 부드러웠고 우유처럼 새하얀 소녀의 그것 같았다. 매우 가늘고 섬세한 핏줄이 퍼렇게 드러난 모습을 보다가 불현듯 생각보다 그녀의 나이가 어리다는 걸 깨닫고 상당히 놀랐다. 나는 그녀의 나이를 몰랐지만 그녀가 함께 어울렸던 사람들과 그녀가 유부녀라는 사실 때문에 나이가 좀 들었으리라 생각했다. 내가 그렇듯 그녀도 나름 그런 방면에서 조숙할 수 있다는 걸 전혀 짐작하지 못했다. 그녀는 어렸다. 분명 나보다는 나이가 많았지만 어쨌든 어렸다. 손가락에 금반지를 낀 이 프레스턴 부인은 스물이나 스물한 살 정도일 것이다. 햇빛에 비친 피부를 보면 충분히 알 수 있었다. 하지만 그녀는 내가 경험으로 얻은 지식을 훨씬 능가하는 인생을 살았다. 그녀에 비하면 옆에 있는 나는 어린애였다. 단지 그녀가 뛰어난 미모로 권력과 타락의 가장 고차원적인 영역에 마음대로 드나들 수 있기 때문도, 멍하니 시선을 고정한 채 상념에 빠진 것과 같은 이유로 수녀원에 들어가거나 연극배우가 될 수도 있었을 텐데 스스로 이런 삶을 택했기 때문도 아니다. 그보다는 여기에 이런 곳이 있다는 것을 알았기 때문이다. 그녀는 정말이지 숲을 잘 알았다. 말에 대해서도 마찬가지였다. 나는 그녀의 동성애자 남편 하비가 요트 경주에 관해 뭐라고 중얼거린 기억이 났다. 그러니까 그녀는 필시 항해나 바다에 대해서도, 한가로이 수영할 수 있는 프라이빗 해변에 대해서도, 스키를 탈 수 있는 유럽 알프스의 산들에 대해서도, 뿐만 아니라 장소만 알고 강습만 받으면 취할 수 있는 세상의 모든 쾌락과 무임승차에 대해서도 알았을 것이다. 부란 바로 그런 것, 즉 그 모든 것들을 마음대로 적용해 쓸 수 있도록 경험으로 쌓은 지식이었다. 그렇게 그녀를 바라보는 가운데 나는 광대한 야망의 계시를 받았다. 앞서 말한 지식에 대해 나는 처음으로 날카로운 아픔을 느꼈다. 그때까지 내가 몰랐을 뿐 아니라 영위하지 못한 게 얼마나 많았는지 어렴풋하게 감지한 것이다. 엄마도 그런 것을 모르고 살았으며 앞으로도 영원히 모를 터였다. 검은 눈의 귀여운 리베카 또한 그걸 모르고 살 운명이었다. 내가 그녀를 사랑해서 그녀를 데리고 통과해야만 하는 그 모든 철망 울타리를 통과하지 않는다면.

나는 아파하면서도 문득 드루 프레스턴을 의식했다. 그녀가 자신을 위해 만든 고독에 나는 조바심이 났다. 나를 무시하는 태도로 보였다. 마치 그녀가 관심을 가져주길 기다리며 대기하는 기분이었다. 그녀의 관심이 절박하게 필요했지만 대놓고 요구해 나 자신을 낮추고 싶진 않았다. 그때 그녀의 옆모습이 눈에 들어왔다. 하이킹의 열기로 머리칼이 뭉쳐 이마가 드러난 바람에 이마선 전체가 보였다. 뼈처럼 희고 조각처럼 매끄럽게 곡선을 이루는 이마였다. 계곡 바닥의 바위에 반사된 햇빛이 그녀의 눈동자를 덮은 투명한 막을 통과해 초록색 타원형 홍채에 비쳤다. 홍채에 어린 황금빛이 광휘로 흐릿해지더니 이내 안구 전체가 확대되어 보였다. 그제야 나는 그녀가 울고 있다는 걸 알았다. 그녀는 소리 없이 울었다. 눈물을 떨어뜨리면서도 앞을 응시했다. 입가에 흐르는 눈물을 혀로 핥기도 했다. 나는 얼른 고개를 돌렸다. 의도치 않게 개인의 비참한 감정을 목격했을 때 그러듯이. 그리고 그제야 보통 사람들이 그러듯 그녀가 훌쩍이며 콧물을 들이마시는 소리가 들렸다. 그녀는 보와인버그가 어떻게 죽었는지 알려달라고 목멘 소리로 말했다.

지금과 마찬가지로 그때도 마음이 내키지 않았지만 나는 그 이야기를 해주었고, 지금 또 하려고 한다. 그 이야기를 한 게 그 시점이었으니 지금 다시 해야겠다.

"〈바이바이 블랙버드〉를 불렀어요."

그녀는 나를 빤히 쳐다보았다. 발아래에서 폭포수가 굉음을 냈고 무지개가 어른거렸다. 그녀는 알아듣지 못한 눈치였다.

"모든 근심과 고뇌를 꾸려, 나 이제 낮게 노래 부르며 가요, 바이바이, 블랙버드." 나는 말했다. "유명한 노래예요." 그러고서 더는 어떻게 잘 설명할 수 없을 것 같았는지 그녀에게 노래를 불러주었다.

"잠자리를 펴고 불을 켜줘요,

나 오늘밤 늦게

당도하리니

바이바이, 블랙버드."

11

미스터 슐츠가 그녀를 데리고 갑판 아래로 내려가자 보는 일찌감치 콧노래로 그 노래를 흥얼거리기 시작한다. 나는 갑판과 2층 조타실 사이의 고정된 사다리를 발뒤꿈치로 밟고 팔꿈치를 걸친 채 중간쯤에 기대서 있다. 예인선이 파도를 따라 출렁거리자 내가 선 사다리도 수직으로 계속 오르내렸다. 보는 엔진의 진동 소리에서, 아니면 한 소절 음악 같은 바람 소리에서 그 노래를 듣기라도 한 것처럼 흥얼거렸다. 우리가 주변의 기계나 자연에서 발생하는 리듬을 듣고 어떤 유행가를 떠올리듯이. 그는 고개를 들고 어깨를 반듯하게 세우려 한다. 노래를 불러서 정신을 다른 데로 돌려 기운을 차린 것 같다. 말없이 집중해서 열심히 일하는 중에 콧노래를 부르듯이 노래로 통제력을 장악하려는 듯하더니 정신이 좀 돌아왔다. 그는 목청을 가다듬고 좀더 큰 소리로 노래를 불렀지만 여전히 노랫말 없는 흥얼거림이었다. 그는 최대한 고개를 돌려 등뒤를 보려고 노래를 멈추는데, 보이지는 않아도 내가 뒤에 있다는 걸 느꼈는지 나를 불렀다. 야, 이리 와봐. 이 아저씨하고 얘기 좀 하자. 그는 다시 흥얼거렸다. 내가 자기 앞으로 올 거라고 자신하는 듯했다. 나는 곧 죽을 이 사람과 갑판실에 함께 있는 지금 상황에 더는 연루되고 싶지 않았다. 그의 상태가 나를 오염시키는 것 같았다. 기도든 호소든 불평이든 마지막 부탁이든 그가 겪는 어떤 것도 원하지 않았다. 그가 숨을 거둘 때 그 눈에 내가 비치는 게 싫었다. 그러면 나의 일부가 그와 함께 바닷물 속에 잠기기라도 할 것 같았다. 별로 멋진 고백은 아니지만 어쨌든 나는 그렇게 느꼈다. 나는 성자도, 고해성사를 받는 신부도, 위로를 주는 랍비도, 보살핌을 행하는 간호사도 아닌 까닭에, 그리고 상상할 수 있는 어떤 방식으로도, 심지어 구경꾼으로도 그가 겪는 일에 참여하고 싶지 않았던 까닭에 전적인 거리감을 느꼈다. 그렇지만 물론 나는 사다리에서 넘실거리는 갑판으로 내려와 그가 나를 볼 수 있는 위치에 섰다.

그는 눈을 치켜뜨고 나를 보고는 고개를 끄덕였다. 그답지 않게 꼴이 말이 아니었다. 턱시도 재킷, 바짓가랑이, 절반은 삐져나온 와이셔츠, 곱사등처럼 등뒤로 뭉쳐 올려진 재킷 자락 등 모든 게 엉망이었다. 반들거리는 숱 많은 검은 머리칼이 옆으로 흘러내렸다. 그는 고개를 끄덕이고는 빙긋 웃으며 말했다. 네 칭찬을 많이 하더구나, 너한테 기대가 커, 너도 알고 있겠지, 누가 너한테 그런 말 안 해? 네놈은 작지만 맵잖아, 평생 살이 찌지도 않을 거야. 키가 몇 센티만 더 자라면 페더급 권투선수로 싸울 수도 있겠어. 그가 웃자 까무잡잡한 얼굴에 하얗고 고른 치아가 드러났고 툭 튀어나온 광대뼈로 인해 시베리아인 같은 눈이 가늘어졌다. 내 경험으로 볼 때 몸집 작은 놈들이 솜씨가 좋아. 칼을 써도 위를 향하거든, 위로 찌른다는 말이야. 그는 칼 시늉을 내려고 잠시 머리를 위로 휙 쳐들었다. 총을 쏘면 말이야, 총구도 위로 들단 말이지, 그것도 너한테 유리한 점이야. 사람들 말처럼 네가 똑똑하다면 누군가에게 손톱 손질을 받는 위치에 서게 되겠지. 매일같이 예쁜 여자가 의자 옆에 앉아 네 손톱 아래를 다듬어주는 거야. 나는 키가 185센티이지만 살인을 해도 항상 깔끔하게 했지. 고문을 하거나 실수한 적이 없어. 누군가 죽어줘야 한다? 탕 소리와 함께 그자의 인생은 끝나는 거지. 더치, 그게 누구야, 하고는 탕, 한 방에 끝나는 거야. 깨끗하게. 아주 어렵거나 아주 위험한 일을 아주 잘해낸다는 자부심이 아닌 다른 이유에서 이 일을 즐긴다는 놈들을 나는 전혀 좋아하지 않았지. 그런 기분 나쁜 놈들은 좋아하지 않았어. 이 아저씨가 조언을 해주마. 네가 따르는 이자, 오래 못 갈 거야. 그의 행동을 봐, 아주 감정적이지. 남들의 기분은 털끝만치도 생각하지 않는 믿을 수 없는 미친놈이라고. 그러니까 중요한 사람들은, 저놈 못잖게 터프하고 더 단단한 조직을 가진 사람들이지. 우리끼리니까 하는 말인데, 저 미친놈과 있는 것보다 뭐가 네 앞날에 더 좋을지 얘기해주마. 저놈은 이제 한물갔다, 꼬마야, 무슨 말인지 알겠냐? 이제 완전히 끝장이라는 말이다. 저들 말대로 네가 똑똑하다면 내 말 잘 듣고 네 앞가림을 하는 게 좋을 거야. 나 보 와인버그의 말이야. 저 위에 있는 어빙도 알아. 그래서 걱정은 하지만 아무 말도 안 하는 거야. 나이가 많아서 조만간 은퇴할 작정이니 이제 와서 변절하지는 않을 거야. 하지만 나는 그를 존중해. 그도 나를 존중하지. 내가 평생 해온 일들, 내가 성취한 것들, 내 약속의 무게, 어빙은 이런 것들을 존중해. 나는 그를 원망하지 않아. 하지만 그는 기억할 거다, 너희 모두 기억할 거야, 너도 기억하기 바란다. 너 자신을 위해서라도 이 보 와인버그를 잘 보고, 그런 사람이 어떤 끔찍한 취급을 받는지 알기 바란다. 할 수만 있으면 그의 눈을 쳐다봐. 그러면 네가 사는 동안 이 눈을 절대 잊지 못할 거다. 몇 분만 있으면, 불과 몇 분만 있으면 그는 편안히 잠들 테니까, 요단강을 건널 테니까. 더이상 몸을 묶은 줄이 아프지도 않고 덥지도 춥지도 무섭지도 창피하지도 행복하지도 슬프지도 무언가 필요하지도 않을 거야. 신은 그런 식으로 끔찍한 죽음을 보상하지. 죽음이 때맞춰 찾아오고 시간이 흘러 임종이 끝나면 우리 몸은 편안히 잠드는 거야. 하지만 너는 목격자야. 힘들고 지랄 같지만 다 그런 거야. 기억하기 바란다, 더치맨도 네가 기억한다는 걸 알 거야. 그러면 너는 이제 다시는 아무것도 확신할 수 없을 거다. 인간 보 와인버그에게 가해진 악랄한 짓을 기억하고 살아야 할 운명이니까.

그는 시선을 돌렸다. 그가 저항의 기운을 담아 거칠고 강한 바리톤으로 노래를 부르자 나는 움찔 놀랐다. 모든 근심과 고뇌를 꾸려, 나 이제 낮게 노래 부르며 가요, 바이바이, 블랙버드. 덤 디 덤 디 덤디덤, 야 다 디, 야 다 디, 바이바이, 블랙버드. 여기에선 아무도 나를 사랑하거나 이해하지 않아요, 아, 모두들 내게 이 무슨 신세타령인지. 덤 디 덤, 불을 켜둬요, 나 오늘밤 늦게 당도하리니, 블랙버드, 바이. 그리고 그는 눈을 꼭 감고 고개를 가로저으며 마지막 고음부를 불렀다. 바이이이이.

그러고는 고개를 푹 숙이고서 조용히 곡조를 흥얼거렸다. 다시 생각에 잠겨 자신의 흥얼거림을 거의 의식하지 못하는 듯했다. 그가 흥얼거리다 말고 다시 말하기 시작했을 때는, 나를 향한 게 아니라 또다른 보를 향한 것이었다. 그 보는 아마도 엠버시 클럽에서 더할 나위 없이 고상한 차림으로 그와 함께 술잔을 앞에 놓고 앉아 있었을 것이다. 그들은 추억을 이야기했다. 그러니까 내 말은, 그자가 그랜드센트럴 빌딩 고층의 단단히 잠긴 방에 있다는 거야. 몇 층이더라, 12층이던가? 놈들이 사방에 깔려 있지. 총도 방에 잔뜩 있을 거야. 바깥쪽에 사무실이 있고 안쪽 깊숙이 또 사무실이 있지. 46번가에서 파크 애비뉴로 걸터앉듯 세워진 이 합법적이고 잘 관리된 건물에 말이야. 아무튼 상황이 이래. 걔들도 그걸 알지. 어렵다는 거 알아. 마란차노는 평생 이 바닥에서 굴러먹은 인간이니까 만만할 리 없지. 조합도 이 일에는 최고가 필요하다는 걸 알아. 그런데 더치가 오더니 그러는 거야. 이봐, 보, 자네가 이 일을 할 필요는 없어. 이건 특별히 이탈리아 놈들다운 일인데, 가끔 그치들은 한 세대를 쓸어버리길 좋아하잖아. 그런데 그들이 자네가 해줬으면 한다고 부탁했네. 그들이 우리에게 큰 신세를 지게 되는 것도 과히 나쁘지 않을 것 같아 물론 그러겠다고 했어. 사실 나로서는 영광이었지. 그들이 그 모든 청부업자 중에 나를 원했으니 말이야. 그러니까 내가 이 일을 해내면 평생 명예를 얻는 거였지. 요크 상사*처럼. 나는 신용 있는 사람이 되는 게 좋거든. 그러니까 먹고 마시고 예쁜 여자들과 자는 것도 좋아하고, 경마도 주사위 도박도 좋아하고, 사람들이 모인 곳에 들어가 여유 부리며 뽐내기도 좋아하지만, 뭘 하든 신용 있는 사람이 되는 게 제일 좋다는 거야. 그

---

* 영화 〈요크 상사〉의 주인공. 1차대전 당시 미군 앨빈 C. 요크의 실화를 소재로 했다.

게 나의 가장 순수한 즐거움이야. 이 사람 말고 저 사람 말고 보 와인버그, 라고 누군가가 말할 때 나의 가장 순수한 곳에서 느껴지는 즐거움이라는 것이지. 누군가가 부탁해 내가 고개를 끄덕여 승낙하면 고개를 끄덕인 것만큼이나 매끄럽고 빠르고 쉽게 일이 처리되는 거야. 그러면 사람들은 그 사실을 알게 될 거고, 내가 고개를 끄덕이면 이미 일은 끝난 걸로 아는 거지. 실제로도 그렇게 일이 처리되고. 그리고 그들은 다음날이나 일주일 뒤에 신문을 읽고 일이 어떻게 처리되었는지 아는 거야. 자체적으로 질서가 유지되는 세상에 미해결 미스터리가 또하나 발생하는 거지. 타블로이드의 달콤한 먹잇감인 거고. 그래서 나는 누구를 만나러 가는데, 그 이름은 말하지 못하겠고 아무튼 그자가 거기에 있더군. 칼에 베인 적 있는 목으로 소리내 내게 원하는 게 뭔지 물었어. 그래서 경찰 배지 네 개를 구해달라고 했지. 그게 전부라고. 그러자 그가 눈썹을 들어올리더군. 그다음날 나는 그것을 손에 넣었지. 애들을 불러 남성복점으로 데려가 형사처럼 레인코트와 중산모를 사 입혔어. 그리고 곧바로 그 아지트로 가서 지갑을 열어 보이며 경찰이다, 너희를 체포한다, 라고 했지. 모두 벽에 손을 대고 돌아서게 하고 나는 문을 열었어. 책상에 앉은 작자가 말귀를 못 알아듣고 느릿느릿 일어서더군. 나이가 일흔이나 일흔다섯쯤 됐을까. 잘 움직이지를 못하더라고. 그래서 나는 책상 앞에 몸을 기대고 서서 그자의 눈에 정확히 총알을 박았지. 그런데 일이 이상해졌어. 그 건물 복도가 대리석으로 되어 있었는데, 무인지대처럼 총성이 열린 문들을 통해 복도로 울려나가 계단이나 엘리베이터 통로로 온통 퍼진 거야. 사람들이 모두 달아났지. 내가 데려간 애들도, 벽에 손을 대고 서 있던 깡패들도 모두 미친듯이 달아났어. 급히 엘리베이터를 타거나 층계를 서너 계단씩 뛰어내려갔지. 따끈한 총을 호주머니에 넣고 나가보니 여기저기서 문이 열리면서 공포에 질린 비명소리들이 들리더군. 뭔가 끔찍한 일이 일어났다는 걸 알고 사람들이 지르는 그런 소리. 그 바람에 나도 그만 허둥대며 계단을 뛰어 내려갔다 올라갔다 했지. 그러다 출구를 찾으려고 돌고 도는 복도를 따라가다 그놈의 건물에서 길을 잃었지 뭐야. 좁은 청소비품실에 들어가기도 했다니까. 모르겠네, 그렇게 길을 잃고 헤맸는데, 어찌어찌하다 제일 아래층에 이르긴 했어. 그런데 거리로 나가는 데가 아니었던 거야. 그랜드센트럴 기차역이었지. 그때가 대여섯시였어. 그 시간이면 그랜드센트럴은 이름 그대로 거대한 중추 같아서, 사람들이 기차 시간에 맞추려고 사방에서 서두르거나 탑승구가 열리기를 기다리며 줄을 서 있지. 게다가 시끄러운 열차 안내 방송이 중얼거리듯 울려퍼지고. 나는 532호 기차를 기다리는 사람들 틈에 줄을 서서 어떤 사람의 호주머니에 총을 슬쩍 넣었어. 외투 주머니였지. 맹세코 사실이야. 그자는 왼손에 서류가방을 들고 오른손에 〈월드텔레그램〉을 들고 읽고 있었네. 탑승구가 열리는 순간 사람들이 앞으로 몰린데다 내가 총을 살짝 넣어서 그는 아무것도 느끼지 못했지. 나는 그자가 탑승구로 들어가자 뒤로 슬슬 빠졌어. 탑승구를 지난 그는 자리를 잡으려고 서둘러 경사로를 내려가더군. 그다음은 빤하지 않나. 여보, 나 왔소, 아니 세상에, 앨프리드, 당신, 이 외투 주머니에 있는 게 뭐예요, 어이쿠, 총이네!

그는 이제 웃고 있었다. 눈에 눈물이 맺힐 정도로. 회상의 낙원에서 본 소중한 한순간이었다. 그가 웃을 때 나도 따라 웃으면서 생각이란 얼마나 빠르게 여행하는지 생각했다. 이야기가 공중을 가로지르는 빛의 한 자락인 것처럼. 그는 확실히 위아래로 넘실거리는 그 배에서 나를 벗어나게 해주었다. 나는 기름내로 가득한 공기 속에서 한 걸음씩 이끌려 어느새 그랜드센트럴의 그곳에서 내 손으로 앨프리드의 외투 주머니에 권총을 집어넣었다. 그리고 동시에 멋진 인생을 즐기는 엠버시 클럽에서 빳빳하게 풀 먹인 흰 식탁보 위에 손을 얹고 종이성냥을 만지작거렸다. 그 마른 여가수가 〈바이바이 블랙버드〉를 부르고, 맨해튼의 길가 바깥에 대기한 리무진의 허연 배기가스가 겨울밤 대기 속으로 퍼져나가는 동안.

나는 그의 악의적인 시선의 표적이 되었다. 그런데 넌 무엇 때문에 웃는 거냐? 그가 말했다. 건방진 놈, 웃기냐? 이야기는 이제 끝난 게 분명했다. 저글링을 할 때 공중에 오른 공이 정점에 도달한 순간 도로 내려올 듯 말 듯 멈칫하다 그 공중의 빛과 같은 속도로 떨어지는 것처럼. 그러면 좋아 보이던 인생은 사라지고 고작 지금 손에 든 게 전부일 뿐이다.

건방진 놈, 웃기냐? 그는 한창때 수많은 사람을 처리했지. 너의 때가 오면 나이 일흔을 알차게 채울 때까지 오래 살아남기 바란다. 그러면 웃어도 좋아. 마란차노, 그는 중요한 이탈리아 갱이었어. 콜 같은 더러운 미치광이 나부랭이와는 달랐지. 콜은 총알을 바가지로 퍼부어도 시원찮은 놈이었어. 콜, 그 애송이 살인자, 비열한 아일랜드 놈, 한 번 죽는 걸로는 어림도 없었지. 하지만 나는 콜을 죽였다! 그가 외쳤다. 공중전화 부스 안에서 그놈이 침과 오물과 피를 쏟게 만들었지. 드르륵! 하니 한쪽 창에 뻗댔다가 다시 드르륵! 하니 반대쪽 창으로 넘어졌어. 내가 그를 죽였어! 이건 사실이다, 이 한심하고 불쌍한 애송이야. 그런 일을 한다는 게 어떤 건지, 그런 일을 할 수 있다는 게 어떤 건지 네놈이 알긴 아냐? 이제 명예의 전당에 드는 거야! 내가 살바토레 마란차노를 죽였다고! 미친개 빈센트 콜을 죽였어! 잭 다이아몬드를 죽였어! 도피 베니를 죽였어! 맥시 스티어먼과 빅 해리 쇼언하우스를 죽였어. 자니 쿠니를 죽였어! 내가 룰루 로젠크란츠를 죽였어! 운전사 미키와 어빙과 아바다바 버먼을 죽였어. 내가 더치맨을, 아서를 죽였어. 그의 눈이 튀어나올 듯이 나를 쏘아보았다. 금방이라도 밧줄을 끊을 듯한 기세였다. 그러더니 나를 더이상 쳐다볼 수 없었는지 고개를 숙이고 눈을 감으며 말했다. 내가 그들을 모두 죽였다.

나중에 그가 내게 속삭인다. 내 애인을 돌봐줘 그가 해치지 못하게 말이야 더치가 그녀마저 해치기 전에 도망시켜, 약속해주겠니? 나는 약속을 한다, 내 생애 처음으로 행하는 자비의 행위이다. 이제 엔진이 헛돌고 예인선은 대양의 파도에 밀려 난폭하게 흔들린다. 나는 그들이 굳이 이렇게까지 멀리 나올 줄은 몰랐다. 육지에서 멀리 떨어진 훨씬 더 크고 사나운 바다로 목숨까지 걸고서 나온 것이다. 어빙이 사다리를 타고 내려온다. 보와 나는 군더더기 없이 움직이는 그를 지켜본다. 그는 갑판실 뒤쪽의 이중문을 획 열고 밖으로 나가 문을 고리로 단단히 걸어 열어놓는다. 갑자기 맑은 공기가 맹렬히 불어 들어와 기름내와 시가 냄새를 몰아낸다. 갑판실 안이 바깥이 된다. 거친 바다의 파고가 갑판실 등불의 희미한 빛 속에서 거대한 검은 목구멍처럼 보인다. 어빙은 선미의 난간에 있다. 그는 난간의 갈고리를 뽑아 들어올려 한쪽으로 잘 놓는다. 거친 파도 속에서 뒹굴 것처럼 기우는 배가 입을 떡 벌리고 있다. 나는 갑판실 측면 벤치의 내 자리로 돌아갔다. 철제 갑판에 발뒤꿈치를 단단히 대고 양쪽의 튀어나온 격벽을 꽉 잡았다. 어빙은 진정한 뱃사람이라 위아래로 요동치는 갑판이나 바짓단을 적시는 바닷물에 개의치 않는다. 그가 다시 안으로 들어온다. 야위고 퀭한 얼굴이 바다 거품으로 얼룩져 있다. 반들거리는 두피 위의 듬성듬성한 머리칼이 반짝인다. 그는 내게 거들어달라고 하지 않고 찬찬히 함석통 한쪽을 약간 기울여 들린 틈에 손수레의 납작한 받침판을 밀어넣는다. 그리고 손수레를 밀기도 하고 세게 치기도 하면서 받침판을 통 밑 끝까지 밀어넣은 뒤 자신의 체중을 지렛대 삼아 한쪽 발로 하단을 밟아 누르고 손잡이를 잡아당겨 받침판에 통을 올린다. 그때 거친 무언가가 긁히는 듯한 이상한 소리가 난다. 그 소리를 들어보니 만일 발이 담기지 않은 양동이라면 그걸 뒤집어 탁탁 치면 세탁통 안에서 잘 굳은 시멘트 조각품이 쏙 빠져나올 거라고, 심지어 통에 도드라지게 새겨진 제조사 이름까지 찍혀 있을지 모른다는 생각이 들었다. 이제 보의 무릎은 고통스러운 각도로 올라가고 고개는 더욱 푹 수그려진다. 손수레를 조금만 더 밀면 상체와 하체가 맞닿을 기세다. 하지만 어빙이 곧 그 점을 손본다. 손수레의 네 고무바퀴 아래에 나뭇조각으로 쐐기를 박아 움직이지 않게 하고, 철제 연장통에서 낚시꾼용 칼을 꺼내 보를 묶은 줄을 끊어 둘둘 벗겨낸 다음 보를 의자에서 일으켜세운다. 이제 보는 대서양 수면에 떠 있는 예인선 갑판실 안 손수레에 얹힌 통 속에 서 있다. 보는 몸을 떤다. 신음한다. 혈액 순환이 안 돼 다리가 풀린다. 어빙이 나를 불러 옆에서 보를 부축하라고 한다. 아, 이거야말로 내 범죄 수업

과정에서 피하고 싶은 것이다. 보의 마비된 팔을 내 어깨에 걸치고, 그가 내쉬는 후끈한 호흡 냄새를 맡고, 겨드랑이 땀으로 범벅이 된 검은색 재킷이 내 목에 닿고, 그의 손이 바르르 떨며 갈고리처럼 내 머리를 잡는다. 그의 손이 내 머리칼을 움켜쥐고 팔꿈치가 어깨를 짓누른다. 아직 열기를 발산하며 살아 움직이는 그가 내게 체중을 싣고 내 머리 언저리에서 신음을 내뱉는다. 그의 전신이 떨린다. 나는 내가 도와 살해하는 대상을 부축하고 있다. 우리는 그가 의지할 수 있는 유일한 사람들이다. 그는 필사적으로 버티고 있다. 괜찮아, 보, 괜찮아. 어빙이 말한다. 그리고 간호사처럼 침착하게 격려하듯이 오른쪽 선미를 향해 괴어둔 쐐기를 발로 쳐낸다. 우리는 열린 갑판을 마주하고 있다. 그는 내 쪽에 있는 쐐기를 빼라고 명한다. 나는 재빠르고 정확하게 시행한다. 우리는 보가 탄 손수레를 열린 해치 쪽으로 민다. 바다의 도움으로 아주 쉽게 굴러간다. 거기서 그는 우리를 잡은 손을 놓고 문틀을 잡는다. 그가 탄 시멘트 통 수레는 롤러스케이트처럼 앞뒤로 획획 구른다. 그는 몸을 제대로 가누지 못하고 어, 어어어어, 하며 소리를 지른다. 몸을 곧추세우려고 하지만 허리부터 뒤틀린다. 어빙과 나는 뒤로 물러서서 구경만 한다. 보는 금방 균형 잡는 요령을 터득하고 그럭저럭 고무바퀴가 구르지 않도록 한다. 그리고 다리를 써서 시멘트통이 비교적 조절 가능한 정도로 약간만 움직이게 하는 데 성공한다. 이제 그는 마음놓고 고개를 들어 앞을 본다. 그리고 눈앞에 훵한 갑판이 있음을 의식한다. 바람이 맹렬하게 몰아치는 어두운 바다가 눈앞에서 그의 키보다 높이 솟아올랐다 도로 내려간다. 단단히 힘을 줘 매달린 팔뚝이 어깨에서 탈골될 지경이다. 그는 이 맹렬한 바람과 밤을 크게 들이마신다. 나는 그의 뒤통수와 어깨를 쳐다본다. 머리가 움직이는가 싶더니 눈앞에 놓인 불가사의한 공포의 세계와 마주한다. 바람 소리 때문에 들리지 않아도 나는 그가 노래를 부르고 있음을 안다. 들리지 않아도 무슨 노래인지 안다. 바닷바람에 휩쓸려 흩어지는 그 노래, 작별의 노래, 마음속에 간직한 노래, 누구라도 가지고 있는 한 가지. 그렇게 해서 보 와인버그는 비극적인 고독 속에 혼자가 되었다. 조타수가 시동을 걸자 배가 갑자기 획 나아갔다. 미스터 슐츠가 셔츠에 멜빵 차림으로 나타났다. 그는 보 와인버그 뒤로 가더니 양말 신은 발을 번쩍 들어 그의 등허리를 찼다. 쥐고 있던 것을 놓친 보는 균형을 잡으려고 애타게 팔을 휘둘렀지만 잡을 것이라고는 아무것도 없었다. 그의 몸은 뒤로 기울어진 채 앞으로 사정없이 돌진해 갑판을 벗어나 바다로 떨어졌다. 내가 마지막으로 본 것은 위로 반짝 쳐든 두 팔과 비쭉 삐져나온 흰 와이셔츠 소맷부리, 하늘을 향해 뻗친 창백한 두 손이었다.

12

내가 이야기를 다 마쳤을 때 그녀는 아무 말도 하지 않았다. 그리고 내게 병을 건넸다. 고개를 젖혀 와인을 마시고 돌아보니 그녀가 옆에 없었다. 그녀는 이끼 낀 경사면을 미끄러져 내려가 바위 사이 갈라진 틈과 그 사이에 난 어린 소나무 가지를 이용해 계곡 아래로 내려가고 있었다. 나는 배를 깔고 엎드려 지켜보았다. 삼분의 이 정도 내려가자 안개가 그녀를 에워쌌다.

그녀가 정말 무슨 어리석은 짓을 할까 싶었다. 내가 이야기를 너무 자세히 해주었나 싶었다. 사실 나는 모든 것을 말하지 않았다. 가령 어빙과 조타수가 조타실에서 이야기하고 있을 때 보 와인버그가 나더러 밑에 내려가 그녀에게 무슨 일이 일어나고 있는지 보고 와달라고 간청했다. 나는 그렇게 했지만 그다지 듣고 온 게 없었다. 밑에서는 배의 엔진 소리가 너무 컸기 때문이다. 미스터 슐츠가 그녀를 데려간 선실 문밖에서 잠시 귀를 기울이다 갑판실로

도로 올라왔다. 그리고 보에게 말했다. 그녀에게 아무 일도 없다고, 미스터 슐츠가 서성이며 그녀에게 자신의 입장을 설명하고 있다고. 나는 보의 마음을 편하게 해주고 싶을 뿐이었다.

"활기찬 생활을 원해?" 나는 미스터 슐츠가 지르는 소리를 들었다. "자, 바람난 상류층 아가씨, 이게 그거야, 이게 활기찬 거라고!"

그러고서 한동안 아무런 소리도 들리지 않았다. 나는 통로에 쪼그리고 앉았다. 여전히 아무 소리도 들리지 않아 포기하고 일어서려다 문에 귀를 대보았다. 그의 목소리가 다시 들렸다. "죽은 건 좋아하지 않지? 자세한 얘기는 차치하고, 보는 죽었어. 알겠어? 죽은 사람은 잊을 수 있겠지? 이미 잊었을 거야, 그렇지? 자, 내가 기다리고 있잖아, 그러면 그렇다 아니면 아니다 말하라고. 뭐라고? 안 들려!"

"네." 그녀는 말했다. 아니, 그렇게 말한 게 틀림없다. 미스터 슐츠가 "아, 안됐군, 안됐어. 보가 안됐어"라고 말했으니까. 그리고 그는 웃었다. "당신이 보를 사랑하는 것 같았으면 내가 마음을 바꿀 수도 있었는데."

나는 그녀의 스커트를 집어 툭툭 털어서 계곡 아래로 던졌다. 스커트가 떨어지다 안개 속으로 사라지는 모습을 지켜보았다. 내가 무엇을 기대했지? 그녀가 스커트를 발견하고 입고서 도로 올라오리라고? 분별 있는 짓이 아니었다. 나는 그녀를 쫓아가려고 계곡을 등지고 경사면으로 몸을 내렸다. 보기보다 힘들었다. 경사면 가장자리 아래로 머리까지 내려간 지점에서 발을 디딘 나무뿌리가 부러져 자칫 떨어질 뻔했다. 10센티미터도 안 될 만큼 코앞에서 바위를 마주보는 일이 마음에 안 내켰다. 팔꿈치와 무릎이 바위에 사정없이 긁혔다. 나는 하강의 공포에 사로잡혔다. 두려웠던 게 무엇인지 나도 모른다. 그녀가 영원히 나를 거기에 내버려둘까. 그녀를 발견한 누군가가 잡아다 나쁜 짓을 할까. 숲속의 미치광이가 호시탐탐 그런 기회를 노리고 있지는 않을까. 그러나 내 생각은 거기에 그치지 않았다. 오히려 그녀 쪽에서 그런 자를 찾아나서지 않을까, 자신이 어떻게 이용당할지 의식하지 못한 채 그자가 숨은 곳을 어떻게든 알아내 더러운 굴이라도 찾아 들어가지 않을까. 어린 소나무 가지의 송진이 손에 묻어 미끄러지지 않고 잡는 데 도움이 되었다. 등이 후끈거렸다. 밑으로 내려갈수록 더욱 후끈거렸다. 턱진 바위를 발견하고 잠시 멈춰 쉬었다. 물소리가 어마어마했다. 석탄을 내려보내는 홈통에서 나는 소리 같았다. 턱진 곳에 올라서는 일보다 거기서 다시 내려가는 게 더 힘들었다. 그 아래로는 몸을 지지할 만한 어린 나무가 더욱 드물고 작았다. 조금 더 내려가니 그나마도 없었다. 하는 수 없이 운동화 끝을 바위 틈에 찔러넣거나 바위 돌출부를 손으로 잡아야 했다. 그렇게 내려가는데 갑자기 시야가 흐릿하고 공기가 쌀쌀해졌다. 문득 큰 바위들이 펼쳐진 곳에 이르렀음을 깨달았다. 겹겹이 쌓인 바위들을 딛고 계곡 바닥까지 내려가 저 높이 백색 안개에 둘러싸여 부옇고 어렴풋한 태양을 쳐다보았다.

내가 서 있는 위치에서 오른쪽으로 20 내지 30미터 떨어진 곳에서 폭포가 쏟아졌다. 폭포가 가장 긴 거리를 떨어져내려 마지막으로 닿는 곳이었고, 위에서는 이곳까지 보이지 않았다. 계곡을 형성하는 것은 폭포라는 말을 실감했다. 남들에게는 새로울 것도 없겠지만 실제로 자연의 작용을 본 건 그게 처음이었다. 공룡에 대해 읽은 적이 있지만, 직접 공룡의 뼈를 발견하는 것과는 다르지 않겠는가. 물은 내가 서 있는 자갈과 모래 투성이인 가파른 기슭을 지나 세차고 빠르게 흘렀다. 수로는 폭이 2미터 남짓이었는데, 좌우를 둘러봐도 내가 서 있는 지점이 가장 넓었다. 스커트는 내가 던진 그대로 바닥에 떨어져 있었다. 그것을 둘둘 말아 겨드랑이에 끼고 폭포 반대 방향인 왼쪽으로 걸었다. 그러다 이내 다시 큰 바위들 위에 올라 이 바위에서 저 바위로 뛰었다. 바위 사이로 물이 굽이굽이 거품을 일으키며 흘렀다. 물은 대체로 밑을 향해 내려갔다. 지구의 구멍으로 내려가는 기분이었다. 물이 굽이져 흐르는 곳을 따라 돌아가니 외팔보처럼 비죽 튀어나온 바위가 내려다보였다. 거대한 화살촉 모양 바위 위에 그녀의 옷과 신발, 양말이 놓여 있었다. 나는 뛰어내려가 바위 가장자리로 달려갔다. 발아래로 맑지만 검게 보이는 물웅덩이가 펼쳐졌다. 반대쪽 가장자리에서 은빛을 발하며 흘러내리는 물 말고는 전체적으로 잔잔했다.

누군가가 분명히 수면 위로 떠오르거나 가라앉을 거라 생각하며 나는 물을 쳐다봤던 것 같다. 그리고 겁에 질렸다. 운동화와 셔츠를 벗고 뛰어들 준비를 했다. 수영을 잘하는 편은 아니었지만 해야 한다면 잠수는 할 수 있을 것 같았다. 그러던 참에 수면이 흩어지더니 그녀가 그 위로 머리와 어깨를 드러냈다. 그녀는 소리치듯 혹은 빨아들이듯 헐떡이며 숨을 크게 몰아쉬었다. 고통스러워 지르는 소리 같았다. 어깨에서 물이 흘러내렸고, 그녀는 팔을 뒤로 젖히며 자세를 잡더니 물 위에 누웠다. 양팔을 옆으로 쫙 뻗은 그녀의 가슴이 부풀어 보였고, 검은 물속으로 처진 다리는 가늘고 쭈그러든 것처럼 보였다.

잠시 후 그녀는 몸을 세우더니 머리를 흔들고 손으로 머리칼을 빗었다. 그리고 횡영으로 내 시야에서 사라졌다가 일 분 후 내가 보고 있지 않던 지점에서 다시 나타났다. 바위턱으로 올라오는 그녀는 몸이 창백했고 이는 맞부딪쳤으며 입술은 퍼렜다. 그녀는 나를 보고도 알은체하지 않았다. 나는 내 셔츠를 둘둘 말아 양 무릎을 꼭 붙이고 젖가슴을 부둥켜안은 그녀의 몸을 문질러 닦아주었다. 어깨와 등, 다리 뒤쪽을 닦은 뒤 잠시 주저하다 엉덩이와 다리 앞쪽도 닦았다. 그동안 그녀는 입에 손을 대고 덜덜 떨며 몸을 덥혔다. 그리고 나는 평생 두번째로 프레스턴 부인이 옷 입는 모습을 지켜보았다.

돌아오는 길에 그녀는 별로 말이 없었다. 우리는 계곡 기슭을 따라가다가 물이 없는 곳에 이르렀다. 폭이 넓어지고 바닥에는 작은 돌들이 깔려 있었다. 이윽고 평평한 땅이 나왔다. 나는 어찌해야 할지 몰라 말을 걸지 않고 기다리며 시중을 들었다. 나는 우리가 동맹관계를 맺은 기분이 들었지만 그것은 조건부였다. 내가 어른이 되어야 한다는 조건. 스스로 무지하게 느껴졌다. 야단맞은 기분, 바보 같은 기분, 어린애 같은 기분이 들었다. 우리는 다시 갈색 솔잎이 깔린 숲속을 걷다 벌목을 위해 낸 길을 찾아 초지로 나왔다. 그녀가 말했다. "보가 정말 너한테 나를 보호해달라고 부탁했니?"

"네."

"그거 참 이상하네." 그녀는 말했다.

나는 대답하지 않았다.

"내가 스스로를 돌볼 수 없을 거라고 생각했다니." 그녀가 설명을 덧붙였다. 그리고 나무 사이로 햇빛이 비치는 곳에서 허리를 굽히더니 종 모양으로 수그린 작은 파란색 꽃 한 송이를 땄다. "그래서 너는 그러겠다고 약속했고?"

"네."

그녀가 다가와 그 꽃을 내 귀에 꽂았다. 그녀의 손길이 귓가를 떠날 때까지 나도 모르게 숨을 죽였다. 그녀의 얼굴이 매우 비밀스럽고 모호한 매력의 빛을 발산했다. 프레스턴 부인의 매력, 그것은 마치 나와 상관없이 항상 존재해온 듯했다.

"어어, 가만 놔둬." 그녀가 말했다. "넌 멋진 꼬마 악마 같아, 그거 아니?"

"다들 그렇게 말하죠." 몇 분 뒤 우리는 숲이 우거진 둑길을 발뒤꿈치로 걸어 서둘러 내려가 비포장도로로 나왔다. 그 길을 걸어 언덕을 내려와서는 오논다가로 이어지는 포장도로로 들어섰다. 나는 햇빛에 비친 그녀를 보려고 뒷걸음질했다. 웨이브가 풀리고 말라서 윤이 나는 머리칼에는 아무래도 상관없었던지 그녀가 이마를 드러내며 손가락으로 쓸어넘긴 자국이 남았다. 얼굴에는 화장기가 조금도 없었다. 두툼한 입술은 본래 색을 띠었고 피부에는 생기 있는 홍조가 돌았다. 하지만 그녀는 여전히 웃지 않았다. 수영을 한 탓에 눈이 붉어졌다. 호텔에 도착하기 전, 그녀는 내게 여자친구가 있느냐고 물었다. 그렇다고 했더니 누군지는 몰라도 운이 좋은 여자라고 말했다. 그런데 사실 그녀가 물었을 때 나는 가슴이 뜨끔했다. 귀여운 리베카를 이미 잊고 그녀만 생각했기 때문이다. 리베카에 대한 나의 흥미는 어린애의 것에 지나지 않는 듯했다. 나는 그녀에게, 이 산악 가이드에게 겁을 먹었다. 아, 목에 호루라기를 건

캠핑 지도원처럼 그녀는 내게 무엇을 보여주었던가. 나는 그제서야 처음으로 그녀가 미스터 슐츠와 얼마나 잘 어울리는 짝인지 깨달았다. 그녀는 청부살인업자들 앞에서, 물 앞에서, 태양 아래에서 옷을 벗었다. 삶이 그녀의 옷을 벗겼다. 나는 그녀가 왜 그와 동행하기로 했는지 이해했다. 평범하게 사는 엄마와 아빠 들과는 달랐다. 사랑은 고려 대상이 아니었다. 그들처럼 섹스하고 살인하는 이들이 사는 곳은 사랑의 우주가 아니었다. 그것은 공포가 울리는 크고 텅 빈 울림통의 성년기였다.

그녀와 헤어져 방으로 들어오자마자 그녀를 생각했다. 오후 늦게 침대에 누운 나는 날씨만큼이나 머리가 둔해진 느낌이었다. 오논다가 호텔 방은 후텁지근했고 창문이 열려 있는데도 얇은 흰색 커튼이 전혀 움직이지 않았다. 그러다 커튼이 회색빛을 띠며 어두워지더니 섬광이 번쩍했다. 잠시 후 먼 데서 나직한 천둥소리가 들려왔다. 나는 이제 그녀를 한층 더 좋아하게 되었다. 사실 그녀에게 반한 건지도 모른다는 생각이 들었다. 나처럼 가난한 아이가 그녀 같은 여자를 접하고 난다면 어찌 그러지 않을 수 있겠는가. 물론 나는 완전히 정신을 잃지는 않았다. 내가 어떤 감정을 품든 이 세계에서 조금이라도 더 오래 살려면 입다물고 속으로만 생각해야 한다는 것을 알았다. 나는 눈을 감고 그녀가 계곡의 물웅덩이에서 나오는 모습을 다시 생생히 떠올렸다. 퍼렇고 쭈글쭈글해진 젖꼭지, 물이 톡톡 떨어지는 실오라기 같은 옅은 음모가 보였다. 이때 나는 죽으려고 했던 사람을 보고 있는 것 같았다. 물론 확신할 수는 없었다. 그녀는 확장된 생활을 해나갔기 때문에 판단에 구속되는 기질이 아니었다. 혹시 그녀와 미스터 슐츠의 친밀한 관계가 나와의 신뢰보다 긴밀해 내가 해준 이야기를 그녀가 그에게 전하면 어쩌나 걱정되었다. 하지만 그러지 않을 것 같았다. 그녀는 독립심이 강한 성격이라 스스로 만들어낸 신비감 속에서 홀로 살았고, 언제든 누군가에게 아무리 유혹적으로 가까이 빠져들지라도 자율적으로만 행동하고 자발적으로만 소통하는 것이 그녀의 본래 모습인 듯했다. 나는 그녀가 마침내 적절한 인간적 슬픔을 드러냈다고 생각했다. 그게 어쩌면 새삼 내가 그녀를 좋아하게 된 큰 부분이었을지 모른다. 아니, 적어도 그렇다고 믿으려 했다. 단 이 생각은, 그녀의 경우와는 다르게 나도 모르게 쥐고 있었던 그 무거운 도구와 조화를 이루지 못했다. 그 도구는 분명하게 전개된 내 생각의 부적절함 속에 존재하면서 나름의 확고한 의지를 가지고 있었다. 혼자 쓰는 넓은 흰색 욕실에서 찬물로 샤워한 후 양복과 넥타이 차림에 안경을 쓰고서 저녁식사에 갈 준비를 하는 동안 나는 단단히 결심했다. 내 감정이 어떻든 그 때문에 내 인생이 요구하는 정의를 저버리지 않겠다고. 나는 정말로 보 와인버그에게 약속했다. 그녀를 돌보고 보호하겠다고. 그녀에게 이 사실을 말했으니 지켜야 하겠지만, 나 자신을 위해서나 그녀를 위해서나 언제까지고 그래야 하는 상황이 생기지 않기를 바랐다.

13

장기간 임시 숙소에 기거하는 군인들처럼 오논다가 호텔에 머물던 우리는 추가로 좀더 가정식 같은 음식들을 제공받았다. 미스터 슐츠는 뉴욕 공급 라인을 구축해 매주 스테이크와 돼지고기, 양갈비, 얼음 보관한 생선, 기호 음식, 고급 양주와 맥주를 트럭으로 실어나르도록 했다. 게다가 이틀에 한 번씩 누군가 올버니 공항으로 가 뉴욕에서 막 공수해온 신선한 롤빵과 베이글, 케이크, 파이, 각종 신문을 가져왔다. 이 모든 것이 자신들에 대한 판단이 이미 끝났다는 의미라는 걸 아는지 모르는지 호텔 조리부는 계속 분주하게 움직였고, 내 생각과 달리 아무도 신경쓰지 않는 눈치였다. 누구도 크게 자존심 상해하거나 불쾌해하거나 예민한 반응을 보이지 않았다. 그저 미스터 슐츠가 제공하는 재료로 기꺼이 요리해 갖다 바칠 따름이었다. 사실상 그들은 자신들의 자격이 일류에 가깝다는 생각만으로 활기를 띠는 눈치였다.

모두가 같은 식탁에 앉지는 않았지만, 한 가족이 일과를 마치고 같은 시간에 모이는 것처럼 저녁식사는 의식적인 행사가 되었다. 식사시간은 길어지는 경향이 있었고, 미스터 슐츠는 왕년의 이야기를 장황하게 늘어놓기 일쑤였다. 그는 만취하지만 않으면 편해 보였지만 일단 취하면 뚱해지거나 우울해했다. 그래서 자기 말고 우리가 기분좋은 시간을 보낸다든지 음식을 아주 맛있게 먹는다 싶으면, 이 사람 저 사람 째려보다 음식 접시를 달라고 해서 포크로 이것저것 찍어 자기 접시에 덜고는 도로 돌려주는 식으로 심술을 부리곤 했다. 나한테도 여러 번 그랬다. 그럴 때마다 화가 났고 입맛이 떨어졌다. 한번은 다른 식탁에까지 가서 그들의 요리 접시에서 스테이크를 가져오기도 했다. 그는 사람들이 자기보다 기분좋아 보이면 도통 관대해지거나 친절해질 수 없는 모양이었다. 이런 저녁 시간은 아주 괴로웠다. 미스 드루는 돌아가는 꼴이 마음에 안 들면 자리에서 일어나 먼저 나갔다. 내 입에 음식이 들어가는 것조차 그가 매우 못마땅하게 본다고 생각하면 정말 똥줄이 탔다. 식사를 침해당하는 건 모욕이었다. 이런 저녁은 전혀 즐거울 수 없었다.

하지만 말했듯이, 술에 취하지만 않으면 그는 대체로 저녁식사 중에 차분했다. 뉴욕주 오논다가 주민들에게 밝은 기질과 이타적인 본성을 보여주다보니 어쩐 일인지 실제로 자신이 세상과 잘 어울린다는 기분에 젖어들기라도 한 듯했다. 이 특별한 저녁, 나는 확실히 내 접시에 담긴 음식을 모두 먹게 되리라는 걸 알았다. 왜냐하면 우리가 늘 앉는 식탁에 손님 두 명이 합석했기 때문이다. 딕시 데이비스와 세인트바르나바 성당의 신부 몬테인이었다. 딕시 데이비스는 뉴욕으로 돌아갈 시간이 지났는데도 가지 않은 듯했다. 신부가 도착해 문가의 식탁 앞에 멈추어 미키와 어빙, 룰루, 그리고 그들과 합석한 딕시 데이비스의 운전사에게 인사하고 몇 분간 사제 티가 나는 농담을 하며 쾌활하게 수다를 떤 게 나는 마음에 든다. 그는 성직자치고 매우 활기찬 사람이었고, 마치 세상에는 좋은 일만 일어난다는 듯 열정을 담아 두 손을 마주 비비며 말했다. 규모도 작은데다 재정 상태도 별로 좋지 않은 교구에 대한 포부가 대단했다. 세인트바르나바는 강변에 자리잡은 수수한 동네 성당이었다. 그 지방의 어느 곳보다 길이 좁고 작은 집들이 옹기종기 모여 있는 곳이었다. 언덕 위 성령교회 같은 석조 건물이 아니라 목조 건물이었지만 실내 크기는 서로 비슷했다. 그래도 채색한 예수와 수행 성인들의 석고상 등이 벽에 붙어 있어 세인트바르나바가 오히려 더 장식적이었다.

메뉴는 내가 좋아하는 완전히 익힌 로스트비프와 내가 별로 좋아하지 않는 신선한 아스파라거스, 주방에서 직접 큼직하게 썰어 만든 감자튀김, 원칙상 나는 건드리지도 않는 채소샐러드였다. 그리고 진짜 프랑스산 와인이 있었다. 나는 이 와인의 맛을 알아가는 과정에 있었지만 거기에 빠지지는 않았다. 드루 프레스턴이 미스터 슐츠에게서 가급적 멀리 떨어진 맞은편 자리에 앉는 것과 같은 이유에서였다. 미스터 슐츠의 왼쪽에는 내가, 오른쪽에는 몬테인 신부가 앉았고, 내 왼쪽으로 딕시 데이비스가 앉았으며, 드루 프레스턴은 그와 미스터 버먼 사이에 앉았다. 딕시 데이비스는 주체할 줄 모르고 수다를 떨었다. 아무래도 오후에 한 회의에서 혼쭐이 난 모양이었다. 잘못된 정보를 가져왔거나 법률적 조언이 미스터 슐츠의 마음에 들지 않았던 것 같다. 이유야 어쨌든 그는 입을 다물지 못했다. 어쩌면 더할 나위 없이 아름답고 귀족적 기품을 지닌 여자를 처음 본데다, 바로 옆에 앉게 되어 그랬는지도 모른다. 수수한 검은색 드레스가 그녀의 우아한 목을 돋보이게 했다. 목에 건 외줄 진주목걸이의 진주알마다 샹들리에의 빛이 작은 점으로 반사되었다. 그는 프레스턴 부인에게 출신이 변변찮은 자신이 어떻게 변호사업을 시작했는지 이야기했다. 병적인 자기만족에 빠져 회상에 젖은 채. 그러는 동안 그녀는 그가 계속하도록 시종 아름다운 머리를 끄덕이며 비장한 각오라도 한 것처럼 접시에 있는 것을 와인과 함께 남김없이 먹어치웠다. 그는 희희낙락하며 몇 번이고 계속 그녀의 잔을 채웠고, 그녀가 옆에 있다는 사실을 즐기며 자신의 비열한 인생에 관한 상세한 사실을 전함으로써 좋은 인상을 심어주려고 안달했다. 나라면 법원에 소환된 어느 멍청이에게 변호사가 필요한지 캐내기 위해 치안판사 법원 근처 싸구려 식당에서 보석 보증인들의 비위를 맞췄던 이야기를 자랑삼아 떠벌리지는 않을 것이다. 그렇게 일을 시작한 그는 매일같이 법원에 소환되는 불법 로토 수금원을 대상으로 재판 한 건당 25달러를 받으며 변호사업을 키워나갔다. "나머지는 모두가 다 아는 얘기죠." 그는 이를 드러내고 입꼬리가 처지는 미소를 지으며 말했다. 나는 그가 등을 구부리고 앉아 올백 머리를 앞으로 내민 채 턱을 쳐들고 있어서, 그의 모든 몸단장과 고급 양복이 그 간살부리는 자세에 낭비되고 있다는 것 또한 알아차렸다. 나는 잘 알지도 못하면서 왜 그토록 그를 싫어했는지 모르겠다. 옆에서 그가 드루 프레스턴의 드레스 안을 훔쳐보려고 흘끔거리는 꼴을 보니 어빙과 룰루가 앉은 데로 옮겨가고 싶었다. 나한테 단 한마디도 건네지 않았을 뿐더러 오른쪽에 내가 앉아 있다는 사실조차 인식하지 못한 듯한 이 지식인 옆에 있고 싶지 않았다.

그러고서 그는 지갑에서 사진을 한 장 꺼냈다. 홀터넥 상의에 짧은 바지를 입은 여자 사진이었다. 풍만한 엉덩이에 양손을 대고 하이힐 신은 발 한쪽을 바깥으로 살짝 뺀 채 햇빛 때문에 눈을 가늘게 뜨고 있었다. 그는 사진을 드루 프레스턴 앞에 놓았다. 그녀는 귀뚜라미나 사마귀 같은 자연의 호기심 대상처럼 그것을 물끄러미 내려다볼 뿐 건드리지는 않았다.

"제 약혼녀입니다." 그가 말했다. "여배우 폰 블리스거든요? 아마 들어보셨을 거예요."

"네?" 드루 프레스턴이 말했다. "설마, 폰 블리스라고요?" 그녀는 도저히 믿지 못하겠다는 어조로 이름을 또박또박 발음했다. 그래서 변호사는 그녀가 그의 옆에 앉아 식사하게 된 행운을 믿지 못하는 모양이라고 추정했다.

"바로 그 여자입니다." 딕시 데이비스는 무미건조하게 흠모하는 표정으로 씩 웃으며 사진을 보았다. 나는 드루 프레스턴을 힐끗 쳐다보았다. 그녀의 눈이 게슴츠레해지더니 사팔눈이 되었다. 그걸 본 나는 웃기 시작했다. 그녀가 그런 걸 할 수 있는 줄은 몰랐다. 내가 맞은편에 앉은 미스터 버먼을 의식한 게 바로 이때였다. 그는 안경 너머로 눈을 치켜뜨고서 나를 보고 있었다. 그가 무슨 말을 하거나 고개를 움직여 신호를 준 건 아니었지만 내가 엉뚱한 사람들의 이야기에 정신이 팔려 있었음을 알아차렸다. 방심하지 말자는 결심에도 불구하고 나는 프레스턴 부인에게서 눈을 떼지 못했던 것이다. 몬테인 신부와 미스터 슐츠 쪽으로 고개를 돌리는데 실제로 뻣뻣해진 목에서 부드득 소리가 나 깨달은 사실이었다.

"아, 네, 그렇지만 영적인 여행을 하셔야 합니다." 신부는 그 특유의 말투로 말하고 있었다. 먹고 마시면서 말을 했기 때문에 꼭 말을 먹는 것 같았다. "교리문답을 청한 다음 복음을 들으셔야 해요. 자신을 정결하게 한 다음 소명을 받을 준비를 하고 검증을 받아야 합니다. 그렇게 하셔야 세례를 받고 견진성사까지 받을 수 있어요. 그러고 나면 영성체를 받을 수 있습니다."

"신부님, 그게 모두 얼마나 걸립니까?"

"아, 글쎄요, 경우에 따라 다릅니다. 일 년. 오 년. 십 년? 얼마나 빨리 진리에 눈을 뜨느냐에 달렸죠."

"나는 그보다 더 빨리 해치울 수 있습니다, 신부님." 미스터 슐츠가 말했다.

나는 미스터 버먼을 쳐다볼 엄두가 나지 않았다. 내가 딴생각을 하다 허를 찔렸다는 걸 그가 바로 알아볼 테니까. 우리는 교회 앞 보도에서 신부를 만난 이후 어느 수요일에 세인트바르나바 성당에서 열리는 '빙고 게임의 밤'에 간 적이 있었다. 미스터 슐츠가 실제로 몇 차례 게임을 주관하기도 했다. 그가 컵에 떨어진 공의 매직 넘버를 부르자 1달러인가 2달러를 딴 누군가가 수선을 떨었다. 정말 그랬다. 그러고서 그는 신부의 귀에 대고 무언가 속삭였다. 그러자 신부가 크게 흥분하며 좌중에게 알렸다. 복되게도 미스터 슐츠가 관대함을 발휘해 대미를 장식할 일등상으로 특별히 25달러를 내놓았다고. 한바탕 열렬한 박수가 쏟아졌고, 미스터 슐츠는 멋쩍게 웃으며 겸손한 태도로 한 손을 들어 박수에 답례했다. 한편 미스터 버먼과 나는 뒤에 앉아 빙고 카드에 대해 생각했다. 그는 카드를 한 장 집어 각 글자에 숫자를 매긴 후 숫자가 호명된 다음 줄마다 승패 확률을 매길 수 있는 방법을 보여주었다. 그리고 순수한 게임이 조작될 수 있는 방법을 몇 가지 설명해주었다. 하지만 나는 이 빙고 게임이 개종을 하기 위한 첫 단계였다는 걸 몰랐느냐고 비난받을 거라고는 생각하지 못했다.

신부는 나이프와 포크를 놓고 의자에 등을 기댔다. 여전히 입에 든 음식을 씹고 있었다. 그는 굵은 눈썹을 추켜올리며 미스터 슐츠를 쳐다보았다. 동정적이면서도 회의적인 성직자의 표정이었다. "유대교에서 가톨릭으로 개종하는 건 대단히 획기적인 일입니다."

"별로 대단하지 않아요, 신부님, 별로요. 그게 그거죠. 그렇지 않으면 왜 그쪽 고위 사제들이 머리에 야물커*를 쓰겠어요? 게다가 그들도 유대인 조상 얘기를 하고 우리의 성서를 읽던데요. 별로 대단하지 않아요."

"아, 그런데 핵심은 어떻게 읽느냐입니다. 무엇을 받아들이느냐이고요. 그게 핵심이지요, 그렇잖습니까?"

"나도 사람들을, 가톨릭 신자들을 알아요. 동네에서 함께 자란 가톨릭 집안 아이들도 있고 사업 동지들도 있지요. 오토, 그렇지?" 미스터 슐츠가 미스터 버먼을 쳐다보며 말했다. "대니 이아마시아, 조이 라오 같은 애들이 있죠. 걔들이 생각하는 거나 내가 생각하는 거나 똑같아요. 옳고 그른 것에 대해 가치관이 똑같다고요. 어머니를 존경하는 것도 같고요. 나는 평생 가톨릭을 믿는 사업가들한테

---

*유대교인 남성들이 정수리 부분에 쓰는 작고 납작한 모자.

의지했어요. 피를 나눈 형제처럼 서로를 이해하지 못하면 어떻게 그러겠어요. 그들도 마찬가지죠."

그는 이 진지한 감상에 걸맞게 신중함을 보이며 신부의 잔에 와인을 채웠다. 좌중이 모두 조용했다.

몬테인 신부는 프랑스인 특유의 책망하는 눈초리로 미스터 슐츠를 쳐다보고 잔을 들더니 한 번에 쭉 들이켠 후 냅킨으로 입술을 톡톡 닦았다. "물론." 그는 굳이 하지 않는 게 좋은 이야기를 꺼내는 양 나직하게 말했다. "영적으로 성숙한 분들같이 특별한 경우에는 다른 방법이 있지요."

"이제야 말이 통하는군요. 속성반 말입니다." 미스터 슐츠가 말했다.

"이런 경우는, 글쎄요, 주 예수 그리스도께 순종하는 삶을 시작할 거라는 확신이 있어야 합니다."

"정말입니다, 신부님, 이보다 더 진심일 수 없습니다. 이 얘기를 꺼낸 건 저 아닙니까? 제 인생은 쉽지 않습니다. 항상 중요한 결정을 내려야 하죠. 힘이 필요합니다. 내 지인들이 신앙을 통해 힘을 얻는 걸 보면 내게도 저 힘이 필요하다는 생각을 안 할 수가 없어요. 저도 한낱 인간이니까. 다른 사람들처럼 죽는 게 두렵습니다. 무엇을 위해 사는가 싶기도 하고요. 관대해지려고 노력하고, 착하게 살려고도 노력합니다. 하지만 내게도 그 별도의 힘이 있다는 생각이 좋아요."

"이해합니다."

"이번 일요일에 합시다." 미스터 슐츠가 말했다.

드루 프레스턴은 커피를 마시고 먼저 일어섰다. 그리고 몇 분 뒤 나머지도 모두 해산했다. 미스터 슐츠는 몬테인 신부를 6층으로 초대했다. 그들은 그의 방에서 탁자에 놓인 캐나다산 위스키를 마시고 시가를 피우며 절친한 친구처럼 즐거운 시간을 보냈다. 잠깐 안을 들여다본 나는 그들이 생김새마저 닮았다는 생각을 했다. 둘 다 동작이 굼뜨고 목이 짧았으며 담뱃재를 아무데나 흘렸다. 딕시 데이비스도 그들과 함께 있었다. 나머지는 미스터 버먼의 사무실에서 뚱한 표정으로 별로 말도 않고 둘러앉아 있었다. 마침내 신부가 집으로 돌아가자 모두 미스터 슐츠의 방으로 갔다. 누가 회의를 하자고 한 것도 아닌데 모두 그냥 슬렁슬렁 그 방으로 들어가 앉았다. 보스가 앞뒤로 왔다갔다하며 자신의 생각을 말하는 동안 모두 잠자코 있었다. "미키, 넌 이해하잖아. 어쨌든 미키 너라면 이해할 거야. 만반의 준비를 해둬야 해. 운에 맡길 수 없거든. 무엇이든 도움이 될 수 있는 건 다 필요해. 누가 알겠나? 누가 알겠어? 몇 년 전인가, 패트릭 데블린한테 아주 깊은 인상을 받았던 게 기억나는군. 그때 브롱크스 맥주 사업은 대부분 데블린 형제가 관장했잖아. 우리는 겨우 발을 내디딘 참이었고. 그래서 패트릭한테 맛 좀 보여주고 싶었어. 쉽지 않은 상대였지. 우린 그놈 엄지손가락을 묶어서 매달았어. 룰루, 기억나? 하지만 우리가 자기를 어떻게 할 생각인지는 몰랐지. 자기를 죽일 거라고 생각했는지 사제를 찾으며 소리를 질러대더군. 그게 나한텐 인상적이었지. 죽을 거라는 생각이 드니 엄마도 아니고 아내도 아니고 사제를 부른 것이. 그래서 나는 멈추고 생각을 했지. 그런 순간에는 자기 자신의 힘에 의존하기 마련이잖아, 안 그래? 사실 그의 눈에 죽은 쥐의 내장을 문지르고 그 위에 테이프를 붙인 게 다였어. 그리고 사람들이 발견하도록 그놈 집 지하저장실에 매단 채 내버려뒀는데, 그 멍청한 놈들이 발견했을 때는 이미 시력을 잃은 후였어. 나는 그가 사제를 찾았다는 걸 잊을 수가 없었지. 그런 일은 잊히지 않아. 나는 프렌치프라이 같은 저 작은 캐나다 놈이 좋아. 그 성당이 맘에 들어. 지붕을 새로 얹어서 성사를 볼 때 물이 새지 않도록 해야겠어. 그러면 뿌듯한 기분이 들 거야. 무슨 말인지 알겠어? 성당에 들어갈 때마다 기분이 좋을 거라고. 라틴어는 못 알아듣지만. 그렇다고 히브리어를 알아듣는 것도 아니고. 둘 다면 어때, 그러지 말라는 법이라도 있나? 그리스도도 둘 다였다고, 정말이지, 대관절 뭐가 대수야? 가톨릭은 고해를 강요하지. 나쁜 뜻이 있는 건 아니지만 난 도저히 고해를 좋아하는 척할 수는 없어. 하지만 결정적인 순간이 오면 어떻게든 되겠지. 어머니가 이 사실을 알면 안 돼. 어빙, 자네 어머니도 마찬가지야. 그분들이 이걸 알면 안 돼. 이해하지 못할 거야. 나는 늙은 이들이 유대교회당에 앉아 기도하는 게 싫었어. 다들 각자 앞뒤로 흔들거리며 중얼거리고 어깨를 흔들며 고개를 숙였다 들었다 하는 게 말이야. 조금이라도 품위가 있는 게 좋아. 모두가 함께 노래하는 게 좋고, 모두가 동시에 같은 행동을 하는 게 좋다고. 그 질서가 좋아. 모두가 동시에 무릎을 꿇는 건 뭔가를 의미하지. 신을 알게 해주지. 룰루, 너무 어렵나? 저것 좀 봐, 오토, 저 시무룩한 표정 좀. 금방이라도 울 것 같은 얼굴이군. 쟤한테 말 좀 해줘, 나는 변함없는 더치맨이라고. 아무것도 변하는 건 없다고. 야, 이 멍청한 유대인 같으니. 변하는 건 아무것도 없어!" 그리고 그는 살인 전문 부하를 와락 끌어안고 웃으며 등을 툭툭 두들겼다. "재판이란 게

어떤지 너도 알잖아. 계류중일 때는 좀 불안해진다고. 그뿐이야,
그뿐이라고. 젠장, 이건 죽기 전에 받는 종부성사가 아니라니까."

　아무도 대꾸하지 않았다. 딕시 데이비스만 고개를 끄덕이며 흠
흠 소리를 내서 무미건조한 양념을 칠 뿐이었다. 그 외에 다른 사
람들은 모두 충격을 받았다. 그날은 전반적으로 충격적인 날이었
다. 미스터 슐츠는 입을 다물 줄 몰랐다. 나는 적절한 때를 잘 판단
해 조용히 빠져나와 내 방으로 갔다. 미스터 슐츠는 극단적인 사람
이었다. 그 밑에서 일해본 사람이라면 누구나 아는 사실이었다. 그
는 도중에 멈추지 못하고 만사를 극단으로 몰아갔다. 단순한 사업
으로 시작했어도 할 수 있는 최대한까지 밀어붙이려 했다. 이곳에
서 벌어지는 다른 모든 일들처럼. 또한 분노할 때와 마찬가지로 이
렇게 감성적일 때도 극단으로 흘렀다. 나는 그가 사제라도 되어 우
리가 그를 잃을 위기에 처했다고 생각하지는 않았다. 그는 보험 같
은 게 더 필요했을 뿐이고, 그가 한 것도 바로 그런 얘기였다. 신앙
심이 돈독해서 세상에는 단 한 종류의 신만 있으며 그 신은 한 종
파에만 속한다고 생각하지 않는 이상, 이런 행동은 미신적 차원에
더 들어맞았다. 그는 항상 더 많은 것을 원했다. 만일 이곳에 너 오
래 머물렀다면 분명 개신교인 성령교회의 교인도 되었을 것이다.
정말 그럴 사람이었다. 이것도 여느 때와 다름없는 그의 무분별한
일상적 탐욕이었다. 무엇이든 사유화하고자 하는 미스터 슐츠의
충동은 그의 교활함보다 더욱 강력했다. 그에게 그것은 중추적인
힘으로서 쉬지 않고 어디에서든 작용했다. 주류밀매점, 맥주 회사,
조합, 불법 로토, 나이트클럽, 나, 미스 드루를 사유화하고 이제는
가톨릭 신앙을 사유화하려는 중이었다. 그뿐이었다.

14

미스터 슐츠의 재판이 9월 첫째 주에 시작될 예정이었고 그에 앞서 개종식이 있을 터였다. 그는 자신의 인생에서 중요한 두 가지 의식을 겹치게 함으로써 우리에게 생각해볼 여지를 주었다. 그날 밤 이후로 바쁜 날이 계속되었고, 처음 보는 다른 변호사가 나타났다. 위엄 있고 뚱뚱한 백발 신사였다. 갱단이나 갱단 변호사와 친숙한 사람은 분명 아니었다. 당당하고 엄숙한 태도나 구식 안경, 젊은 조수가 동행했다는 사실로 미루어 알 수 있었다. 콧등에 얹어 쓰는 그 안경은 검은색 끈이 달려 있어 사용하지 않을 때는 끈에 대롱대롱 매달렸다. 젊은 조수 역시 변호사였으며 자신의 서류 가방과 변호사의 가방을 모두 들고 다녔다. 이 새로운 사람들이 도착하자 미스터 슐츠의 방에서는 문을 걸어 잠그고 하루종일 회의가 계속됐다. 그리고 이튿날 아침 모두 함께 법원으로 갔다. 미스터 슐츠의 종교 입회식 준비를 위해 성당에서 몬테인 신부도 만나야 했다. 게다가 모든 일상적인 업무도 있었기에, 드루 프레스턴과 나를 제외한 모두가 각기 흩어져 동분서주하는 것 같았다.

그래서 어느 날 아침 나는 어쩌다 살아 있는 시골 말을 타보게 되었다. 고삐를 단단히 부여잡았지만 구조적인 면에서 제대로 지지가 안 되는 것 같았다. 나는 내 말을 못 알아듣는 척하는 키 크고 등짝이 너른 짐승과 합리적으로 소통해보려고 노력했다. 나는 말이 멍청한 짐승이라고 생각해왔다. 천천히 가라는 뜻으로 뭔가 말했더니 느리게 달렸고, 회색 암말을 탄 미스 드루를 따라잡으려고 빨리 뛰라고 재촉했더니 멈추어 머리를 수그리고서 벌판의 풍성하고 향기로운 풀을 뜯었다. 내가 탄 수말의 등은 내 영역이었지만 등의 주인은 말이었다. 말에서 떨어지지 않기 위해 몸을 바싹 구부리고 말이 뛰는 동작대로 흐름을 타는데 드루 프레스턴이 옆에서 무릎은 어떻게 해야 하고 발뒤꿈치는 등자에 어떻게 끼워야 하는지 알려주었다. 아직은 내가 받아들일 준비가 안 된 세세한 부분들이었다. 그렇게 달리지 않으면 그저 햇볕 속에서 말 등에 앉아 말 머리 너머를 쳐다볼 뿐이었다. 그러면 말 머리가 급격한 각도로 수그러지며 내 시야에서 완전히 사라지고 거대한 이로 풀을 뜯어 어금니로 씹는 소리만 들렸다. 그러는 동안 살아 있는 유일한 다른 인간과 나 사이를 가로막는 것이라곤 없이 시야가 확 트였다. 눈 사이와 엉덩이 쪽이 갈수록 검어지는 이 적갈색 말은 지극히 평범해 보였지만 심술궂은 면에서는 챔피언이었다. 말을 태워서 내게 굴욕감을 느끼게 한 프레스턴 부인이 잔인하게 느껴졌다. 그리고 배우 진 오트리를 새삼 존경하게 되었다. 그는 전혀 어려워 보이지 않게 말을 탔을 뿐더러 말을 타며 음정도 거의 틀리지 않고 노래를 불렀다. 주위에 다른 갱단원이 없어서 내 꼬락서니를 보지 못하는 게 유일한 위안이었다. 농가 마구간에 말을 돌려주고 시내로 돌아올 때 내 두 발로 땅을 딛는 느낌이 얼마나 좋았는지 모른다. 등이 좀 뻐근하고 엉덩이가 아팠지만 나는 신에게, 그가 허락한 화창한 날에, 내가 살아 있다는 사실에 감사했다.

우리는 내가 다니는 찻집에서 늦은 아침을 먹었다. 손님은 아무도 없었고 여주인은 주방에 들어가 있었다. 그래서 프레스턴 부인과 나, 우리 둘은 자유롭게 이야기할 수 있었다. 그녀와 다시 단둘이 있게 되어 무척 기뻤다. 그녀는 내가 말 등에서 쩔쩔매는 모습을 보고 단 한 번도 웃지 않았다. 나를 가르치는 데 진지하게 관심이 있는 듯했고, 몇 번만 더 지도를 받으면 내가 말을 잘 탈 거라고 생각했다. 나도 같은 생각이었다. 칼라가 크고 목이 파인 옅은 색 실크 블라우스와 팔꿈치에 가죽을 댄 푸른 벨벳 재킷을 입은 그녀의 모습이 매우 아름다워 보였다. 우리는 여유롭게 시리얼과 달걀, 토스트를 먹으며 커피 두 잔을 마시고 내 윙스 담배를 피웠다. 그러면서 그녀는 내 신상에 대해 묻고 뚫어질 정도로 집중해 나를 쳐다보면서 마치 자신에게 그토록 흥미를 느끼게 한 사람이 내가 처음이라는 듯 대답을 경청했다. 나는 그녀가 똑같은 식으로 미스터 슐츠를 쳐다보며 그의 말에 귀를 기울인다는 것을 알았지만 개의치 않았다. 그녀의 관심을 받는 것은 대단한 특권이며 흥분되는 일이라고 생각했다. 우리는 친구였고, 막역한 사이였다. 이 순간, 사람들의 눈에 띄지 않는 이 찻집이 아니라면 그녀와 함께 달리 어디에 있을 수 있을지 상상조차 되지 않았다. 함께 아침을 먹고 자연스럽게 대화를 나누면서 말이다. 하지만 상황이 나를 최대한 잘나 보이게 행동하도록 강요했으므로 사실 그다지 자연스럽지는 않았다.

나는 그녀에게 범죄적인 환경에서 자랐다고 말했다.

"아버지가 갱이라는 거니?"

"아버지는 오래전에 사라졌어요. 우리 동네 얘기예요."

"거기가 어디인데?"

"브롱크스 3번 애비뉴와 배스게이트 사이요. 클레어몬트 애비뉴 북쪽이죠. 미스터 슐츠와 같은 지역 출신이에요."

"나는 브롱크스에 가본 적이 없어."

"그런 줄 알았어요." 나는 말했다. "우리는 저가임대아파트에 살아요. 욕조가 부엌에 있죠."

"우리라니, 누구?"

"엄마와 나요. 엄마는 세탁공장에서 일해요. 머리칼이 길고 회색인데 매력적이에요. 아니, 뭐, 좀 가꾸기만 하면 그럴 거예요. 아주 깔끔하고 단정하다는 말은 아니에요. 그리고 머리가 약간 이상해요. 내가 왜 이런 얘기를 하고 있지? 엄마에 대해서는 아무한테도 말한 적 없거든요. 엄마에 대해 이런 말을 하니까 기분이 별로네요. 엄마는 내게 아주 상냥해요. 나를 사랑해요."

"그러실 거 같아."

"그런데 완전히 정상은 아니에요. 매력적으로 보이게 꾸민다든가, 친구를 사귄다든가, 쇼핑을 간다든가, 애인을 만든다든가, 그런 일에는 관심이 없어요. 이웃들이 어떻게 생각하든 개의치 않아요. 뭐랄까, 엄마는 자신의 머릿속에서만 살아요. 미치광이라는 평판이 있죠."

"힘들게 사신 모양이구나. 아버지는 언제 집을 나가셨어?"

"내가 아주 어렸을 때요. 그래서 기억도 안 나요. 유대인이라는 것 정도밖에 몰라요."

"엄마는 유대인이 아니고?"

"엄마는 가톨릭을 믿는 아일랜드인이에요. 이름은 매리 비언. 하지만 성당에 가지 않고 유대교회당에 다녀요. 내가 말하는 게 바로 그런 거예요. 유대교회당에 가서 위층에 따로 있는 여자들과 동석하죠. 그러면서 위안을 얻어요."

"너는 성이 뭐니? 배스게이트는 아닐 테고."

"아, 그 얘기를 들었군요."

"그래, 성령교회 주일학교에 등록할 때. 이제야 네가 왜 그랬는지 알겠다." 그녀는 나를 쳐다보며 빙긋 웃었다. 나는 그 이름을 어디서 땄는지 알겠다는 뜻으로 받아들였다. 배스게이트 애비뉴, 풍요로운 거리, 땅의 열매가 열리는 거리. 그런데 그녀가 의미한 건 엉뚱한 교회에 나가는 습성이었다. 그걸 깨닫기까지 약간 시간이 걸렸다. 그녀는 자기가 한 농담에 웃지 않으려고 참았다. 나를 비스듬히 쳐다보며 내가 기분 상하지 않았기를 바라는 눈치였다.

"그런 생각이 든 적은 한 번도 없었어요." 나는 말했다. "내가 미치광이의 집안 내력을 따르고 있다는 생각 말이에요." 내가 웃자 그녀도 웃었다. 우리는 신나게 웃었다. 그녀의 웃음소리가 너무 좋았다. 물속에서 들리는 목소리처럼 나직하고 감미로웠다.

얼마 후 밖으로 나오니 텅 빈 거리에 햇볕이 뜨겁게 내리쬐고 있었다. 딱히 그러자고 할 것도 없이 자연스럽게 호텔 반대 방향으로 슬슬 걸었다. 그녀는 재킷을 벗어 한쪽 어깨에 걸쳤다. 아무것도 없이 임대 표지판만 붙은 상점 쇼윈도에 비쳐 너울거리는 우리의 모습을 나는 물끄러미 쳐다보았다. 시커먼 게 색채라고는 거의 찾아볼 수 없었다. 하지만 거리는 빛으로 타오를 지경이었다. 이날 아침만큼은 난 드루 프레스턴을 제대로 아는 것 같았다. 그녀가 아무런 가장도 하지 않고, 와인 때문에 감성적이고 과장된 자기성찰에 빠지지도 않고, 온전히 제정신인 듯했기 때문이다. 그녀가 발하는 아름다움의 광휘 아래에 놓이자 나는 그녀를 알 것 같았다. 그 광휘를 잊고 있었을 정도로 거의, 그 안에서 내다보는 그녀 자신도 그것을 잊고 있었을 게 틀림없듯이. 또한 그녀가 스스로를 이해하고 있는 바대로 다른 사람들에게 지배되는 동안에도 자신의 본질을 보존하는 사람이라고, 나 역시 그렇게 그녀를 이해하고 있었다. 그런 모습이 갱단원들에게는 호기심에 빈민층과 어울리는 부류로 보였을 터였다. 그래서 그렇게들 기분 나빠했던 것이다. 하지만 그것은 그들이 느끼는 것보다 더 위험한 무엇, 더 마음을 다치기 쉬운 무엇이었다. 그녀가 내게 흥미를 느낀 이유는 나도 내 방식대로 그녀와 같았기 때문이었던 것 같다.

우리는 꽤 여러 블록을 걸었다. 그녀는 말이 없어졌다. 이따금 나를 힐끗 쳐다볼 뿐이었다. 그러다 갑자기 내 손을 잡더니 걷는 내내 놓지 않았다. 하필 그녀에게도 실제로 기본적인 분별력 같은 게 있을 거라고 내가 인정하기 무섭게, 이 대낮에 애인처럼 내 손을 잡은 것이다. 나는 불안했지만 그녀가 불쾌해할까봐 손을 빼지 못했다. 누군가 우리를 아는 사람이 거리에 있을까 싶어 뒤를 돌아보았다. 그리고 헛기침을 하고서 말했다. "지금 부인은 자신이 어떤 위치인지 잘 이해하지 못하고 있나봐요."

"무슨 위치?"

"제 가정교사잖아요."

"나도 그런 줄 알았지. 그런데 가만보니 이제껏 네가 나를 보살펴주었더구나."

"네. 하지만 솔직히 말해서," 나는 말했다. "지금까지 부인은 혼자서도 잘해온 것 같은걸요." 이 말을 입 밖에 내자마자 비웃는 듯 들렸겠다는 생각이 들었다. "하지만 부인이 궁지에 몰리면 내가 한 약속을 지킬 거예요." 나는 속죄하는 의미에서 말했다.

"무슨 궁지일까."

"예를 들면, 이 분야에 있지 않은 사람이 무언가를 보고 무언가를 아는 것은 신상에 좋지 않아요." 나는 말했다. "이 사람들은 목격자를 좋아하지 않거든요. 자기들의 약점을 쥔 사람들을 안 좋아하죠."

"내가 약점을 쥐고 있다니." 그녀는 이해하기 어렵다는 듯 말했다.

"그냥 조금요." 나는 말했다. "한편으로 조직 밖에는 부인이 약점을 쥐고 있다는 걸 아는 사람이 없으니까 조금 상황이 낫긴 해요. 만일 부인이 배에 타고 있었다는 걸 검찰이 알고 그 일을 캐려든다면 부인은 심각한 위험에 처할 거예요."

그녀는 생각에 잠겼다. "너는 그들과 한패가 아닌 것처럼 말하는구나."

"뭐, 아니니까요. 아직은. 정식 멤버가 되려고 노력하는 중이에요." 나는 말했다.

"그가 너를 높이 평가하더구나. 칭찬만 해."

"무슨 칭찬이요?"

"응, 네가 아주 똑똑하다고. 배짱도 있고. 내가 딱히 좋아하는 표현은 아니야. 용감하다거나 혈기가 왕성하다거나 겁이 없다고 표현할 수도 있을 텐데. 대담하다고 말할 수도 있었을 거야. 몇 살인지 물어봐도 되겠니?"

"열여섯 살이에요." 나는 아주 약간 더해서 말했다.

"이런, 이런." 그녀가 나를 힐끗 보더니 눈을 내리깔며 말했다. 그리고 잠시 잠자코 있었다. 그녀가 잡고 있던 손을 놓았다. 나는 안심이 되면서 동시에 다시 손을 잡아주었으면 하는 마음이 굴뚝같았다. 그녀가 말했다. "너에 관한 얘길 듣고 그들이 다른 사람들보단 널 선택하도록 네가 무슨 일을 한 모양이구나."

"다른 사람들이라뇨? 프레스턴 부인, 이건 하버드 대학 입학 같은 게 아니에요. 나는 그냥 그들 눈에 띄었을 뿐이에요. 마음이 맞은 거죠. 이 조직은 활동하면서 그때그때 필요한 걸 변통해요. 가까이 있는 것을 쓰는 거죠."

"그렇구나."

"부인이 여기 있는 것과 마찬가지 이유예요."

"나는 몰랐어. 네가 그들과 어떤 혈연관계라도 되나 했지."

우리는 비탈길을 내려가 강가에 이르렀다. 다리 중간까지 걸어가 나무난간 옆에 서서 아래를 내려다보았다. 폭이 넓고 얕은 강이 돌과 큰 바위에 부딪히며 세차게 흘렀다.

"내가 그들의 약점을 쥐고 있다고 했지." 마침내 프레스턴 부인이 입을 열었다. "그러면 너는?"

"만일 내가 정식 멤버가 되지 못하면," 나는 말했다. "네, 나도 그들의 약점을 쥐게 되는 거예요. 어떤 이유에서든 그들이 나를 고용하지 않겠다고 결정하면요. 네. 미스터 슐츠가 어떻게 나올지 아무도 몰라요." 나는 말했다. "미스터 슐츠가 마음먹기에 따라 나는 위험인물이 될 수도 있어요."

그녀가 고개를 돌려 나를 쳐다보았다. 걱정스러운 표정이었다. 어쩌면 어렴풋이 공포가 어렸는지도 모르겠다. 그 연초록 눈동자를 한여름 열파처럼 너울너울 스치고 지나간 어떤 빛 속에서 본 공포라 확신할 수는 없었다. 내가 어떻게 될까봐 겁먹은 거라면 나로서는 달갑지 않았다. 자존심 상하기 때문이다. 그녀가 해악 없는 운 좋은 삶에 대한 무모한 확신을 가지고 있다면 내게도 그런 게 있음을 인정해줘야 하는 것이다. 우리의 동맹관계에서 위험한 순간일 수 있었다. 그 정도를 볼 때 사실상 서로를 염려해주는 게 분명했으니까. 늑대 사이에 놓인 한 마리 양처럼 내가 역부족인 듯 여겨지는 건 참을 수 없었다. 나는 그녀와 동등하길 원했다. 그녀가 스스로를 염려하는 거라고 생각하는 척했다.

"내 생각에 부인은 염려할 게 없어요." 나는 말했다. 냉정하고 단정적인 어조로. "내가 판단하기에 미스터 슐츠에겐 부인을 믿을 만한 사람으로 여길 충분한 이유가 있으니까요. 설령 그렇지 않더라도 부인이 믿을 수 있는 사람인지 확인하기 위한 짓은 거의 하지 않을 거란 건 믿어도 좋을 거예요."

"별다른 짓을 하지 않을 거라고? 왜?"

"왜냐고요, 미스 롤라, 아니 미스 드루, 아니 프레스턴 부인? 왜냐고요?" 나는 그녀의 감정을 상하게 한 것 같아 후회스러웠다. 여느 남자들처럼 상스러운 판단력을 지녔다는 걸 드러내 보여버렸다. 나는 나무다리 위에서 그녀로부터 물러났다. 그녀는 내가 왜 그러는지 알고 다시 빙긋 웃었다. 나도 웃기 시작했다. 그녀가 내 손을 잡으려고 와락 달려들었고 나는 손을 빼려고 했다. "왜, 왜, 말해, 그러지 말고 말해, 말해봐." 애원하는 어린애처럼 말하며 그녀는 나를 잡아끌었다.

우리는 그 자리에 가만히 섰다. 나는 그녀의 얼굴에서 전해지는 열기를 느끼며 말했다. "다른 사람은 모두 알아요. 미스터 슐츠가 금발 미녀라면 사족을 못 쓴다는 걸."

"그걸 어떻게 알아?"

"모르는 사람이 없어요." 나는 말했다. "신문에 난 적도 있는걸요."

"나는 신문을 안 봐." 그녀가 속삭였다.

나는 목이 타들어갔다. "신문을 안 보면 알아야 할 모든 걸 어떻게 알 수 있어요?"

"내가 뭘 알아야 하지?" 그녀가 내 눈을 들여다보며 말했다.

"뭐, 먹고살기 위해 일하지 않아도 되면 아무것도 몰라도 상관없겠죠." 나는 말했다. "우리 같은 사람들은 뭐가 어떻게 돌아가는지 동향을 파악하려고 늘 애써야 해요."

나는 무릎에 힘이 빠지는 것 같았다. 압도당한 기분이었다. 더위로 속도 좀 메스꺼운 듯했다. 그녀의 눈 속으로 빨려들어가는 듯한 느낌이었다. 나는 욕망이 혈온처럼 온몸에 퍼져 고통스러울 정도의 총체적 욕망에 휩싸여 그녀를 원했고, 내 손가락, 무릎, 머릿속, 얼굴, 발을 이루는 작은 뼈마디가 그녀를 원했다. 이 순간에 영향을 받지 않은 것은 성기뿐이었다. 눈물이 시작되는 입천장 뒤에서, 갈라지는 음성으로 말이 부서지는 목구멍에서 그녀를 원했다.

"이건 가장 최근의 동향이야." 그녀는 말하고서 내 입에 키스했다.

일요일 아침, 모두 말끔하게 차려입고 세인트바르나바 성당 앞에 섰다. 심지어 룰루까지 짙푸른색 더블브레스트 양복을 입었다. 왼쪽 겨드랑이에 찬 권총집과 총이 최대한 불룩해 보이지 않도록 맞춘 양복이었다. 8월의 마지막 주였을 것이다. 새로운 날씨가 슬며시 다가오고 있었다. 일광이 마치 다른 종류의 빛 같았다. 내 방에서 내다보이는 언덕의 빽빽한 나뭇잎이 드문드문 누렇게 바랬다. 길을 따라 불어오는 강바람 때문에 성당 계단을 오르는 교구 여신도들의 주일용 드레스 아랫단이 날리며 다리에 감겼다. 내 여름 양복은 공기로 냉각된 느낌이었다. 우리는 대기하며 서 있었다. 머릿기름을 발라 정성 들여 빗질해서 반반하게 굳힌 머리칼이 바람에 풀럭이다 갈라지기 시작했다.

드루 프레스턴이 커다란 밀짚모자를 붙들었다. 모자에 가려 그녀의 눈이 안 보였다. 그녀는 손목까지도 채 올라오지 않는 흰 레이스 장갑을 꼈다. 그리고 수수한 짙은색 드레스를 입고서 솔기가 종아리를 따라 곧게 일직선으로 내려간 스타킹과 굽 낮은 검은색 펌프스를 신었다. 이 환경에서는 거의 눈에 띄지 않는 복장이었다. 그녀 옆에서 미스터 슐츠가 초조해하며 옷깃에 핀으로 꽂은 작은 카네이션 꽃잎을 하나씩 뜯었다. 회색 줄무늬 양복 재킷의 단추를 풀고 바지를 추켜올리다 조끼 단추가 제 구멍에 채워지지 않은 것을 발견하고 단추를 잡아떼듯 풀어 다시 채웠다. 그런 다음 재킷 어깨를 매만지고 소매에 있지도 않은 보풀을 털었다. 그러다 풀린 구두끈을 보고 몸을 구부리려는 찰나에 미스터 버먼이 그의 어깨를 톡톡 치더니 막 길모퉁이를 돌아 시동을 끄지 않은 채 길가에 선 승용차를 가리켰다. "그가 왔군." 미스터 슐츠가 말했다. 잠시 후 다른 차 한 대가 더 길모퉁이를 돌았다. 쿠페였다. 이 차는 우리 앞을 지나 블록 끝에 주차했다. 그러고서 세번째로 나타난 차가 아주 천천히 우리가 있는 곳으로 다가와 섰다. 바퀴가 펜더에 가려진 검은색 크라이슬러였다. 나는 그게 필시 주문 제작한 자동차일 거라고 생각했다. 그와 같은 차를 본 적이 없었기 때문이다. 미스터 슐츠가 앞으로 걸어나갔고 우리는 모두 뒤에 줄지어 섰다. 얼굴에 웃음기라곤 없는 두 사람이 차에서 내려 경찰이나 마피아처럼 우리를 쳐다보았다. 거만하면서도 노련하게 재빨리 상대를 평가하는 듯한 시선으로. 그들은 무뚝뚝하게 미스터 슐츠와 룰루, 어빙에게 고개를 끄덕여 보였다. 그리고 한 사람은 계단을 올라 성당 안을 들여다보고 다른 사람은 차 뒷문을 짚고 서서 거리를 좌우로 훑어보았다. 첫번째 사내가 계단 위에서 고개를 끄덕이자 두번째 사내가 차문을 열었다. 말쑥한 차림에 몸이 마르고 키가 작은 사람이 차에서 내렸다. 참을성 있게 대기하고 서 있던 미스터 슐츠는 황송해 어쩔 줄 모르겠다는 듯 기쁨을 감추지 못하고 그를 포옹했다. 오랜 세월이 흘러 지금 쓰고 있는 이 글에서도 이름을 밝히지 않을 그런 사람이다. 나는 〈미러〉에서 사진을 본 적이 있어 그가 누구인지 즉시 알아보았다. 턱밑에 흉터가 있고 한쪽 눈꺼풀은 축 처졌고 머리칼은 곱슬곱슬했다. 나는 그를 보자마자 본능적으로 다른 사람 뒤에 숨어 그의 시선에서 벗어났다. 그는 혈색이 거의 연보랏빛이라고 할 정도로 탁하고 안 좋았고, 내가 상상했던 것보다 키나 체구가 작았다. 그리고 훌륭하게 재단된 진주색 싱글브레스트 양복 차림이었다. 그는 아바다바 버먼과 룰루, 미키와 점잖게 악수하고 어빙과는 다정하게 포옹한 다음, 드루 프레스턴을 소개받고 만

나서 반갑다고 속삭이듯 말하고는 푸른 하늘을 쳐다보며 말했다. "정말 좋은 날이군, 더치, 나는 자네가 이미 하느님과 줄이 닿아 있다는 걸 알았는데 말이야." 그러자 모두 웃었다. 미스터 슐츠는 더욱 그랬다. 그와 같은 위치에 있는 사람이 대부로서 증인이 되어 그를 공식으로 사제에게 추천하고 입교시키기 위해 뉴욕에서 이곳까지 먼길을 왔으니 그로서는 무척 기쁘고 영광스러운 일이었다.

그게 적절한 절차였다. 평판 좋은 가톨릭 신자가 일종의 인격에 대한 증인으로 증언해야 했다. 가까이에 달리 사람이 없으면, 나는 존 쿠나 하다못해 미키라도 내세워 조직 내의 누군가가 그 역할을 하리라고 생각했었다. 조직은 자급자족적이었고 필요한 게 있으면 항상 자체 자원으로 처리했으니 이 상황에서도 그렇게 하리라고 생각하지 않을 이유가 없었다. 나는 미스터 슐츠 뒤에 서서 만족감을 환히 드러내고 있는 룰루 로젠크란츠를 바라보았다. 이 순간 갱들은 모두 안심했다. 모든 게 앞뒤가 맞았다. 그들은 여자에 대해 그랬던 것처럼 개종에 대해서도 걱정했다. 더치맨이 제대로 생각해보지도 않고 사방팔방으로 행동하는 듯싶었다. 하지만 그는 다시금 그들을 놀라게 했다. 그가 입교를 위해 가장 저명한 사람을 원하리라는 것은 납득이 가는 일이었다. 그렇게 해서 입교에 걸림돌이 되는 일이 없게 할 뿐 아니라 정치적인 명예를 추구하는 것이기도 했다. 그건 일종의 승인을 뜻했다. 어쩌면 그로서는 경의를 표하는 행위이자 동료로부터 어느 정도 인정을 받는다는 표시가 아닐까 싶었다. 나는 만족했다. 언젠가는 모두가 숫자를 읽을 시점이 온다는 미스터 버먼의 말이 필시 이런 것이리라고 생각했다. 그들은 이 친선의식으로 이미 그 작업을 하고 있었다. 사실 이 의식은 오전의 장엄한 성당 그늘 속에서 행해진 이름뿐인 공식 승인이었고 예배 행렬은 믿음을 장식하고 있었다. 이러한 것들이 다가오는 새로운 세상을 알리는 첫 표상이었다. 갱단원들은 미스터 슐츠가 추구하는 게 종교라고 생각했지만, 결국 그건 조직을 위한 것이었다. 전반적으로 나는 미스터 슐츠가 자신의 맹목적인 충동을 그렇게 이용한 게 교묘하게 연구된 수라고 생각했다. 물론 미스터 버먼의 도움이 없지 않았을 것이다. 미신적이지 않은 만큼 지적이지도 않은 미스터 슐츠는 포괄적인 전천후 사업을 운영하는 그 정신으로 익숙하지 않은 시골에서의 시간을 활용해 명문가 출신 여자에게 승마를 배우는 자였던 것이다.

이날 아침 나는 간절히 미스터 슐츠의 힘을 믿고 싶었다. 그의 지배에 질서를 원했다. 모든 게 제자리를 찾아가길 원했다. 그의 폭정은 효과적이었고, 나는 그가 갈팡질팡하지 않고 그것을 잘 행사하길 원했다. 내가 조직생활에서의 조화를 잃고 싶지 않은 만큼 그가 실수하지 않기를 원했다. 그의 손상된 통찰력이 지배적 질서에 위험이 된다면 나의 뻔뻔한 생각의 죄도 마찬가지였다. 내 마음속의 뿌리에서 왕위 찬탈의 광기가 꿈틀거렸다. 나는 거기에 서서 어떤 결점이나 무의식적인 폭로, 행동의 실수, 신중함의 상실 등을 보이지는 않았는지 스스로 돌아보았지만 그런 것은 없었다. 마음속으로 순찰하며 발견한 것은 평온과 의심 없는 자의 평화뿐이었다.

이 순간 나의 희망을 확인시켜주듯 세인트바르나바 성당의 종소리가 울려퍼지기 시작했다. 마음이 가벼워졌다. 격렬한 행복감이 쇄도했다. 교회의 오르간 소리는 몹시 싫어해도 거리에 울려퍼지는 종소리는 언제나 좋아했다. 종소리는 음조가 완전하지 않지만 그래서 음악의 기원을 연상시키는지도 모른다. 종소리가 기운차고 명랑하게 뎅그렁뎅그렁 울릴 때면 원시시대의 축제, 즉 건초더미에서 단체로 섹스를 하는 축제에 농부들을 불러모으는 장면이 떠오른다. 아무튼 지속할 수 있는 감정은 많지 않지만 자기만족은 그런 감정 중 하나다. 공중에 울려퍼지는 종소리를 들으며 나의 전반적인 위치를 돌아보고서 처음보다 여름의 이 시점에 더욱 견고해졌다고 확신했다. 조직 내에서 나의 자리가 좀더 견고해지고, 각기 정도는 다르지만 멤버들이 확실히 나를 존중하게 된 것 같았다. 존중이 아니라면 적어도 소극적인 승인 정도는 되리라. 나는 어른들 틈에서 잘 처신하는 재능을 가졌다. 누구와 말을 하고, 누구한테 까불고, 누구 앞에서 입을 다물어야 하는지 알았다. 그 모든 것을 아주 쉽게 해낸 나 자신에게 스스로 놀랐다. 사전에 의식하지 않고 한 행동이 대개 좋은 결과를 가져왔던 것이다. 나는 성경을 공부하는 주일학교 학생이 될 수 있었고, 총을 쏠 수도 있었다. 그들이 요구하는 거라면 뭐든 다 해냈다. 그뿐 아니라 미스터 슐츠의 비범한 능력을 포착하고 읽을 줄 알게 되었다. 다시 말해 그의 분노를 피할 줄 알게 된 것이다. 아바다바 버먼은 무시무시할 정도로 통찰력이 날카로웠다. 내가 어디에 사는지 정확히 알고 브롱크스 관할 경찰을 보내 나를 데려오게 한 것처럼 고차원의 사고방식으로 내 권총과 관련해서도 나를 놀라게 한 그였다. 하지만 더이상 경외감은 없었다. 뿐만 아니라 그가 나를 가르치는 데 전념한다는 사실에도 의심의 여지가 없었다. 그가 나에 대해 모르는 게 없다면, 내가 깨어 있든 몽상에 빠져 있든 내 마음을 읽을 수 있다면, 그래서 그 속에 어떤 타고난 능력이 운명처럼 똬리를 틀고 있는지 안다면, 어떻게 내가 여기까지 올 수 있었겠는가? 설령 내가 가장 알리기 두려워하는 것을 그가 알았다 해도 나는 아직 여기에 있었다. 여기에 있을 뿐 아니라 성장하며 그의 기대를 채우고 있었다. 그에게는 나와 관련해 나름의 계획이 있었고, 나의 비밀은 어쨌든 안전했다. 하지만 나는 정말 그가 그것을 안다고 생각하지는 않았다. 가장 중요한 정보에 한해서는 이제 내가 그를 앞질렀다고 생각한다. 또한 모든 걸 다 알아도 그 결정적인 것만은 모르리라는 점이 마침내 그가 지니게 된 부족함이었다.

결국 나로서는 모든 게 더이상 좋을 수 없었다. 이 집단에 있다는 것만으로 기분이 날아갈 듯했다. 내가 도달하지 못할 고지는 없어 보였다. 드루의 말이 맞았다. 나는 멋진 꼬마 악마였다. 저명한 내빈은 미스터 슐츠와 함께 계단을 올라 교회 안으로 들어갔다. 나는 심지어 누군가가 나를 그에게 소개시켜주길 원했다. 아니면 적어도 그들이 나의 존재를 알아주었으면 했다. 비록 내가 일부러 눈에 띄지 않으려 하긴 했지만. 하지만 나는 기분 상하지 않았다. 역사적 순간의 흥분 속에서 세세한 것들은 경시되기도 한다는 걸 알고 있었다. 나는 이 거물들 바로 뒤에서 단정히 이발한 그들의 머리를 쳐다보았다. 동경하던 유명한 갱들과 함께 줄을 서서 올라갔다. 나는 줄의 맨 끝, 층계의 제일 아래, 행렬의 제일 끝에 있었지만 관대한 마음이 들어 기꺼이 모든 사람을 선의로 해석하고 싶었다. 행렬은 성당 입구에서 멈추었다. 정규 미사가 진행되는 동안 가톨릭교에 입회시키는 상징으로 몬테인 신부가 제단에서 내려와 미스터 슐츠를 영접해 성당 안으로 인도할 때까지 기다려야 했다.

공교롭게도 이 절차는 예상보다 오래 걸렸다. 아바다바 버먼은 계단을 내려와 보도에서 담배를 피웠다. 나는 손바닥을 오므려 바람을 막고 성냥불을 그어 붙여주었다. 그러자 어빙이 대열에서 이탈해 우리에게 왔다. 우리 셋은 내빈의 화려한 유선형 크라이슬러에 등을 기대고 섰다. 길 양끝에 있는 다른 차들은 본체만체하고, 목조 첨탑이 있는 세인트 바르나바 성당의 미늘판 외벽 건물을 마주보고 서 있었다. 종소리는 이제 그쳤다. 잠시 가벼운 종소리가 뒤따르다 잦아들었다. 그리고 성당 안에서 다른 은은한 소리가 들려왔다. 오르간 소리였다. 이때 어빙이 입을 열었다. 더치 슐츠에 대해 그에게서 들은 말 중 가장 비난에 가까운 발언이었다.

"물론," 그는 계속 대화중이었던 것처럼 말을 꺼냈다. "더치맨이 한 가지 잘못 아는 게 있어. 나이 먹은 유대교인들이 왜 그런 식으로 기도하는지 말이야. 안다면 그런 말을 할 리 없지. 야, 넌 설명할 수 있겠어?"

"저는 종교를 별로 좋아하지 않아요." 나는 말했다.

"나도 신앙이 있는 사람은 아니야." 어빙이 말했다. "사람들이 고개를 끄덕이고 수그리면서 잠시도 가만히 있지 않는 데는 그럴 만한 아주 합리적인 이유가 있어. 촛불과 같다 이거야. 회당에서 기도하는 나이든 사람들은 앞뒤로 흔들거리고 이리저리 기울어지는 촛불인 거지. 그 한 명 한 명이 작은 불꽃처럼 고개를 끄덕이고 수그리는 거야. 작은 영혼의 불꽃, 물론 언제든 훅 불면 꺼질 수 있는 불꽃. 그래서 그러는 거라고."

"그것 참 흥미로운 얘기네, 어빙." 미스터 버먼이 말했다.

"하지만 보스는 그걸 모르는 거야. 그게 거슬린다는 것밖에는." 어빙이 나직하게 말했다.

미스터 버먼이 팔꿈치를 쳐들어 담배를 쥔 손이 귀에 가까워졌다. 그가 생각할 때 즐겨 취하는 자세였다. "그렇지만 크리스천들이 모든 걸 동시에 한다고 한 그의 말은 맞아. 그들에겐 중심적인 권위가 있지. 함께 성가를 부르고, 기도문을 외우고, 자리에서 앉았다 일어나거나 무릎을 꿇기도 해. 모든 게 질서정연하게 진행되고 통제되지. 그러니까 그 점에 대해서는 맞아." 미스터 버먼은 말했다.

이윽고 식이 시작되었을 때 나는 앞줄에서 드루 프레스턴의 옆자리에 앉아 있었다. 원했던 자리였다. 나는 속으로 괜찮다고 되뇌었다. 아직 아무 일도 일어나지 않았다고, 단지 그녀가 자신의 비밀스럽고 신비한 고통의 영역을 들여다볼 수 있게 허락했을 뿐이라고. 그게 전부였다. 그녀는 나에게 알은체하지 않았다. 그러는 그녀를 이해하면서도 한편으로는 괴로웠다. 나는 무턱대고 미사전례서 책장을 넘겼다. 모자를 쓴 그녀의 얼굴이 스테인드글라스의 은은한 빛을 받아 홍조를 띠었다. 그 얼굴이 소년의 보호자로서 타당하고 고귀한 역할을 상기시켰다. 하지만 나는 그녀와 너무도 섹스가 하고 싶어 몸을 제대로 못 가눌 지경이었다. 미사를 끝까지 견뎌낼 수 있을지 알 수 없었다. 미스터 슐츠는 이 의식을 속성이라고 칭했다. 나는 그렇다면 정식은 어떤 건지 궁금했다. 사실 나는 생전 처음으로 영원이라는 말의 의미를 이해했다.

지겹도록 영원했던 그 미사 전체에서 내가 기억하는 건 얼마 되지 않는다. 먼저 미스터 슐츠는 모든 의식을 거쳤다. 호명되고, 세례를 받고, 견진성사를 받고, 성체를 받아 모셨다. 구두끈은 여전히 풀어진 채였다. 다음으로 그의 명예로운 대부가 바로 옆에 서서 몬테인 신부의 지시에 따라 미스터 슐츠의 어깨에 손을 얹었다. 그때 미스터 슐츠는 화들짝 놀라 뛰어오를 뻔했다. 내가 이런 잡다한 부분에 주목한 이유는 아마 의식의 대부분이 라틴어로 진행된 탓에 무슨 일이 일어났을 때에야 관심을 기울였기 때문일 것이다. 더치 슐츠의 머리에 한 차례도 아니고 세 차례나 주전자로 물을 붓고도 그 대가를 치르지 않을 사람은 세상에 몬테인 신부뿐일 것이다. 신부는 전례 집전의 열정을 가지고 충만하고 생기 넘치게 의식을 진행했고, 미스터 슐츠는 매번 푸푸거리며 고개를 들었다. 벌게진 눈을 부릅뜨며 머리칼을 뒤로 반듯하게 넘기려 했지만 하나 마나 인 듯했다.

끝으로 그날 아침에 대해 내가 기억하는 것은 옆에 앉은 나의 아름답고 놀라운 드루의 불가사의한 자태였다. 그녀에 대한 내 생각이 사악해질수록 내 눈에 비친 그녀는 더욱 순결해졌다. 그녀는 성당 음악을 흡수하는 것만 같았다. 벽감에 안치된 여자 성인처럼 거룩함의 유약이라도 바른 듯한 모습이었다. 급회전하는 나의 세계가 교묘히 저글링하는 하나님의 구체처럼 공전한다는 점에서, 옆에 있는 나를 알은체하지 못하는 그녀의 행동은 내 마음속 우리의 결탁을 확인시켜주었다. 오르간 소리가 울려퍼지고, 회중이 거룩하게 성가를 부르고, 그녀가 흰 장갑 낀 손가락들을 입술에 대고 하품을 하는 순간, 나는 알았다. 내가 그녀를 숭배하지 않는다는 것을, 더이상 스스로를 속일 수 없다는 것을, 그리고 그녀에게 복종하여 나를 파멸시키지 않으리라는 것을.

3부

15

　재판 날짜가 거의 코앞이었다. 나는 사격연습을 취소하고 딕시 데이비스의 심부름을 했다. 그는 이제 6층에 묵고 있었다. 어느 날 아침, 법원에 있는 그에게 편지를 전달해주고 나오며 작고 둥근 창 너머로 법정 안을 들여다보았다. 텅 비어 있었다. 딱히 들어가지 말라는 사람도 없어서 제1법정에 들어가 앉았다. 복잡하게 거치적 거리는 게 없는, 가령 경찰서와는 달리 탁 트인 방이었다. 벽은 나무판으로 마감했고 커다란 창문으로 바람이 솔솔 불어 들어왔으며 천장에는 전등이 체인에 매달려 있었다. 판사와 배심원, 검사, 피고, 방청객을 위한 가구가 모두 제자리에 있었다. 매우 조용했다. 판사석 뒤 벽시계에서 초침이 움직이는 소리가 들렸다. 나는 법정 이 거기에 앉아 기다리고 있다는 인상을 받았다. 그 기다림 뒤에 무한한 인내가 있다는 느낌도. 나는 법에 예언적 효용이 있다는 것을 알았다.

나는 문득 유죄판결 장면을 생각하고 있었다. 교도관들이 미스터 슐츠를 데리고 나가는데 아무것도 못하고 가만히 서 있는 우리 갱단을 그려보았다. 얼굴이 시뻘게지도록 격노해 끌려나가는 그의 모습을, 마름모꼴 격자 철창을 덧댄 죄수 호송차의 뒤창 너머로 분할되어 보이는 그의 살의에 찬 마지막 모습을 상상했다. 기분이 매우 안 좋았다.

여기서 더치 슐츠에 대해 말해야겠다. 그는 어디를 가나 스스로를 배신하는 행위를 저질렀다. 인생의 모든 시기에서 그랬다. 그의 본성은 배신자들을 낳았다. 모양과 크기가 우리들처럼 각기 달랐지만 배신이라는 공통된 얼굴을 지녔다. 그리고 그는 우리를 죽이러 다녔다. 내가 그 사실을 몰랐던 건 아니다, 정말이다. 나는 매일 밤 슐츠 가족의 저녁식사에 참석하러 엘리베이터를 타고 내려가 사랑 아니면 공포로 신음하며 식탁에 앉았다. 그게 사랑인지 공포인지 분별하기가 쉽지 않았다.

재판 이틀 전, 줄리 마틴이라는 사람이 나타났다. 나만 빼고 갱단 모두가 아는 사람이었다. 그는 뚱뚱했고 말을 할 때마다 축 처진 아래턱이 출렁거렸다. 키는 미스터 슐츠나 딕시 데이비스보다 훨씬 컸다. 걸을 때는 지팡이에 의지하고서 한쪽 발에는 슬리퍼를 신었다. 눈이 아주 작고 눈동자 색이 뚜렷하지 않았다. 면도를 하지 않아 수염이 까칠했다. 목소리가 걸걸한 게 더치맨보다 더 굵고 낮았다. 목덜미에 고불고불하게 난 검은 털도 그렇고, 자동차 정비라도 한 양 시커먼 손톱과 거대한 손도 그렇고, 그는 전혀 단정하지 않았다.

드루 프레스턴이 저녁 식탁에 앉기가 무섭게 자리를 떠서 나는 안심했다. 그자는 골칫거리였다. 미스터 슐츠는 정중하지만 냉소적인 어투로 그를 회장이라고 불렀다. 나는 미스터 슐츠가 맨해튼에서 레스토랑 갈취 사업을 했던 걸 떠올리고서야 왜 그런지 알았다. 메트로폴리탄 요식업 조합. 줄리 마틴은 조합을 운영하는 바로 그자였다. 그래서 그가 회장이라 불리는 것이었다. 린디스와 브래스 레일, 스투벤스 태번, 심지어 잭 뎀프시까지 포함한 미드타운의 고급 레스토랑 대다수가 조합에 가입한 터라 그는 꽤 중요한 건달이었다. 조합에 가입하길 꺼리는 레스토랑의 창문 너머로 직접 악취탄을 던지는 사람이 그가 아닌데도 왜 손톱이 더럽고, 왜 이발을 하지 않고, 왜 성공한 범죄조직의 일원으로서 자신감을 발산하지 않는지 나는 이해할 수 없었다.

이따금 터지는 악취탄을 제외하면 레스토랑 갈취는 눈에 띄지 않는 사업이었다. 불법 로토보다 더 눈에 띄지 않았지만 벌이는 거의 비슷했다. 브로드웨이의 고급 스테이크하우스에서 손님들이 저녁식사를 하거나, 카페테리아에서 노인들이 커피 한 잔을 앞에 놓고 앉았거나, 계속 김이 모락거리는 찐 당근과 콜리플라워가 곁들여진 따끈한 요리 진열대 앞을 지나며 접시에 음식이 담기는 동안 그들은 은밀한 대화를 나누며 눈에 띄지 않고 훌륭하게 일을 진행했다. 그들이 레스토랑을 방문할 때 배가 고픈 적은 없었다.

미스터 슐츠는 줄리 마틴에게 가톨릭교에 입회한 날 이야기를 하며 자신의 대부가 누구였는지 말하고서 우쭐댔다. 줄리 마틴의 반응은 시들했다. 그는 무례한 사람이었다. 마치 다른 곳에 더 중요한 업무가 있다는 듯 행동했다. 매일 밤 그렇듯 식탁 위에는 위스키가 한 병 놓여 있었다. 줄리 마틴은 라이 위스키를 큰 잔에 반씩 채워 물처럼 마셨다. 한번은 포크가 바닥에 떨어지자 그가 웨이트리스를 불렀다. "야, 너!" 지저분한 접시가 가득 담긴 쟁반을 들고 지나가던 그녀는 자칫 쟁반을 떨어뜨릴 뻔했다. 미스터 슐츠는 이 여자를 좋아했다. 그가 팁을 많이 주거나 희롱 섞인 농담을 건다고 해서 매일 밤 저녁식사 때 그녀가 생명을 잃을 위험이 없다고 확신할 수는 없었다. 미스터 슐츠는 그녀를 꾀어 뉴욕의 엠버시 클럽에서 일하게 하려는 야심이 있다고 내게 말한 적이 있었다. 그녀가 그를 몸서리치게 무서워한다는 걸 감안하면 말도 안 되는 농담이었다. "창피한 줄 알아야지, 회장 나리." 그가 말했다. "쟤는 조합 종업원이 아니잖아. 여긴 시골이야, 예의를 좀 지키라고."

"그렇지, 여긴 시골이지, 아무렴." 그 거구가 처음으로 말했다. 그러고서 엄청난 트림을 분출했다. 이런 능력을 가진 아이들을 알았지만 나는 그것을 익히지 못했다. 그건 천박한 애들의 무기였고 소화기계통의 반대쪽 끝에 비슷한 소질이 있음을 암시했다. "내가 이 형편없는 식사를 끝마칠 수만 있다면, 그래서 내가 여기까지 와야 할 정도로 중요한 자네 생각이 뭔지 말해주겠다면, 내 자네의 빌어먹을 시골을 떠나주지. 빠를수록 좋아."

딕시 데이비스는 두려운 눈초리로 미스터 슐츠 쪽을 쳐다보았다. "줄리는 그야말로 뉴요커로군요." 그는 입꼬리가 처지는 웃음을 지었다. "뉴요커는 맨해튼을 벗어나기만 하면 화를 낸다니까요."

"잘도 떠들어대는군, 자네도 회장 나리 알지?" 더치 슐츠가 와인잔 너머로 그를 쳐다보았다.

디저트가 애플파이였는데도 나는 기다리지 않고 방으로 올라가 문을 잠그고 라디오를 켰다. 마침내 그들이 엘리베이터에서 내려 모두 미스터 슐츠의 방으로 들어가는 소리가 들렸다. 제각각 자기 의견을 동시에 말하는 그들의 목소리가 잠시 중창처럼 들렸다. 그러다 문이 쿵 닫혔다. 나는 마음이 심란했는데도 제법 합리적으로 느껴지는 생각을 했다. 다름이 아니라 내가 그 말다툼을 일으켰다는 것. 나의 비밀스러운 탈선이 더치맨 특유의 형이상학적인 분노를 유발했고, 이 분노가 일시적으로 엉뚱하게 자신을 위해 일하는 사람에게, 게다가 보가 그랬듯 자신에게 유용한 사람에게 향했을 뿐이라는 생각이 들었다. 그렇다고 내가 발이 시원찮은 그 천박한 거구에게 동정심을 느낀 건 아니었다. 나는 그들이 정확히 무엇 때문에 다투는지 알지 못했다. 내게 들릴 정도로 상당히 심각하고 소리도 컸지만 정확히 무슨 내용인지는 분간할 수 없었다. 나는 살며시 복도로 나가 그의 방문 앞에 섰다. 분노의 입씨름을 가까이서 듣고 있자니 겁이 났다. 아직 멀리 있는 번개를 동반한 폭풍우의 우레 소리가 가까이에서 크게 울리는 것 같았다. 나는 드루의 방문이 잠겼는지 보려고 계속 내 방과 복도를 왔다갔다했다. 그녀가 휩쓸리지 않았는지 확인하고 싶었다. 라디오의 치직거리는 소리가 심해질 때마다 나는 총성을 들은 것 같아 복도로 다시 뛰어나갔다.

이 모든 상황이 한 시간 남짓 계속되었다. 그러다 열한시쯤 되었을까, 진짜 총성이 들렸다. 진짜 총성이 나면 그게 총성이라는 것을 의심할 수 없다. 총성은 명확하다. 귓구멍 안에서 되튀며 울린다. 나는 총성의 메아리가 잠잠해지자 우주에서 한 생명이 불시에 줄어들어 생긴 정적을 들었다. 이번엔 내가 아는 것이 사실이라는 떨림 속에서 나는 침대 가장자리에 앉았다. 방문을 잠그러 가려고 해도 몸이 마비되어 일어설 수조차 없었다. 나는 가득 장전된 권총을 쥔 채 무릎에 놓고 베개로 가렸다.

　내가 무슨 생각으로 이자들과 함께 북부 지역 호텔에 와서 흉포한 일에 끼게 되었을까? 이해하기 위해서? 그저 그러기 위해서? 겨우 몇 달 전만 해도 나는 그들의 삶에 대해 전혀 아는 바가 없었다. 나는 그들이 내가 없었어도 이 모든 일을 했을 거라고 믿으려 애썼다. 하지만 너무 늦었다. 그들은 너무 이상했다. 모두가 너무 이상했다. 그들은 모두 같은 생각에서 시작해 미친듯이 날뛰었다. 서로를 잘 알고 그에 따라 계산된 반응을 보이는 듯했다. 그러나 내게는 그 생각이 분명히 잡히지 않았다. 그게 무엇인지 아직 알지 못했다. 그 생각이 무엇인지.

　몇 분이나 지났는지 모르겠다. 문이 활짝 열렸고 룰루가 선 채로 손가락을 까딱여 오라는 표시를 했다. 나는 총을 뒤에 남겨두고 그를 따라 급히 미스터 슐츠의 방으로 갔다. 가구들이 흩어져 있었다. 의자들이 뒤로 밀려나고 거구의 줄리 마틴이 거실 커피테이블에 엎어져 있었다. 아직 죽지 않고 숨이 넘어갈 듯 헉헉거렸다. 고개를 옆으로 돌린 채 둘둘 만 타월을 베고 있었고, 잘 말아놓은 다른 타월로는 뒤통수에 대고 피를 흡수시켰다. 타월 두 장이 빠르게 피로 물들어갔다. 숨을 몰아쉬는 그의 입과 코에서 피가 흘렀다. 커피테이블 양쪽으로 늘어진 그의 팔이 무언가를 잡으려고 애썼다. 바닥에 무릎을 꿇은 채 그는 일어서려는 듯, 아직 달아날 수 있다고, 수영해서 빠져나갈 수 있다고 생각하는 듯 발끝을 뒤로 밀었다. 한쪽 신발은 벗겨진 채였다. 평영하는 모습을 슬로모션으로 보는 듯했다. 그는 널찍한 등을 일으키려다 자신의 무게에 도로 풀썩 엎어졌다. 어빙이 화장실에서 타월을 더 가져와 피가 흐르는 테이블 옆 바닥에 놓았다. 미스터 슐츠는 그 자리에 서 있었다. 양팔을 흐느적거리며 바다에서 갓 나온 양 앞이 안 보여 눈을 게슴츠레하게 뜬 거북이 같은 거대한 몸을 내려다보며. 그러다 아주 침착하고 조용하게 내게 말했다. "야, 너, 시력이 좋지. 우리는 탄피를 못 찾겠으니 네가 좀 찾아주겠어?"

나는 바닥을 더듬어 소파 밑에서 놋쇠 탄피를 찾았다. 그의 총에서 발사된 38구경 탄피가 여전히 따뜻했다. 재킷을 풀어헤치고 있어 허리띠에 찬 총이 보였고 넥타이가 느슨하게 늘어져 있었지만, 어째서인지 이 순간, 이 모든 피와 임박한 죽음의 혼란 가운데에서 그는 차분하고 단정한 모습으로 빛났다. 그는 조용하고 친절했다. 탄피를 찾아주어 고맙다고 정중하게 말하고 바지주머니에 그것을 집어넣었다.

딕시 데이비스는 잔뜩 웅크린 채 한쪽 구석에 앉아 있었다. 마치 자신이 총에 맞은 양 신음하면서. 나직하게 문을 두드리는 소리가 났다. 룰루가 문을 열어 미스터 버먼을 들였다. 딕시 데이비스가 벌떡 일어나며 말했다. "오토! 더치맨이 무슨 짓을 했는지 봐, 내게 무슨 짓을 했는지!"

미스터 슐츠와 미스터 버먼이 서로 시선을 교환했다. "딕." 미스터 슐츠가 변호사에게 말했다. "정말, 정말 미안하네."

"나를 이런 지경에 밀어넣다니!" 딕시 데이비스는 손을 쥐어짜며 말했다. 안색이 창백해진 그는 몸을 부들부들 떨었다.

"이거 미안하게 됐어, 변호사 양반." 미스터 슐츠가 말했다. "저놈이 내 돈 5만 달러를 훔쳤거든."

"나는 법조인이야!" 딕시 데이비스가 미스터 버먼에게 말했다.

미스터 버먼은 쭉 뻗은 몸이 고통에 신음하며 헛된 동작을 반복하는 모습을 쳐다보았다. "그런 내가 저기 서 있는데 그런 짓을 해? 말하고 있는데 총을 꺼내 저자의 입에 대고 쏴?"

"진정해요, 변호사 양반." 미스터 버먼이 말했다. "진정해요. 아무도 들은 사람 없으니까. 모두 잠들었어요. 오논다가 사람들은 일찍 잔다고. 뒷일은 우리가 알아서 할 테니, 당신은 방에 돌아가 문 닫고 잊어요."

"저녁식사 때 내가 저자와 있는 걸 사람들이 봤다고!"

"그는 저녁 먹고 바로 자리를 떴어요." 미스터 버먼이 죽어가는 사람을 바라보며 말했다. "떠났다고요. 미키가 그를 태워 바래다줬어요. 미키는 내일이나 되어야 돌아올 테고, 증인들이 있어요."

미스터 버먼은 창가로 갔다. 커튼 뒤에서 밖을 내다보고는 블라인드를 내렸다. 다른 창문으로 가 같은 일을 반복했다.

"아서." 딕시 데이비스가 말했다. "이제 몇 시간 후면 뉴욕에서 연방수사관들이 와 이 호텔에 묵을 거라는 걸 알기나 해요? 이틀만 있으면 재판이 시작된다는 걸 알기는 해요? 이틀 후라는 걸?"

미스터 슐츠는 사이드테이블에 놓인 디캔터에서 술을 따랐다. "야, 미스터 데이비스를 방으로 모셔다드려. 침대에 뉘고 따끈한 우유나 뭐 마실 것도 갖다주고."

딕시 데이비스의 방은 복도 끝의 창문 옆이었다. 나는 그를 부축했다. 몸을 심하게 떨어 팔을 붙들어줘야 했다. 마치 혼자 걸을 수 없는 노인 같았다. 안색이 잿빛이었다. "맙소사, 맙소사." 그는 중얼거렸다. 올백으로 빗질해 넘긴 머리칼이 흩어져 이마를 덮었다. 땀범벅이 된 그의 몸에서 불쾌한 양파 냄새가 풍겼다. 나는 그를 침대 옆 안락의자에 앉혔다. 책상에는 법률 서류철이 쌓여 있었다. 그는 서류더미를 쳐다보며 손톱을 씹기 시작했다. "나는 뉴욕주 법조인이야." 그가 중얼거렸다. "법원 임원이라고. 그런데 바로 내 눈앞에서. 바로 내 눈앞에서."

나는 미스터 버먼의 말이 아마 옳을 거라고 생각했다. 총성이 다른 층으로 퍼져나갔다면 그때쯤 호텔이 소란스러워졌을 테니 말이다. 복도 창문을 내다보니 거리가 텅 비었다. 가로등이 정적을 비추었다. 문이 열리는 소리가 나서 뒤돌아봤더니 드루 프레스턴이 흰 실크 슈미즈 차림에 맨발로 복도에 나와 서 있었다. 등뒤에서는 불빛이 비쳤고, 그녀는 머리를 긁적이며 좀 멍청해 보이는 미소를 지었다. 여기서 내 교란된 정신에 대해 이야기하지 않겠다. 나는 그녀를 방안으로 밀고 들어가 문을 닫았다. 그리고 그냥 조용히 다시 잠자리에 들라고 다급하게 속삭이며 그녀를 침실로 데려갔다. 맨발인 그녀는 키가 나와 비슷했다. "무슨 일인데, 무슨 일 있었니?" 그녀는 졸음이 가득해 탁한 목소리로 말했다. 나는 그녀에게 아무 말도 해주지 않았다. 아침이 되어도 미스터 슐츠든 누구에게든 그 일에 대해 묻지 말고 그냥 잊으라고, 잊어버리라고만 하고서 졸린 그녀의 입술에 키스했다. 나의 지시사항을 봉인하는 의미로. 나는 그녀를 눕힌 뒤 우리가 걸었던 초원 같은 침대 시트와 베개로 몸을 감싸는 그녀의 그윽한 향기를 맡았다. 나는 그녀의 작고 볼록한 가슴에 손을 얹었다. 그때 그녀가 몸을 뺐으며 그녀가 택한 순간에, 언제나 그랬듯 그녀가 택한 순간에 미소를 지었다. 그녀 곁을 떠나 밖으로 나와 소리가 나지 않게 문을 닫자마자 반대쪽 복도 끝에서 엘리베이터가 열렸다.

미키가 목재와 쇠파이프로 된 육중한 수레를 끌며 뒷걸음으로 나왔다. 그는 최대한 소리가 안 나게 움직였다. 나는 엘리베이터 직원이 생각나 창문 커튼 뒤에 몸을 숨겼다. 하지만 미키는 직접 엘리베이터를 작동해 올라왔는지 수레를 능숙하게 복도로 끌어낸 뒤 엘리베이터 안의 불을 끄고 놋쇠 문을 약간 열어놓았다.

갱단원들은 물 만난 물고기였다. 그러니까 갱단은 평범한 일반인과 달리 폭력적인 죽음 앞에서 신속하고 능률적으로 움직인다. 초보자인 나마저도, 공포와 당혹감으로 어질어질한 상태인데도 명령을 수행하고 긴급 사태에 건설적으로 반응해서 생각하고 행동할 수 있었다. 그들이 어떻게 했는지 모르지만, 그 거구는 더이상 움직이지 않고 커피테이블 위에 완전히 죽어 있었다. 어빙은 수레에 뉴욕의 일간지들과 〈오논다가 시그널〉을 깔았다. 누군가 하나 둘 셋을 세자 그 소리에 맞춰 신문이 깔린 수레에 줄리 마틴의 거대한 시체를 굴려 떨어뜨렸다. 죽음은 흙이다. 죽음은 쓰레기다. 그것이 시체에 대한 그들의 태도였다. 인간쓰레기 자루를 다루며 룰루는 코를 찡그렸고 미키는 고개를 돌리기까지 했다. 미스터 슐츠는 의자 팔걸이에 팔을 얹고 나폴레옹처럼 앉아 있었다. 시체 치우는 건 아예 쳐다보지도 않았다. 그는 앞일을 생각하고 있었다. 무슨 계획이었을까? 그는 천재적인 직관으로 자신의 살인 행위가 돌발적이고 갑작스럽긴 했지만 적절한 순간에 이루어졌다고 확신했다. 그렇기 때문에 거물들은 대차대조표와 조세법, 예금통장, 그 밖의 도덕관념이 결여된 절취 행위로 걸렸지 살인으로는 좀처럼 걸리지 않았다. 뒤처리는 아바다바 버먼이 감독했다. 그는 모자를 뒤로 젖혀 쓰고 담배를 입에 문 채 약간 절뚝거리며 종종걸음으로 왔다갔다했다. 지팡이를 생각해내고 찾아서 시체 옆에 놓은 것도 그였다. 그가 내게 말했다. "야, 로비로 가서 아무도 화살표를 보지 못하게 망 좀 봐."

나는 비상계단으로 내려갔다. 한 번에 세 계단씩 뛰어내리며 층계참에 이르면 난간 기둥을 잡고 빙 돌면서. 로비에 도착하자 제복 차림의 엘리베이터 직원이 커다란 산세비에리아 화분 옆 의자에 앉아 팔짱을 낀 채 고개를 가슴에 묻고 졸고 있었다. 프런트 직원도 뒷벽에 붙은 우편함 아래 책상에 비슷한 자세로 앉아 있었다. 로비는 텅 비었다. 거리도 마찬가지였다. 나는 엘리베이터 층수 표시기를 지켜보았다. 잠시 후 표시기의 화살이 반원을 그리며 돌아 1층까지 오더니 계속해 내려가다 지하실에서 멈췄다.

호텔 뒤편 바깥에 차가 대기하고 있을 것이었고, 내가 짐작조차 할 수 없는 세부적인 사항까지 이미 다 짜였을 터였다. 그 생각을 하니 막연하게 안심이 되었다. 내가 안고 있는 다른 문제들에 더해 이제 나는 사후 공범까지 되었다. 엘리베이터가 로비로 다시 올라와 문이 열렸다. 미키가 나를 보고 입술에 손가락을 대며 엘리베이터에서 나왔다. 엘리베이터는 원래대로 불이 켜졌지만 놋쇠 접문은 젖혀둔 채였다. 그는 살며시 비상계단으로 나갔다. 나는 잠시 후 크게 헛기침을 해서 회색 머리의 흑인 엘리베이터 직원을 깨웠다. 그는 나를 6층까지 태워다주고 잘 자라는 인사를 했다. 그다음에 일어난 일만 아니면 나는 냉담한 간계를 시도해본 걸 자축했을지도 모른다. 미스터 슐츠의 방에 가보니 룰루가 남아 가구들을 제자리에 배치하고 있었다. 미스터 버먼이 열쇠꾸러미와 깨끗한 타월더미를 들고 들어왔다. 객실 직원이 관리하는 벽장에서 꺼내온

새 타월이었다. 나는 그들의 전문성에서 비롯된 디테일들을 보고 감탄했다. 범죄란 앞으로 들어올리면 그린 게 다 지워지는 어린이용 장난감 칠판 같다는 생각이 들었다. 마침내 미스터 슐츠가 잠에서 깨어나듯 부스스 일어나 돌아다니며 방안의 모든 게 이상 없이 보이는지 확인했다. 그런 다음 커피테이블 옆의 검게 물든 자리를 뚫어지게 쳐다보았다. 그 옆에는 혹성 주변을 도는 위성들처럼 핏자국도 몇 방울 보였다. 메트로폴리탄 요식업 조합 전前 회장의 피였다. 미스터 슐츠는 전화기 있는 데로 가서 수화기를 들어 프런트 직원을 깨웠다. "나 미스터 슐츠요. 방에서 사고가 났으니 의사를 보내줘요." 그가 말했다. "그래, 최대한 빨리. 고맙소."

나는 혼란스러웠다. 다소 불안하기까지 했다. 너무 이해하기 어려워서 내 신상에 좋지 않을 것으로만 감지되는 그게 무엇인지 열심히 머릿속으로 추리해보려고 했다. 방안의 나머지 사람들은 죽은듯이 무심했다. 미스터 슐츠는 몇 분가량 창밖을 내다보며 서 있다 거리에서 차 한 대가 달려오는 소리가 들리자마자 창가에서 돌아서 내게 커피테이블 옆에 서라고 말했다. 미스터 버먼은 앉아서 피우던 담배로 새 담배에 불을 붙였다. 내 위치가 틀렸는지 룰루가 바로잡아주려는 듯 다가왔다. 그는 위치를 잡아주고도 내 어깨에서 손을 떼지 않았다. 무언가 번뜩, 그렇지만 너무 늦게 떠오른 그 순간, 나는 그가 금니를 반짝이며 씩 웃는 모습을 본 것 같았다. 이런 상황에서 나의 머리가 빨리 돌아가지 않은 건 축복이었다. 그가 나를 칠 때, 전적으로 희생적인 충성 그 이하의 모습은 보일 틈이 없었기 때문이다. 이런 위계질서 안에서 왜 나죠 왜 나죠 하는 말은 소용없었을 것이다. 앞이 안 보일 정도의 고통이 엄습하며 말문이 막혔다. 무릎이 후들거리다 꺾였다. 권투선수들이 말하듯이 눈앞에서 별이 빙글빙글 돌았다. 잠시 뒤 나는 충격으로 신음하며 몸을 웅크렸고 피가 똑똑 떨어졌다. 두 손으로 가엾은 코를 움켜잡았다. 내 얼굴에서 가장 잘생긴 부분이었다. 손가락 사이로 피가 철철 흘러 얼룩진 카펫에 떨어졌다. 그렇게 나는 죽은 폭력배의 피에 내 피를 섞고 부당한 조치에 대한 분노를 견디며, 살인을 은폐할 슐츠 갱단의 눈부신 주장의 대미를 장식했다. 그런 가운데 시골 의사가 사무적으로 문을 두드리는 소리가 들렸다.

얼굴을 강타당한 그 충격이 시간이 흐르면서 어떤 영향을 끼쳤는지 나는 기억한다. 얼굴에 타격이 가해진 순간, 그것은 이미 과거의 상처가 되었으며 그 때문에 마음속에 형성된 분노는 어떻게든 되돌려주겠다는, 앙갚음하겠다는 묵은 결의가 되었다. 이 모든 건 흔적을 지울 그 고통을 당했던 한순간에 든 생각이었다. 총성을 들었을 때는 그게 나를 향한 것이었어도 할말이 없다는 생각이었지만, 코를 부러뜨릴 필요까지는 없지 않았나 싶었다. 정말 속상했고, 처참하게 이용당한 기분이었다. 용기와 분노가 함께 역류했다. 나는 내 욕구의 무분별한 의로움을 느끼며 기운을 차렸다. 나는 밤새도록 얼굴에 얼음주머니를 댔다. 얼굴이 부어올라 못생겨져 드루 프레스턴이 더는 나를 귀엽게 여기지 않는 일이 생기지 않도록. 아침에 보니 예상만큼 그리 형편없지는 않았다. 얼굴이 좀 부었고 눈 아래가 퍼렜다. 한 대 세게 얻어맞았지만 방탕하게 놀다 그렇게 되었다고 해도 괜찮을 정도였다.

나는 평소와 다름없이 아침을 먹으러 나갔다. 음식을 씹을 때 통증이 느껴졌다. 입술도 약간 따끔거렸다. 하지만 끔찍했던 지난밤에 대해 다른 사람들과 마찬가지로 무정하고 태연하겠다고 스스로 맹세했다. 그리고 들썩거리다 풀썩 엎어지던 망자의 모습을 머릿속에서 몰아냈다. 호텔로 돌아와보니 복도 맞은편 미스터 버먼의 사무실 문이 열려 있었다. 나와 눈이 마주치자 그는 들어와 문을 닫으라는 몸짓을 했다. 그는 통화중이었다. 들어올린 한쪽 어깨와 턱 사이에 수화기를 괴고 계산 전표를 살펴보며 상대방과 이야기하고 있었다. 전화를 끊고 난 그는 몸짓으로 책상 옆 의자를 가리켰다. 나는 사무실을 방문한 고객처럼 가서 앉았다.

"우리 이동한다." 그는 말했다. "오늘밤에 여기를 뜬다. 미스터 슐츠와 변호사들만 남을 거야. 모레부터 배심원 선정이 시작될 거고. 재판 기간에 기자들이 들이닥칠 텐데 우리가 여기서 어슬렁거리면 모양새가 안 좋을 거야."

"기자들이 여기에 올 거라고요?"

"그럼 넌 어떨 줄 알았는데? 오논다가에 말벌집을 통째로 쑤셔놓은 꼴일 거야. 여기저기 사방을 돌아다니겠지."

"〈미러〉도요?"

"무슨 얘기야, 당연하지, 모두 올 테니까. 신문기자들은 땅버러지 같아. 명예랄지 품위랄지 그런 의식이 없어. 행동윤리라고는 전혀 없지. 단순히 아서 플레겐하이머였다면 기자들이 그런 관심을 기울일 가치가 있다고 생각했을까? 더치 슐츠니까 헤드라인이 되는 거야."

미스터 버먼은 고개를 가로젓고는 손을 들었다 털썩 무릎에 놓았다. 나는 그렇게 혼란스러워하는 그를 처음 보았다. 이날 아침 그는 평소의 말쑥한 사람이 아니었다. 작업복 바지에 셔츠를 입고 멜빵을 메고서 슬리퍼를 신었다. 뾰족한 턱은 면도도 안 한 상태였다. "내가 어디까지 얘기했지?" 그가 말했다.

"우리가 여기를 뜬다고요."

그는 내 얼굴을 찬찬히 들여다보았다. "그렇게 심하진 않군." 그가 말했다. "상처가 기개를 더해주는 법이지. 아프냐?"

나는 고개를 가로저었다.

"룰루가 순간적으로 흥분했어. 코피만 터트리기로 했는데 코뼈를 부러뜨리고 말았으니. 모두 신경이 날카로워서 그래."

"괜찮아요." 나는 말했다.

"말해 무엇하겠느냐만, 전부 유감스러운 일이었어." 그는 담배를 찾아 책상을 둘러보았다. 한 개비 남은 담배를 발견하고 불을 붙인 뒤 다리를 꼬며 회전의자에 기대앉았다. 담배를 쥔 손이 귓가로 갔다. "세상엔 가끔 우리가 아는 범위를 벗어난 삶이 있는데, 바로 여기에서 벌어지는 삶이 그래. 이건 부자연스러운 삶이야. 그래서 우리는 최대한 빨리 이 재판을 끝내고 원래 우리의 집으로 돌아가야 하는 거야. 이제 용건을 말할게. 미스터 슐츠는 이제부터 아주 바빠질 거야. 법정 안팎에서 세간의 주목을 받을 테고. 그러니까 우리는 그가 주어진 문제 외에 다른 일에는 전혀 신경쓸 필요가 없도록 해야 해. 무슨 말인지 이해해?"

나는 고개를 끄덕했다.

"음, 그런데 어째서 그 여자는 그걸 이해하지 못하지? 이게 무슨 어린애 장난도 아니고, 다른 실수라도 하면 감당할 수 없는데 말이야. 우린 이제 빈틈없이 행동해야 해. 내가 그 여자에게 바라는 건 그저 며칠만 훌쩍 떠나 있으라는 거야. 새러토가에 가서 경마나 보라는 거지. 그게 무슨 어려운 일인가?"

"그러니까 프레스턴 부인 말씀이시죠?"

"재판을 보고 싶다는군. 그녀가 법정에 들어서면 어떤 일이 벌어질지는 알겠지. 사진이 찍혀도 상관없다는 건가? 비밀스러운 여인이든 뭐든, 기자들이 꾸며낼 염병할 터무니없는 사람으로 취급당해도 상관없다는 거냐고. 남편이 알면? 미스터 슐츠가 유부남이라는 건 말할 필요도 없고."

"미스터 슐츠가 결혼했어요?"

"뉴욕에 그를 기다리며 걱정하는 아름다운 부인이 있지. 그래. 넌 뭐하러 묻는 건데? 우린 모두 유부남이야. 자식도 있고, 먹여 살리고 부양할 식구가 있다고. 오논다가는 우리 모두한테 아주 힘든 곳이야. 사랑이 모든 걸 정복하면 이게 다 허사인 거라고."

그는 나를 뚫어지게 바라보기 시작했다. 나의 반응이나 얼굴에 드러날 법한 생각을 대놓고 살폈다. 그가 말했다. "네가 나나 다른 친구들보다 프레스턴 부인과 더 많은 시간을 보냈다는 걸 알아. 네가 그녀를 아파트에 데려다주고 감시한 그날 밤부터 그랬지. 내 말이 타당하냐?"

"네." 나는 대답했다. 목구멍이 타들어갔다. 침을 삼킬 수 없었다. 내 목젖이 오르내리는 걸 그가 볼 테니까.

"네가 그 여자에게 말 좀 해줬으면 좋겠어. 당분간 이목을 끌지 않는 게 왜 더치맨에게 이득이 되는 일인지 설명해줘. 그래주겠어?"

"미스터 슐츠도 그걸 원하나요?"

"그렇기도 하고 그렇지 않기도 해. 그녀한테 알아서 하라는 거야. 있잖냐, 여자가 여럿이라고." 그는 독백하듯 말했다. 그리고 말을 잠시 멈추었다. "항상 여자가 있지. 하지만 우리가 함께한 긴 세월 동안 그가 이러는 건 처음 봤어. 대체 무슨 일인지. 그답지 않게 한사코 어리석게 굴고 있다는 걸, 그 여자가 볼링 핀처럼 남자들을 고꾸라뜨린다는 걸 도통 인정하질 않으니, 이게 무슨 일이냐고?"

그 순간 전화벨이 울렸다. "네가 아직까지는 나를 실망시키지 않았으니," 그가 수화기를 집으려고 의자를 빙글 돌려 몸을 수그리면서 말했다. 그리고 안경 위로 눈을 치켜뜨며 나를 쳐다보았다. "이제 와서 조질 생각은 마라."

나는 내 방으로 돌아와 생각했다. 이보다 더 완벽할 수는 없었다. 스스로 선택한 삶과 책무에서 벗어나고자 하는 나의 바람을 확인한 것 같았다. 그녀에게 얘기좀 해보라는 그의 말을 듣자마자 내가 무슨 일을 해야 할지 정확히 알았다. 위험을 인식하지 못한 건 아니었다. 자유에 대한 이 생각들은 내 것이었을까, 아니면 그의 영향을 받은 행동이었을까? 이것은 정말 위험했다. 그들은 모두 기혼자였다. 고집이 세고 타락의 깊이가 짐작되지 않는 예측 불가한 육욕을 지닌 성인이었다. 그들은 냉혹한 삶을 살았고, 불시에 공격을 감행했다. 게다가 미스터 버먼은 내게 모든 것을 말하지 않았다. 그가 무얼 말했든, 그게 자신만을 위한 말인지 아니면 미스터 슐츠도 생각한 말인지 나는 알 수 없었다. 이 문제와 관련해서는 미스터 슐츠를 위해 일해야 하는 것인지, 아니면 미스터 슐츠에게 최선의 이익이 되는 일에 공모해야 하는 것인지 알 수 없었다.

미스터 버먼이 나를 정직하게 대했다면, 패거리 중에서 내 머리가 월등해 쓸모 있다는 걸 인정한 것이니 기뻐할 수도 있었다. 자신을 포함해 다른 사람은 제대로 처리할 수 없는 임무를 내게 부여한 것이니까. 그러나 프레스턴 부인과 나 사이에 무슨 일이 있는지 그가 알았다고 해도 아까 한 말을 똑같이 했을지 모른다. 우리가 살해당할 거라면 오논다가가 아닌 다른 데서가 아닐까? 만일 미스터 슐츠가 더이상 그녀를 감당할 수 없게 된다면? 내가 필요 없다는 생각을 하게 된다면? 그는 자신을 위해 일해준 사람들을 멀리 떨어진 곳에서 죽였다. 내가 떠난다면 죽으러 가는 셈이 될 가능성이 있었다. 그가 내 마음속 비밀을 알고 나를 죽일 수도 있고, 그의 시야에서 사라지면 내가 배신했다고 생각해 역시 같은 결과에 이를 수도 있기 때문이다.

그렇지만 이 추측이 모조리 나의 마음 상태로 인한 징후가 아니라면 무엇이겠는가? 내가 오로지 성공하겠다는 목표만 품고서 양심에 거리낌 없이 행동했다면 그런 생각조차 하지 않았을 것이다. 나는 어느새 짐을 싸기 시작했다. 옷이 많아졌다. 황동 걸쇠와 조임 벨트 두 개가 달린 부드러운 고급 가죽 여행가방도 생겼다. 나는 옷을 가지런히 접었다. 새로 생긴 버릇이었다. 그러면서 드루 프레스턴과 이야기를 나눌 기회가 생길 경우의 첫 순간을 생각해보려고 했다. 공포 그 자체로 다가오는 메스꺼움의 조짐을 느꼈지만, 미스터 버먼이 가져다준 기회를 최대한 이용할 생각이었다. 나는 드루가 무슨 말을 할지 알았다. 그녀는 나를 두고 떠나고 싶지 않았다고 할 것이다. 귀여운 악마를 위해 거창한 계획을 세워놓았다고 할 것이다. 새러토가에 가긴 하겠지만 내가 동반하길 원한다고 미스터 버먼에게 말하라고 할 것이다.

그날 밤, 드루는 미스터 슐츠와 함께 공립학교 체육관에 갔다. 그가 오논다가의 주민들을 위해 여름을 마무리하는 성대한 파티를 열었다. 그사이 나는 나머지 갱단원과 함께 호텔을 빠져나갔다. 우리가 어디로 가는지조차 몰랐다. 그저 거기로 가는 중이라는 것만 알 따름이었다. 소지품과 짐을 몽땅 챙겨 자동차 두 대에 나눠 탔고, 지붕 없는 트럭이 뒤를 따랐다. 철제 금고와 침대 매트리스를 실은 트럭 뒤에 룰루 로젠크란츠가 타고 있었다. 시골에서 지내는 내내 나는 밤에 적응하지 못했다. 칠흑같이 어두웠기 때문이다. 심지어 호텔 창문을 내다보기도 싫었다. 밤이 무자비할 정도로 깜깜했기 때문이다. 오논다가에서는 가로등이 상점과 건물 들에 밤의 형체를 부여했다. 시내의 경계를 벗어나면 광막한 어둠이 엄청나고도 무서운 지식의 상실과 같아서 전혀 들여다볼 수가 없었다. 뉴욕의 밤처럼 부피와 투명성이 없었다. 기다리며 조바심내지 않아도 아침이 올 것 같은 느낌이 들지 않았다. 보름달이 떠도 산의 검은 형체와 부옇고 새까만 텅 빈 들판만 보일 뿐이었다. 최악은 이런 것이었다. 시골의 밤은 그야말로 밤이라, 일단 오논다가 다리를 건너 헤드라이트로 시골 도로의 흰 차선을 비추면, 위치를 파악할 수 없는 암흑 속에서 우리가 남기는 흔적이 얼마나 가늘고 희미한지, 숨이 완전히 끊어지지 않은 채 땅에 묻히면 눈을 뜨든 감든 차이가 없는 것처럼 그렇게 광막한 어둠 속에서는 뜨거운 가슴과 운동근육의 열기도 있으나 마나 하다는 걸 알게 되는 것.

내가 미스터 슐츠의 헌신적인 신봉자인 게 두려웠다. 그의 지배하에 있다보니 마음이 황량해졌다. 남의 결정에 따라 살아도 겉보기에는 꽤 괜찮은 생활을 할 수 있다. 저항의 여명이 그 모든 결정의 특징, 즉 폭압을 드러내줄 때까지는. 드루는 뒤에 남아 그와 함께 있는데 나는 수하물처럼 실려가는 게 찜찜했다. 거리는 그리 멀지 않을 터였다. 목적지에 도착했을 때 주행거리를 슬쩍 확인해보니 겨우 20킬로미터밖에 되지 않아 조금 놀랐다. 그래도 떨어져 있는 거리에 비례해 나와 드루 프레스턴의 관계가 약해지는 것 같았다. 나는 그녀의 감정이 지속되리라고 자신할 수 없었다.

우리는 어느 집 앞에 차를 댔다. 누가 이 집을 찾아서 세를 얻었는지 혹은 구매했는지 나는 끝까지 알지 못했다. 농가였지만 농장은 없었다. 기울어진 베란다가 딸려 있고 외벽에 미늘판을 댄 황폐한 집이 비탈진 흙길 꼭대기에 서 있을 뿐이었다. 비탈길은 도로에서 시작해 급격한 경사를 이루었다. 도로에서 멀어지지 않고 오히려 높아지며 그 위로 기울듯 형성된 절벽 위의 베란다가 동서로 길을 굽어보고 있었다. 집 뒤쪽은 비탈길보다 더 가파르고 밤보다 더 검은 숲이 우거진 언덕이었다. 더 검다는 게 가능한지는 모르겠지만.

이곳이 새 본거지였다. 먼저 손전등을 켜고 안을 둘러보았다. 실내에서 아주 더러운 냄새가 났다. 고상하게 말하자면 '통풍이 안 되었다'는 말이다. 오랫동안 사람이 살지 않은 나무집 냄새였다. 창문들은 닫힌 채 썩었다. 동물이 들어와 살았는지 말라서 푸석한 똥이 있었다. 입구에서 바로 2층으로 올라가는 좁은 계단이 있었고, 한쪽에는 거실로 보이는 방으로 들어가는 문이 있었다. 계단 아래 짧은 복도는 곧장 뒤편에 있는 부엌으로 향했다. 부엌 싱크대에는 놀랍게도 물을 퍼올리는 수동 펌프가 있었다. 처음에는 물이 쫄쫄 나오더니 갑자기 요란한 소리를 내며 녹물과 오물이 쏟아졌다. 그 소리에 룰루가 뛰어왔다. "빈둥거리지 말고 가서 일해." 나는 트럭으로 가 사람들을 도와 식료품과 식기로 가득한 종이상자와 매트리스를 날랐다. 손전등에 의지해 움직이다 어빙이 거실 벽난로에 불을 지폈지만 환경이 별로 호전되지는 않았다. 굴뚝으로 들어왔을 것 같은 새가 뻣뻣하게 죽어 있었다. 아, 정말 죽여주는군, 나는 속으로 말했다. 이런 미합중국 창시자들의 유서 깊은 대저택을 놔두고 카펫 깔린 호텔에 갈 리가 없지.

그날 밤늦게 미스터 슐츠가 큰 갈색 봉지 두 개를 끌어안고 나타났다. 누군가가 올버니에서 받아온 차우멘과 촙수이로 봉지가 그득했다. 브롱크스의 중국 요리만큼 훌륭하진 않아도 우리 모두에겐 아주 반가운 음식이었다. 어빙이 냄비를 찾아 요리를 데웠다. 김이 모락모락 나는 흰쌀밥과 바삭하게 볶은 면에 닭고기를 얹은 차우멘을 먹은 다음 두번째로 촙수이를 먹고 디저트로 리치를 먹었다. 나는 공평한 몫을 배분받았다. 종이접시가 좀 눅눅해졌지만 상관없었다. 홍차가 빠졌다는 것 말고는 아주 흡족한 식사였다. 내가 마실 것이라고는 우물에서 퍼올린 물뿐이었다. 미스터 슐츠를 비롯한 다른 사람들은 음식을 먹으면서 위스키를 마셨는데 전혀 개의치 않는 눈치였다. 거실 벽난로에서 장작불이 타고 있었다. 미스터 슐츠는 시가에 불을 붙이고 넥타이를 느슨하게 풀어헤쳤다. 그의 기분이 나아진 걸 알 수 있었다. 이 은신처에 있는 게 좋은지도 모를 일이었다. 오논다가에서 지낸 몇 주 내내 사람들의 눈에 노출되어 있으면서 아침이면 다시 그런 자리로 돌아가야 했지만 지금은 거기서 벗어나 있으니까. 다시 숨어 있는 게 속 쓰라리지만 어떤 위안이 된 듯도 하다. 이 장소가 사방으로 둘러싸인 그의 상황에 대한 인식과 걸맞았던 것이다.

"너희는 더치맨을 걱정하지 않아도 돼." 그가 말했다. 우리는 모두 벽에 기대앉아 있었다. "더치맨이 다 알아서 할 테니까. 빅 줄리는 잊어버려. 너희가 신경쓸 인물이 아니었으니까. 보도 그렇고. 빈센트 콜보다 나을 게 없었어. 모두 믿을 수 없는 놈들이었지. 나는 너희를 사랑한다. 너희를 위해서라면 뭐든 할 거야. 오래전에 한 말이지. 내 방침은 지금도 변함없다. 너희가 다치거나 감방에 가도 모든 걸 잃는 일은 절대로 없을 거야. 절대로 걱정하지 않아도 돼. 너희에게 줄 월급을 너희 식구들에게 보내줄 테니까. 잘 알잖아. 그리고 이 녀석한테도 해당된다. 내 약속은 철석같이 지키지. 더치맨이 프루덴셜 생명보험보다 더 나아. 재판은 며칠 안으로 끝날 거야. 연방수사관들이 여름 내내 해변에서 썹이나 하는 동안 우리는 여기서 땀흘리며 씨를 뿌렸잖아. 여론은 우리 편이야. 너희가 오늘밤 파티를 봤어야 했는데. 너희나 내가 생각하는 파티와는 달랐거든. 집에 돌아가면 진짜 파티가 있을 거다. 하지만 오늘 파티는, 순진한 촌사람들이 무척 좋아하기는 했지. 색종이와 풍선으로 장식한 고등학교 체육관에서 말이야. 바이올린과 밴조 악단한테 돈 좀 주고 연주까지 맡겨서 모든 준비를 마쳤으니까. 젠장, 내가 춤까지 췄어. 궁색한 옷을 깨끗이 빨아 입고 온 사람들과 어울려 내 여자와 춤을 추었다니. 그들하고 정들었어. 여기 시골에는 우쭐대는 놈이 없어. 쓰러질 정도로 뼈빠지게 일하는 추레한 사람들뿐이지. 그래도 그들이 손에 쥔 카드가 한두 개 있긴 해. 법에 위엄 따윈 없어. 법은 여론에 좌우되지. 법이 뭔지 내가 보여줄 거야. 미스터 하인스는 더 잘 보여줄 거고. 주요 관할 경찰서, 치안판사 재판소, 맨해튼 검찰 들이 우리 손아귀에 있었을 때, 그건 법 아니었나? 내일 재판의 변호사는 나를 자기 집에 불러 식사도 안 할 사람이야. 대통령과 통화도 하는 사람이지. 그렇지만 그가 부르는 돈을 지불했으니 기간이 얼마나 걸리든 나를 변호할 거야. 내가 말하려는 게 바로 그거라고. 법은 내가 지불하는 수수료야. 법은 나의 간접비용이지. 중개자들, 그놈들이 이건 합법으로, 저건 불법으로 만드는 거야. 판사, 변호사, 정치인, 그들이 뭐하는 사람들이냐? 저마다 조직범죄에 이권을 갖고 있으면서 자기 손은 더럽히고 싶지 않은 인간들일 뿐이야. 그런 법을 존중하라고? 존중하다간 우리가 죽을 거야. 존중은 자기 자신에게나 쓰는 말이지."

그는 작은 목소리로 말했다. 오논다가에서 20킬로미터나 떨어져 있고 대낮에도 도로에서는 잘 띄지 않는 집인데도 그는 울림이 있는 거친 목소리를 조절했다. 벽난로 불빛이 어두워서 그랬는지도 모른다. 한밤중에 자기 자신의 생각만 들려오고 검은 그림자만 보일 때, 불빛이 자아내는 친밀한 분위기에 속마음을 드러낸 건지도 모른다.

"하지만 이것도 일종의 명예 아니겠어?" 그는 말했다. "어쨌든 사람들은 꽤 오랫동안 이 더치맨이 끝났다고 생각했을 텐데 온 세상이 여기까지 나를 따라왔으니까. 오논다가가 뉴욕의 한 자치구라도 된 것 같잖아. 지난번 다운타운 조직에서 온 내 새 친구부터 시작해서 말이야. 내가 건재하다는 거잖아. 그렇지? 나한테 묵주가 있어. 항상 가지고 다니지. 법정에도 가지고 갈 거야. 좋은 밤이군. 술도 좋고. 이제 기분이 좋아. 마음이 편하네."

2층에 작은 침실이 두 개 있었다. 미스터 슐츠가 시내로 돌아간 다음 나는 방바닥에 매트리스를 깔고 옷을 입은 채 잠자리에 들었다. 박공지붕 아래쪽에 머리를 대고 누운 나는 창문이 불투명한데도 밤하늘의 별을 볼 수 있으리라 기대하며 쳐다보았다. 작은 방이 두 개 있을 뿐인데 왜 내가 독방을 쓰는지 묻지 않았다. 그저 가정교사를 둔 아이라는 신분으로서 받는 당연한 대우로 간주했다. 이튿날 아침 눈을 떠보니 내가 모르는 손님 둘이 옷을 입은 채로 각자 매트리스에 잠들어 있었다. 다만 어깨 권총집은 권총이 든 채 나무문에 달린 옷걸이에 걸려 있었다. 나는 자리에서 일어났다. 몸이 뻐근하고 추웠다. 내려가 밖으로 나가보니 동이 막 트려고 했다. 그 순간, 실제로 세상이 다시 밝아올까 하는 의문이 들었다. 태양은 그럴 만한 힘이 없는 듯 주저하며 축축한 공기 속에서 표류했다. 그런데 희끄무레한 어둠 속에서 무언가가 눈에 띄었다. 도로를 따라 20미터 정도 떨어진 자리에 내 눈 높이와 비슷한 곳에 어빙으로 보이는 사람이 있었다. 전신주 꼭대기에 올라 전선을 연결하고 있었다. 비탈길을 따라 올라와 내가 서 있는 발치를 지나 현관으로 들어가는 검은 전선과 동일한 것이었다. 길 건너편을 바라보니 가장자리를 초록색으로 칠한 하얀 집이 보였다. 앞마당에 성조기가 게양된 큰 깃대가 있었다. 그 집 뒤쪽 소나무 숲 사이로 드문드문 자그마한 오두막집이 여러 채 보였다. 역시 흰색에 가장자리는 초록색이었다. 이중 한 오두막집 옆에 검은색 패커드가 길을 향해 주차되어 있는데, 앞유리에는 서리가 잔뜩 끼어 있었다.

나는 언덕 중턱의 이 대저택 뒤로 돌아갔다. 오래 명상을 하며 소변을 보기에 이상적인 장소를 발견했다. 여기서 살 수밖에 없는 상황이 온다면 드루 프레스턴이 산책길에 발견한 것과 같은, 지리적으로 거대한 계곡을 만들 수 있겠다는 상상을 했다. 미스터 슐츠는 화력을 보강한 듯했다. 2층에서 코를 골고 있는 낯선 사람들에 대한 내 생각이 틀리지 않다면 말이다. 그리고 나는 다 쓰러져가는 이 절벽 위 집에서 내려다보이는 도로 양쪽의 조망이 좋다는 것을 알았다. 누군가 자동차에서 기관총을 내밀고 이 집 앞을 질주해 지나가며 위를 향해 발사할 수는 없을 것이다. 이 모든 게 기술적인 면에서 흥미로웠다.

몇 시간만 있으면 나는 떠날 예정이었다. 얼마나 걸릴지도, 무엇 때문에 가는지도 몰랐지만. 나의 인생은 내게서 멀어졌다. 나의 결의가 무엇이었든 거기에 지배당하는 기분을 느낄 만큼 나는 더이상 어린애가 아니었다. 그 전날 밤 우리가 벽난로를 쬐고 앉아 있었을 때 나는 그들과 하나임을 느꼈다. 내 방식으로뿐 아니라 내 생각으로도 그들과 하나였고, 사람이 살지 않는 은신처에서 서로 음식을 나누는 행위에 따른 일반적인 가정하에서도 그랬다. 불충분한 빛에 어른으로 위장된 나는 한번 발을 들여놓으면 빠져나올 수 없는 갱단의 일원이었던 것이다. 어쩌면 이것은, 내가 원할 때 언제든지 미스터 슐츠에게서 달아나겠다는 잠정적 결단과 그럴 수 있으리라는 무의식적인 확신에 종지부가 찍혔음을 알려주는 참되고 은밀한 신호였을 테다. 이제 이 저택은 내가 본 어느 곳보다 더 그들에게 맞는 장소, 그들의 진정한 생활 터전에 더욱 근접한 장소라는 생각이 들었다. 나는 사람들이 어서 일어났으면 하고 조바심을 냈다. 나는 집 주변을 서성거렸고, 배가 고팠다. 단골 찻집의 아침식사가 그리웠다. 아침을 먹으며 즐겨 읽던 〈오논다가 시그널〉

도 그리웠다. 뜨거운 목욕물이 나오는 크고 하얀 욕실도 그리웠다. 누가 보면 내 평생 고급 호텔에서만 살기라도 한 줄 알 것이다. 베란다에서 거실 창문을 들여다보았다. 나무 테이블에 미스터 버먼의 계산기와 어빙이 연결하고 있는 불법 전화기가 놓여 있었다. 등받이가 높은 낡은 부엌 의자도 있었고, 특히 바닥 한복판에 놓인 슐츠의 회사 금고가 눈에 띄었다. 금고는 지난 스물네 시간 동안 발생한 격변의 명백한 축으로서 빛을 발하는 듯했다. 나는 그게 미스터 슐츠의 현금 저장고일 뿐 아니라 아바다바의 숫자 세계를 위한 금고이기도 할 거라고 생각했다.

어빙은 나를 보자 일을 시켰다. 집안을 쓸고 밖이 내다보이게 창문을 모두 닦아야 했다. 부엌 스토브에 땔감으로 쓸 나무도 팼다. 그 와중에 만지면 아픈 코가 욱신거렸다. 그리고 2킬로미터 정도 떨어진 잡화점까지 걸어가 아침식사에 쓸 종이접시와 병에 든 니하이 소다수를 사람 수대로 사왔다. 나는 더이상 깊이 들어갈 수 없는 대자연 속에 있었다. 젠장맞을 잼버리에 참가한 보이스카우트 같았다. 어빙은 미키와 함께 패커드를 타고 어디론가 가고 없었다. 이제 룰루가 책임자였다. 그는 집 뒤에 변소를 파는 일을 내게 시켰다. 조금 기울긴 했어도 내 눈엔 쓰는 데 별 문제 없어 보이는 변소가 있었지만 그의 감수성으로는 도저히 그 이상한 곳을 사용할 수 없었던 모양이다. 나는 하는 수 없이 삽을 가지고 숲으로 들어가 집보다 높은 곳에서도 나무가 없고 평평한 데를 골라 땅을 팠다. 다른 사람이 교대해줄 때까지 손에 물집이 생겨 쓰라릴 정도로 무른 땅을 조금씩 넓히며 계속 깊이 파들어갔다. 범죄자의 삶에 따르는 모든 가능한 위험 요인을 상상해두었다고 생각했건만 배설로 죽을 수 있다는 생각은 미처 하지 못했다. 어빙이 돌아와 소나무 널빤지로 결연히 작은 변기를 만들어 얹고 나서야 나는 노동에도 품위가 곁들여지면 그 용도가 무엇이든 어떤 긍지가 담길 수 있다는 걸 기억했다. 어빙, 그는 우리 모두에게 본보기였다.

나는 원시적인 조건하에서 최대한 깨끗하고 흉하지 않도록 겉모양에 신경을 썼다. 그리고 아침 아홉시쯤에 미스터 버먼과 미키와 함께 오논다가에 갔다. 우리는 법원 광장 건너편에 차를 세우고 안에 그대로 앉아 있었다. T형이나 A형 모델들과 체인구동식 트럭등 시골 차들로 주차장은 거의 만원이었다. 잘 다린 깨끗한 작업복 차림의 농부들과 유행에 맞지 않는 꽃무늬 드레스에 햇빛 가리개 모자를 쓴 부인들이 차량 발판을 밟고 내려 배심원 선정을 위해 법원으로 들어갔다. 서류가방을 든 정부 측 변호사들이 호텔에서 나와 법원을 향해 언덕길을 오르는 모습이 보였다. 딕시 데이비스도 눈에 들어왔다. 그는 매우 엄숙해 보였고, 그의 옆에는 나이 지긋하고 풍채가 좋은 변호사가 있었다. 무테 안경이 검은 끈에 매달려 흔들거렸다. 그리고 두셋씩 구부정한 자세로 걸어오는 사람들이 보였다. 재킷 주머니에 필기장을 찔러넣고 조간신문을 겨드랑이에 끼고서 중절모 띠에는 장식 깃털처럼 작은 기자증이 꽂혀 있었다. 나는 기자들을 주의깊게 살펴보았다. 그들 중 누가 〈미러〉의 기자인지 알고 싶었다. 계단을 한 번에 두세 개씩 뛰어오르는 뿔테 안경 쓴 사람인가, 아니면 넥타이 매듭을 느슨하게 풀어헤쳐 와이셔츠 칼라가 양쪽으로 벌어진 사람인가 하면서 그저 추측할 수밖에 없었다. 기자들은 자신에 대한 기사는 쓰지 않는다. 그저 독자를 위해 대신 보고 대신 의견을 제시하는 글을 쓰는데, 그건 자신

을 드러내지 않는 실체가 없는 증인의 언어일 뿐이었다. 속임수가
마술사의 언어인 것처럼.

계단 꼭대기에서 사진기자들이 커다란 스피드그래픽 카메라를
들고 서성였지만 법원으로 들어가는 사람들을 찍지는 않았다.

"미스터 슐츠는 어디 있죠?" 내가 물었다.

"삼십 분 전에 몰래 들어갔다. 저 바보들이 아침 먹는 사이에."

"유명해졌군요." 나는 말했다.

"한마디로 말하자면 비극이지." 미스터 버먼이 말했다. 그는 100달
러짜리 지폐 뭉치를 꺼내더니 열 장을 세어 뽑았다. "새러토가에
가면 그 여자가 네 시야에서 벗어나는 일이 없도록 해. 무엇이든
사고 싶어하면 돈을 내주고. 자기 생각이 있는 여자라 아주 불편해
질 수 있어. 브룩 클럽이라는 데가 있는데, 우리 거야. 문제가 생기
면 거기 책임자한테 말해. 알겠어?"

"네." 나는 대답했다.

그는 내게 돈을 건넸다. "경마 판돈이나 하라고 주는 돈 아니다."
그가 말했다. "개인적으로 푼돈 좀 따고 싶으면 매일 아침 나한테
전화해. 뭔가 알게 되면 말해줄 테니까. 알겠어?"

"네."

그는 자신의 비밀 전화번호가 적힌 쪽지를 건넸다. "경마든 여
자든, 어느 한쪽만으로도 충분히 위험해. 둘이 합쳐지면 끝장날 수
있어. 녀석아, 새러토가 일을 잘해내면 네가 무슨 일이든 잘할 거
라고 믿으마." 그는 등을 푹 대고 기대앉아 담배에 불을 붙였다. 나
는 차에서 내려 트렁크에서 여행가방을 꺼낸 뒤 손을 흔들어 작별
을 고했다. 그 순간 나는 미스터 버먼의 한계가 무엇인지 알 것 같

았다. 그가 차 안에 있었던 이유는 그게 법원에 최대한 가까이 갈 수 있는 거리였기 때문이다. 그는 가고 싶은 곳에 갈 수 없었다. 그래서 그의 목소리가 하소연하는 듯했던 것이다. 체구가 작은 곱사등이 사내, 산술로 점철된 인생에서 그가 탐닉하는 두 가지는 화려한 색상의 옷과 올드골드 담배였다. 차에서 나를 지켜보는 그를 돌아보며 나는 생각했다. 그는 더치 슐츠 없이는 기능할 수 없는 사람이라고. 더치 슐츠의 한 측면일 뿐, 그래서 더치 슐츠에게 반사되어 빛이 났던 것이다. 더치 슐츠가 그를 필요로 하는 만큼 그도 더치 슐츠에게 의존했다. 또한 나는 생각했다. 미스터 버먼이야말로 이 놀라운 폭력의 귀재를 통제하는 기묘한 지배자라고, 어느 순간 자제심을 잃으면 영원히 잃을 사람이라고.

16

잠시 후, 문짝 네 개짜리 멋진 진녹색 컨버터블이 광장으로 들어왔다. 나는 조금 지나서야 드루가 차를 몰고 있다는 걸 알았다. 그녀는 완전히 멈추지 않고 저속기어로 천천히 미끄러지듯 내 앞을 지나갔다. 나는 얼른 여행가방을 들어올려 차 뒤에 던져넣고 문 옆의 발판에 올랐다. 그리고 그녀가 기어를 2단에 놓고 속도를 내는 동시에 차문을 훌쩍 넘어 그녀 옆에 앉았다. 우리는 그곳을 떠났다.

나는 뒤돌아보지 않았다. 차는 큰길을 달려 호텔 앞을 지났다. 나는 속으로 호텔에 작별을 고했다. 차는 강 쪽을 향했다. 그녀가 어디서 이 멋진 차를 구했는지 알 수 없었다. 그녀는 원하는 건 무엇이든 할 수 있었다. 좌석은 연갈색 가죽이었다. 황갈색 캔버스 지붕은 크롬 가로대로 접혀 대부분이 우물같이 패인 곳에 들어가 있었다. 계기판은 옹이 무늬가 있는 목재로 만들어졌다. 문과 좌석 등받이에 한쪽씩 팔을 걸치고 앉아 반짝이는 햇빛이 주는 드문 기뺨을 맛보는데, 그녀가 나를 보고 빙긋 웃었다.

여기서 드루 프레스턴이 어떻게 운전했는지 말하자면, 그야말로 여자아이 같았다. 기어를 바꿀 때 그녀는 하얀 손으로 변속 레버를 잡고 몸을 앞으로 기울인 채 드레스에 싸인 날씬한 다리에 체중을 실어 클러치를 밟았다. 어깨를 내리고 잔뜩 집중하려 애쓰며 입술을 질끈 깨문 얼굴로 팔꿈치에서부터 팔뚝을 쭉 앞으로 밀었다. 머리에 쓴 실크 스카프는 턱 아래에 질근 묶여 있었다. 자신의 새 차에 나를 태워 즐거운 듯했다. 덜컹거리는 나무다리를 건너고 나서 우리는 동쪽과 서쪽으로 갈리는 교차로에 이르러 동쪽으로 접어들었다. 숲 한가운데에 자리잡은 둥지 같은 오논다가의 교회 첨탑과 몇몇 지붕만 보였다. 차가 언덕을 끼고 돌자 그마저도 시야에서 사라졌다.

그날 아침 우리는 산 사이를 달리고 도로 양쪽에 찰랑이는 호수 사이를 지나 길 아래로 운전해 갔다. 소나무 그늘이 드리운 도로를 거쳐 잡화점이 우체국을 겸하고 하얀 집들이 있는 작은 마을들을 지났다. 그녀는 양손으로 운전대를 잡고 줄기차게 차를 몰았다. 그 모습이 몹시 즐거워 보여 나도 교대해 운전해보고 싶은 마음이 간절했다. 이 굉장한 8기통 차가 내 손 아래에서 움직이는 것을 느껴보고 싶었다. 하지만 내가 갱단 훈련에서 배우지 못한 게 바로 운전이었다. 그래도 그녀에게 사실대로 그 이야기를 하느니 그냥 운전할 줄 알지만 관심없는 척하고 싶었다. 나는 대등한 관계를 원했다. 그리고 그것은 이 애정 관계에서 기대하기에는 정말 부적절하고 터무니없는 바람이었다. 지금 생각해봐도 나는 정말 만족할 줄 모르는 야심을 가진 참으로 엉뚱한 아이였다. 그런데 하필이면 그날 아침, 황야 같은 우리 인생의 아름다운 지점을 꿰뚫고 달리는 차 안에서 나는 그것을 알게 되었다. 하필이면 그때, 내가 이스트 브롱크스 길거리 출신임을 자각했다. 눈에 보이는 자연계라고는 바퀴에 눌려 납작해진 말똥 덩어리나 이리저리 떼 지어 날아다니며 마른 씨앗이나 쪼는 참새뿐인 곳. 하필이면 그때, 알게 되었다. 살아 있고 건강하고 잘 먹고 호주머니에 천 달러가 있는 와중에 햇살 따뜻한 산중의 공기를 호흡한다는 것이 무엇인지를, 그리고 현대의 흉악한 살인 사건들이 내 두뇌를 단련시키고 있다는 사실을. 이제 나는 예전에 비해 더 강인했고, 허리에는 진짜 권총을 차고 있었다. 나는 속으로 무엇이든 고마워하지 말고 내게 주어진 건 당연한 내 몫으로 취해야 함을 알았다. 이 모든 것에 대해 대가가 따를 거라고도 생각했다. 그 대가는 목숨과 맞바꾸기엔 너무 비싼 통화로 치러져야 하는 만큼 나는 본전을 뽑고 싶었고, 그녀에게 은근히 화가 났다. 나는 그녀에게 할 짓을 상상하며 그녀를 계속 쳐다보면서 쓰라린 소년기의 체념에서 말미암은 비열하고 가학적인 그림을 떠올렸다.

차가 멈췄다. 물론 그녀가 세웠기 때문이다. 그녀가 나를 힐끗 쳐다보더니 벨칸토 가창 같은 항복의 한숨을 내쉬었다. 그러고는 갑자기 도로에서 벗어나 차를 몰았다. 나무들 사이로 뿌리에 부딪히고 덜컹거리며 가다 도로를 지나는 차들이 거의 보지 못할 곳에서 급정거했다. 키 큰 나무들이 숲을 이룬 곳이었다. 나무 틈새로 햇빛이 비치며 우리 몸에 얼룩덜룩 그늘을 드리웠다. 따사함과 음영, 눈부신 빛, 짙은 녹음의 어둠이 수시로 자리를 바꾸며 흔들거렸다. 우리는 바깥과 격리된 그곳에 앉아 서로를 바라보았다.

드루의 문제는, 생식기로 곧장 향하지 않는다는 것이었다. 그녀는 늑골과 소년다운 하얀 가슴에 키스하고 싶어했다. 내 다리를 잡고 허벅지 뒤를 위아래로 쓸다 엉덩이를 만지작거리고 입으로 귓불을 애무하고 입에 키스했다. 마치 그것이 그녀가 원하는 전부인 것처럼. 그리고 그 행위에 대한 해설자로서 작게 논평하듯 승인과 환희의 소리를 냈다. 작고 높은 단음, 스스로에게 이러쿵저러쿵하는 말없는 속삼임이었다. 음식과 음료를 먹고 마시듯 나를 소비하는 행위 같았다. 나의 성욕을 자극하기 위한 게 아니었다. 그런 상황에서 어떤 남자애가 달리 자극을 필요로 하겠는가? 그녀가 차를 세운 순간부터 나의 성기는 팽팽해졌다. 이것도 내 몸의 일부라는 걸 그녀가 인정해주길 기다렸다. 기다리고 또 기다렸다. 하지만 인정의 행위는 없었으며 나의 절박한 욕구는 불타올라 격심한 고통이 되었다. 돌아버릴 것만 같았다. 그리고 내가 동요해버린 그제서야 나는 그녀를 얻을 수 있다는 걸 깨달았다. 이러는 동안 그녀는 입장을 바꿔 가만히 나의 논평을 듣겠다는 자신의 확고한 의향을 내가 알아차리기를 기다릴 뿐이었다. 정말 놀랍도록 절제하고 고분고분한, 지극히 소녀다운 태도였다. 나는 기교를 부리지 않고 그저 자연스럽게 행동했다. 그녀가 공모의 웃음을 웃었다. 나를 몸 안에 받아들임으로써 그녀는 관용의 즐거움을 느꼈다. 흥분이라기보다는 이 소년을 몸 안에 들였다는 행복감이었다. 그녀는 내 등허리에 다리를 휘감았다. 열린 뒷좌석 문 밖으로 발을 내민 나는 그녀와 함께 위아래로 들썩거렸다. 내가 사정하고 나자 그녀는 숨막힐 정도로 나를 품안에 꼭 안더니 흐느껴 울며 내 얼굴에 키스를 퍼부었다. 마치 내게 끔찍한 일이라도 일어난 듯, 내가 어디 다치기라도 한 듯, 그래서 절박한 측은지심이 발동해 그런 일이 일어나지 않은 척하려는 듯.

그런 뒤 나는 발가벗은 그녀를 따라 관목 숲을 지나 울창한 녹음이 펼쳐진 어딘지 모를 곳으로 갔다. 자신을 중심으로 세상을 배치하는 재능을 발휘해 그녀가 임의로 혹은 우연히 선택한 장소였다. 내가 그곳을 얼마나 늦게 찾았는지 선명한 울음소리로 재잘재잘 알려주는 새들이 군집한 나무 사이로, 엉킨 넝쿨 아래로, 뻗은 가지를 피하는 사이로 흘긋흘긋 보이는 그녀의 하얀 형체를 따라간 과정은 정말이지 아름답게, 꼭 가야 할 곳으로, 내 마음의 중심에 자리잡았다. 우리는 대체로 아래를 향해 가고 있었다. 바닥은 질척질척했고 공기는 후텁지근했다. 피부가 따끔할 때마다 나도 모르게 손바닥으로 탁탁 쳤다. 그녀를 따라잡아 덮쳐 또 섹스를 하고 싶었다. 하지만 그녀는 계속 앞서가며 나를 맹렬한 모기들 속으로 인도했다. 마침내 그녀를 따라잡았을 때 그녀는 웅크리고 앉아 진흙을 퍼 몸에 바르고 있었다. 우리는 이 차가운 진흙을 서로에게 발라주었다. 그런 다음 점점 어둑해지는 숲을 걸었다. 끔찍한 곤경에 빠진 동화 속 아이들처럼 손에 손을 잡고. 사실상 우리는 그런 곤경에 빠진 셈이었다. 그렇게 걷다보니 잔잔한 연못이 나왔다. 그렇게 검어 보이는 물은 처음이었다. 아니나 다를까, 그녀가 연못으로 들어갔다. 그리고 내게 따라 들어오라고 명했다. 맙소사, 물에서 고약한 냄새가 났다. 미지근한 물에는 더껑이가 끼어 있었다. 나의 발은 젖은 수초가 돗자리처럼 엉킨 곳을 밟고 있었다. 밑으로 꺼지지 않기 위해 물속을 헤치며 걷다 허겁지겁 도로 기어나왔다. 하지만 그녀는 배영으로 몇 미터 간 다음에야 무릎과 손을 짚고 기어나왔다. 그녀는 눈에는 잘 보이지 않는 점액을 온통 뒤집어썼다. 내 몸과 마찬가지로 그녀의 몸도 끈적끈적했다. 우리는 진흙 속에 누웠다. 그리고 나는 그녀의 몸을 뚫고 들어가 그녀의 금발 머리를 진흙에 짖기긴 채 점액을 펌프질했다. 우리의 몸은 더러운 늪을 파고들며 자국을 냈다. 나는 사정한 후 그녀를 꼼짝 못하게 내리누르고 삽입한 채 엎드려 있었다. 그녀의 숨소리가 귓가에 크게 들렸다. 이윽고 머리를 들어 상실의 공포가 어린 그녀의 깜짝 놀란 초록색 눈동자를 보았을 때, 나는 그녀의 몸안에서 다시 단단해졌고 그녀가 움직이기 시작했다. 이번에는 여유가 있었다. 세번째는 천천히 끄는 법이다. 그러다 그녀에게서 원시적인 목소리를 발견했다. 내가 세게 밀어넣을 때마다 그녀는 임종을 앞둔 사람이 낼 법한 가르랑 소리, 성적 요소가 제거된 채 날카롭게 부르짖는 소리를 냈다. 그것은 부르르 떨리며 두려움에 울부짖는 절망의 소리가 되었다. 그러더니 그녀는 곧 날카로운 비명을 질렀다. 나는 무언가 잘못된 것 같아 상체를 일으켜 그녀를 보았다. 입술이 팽팽하게 당겨져 이가 다 드러났고 눈을 들여다보니 초록색 눈동자가 흐릿했다. 정신이 붕괴되기라도 한 듯 초점을 잃은 눈에는 생기가 없었다. 그녀 내면의 시간을 거꾸로 흘러 유아기를 거쳐 탄생을 역행해 무無로 회귀하기라도 한 듯했다. 일순간 그녀의 눈은 더이상 눈이 아니었다. 일순간 그녀의 눈은 눈이 되기 직전의 눈, 영혼이 없는 눈이었다.

그러나 잠시 후 그녀는 웃으며 키스하고 나를 끌어안았다. 내가 그녀에게 꽃을 주었다거나 사랑스러운 짓이라도 한 것처럼.

비틀거리며 일어서자 우리 몸에서 진흙 덩어리가 후드득 떨어졌다. 그녀가 웃으며 뒤돌아서는데 어둑해서 그녀의 등이 보이지 않았다. 마치 절반으로 갈라져 앞쪽만 윤이 나는 불룩한 조각상이 된 것 같았다. 금발 머리마저 절반으로 갈라진 듯 보였다. 다시 연못에 들어가는 수밖에 다른 도리가 없었다. 그녀는 더 멀리 헤엄쳐 나아가며 내게 따라오라고 성화했다. 물이 더 차고 깊어졌으며, 연못은 굽은 곳을 돌아서도 계속 펼쳐졌다. 나는 그녀를 따라 같은 영법으로 헤엄쳤고, YMCA에서 배운 크롤 수영을 최선을 다해 보여주었다. 우리는 멀리 있는 기슭으로 나왔다. 진흙이 씻겼고 번들거리는 게 좀 덜했다.

차가 있는 데로 돌아왔을 때쯤 몸은 다 말랐지만 햇볕에 심하게 탔을 때처럼 옷 입는 게 괴로웠다. 몸에서 연못의 오물 냄새가 났다. 개구리 냄새 같았다. 우리는 차에 올라 출발했다. 가능한 한 좌석에 등을 기대지 않으려고 했다. 몇 킬로미터 달리자 모텔이 나타났다. 우리는 모텔 객실에 들어 함께 샤워를 했다. 커다란 흰 비누로 몸을 씻겨주고 쏟아지는 물 아래에 껴안고 섰다. 그리고 침대에 누웠고, 그녀는 몸을 웅크리고서 내 옆구리에 붙었다. 나는 한쪽 팔로 그녀를 감쌌다. 우리가 가장 진실되게 친밀해진 순간은 그렇게 바싹 엉겨붙는 그녀의 몸짓으로 형성되었을지 모른다. 그때 그녀라는 존재가 오싹할 정도로 축소되었고, 그녀는 나이에서, 교양을 갈망한다는 점에서 한 소년의 여자친구처럼 나와 대등해졌다. 우리 사이엔 우리 두 사람의 몸과 뜻밖의 끔찍한 일들이 일어날 긴 인생만이 놓여 있었다. 그러한 이유로 나는 일종의 두려운 긍지를 느꼈다. 미스터 슐츠가 가진 그 여자를 절대로 내가 가질 수 없으리란 걸 알았다. 보 와인버그가 안 그녀를 그는 모르는 것과 마찬가지였다. 그녀는 주어진 순간에 스스로를 맞추고 그 기분에서 나오는 변형의 묘기로 갱이든 애인이든 취하면서, 흔적을 남기거나과거를 끌고 다니지 않았기 때문이다. 그녀는, 지금 이 여자는, 설령 늙을 때까지 산다 하더라도 절대 회고록을 쓰지 않을 것이다. 자기 신상 얘기는 절대로 하지 않을 것이다. 그 누구의 선망도 동정도 경탄도 그녀에겐 필요하지 않았기 때문이다. 또한 사랑을 포함한 모든 판단은 결코 시간을 들여 습득할 필요가 없었던 자기만족의 언어에서 나왔기 때문이다. 모든 게 잘 맞아떨어졌다. 그곳 객실에 있으면서 내가 얼마나 큰 보호의 욕망을 느꼈는지 모른다. 내 팔을 베고 선잠에 든 그녀를 방해하지 않고 지붕 아래서 이리저리 헤매는 파리 한 마리를 유심히 쳐다보았다. 그때 나는 드루 프레스턴이 사면을 허했음을 깨달았다. 난 그녀와 함께하는 미래 대신 사면을 받은 것이다. 그녀가 우리 둘의 목숨을 유지하는 거창한 일에는 관심이 없을 게 분명했다. 그러므로 내가 우리 둘을 위해 그 일을 하지 않으면 안 되었다.

그날 오후 우리는 애디론댁산맥을 지나 산이 낮고 평지가 단정하게 정돈되어 보이는 곳으로 접어들었다. 초저녁 무렵 새러토가스프링스에 도착한 우리는 건방지게 브로드웨이라고 명명된 도로를 따라갔다. 그렇지만 둘러보니 적절한 이름이기도 했다. 그곳은 왕년의 뉴욕 같았다. 아니, 왕년에는 그랬으리라는 내 상상 속 뉴욕 같았다. 초저녁 햇빛을 가려주는 줄무늬 차양을 드리우고 뉴욕의 상호가 붙은 세련된 상점들이 있었다. 거리를 거니는 사람들은 전혀 오논다가 주민 같아 보이지 않았다. 농부는 한 사람도 없었다. 지나다니는 차 중에도 고급 차가 많았다. 어떤 차는 제복 차림의 운전사가 몰았다. 부유층임이 분명한 사람들이 호텔의 긴 베란다에 나와 앉아 신문을 읽었다. 한창 초저녁인데 다들 기껏해야 신문이나 읽고 있다는 게 이상했지만 호텔에 체크인하고 나서 그 이유를 알았다. 우리가 든 그랜드유니언은 가장 고급 호텔로 다른 호텔들보다 길고 넓은 베란다가 있었다. 한 사환이 우리 가방을 받고 다른 사환이 주차를 하러 갔다. 거기서 나는 그들이 읽는 신문이 〈레이싱 폼〉이라는 것을 알았다. 프런트에 그 신문이 한 뭉치 쌓여 있었다. 신문더미 꼭대기에 이튿날 날짜가 붙어 있었고, 경마예상꾼들이 쓸 수 있는 다음 날 카드도 있었다. 신문에 뉴스라고는 없고 경마 소식뿐이었다. 새러토가의 8월, 사람들의 유일한 관심사는 경마였다. 그래서 신문마저도 거기에 맞춰 경마 주요 뉴스와 경마 날씨, 경마 운세 따위만 실었다. 마치 세상에는 경주마와 여기저기 흩어져 있다 그 말들의 기록을 읽으려고 모이는 소수의 인간들만 있는 듯했다.

나는 로비를 둘러보고 한두 사람은 딱히 경마에 큰 관심이 없어 보인다는 걸 간파했다. 그들은 옷차림새가 형편없었고, 나란히 붙어 있는 안락의자에 앉아 있었다. 내가 그들에게 주목했을 때는 그저 신문을 힐끗 들여다볼 뿐이었다. 미스 드루를 알아본 프런트 직원이 드디어 도착한 그녀를 반겼다. 호텔에서 걱정하던 참이었다고 그가 웃으며 말했다. 경마가 있는 한 달 동안은 쓰든 안 쓰든 그녀를 위한 방이 마련된다는 걸 알았다. 미스터 슐츠가 가라고 하든 말든 이때만 되면 그녀가 방문하는 곳이었다. 방이 몇 개 있는 호화로운 스위트룸으로 올라가보니 오논다가 호텔의 자원이 얼마나 소규모에 보잘것없었는지 깨달았다. 소파 앞 커피테이블에 큰 과일바구니가 놓여 있었고 호텔 경영진이 보내는 카드가 꽂혀 있었다. 사이드테이블 위 쟁반에는 목이 가는 유리잔, 화이트 와인과 레드 와인을 옮겨 담은 디캔터, 얼음통, 파란색 유리병에 든 탄산수, 모서리가 각진 세공 유리병이 두 개 있었다. '버번'과 '스카치'라는 이름표가 가는 사슬로 각 병에 걸려 있었다. 거의 바닥까지 닿은 긴 창문으로 햇빛이 들어왔다. 천장의 대형 팬이 천천히 돌며 공기를 시원하게 유지했다. 침대는 모두 거대했고 카펫은 두텁고 부드러웠다. 묘한 이야기지만, 이 모든 것 때문에 나는 미스터 슐츠를 별로 대단하게 생각하지 않게 되었다. 그 무엇 하나도 그로 인한 것이 아니었기 때문이다.

드루는 이 호사에 대한 나의 반응을 즐겼다. 특히 내가 침대의 스프링을 테스트한다고 뒤로 돌아 옆으로 몸을 날렸을 때. 그리고 그녀가 내 몸을 덮쳤다. 우리는 정말로 서로의 힘을 시험하는 척 장난스럽게 씨름하듯 이쪽저쪽으로 굴렀다. 그녀는 아주 재빨랐다. 비록 내가 금방 그녀의 양팔을 내리눌러 꼼짝 못하게 만들긴 했지만. 그러자 그녀가 말했다. "아, 아니야, 지금은 안 돼. 저녁 계획을 세워뒀거든. 너한테 멋진 걸 보여주고 싶어."

우리는 저녁 시간을 위해 하얀색 여름 의상을 차려입었다. 나는 그녀가 보스턴의 상점에서 주문해준 약간 구김살이 들어간 리넨 더블브레스트를, 그녀는 파란색 고급 리넨 블레이저에 흰색 주름 치마를 입었다. 나란히 붙은 방 사이의 중간문을 열어둔 채 각자의 방에서 옷을 갈아입는 이 상황이 너무나 좋았다. 함께 외출 준비를 하는 건 그만큼 우리 관계가 나아갔다는 뜻이라고 가정하는 게 너무나 좋았다. 우리는 저녁 시간에 사람들이 빈둥거리는 호텔 로비를 지나갔다. 행색이 남루한 그 두 사람도 있었다. 호텔 밖으로 나오니 저녁공기가 훈훈했다. 포장도로의 열기가 시원한 하늘로 발산되었다. 그녀는 산책하자고 했다.

우리는 큰길을 건넜다. 교통정리를 하는 경찰은 흰 반소매 셔츠 차림이었다. 그런 차림을 한 경찰을 나는 진지하게 받아들일 수 없었다. 나는 그게 무엇인지, 그녀가 내게 보여주고 싶다는 이 멋진 곳이 무엇인지 알 수 없었다. 하지만 이제는 꿈나라 같은 나른한 상태에서 그만 깨어나는 게 좋을 것 같았다. 깊은 숲속에서 그녀와 계속 함께 있다면 즐겁겠지만 우리는 위엄 있는 잔디마당 앞을 지나고 있었다. 머리 위로 우람한 검은 나무들이 그늘을 드리웠고, 그뒤로 웅장한 집들이 있었다. 이곳은 훌륭히 개발된 고급 휴양지였다. 상황을 망각할 정도로 그녀의 멋진 모습에 눈이 부셔 그녀 외에 다른 곳에는 눈길도 주기 싫은 유혹을 느꼈다. 거리에서 지나쳐가는 사람 중에 그녀를 의식하고 반응을 보이지 않는 사람은 한 명도 없었다 나는 어리석게도 우쭐한 기분이 들었다. 그러나 그녀와 잡은 손의 온기는 나를 불안하게 만들었고, 그 온기는 심장의 펌프 작용으로 돌고 있는 피를 연상시켰으며, 내 마음속에 끔찍한 응보의 환상을 불러일으켰다.

"무례하게 굴려는 건 아니고요." 나는 말했다. "우리가 어떤 상황에 있는지 기억하는 게 좋을 것 같아요. 이제 손을 놓을게요."

"하지만 나는 잡고 싶은데."

"다음에요. 그만 손을 놓아요. 할말이 있어요. 내 직업적 의견을 말하자면, 우리는 미행당하고 있어요."

"우리가 왜? 확실해? 그거 참 드라마틱하네." 그녀가 뒤돌아보며 말했다. "어디? 아무도 안 보이는데."

"제발 뒤돌아보지 말아요. 아무도 보이지 않을 거예요. 그냥 내말을 믿어요. 우리가 가는 데가 어디죠? 이 시의 경찰이 뉴욕에서 돈을 받는다면 그들을 믿을 수 없어요."

"믿다니, 뭘?"

"법을 준수하는 시민을 보호해주리라는 것을요. 지금 우리는 그런 시민인 척하는 거고요."

"우리가 무엇으로부터 보호를 받아야 하지?"

"우리와 같은 사람들. 갱들로부터요."

"내가 갱이야?" 그녀가 말했다.

"말하자면 그렇다는 거죠. 그냥 갱의 애인이지만."

"네 애인이지." 그녀는 곰곰이 생각하며 말했다.

"미스터 슐츠의 애인이잖아요." 내가 말했다.

우리는 조용한 저녁 길을 활보했다. "미스터 슐츠는 아주 평범한 사람이야." 그녀는 말했다.

"미스터 슐츠가 브룩 클럽의 주인이라는 거 알아요? 여기에도 꽤나 연줄이 있다고요. 그의 시야에서 벗어나면 의심받고 있다는 느낌 안 들어요?"

"그래서 네가 여기 있잖아. 네가 나를 미행하잖아."

"부인이 나를 청했잖아요." 나는 말했다. "그러니까 그들은 나까지 추가로 감시할 거라고요. 미스터 슐츠는 유부남이에요. 그거 알고 있어요?"

잠시 후 그녀가 말했다. "응, 그렇다고 볼 수 있지."

"그럼 부인은 어떻게 되죠? 뭘 알기나 알아요? 미스터 슐츠가 부인과 함께 있는 보를 레스토랑에서 데리고 나간 건 치명적인 실수였다는 걸 다시 한번 말해주고 싶군요."

"잠깐." 그녀가 말하고 내 팔을 건드렸다. 우리는 높다란 산울타리 옆 어둠 속에서 서로 마주 보았다.

"미스터 슐츠가 평범하다고요? 죽은 사람들도 생전에는 그가 평범하다고 생각했어요. 부인이 방에서 나온 그날 밤, 내가 부인을 다시 침대로 돌려보낸 거 기억해요?"

"그런데?"

"그들은 시체를 치우고 있었어요. 지팡이를 짚던 그 뚱보 말이에요. 그자가 돈을 좀 훔쳤거든요. 흔히 말하는 세상의 소금 같은 인물은 아니었죠. 그자의 죽음이 세상의 손실은 아니란 뜻이에요. 그냥 그런 일이 벌어졌어요."

"가엾은 빌리. 그래서 그랬구나."

"이 코는요, 미스터 슐츠가 카펫에 진 얼룩을 해명하려고 룰루를 시켜 나를 친 거예요."

"네가 나를 보호하려 했던 거구나." 얼굴에 닿은 그녀의 입술이 차고 부드러웠다. "빌리 배스게이트. 난 네가 선택한 그 이름이 아주 좋아. 내가 빌리 배스게이트를 얼마나 사랑하는지 아니?"

"프레스턴 부인, 나도 당신한테 빠져 정신을 못 차리겠어요. 하지만 내 얘기는 그게 아니에요. 그런 생각은 아예 들지도 않아요. 여기에 온 건 좋은 생각이 아니었어요. 이곳을 떠야 할지도 모르겠어요. 그는 주기적으로 살인을 저질러요."

"우리 그 얘기를 해봐야겠구나." 그녀는 말하고서 내 손을 잡았다. 우리는 길모퉁이를 돌아 높다란 관목 숲을 지나 불을 환하게 밝힌 대형 천막으로 갔다. 음악 연주회처럼 사람들이 속속 모여들고 차들이 가까이 멈추어 섰다.

우리는 갓 없는 전등이 켜진 천막 아래에 서서 사람에게 이끌려 원형 흙땅을 도는 말들을 구경했다. 번호가 적힌 작은 벨벳 담요가 말 등에 전부 씌워 있었다. 사람들은 말의 혈통과 특이사항이 적힌 행사 팸플릿을 손에 든 채 서 있었다. 전부 경주해본 적 없는 판매용 어린 말들이었다. 드루는 마치 교회에 있는 양 작은 목소리로 내게 설명해줬다. 극도로 조바심이 났고, 여기에 날 데려온 그녀가 미울 지경이었다. 그녀는 중요한 일에 집중하지 못했다. 머리가 제대로 돌아가지 않았다. 나는 말의 반들반들한 가죽과 빗질한 꼬리에 눈길이 쏠렸다. 어떤 말들은 조련사가 잡고 있는 가죽끈인가 고삐인가 하는 것에 저항하여 머리를 바짝 쳐들고 걸었으며, 어떤 말들은 땅바닥을 보며 걸었다. 여하튼 모두 믿을 수 없을 만큼 가느다란 다리와 율동적인 아름다움을 갖추었다. 말들은 조련사가 잡은 줄에 이끌려 다녔다. 그 말들은 상업적으로 사육되고 훈련받아 경주에 이용되었다. 그들의 삶은 자신들의 것이 아니었지만, 그들은 지혜와 같은 천부적인 우아함을 지녔다. 나는 어느새 말을 존경하게 되었다. 말들은 톡 쏘는 듯 향기로운 짚 냄새를 풍겼다. 드루는 큰 감동이라도 받은 것처럼 집중해서 말들을 응시했다. 어떤 다른 말보다 강력하게 멋진 특별한 말이 그녀의 주의를 끌면, 그녀는 아무 말 없이 손으로 그 말을 가리키기만 했다. 무슨 괴상한 이유인지 모르겠으나, 이것 때문에 나는 질투심이 일었다.

나는 말을 살펴보는 사람들이 승마용 스포츠웨어로 매우 깔끔하게 차려입었다는 사실을 알아챘다. 남자들은 목에 실크 스카프를 둘렀고, 많은 이들이 루스벨트 대통령 것과 같은 긴 담뱃대를 들었다. 다들 확실히 오만한 태도를 보였으며, 나는 그 모습을 보고 어깨를 폈다. 드루만큼 아름다운 여자는 없었지만 다들 그녀처럼 목이 길었다. 모두 신체가 매우 곧고 날씬했다. 성장기에 교육을 받으며 자신감이 몸에 밴 사람들이었다. 그들의 혈통과 특이사항을 보여주는 팸플릿이 있으면 좋겠다는 생각이 들었다. 여하튼 나는 좀 느긋해지기 시작했다. 마음이 차분해졌다. 이곳은 특권층의 견고한 왕국이었다. 갱단의 누군가가 여기 있다면 금방 눈에 띌 터였다. 나만 해도 한두 사람이 힐끗거리는 눈초리를 느꼈다. 드루의 고급스러운 취향으로 고른 옷을 입고 학구적으로 보이는 가짜 안경까지 썼는데도 말이다. 나는 거의 그들이 콧방귀를 뀌며 참아낼 수 있는 한계로 그들을 몰아대는 꼴이었다. 미스터 슐츠와 마찬가지로 충분한 생각을 거치지 않고 세상을 꾸려나가는 자기만의 방식대로 드루도 자신이 무엇을 하고 있는지 알고 있다는 생각이 내 뇌리를 스쳤다.

말들은 원형 흙땅을 한두 바퀴 돌고 나서 좁은 통로를 따라 이끌려 들어갔다. 그 안은 나의 시각에서 볼 때 원형극장 같았고 계단식 좌석에 관객들과 아나운서가 보였다. 드루는 내게 따라오라고 몸짓을 했다. 밖으로 나간 우리는 빙 돌아 불이 환히 켜진 정문으로 갔다. 그 앞에 고용 운전사들이 그들의 자동차 옆에 서 있었다. 우리는 정문을 통해 그 원형극장으로 들어갔다. 경매장의 무대 조명 아래에 서 있는 말들이 내려다보였다. 아나운서인지 경매인인지가 말의 장점을 큰 소리로 알렸다. 그런 다음 말이 고삐를 잡힌 채 이끌려와 입찰을 진행하는 그의 단상 앞에 섰다. 내가 이해하는한, 입찰은 계단식 좌석의 관중이 아니라 관중 사이사이에 끼어 있는 그와 같은 고용인들을 통해 이루어졌다. 그들은 고객이 은밀하게 소리 없이 제시하는 입찰가를 대신 전달하는 역할을 했다. 나에게는 그 모든 게 불가사의했다. 3만, 4만, 5만 달러로 껑충껑충 뛰는 그 금액이 놀라웠다. 말들도 이러한 숫자 때문에 깜짝 놀랐는지 경매장 안으로 들어서며 당연하다는 듯 거름을 쏟아냈다. 그럴 때마다 턱시도 차림의 흑인이 갈퀴와 삽을 들고 나타나 눈에 거슬리는 것을 치웠다.

볼거리는 그게 전부였다. 나는 단 몇 분 만에 더는 볼 게 없었는데, 드루는 아무리 봐도 성에 차지 않는 모양이었다. 우리가 앉은 관람석 뒤 위쪽으로 사람들이 끊임없이 왕래했다. 아래 원형극장을 도는 말들을 무의식적으로 흉내내는 것인지, 그들은 이리저리 어슬렁거리며 서로 이 사람 저 사람 기웃거렸다. 드루가 아는한 커플을 만났다. 그리고 곧 남자 한 명이 더 오자 그들은 작은 그룹을 이루어 담소를 나눴다. 그런데 그녀는 나에 관해서는 전혀 언급하지 않았다. 나는 본분인 미행자의 심정이 되었다. 나의 마음은 조롱으로 가득찼다. 여자들은 서로 반기며 뺨에 키스했지만 실은 잠깐 살만 닿았을 뿐 귓가의 허공에 키스한 것이었다. 사람들은 드루를 반가워했다. 그들의 말소리가 단체로 코 먹은 듯 울리는 것처럼 느껴졌다. 나를 보고 그러는 듯 키득거리는 소리도 났다. 전혀 얼토당토않은 추측이라는 생각 또한 뒤따랐지만 나는 그냥 돌아서서 난간에 등을 기대고 말들을 바라보았다. 대체 여기서 무슨 짓을 하고 있는지 알 수 없었다. 철저히 외톨이가 된 기분이었다. 미스터 슐츠는 드루를 몇 주 동안이나 데리고 있었다. 물론 나는 일종의 강력한 새바람이었지만 단 며칠뿐이었다. 내가 지닌 두려움을 드러내는 실수를 범하고 말았다. 두려움으로는 그녀의 관심을 붙잡아둘 수 없었다. 줄리 마틴의 죽음을 알렸지만 그녀는 마치 내가 어딘가에 발가락을 찧었다는 말을 듣는 것과 다를 바 없어 보였다.

그녀가 내 곁에 나타나 옆에서 나를 껴안았다. 우리는 경매장 안으로 이끌려 들어오는 새 말들을 함께 내려다보았다. 나는 일 분도 안 되어 다시 비굴한 사랑에 빠졌다. 모든 적의가 사라지고, 그녀의 절개를 의심한 나 자신을 꾸짖었다. 그녀는 저녁을 좀 먹어야겠다며 브룩 클럽으로 가자고 했다.

"그게 현명한 생각일까요?" 나는 말했다.

"각자 본분대로 행동하면 돼." 그녀는 말했다. "갱의 애인과 그녀의 미행자. 배고파 죽겠는데, 너는 안 그래?"

우리는 택시를 잡아타고 브룩 클럽으로 갔다. 실로 격조 높은 곳이었다. 차양이 갓돌까지 나와 있고 문은 베벨드 글라스로 되어 있었으며 클럽 내벽은 푹신한 가죽 패드로 둘러져 있었다. 실내는 전체적으로 짙은 녹색이었다. 테이블에는 작은 갓이 씌워진 램프가 놓여 있고, 벽에는 유명한 경마 사진들이 걸려 있었다. 경마장 분위기가 나는 곳이었다. 엠버시 클럽보다 다소 컸다. 지배인은 드루를 보자 지체하지 않고 작은 댄스플로어의 앞자리로 우리를 안내했다. 그가 바로 필요시 내가 접촉해야 하는 사람이었다. 그러나 그는 나를 본체만체했으며 드루가 혼자서 다 주문했다. 우리는 새우 칵테일과 잘 숙성된 등심 스테이크, 해시 브라운, 안초비 샐러드를 먹었다. 그때까지만 해도 나는 얼마나 배가 고픈지 몰랐다. 그녀는 프랑스산 레드 와인 한 병을 시켰다. 나도 마셨지만 그녀가 대부분을 마셨다. 실내는 굉장히 어두웠다. 그녀가 경마로 사귄 친구들이 그곳에 있다고 해도 그 정도로 침침하고 어두운 조명이라면 그녀를 알아보지 못했을 것이다. 나는 다시 기분이 좋아지기 시작했다. 그녀는 나와 마주보고 앉았다. 불빛은 고치처럼 우리 둘만을 감쌌다. 나는 그녀와 교합했다는 것을, 그녀와 성관계를 맺었다는 것을, 그녀에게 오르가즘을 느끼게 했다는 사실을 떠올리지 않을 수 없었다. 그 모든 경험을 다시 하고 싶었기 때문이다. 다시 하더라도 처음인 듯, 처음과 같이 간절한 심정으로, 그녀에게 품었던 동일한 의문을 간직한 채, 영화 속 배우를 볼 때처럼 그녀의 육체에 대한 궁금증과 상상을 그대로 간직한 채 하고 싶었다. 섹스란 기억할 수 없는 것이라는 사실을 깨닫기 시작한 게 바로 이 순간이었다. 섹스에 관한 사실은 기억할 수 있다. 환경이나 심지어 세세한 부분도 떠올릴 수 있다. 하지만 섹스의 섹스는 기억될 수 없다. 실질적인 진리로서 섹스는 본질적으로 자체 소멸되는 성질이 있다. 해부학적 측면은 기억되지만, 또한 얼마나 좋았는가에 대한 판단은 남지만, 존재의 과용으로서의 섹스든, 상실로서의 섹스든, 사형 집행처럼 심장을 멈추게 하는 사랑의 확신에서 비롯된 감동의 섹스든, 그에 대한 기억이 두뇌에 남지 않는다. 오직 그런 일이 일어났고 시간이 흘렀다는 추론만 있을 뿐이다. 그리고 다시 채우고 싶은 실루엣만 남을 뿐이다.

무대에 악단이 등장했다. 엠버시 클럽의 친구들이었다. 멤버가 그대로였다. 어깨끈 없는 이브닝드레스의 상단을 잡아 올리던 열의 없는 비쩍 마른 여가수도 있었다. 그녀는 무대 한쪽 의자에 앉아 첫 연주곡의 리듬에 맞추어 머리를 끄덕이다 나와 눈이 마주치자 미소를 지으며 살짝 손을 흔들어 보이면서도 시종일관 리듬에 맞춰 머리를 흔들었다. 그녀가 나를 알아본 게 매우 자랑스러웠다. 어떻게 했는지 모르겠지만 내가 있다는 걸 다른 멤버들에게 알린 모양이었다. 색소폰 주자가 입에서 악기를 떼지 않은 채 나를 향해 고개를 숙여 보였고, 드럼 주자는 내가 누구와 함께 있는지 보고 웃으며 스틱을 빙글 돌려 보였다. 나는 마음이 편해졌다. "오래된 친구들이에요." 음악 소리에 묻히지 않도록 크게 말했다. 건달로서 나의 수준을 보여줄 수 있어 기분이 좋았다. 나는 주머니를 더듬어 미스터 버먼이 준 천 달러가 무사함을 확인했다. 악단이 한 순서를 마쳤을 때 한 잔씩 사주면 딱 좋을 것 같았다.

드루는 음식을 다 먹었을 때쯤 약간 취했다. 테이블에 팔꿈치를 올리고 손으로 턱을 괸 채 아무 생각 없이 웃으며 다정하게 나를 바라보았다. 나는 이제 아주 편안했다. 나이트클럽의 어둠은 사람의 기분을 지탱시켜준다. 하늘 전체가 측량할 수 없는 가능성의 무게로 내리누르는 실제 바깥의 밤의 어둠과는 대조적으로 통제된 어둠에 덮인 은신처 같다. 음악 소리가 아주 선명하고 형체를 지닌 듯 들려왔다. 악단은 스탠더드넘버를 연이어 연주했다. 가사들은 하나같이 의미가 있고 적절한 듯했다. 솔로 멜로디마다 달콤한 진리의 명쾌함이 담겨 있었다. 우연히 그중 한 곡이 〈나와 나의 미행자〉여서 우리는 웃고 말았다. 나와 나의 미행자, 우리는 가로수길을 거닐었죠. 풍자적인 그 가사는 우리 모두가 가담한 음모와 관련된 일종의 메시지로 내게 다가왔다. 아바다바 버먼이 종종걸음으로 춤을 추며 입장할 것 같다는 생각도 들었다. 새삼스러운 게 아니었다. 늘 그렇듯 나는 미스터 슐츠와 떨어져 있으면 안전하다고 느낄 수 없었다. 드루가 이곳에 오자고 한 건 잘한 일이었다. 우리가 감시를 받고 있다면 그가 소유한 클럽에서 저녁을 먹는 게 옳았다. 충직한 부하가 그러하듯 그에게 돈을 돌려주는 셈이었다. 이곳은 그의 영역이었기 때문에 그에게 좀더 가까이 있는 느낌이었다. 나는 더이상 두렵지 않았다.

나는 다시는 걱정하지 않기로 마음먹었다. 아무런 결정도 내리지 않고 우리의 운명을 드루의 충동에 맡기기로 했다. 미스터 슐츠를 위하여 진정한 동반자답게 그녀의 뜻에 나 자신을 맡기기로. 그녀는 나보다 많은 것을 알았다. 그렇지 않을 리가 없었다. 내가 그녀의 비현실적인 면이라고 여기는 데에는 그녀의 천성적인 힘이 있었다. 그녀는 무엇을 어떻게 해야 할지 잘 알았다. 그래서 그 모든 무모함에도 불구하고 아직까지 목숨을 잃지 않았다. 사실상 새러토가는 그녀에게 매우 안전한 곳이었다. 나는 미스터 슐츠를 위해 그녀를 돌보는 셈이었다. 그녀를 여기 오게 만든 게 누구의 발상인지 알 수 없었지만, 어쩌면 그녀가 오논다가를 떠나고 싶지 않다고 주장했기 때문에 미스터 버먼이 그녀가 떠나야 한다고 고집했을 수도 있겠다는 생각이 그제야 들었다.

우리 자리 앞의 작은 댄스플로어에서 사람들이 춤을 추기 시작했다. 그녀가 같이 춤추고 싶다고 하자 나는 단호하게 이제 그만 가야 할 시간이라고 말했다. 계산서를 지불하면서 팁을 얼마나 줘야 할지 그녀에게 물었다. 그리고 나가는 길에 바텐더에게 돈을 주면서 악단에게 술 한 잔씩 돌리라고 일렀다. 우리는 택시를 타고 그랜드유니언 호텔로 돌아왔다. 나란한 방이지만 따로 난 문으로 각자 티를 내며 들어갔다. 방안에 들어간 우리는 사이에 난 문을 열고 만나 키득키득 웃었다.

하지만 우리는 각자의 침대에서 따로 잤다. 아침에 일어나보니 내 베개 위에 쪽지가 놓여 있었다. 그녀는 친구들과 아침식사를 하러 간다고 했다. 클럽하우스 입장권을 사놓으라고 했고, 경마장에서 같이 점심을 먹자고 했다. 쪽지에 그녀의 특별석 번호도 적혀 있었다. 나는 그녀의 글씨체가 아주 마음에 들었다. 줄 간격이 고르고 글자 모양은 둥그스름한 게 대체로 활자체 같았다. 그리고 i의 점을 작은 원으로 그렸다.

샤워하고 옷을 입은 다음 서둘러 로비로 내려갔다. 그 두 사내는 보이지 않았다. 로비의 신문 진열대에서 발견한 진짜 조간신문을 들고 호텔 앞쪽 베란다로 나가 널찍한 고리버들 의자에 앉아 신문을 읽었다. 배심원이 선정되었다. 피고측 변호사는 절대적 기피권* 을 행사하지 않았다. 본격적인 공판이 시작되는 날이었다. 기껏해야 한 주 안에는 끝날 것 같다는 검찰관의 말이 인용되었다. 〈데일리 뉴스〉는 법정 밖 복도에서 미스터 슐츠와 딕시 데이비스가 머리를 맞대고 상의하는 모습을 찍어 실었다. 〈미러〉는 미스터 슐츠가 얼굴 한가득 거짓 웃음을 지으며 법원 계단을 내려오는 사진을 실었다.

---

* 이유를 밝히지 않고 배심원을 기피할 수 있는 피고인의 권리.

호텔에서 나와 브로드웨이를 따라 걷다 공중전화가 있는 드러그 스토어를 발견했다. 동전을 한 움큼 바꿔 교환에게 미스터 버먼이 준 전화번호를 신청했다. 나는 오늘날까지도 그가 어떻게 전화국도 모르는 번호를 확보할 수 있었는지 모른다. 신호가 한 번 울리자마자 전화를 받았다. 예정대로 새러토가에 도착했고, 한 살배기 말을 파는 경매장에 갔으며, 이날은 경마장에서 보낼 예정이라고 보고했다. 프레스턴 부인이 이곳의 친구들을 만났는데, 그녀와 싱거운 대화만 나눈 싱거운 사람들이었다는 말도 전했다. 또한 브룩 클럽에서 저녁식사를 했지만 별다른 일이 없어 굳이 나의 신분을 밝힐 필요가 없었다고도 했다. 그가 이미 다 알고 있으리라 생각하고 이러한 일들을 사실대로 말했다.

"잘했다." 그는 말했다. "너 업무비로 돈 좀 따볼래?"

"네." 나는 대답했다.

"일곱번째 경주 때 3번에서 달리는 말이 있을 거야. 그 말에 걸면 이겨. 배당률도 상당할 거고."

"말 이름이 뭔데요?"

"그걸 내가 어떻게 아냐? 일정표를 봐. 3번이란 것만 기억해. 그정도는 기억할 수 있지?" 짜증 섞인 말투였다. "얼마를 따든 그건 네가 가져. 뉴욕에 갈 때 가져가."

"뉴욕이요?"

"그래. 기차를 타고 가. 거기서 네가 할일이 좀 있으니까. 집에 가서 기다려."

"프레스턴 부인은 어떡하고요?" 나는 말했다.

그때 교환의 목소리가 끼어들며 15센트를 더 넣으라고 알렸다.

미스터 버먼은 내게 공중전화 번호를 대고 일단 끊으라고 했다. 전화를 끊자마자 거의 바로 전화벨이 울렸다.

성냥을 긋는 소리에 이어 담배 연기를 깊이 들이쉬었다 내뿜는 소리가 들렸다. "네가 사람 이름을 언급한 게 이번이 두번째다."

"죄송합니다." 나는 말했다. "그런데 부인은 어떡하죠?"

"토마토는 지금 어디에 있어?" 그가 물었다.

"아침식사중이에요."

"네 친구 둘이 그리로 가는 중이야. 아마 그 경마장에서 보게 될 거야. 말만 잘하면 널 기차역까지 차로 바래다줄 거고."

나는 어딘가로 가는 것처럼, 뚜렷한 목적지가 있는 것처럼 새러토가 거리를 활보하며 생각에 잠겼다. 그들은 내게 그 모든 돈을 주었다. 하루는 물론 이틀 만에 다 쓰기에는 분명 너무 많은 돈이었다. 호텔 요금과 레스토랑, 드루 프레스턴이 원하면 경마에 걸 수도 있는 돈을 포함해 일주일간 펑펑 쓰고도 남을 금액이었다. 무언가 달랐다. 뉴욕으로 돌아가기 전에 일종의 사전 공작원으로 나를 필요로 하는 것이든, 아니면 나를 방해되지 않는 곳으로 보내려는 것이든, 무언가 달라졌다. 어쩌면 드루가 시야에서 사라지자 미스터 슐츠는 그녀로 인한 위험을 비로소 납득했는지도 모른다. 어쩌면 그의 소외는 단순히 그녀의 소외에 대한 반사작용이었는지도 모른다. 미스터 버먼은 미스터 슐츠가 위태로운 사랑에 빠졌다고 생각하는 듯했다. 그런데 돌이켜보니 첫 주 정도가 지나자 내가 그들과 함께 있을 때면 미스터 슐츠는 대체로 드루를 무시했다. 그녀는 남들에게 보이기 위한 대상이 되었다. 맹목적으로 사랑을 표하거나 손을 꼭 잡아주거나, 혹은 사랑에 빠진 연인들이 그렇듯 다정하면서도 바보스러운 방식으로 마음을 쓰는 대상이라기보다는 그의 존재감에 보탬이 되는 장식이 되었다. 무슨 결정이 내려졌는지 몰라도 그의 성격이 악몽처럼 끔찍하다고 추측하는 게 맞을 듯싶었다. 그가 주는 오싹한 공포의 면면을 살필 줄 아는 소년이었던 그때의 내가 자랑스럽다. 가장 빠른 생각은 몸의 생각이고, 몸은 두뇌처럼 기질에 물들어 있지 않아 그 생각이 확실하고 오류가 없다는 점에 비추어볼 때, 내가 최선으로 추측할 수 있는 건 최악의 상황이 발생할 수 있다는 사실이었다. 왜냐하면 어떻게 호텔에 들어왔고, 어떻게 로비를 지나왔는지 기억나지 않는 와중에 문득 내가 장전된 자동권총을 들고 있음을 깨달았기 때문이다. 내가 권총을 들고 있었다. 그래서 그런 생각이 든 모양이다. 최악은 그가 그녀에게 등을 돌렸다는 것이다. 그는 더 많은 죽음을 필요로 했고, 자기가 소유한 죽음을 너무 빨리 소진하고 있었기 때문에 점점 더 빨리 죽음을 필요로 했다. 그가 법에 의해 꼼짝 못하게 되어 갱단이 폭탄을 맞은 듯 산산조각나고, 그 자신은 폭격당해 파편이 떨어지는 속에서 비명 지르며 울부짖는 사진 속 그 중국 아이들처럼 버려지고 혼자가 된다면, 그녀는 무슨 말을 할까, 그를 어떻게 대할까?

미스터 슐츠가 배신에 관한 모든 것을 알면서도, 우리 모두의 정신이 아주 좋아하고 열렬히 탐하는 자유를 가졌을 때는 배신이 어떻게 작용하는지 몰랐다는 게 이상했다. 그렇지 않고서야 왜 그의 부하인 아바다바가 내게 우승마를 알려주었겠는가? 미스터 슐츠에게는 상상력이 없었다. 틀에 박힌 사고방식의 소유자였다. 드루의 말이 옳았다. 그는 평범했다. 그가 어떻든 간에 나는 이제 막대한 책임감에 직면했다. 달성해야 할 일들이 있었다. 나는 사람들을 끌어들이고, 권위고 뭐고 아무것도 없는 위치에 있는 내가 생각하기에 그들이 해야만 하는 일들을 시켜야 했다. 그런 생각을 하는 중에 영화 속에서 일을 도모해 성취하는 사람들에겐 조수나 비서가 있다는 사실이 떠올랐다. 눈앞에 놓인 그랜드유니언 호텔의 서비스 목록에는 안마사, 이발사, 꽃집, 웨스턴유니언 지점 등이 수록되어 있었다. 호텔 전체를 내 마음대로 이용할 수 있었다. 나는 마음을 단단히 먹고 수화기를 들었다. 드루 프레스턴 친구들의 코맹맹이 소리를 가장해 낼 수 있는 한 가장 낮고 부드러운 음성으로 호텔 교환에게 뉴욕 사보이플라자의 미스터 하비 프레스턴을 연결해달라고 말했다. 그리고 혹 그가 객실에 없으면 아마 뉴포트에 있을 테니 그쪽 교환을 통해 연결 가능한 전화번호를 알아봐달라고 했다. 수화기를 내려놓자 손이 떨렸다. 다른 사람도 아니고 비범한 저글러인 나의 손이. 나는 하비가 있는 곳을 알아내기까지 어느 정도 시간이 걸리리라 생각했다. 그는 분명 자신의 취향에 맞는 누군가와 어딘가에서 침대에 누워 있을 터였다. 룸서비스에 전화를 걸자 직원들이 매우 정중하게 주문을 받았다. 나는 허니듀 멜론과 콘플레이크, 크림, 스크램블드에그, 베이컨, 소시지, 토스트, 잼, 데니시 페이스트리, 우유, 커피를 시켰다. 그냥 메뉴에 있는 것을 전부 불렀다. 그러고서 열린 창가에 놓인 휠체어에 앉아 쿠션 뒤에 총을 숨기고 아침식사를 기다렸다. 뜨거운 목욕물에 들어가 열기를 견디기 위해 꼼짝 않고 앉아 있는 사람처럼 나도 움직이지 않는 게 중요한 일인 듯 느껴졌다. 미키가 운전하고 있을 것이며 아마도 어빙이 함께 있을 것이다. 새러토가에서 그들이 하려는 일이 무엇이든 정밀함을 요할 것이기 때문이었다. 그리고 더불어 인내가, 또

한 잔학함보단 교묘함과 슬픔을 유발할 무언가가 필요한 일일지도 몰랐다. 나는 두 사람을 다 좋아했다. 그들은 말수가 적었고 누구한테도 악의를 품지 않았다. 그들은 불평하는 걸 싫어했다. 속으로는 이의를 품을지 몰라도 자신들에게 주어진 일을 수행했다.

나는 고상한 하비에게 무슨 말을 할지 생각했다. 그가 전화기 가까이에 있기를 바랐다. 아마 전화기도 하얀색일 것이다. 그는 내 말을 끝까지 들을 것이다. 분명 여름 내내 끊임없이 날아들었을 외상 고지서나 지불된 은행수표 때문에 드루의 안전에 대해 지극히 형식적인 걱정을 했을 테니 말이다. 나는 그에게 아내의 요청을 전달한다고 말할 것이다. 그리고 아주 사무적으로 처신할 것이다. 이 순간 프레스턴 부인에 대한 개인적인 관심은 전혀 염두에 두지 않았다. 나의 목소리에 사랑이나 죄의식이 배어들 일은 당연히 없었다. 내가 하비에게 죄의식을 느낄 일이 있었다는 건 아니다. 하지만 그런 것을 다 떠나 이 상황에서는 에로틱한 애정을 느낄 능력을 잃었다. 공포에 사로잡히면 그 능력은 처참할 정도로 저하된다. 드루와의 섹스를 기억할 수 없을 뿐 아니라 상상조차도 할 수 없었다. 그녀는 나의 관심 대상이 아니었다. 문을 두드리는 소리가 나고 아침식사가 담긴 카트가 들어왔다. 카트의 양 날개를 펴고 흰 식탁보를 씌우니 식탁이 되었다. 모든 음식이 무거운 은제 식기에 담기거나 덮여 있었다. 멜론은 은제 그릇의 얼음 위에 얹혀 있었다. 팁을 과하게 주면 안 된다는 것을 전날 밤 드루에게 들어 알고 있던 터라 태연하게 사환을 방에서 내보냈다. 나는 등허리에 놓인 총을 느끼며 이 엄청난 아침식사를 물끄러미 쳐다보았다. 모든 달콤한 땅의 소산들이 접시 위에 넘쳐나는 걸 보니 내가 있는 곳으로 배스게이트 애비뉴를 옮겨놓은 듯했다. 엄마가 보고 싶었다. 흰색과 검은색의 양면 섀도스 재킷을 입고 있었으면 하는 마음이었다. 행상의 손수레에서 과일을 슬쩍하고, 맥주 은닉처 근방에서 놀며 거물 더치 슐츠의 모습을 흘끗 보았으면 했다.

정오에 짐을 싸서 로비의 급사장에게 맡겼다. 경마장 가는 길을 물어보고 그곳까지 걸어갔다. 호텔에서 큰길을 따라 2킬로미터가 안 되는 거리였다. 길가에는 폭넓은 베란다가 딸린 짙은색 삼층집이 줄지어 있었다. 집마다 앞뜰에 '주차 가능' 표지판이 보였고, 주민들이 길가에 서서 지나가는 차를 자기 집 진입로에 주차시키려고 손을 흔들었다. 새러토가의 모든 사람이 조금이라도 벌이를 하려고 애썼다. 이렇게 웅대한 박공지붕이 얹힌 집의 주인들까지. 차량 대부분은 경마장 주차장으로 향했다. 교차로마다 반소매 셔츠 차림의 경찰들이 손을 흔들어 교통정리를 했다. 아무도 크게 서두르는 것 같지 않았고, 검은색 차들이 위엄 있게 움직였다. 경적을 울리거나 앞서가려는 차는 없었다. 그렇게 예의바른 차들은 처음 보았다. 그중 패커드가 있으리라고는 생각하지 않았지만 그래도 한번 살펴보았다. 새벽에 출발했다면 미키가 운전한다 해도 오후 중반이나 되어야 도착할 터였다. 홀연 특별석의 초록색 지붕이 눈에 들어왔다. 길쭉한 삼각기가 달린 숲속의 성 같았다. 나는 곧 경마장 구내에 들어섰다. 파나마모자를 쓴 남자와 양산을 받친 여자들이 입구로 몰려들었다. 그야말로 축제 분위기였다. 사람들은 소형 쌍안경을 들었다. 큰 소리로 순서를 알리며 다니는 사람들도 있었다. 양키 스타디움만큼 크지는 않아도 규모가 웅장했다. 초록색과 흰색으로 칠한 목재 건축물이었고, 통로를 따라 화단이 줄지어 있어 훌륭한 옛 유원지의 면모를 풍겼다. 클럽하우스 입장권을 사려고 줄을 섰지만 보호자 없이 미성년자는 출입할 수 없다는 말만 들었다. 그 자리에서 권총을 꺼내 그자의 코에 들이대고 싶었지만 어느 노부부에게 대신 입장권을 사서 함께 개찰구를 통과해달라고 부탁했다. 그들은 친절하게 내 부탁을 들어주었다. 하지만 전국에서 가장 강력한 갱단의 신뢰받는 일원으로서는 굴욕적인 의뢰였다.

계단을 올라 관중석으로 나온 나는 처음으로 거대한 타원형 경마장을 보고 이내 마음이 편안해졌다. 짙게 그늘진 곳에서 햇볕이 내리쬐는 초록색 잔디밭을 내려다보며 유쾌한 충격을 받았다. 마름모꼴 야구장이나 네모난 미식축구장에서 맛볼 수 있는 것이었고, 이제는 경마장에서도 그런 느낌을 받을 수 있다는 걸 알게 되었다. 그것은 경기가 시작되기 전, 그날 맛보게 될 영광의 예감인 것이다. 아직 아무런 자국이 없는 경주로에서 곧 펼쳐질 공식 경주에 대한 기대감이 피부로 전해졌다. 공기와 빛의 청명한 광휘 속에서 유령 경주마들이 이미 결승점을 향해 돌진하고 있었다. 이곳에서라면 제대로 처신할 수 있을 것 같았다. 나는 인정을 받을 때 생기는 뜻밖의 자신감을 느꼈다.

그렇게 해서 나는 사회 전체가 도박을 하러 온 듯한 이 화창한 날에 매우 심각한 책임감으로 마음이 무거웠다. 보통 사람들은 구내에서 돈을 걸고 난간 근처의 햇볕 아래에 서서 볼 수 있는 한 실제 경주를 다 보려고 할 터였다. 부유한 내기꾼들은 좀더 많은 경주로를 볼 수 있는 경사진 목재 관람석 그늘에 앉아 있었다. 관람석 앞쪽 가장자리에 특별석이 있었다. 정치인이나 부유한 유명인들이 시즌별로 구매해두는 자리였다. 하지만 그들이 사용하지 않는 날에는 안내인에게 뇌물을 주고 조건부로 자리를 얻을 수 있었다. 그리고 마지막으로 특별석 위쪽에 별도로 고급 클럽하우스가 있었다. 경마광들이 당일 경주가 시작되기 전에 그곳 식탁에 모여 앉아 오찬을 즐겼다. 나는 그곳에서 이인용 식탁에 화이트 와인 한 잔을 놓고 홀로 앉아 있는 드루를 발견했다.

물론 내가 무슨 말을 하든지 그녀가 경마를 실컷 즐기기 전에는 떠날 생각을 하지 않으리라는 걸 알았다. 그녀에게 어떤 위험에 처했는지 알리거나 나의 공포를 인정한다면, 그녀는 눈에 초점을 잃고 심란해져 신경과 정신을 모두 어딘가에 빼앗기고 눈빛 또한 흐릿해질 것이다. 그녀는 나의 조숙한 면을 좋아했다. 거리에서 굴러먹은 거친 면을 좋아했다. 그녀는 씩씩하고 대담한 남자를 좋아했다. 그래서 나는 일곱번째 경주에서 확실히 우승할 말을 안다고 말했다. 그 말에게 내가 가진 전부를 걸어 그녀에게 봉봉 캔디와 실크 속옷을 평생토록 사줄 만한 돈을 따겠다고 말했다. 물론 농담이었지만, 의도했던 것보다 더 큰 열정이 담겨 긴장한 목소리로 그 말이 나와버렸다. 철없는 사랑 고백 같은 것이었다. 그러자 깊이를 알 수 없는 그녀의 초록색 눈에 눈물이 그렁그렁 맺혔다. 우리는 침묵과 깊은 슬픔 속에서 거기 그대로 앉아 있었다. 마치 그녀 특유의 판단 체계를 통해 내가 차마 말하지 못한 것까지 모두 알아버린 듯했다. 나는 그녀를 쳐다볼 수 없어 햇볕 바른 트랙으로 눈을 돌렸다. 흰 난간이 둘린 타원형 트랙은 길고 넓었으며 흙을 잘 골라 훌륭히 관리되어 있었다. 그 안쪽의 타원형은 장애물 트랙으로 잔디가 깔려 있었다. 다시 그 안쪽에는 빨갛고 흰 꽃들이 심겨 있을 뿐만 아니라 진짜 백조가 헤엄을 치는 연못이 조성되어 있었다. 그리고 그 모든 것의 배경에는 광대한 녹음으로 덮인 전원이 있었고 동쪽 멀리에는 낮은 버크셔스 산들이 보였다. 하지만 나는 타원형 경주로만 보았다. 나의 시선은 경주가 한 차례 마감된 트랙의 둘레를 빙빙 돌기만 했다. 마치 트랙이 끝없이 이어지는 갑판 아래의 칸막이인 듯이, 그래서 예인선 갑판의 숨막히는 디젤 배기가스 말고는 이 세상에서 내가 숨쉴 다른 공기는 없다는 듯이, 그날 밤 이후로 우리가 살아온 모든 시간은 전부 내 환상이었다는 듯이, 출렁이며 솟아올라 그날 밤의 희생자를 집어삼킨 광대한 바다로부터 받은 일시적인 집행유예였다는 듯이, 그리고 내가 잘 알지 못하는 죽은 사람들은 아직 죽지 않았다는 듯이.

차츰 빈자리들이 메워졌다. 우리는 배고프지 않았지만 점심으로 차가운 연어와 감자 샐러드를 먹었다. 마침내 빨간 사냥용 외투 차림의 기수들이 말을 타고 트랙에 등장했다. 트럼펫이 울리자 기수를 태운 말들이 천천히 우리 앞을 지나 파 턴* 지점에 설치된 출발 게이트를 향해 줄지어 행진했다. 그렇게 그날의 첫 경주가 시작되었다. 경주는 삼십 분마다 한 번씩 진행되었다. 갈퀴로 고른 너른 트랙을 돌아 1.5 내지 2킬로미터를 달리는 경주였다. 출발 게이트에서 나온 말들은 잠깐 보일 뿐, 쌍안경이 없으면 마지막 코스로 돌아 들어오기 전 먼쪽 트랙을 달릴 때는 구불거리며 움직이는 한 마리 동물이 잔물결을 일으키며 굴러가는 흐릿한 덩어리로 보였다. 그렇게 빠르게 움직이지 않았으며 오직 다시 개별적인 말들로

---

* 결승점으로 향하는 직선 구간 전의 마지막 코너 구간.

구분되면서 다급하게 채찍으로 내리치는 격렬한 동작이 보일 때에야 그들이 얼마나 짧은 시간에 얼마나 먼 거리를 달렸는지 알 수 있었다. 바로 눈앞에서는 굉장히 빠른 속도로 질주해 관람석 앞의 결승점으로 내달렸다. 기수들은 등자에 발을 끼운 채 몸을 곧게 세웠다. 경주가 진행되는 동안 사람들은 무척 흥분해 떼를 쓰고 고함을 치고 비명을 질렀다. 하지만 야구장에서 루 게릭이 홈런을 때렸을 때 볼 수 있는 함성이나 환호성과는 달랐다. 기쁨에 넘치는 생기 있는 소리가 아니었으며 제일 앞선 말이 결승점을 지나는 순간에는 마치 스위치를 끈 것처럼 갑자기 잠잠해졌다. 사람들은 저마다 들고 있는 경주 성적표를 들여다보며 다음 경주가 시작되기까지 삼십 분간을 새 베팅을 생각하는 데 썼다. 우승마를 맞힌 사람들만 떠들어대며 받게 될 상금에 흡족해했다. 말이라는 동물 자체는 그 누구의 관심거리도 아니었다. 관람석 앞 우승마 표창식장에서 카네이션 화환을 쓴 말과 기수 옆에 서서 사진을 찍으며 포즈를 취하는 우승마의 주인은 예외일지도 몰랐다.

나는 미스터 버먼이 의미한 게 무엇인지 알았다. 중요한 것은 트랙을 도는 말이 등에 얹은 숫자와 관람석 맞은편 대형 게시판에 경주 예정 시간마다 뜨는 배당률이었다. 말은 달리는 숫자요 살아 있는 배당률이었다. 말을 사육하고, 경매장에서 한 살배기를 구매하여 소유하고, 경마에 출전시켜 돈을 버는 지방 유지들에게도 매한가지였다.

하지만 이 모든 것은 말하자면 곁눈질로, 또한 내 주의력의 언저리로 포착한 인상들이었다. 드루를 내버려두고 자리를 떴다가 다시 돌아와 그녀를 특별석으로 데려다준 다음 혼자 돌아다니며 느낀 인상들이었다. 특별석에 그녀를 내버려두고 층마다 돌아다니며 내가 아는 갱들은 물론 내가 모르는 갱들이 있는지 찾아보았다. 전날 밤에 있었던 경마 품평회처럼 특정 계급을 위한 행사가 아니었기 때문이다. 마치 모든 게으름뱅이의 전국대회 같았다. 쇠창살 창구로 2달러를 들이미는 사람들이 보였다. 돈을 모두 잃은 자들이 틀림없었다. 러닝셔츠 바람으로 티켓을 움켜쥔 채 햇볕을 받으며 난간 옆에 서 있는 사람들을 보았다. 그게 무엇이든 그 티켓이 그들에게는 거기서 벗어날 수 있는 유일한 길이었다. 하루를 즐기기 위해 나온 것치고 얼굴이 그렇게 창백한 사람들은 처음 봤다. 층마다 통로마다 남모르는 정보를 아는 사람들이 있었는데, 그들은 슬쩍 옆사람에게 정보를 주며 *끄덕끄덕* 알은체하는 거래의 몸짓을 했다. 아주 저급한 인생의 장이었다. 아주 경멸해 마지않을 우아한 심심풀이였다. 오래되어 삐걱이는 나무 관람석에서 이익과 손해의 민주적 의식을 다시 한번 치르기 위해, 베팅 창구 앞에 서서 긴 잔에 얼음을 넣은 칵테일이나 위스키를 마시는 술꾼들 모두는 인생에서 너무 많은 것을 원하는 탓에 너무 많은 것을 잃고 있었다.

내가 드루에게 부탁한 건 단 하나였다. 말이 트랙에 나오기 전에 있는 대기소에 말을 보러 내려가지 말고 특별석에 그대로 앉아 쌍안경에 만족하라는 것이었다. 특별석에는 식별번호가 매겨져 있었고, 결승점 앞 주지사의 특별석과 매우 가까이에 있었다.

"돈을 걸지 말라고?"

"걸고 싶으면 걸어요. 내가 대신 창구에 다녀올게요."

"괜찮아."

그녀는 생각에 잠겨 가만히 있었다. 침묵이 그녀를 감쌌다. 마치 상중에라도 있는 듯했다.

그러다 그녀가 말했다. "너 그 사람 기억해?"

"누구요?"

"피부가 안 좋은 사람. 그가 그렇게도 존경한다던 사람."

"피부가 안 좋은 사람?"

"그래, 그 차, 경호원하고 성당에 온 그 사람."

"그 사람. 물론이에요. 그런 피부를 어떻게 잊겠어요."

"그자가 나를 쳐다봤어. 무례하다거나 그랬던 건 아니고. 쳐다보고는 내가 누구인지 알아봤어. 그러니까 전에 내가 그를 만났던 적이 있었던 거야." 그녀는 입을 오므리고 눈을 내리뜨고는 고개를 가로저었다.

"기억이 안 나요?"

"안 나. 밤이었을 거야."

"왜요?"

"밤마다 술에 취해 있으니까."

나는 이 문제를 곰곰이 생각했다. "보와 함께 있었어요?"

"그랬을 거야."

"미스터 슐츠에게 말했어요?"

"아니. 그랬어야 했을까?"

"중요한 일 같아요."

"그래? 중요해?"

"네, 그럴지도 몰라요."

"네가 말해. 그럴래?" 그녀는 말하고서 다음 경마들이 트랙으로 천천히 걸어나오자 눈가로 쌍안경을 가져갔다.

잠시 후 제복 차림의 배달원이 엄청난 꽃다발을 들고 특별석으로 찾아왔다. 드루에게 주는 꽃이었다. 줄기가 긴 꽃이 한아름이었다. 그것을 받아든 그녀의 얼굴이 달아올랐다. 그녀는 카드를 읽었다. 그대를 숭배하는 사람으로부터. 내가 불러준 대로였다. 그녀는 웃더니 꽃을 보낸 사람이 누구인지 찾아보려는 듯 주변을 둘러보고 뒤편 관람석을 올려다보았다. 나는 안내원을 불러 5달러 지폐를 접어 쥐여주고 물 한 주전자만 가져다달라고 했다. 그가 물이 담긴 주전자를 가져오자 드루는 거기에 꽃을 꽂아 빈 옆좌석에 올려놓았다. 그녀는 이제 기분이 한결 나아졌다. 이웃 특별석의 사람들이 빙긋 웃으며 적절한 인사말을 한마디씩 했다. 그러고서 제복 차림의 또다른 배달원이 이번에는 고리버들 받침대에 아주 커다랗게 꽃꽂이한 꽃을 가져왔다. 옥수숫대처럼 생긴 작은 꽃나무에 커다란 부채꼴 잎들과 작은 꼬랑지 같은 게 붙은 파란색과 노란색 초롱꽃이 달려 있었다. 딸려온 카드에는 영원히 당신의 것이라고 적혀 있었다. 드루는 밸런타인데이 축하를 받거나 깜짝 생일 파티를 선사받는 사람들이 놀라며 느끼기 마련인 행복감에 젖어 웃었다. 신사 하나가 몸을 굽혀와 무슨 날이냐고 묻자 그녀는 영문을 모르겠다고 대답했다. 그리고 세번째와 네번째로 더욱 부피가 큰 꽃다발이 전달되었다. 마지막 것은 긴 가지에 달린 장미꽃 수십 송이가 눈에 띄었다. 특별석 전체가 꽃으로 뒤바뀌었고, 그녀는 온통 꽃에 둘러싸였다. 주변 사람들이 매우 재미있어하며 관심을 보였다. 어떤 사람들은 무슨 일인가 하고 자리에서 일어나 기웃거렸다. 한바탕 관람석으로 호기심이 퍼져나갔다. 사람들이 사방에서 몰려들더니 질문을 하거나 의견을 피력했고, 어떤 사람들은 그녀를 영화 배우로 생각했다. 한 젊은 남자는 사인을 요청해야 하는 건지 묻기도 했다. 그녀는 우승컵 쟁탈전의 승리자보다 더 많은 화환에 둘러싸였다. 꽃을 들고 꽃에 푹 파묻혔다. 가장 돋보였던 건 그 모든 야단법석이 무엇인지 보러 가까이 몰려온 사람들에게 그녀가 둘러싸인 모습이었다. 그녀의 경마 친구들도 있었다. 그들은 그녀와 함께 앉아 농담을 했다. 한 여성이 두 아이를 데려왔는데, 금발의 어린 여자애들은 바가지 머리를 하고 흰 드레스에 리본을 매고서 짧은 흰 양말과 반들거리는 흰 구두를 신고 있었다. 수줍음을 타는 귀여운 아이들이었다. 드루는 즉흥적으로 아이들이 들고 다닐 만한 작은 부케를 만들어주었다. 지방신문사의 사진기자가 오더니 플래시를 터뜨리며 사진을 찍었다. 모든 일이 잘되어갔다. 나는 어린애들이 그곳에 계속 있기를 바랐다. 아이들의 엄마에게 아이스크림을 줘도 되느냐고 묻고서 부리나케 사러 가는 김에 클럽하우스의 바에 들러 샴페인 두 병과 잔 여러 개를 주문했다. 바텐더가 까다롭게 굴까봐 돈다발을 은근히 보이기도 하고 드루의 이름을 대기도 했다. 얼마 안 있어 그녀는 특별석에서 꽃에 둘러싸인 채 손님들을 대접했다. 나는 그들로부터 한 걸음 물러섰다. 말에 타 있는 경마장 직원들마저 트랙에서 그녀가 있는 쪽을 올려다보았다. 어린 소녀들의 수행을 받으며 꽃으로 장식된 특별석에 왕림한 여왕에게 사람들이 경의를 표하며 잔을 들어올리는 것 같았다.

그리하여 상황이 이보다 더 좋을 순 없었다. 호텔의 쇼콜라티에에게 주문한 캔디 상자만 오면 되었다. 나는 그녀를 혼자 내버려두고 싶지 않았을 뿐이다. 필요시 동원할 다른 준비도 해두었다. 나는 뒤로 물러서서 나의 솜씨를 바라보았다. 아주 좋았다. 이제 그 상황이 계속되게 만들기만 하면 되었다. 얼마나 오래 계속되어야 하는지는 나도 몰랐다. 경주가 한 회 더 끝날 때까지일지, 아니면 두 회가 더 끝날 때까지일지. 그 업계의 종사자들이 붐비는 경마장에서 일을 치를 것 같지는 않았다. 위대한 경마 역사에 불가사의한 암살 사건을 보탤 것 같지는 않았다. 그들이 먼저 호텔에 가서 알아본다면 그녀가 짐을 싸지 않았으니 도망갈 계획은 없는 게 분명하다고 생각할 것이다. 하지만 내가 모든 걸 알지 못하는 상황에 무언들 확신할 수 있겠는가. 나는 그녀의 주변에 움직이는 방패를 두르고 싶었다. 저글링 공이 만들어내는 분수 같은, 윙윙 도는 천 개의 줄넘기 로프 같은, 꽃처럼 터지는 불꽃놀이 같은, 순진하고 부유한 아이들의 생명 같은 것으로.

여하튼 상황이 그러했다. 다섯번째 경주였던 것 같다. 말들은 먼 쪽 트랙을 달리고 있었고, 사람들은 모두 쌍안경을 들여다보고 있었다. 수천 관중이 그러는 가운데 햇볕 아래 난간에 서서 엉뚱한 데를 바라보는 쌍안경 하나를 어떻게 놓칠 수 있겠는가. 광선이 굴절된 순간, 쌍안경의 터널 같은 시야에 걸린 감시자의 눈이 보였다는 것을, 양지와 그늘의 급격한 분리를 관통하여, 그리고 군중의 정열적 외침을 넘어 조용히 누군가의 은밀한 관찰 대상이 되었다는 것을 어떻게 모를 수 있겠는가. 나는 그대로 돌아 나무계단을 뛰어내려 지상으로 가 출납창구 앞을 지났다. 놀라울 정도로 많은 도박꾼이 그 앞에서 결과를 기다리고 있었다. 밖으로 몇 걸음만 옮기면 눈으로 직접 확인할 수 있을 텐데도 경주 상황을 알려주는 안내방송에 귀를 기울였다. 구내 바닥엔 온통 베팅 금액이 표시된 티켓이 쓰레기처럼 버려져 있었다. 내가 몇 살만 더 어렸더라면 돌아다니면서 그 티켓들을 주웠을 것이다. 똑같은 것들이 아주 많아 수집거리가 될 만했기 때문이다. 하지만 여기저기서 웅크리고 앉아 티켓을 뒤집어보고 주웠다 도로 버리는 사람들은 어른이었다. 우승마에 건 티켓이 실수로 버려졌을지 모른다는 신령스러운 이변을 바라고 어슬렁거리는 비참하고 한심한 인생의 낙오자들이었다.

관람석 앞쪽으로 나가자 즉각 오후의 열기가 느껴졌다. 햇빛에 눈이 부셨다. 환성을 지르는 사람들의 어깨 너머로 말들이 흐릿한 덩어리를 이루어 우레 같은 소리를 내며 지나갔다. 정말로 그 소리가 들렸다. 말발굽 소리가, 치찰음 같은 채찍 소리가 들렸다. 말은 이기기 위해 달릴까, 아니면 달아나기 위해 달릴까? 나는 난간 옆에서 어빙과 미키를 발견했다. 어느 모로 보나 스포츠 노름꾼 자체였다. 체크무늬 재킷 차림에 어깨에는 쌍안경 케이스를 매고 있었고, 미키는 파나마모자로 대머리를 가리고 선글라스로 눈을 숨겼다.

"마지막 직선 코스에서 아주 힘이 빠졌어." 어빙이 말했다. "다리만 생각하지 가슴이 없어. 인정이 있으면 경주마를 그런 식으로 200미터 넘게 몰아대지 않아." 그는 티켓 여러 장을 반으로 찢어 가까이에 있는 쓰레기통에 버렸다.

미키는 관람석 쪽으로 쌍안경을 겨냥했다.

"프레스턴 부인의 자리는 결승점에서 약간 못 미친 곳이에요." 나는 말했다.

"말 안 해도 눈에 띄어. 성조기 말고는 다 있군." 어빙이 속삭이듯 말했다. "저기 대체 무슨 일이냐?"

"그가 부인을 보니 매우 즐거운 모양이에요."

"그라니?"

"미스터 프레스턴. 미스터 하비 프레스턴, 부인의 남편이요."

어빙이 쌍안경으로 살폈다. "어떻게 생겼나?"

"키 큰 남자 안 보여요? 나이 많고."

"안 보여. 무슨 옷을 입었는데?"

"제가 한번 볼게요." 나는 미키의 어깨를 톡톡 두드렸다. 그가 내게 쌍안경을 주었다. 초점을 맞추자 그녀의 모습이 잡혔다. 걱정스럽게 뒤를 돌아보는 모습이 너무도 가까이 보여 나는 소리치고 싶었다. 나 여기 있어, 이 아래에 있다고. 그러나 해악 없는 내 삶의 운은 아직 효력이 다하지 않았다. 뒤를 응시하고 있는 그녀에게 실제로 하비가 손을 흔들며 계단을 내려왔으니 말이다. 잠시 후 그는 특별석에서 그녀를 안았고, 그녀도 마주 껴안았다. 그러고서 몸을 뗀 채 서로 붙잡고 웃었다. 그가 뭐라고 말했다. 그녀는 그를 보게 되어 진심으로 기쁜 모양이었다. 그녀가 무슨 말인가를 했다. 그리고 함께 주변의 꽃들을 보았다. 그는 고개를 가로저으며 손바닥을 위로 들어올렸고 그녀가 웃었다. 주변에 떼를 지어 서성이던 사람들 가운데 한 남자가 그 호방한 제스처를 칭찬하듯 박수를 쳤다.

"사랑이란 참 멋지네요." 나는 말했다. "무명 재킷에 적갈색 실크 폴라드를 했어요."

"실크 뭐라고?"

"타이 대신 매는 스카프를 그렇게 불러요."

"저기 있군." 어빙이 말했다. "진작 말했어야지."

"그걸 제가 어떻게 미리 알았겠어요?" 나는 말했다. "점심때 나타났어요. 지금은 그들이 여기서 보내는 시기예요. 이놈의 마을이 온통 그자들 것이나 마찬가지란 걸 제가 어떻게 알았겠어요?"

　잠시 후 특별석 전체가 위로 들리는 듯했다. 사람과 꽃이 함께 공중으로 뜨는 것처럼. 드루와 하비가 출구 쪽으로 향했다. 하비가 정치인처럼 사람들을 향해 손을 흔들었고, 안내원들이 그를 도우려고 달려갔다. 나는 품에 꽃을 안은 드루에게서 시선을 떼지 않았다. 왜 그런지 모르겠지만 사람들 사이를 지나는 그녀의 몸가짐이 몹시 조심스러워 임신한 여자를 생각나게 했다. 이 정도 거리에서 쌍안경 없이 바라보며 받은 인상이었을 뿐 여하튼 뚜렷한 건 아니었다. 그들이 통로로 내려가 보이지 않자 나는 어빙과 미키를 따라 필드의 인파를 헤치고 출납창구를 지나 그 옆 핫도그 매점 한쪽에 숨어 계단을 내려오는 그들을 지켜보았다. 하비는 바로 그 앞에 차를 세워두었다. 차는 정문을 통과할 수 없는데 그 차는 거기까지 들여보내준 것이다. 드루는 돌아서서 발꿈치를 들고 두리번거렸다. 나를 찾으려는 것이었지만 그건 내가 바라지 않는 바였다. 하비는 신속하게 그녀를 차에 태우고 자신도 뒤따라 탔다. 나는 그에게 경찰은 부르지 말라고 해두었지만 승마바지 차림의 주경찰관 두 명이 거기 서 있었다. 가슴에 십자로 교차하는 권총 벨트를 매고 진한 황록색 멋진 펠트 스카우트모자의 가죽끈을 턱 아래 묶은 그들은 대개 건성으로 근무를 섰다. 주지사랄지 그런 위치에 있는 사람이 올 경우를 대비한 것이었다. 그들은 거구였으며 매수되지 않았다. 그러니까 뇌물을 받은 그들이 대가로 무엇을 줄 수 있겠느냐는 말이다. 고속도로? 어쨌든 상황이 좀 애매했다. 나는 찡그린 어빙의 얼굴이 마음에 걸렸다. 만일 그들이 그녀가 겁먹고 달아난 거라고 생각한다면 우리 둘 다 큰일이었다.

"이게 도대체 다 뭐야?" 어빙이 말했다.

"거물이니까요." 내가 말했다. "저자들은 할일이 없어서 저러는 것뿐이에요."

어빙과 미키는 뛰지 않으면서도 빠르게 움직여 옆문으로 나가 그들의 차가 있는 곳으로 향했다. 그들은 내게 같이 갈 것을 요구했고, 나는 가타부타할 입장이 아닌 것 같았다. 패커드에 이르러 뒤에 타려고 문을 열었더니 미스터 버먼이 앉아 있었다. 나는 화들짝 놀랐다. 그는 변함없이 꼼수를 썼다. 나는 아무 말 하지 않았고 그도 마찬가지였다. 하지만 그때 내가 상대하고 있는 것이 그의 격정임을 알았다. 어빙이 말했다. "남편이 나타났어요." 미키는 차를 몰아 차도로 나갔다. 교차로를 지나기도 전에 그 차를 발견하고서 적당한 거리를 두고 뒤를 쫓았다. 그 차가 속력을 내며 마을을 벗어나 남쪽으로 향하자 나는 다른 사람들과 마찬가지로 크게 놀랐다. 하비와 그녀가 짐을 챙기러 호텔에 들르지도 않았기 때문이다.

불현듯 새러토가의 경계를 지나 우리는 시골길을 달리고 있었다. 그들의 뒤를 쫓아 십 분 내지 십오 분쯤 달렸을 때 옆을 내다본 나는 우리가 비행장과 나란히 달리고 있음을 깨달았다. 한 쌍 혹은 두 쌍의 날개를 단 비행기들이 주차된 자동차처럼 정렬해 있었다. 하비가 탄 차는 비행장으로 들어갔지만 우리는 입구를 지나쳐 길가의 나무 아래에 차를 세웠다. 격납고와 그 너머 활주로를 볼 수 있는 위치였다. 활주로가 끝나는 지점의 바람 자루가 축 늘어져 있었다. 나의 기분 상태와 똑같았다.

차 안에 불편한 침묵이 깔렸고, 엔진은 그대로 돌아가고 있었다. 나는 미스터 버먼이 여러 가지 가능성을 따지고 있다는 걸 느낄 수 있었다. 그들이 탄 차는 단일 엔진 비행기를 향해 갔다. 비행기 날개 아래의 문이 열려 있었다. 이미 안에 타고 있던 누군가가 비행기에 오르는 그들을 도우려고 팔을 내밀었다. 드루는 다시 뒤돌아보았고, 하비가 그녀의 시선을 가로막으며 그 앞에 섰다. 그녀는 여전히 꽃다발을 안고 있었다.

"아무래도 저 아가씨한테 속은 거 같군." 미스터 버먼이 말했다. "너는 이런 일이 생길 줄 몰랐나?"

"그럼요." 나는 말했다. "룰루가 제 코를 부러뜨릴 거란 걸 몰랐던 것처럼요."

"저 여자가 무슨 생각으로 저러지?"

"저 여잔 겁먹은 게 아니에요. 그런 뜻으로 한 말이라면요." 나는 말했다. "저런 부류가 여행하는 방식일 뿐이에요. 사실 저 여잔 한동안 또 새로운 걸 찾고 있었어요."

"그걸 네가 어떻게 아는데? 무슨 말이라도 들은 거야?"

"딱히 들은 건 아니지만 알 수 있어요."

"그거 참 재미있구나." 그는 잠시 생각에 잠겼다. "네 말이 맞다면 상황은 분명 또 달라지지. 더치에 대해선 무슨 말 없었고? 더치에게 화가 났다거나 그런 거."

"아뇨."

"그건 어떻게 아는데?"

"그냥 알아요. 저 여자는 신경도 안 써요. 대수롭지 않게 여기는 거죠."

"뭐가 대수롭지 않다는 거냐?"

"무엇이든요. 호텔에 새 차를 버려두고 간 것처럼. 우리가 그걸 가져도 그녀는 상관 안 한다는 거예요. 그녀는 특별히 무언가를 추구하지 않아요. 대부분의 보통 여자들처럼 선천적으로 두려워한다든지 질투한다든지 하는 것도 없고요. 그냥 자기가 하고 싶은 걸 하다가 따분해지면 또다른 걸 하는 거죠. 그뿐이에요."

"따분해지면?"

나는 고개를 끄덕였다.

그는 목청을 가다듬었다. "분명한 건," 그가 말했다. "지금 이 대화가 다시 나오는 일이 없도록 해야 한다는 거다." 비행기 문이 닫혔다. "남편은 어때? 말썽을 일으킬 만한 인물이야?"

"여자 같은 사람이에요." 나는 말했다. "그런데 일곱번째 경주를 놓쳤어요. 그 우승마한테 돈을 걸지 못했어요. 내 수입이 될 돈이었는데. 떼돈을 벌 수 있는 절호의 찬스였는데."

격납고에서 누군가 나와 두 손으로 프로펠러의 끄트머리를 잡아 돌렸다. 엔진에 시동이 걸리자 그는 뒤로 풀쩍 물러났다. 그런 다음 몸을 쭈그리고 날개 밑으로 들어가 바퀴에 괴어놓은 받침목을 뽑았다. 비행기가 활주로로 나아갔다. 멋진 은색 비행기였다. 비행기는 보조날개를 아래위로 팔락거리고 방향타를 좌우로 움직이더니 이륙했다. 그리고 잠시 후 하늘로 날아올랐다. 비행기가 하늘의 부피 속으로 날아올라 미끄러지듯 움직이며 흔들리는 모습을 보면 얼마나 가볍고 약한지 알 수 있다. 비행기는 비스듬히 날며 햇빛 속에서 반짝 빛을 반사하고 방향을 새로 잡아 높이 올랐다. 그러자 잘 보이지 않기 시작했다. 비행기를 뚫어지게 쳐다보고 있자니 수영하는 무언가처럼 그 윤곽이 가물가물해졌다. 그러고는 내 안구를 가로질러 실 같은 게 흘러가는 듯하더니 비행기가 구름 속으로 사라졌다. 그런 다음에도 눈에는 여전히 뭔가가 남아 있는 느낌이었다. "경마는 또 기회가 있을 거야." 미스터 버먼이 말했다.

4부

17

돌아오자마자 시골생활로 내 감각이 못 쓰게 되었다는 것을 깨달았다. 온통 숯이 타는 냄새밖에 안 났으며 눈은 따끔거렸고 귀는 소음으로 먹먹했다. 모든 게 엉망이 되어 허물어질 지경이었다. 시대의 변천을 거친 아파트들은 낡아 보였고, 공터들은 돌투성이였다. 그러나 무엇보다 심각했던 것은, 내 두뇌가 손상되었다는 분명한 증거로 여겨진 것은, 우리집이 있던 거리가 너무 비좁아 보였다는 사실이다. 다른 거리들 사이에서 얼마나 비참할 정도로 보잘것없고 처참하게 쪼그라들어 보였는지 모른다. 나는 구겨진 흰 리넨 양복 차림으로 나타났다. 더위 때문에 와이셔츠 칼라 끝이 둥글게 말리고, 넥타이는 느슨하게 풀었다. 엄마 앞에 멋진 모습으로 나타나 여름 동안 얼마나 잘 지냈는지 보여주고 싶었지만, 그러기는커녕 장시간 여행으로 녹초가 되었다. 토요일이었고, 맨해튼은 아주 더웠다. 가죽 여행가방이 무겁게 어깨 관절을 잡아당겼고, 나는 기운이 없어 진이 다 빠진 듯했다. 하지만 사람들이 나를 쳐다보는 모습을 보고는 그런 감각마저 정상이 아님을 깨달았다. 나의 모습은 아주 근사했다. 귀향한 사람이 아니라 그야말로 외국인이었다. 이스트 브롱크스에 이렇게 옷을 입는 사람은 없었다. 벨트가 두 개 달린 가죽 여행가방을 가진 사람도 없었다. 그들은 모두 나를 쳐다보았다. 길바닥에 금을 긋고 놀거나 코트를 그려놓고 작은 공을 가지고 놀던 아이들도 나를 쳐다보았고, 건물 계단에 앉은 어른들도 대화를 나누다 말고 나를 쳐다보았다. 나는 그냥 그들을 지나쳤다. 손상된 청각을 의식하며 발걸음을 옮겼다. 모든 게 숨죽인 듯 조용했다. 쓰디쓴 독한 공기, 질식할 듯한 공기가 나를 정적 속에 빠뜨린 듯이.

하지만 이 모든 건 어두운 층계를 올랐을 때에 비하면 아무것도 아니었다. 우리집 문은 완전히 닫혀 있지 않았다. 자물쇠가 부서졌기 때문인데, 내가 없는 사이에 우주가 하락하는 방향으로 가해진 일련의 작은 변화 중 첫번째였다. 문을 밀자 빙 돌아 열리며 천장이 낮은 음울한 아파트가 눈에 들어왔다. 친숙한 공간인 동시에 임의의 비정상적 공간이었다. 경사진 리놀륨 바닥, 속이 삐져나온 소파, 비상계단의 죽은 화분이 보였다. 부엌 한쪽 벽과 천장이 온통 시커멨다. 엄마의 촛불들이 너무 뜨겁게 타올랐던 모양이다. 빛나는 촛불 컵으로 가득했던 식탁은 텅 비었다. 굳은 촛농이 이룬 뾰족탑과 방울 덩어리, 초가 녹아 퍼진 가운데에 형성된 시커먼 분화구와 움푹한 구멍뿐이었다. 천체과학관의 달 모형이 생각났다. 엄마는 아직 여기에 살고 있었지만 보이지 않았다. 엄마의 긴 구슬 장식 머리핀이 든 병이 그대로 있는 걸 봐서 알 수 있었다. 아버지와 나란히 서서 찍은 젊은 시절의 사진, 아버지 모습에 크레용으로 X자를 치고 얼굴을 세심하게 잘라낸 사진도 그대로였다. 몇 벌 안 되는 엄마의 옷이 침실 벽장문 뒤에 걸려 있었고, 내가 오논다가에서 보내준 모자 상자가 벽장 선반 위에 있었다. 모자는 상점에서 포장한 그대로 얇은 종이에 싸인 채 상자 안에 들어 있었다.

냉장고에는 달걀 몇 개와 종이봉지에 든 딱딱한 호밀빵 반 조각, 표면이 굳은 우유 한 병이 있었다.

나는 불을 켠 뒤 길 잃은 여자와 그녀의 길 잃은 아들이 사는 이 영역의 한복판에 주저앉아 호주머니에서 우리의 재산인 접힌 지폐들을 꺼냈다. 그리고 반듯하게 펴서 금액별로 정리한 다음, 다시 한데 모아 손바닥을 뻣뻣하게 펴고 사면을 탁탁 쳐가며 반듯하게 쌓았다. 나는 650달러 남짓한 돈을 가지고 시골에서 돌아왔다. 미스터 버먼은 새러토가에서 쓰다 남은 업무비를 그냥 가지라고 했다. 막대한 금액이었지만 충분하지 않았다. 이 고고하고 거룩한 청렴과 믿음, 부엌 싱크대에서 목욕을 하는 생활의 대가로는 충분하지 않았다. 나는 돈을 넣은 가방을 다시 벽장에 넣었다. 무릎이 찢어진 헌 니커스와 골이 진 러닝셔츠, 창이 다 닳은 낡은 흰 면 운동화를 찾아 갈아입고 나니 기분이 약간 나아졌다. 비상계단에 앉아 담배를 피우며 내가 누구인지, 누구의 아들인지 떠올려보기 시작했다. 그런데 길 건너의 붉은 벽돌과 석회암으로 지어진 맥스 앤드 도라 다이아몬드 어린이집의 전망이 눈에 들어오더니 내 생각을 자극했다. 나는 입 한쪽에 담배를 물고 비상계단 옆 난간을 넘어 사다리를 타고 내려갔다. 사다리 끝을 붙잡고 매달렸다가 보도까지 3미터쯤 되는 높이를 뛰어내렸다. 다리가 닿는 순간, 흐르는 물 같은 우아함의 화신인 과거의 내가 이제 더는 아니라는 걸 깨달았다. 매달렸다 뛰어내리는 순간 무릎과 발의 작은 뼈마디에 가해지는 충격이 그전보다 더했다. 시골에서 잘 먹었으니 아마도 살이 좀 쪄서 그랬을 것이다. 나는 누가 보지는 않았나 싶어 좌우를 살핀 다음 길을 건넜다. 최대한 절룩이지 않으려고 필요한 만큼만 천천히 걸어 고아원의 지하실로 내려갔다. 나에게 권총을 판 친구, 자신의 잿빛 왕국에 앉아 목적의식이 뚜렷한 상위의 영역에서 우리에게 강림한 모든 것을 수집하던 아널드 가비지가 있는 곳으로.

이런 무신경한 친구라니. "너 어디 갔었냐?" 그가 말했다. 그 오랜 세월 동안 내가 자기를 벙어리로 잘못 알고 있기라도 했다는 듯 그는 말을 쏟아냈고, 키도 자랐다. 줄리 마틴처럼 거구가 될 듯했다. 나를 반기려고 일어나는 바람에 시멘트 바닥 위로 양철 냄비들이 우르르 요란하게 떨어졌다. 이 분비선이 발달한 천재, 그가 몸을 쭉 펴고 서서 웃었다.

아무튼 좋았다. 다시 지하실에 와서 담배를 피우며 앉아 아널드 가비지에게 거짓말을 늘어놓으니 말이다. 내가 그러는 동안 그는 이름을 알 수 없는 애매한 무기물들을 어느 통에 넣어야 할지 결정하기 위해 하나씩 검사했다. 머리 위에서 다이아몬드의 고아들이 게임을 하며 타다닥거리고 쿵쿵거리는 발소리가 건물의 토대를 울렸다. 길가 소화전이 내뿜는 물을 맞으며 아이들이 용을 쓰고 까르륵거리던 듣기 좋은 소리가 떠올랐다. 나는 정말로 다시 학교를 다닐까 하는 생각까지 들었다. 그러면 10학년일 나이였다. 미스터 버먼이 좋아하는 숫자였다. 10에는 1과 0이 있고, 그 어떤 수든 표시하는 데 필요한 모든 숫자가 들어 있었다. 그냥 스쳐가는 생각, 어딘가를 다쳐 약해졌을 때 떠오를 법한 종류의 생각이었다.

나는 위로 올라갔다. 낡은 체육관에 가서 내가 아는 누군가가 있는지, 검은 머리의 작은 소녀 곡예사가 있는지 보기 위해서였다. 그런데 사람들이 나를 보고 깜짝 놀라했다. 게임을 하던 그들의 리듬이 깨졌다. 여행가방을 들고 동네 거리를 걸을 때와 똑같은 정적이 깔렸다. 전과 달리 굉장히 어려 보이는 아이들이 운동을 하다 말고 갑자기 입을 다물고는 나를 물끄러미 쳐다보았다. 배구공이 반들거리는 마룻바닥을 가로질러 굴러갔다. 줄 달린 호루라기를 목에 건 지도교사가 내게 다가왔다. 나는 모르는 사람이었다. 그녀는 이곳이 공공장소가 아니며 방문이 허용되지 않는다고 말했다.

이것은 내가 당연하다고 생각하는 일이 더이상 유효하지 않으며 나는 다시 낄 수 없다는 뉴스의 첫번째 단신이었다. 내가 차를 타고 북부의 산을 넘는 동안, 동네 사람들은 그들의 존재를 이루는 세포들의 시간 속에서 앞으로 나아가는 두 가지 형태의 이동이 있었다는 듯이. 나는 리베카가 떠나고 없다는 걸 알았다. 뉴저지의 어느 가정에 입양되었다고 그녀와 같은 층을 쓰던 여자애가 말해주었다. 리베카는 이제 독방을 쓰게 되었으니 운이 정말 좋다고, 내게 그만 가라고, 다시는 여자애들 층에 출입하지 말라고, 그건 옳지 않다고도 했다. 그 귀여운 여자애를 사랑한다는 걸 알기 전에 그녀에게 돈을 주고 섹스를 했던 옥상으로 올라가보았다. 건물 관리인이 초록색 셔플보드 라인에 페인트칠을 하고 있었다. 그는 일어서서 브러시 쥔 손을 들어 땀이 나 근질거리는 얼굴을 손등으로 쓱 닦았다. 그리고 나를 쓰레기라고 부르며 셋을 셀 때까지 건물에서 나가라고 했다. 그곳에서 내가 다시 보이면 개 패듯 패고 나서 경찰을 불러 그들이 다시 개 패듯 하게 해줄 거라고 말이다.

이거 원, 누구나 짐작할 수 있겠지만 정말이지 흥미로운 귀향이었다. 하지만 정말 나를 화나게 한 건 내가 얼마나 마음이 약하고 어리석은가 하는 사실이었다. 이 이웃에서, 벗어나지 못해 그토록 안달을 하던 이곳에서 무언가를 기대하다니 말이다. 그게 무엇인지도 모르면서. 그날 이후로 내가 어디에 다녀왔는지, 내가 무슨 짓을 했는지 사람들이 전부 알고 있다는 걸 깨달았다. 자세한 건 모르더라도 갱단에 대한 그들의 신화적 이해가 충족되었다는 측면에서는 그러했다. 나의 명성은 높아져 있었다. 매일 아침저녁으로 신문을 사던 길모퉁이 과자점에서나 더운 날 해질녘 건물 앞 층계에서나, 또한 배스게이트 애비뉴에서까지 사람들이 내 얼굴을 알아보았다. 거리를 걸어다닐 때면 내가 누구이며 무슨 일을 했는가가 빛이 되어 나를 휘감았다. 나는 그들 중 하나라는 명성을 얻었다는 걸 알았다. 그것은 일종의 오명이었다. 나도 그런 이웃의 정서를 경험해 알고 있었다. 지금의 나처럼 다른 아이들에게 들어 알게 되는 누군가가 늘 있었다. 아이들은 그가 길모퉁이를 돌아 보이지 않은 다음에야 그에 대해 이야기했다. 두려워해야 할 사람으로, 어울리지 말아야 할 사람으로 아이들의 입에 오르내렸다. 그런 상황에서 저글링하던 옛 소년의 누더기 옷을 입는다는 건 허식이었다. 내 성공의 복장을 다시 입기로 했다. 더불어 아무도 실망시키고 싶지 않았다. 일단 갱단에 들어가면 영원히 나올 수 없다고 미스터 슐츠가 말한 바 있었다. 겁주는 투가 아닌 자기 연민이 어린 목소리로. 그래서 그걸 하나의 명제로 받아들이기엔 의심쩍다고 생각했다. 하지만 이제는 아니다. 정말 아니다.

물론 나는 여러 날에 걸쳐 내린 침울한 결론을 간추리고 있다. 처음에는 어리둥절할 따름이었다. 가장 큰 충격을 준 건 엄마였다. 나는 집에 돌아온 지 몇 시간 되지 않아 엄마를 보았다. 그녀는 갈색 고리버들 유모차를 밀고 걸어왔다. 뚝 떨어진 거리였지만, 귀여운 데가 있는 엄마의 산란한 정신에 문제가 생겼음을 금방 알 수 있었다. 엄마의 회색 머리칼이 헝클어져 풍성하게 흘러내렸다. 거리가 가까워질수록 엄마 앞을 가로막고 서서 말을 걸지 않으면 나를 전혀 알아보지 못하고 그냥 지나칠 게 틀림없다는 끔찍한 생각이 들었다. 그럼에도 상황은 아슬아슬했다. 제일 처음 엄마의 얼굴에 보인 감정은 노여움이었다. 유모차가 장애물을 만났기 때문이다. 엄마는 눈을 치켜떴고, 일순간 나는 그녀의 정신에 제대로 포착되지 않은 듯했다. 나를 쳐다본 엄마는 날 알아보는 게 중요하다는 걸 겨우 알 만큼 날 알아본 것 같았다. 그제서야, 내 걷잡을 수 없는 심장박동이 멈춘 다음에야 당당한 매리 비언, 실성한 매리 비언의 인식 속에 내가 부활했다.

"빌리, 너 빌리니?"

"네, 엄마."

"몰라보게 컸구나."

"네, 엄마."

"얘가 이제 다 큰 청년이 됐네." 그녀는 누구에게 들으라는 듯 말했다. 어찌나 나를 뚫어지게 쳐다보는지 그 쏘아보는 눈초리에서 벗어나기 위해 가까이 다가서야 했다. 나는 엄마를 껴안고 볼에 키스했다. 내가 아는 늘 산뜻하고 깨끗한 엄마가 아니었다. 길거리에서 날 법한 코를 톡 쏘는 숯 냄새가 감돌았다. 나는 유모차를 내려다보았다. 누렇게 변한 양상추 잎들이 가지런하게 퍼진 채 수련 잎처럼 유모차 안에 널려 있었고 옥수숫대, 안쪽 망상 조직에 씨가 그대로 붙어 있고 과즙이 줄줄 흐르는 잘린 캔털루프 멜론도 있었다. 엄마가 그 안에 무엇이 있다고 상상하는지 알고 싶지 않았다. 얼굴에 웃음기가 없는 엄마에게 위로는 가능하지 않았다.

아아, 엄마, 엄마, 하지만 집에 들어가자 엄마는 신문지를 깔고 그 위에 유모차를 뒤엎어 쓰레기를 쏟아 돌돌 말더니 그것을 다시 종이봉투에 넣어 부엌 쓰레기통에 버렸다. 건물 관리인이 버저를 울려 신호하면 쓰레기용 승강기에 갖다놓을 것이었다. 그걸 보니 마음이 좀 놓였다. 나는 엄마의 정신이 들락날락한다는 걸 알았다. 자신만의 일시적인 날씨 변화를 겪는 듯했다. 날씨가 개면 이제 엄마는 계속 괜찮을 거라고, 문제는 사라질 거라고 나는 마음을 다잡았다. 그런데 엄마에게 다시 폭풍우가 몰아쳤다. 일요일에 가진 돈을 모두 엄마에게 보여주니 기뻐하는 눈치였다. 나는 나가서 제대로 된 아침식사 재료를 사왔다. 엄마는 예전처럼 모든 걸 요리했다. 달걀을 한쪽만 익혀 반숙으로 프라이하는 것도 잊지 않았다. 엄마는 목욕을 한 뒤 멋지게 옷을 입고 머리를 빗어 핀을 꽂았다. 그렇게 해서 우리는 클레어몬트 애비뉴로 아침 산책을 나갔다. 클레어몬트 공원의 가파른 계단을 올라 아름드리나무 아래 벤치에 앉아 일요일자 신문을 읽었다. 하지만 엄마는 내가 여름을 어떻게 보냈는지, 어디에 갔었고 무엇을 했는지 묻지 않았다. 궁금하지 않아서가 아니라 다 알고 있어서 입을 다문 침묵이었다. 모든 걸 들었다는 듯, 이미 모든 걸 알고 있어 내가 더 말해줄 게 없는 듯했다.

나는 이때 엄마를 방치했다는 심한 죄책감을 느꼈다. 엄마는 동네에서 조금 떨어진 곳으로 나와 푸르른 공원에 평화롭게 앉아 있는 것을 무척 만끽하는 눈치였다. 엄마가 나의 행동으로 영향을 받았을 가능성, 불량한 집안에서 불량한 아이를 키운 미친 여자라는 지역사회의 일반적인 의구심으로 인해, 내가 그랬던 것처럼 소외감을 느낄 수밖에 없었을 가능성만으로도 나는 울고 싶었다.

"엄마." 나는 말했다. "다른 데로 이사 갈 수 있는 돈이 있어요. 이 근방에 새 아파트를 얻는 건 어때요. 이 공원 근처에. 엘리베이터가 있는 아파트를 찾아볼게요. 창밖으로 공원을 내다볼 수 있을 거예요. 저기 봐요, 저기에 있는 집들과 같은 데로요."

엄마는 내가 가리키는 쪽을 가만히 바라보더니 아니라고 말하듯 거듭 고개를 가로저었다. 그리고 가만히 앉은 채로 무릎의 핸드백 위에 포개어 얹은 손을 물끄러미 내려다보다가 다시 고개를 가로저었다. 그 문제를 재고해보고 다시 대답하듯이. 그 문제가 계속해서 불쑥 떠올라 이미 주어진 대답에 안주할 수 없는 듯싶었다.

나는 너무 우울해서 점심은 밖에서 먹자고 고집했다. 엄마와 영화를 보러 가든 뭘 하든 다 할 생각이었다. 우리 동네로 돌아가는 것만은 견딜 수 없었다. 나는 어떻게 해야 할지 몰랐다. 사람들이 많은 곳에서 사는 것 외에 다른 것은 생각할 수 없었다. 항상 일이 벌어지는 곳, 엄마에게 생기를 불어넣어줄 수 있는 곳, 엄마에게 웃음을 되찾아줄 수 있는 곳, 엄마에게 말을 되찾아줄 수 있는 곳, 엄마가 다시 내 엄마가 될 수 있는 곳. 공원을 나가자마자 손을 흔들어 택시를 잡아타고 포댐 로드로 갔다. 엄마와 옷을 사러 갔던 날 차를 마셨던 슈래프트 레스토랑을 찾았다. 테이블이 나기를 기다려야 했지만 이윽고 자리를 잡고 앉자 엄마가 이곳에 다시 오게 되어 기뻐하는 걸 알 수 있었다. 엄마는 이곳을 기억했다. 이곳의 고상한 허세, 이곳을 애용하는 손님은 품위가 있다는 듯 장소가 주는 암시를 즐겼다. 그렇지만 나는 물론 그전과 달리 이곳이 따분하게 여겨졌다. 음식의 양은 적었고 특별한 맛이 전혀 없었다. 오논다가 호텔에서 갱들과 함께 먹은 거창한 음식을 생각했다. 그들이 이 순간 슈래프트에 와서 교회에 다니는 이스트 포댐 로드 사람들과 함께 식사를 한다면 어떤 표정을 지을까. 웨이트리스가 크러스트를 잘라낸 식빵에 버터를 바르고 오이를 넣은 작은 샌드위치와 길죽한 아이스크림용 잔에 얼음이 적은 아이스티를 내오면 룰루 로젠크란츠가 어떤 표정을 지을까 생각하고 나는 혼자 웃었다. 그리고 브룩 클럽에서 드루 프레스턴과 스테이크로 저녁식사를 했을 때 그녀가 내 앞에서 팔꿈치를 괴고 앉아 얼근히 취해 미소를 머금고서 꿈꾸는 듯한 표정으로 나를 열심히 바라보던 모습을 떠올리는 실수를 했다. 귀가 뜨거워지는 느낌이 들어 고개를 들어보니 엄마가 똑같은 자세로 나를 보며 미소를 짓고 있었다. 그 모습이 섬뜩할 정도로 닮아 순간적으로 내가 지금 어디에 있으며 누구와 있는지 헷갈렸다. 드루와 엄마가 서로 아는 사이인 것만 같았다. 한쪽이 억지로 우겨 오랜 친구가 된 듯했다. 도톰한 입술도 닮았고, 눈마저도 서로 엇갈려 지나가는 고리처럼 겹쳐들었다. 나는 이제 두 사람을 분리할 수 없는 미분화된 사랑의 저주에 걸렸다. 이 모든 건 순식간에 스친 생각이었지만 이후로 지금까지 그토록 파멸적인 자각을 경험한 기억이 없다. 나는 거기에 이르기까지 힘들여 허물을 벗고 나왔다. 몸과 머리와 기지, 모두 거듭해서 허물을 벗었다. 하지만 가슴만은 그대로였다. 가슴만은. 갑자기 몹시 화가 났다. 무엇 때문인지, 누구에게인지 알 수 없었다. 나처럼 빠르고 능숙하게 움직이지 않는 신에게인지, 내 접시에 놓인 음식 때문인지 알 수 없었다. 엄마와 같이 있는 게 지루했다. 엄마가 자신을 내맡긴 한심한 생활이 혐오스러웠다. 절망적인 가족생활의 권태에 다시 끌려들어간다는 것은, 그 모든 범죄적 의도에 노고를 기울인 끝에 이런 생활로 끌려내려온다는 것은 공평하지 않았다. 나는 그 짓을 하고 있는데, 엄마는 그것도 모른단 말인가? 엄마는 나를 방해하지 않는 게 좋을 것이다. 누구든 나를 방해하기만 해보란 말이다.

그런데 웨이트리스가 오더니 더 필요한 게 있느냐고 물어본다. 그러면 계산서를 달라고 해서 돈을 낼 수밖에 없는 것이다.

집으로 돌아와 맞은 첫 월요일 아침, 엄마는 여느 때처럼 세탁공장으로 일하러 갔다. 내가 보기에 이것은 엄마의 실성이 스스로 조절된다는 걸 암시했다. 실성이 아니라 단지 내가 늘 보아왔던 정신 혼란의 일시적인 형태임을 의미했다. 그러다 우연히 고리버들 유모차를 보니 그 안에는 일요일 아침식사에 쓴 달걀의 껍데기가 새 둥지에 담긴 듯 가지런히 놓여 있었다. 이렇게 잠깐 사이에 확신이 절망으로 바뀐 적은 처음이었지만 이게 끝이 아니었다. 나는 생각했다. 결말이 나지 않고 주기적으로 반복되는 자문이었다. 이제 그만 나 자신을 속이는 일을 중단하고 진실을 직시해야 하는 게 아닌가. 상태가 너무 나빠져 엄마가 정신병원에 들어가는 지경이 되기 전에 조치를 취해야 하는 게 아닌가. 엄마를 병원에 데려가 진찰과

치료를 받도록 해야 하는 게 아닌가. 나는 이 상황에 어떻게 접근해야 할지, 누구와 상의해야 할지 전혀 알지 못했다. 미스터 슐츠가 홀로 된 노모를 돌보고 있는 듯하니 그에게라면 도움을 얻을 수있을지 몰랐다. 어쩌면 갱단에 고용된 전담 변호사가 있듯 의사가있을지도 몰랐다. 어차피 내가 의지할 수 있는 사람이 달리 누가있겠는가? 여기는 내가 있을 곳이 못 되었다. 나는 고아원 아이들이나 동네 이웃들과 같은 사람이 아니었다. 내게는 오직 갱단만 있을 뿐이었다. 나의 궁극적인 의도나 일시적 배신 행위가 무엇이든,나는 그들에게 속했으며 그들은 내게 속했다. 내가 바라는 것은 모두, 엄마를 저버리는 일이든, 엄마를 구해내는 일이든 그 무엇이든미스터 슐츠에게로 결집되었다.

하지만 그에게서 아무런 연락이 없었다. 아무한테서도 연락이오지 않았다. 아는 건 신문에서 읽은 게 전부였다. 나는 신문이나윙스 담배를 살 때만 외출했고, 신문이란 신문은 다 읽었다. 조간이고 석간이고 모든 신문을 다 샀고, 늦은 밤부터 신문을 사러 나갔다. 3번 애비뉴 고가 전철 아래의 신문 매점까지 가서 이튿날 조간의 전판前版을 샀다. 그리고 아침에는 길모퉁이 과자점에서 같은조간의 후판後版을 샀다. 정오에는 다시 신문 매점에 가서 모든 석간의 전판을 사고, 저녁에는 길모퉁이 과자점에서 최종판을 샀다.정부의 주장엔 논박할 여지가 없는 듯했다. 그들은 서류상의 증거를 가지고 있었고, 국세청 회계사들이 소득세법에 대해 설명했다.그야말로 증거를 잘 제시했다. 나는 몹시 불안했다. 미스터 슐츠가증언대에 서서 한 말들은 내가 볼 때 설득력이 없었다. 변호사의조언이 틀렸으며 변호사가 실수한 것뿐이라고, 그래서 다른 변호사에게 그 실수에 대한 설명을 듣고난 후 애국 시민으로서 조세 의무를 다하기 위해 한 푼도 빠짐 없이 지불하려 노력했다고 해명했다. 하지만 정부의 입장에서는 씨도 먹히지 않는 소리였고, 오히려 그를 기소하기로 결정했다. 촌사람도 그런 서투른 이야기는 믿지 않을 것 같았다.

어떤 쪽으로든 평결이 내려질 것이므로 나는 뉴스를 기다리며 그게 어느 쪽이 되었든 마음의 준비를 하기 위해 각각의 좋은 점을 보려고 노력했다. 미스터 슐츠가 옥살이를 하게 된다면, 그가 수감되어 있는 한 우리는 그에게서 안전할 것이다. 두말할 것도 없이 좋은 점이었다. 아, 그에게서 자유로워진다는 생각만 해도 얼마나 좋은지! 그러나 조용히 돌아가는 시계 장치 같은 내 운명에 대한 믿음 역시 산산조각날 것이다. 정부의 정의처럼 평범하고 일상적인 무언가가 내 인생을 틀어놓을 수 있다면, 신성한 우주의 진정한 정의와 맞물려 기름친 듯 매끄럽게 돌아가는 나의 은밀한 인생은 존재할 수 없었다. 미스터 슐츠의 범죄가 세속적인 처벌이 뒤따르는 세속적인 범죄일 뿐이라면, 이 세상에는 내 육안에 보이는 것 외에 아무것도 없다는 뜻이었다. 그렇다면 보이지 않는 힘을 부여받았다고 확신하며 그동안 내가 흥얼거려온 건, 내 머리가 조작한 일에 지나지 않는다는 뜻이었다. 그건 견딜 수 없었다. 하지만 그가 용케 처벌을 면한다면, 정말 그렇게 된다면 나는 위험한 전선에 재배치될 테고, 소년의 순수하면서도 불안정한 신뢰를 믿고서 내가 선택한 위험에 뒤따르는 공정한 결말을 감내해야 할 것이다. 나는 어느 쪽을 원하지? 어떤 평결을, 어떤 미래를 원하지?

나는 기다리는 방식으로 그 대답을 얻었다. 매일 아침 〈뉴욕타임스〉 뒷부분에 실리는 여객선 출항 일정을 보았다. 그들이 어떤 배에 타고 있는지, 어디로 가는지 알고 싶었을 뿐이다. 선택의 범위는 넓었다. 나는 하비 프레스턴이 잘 생각해서 결정했으리라 믿었다. 그리고 그가 좋아지기 시작했다. 새러토가에서 일을 확실히 해냈으니 지금도 잘하리라고 믿지 못할 이유가 없었다. 나는 달이 뜬 밤 그녀가 난간에 기대어 은빛 대양을 바라보며 나를 생각하는 모습을 떠올려보았다. 짧은 바지에 홀터 차림의 그녀가 갑판 후미에서 햇빛을 받으며 고아원 옥상에서 아이들이 하던 것과 같은 방식으로 셔플보드를 하는 상상을 했다. 만일 내 생각이 틀렸다면, 미스터 버먼과 어빙, 미키가 단지 새러토가에서 그녀를 데려가 미스터 슐츠를 대신해 무언가 논의하려 했을 뿐이었다면, 그렇다고 해도 어차피 잃은 건 전혀 없지 않은가? 내가 드루를 잃은 것 말고는, 나의 드루를 잃은 것 말고는.

수요일 석간신문을 보니 변호사들이 최종 변론을 폈고, 목요일에는 판사가 배심원 설시*를 진행했다. 평결은 목요일 저녁까지도 나오지 않았다. 그날 밤 늦게 나는 3번 애비뉴로 갔다. 미스터 슐츠 사건은 석간과 조간 호외로 크게 보도되었다. 그는 모든 혐의에서 벗어났다.

나는 환성을 지르며 크게 소리쳤다. 펄쩍펄쩍 뛰며 신문 매점 주위를 돌았다. 머리 위로 전철이 덜커덕거리며 지나갔다. 누가 보았다면, 한 주 전만 해도 그가 나를 죽일 거라고 믿었던 아이라고는 생각지도 못할 것이다. 그를 클로즈업한 사진들이 실렸다. 〈미러〉에

---

* 재판 전 판사가 배심원단에게 사실 판단에 필요한 법적 지식을 전달하는 과정.

서는 카메라를 향해 활짝 웃는 모습이었고, 〈아메리칸〉에는 묵주에 키스하는 모습이 실렸다. 〈이브닝 포스트〉의 사진은 딕시 데이비스의 머리를 한쪽 팔로 감고 머리에 키스하는 장면이었고, 〈데일리 뉴스〉와 〈텔레그램〉에서는 오버올을 입은 배심원 대표와 팔짱을 낀 모습이었다. 배심원 평결 후 판사가 피력한 소견이 모든 신문에 실렸다. "신사 숙녀 여러분, 본인은 오랜 재판관 생활을 하면서 오늘 여러분이 분명하게 보여준 것과 같은 진리와 증거에 대한 경멸을 본 적이 없습니다. 연방정부의 꼼꼼한 증거 제시를 듣고도 피고의 모든 기소 혐의에 무죄 평결을 내릴 수 있다니 사법 소송 절차에 대한 본 재판관의 믿음이 흔들립니다. 이 공화국의 앞날이 궁금할 따름입니다. 본 법정은 여러분의 봉사에 대한 감사의 말 없이 배심원단을 해산하는 바입니다. 여러분은 치욕입니다."

엄마는 미스터 슐츠가 웃는 사진이 실린 〈미러〉의 1면을 버리지 않고 사진만 보이게 접어 유모차에 넣고서 낡은 담요를 그의 턱까지 덮었다.

이제 사흘 밤 이틀 낮에 걸쳐 계속된 축하연에 대해 이야기하겠다. 장소는 콜럼버스 애비뉴와 앰스터댐 애비뉴 사이 웨스트 76번가에 있는 성매매업소였다. 언제가 밤이고 언제가 낮인지 내가 알았다는 건 아니다. 빨간색 벨벳 커튼이 창문을 모두 가리고 있었고 전등도 내내 켜져 있었기 때문이다. 전등에는 술장식 달린 갓이 씌워져 있었고, 세공 유리로 된 샹들리에에도 있었다. 시간이 조금 지나자 몇 시인지는 별로 중요하지 않았다. 업소의 적갈색 사암 건물 안에서 내가 기억하는 구경거리 중 하나는 약간 나이든 창녀의 잔

주름 잡힌 엉덩이가 떨리던 모습이었다. 자신을 잡으려는 어떤 갱단원을 피해 그녀는 짐짓 무서운 척 비명을 지르며 계단을 달려올라갔고, 쫓아가다 넘어진 갱단원은 엎드린 자세로 양팔을 쳐든 채 발부터 죽 미끄러져 내려갔다. 여자들은 대부분 젊고 예쁘고 날씬했다. 피곤에 지쳐 퇴근하는 여자들은 다른 여자들로 대체되었다. 내가 알지 못하는 남자들도 많았다. 원래는 임원급만을 위한 축하연이었는데 소문이 도는 바람에 면도하지 않은 얼굴들이 계속 바뀌었다. 이튿날 밤인가 낮인가엔 경찰까지 봤다. 멜빵으로 고정한 푸른 제복바지에 러닝셔츠 바람이었고, 한 창녀가 금줄이 그어진 그의 모자를 비딱하게 뒤로 젖혀 쓰고서 맨발가락마다 키스를 해주고 있었다.

여자들은 웃고 있었고 살벌한 사내들이 희롱하며 그들을 꼬집거나 간지럼을 태웠다. 여자들은 겁먹기는커녕 그들을 데리고 위층으로 올라갔다. 살인자들과 관계를 갖는 대담함이 드루보다 배는 큰 듯했다. 이렇게 느낌의 가치가 수로 변환되자 나는 망연자실했다. 어느 방 한구석에서 담배 연기 사이로 다 안다는 듯 웃고 있는 미스터 버먼의 얼굴이 보였다. 1층의 넓은 응접실에서는 여자 서너 명이 미스터 슐츠를 둘러싸고 달라붙어 있었다. 의자 팔걸이나 무릎에 앉아 그의 귀에 입을 대고 지분거리거나 춤을 추자고 졸랐다. 그는 웃으며 주물럭거리고 꼬집기도 하면서 여자들을 자유자재로 다루었다. 육체의 풍년이었다. 그리고 내가 보기에 그것은 개인별로 조직되어 있지 않고 온통 한데 뒤섞여 있었다. 가슴의 풍년, 젖꼭지의 성운, 풍부한 복부와 엉덩이, 뒤엉킨 긴 다리. 미스터 슐츠는 내가 쳐다보는 것을 보더니 한 여자를 가리켜 나를 침대로 데려가라고 했다. 그녀는 떨떠름한 표정으로 그들에게서 떨어져나와 나를 위층으로 데려갔다. 내 동료들은 사방에서 흠뻑 환락에 젖어 있었다. 그 광경을 보자 이 축하연이 나에게는 불쾌한 무엇으로 변했고 그녀도 마찬가지였다. 그녀는 내 나이와 하찮은 지위 때문에 자신의 위신이 떨어졌다는 생각에 화가 끓어올랐던 것이다. 우리는 둘 다 최대한 빨리 끝내고 싶어했다. 이것은 파티가 아니고 진짜 파티는 다른 데 있다는 듯이. 그런 모멸감 속에서 조급하게 이뤄진 섹스는 전혀 섹시할 수 없었다. 내게는 끔찍한 일이었다. 그러고 나서 실제로 맨해튼을 마셨다. 최소한 그것은 잔 바닥에 뽀드득 씹히는 체리가 있는데다 달콤하기도 했다.

이 모든 걸 운영하는 마담은 1층 뒤편 주방에서 나오지 않았다. 나는 그 신경이 과민한 여자와 앉아 한동안 이야기를 나눴다. 그녀가 안됐다는 생각이 들었다. 술이 취한 미스터 슐츠가 무언가 불쾌한 취급을 받았다고 생각했는지 그녀에게 주먹을 휘둘러 눈가에 멍을 만들어놓았기 때문이다. 그러고서는 사과를 하고 빠닥빠닥한 100달러짜리 지폐를 주었다. 그녀는 체구가 아주 작았는데, 무릎에 앉혀놓은 작은 페키니즈 강아지와 닮아서인지 그는 그녀를 오만상이라고 불렀다. 작은 들창코에 눈은 단추 같았고 빨강 머리칼은 매우 가늘면서 곱슬곱슬했다. 깡마르고 작은 체구에 검은 드레스를 입었고 스타킹은 무릎 부분이 좀 늘어졌다. 목소리는 남자처럼 저음이었다. 그녀는 나와 이야기를 나누는 동안 날고기를 눈에 대고 있었다. 오븐 안에는 사람들이 그곳에 오자마자 양도한 총이 잔뜩 들어 있었다. 그녀는 주방을 비우려 하지 않았는데, 누군가 들어와 총을 집어들고 집안에서 쏴대는 일이 발생하지 않도록 하기 위해서였을 것이다. 그렇다 하더라도 이 왜소한 여자가 그런 일을 막기 위해 무엇을 할 수 있었을지는 나도 모르겠다. 그녀는 만사가 잘 돌아가도록 흑인 하녀들을 고용했다. 그들은 침대 시트를 갈고 재떨이를 비우고 빈 병을 수거했다. 흑인 심부름꾼도 두었는데, 칵테일용 음료와 맥주, 양주 상자나 담배 등을 뒷문으로 날랐다. 또한 스테이크하우스에 주문한 따뜻한 저녁 요리를 철제 용기에 나르거나, 인근의 간이식당에 주문한 따뜻한 아침을 종이 용기에 날랐다. 그녀는 신경이 날카로웠지만 모든 게 체계적으로 잘 돌아가도록 했다. 사전에 치밀한 계획을 세워 부대를 배치시킨 다음 이따금 전투 상황에 대한 보고만 받는 장군 같았다. 나는 껍데기를 까지 않은 삶은 달걀을 집어 저글링을 했다. 그녀는 내가 달걀을 떨어뜨릴 것이라고 확신했지만 완벽하게 성공하자 감탄하며 웃었다. 그녀는 나를 마음에 들어했다. 이름은 무엇이며 어디에 사는지, 나에 관한 모든 것을 듣고 싶어했다. 내가 그러겠다고 대답하고서 어떻게 나처럼 착한 아이가 이 추악한 일을 하게 되었는지 말해주자 그녀는 또 웃었다. 그러고선 내 얼굴을 살짝 꼬집고 곁에 두고 있던 화려한 깡통에서 초콜릿을 꺼내 권했다. 깡통에는 승마 바지 차림에 흰 가발을 쓴 남자들이 풍성한 후프 스커트를 입은 여자들에게 허리 굽혀 인사하는 장면이 그려져 있었다.

이 오만상 마담은 내가 주방에서 나가지 않고 자꾸만 꾸물거리는 이유를 그녀 나름대로 해석하고는 아주 자상하고 요령 있게 말을 꺼냈다. 나에게 맞는 특별한 것, 아주 탐낼 만한 상품, 참신한 여자애가 있다는 것이었다. 이 일을 시작한 지 얼마 되지 않은 어린 여자가. 그녀가 전화를 걸고 한 시간도 안 되어 나는 꼭대기층의 작고 조용한 침실로 올라갔다. 정말 어린 여자였다. 머리색이 연하고 둥근 얼굴에 허리가 높았다. 내가 손을 대자 약간 수줍음을 탔고 피부는 고무처럼 탄력 있었다. 그녀는 그날 밤, 아니 밤이라고 여겨진 조용한 몇 시간 동안 나와 함께 잤다. 그녀도 나처럼 어린 탓에 잠을 많이 자야 해서 다행이었다.

나는 자의식이 너무 강한데다 자신감은 없고 슬프기까지 해 이 축하연을 진심으로 즐길 수 없었다. 브롱크스에서 재판이 끝나기를 기다리는 동안 나는 다시 갱단과 합류하기를 열망했다. 일당 모두에게 애정을 느꼈다. 그들의 행동에는 일종의 일관성이 있었기에 그들의 존재가 감사한 심정이었다. 하지만 막상 합류하고 보니, 그 감사한 마음의 이면에 죄의식이 있었다. 나는 내가 조직에서 잘하고 있는지 어떤지 알아보기 위해 미스터 슐츠와 다른 사람들의 얼굴을 살폈다. 금니가 드러나는 그의 웃음은 면죄의 표시로 해석되었다가 금방 보복의 표시로 바뀌었다.

그런데 둘째 날 밤이었던가, 나만 그런 게 아니라 다른 사람들도 도취된 상태가 아니라는 걸 알았다. 미스터 버먼은 현관 쪽 응접실에 자리잡고 앉아 담배를 피우고 브랜디를 마시며 신문을 읽었다. 그리고 공중전화를 쓰기 위해 자주 들락거렸다. 룰루는 여전히 자신의 거친 존재를 몇몇 선택된 여자들에게 들이밀고 있었다. 여자들은 예외 없이 이런 운영에 불평을 터뜨렸다. 어빙은 좀처럼 자리를 뜨지 않았다. 그가 연회의 즐거움에 참여한 건, 재킷을 벗고 넥타이를 풀어헤친 다음 와이셔츠 소매를 걷어붙이고 바텐더 노릇을 하며 공짜를 즐기러 뜻하지 않게 찾아온 친한 동료 범죄자들에게 일일이 술을 대접한 일이 전부였다. 마침내 나는 미스터 슐츠의 참모들이 대기중임을 깨달았다. 그게 그들이 하고 있는 일의 전부였다. 이튿날이 되자 축하연은 더이상 어떤 일을 함께 겪어낸 동료들이 즐기는 기쁨의 파티가 아니었다. 그것은 그 업계를 향한 일종의 성명이었다. 더치맨이 돌아왔다는 사업상의 공고였다. 모든 진정한 승리의 환락과 즐거움과 안도는 홍보성 행사의 공허한 흥청거림에 자리를 내주었다.

미스터 슐츠마저 이제는 사색이 주는 좀더 조용한 즐거움을 누릴 곳을 찾았다. 나는 그가 뜨거운 물에 비누거품을 풀고 목욕하는 욕실 앞을 지나가던 참이었다. 그는 증기로 자욱한 실내에서 시가를 뻐끔거렸다. 오만상 마담이 욕조 옆의 나무 스툴에 앉아 전날 얻어맞은 일은 없었다는 듯 이야기를 나누고 농담을 주고받으며 그의 등을 닦아주고 있었다.

그는 시선을 들어올리다 나를 보았다. "야, 들어와, 수줍어할 거 없어." 나는 뚜껑을 닫은 변기에 걸터앉았다. "마담, 얘는 내 프로-테-제 빌리야. 아직 인사 안 했나?" 우리는 인사했다고 말했다. "야, 너 오만상 마담이 누군지 아냐? 우리가 얼마나 오래전부터 아는 사이인지 알아? 내가 말해주지." 그가 말했다. "빈스 콜이 나를 죽이려고 브롱크스를 이잡듯이 뒤지며 미친개처럼 날뛰었지. 그놈이 나를 찾으려고 미쳐 있었을 때 내가 어디 있었을 거 같으냐?"

"여기요?"

"그런데 그때는 내 집이 리버사이드 드라이브에 있었어." 마담이 말했다.

"콜은 아주 멍청한 놈이었어." 미스터 슐츠는 말했다. "그래서 세상에 좀더 고급스러운 게 있다는 걸 모른 거지. 최고급 업소가 어떻게 생겼는지도 몰랐고. 그놈은 술집이며 은닉처며 클럽이며 죄다 습격해서 움직이는 건 뭐든 쏴대며 돌아다녔어. 멍청한 새끼. 나는 양탄자 속 벌레처럼 편안하게 마담네 집에서 재미나 보며 기회를 엿보았고. 욕조에 들어앉아 등을 닦아주는 서비스를 받으며 말이야."

"그랬죠." 여자는 말했다.

"마담의 업소는 아주 정직하지."

"그러는 게 신상에 좋죠." 그녀가 말했다.

"맥주 좀 갖다줘, 마담." 미스터 슐츠가 욕조에 등을 기대며 말했다.

"금방 올게요." 그녀는 말하고 타월로 손을 닦은 뒤 나가서 문을 닫았다.

"재미있게 보내고 있냐?"

"네."

"맑은 시골공기를 가슴속에서 싹 빼내는 게 중요하다." 그는 씩 웃으며 말하고는 눈을 감았다. "그리고 가슴을 원래 있던 자리인 네 불알 있는 데 둬라. 거기가 안전하니까. 그녀가 뭐라고 안 하든?"

"누구요?"

"누구긴 누구야." 그가 말했다.

"프레스턴 부인요?"

"그 여자의 이름이 그거였지."

"글쎄요, 보스를 무척 좋아한다고 했어요."

"그랬어?"

"품위가 있다고도 했고요."

"그래? 그녀가 그런 말을 하다니." 기분좋은 미소가 그의 얼굴에 퍼졌다. 그는 계속 눈을 감고 있었다. "저세상에서는." 그가 말했다. "여기가 저세상이라면." 그리고 잠시 말을 멈추었다. "나는 여자가 있다는 게 좋아. 바닷가의 조가비처럼 여자를 고를 수 있다는 게 좋아. 조가비는 해변에 널렸거든. 분홍색 조가비랄지, 바다 소리를 들을 수 있는 소라랄지 말이야. 그런데 문제는, 문제는 말이야……" 그는 머리를 흔들었다.

김이 모락모락 나는 물과 타일 벽이 그의 목소리에 무슨 영향을 주었는지 그가 부드럽게 말하는데도 동굴처럼 웅웅 울렸다. 그는 천장을 응시했다. "누구한테 반하는 건 말이야 오직, 아니 그게 가능한 시기는 오직 어렸을 때야, 너처럼 말이야, 세상이 사창굴이란 걸 모를 때. 그러면 평생 그 여자에게 얽매이게 되지. 매번 돌아설 때마다 누군가 나타나 그녀처럼 웃으며 그녀의 빈자리를 채우는 거야. 어리석고 철이 없을 때 그 첫번째 여자를 만나지. 그러고선 그녀를 떠나. 그럼 그녀는 평생 우리가 찾는 여자가 되는 거야, 알겠냐?"

"네." 나는 대답했다.

"암, 그녀는 기품이 있었지. 드루 말이다. 평범한 섹스 상대가 아니었어. 전혀 천박하지도 않았고. 입이 아주 근사했지." 그는 시가를 길게 빨며 말했다. "너 '한여름의 로맨스'라는 말 아냐? 유감스럽지만 그뿐이었던 거야. 우린 각자 본래의 생활로 돌아가야 했어." 그는 내 반응을 보려고 힐끗거렸다. "나는 돌봐야 할 사업이 있으니까." 그가 말했다. "내가 이 사업에서 살아남은 건 일에 집중했기 때문이야."

그는 상체를 일으켜 앉았다. 어깨와 가슴의 검은 털에 비누거품이 묻었다. "내가 지금까지 누굴 누르고 살아남았는지 생각하면, 무엇과 싸웠는지 생각하면 정말. 하루도 빠짐없이 매일. 도둑놈들, 배신자들. 내가 쌓아올린 모든 걸, 내가 일해서 성취한 모든 걸 훔치려 든단 말이야. 빅 줄리. 친애하는 보, 정말정말 친애하는 보. 그리고 내가 좀전에 말한 콜 같은 놈. 의리의 가치가 얼마나 되는지 아냐? 요즘 의리 있는 사나이의 가치가 얼마나 되는지 알아? 의리 있는 자는 몸 전체가 금덩어리야. 난 빈센트 콜에게 잘 대해줬어. 그런데 보석금을 걸고 빼줬더니 제멋대로 행방을 감춰버렸지. 그 사실은 알고 있었냐? 이런 상황들은 내가 초래한 게 아니야. 저들이 볼 때 나는 그저 마음대로 짓밟을 수 있는 사람 좋은 멍청이인 거지. 그리고 순식간에 난 이 미치광이와 빌어먹을 전시 상태에 돌입해 업소에 숨어 있는 신세가 되고 만 거야. 사실 기분이 아주 더러웠다. 사내다운 행동이 아니었거든. 하지만 기회를 엿봐야 했지. 그러던 어느 날 무슨 일이 벌어지는 와중에 빈센트가 잡혀 감금돼. 어떤 혐의로 임시 구금되지. 그때 나는 생각했다. 기회라고. 그래서 우리는 그놈이 나오는 날 숨어서 기다렸어. 하지만 녀석은 우리가 그럴 줄 알고 여동생에게 연락해 구치소로 마중나오라고 한 거야. 그러고는 여동생의 아이를 안고 나왔지. 무슨 말인지 알겠냐? 우리는 후퇴했어. 야만인이 아니니까. 어쨌든 녀석한테 꼼짝없이 당한 거야. 별수 없이 다음날을 기약하고 물러갔다. 그냥 알아두라고 해주는 말이야. 그런데 이 아일랜드 놈은 문명사회의 규칙대로 움직이지 않더군. 그로부터 일주일도 안 되었는데 배스게이트 애비뉴 모퉁이를 돌아 그가 탄 차가 달려왔어. 창문을 내리고 나를 찾으며 돌아다니던 거였지. 나는 근사한 꽃다발을 들고 연로하신 우리 어머니에게 가느라고 그 동네에 있었고. 어머니를 보러 갈 때는 혼자 가거든. 어리석은 짓일지도 모르지만. 뭐, 어리석은 짓이지. 하지만 어머니의 삶은 나와는 달랐으니 불쾌하게 해드리고 싶지 않았어. 그래서 혼자 꽃다발을 사 들고 나를 아는 이 사람 저 사람에게 고개를 끄덕여 인사하면서 붐비는 길에 있었어. 내겐 그 육감이란 게 있다고. 아니면 나를 향해 걸어오는 사람의 눈빛에서 무언가를 본 건지도 몰라. 그가 날 안 본 척 눈길을 돌렸거든. 나는 곧장 과일 노점상 뒤로 몸을 날렸고 총알이 날아왔지. 오렌지가 공중에 튀어오르고 복숭아와 수박이 두개골처럼 박살나면서 즙이 뿜어져나오는 거야. 자몽이 담긴 나무상자와 자두나 배 같은 것들이 쏟아져 온통 즙으로 범벅이 되면서도 계속 엎드려 있었어. 총에 맞은 줄 알았다니까, 그 축축한 느낌 때문에. 우스운 일이지. 나는 그대로 엎드려 있었고 과일즙은 계속 흘렀어. 여자와 아이들이 비명을 지르더군. 망할, 거긴 부모와 아이들이 다니는 거리라고. 모범적인 가정주부들이 카트를 밀고 다니며 장을 보는 곳 말이야. 차가 가고 나서 몸을 일으켜 매대 위를 기웃거렸지. 사람들이 뛰고 한 엄마가 이탈리아어로 비명을 지르는데, 쓰러진 유모차 옆으로 아기가 떨어졌더군. 잠옷에 피가 흠뻑이고 모자도 피범벅이었어. 그 새끼들이 유모차의 아기를 죽인 거야. 모두 정말 불쌍하게 되었지. 그런데 누군가 나를 향해 손가락질하며 욕을 하는 거야. 마치 내가 아기를 죽인 것처럼! 난 죽어라고 달아나야 했고, 사람들은 소리치며 내 뒤를 쫓았어! 그 일이 있고 나서는 어떤 일이 있어도 빈센트 콜을 죽여야겠다고 생각했지. 명예가 걸린 일이라고 생각했어. 신에게 맹세했지. 그런데 언론이 나를 비난하더군. 나, 이 더치맨을. 내가 이 발광하는 미치광이와 불화해서 그런 일이 생겼다는 거야. 웃기는 일이지. 빈센트 콜에 대한 책임을 내게 지우다니. 내가 모두에게 경고하지 않아서, 그를 조심할 것을 알리려고 노력하지 않아서 생긴 일처럼 말이야. 잘못 맞은 표적에 대한 책임을 지라니, 내가 맞지 않고 아기가 죽은 일에 책임을 지라니. 처음부터 잘못한 건 그 아일랜드 놈인데 말이야. 내가 보석금 만 달러를, 만 달러를 냈는데 행방을 감춘 건 놈이라고! 그러고서 놈은 내 배달 트럭과 은닉처를 털었지. 애초에 판단을 잘못해서 후회 막심하게도 그놈을 고용한 내 탓이야. 나는 놈을 없애야 했어. 나 자신에게 맹세했지. 그놈을 죽이겠다고. 도의적 세계를 제자리로 복구하는 문제였어. 내가 어떻게 했는지 알아?"

문을 두드리는 소리가 나더니 자그마한 마담이 쟁반에 맥주 두 병과 긴 잔 두 개를 가지고 들어와 스툴 위에 놓았다. "빈센트 얘기를 하는 중이었어." 그가 그녀에게 말했다. "아주 간단했지. 간단한 생각이었어. 간단한 게 항상 최선이지. 그놈하고 오니 매든이 자주 이야기한다는 걸 떠올렸어. 그게 전부였어."

"오니는 신사였죠." 마담이 담뱃불을 붙이며 말했다.

"정말 그랬지." 미스터 슐츠가 말했다. "그게 바로 핵심이야. 모르겠어, 분명 빈센트가 오니의 약점을 잡고 있었을 거야. 그렇지 않고서야 오니같이 품위 있는 사람이 그놈과 무슨 관련이 있을 수 있겠어. 그러니까 별로 어렵지 않았던 거야. 나는 에이브 랜도를 오니의 사무실로 보냈지. 거기서 오니와 밤새도록 있으라고. 그러다 전화가 오자 에이브가 오니의 옆구리에 총을 갖다대고 말했어.

미스터 매든, 계속 말하시오, 전화 끊지 말고. 그리고 우리는 밖에 있는 경찰한테 그 전화를 추적하라고 했어. 그랬더니 이 아일랜드 놈이 8번 애비뉴와 23번가 교차점에 있는 엑셀시어 드러그스토어 안의 공중전화 부스에 있더라고. 나는 오 분 안에 거기에 차를 댔지. 두 녀석이 드러그스토어 입구 쪽 음료 바 앞에 앉아 망을 보는데, 톰슨 차가 문밖에 서는 걸 보더니 그대로 나가서 가버리더군. 걸음아 날 살려라 하고. 그후로 아무도 그들을 보지 못했어. 내 부하 한 놈이 공중전화 부스 한쪽을 총알로 수놓은 다음 다른 한쪽도 똑같이 했지. 빈센트 그놈은 문을 열지도 못했어. 문짝이 떨어지면서 같이 쓰러져 나왔을 뿐이지. 오니의 사무실에서는 에이브가 그걸 모두 듣고 있다가 조용해지자 수화기를 내려놓고 말했어. 감사합니다, 미스터 매든, 불편을 끼쳐드려 죄송합니다. 그렇게 이 아일랜드 놈을 해치웠어. 세상 끝나는 날까지 놈의 내장이 지옥 가마에서 삶아질 거야."

미스터 슐츠는 조용해졌다. 기억을 되짚느라 온 힘을 기울인 나머지 숨을 거칠게 몰아쉬고 있었다. 그는 쟁반에서 맥주를 집어 벌컥벌컥 들이켰다. 나는 그의 예를 통해 사람이란 자기 본연의 모습만 잃지 않으면 어떤 손실도 견뎌낼 수 있음을 알게 되어 위안을 좀 얻었다.

다음날 아침, 아래층에 내려온 나는 무슨 일이 생긴 게 분명하다는 걸 바로 알아차렸다. 여자들이 보이지 않았고, 방문이 모두 열려 있었다. 진공청소기 소리가 들려왔다. 주방에서 어빙이 여러 잔에 커피를 따르는 것을 발견하고 뒤이어 그를 따라 현관 쪽 응접실로 갔다. 그가 문을 닫기 전에 그 안에서 회의가 진행되는 모습을 보았다. 여남은 사람이 모두 정장 차림으로 앉아 있었으며 표정이 하나같이 근엄했다.

나한테는 산책이나 가라고 해서 그렇게 했다. 콜럼버스 애비뉴와 브로드웨이 사이를 벗어나지 않고 70번가의 골목들을 돌아다녔다. 적갈색 사암과 석회암으로 지어진 연립주택이 늘어선 구역이었다. 현관 앞 계단이 높고 그 아래에 지하로 내려가는 출입구가 달린 집들이 블록 끝에서 끝까지 다닥다닥 붙어 있었다. 샛길도 없고 전망이나 경치나 공터도 없이 주거지의 벽만 연이어 보일 뿐이었다. 나는 이 석조 주택들의 정면과 블라인드 내려진 창문들에 배척당한 기분이었다. 날씨마저 쌀쌀했다. 이틀 낮 사흘 밤 만에 처음으로 밖에 나온 것이었다. 본격적인 가을로 접어든 것 같았다. 차갑지만 상쾌한 바람이 길가의 쓰레기를 날렸다. 주변에 작은 울타리가 쳐진 플라타너스가 노랗게 물들고 있었다. 북쪽 지방의 나무가 말라 죽는 병이 나를 쫓아온 듯했다. 내가 어디를 가든 추위가 뒤따르는 것 같았다. 이 순간 나는 맨해튼을 떠나지 말았어야 했다는 느낌이 들었다. 도시가 그전처럼 편하지 않았다. 보도 틈새마다 잡초가 자랐고, 구석구석 어슬렁거리는 비둘기떼가 있었으며, 다람쥐들은 전신주 사이의 줄을 타고 달렸다. 잠복해 있는 자연의 징후들, 자연의 침략에 앞선 스파이들 같았다.

물론 나는 심각한 일이 분명한 업무 회의에서 쫓겨나 마음의 상처를 받았다. 무엇을 해야 나의 가치를 인정받을 수 있는지 알고 싶었다. 내가 무슨 일을 하든, 그 일을 얼마나 잘해내든, 항상 걸림돌이 있었다. 나는 이런 우라질, 될 대로 되라는 심정으로 돌아갔다. 가서 보니 회의는 이미 끝났고 그 일로 온 사람들도 가고 없었다. 미스터 슐츠와 미스터 버먼뿐이었다. 그들은 업무에 임하기 위해 셔츠에 넥타이를 매고 거실에 있었다. 미스터 슐츠는 묵주를 손에 감고 돌리며 서성였다. 좋은 징조가 아니었다. 현관 복도에 있는 전화가 울리자 그가 후다닥 달려가 받았다. 그리고 잠시 후 양복 재킷을 입고 중절모를 쓴 다음 현관 앞에 섰다. 격분해서 얼굴이 새하얗게 질렸다. 나는 응접실 입구에 서 있었다. "뭘 어떻게 하라는 거지?" 그가 내게 말했다. "말 좀 해봐라. 좀 편안하게 쉴 자격을 얻으려면 어떻게 해야 하는지. 수고의 결실을 거두려면 어떻게 해야 하는지. 언제쯤 그럴 수 있는 거지?" 응접실 창가에서 미스터 버먼이 "오케이" 하자 미스터 슐츠는 문을 열고 나가서 자기 뒤로 문을 닫았다. 나는 창문으로 달려가 커튼을 젖히고 밖을 내다보았다. 그가 몸을 굽혀 차에 올랐다. 룰루 로젠크란츠는 보도 쪽 자동차 발판을 디딘 채 좌우를 살피고는 빙글 몸을 돌려 운전사 옆 좌석에 올랐다. 차는 기민하게 움직여 가버렸다. 배기가스만 뒤에 남아 대기에 퍼졌다.

작은 오만상 마담이 들어오더니 옆구리에 끼고 온 구두 상자를 커피테이블에 놓았다. 안에는 영수증과 청구서가 가득했다. 미스터 버먼이 그녀와 함께 그것들을 세밀히 살피는데, 그 모습이 동화에 나오는 난쟁이 부부 같았다. 늙은 나무꾼과 그의 늙은 아내는 하얀 마법의 담배 연기를 뻐끔거리며 아이의 마음속에 신비감을 자아냈고, 숫자의 언어로 대화를 나눴다. 나는 바닥에 떨어져 있는 신문을 집어들었다. 라과디아 시장이 뉴욕시 다섯 개 구 어디서든 더치 슐츠가 눈에 띄면 체포하겠다고 경고했다. 특수부의 토머스 듀이 검사는 주소득세 탈세 혐의로 더치 슐츠를 기소할 준비를 하고 있다고 발표했다. 그래서 그랬던 거였다. 그 모든 게 북부에서 내려진 평결과 관련이 있었다. 신문마다 사설면이 분노로 들끓었다. 나는 사설을 읽지 않았지만 미스터 슐츠의 이름으로 도배되어 있었다. 모두 그를 처벌할 것을 성토했고, 너나없이 인용된 정치인들도 마찬가지로 분노했다. 구청장과 감사관, 재정 감사위원회 위원, 주법무국장, 지방경찰청장과 부청장, 심지어는 공중위생국 부서장마저 모두 분노했다. '독자란'의 일반 독자들마저 그랬다. 행복한 면죄의 미소를 짓는 미스터 슐츠의 얼굴이 얼마나 뻔뻔하고 냉소적이고 사악했는지, 모두가 격분하는 상황을 생각하면 흥미로운 일이었다.

"그건 손해배상 청구예요." 마담은 미스터 버먼이 의문을 제기하며 쳐든 종이에 대해 설명했다. "당신네 부하들이 고급 접시를 여남은 개나 깨뜨렸어요. 그런 보고는 못 받았나보군요. 서로들 내 웨지우드 접시를 집어던졌는데."

"이건?" 미스터 버먼이 물었다.

"일반 경비예요."

"나는 견적을 싫어해. 실제 숫자를 좋아하지."

"실제로 발생한 손상에 대한 거예요. 여기, 이것 좀 보세요, 당신이 앉아 있는 바로 이 소파, 이 얼룩 보여요? 이런 얼룩은 빠지지 않아요. 와인 자국은 지워지지 않아서 소파 커버를 새로 씌워야 해요. 예를 들면 이런 거라고요. 이걸 어떻게 말하면 좋지? 오토, 기독교 청년회가 있다 간 게 아니라고요."

"설마 속이려 드는 건 아니겠지, 마담."

"그 말 불쾌하군요. 더치가 왜 내게 오는지 알아요? 내가 최고이기 때문이에요. 여기는 상류 업소예요. 싸지 않다고요. 우리 애들이 좋아요? 그렇겠죠, 쇼걸이니까. 길거리의 창녀가 아니라고요. 서비스나 가구가 좋아요? 그걸 어떻게 공수한다고 생각해요? 구두쇠처럼 굴면 할 수 있을 거 같아요? 돈 낸 만큼 얻는 거예요. 그건 당신도 마찬가지고요. 여기를 원상태로 돌려서 문을 다시 열려면 일주일은 걸릴 거예요. 그럼 그만큼 시간을 버리는데, 월세는 월세대로 내야 한다고요. 급여도 지불하고 병원 진료비, 전기세도 내야 한다고요. 우리 이렇게 하죠. 이 멍든 눈을 줄게요. 서비스로."

미스터 버먼은 두툼한 돈뭉치를 꺼내 고무줄을 벗겼다. 그리고 100달러 지폐를 세어 뽑았다. "자, 여기, 더이상은 안 돼." 그는 테이블 건너로 돈을 밀었다.

우리가 그곳을 나설 때 그녀는 소파에 앉아 손으로 눈을 가리고 울었다. 차 한 대가 길가에 서 있었다. 미스터 버먼은 내게 타라고 하고 뒤따라 차에 올랐다. 운전사가 누구인지 알아볼 수 없었다. "천천히, 살살 가자." 미스터 버먼이 그에게 말했다. 차는 브로드웨이를 따라 내려가다 8번 애비뉴로 들어가 계속 남쪽으로 달렸다. 그리고 매디슨 스퀘어 가든을 지나 서쪽으로 우회전해 강변에 이르러 부둣가를 지났다. 나는 무슨 영문인지 알기까지 잠시 겁을 먹었다. 우리가 탄 차는 허드슨강의 유람선 승선장 앞을 지났다. 외륜선이 승객을 태우고 있었다. 차는 곧 42번가로 들어서 동쪽을 향해 달리다 8번 애비뉴에서 좌회전해 북쪽을 향했다. 차는 그런 식으로 계속 달렸다. 헬스 키친으로 알려진 지역을 동서남북으로 크게 직사각형을 그리며 서너 번인가 빙빙 돌았다. 그러다 차는 마침내 웨스트 40 몇번가의 한 블록에 정차했다. 가축 수용장에서 멀지 않은 곳이었다. 우리 차에서 반 블록 정도 떨어진 거리에 주차된 미스터 슐츠의 차가 보였다. 남쪽 보도 쪽, 사제관과 운동장이 딸린 커다란 적갈색 사암 건물의 성당 바로 앞이었다.

운전사는 엔진을 끄지 않았다. 미스터 버먼은 담배에 불을 붙이고 내게 말했다. "우리는 위원장에게 전화할 수 없어. 찾아가도 우릴 보자마자 말도 섞지 않으려 할 거야. 심지어 딕시 데이비스와도. 어차피 딕시 데이비스는 유티카에서 우리 소중한 동료의 유감스러운 죽음과 관련해 심리에 나가 증언을 하고 있지만. 내 판단으론 안에 들어갈 수 있는 건 너뿐이야. 하지만 옷을 제대로 입어야 해. 세수도 잘하고 와이셔츠도 깨끗한 걸로 입고. 우릴 대신해 네가 그를 만나야겠다."

나는 한순간에 마음이 녹았다. 중대한 국면에 나도 포함되었다. "위원장이란 사람이 미스터 하인스인가요?"

그는 메모장을 꺼내 주소를 적은 뒤 그 종이를 뜯어 내게 주었다. "일요일까지 기다려. 일요일에 그가 집에서 방문객을 맞거든. 전달할 소식이 있을지 모르니까 우리 연락처를 말해줘도 돼."

"그게 어딘데요?"

"그때쯤이면 우린 코네티컷 브리지포트의 사운드뷰 호텔에 있을 게 거의 확실해."

"무슨 말을 해야 하죠?"

"붙임성이 좋아서 말을 걸기는 편할 거야. 하지만 넌 아무 말도 할 필요 없어." 미스터 버먼은 다시 돈뭉치를 꺼냈다. 고무줄을 벗기더니 이번에는 반대쪽으로 돌려 폈다. 천 달러짜리 지폐가 있는 쪽이었다. 그는 거기서 열 장을 세어 내게 건넸다. "이 돈을 흰 봉투에 넣어서 가져가. 그는 깨끗한 흰 봉투를 아주 좋아하지."

나는 천 달러짜리 지폐 열 장을 납작하게 접어 재킷 안주머니 깊숙이 집어넣었다. 부피가 아주 크게 느껴졌다. 나는 돈이 확실하게 납작해지도록 갈비뼈 부근을 계속 눌렀다. 우리는 차에 앉은 채 앞쪽에 있는 검은 패커드를 바라보았다.

내가 말했다. "지금은 사적인 문제를 꺼내기에 좋은 때가 아니겠죠."

"응, 별로." 미스터 버먼이 동의했다. "미스터 슐츠가 볼일을 끝내면 그 신부에게 가서 말해보든가. 그게 더 나을지 모르지."

"미스터 슐츠는 저기서 뭘 하는 거죠?"

"피난처를 구하고 있지. 사람들이 자길 좀 내버려두기를 바라거든. 내 생각이 맞다면, 나는 신앙이 없어서 뭐라 말할 수는 없지만, 그들이 고해성사랄지 성체성사 같은 건 전부 베풀지 몰라도 그 성사에 은신처를 제공해주는 건 없어."

우리는 앞유리 밖으로 내다보이는 텅 빈 거리를 응시했다. "무슨 문젠데?" 그가 물었다.

"엄마가 아파요. 어떻게 하면 좋을지 모르겠어요." 나는 말했다.

"어디가 아프신데?"

"머리가 이상해요. 미친 짓을 해요."

"무슨 짓?"

"미친 짓이요."

"머리는 빗으시니?"

"네?"

"머리는 빗으시냐고. 여자는 머리를 빗는 이상 걱정할 거 없다."

"내가 집에 돌아온 뒤로는 머리를 빗어요." 나는 말했다.

"그럼 별로 심각한 게 아닐 거야." 그가 말했다.

18

내가 주머니 속의 만 달러에 대해 고민하지 않았다고 하면 당연히 거짓말일 것이다. 그냥 어디론가 도망치면 그 돈으로 무엇을 할 수 있을까. 가방을 챙겨 엄마를 데리고 기차역으로 가서 어디론가 멀리 가버린다면 말이다. 세상에, 만 달러라니! 나는 〈오논다가 시그널〉에서 '자영업 기회' 지면을 본 기억이 났다. 그 액수의 삼 분의 일이면 수백 에이커의 농장을 살 수 있었다. 이 나라의 한 지역이 그렇다면 어느 곳이든 분명 마찬가지일 터였다. 가게도 살 수 있을 것이었다. 작은 찻집처럼 탄탄한 가게, 우리가 일해서 남부끄럽지 않게 살 수 있는 가게, 그렇게 일하면서 여가 시간에는 장래 계획을 세울 수도 있으리라. 만 달러는 거금이었다. 저축은행에 넣어놓기만 해도 이자를 벌 수 있을 돈이었다.

그러면서도 나는 절대로 그러지 않을 것임을 알았다. 그렇다고 내가 무엇을 할지는 알지 못했지만, 뭐가 됐든 내 사업을 할 기회가 아직 뚜렷하지 않다는 건 감지했다. 하찮은 좀도둑의 인생에 영광은 없다. 내가 비겁한 배신자였다면 여기까지 오지 못했을 뿐더러 내 인생에 이 마법을 걸어준 게 누구든 나를 선택하지 않았을 테다. 드루 프레스턴은 어떻게 생각할지 상상해보았다. 그녀는 소인배다움을 이해조차 못할 것이며 거기에 윤리 문제는 전혀 개입되지 않을 테니, 내가 지금 가는 길이 틀린 방향이라고 해서 남의 눈을 피해 인생의 변두리로 물러난다면 그녀는 도저히 이해하지 못할 것이다. 올바른 방향은 어떤 것일까? 고생으로 향하는 방향, 고통스러운 상황으로 향하는 방향이다. 그건 내가 처음으로 149번가에 있는 미스터 슐츠의 불법 로토 사업장으로 가는 전차 뒤에 매달린 그날부터 줄곧 달려온 방향이었다.

따라서 절도를 저지를 생각을 하긴 했으나 진지하게 고려하지는 않았다. 내가 당면한 진짜 문제는 이 믿기지 않는 액수의 돈을 안전하게 보관하는 일이었다. 정직하게 번 600달러는 여행가방에 넣어 침실 벽장 윗선반에 올려두었다. 하지만 이 돈을 거기에 보관한다는 건 두 번 생각할 것도 없이 안 될 일이었다. 나는 바닥에 엎드려 소파 밑의 구멍난 곳, 속이 삐져나온 곳에 손을 집어넣어 솜 한가운데에 작은 틈을 만들고 돈을 돌돌 말아 고무줄로 감은 다음 그 안에 쑤셔넣었다. 그런 뒤 사흘 동안 외출하지 않았다. 나도 모르게 표정으로 비밀을 드러낼 수도, 사람들이 내 눈에서 돈의 존재를 알아챌 수도 있을지 모른다는 생각 때문이었지만 무엇보다 집을 비워두고 싶지 않았다. 바람을 쐬고 싶으면 비상계단에 나가 앉았다. 저녁때는 엄마가 식사를 차리고 나서 회상의 유리컵에 불을 밝히는 모습을 주의깊게 지켜보았다. 내가 돌아온 뒤로 엄마는 그 일을 다시 시작했다. 불은 매일 저녁마다 한 개씩 늘었다. 엄마는 이해해야 할 일이 생기면 촛불을 밝혔다.

둘째 날 나는 과자점에 가서 1센트를 주고 흰색 편지봉투 한 장을 샀다. 그다음날 아침에는 목욕을 하고 머리를 빗고 깨끗한 와이셔츠를 입었다. 하지만 호주머니의 돈을 생각하니 멋진 명사처럼 차려입고 맨해튼까지 가는 게 영 내키지 않아 리넨 양복의 바지만 입었다. 그리고 마지막으로 새도스 재킷을 검은색 쪽으로 입었다. 나는 3번 애비뉴에서 도심 방향으로 가는 고가 전철을 탔다. 전철을 탄 사람들, 등나무 좌석에 앉아 똑같이 위아래로 흔들거리는 무표정한 노동자들, 문을 여는 차장, 조종실의 기관사, 전철 밖으로 보이는 낡은 싸구려 아파트에 사는 사람들 모두를 포함해서 바지주머니에 만 달러를 넣어가지고 다니는 이는 단 한 명도 없다는 데 무엇이든 걸 수 있었을 것이다. 전철 어느 칸에 재수없는 빠릿빠릿한 학생이 타고 있다면 모를까, 전철을 타고 가는 사람들 중 천 달러짜리 지폐에 누구의 얼굴이 있는지 아는 이조차 없으리라는 데 무엇이든 걸 수 있었을 것이다. 내가 자리에서 일어나 그런 돈을 가지고 있다고 소리치면 사람들은 나를 미친놈 취급하며 피할 것이다. 하지만 이런 성숙하지 못한 생각들이 결국 나를 불안하게 만들었다. 나는 다른 전철로 갈아타지 않고 116번가 역에서 그대로 나와 택시를 잡아탔다. 내 돈으로 택시비를 내고 8번 애비뉴와 116번가까지 시내를 횡단해 제임스 J. 하인스가 쓰고 있는 아파트로 갔다.

모닝사이드 하이츠가 끝나는 곳, 쓰레기통은 가득차 넘치고 길모퉁이마다 흑인들이 삼삼오오 모여 서성이고 동전치기나 하는 그곳은 정말 낡아빠지고 지저분한 슬럼가인 데 반해 그의 아파트는 파크 애비뉴의 아파트들처럼 매우 호화롭고 고급스럽게 유지되고 있다는 게 흥미로웠다. 제복 차림의 도어맨이 나의 물음에 정중하게 답했다. 나는 황동이 반짝이는 최신식 자동 엘리베이터를 타고 3층으로 올라갔다. 그런데 초라한 인생이 나를 앞서 있었다. 나는 대기자들이 서 있는 복도의 제일 끝에 섰다. 그들은 빈민 배급소처럼 희미한 불빛 아래에 서 있었다. 빈민 배급소에 줄을 서는 사람들은 다리를 약간 벌리고 서로 바짝 붙어선 채 마치 단단히 집중하면 자기 차례가 빨리 오기라도 하는 듯 맨 앞쪽을 응시하기 마련이다. 하지만 줄은 매우 더디게 줄어들었다. 서 있는 사람들은 볼일을 보고 나오는 사람을 일제히 쳐다보았다. 얼굴 표정을 보고서 보람이 있는 방문이었는지 아닌지 확인하려는 듯싶었다. 내 앞에서 그 대단한 자의 아파트 문이 열리기까지 삼사십 분 정도 걸렸다. 그동안 나는 평생을 극빈자로 사는 인생을 상상해보았다. 해마다 줄을 서고 생활보조금을 찾아다니는 가운데 몸이 쪼그라들고 정신 상태는 서서히 걸인처럼 다듬어져갈 것 같았다. 나는 그자에게 줄 돈을 가져왔다. 그자에게 뭔가를 주려고 거기에 서 있었다. 그럼에도 그 후텁지근한 복도에 서서 걸인으로서 나의 차례를 기다려야 했다.

아파트 안으로 들어가자 대기실로 쓰이는 현관이 있었다. 몇 사람이 병원 대기실의 환자처럼 모자를 벗어들고 침울한 표정으로 앉아 있었다. 나도 그들과 함께 앉았다. 의자를 하나씩 이동해가며 방에 가까워졌다. 마침내 들어오라는 말을 듣고 이중문 안으로 들어가보니, 복도에 놓인 책상 앞에 한 사람이 앉아 있었고 그 뒤에 또 한 사람이 서 있었다. 그들은 나를 아래위로 훑어보았다. 그들이 내가 몇 달 동안 어울린 자들과 동류임을 나는 알아보았다. 무슨 생각을 하는지 귀에 다 들리는 것처럼 빤한 부류였다. 미스터 버먼은 내게 일일이 지시해줄 필요가 없었던 것이다. 나는 일자리를 찾는 유권자라기에는 너무 어렸다. 그 동네에서 안면이 있는 사람도 아니었다. 그저 옷은 초라하지만 말쑥한 소년이었다. "저는 매리 캐서린 비언의 아들입니다." 나는 사실대로 말했다. "아버지에게 버림받고 줄곧 어려운 생활을 하고 있습니다. 엄마는 세탁공장에서 일하는데 몸이 안 좋아 앞으로 얼마 다니지 못할 겁니다. 그래서 미스터 하인스를 찾아가보라고 하셨어요. 엄마는 선거에서 항상 민주당 공천 후보를 찍었거든요." 나를 잡아먹을 듯 쳐다보던 두 괴물이 서로 시선을 주고받더니 서 있던 자가 복도를 따라 가버렸다. 그러고서 일 분쯤 지났을까, 그가 돌아와 나를 데리고 다시 그리로 갔다. 나는 유리문 달린 사기 진열장이 있는 식당과 육중한 가구로 가득한 거실을 지나고, 액자에 끼운 감사장들과 당구대가 있는 게임룸 같은 데를 통과해 카펫이 깔린 방으로 인도되었다. 육중한 커튼이 둘린 침실이었다. 사과와 와인, 면도용 로션 냄새가 났다. 열린 창이 하나도 보이지 않아 분위기가 아주 독특한 거처였다. 침대보 위에 베개를 산처럼 쌓아 등뒤에 받치고 기대앉은 사람이 있었다. 검붉은 실크 가운을 입고서 나이들어 털이 없는 다리를 가운 아래로 죽 뻗고 있었다. 바로 민주당의 태머니파 지구장 제임스 J. 하인스였다.

"어서 와라." 그가 조간신문 위로 눈을 치켜뜨며 말했다. 침대 길이를 다 차지할 정도로 키가 컸다. 발은 거대하고 울퉁불퉁했고 발바닥엔 두껍게 굳은살이 박였다. 그 외에는 잘생긴 사람이었다.

은색 머리칼은 납작하게 빗어 넘겼고, 불그스레하고 네모진 얼굴은 이목구비가 오밀조밀했다. 그는 아주 맑고 연한 푸른색 눈으로 나를 쳐다보았다. 그 정도면 상냥한 표정이었다. 그가 이날 아침에 앞서 들었을 사연들과 엘리베이터까지 줄선 사람들이 들려줄 사연들을 감안하면, 내가 할 이야기가 무엇이든 기꺼이 귀기울여줄 것 같은 얼굴이었다. 나는 아무 말도 하지 않았다. 기다리던 그가 곧 어리둥절한 표정이 되었다. "용건을 말하겠니?"

"네." 나는 말했다. "하지만 이분이 저를 잡아먹을 듯 감시하고 있어서 불편하네요. 무단결석한 저를 불러가던 지도교사 같아요."

그러자 그는 웃었지만 내 표정이 무척 심각한 것을 보고는 휘 손짓해서 그 똘마니를 내보냈다. 멍청한 사람은 아니었다. 그가 나가고 등뒤에서 문을 닫는 소리가 났다. 나는 대담하게 그의 침대 곁으로 성큼 다가섰다. 그리고 주머니에서 봉투를 꺼내 침대보 위 크고 살집이 두툼한 그의 손 옆에 놓았다. 그의 푸른 눈이 휘둥그레지며 나를 빤히 쳐다보았다. 나는 뒤로 물러서 그의 손을 바라보았다. 그는 생각에 잠겨 집게손가락으로 톡톡 두드리다 봉하지 않은 봉투에 손을 쑥 집어넣었다. 그의 손가락은 주걱처럼 생겼지만 빳빳한 지폐를 능숙하게 꺼내 카드처럼 펼쳐 들었다. 늙은이의 관절이 기민함을 과시해 보여주는 인상적인 동작이었다.

고개를 들어 쳐다보니 미스터 하인스는 베개에 몸을 푹 기대고서 별안간 인생의 짐이 견딜 수 없이 너무 무거운 사람처럼 한숨을 내쉬었다. "그러니까, 이 비열한 놈이 여전히 나와 접촉하기 위해 어린애를 쓸 정도로 간계를 부릴 줄 안다 이거지?"

"네."

"이놈이 어디서 저런 든든한 아이를 찾았을까?"

나는 어깨를 으쓱했다.

"그렇다면 매리 비언은 있지도 않은 사람인가?"

"아뇨, 제 엄마입니다."

"그거 다행이구나. 몇 해 전인가 오래전에 어여쁜 아일랜드 아가씨에게 일자리를 준 적이 있어. 미국에 건너왔을 때 그 이름을 썼지. 내 막내딸과 나이가 같았다. 집은 어디니?"

"브롱크스의 클레어몬트 구역이에요."

"그래, 그래. 같은 사람일 거 같구나. 그 아가씨는 키가 크고 몸가짐이 예뻤는데. 조용하고 얌전한 데가 있었어. 수녀회에서 아주 좋아할 타입이었지. 매리 비언, 대번에 배우자감이 생길 것 같았는데. 그런데 여자를 그런 식으로 버린 비열한 놈이 누구냐?"

나는 대답하지 않았다.

"네 아버지 이름이 뭐냐?"

"모릅니다."

"그렇구나. 그래. 미안하다." 그는 여러 차례 고개를 끄덕이더니 입을 굳게 다물었다. 그러더니 이내 표정이 환해졌다. "그래도 네 어머니에겐 네가 있잖으냐. 아들을 유능하게 키웠어. 뱃심이 좋은 데다 위험한 인생도 마다하지 않는 분명한 성향도 있고."

"네, 그렇습니다." 나는 무심결에 그의 경쾌한 어투를 모방해 말했다. 그러지 않을 수 없었다. 말솜씨야말로 그의 강력한 자질이었다. 그는 정치인이었다. 내가 처음으로 마주한 정치인이었지만 상대방이 저절로 그의 말씨를 따라 말하게 만드는 것으로 봐서 유능한 정치인임을 알 수 있었다.

"나도 네 나이 때는 유능한 아이였다. 대장장이 혈통을 이어받아서인지 너보다 골격은 좀 컸지만 보통 남자애들과 다름없이 말썽을 부리는 자질도 있었지." 그는 말을 멈췄다. "혹시 내 도움이 필요하지는 않니? 네 엄마가 세탁공장을 그만두고 애처로운 인생에서 벗어나 조금 편하고 안락하게 살 수 있도록 말이야."

"아뇨."

"그럴 줄 알았다. 그냥 혹시나 했지. 영리한 아이야. 네 몸 안에 검은 머리 아일랜드인의 피가 흐르는지도 모르겠구나. 혹은 유대인의 피라든가. 어쩌면 그래서 네가 그들 틈에 있는지도 모르지." 그는 침묵하더니 나를 가만히 쳐다보았다.

"저, 더 이상 하실 말씀이 없으면 저는 그만." 나는 말했다. "밖에 줄 서서 기다리는 사람들이 있으니까요."

그는 내 말을 듣지 못한 듯 침대 옆의 의자를 가리키며 앉으라는 손짓을 했다. 그의 큰 손이 부채 모양으로 펼쳐진 지폐를 착 소리와 함께 한데 모아 봉투에 집어넣는 모습을 지켜보았다. "진심 어린 마음을 보증하는 이런 큰돈을 돌려보내야 하다니 정말이지 이렇게 애석할 수가 없구나." 그는 봉투를 내 앞으로 밀었다. "화폐 중에 가장 고귀한 단위이자 아주 멋진 빳빳한 지폐야. 잘 들어라, 내가 이 돈을 받고 입을 씻었어도 그는 어쩔 수 없을 거야. 내 말 알아듣겠니? 하지만 그러지 않겠다. 그에게 잘 말해. 제임스 J. 하인스는 기적을 행하지 못한다는 걸. 너무 늦었어, 비언 군. 콧수염 난 그 작은 공화당원 때문이야. 상상력이라곤 전혀 없는 자이지."

그의 푸른 눈이 나를 물끄러미 쳐다보았다. 그제야 나는 봉투를 집으라는 뜻이라는 걸 깨닫고서 그걸 집어 호주머니에 넣었다. "그자가 어디서 매리 비언의 아들을 발견했지? 길거리에서?"

"네."

"내가 최소한 그 일로는 감탄하더라고 전해라. 그리고 개인적으로 네가 오래토록 번창한 삶을 살기만을 바랄 뿐이다. 하지만 그자와는 끝났어. 될 대로 되라지. 북부에서 그 안 좋은 일이 있은 후에 깨달았을 줄 알았는데. 넌 내가 무슨 말을 하는지 모르겠지?"

"네, 모릅니다."

"신경쓸 거 없다. 내가 그자한테 미주알고주알 다 일러줄 필요는 없지. 그냥 가서 이젠 그 어떤 관계도 맺을 수 없다고 해라. 우리의 거래는 끝났다고. 그렇게 내 말을 전하렴."

"그러겠습니다."

나는 일어서서 문으로 갔다. "돈의 흐름이 끊기는 건 심각한 일이야." 미스터 하인스는 말했다. "그날이 오지 않았으면 했는데." 그리고 신문을 집어들었다. "그 친구가 자기성찰을 하는 사람은 아니지만, 미스터 와인버그같이 사람들이 높이 평가하는 동료가 있었지. 그게 시작이었는지도 모르겠군. 어쩌면 그가 너를 발견한 날이 시작이었는지도."

"무슨 시작이라는 거죠?"

그는 손을 쳐들었다. "네 엄마에게 내가 다정하게 안부 묻더라고 전해라. 잘 지내냐고 묻더라고." 그가 말했다. 그리고 내가 문을 닫고 나오며 보니 다시 신문을 읽기 시작했다.

브롱크스로 돌아온 나는 3번 애비뉴의 담배가게에 들러 윙스 한 갑을 사고 공중전화에 쓸 5센트짜리 동전을 한 움큼 바꾼 후 코네

티켓 브리지포트의 사운드뷰 호텔로 장거리전화를 걸었다. 숙박부에 미스터 슐츠라는 이름은 없었다. 미스터 플레겐하이머도, 미스터 버먼도. 집에 돌아와보니 문이 열려 있었고, 온갖 연장이 달린 공구벨트를 허리에 찬 전화회사 직원이 있었다. 그는 신중하게 거실 소파 옆에 전화를 설치했다. 창밖을 내다보니 아니나 다를까, 거리 어디에도 초록색 전화회사 트럭이 없었다. 집에 오는 길에도 그걸 본 기억이 없었다. 그는 작업할 때와 마찬가지로 갈 때도 아무런 말 없이 조심스럽게 떠났다. 그가 나간 뒤에 보니 문이 살짝 열려 있었다. 다이얼 중앙의 흰 부분에 전화번호가 적혀 있어야 하는데 아무것도 없었다.

나는 하인스의 돈봉투를 소파 속에 도로 넣고 그 위에 앉아 기다렸다. 미스터 슐츠 아래서 일하게 된 뒤로 줄곧 이 앞선 존재들이 가는 곳마다 나를 에워쌌다. 그들은 어디든 내가 가기 전에 있었고, 내가 아는 것 이상으로 알았다. 그리고 이미 전화와 택시, 고가철도, 나이트클럽, 교회, 법정, 신문, 은행 등을 발명했다. 그들의 세상에 탄생해서 끼게 된다는 건 눈부시도록 놀라운 일이었다. 산도를 통해 알몸으로 미끄러져 나와, 마치 샴페인 병으로 머리를 올려치듯 탁, 격렬한 소리로 세례를 받는다는 게 말이다. 그래서 인생은 그후로 영원히 눈부시고 이치에 닿는 건 아무것도 없었다. 이제 그 모든 것과 그들의 비밀 거래를 어떻게 하지? 그걸 어떡하지?

십오 분도 채 못 되어 전화벨이 울렸다. 우리집같이 작은 아파트에서 그런 소리가 울리니 이상하게 들렸다. 학교 종소리처럼 컸다. 계단 위아래로 그 소리가 울려퍼지는 게 들렸다. "연필 있어?" 미스터 버먼이 말했다. "네 전화번호를 알려줄게. 이제 미국 내 어디에서든 네 엄마에게 전화할 수 있다."

"고맙습니다."

그는 전화번호를 불러주었다. 거의 유쾌하다고 할 목소리였다. "물론 그 전화로 걸 수는 없다. 전화요금 고지서도 없는 셈이지. 그래, 어떻게 됐어?"

나는 미스터 하인스와의 면담 결과를 말해주었다. "연락하려고 했어요. 그런데 거기에 없다고 하던데요."

"뉴저지의 유니언시티에 있다. 바로 강 건너편." 그가 말했다. "여기서 엠파이어스테이트 빌딩이 보여 이번엔 자세하게 다시 말해봐."

"그가 처리할 수 있는 일이 아니래요. 콧수염 난 사람 탓이라고요. 다시는 자기를 찾지 말래요."

"콧수염이라니?" 미스터 슐츠의 목소리였다. 그가 다른 내선으로 듣고 있었다.

"공화당 콧수염."

"듀이? 그 검사?"

"그런 거 같아."

"그 개새끼가!" 놀라웠다. 전화에서 사람들의 목소리는 한 꺼풀 벗겨지기 마련인데 미스터 슐츠는 그 풍부한 성량이 그대로 다 들렸다. "빌어먹을 토머스 E. 듀이 그 새끼가 날 괴롭히는 걸 내가 모를까봐 그런 말을 해? 개새끼. 빌어먹을 똥개 새끼. 돈을 안 받아? 지금까지 몇 해가 흘렀는데, 이제 와서 갑자기 내 돈이 가치가 없다 이거야? 아, 이 개같은 새끼를 잡으러 가야겠어. 그놈 이빨에 그돈을 쑤셔넣고 말 거야. 삼키게 해서 질식시켜버릴 거라고. 그놈의 배를 갈라 그걸로 뱃속을 처바르겠어. 그렇게 끝장내고 나면 돈똥을 싸지르게 말이야."

"아서, 제발 그만해. 잠깐만."

미스터 슐츠는 수화기를 탕 내려놓았다. 그 소리가 내 귀에서 뉴저지까지 울려퍼졌다 되돌아온 것만 같았다.

"너 아직 거기 있냐?" 미스터 버먼이 말했다.

"미스터 버먼, 그건 그렇고 제가 가지고 있는 이 봉투 말인데요, 이것 때문에 불안해 죽겠어요."

"일단 어디 안전한 데 잘 둬."

미스터 슐츠가 근처에서 질러대는 소리가 들렸다.

"이삼일 안으로 무언가 준비될 거야." 미스터 버먼이 말했다. "아무데도 가지 마. 네가 필요해. 내가 널 찾아 돌아다니게 하지 말라고."

늦여름이 찾아온 브롱크스의 더운 나날 동안 내가 처한 상황이 그러했다. 다이아몬드 고아원의 스프링클러는 매일 아침마다 길을 적시며 후광처럼 무지개를 만들었다. 아이들은 그 아래에서 뛰놀며 빽빽 소리를 질러댔다. 나는 침울했다. 엄마는 매일 아침 일어나 그런대로 조용히 출근했다. 우리의 생활은 조화를 이루지 못하고 불안정했다. 엄마는 소파 옆 탁자에 놓인 전화기를 못마땅해하더니 아버지의 얼굴을 오려낸 두 분의 사진을 그 앞에 놓는 것으로 문제를 해결했다. 나는 좌우로 180도 회전하는 선풍기를 한 대 샀다. 그것 때문에 부엌의 촛불들이 확 달아오르며 너울거렸지만, 웃통을 벗은 채 거실에 앉아 신문을 읽는 내 쪽으로 규칙적인 바람이 불 때마다 등이 시원해졌다. 미스터 하인스가 한 말에 대해 생각해볼 시간이 많았다. 그는 아주 지혜로운 사람이었다. 돈의 흐름이 끊기는 건 실로 심각한 일이었다. 나는 미스터 슐츠와 함께 있었던 시간을 살인 사건별로 구분해놓았었다. 총격과 흐느낌, 두개골이 깨지는 소리가 내 기억 속에서 장례식 종소리처럼 울려퍼졌다. 그런 일이 벌어지는 동안 다른 일도 진행되었는데, 바로 돈의 이동이었다. 그 모든 와중에도 돈이 들어오고 나가고 했던 것이다. 수입과 지출이 조수처럼 부단히 진행되고 있었다. 천체 시스템 내에서 조용히 자전하는 지구처럼 지속적으로 멈추지 않고 말이다. 나는 당연히 들어오는 쪽에 주의를 기울였다. 그것은 미스터 슐츠가 몸을 피해야 하는 처지임에도 불구하고, 법률적인 문제들에도 불구하고, 또 장거리에서 사업체를 운영하는 어려움, 참모들의 도둑질과 신뢰하던 동료의 배신에도 불구하고 자신의 통제력을 잃지 않으려고 고군분투하며 항상 소리 높여 부르짖던 관심사였다. 그렇지만 나가는 돈도 마찬가지로 중요했다. 그 돈으로 무기와 식량을 사고, 변호사와 경찰, 가난한 사람들의 호의를 사고, 부동산 비용을 지출했다. 그리고 월급을 지급하고 쾌락도 샀다. 자신이 의지하는 부하들이 밝게 빛나는 별에 기대하는 광도만큼 자신도 불타오르고 있음을 확신시키기 위해서. 내가 아는 한, 미스터 슐츠는 그동안 틀림없이 많은 돈을 벌었을 텐데도 그것을 쓰지 않았다. 돈을 쌓아둔 게 분명한데 생활에서 전혀 표가 나지 않았다. 분명 어딘가에 그의 아내가 사는 개인 주택이나 고급 아파트가 있을 것 같았다. 나는 그들이 근사한 것들을 가졌으리라 생각했지만, 새러토가의 특별석을 차지하고 있던 사람들이 부의 외투를 걸친 것과 달리 그는 그 어느 것도 걸치지 않았다. 그는 부자답게 살지 않았다.

부자처럼 보이지도 않았거니와 부자 행세도 하지 않았다. 또한 내가 가진 증거에 따르면 그는 자신이 부자라는 생각도 하지 않았다. 북쪽 지방에서 지낼 때 그는 측근들의 생활비를 책임졌다. 간혹 승마를 하고 필요한 돈을 쏟아부었지만 모두 생존을 위한 것이었지 자기 돈이라고 마음 편히 탐닉하는 게 아니었다. 내가 그를 처음 만났을 때부터 그는 계속 도망자 신세였다. 방랑자 신세로 호텔방과 은신처를 전전하는 생활을 했다. 그리고 더 많은 돈을 벌기 위해 돈을 썼다. 계속해서 돈을 벌려면 써야 했다. 계속해서 벌어야만 살아남아 더 많은 돈을 벌 것이기 때문이다.

그래서 미스터 하인스가 만 달러를 거절한 일은 그토록 막대한 역행이었다. 돈이 들어오는 흐름이 멈추었든, 나가는 흐름이 멈추었든, 그 방향과는 상관없이 결과는 똑같이 파멸적이었다. 시스템 전체가 위험에 빠졌다. 언젠가 천체과학관에 갔을 때 지구가 자전을 멈추면 모든 게 떨어져나가 해체되어버릴 거라던 선생님의 설명과 마찬가지 상황이었다.

나도 모르게 미스터 슐츠처럼 방안을 왔다갔다하며 서성였다. 정말 흥분되었다. 이제 하인스가 말한 시작이란 게 무슨 뜻인지 알았다. 그는 끝을 얘기한 것이었다. 사실 나는 미스터 슐츠를 그의 전성기에 만난 게 아니었다. 만사를 꽉 잡고 모든 걸 자기 뜻대로 움직이던 때는 내가 그를 알기 전이었다. 내가 그의 삶으로 들어간 것은 사정이 그에게 유리하게 돌아가지 않기 시작했을 때였다. 내가 그에게서 본 건 자기방어뿐이었다. 곤경에 처하지 않은 그를 한 번도 본 기억이 없었다. 누구든 우리가 행한 모든 일은 그의 생존에 대한 걱정에서 비롯되었다. 불법 로토 수금이나 주일학교 참석,

심지어 코가 박살난 일까지 그가 시킨 모든 일은 생존을 위한 것이었다. 심지어 드루 프레스턴과 자고 그녀를 새러토가에 보내 그의 손아귀에서 벗어나도록 한 것도 결과적으로 그의 생존을 위한 일이었다.

맥주 은닉처 앞에 조용히 나타난 세 대의 차 중 세번째 차가 길가에 멈춰 섰던 날, 다른 아이들은 벌떡 일어나 경외감에 휩싸였지만 나는 자갈길에 서서 브롱크스의 그 거물 갱스터를 숭배하며 스폴딘 고무공 두 개와 오렌지 한 개, 달걀 한 개, 돌멩이 한 개로 저글링을 선보였던 그날, 내가 그것을 이해했을 리 만무하다. 그는 흥했지만 이제 망하고 있었다. 더치맨이 나와 함께한 시간은 몰락의 시기였다.

하루이틀 정도 잠잠했던 전화벨이 자주 울리기 시작했다. 미스터 버먼이 일을 시키기도 했고 미스터 슐츠가 시키기도 했다. 그러면 나는 심부름을 하러 다녔는데, 무슨 내용인지 모를 때도 있었다. 언론이 그 사건의 전말을 다루었기 때문에 매일 시내로 가는 전철에서 신문들을 읽으며 내 심부름이 무엇과 관련이 있을지, 특수부 검찰은 무슨 일을 하고 있는지 추측해보려고 했다. 어느 날 아침에는 엠버시 클럽에 갔다. 차양 색이 바래고 황동 장식도 변색해 클럽은 망한 듯 보였다. 모르는 사람이 문을 열고 듀어스 화이트 라벨 상자를 내 품에 안기더니 서둘러 가라고 했다. 상자 안에는 장부와 계산 출력 전표, 사업용 서신, 청구서 등이 들어 있었다. 지시받은 대로 펜실베이니아역으로 가 동전주입식 보관함에 상자를 넣고, 뉴저지 뉴어크 소재 어느 호텔의 미스터 앤드루 페이건이라는 사람 앞으로 열쇠를 발송했다. 그러고는 〈미러〉에서 특수부 검사가 메트로폴리탄 요식업 조합의 기록에 대한 압수수색영장을 발부했다는 기사를 읽었다. 조합 회장인 줄리어스 모골로스키, 일명 줄리 마틴의 의문스러운 죽음 때문이었다.

어느 날은 스틸먼 권투체육관을 찾아 8번 애비뉴에서 조금 벗어난 어느 건물로 가 음습하고 삐걱거리는 계단을 올랐다. 이곳은 유명한 체육관이다. 선수들의 연습을 구경할 수 있는 25센트짜리 입장료를 내고 들어가면 몹시 흥분된다. 하지만 이름과 생김새를 모르는 누군가에게 천 달러짜리 지폐 한 장을 줘야 하는데 무엇을 어떻게 해야 할지 알 수 없다. 링에 올라 있는 흑인이 눈에 띈다. 피부가 반들반들하고 근육이 멋진 그가 머리에 가죽 보호대를 쓰고 주먹을 날린다. 대여섯 사람이 링 가장자리에 서서 목청 높여 충고를 한다. 이들은 몹집이 뉴욕 공공사업촉진국의 도로보수반 일꾼들과 같다. 오른쪽으로 날려, 네이트, 그래, 원 투, 해봐. 운전사 미키는 이들과 같은 종족 출신이다. 귀가 위로 올라붙은 종족, 콧등이 주저앉은 종족, 눈 사이가 먼 종족. 그들은 느릿느릿 어슬렁거리다 가볍게 뛰기도 하고 고개를 끄덕이는가 하면 양동이에 침을 뱉는다. 아, 그리고 거대한 펀치백과 수지 먹인 운동화가 내는 삑삑 소리. 나는 이 인생의 단맛을 이해한다. 그것은 종교처럼 작은 공간에서 일어난다. 사나이의 짙은 땀냄새에 실려 떠돈다. 땀은 존재수단이다. 그것은 정의와 마찬가지로 서로의 믿음을 호흡하고 오래된 가죽에 배어 있으며 또한 벽에도 배어 있다. 나는 참지 못하고 줄넘기를 집어 오십 번을 뛴다. 사실 내가 그자를 찾을 필요는 없다. 아주 간단하다. 내가 여기에 있다는 걸 알아차린 사람이 그자일 테니까. 링에서 선수를 지도하던 사람 중 한 명이 내 쪽으로 걸어온다. 운동복 상의를 입었는데 털이 많은 흰 복부가 전부 가려지지 않았다. 그는 오랜만에 만난다는 듯이 과장된 인사를 하며 고약한 냄새가 나는 한쪽 팔로 내 어깨를 감싸안는다. 그리고 자신의 곁에 나를 바짝 붙여 출입구 쪽으로 끌고 가며 내 앞에 손바닥을 내민다.

그 심부름이 무엇을 위한 것인지 아는 데 도움이 되는 기사는 없었다. 다만 그 모든 게, 살인자적 기질이 발휘하는 그 모든 땀의 노고가 조화를 이루고 있다는 생각이 들었을 뿐이다.

또다른 천 달러 지폐 한 장은 딕시 데이비스가 변호사 일을 개시했던 치안판사 재판소의 보석 보증인에게 간다. 그는 작고 머리가 벗어진 사람이다. 지갑을 열어 돈을 꺼내는 나를 지켜보던 그는 입 한쪽에 물고 있던 시가를 손대지 않고 다른 쪽으로 옮겨 문다. 나는 존 D. 록펠러가 사람들에게 오직 10센트 동전을 한 개씩 주었다는 것을 떠올린다. 브로드웨이와 49번가 교차점에 있는 유리창닦이와 건물 관리인 노조 제3지부 사무실은 위엄이 있다. 천 달러 지폐를 받을 사람이 자리에 없어 나는 난간 옆의 나무의자에 앉아 기다린다. 맞은편에 책상이 있고 그 뒤에는 입술 위에 검은 점이 있는 여자가 앉아 있다. 무엇 때문인지 얼굴을 찡그리고 있다. 어쩌면 프라이버시를 박탈당해서인지도 모르겠다. 그녀가 얼마나 하는 일이 없는지 내가 보고 있으니 말이다. 그녀의 등뒤에 폭이 넓고 높다란 창문이 있는데 전혀 깨끗하지 않다. 더러운 창문 너머로 높이 든 발을 내딛는 다리가 보인다. 외알 안경을 들고 높은 모자를 쓴 조니워커 위스키 광고판이다. 남자가 거대한 검은색 부츠를 신은 발을 높이 쳐들며 브로드웨이의 상공을 걸어가는 듯하다.

솔직히 말하자면 나는 이때가 너무 좋았다. 나의 때가 오고 있다는 게 느껴졌다. 계절이 가을이라는 것도 무관하지 않았다. 뉴욕은 겨울을 향해 세차게 마지막 박차를 가하고 있었다. 빛이 달랐다. 청명하고 밀도가 있어 공기에 긴장감을 주었다. 차가우면서 청명한 빛이 6번 이층 버스의 지붕을 반짝이게 했다. 나는 죽음을 예감하고 장중하게 버스를 탔다. 길모퉁이에 작은 머큐리가 새겨진 청동 가로등이 있는 지하철역 입구에서 많은 사람들이 쏟아져나왔다. 경찰의 호루라기 소리와 자동차들의 경적 소리가 들리고, 이키 큰 버스는 기어를 바꿀 때마다 툭 튀어나가듯 움직였으며, 상점과 호텔에 걸린 깃발들이 휘날렸다. 그 모든 건 나를 위한 것, 나의 개선 행진을 위한 것이었다. 나는 그가 들어올 수 없는 이 도시를 마음껏 즐겼다. 잠깐이라도 내가 무엇을 하든 내 마음이었다.

나는 그가 얼마나 오래 버틸 수 있을지, 얼마나 오래 자제하며 그들의 결단을 시험해보지 않을 수 있을지 궁금했다. 그들은 그의 아지트가 어디이며 그의 아내가 어디에 사는지 알 뿐만 아니라 그가 소유한 자동차와 부하들에 대해서도 알았기 때문이다. 이제 하인스가 없이는 해결할 방도가 없었다. 경찰서에서도, 법원에서도 어쩔 도리가 없었다. 그는 위호켄 페리를 타고 강을 건너오거나, 홀랜드 터널로 들어오거나, 조지 워싱턴 다리를 건너올 수도 있을 것이다. 할 수 있는 건 많았다. 그러나 그들이 이미 그가 어디에 있는지 알았기 때문에 그가 뉴저지를 떠나는 즉시 알아챌 터였다. 따라서 뉴욕은 요새였다. 성벽으로 둘러싸이고 문이 굳게 잠긴 도시였다.

일주일 정도 지났을 때, 나는 천 달러 지폐 열 장 중 절반을 나누어주었다. 내가 이해하는 한 그 돈은 뇌물이 아니라 대부분 연속성에 대한 보증금이었고, 약소하나마 조직의 출혈을 때우는 돈이었다. 토머스 E. 듀이 때문에 출혈이 계속되었기 때문이다. 그는 더치 슐츠의 몇몇 차명계좌를 찾아내 동결시켰고, 더치맨이 소유한 양조장 장부를 수색했다. 검사보들을 시켜 경찰을 비롯한 여러 인물들에 대한 탐문수사를 벌였다. 수사 대상이 누구인지는 언론에 밝히지 않았다. 하지만 이런 국면에 대처할 돈이 있다면 뇌물에 뇌물을 써가며 바닥부터 재건할 돈도 분명히 있을 것이었다. 누군가는 분명 그 일을 하고 있을 터였다. 어쨌든 방법은 있었다. 미키가 미행을 따돌리지 못한다고? 어빙이 투명인간은 아니라고? 그건 그렇다. 하지만 그날 아침 업소 응접실에서 회의에 참석한 사람이 스무 명 내지 스물다섯 명이었다. 그들이 모두 뉴저지에 있는 건 아니었으며 조직은 돌아가고 있었다. 스물다섯 명이 백 또는 이백 명의 자리를 채우지는 못해도 사업은 돌아가고 있었다. 때가 때이고 상황이 어려운 만큼 조직이 축소되어 손이 미치는 범위가 줄어들었지만, 야비하고 흉악한 변호사를 살 충분한 돈은 가지고 있었다.

그게 내가 파악한 상황이었다. 아니, 모든 게 내게 달려 있다면 그렇게 하겠다는 생각이었다. 인내하며 천천히 기회를 엿보되 섣부른 위험 부담은 지지 않을 것이다. 이삼 주, 혹은 10월 초까지라도 기다릴 것이다. 마땅히 그러는 게 맞았다. 하지만 나는 미스터 슐츠가 아니었다. 그는 사람들을 놀라게 하고 스스로를 놀라게 하는 사람이었다. 그렇지 않고서야 사보이플라자 호텔의 한 층 전체가 난장판이 되었다는 기사가 났을 리 없지 않겠나. 신원미상의 도둑 혹은 도둑들이 주거형 객실에 침입해 수천수만 달러 상당의 손상을 입혔다. 그림에 칼질을 하고 태피스트리를 찢고 도기를 박살내고 책을 훼손하고 값어치를 알 수 없는 물건들을 훔쳐갔다. 철도회사의 재산 상속인인 거주자 하비 프레스턴 부부는 해외에 있어 연락이 닿지 않았다.

그러던 어느 날 밤, 나는 지시받은 대로 3번 애비뉴 고가 전철을 타고 맨해튼으로 내려가 노면전차로 갈아타고 시내를 횡단해 웨스트 23번가의 페리 선착장으로 갔다. 나는 세상에서 가장 넓고 가장 낮은 배의 갑판에 섰다. 매일같이 수천 명을 실어나르는 배였다. 안정감이 항해하는 배 같지 않고 물에 떠 있는 건물 같다는 생각이 들었다. 뉴욕이라는 섬의 한 조각이 시민들의 편의를 위해 분리되어 줄에 묶인 채 강을 왕래하는 것 같았다. 나는 버스나 전철과 비슷한 냄새가 나는 이 배에 섰다. 갑판에 납작한 추잉껌 자국들이 있고 등나무의자 아래에는 사탕 포장지가 뒹굴었다. 서 있는 승객들이 붙들도록 고리 모양 줄들이 달렸고, 길모퉁이에 있는 것과 똑같은 철망 쓰레기통이 있었다. 어두운 항만의 떨림이, 살아 숨쉬는 굶주린 바다가 배에 부딪혀 찰싹거리는 게 발밑에 느껴졌다. 나는 뉴욕을 돌아보았다. 뉴욕이 밀려나가는 모습을 지켜보았다. 망자의 뱃놀이를 떠난다는 생각이 들었다.

불쾌감을 줄 위험을 무릅쓰고 할말이 있다. 뉴저지 해안의 산업지구에 내린 후 줄지어 정박해 있는 석탄 운반용 바지선과 연기를 뿜어내는 벽돌공장, 또 서쪽 지평선에 즐비한 파이프와 탱크와 좁은 통로로 이루어진 몹시 흉측한 정제공장을 보고 나니 뭍에 두 발을 디디면 괜찮으리라는 확신이 생기지 않았다. 터미널 밖에 옐로우캡이 대기하고 있었고 운전사가 나를 향해 손을 흔들었다. 내가 다가가자 그는 뒤로 팔을 뻗어 문을 열어주었다. 차에 오르니 미키가 그답지 않게 과장된 동작으로 고개를 끄덕여 나를 반겼다. 차가 신속하고 빠르게 출발하는 바람에 나는 털썩 등받이에 파묻혔다.

뉴어크로 가는 길에 저지시티를 지나야 했다. 두 도시 사이에 행정적인 구분은 있겠지만 내 눈에는 전혀 달라 보이지 않았다. 두 도시 모두 뉴욕의 사족일 뿐이었다. 같은 연장선상에 있지만 따분한 사족이었고, 강의 반대쪽에 잘못 드리워진 그림자 같았다. 두 도시가 스스로를 브롱크스나 브루클린으로 여긴다는 걸 알 수 있었다. 술집과 전차가 있고 기계조립공장과 창고도 있었지만 대기에 떠도는 이상한 냄새가 달랐다. 상점은 구식에 도로의 폭은 잘못되었고, 사람들은 모두 어딘지 모르는 곳에 있는 듯한 표정이었다. 그들은 도로 표지판을 올려다보고 자신들의 위치를 확인했다. 이곳은 지극히 우울한 평지이자 유랑의 기념비였다. 나는 미스터 슐츠가 위안을 얻으려고 엠파이어스테이트 빌딩이 가장 잘 내다보이는 창문이 있는 곳을 찾아 유니언시티에서 저지시티, 뉴어크로 배회하다 여기에서 미쳐가리라는 걸 알 수 있었다.

그곳은 공동묘지였다. 의심의 여지가 없었다. 거주하기에는 너무 흉한 곳이었다. 미키가 술집 앞에 차를 댔는데, 아스팔트가 아니라 허연 시멘트 포장로였다. 전화선과 노면전차 전선이 엉성한 그물처럼 모든 것 위에 늘어져 있었다. 그는 내게 내리라고 하고 어디론가 가버렸다. 술집 이름은 팰리스 촙하우스 앤드 태번이었다. 여기서 내가 나름대로 임시적인 결론을 내렸음을 밝힌다. 즉,

미스터 슐츠가 실제적으로 뉴욕의 모든 사업에 손을 대지 못한다면, 그리고 신뢰하는 동료 중 누구도 장기간 뉴욕에 들어가 위험을 무릅쓰지 않는다면, 갱단에서 유일하게 자유로운 사람으로서 나의 가치는 향상된다. 따라서 나는 정식 멤버가 되어야 한다고 생각했다. 책임이 무거운 일을 점점 더 많이 하는 내가 이따금 떨어지는 동냥이 얼마나 후하든 어째서 그것에 목을 매야 하는가. 그들은 자기들 마음대로 나에 대해 앞서간 생각을 하고 있었다. 내게 월급을 주지도 않는다는 점을 생각하면 그들은 정말 뻔뻔스럽게도 내게 기대고 있었던 것이다. 나는 정식 급료를 원했다. 미스터 슐츠가 뜻밖에도 나를 죽이지 않는다면 그것을 요구할 수 있는 위치에 있는 건지도 모른다는 생각이 들었다. 하지만 술집의 바를 지나 모퉁이를 돌아서 짧은 복도 끝의 창문 없는 내실에 들어갔을 때, 벽에 붙여놓은 테이블에 앉아 있는 유일한 손님인 미스터 슐츠와 미스터 버먼, 어빙과 룰루 로젠크란츠를 보고 그 말을 꺼내선 안 되리라는 걸 알았다. 야릇한 상황이었다. 무모한 마음의 준비를 한 터라 두려워서 그런 건 아니었다. 믿음을 잃어버렸기 때문이었다. 왠지 모르지만 그들을 보니 무엇이든 요구하기엔 너무 늦었다는 걸 직감했다.

그들이 있는 방은 연초록색 벽에 변색된 철제 장식 거울들이 걸려 있었다. 천장의 등불 때문인지 모두 창백해 보였다. 그들은 스테이크를 먹고 있었고, 테이블에 놓인 레드 와인병이 불빛을 받아 검은색으로 보였다. "의자 하나 끌어다 앉아라." 미스터 슐츠가 말했다. "배고프냐?"

나는 배고프지 않다고 말했다. 그는 살이 빠졌는지 야위어 보였고, 쑥 내민 입이 심하게 씰룩거렸다. 그는 몹시 짓눌려 있었다. 와이셔츠 칼라의 끝이 말렸고 면도도 하지 않았다.

그는 음식을 거의 건드리지도 않은 접시를 밀어놓고 담배를 피워 물었다. 이것도 특기할 만한 점이었다. 모든 게 뜻대로 돌아간다는 생각이 들 때는 시가를 피웠기 때문이다. 다른 사람들은 계속 식사를 하다 문득 접시들이 다 비워지기까지 그가 참을성을 발휘하지 못할 게 자명해지자 차례대로 나이프와 포크를 내려놓았다. "이봐, 샘." 미스터 슐츠가 소리쳤다. 중국인이 주방에서 나와 접시들을 내가고 작은 병에 담긴 크림과 함께 커피를 내왔다. 미스터 슐츠는 고개를 돌려 그가 도로 주방으로 들어가는 것을 지켜보다 말했다. "얘야, 토머스 듀이라는 개새끼가 있는데, 그게 누군지 알지?"

"네."

"그놈의 사진도 봤겠지." 미스터 슐츠가 말을 이었다. 그리고 지갑을 열어 신문에서 찢어낸 사진 한 장을 꺼내 테이블에 탕 내려놓았다. 특수부 검사 듀이, 그의 멋진 검은 머리는 가운뎃가르마를 탔고 코끝은 약간 위로 들렸다. 미스터 하인스가 말한 콧수염은 작은 솔 모양이었다. 미스터 듀이의 짙고 총명한 눈이 나를 응시했다. 세상이 어떻게 돌아가야 하는지에 대해 강력한 확신에 찬 눈이었다.

"됐어?" 미스터 슐츠가 말했다.

나는 고개를 끄덕였다.

"미스터 듀이는 5번 애비뉴에 산다. 센트럴파크에 면한 건물 중 하나에."

나는 고개를 끄덕였다.

"집주소를 줄게. 거기로 가서 그자가 아침에 집에서 나와 어디로 가는지, 누구와 함께 있는지 지켜봐라. 집에서 나오는 시간이 몇 시인지, 퇴근해 귀가하는 시간은 몇 시인지, 그때는 누구와 함께 있는지 말이야. 놈은 브로드웨이의 울워스 빌딩에서 작전을 벌이지. 그건 네가 염려하지 않아도 돼. 출근과 귀가, 오가는 것만 지켜보면 된다. 그게 내가 알고 싶은 거니까. 어때, 할 수 있겠어?"

나는 좌중을 둘러보았다. 모두가, 심지어 미스터 버먼까지 눈을 내리깔고 있었다. 손을 테이블 위에 포개어 얹은 채로. 세 명 모두 교실 책상 앞에 앉은 학생 같았다. 내가 온 뒤로 미스터 슐츠 말고는 입을 벙긋한 사람이 아무도 없었다.

"할 수 있을 거 같아요."

"할 수 있을 거 같다! 내가 너한테 기대한 대답이 고작 그거냐? 할 수 있을 거 같다? 너 혹시 이 친구들하고 얘기한 적 있냐?" 그는 엄지손가락으로 테이블을 가리켰다.

"저요? 아뇨."

"조직의 누군가는 아직 배짱이 있으리라 기대했는데. 아직 누군가는 믿을 수 있겠지 했는데."

"에이, 보스도 참." 룰루 로젠크란츠가 말했다.

"입 닥쳐, 룰루. 못생기고 머리 나쁜 놈. 그게 네 참모습이야."

"아서, 이건 아니야." 미스터 버먼이 말했다.

"아가리 닥쳐, 오토. 지금 두들겨 맞아 쓰러질 지경인데 고작 한다는 소리가 이건 아니다? 그럼 내가 돼지도록 짓밟히는 건 괜찮고?"

"우리가 이해한 건 이게 아니었어."

"자네가 어떻게 알아? 어떻게 알 수 있지?"

"심사숙고하기로 결정했잖아. 그들이 길을 모색하고 있어."

"길은 내가 모색하고 있어. 내가 할 일이니까 내가 모색한다고."

"우리는 이들과 협정을 맺었잖아."

"협정은 무슨 우라질 협정."

"그가 성당에서 증인이 되어주려고 몇백 킬로미터를 달려왔던 거 기억해?"

"그럼, 기억하고말고. 거기에 와서는 자기가 무슨 교황과 함께 내게 지랄 맞은 큰 호의라도 베푸는 양 불쾌하게 굴었지. 그러고선 아무 말도 없이 내가 대접하는 음식과 와인만 먹었어. 아무런 말도 안 했다고! 아무렴, 내가 기억하고 말고."

"한마디도 안 한 건 아니겠지." 미스터 버먼이 말했다. "어쩌면 그가 거기에 와주었다는 사실만으로 충분할지도 모르고."

"목구멍이 없는 건지 그는 거의 말을 안 했어. 몸을 기울이고 마늘 냄새 나는 그 입에 얼굴을 바싹 대도 소용없어. 뭐가 뭔지 알 수 없으니까. 무엇을 좋아하는지 무엇을 싫어하는지, 그게 그거인 거야. 무슨 생각을 하는지 알 수 없으니까. 나를 어떻게 생각하는지 알 수 없다고. 그런 그가 무엇을 심사숙고하겠어! 자네가 어떻게 알아? 그 개새끼가 말하는 게 무슨 뜻인지 한번 말해봐. 나는 말이야, 무언가 좋으면 좋아한다고 말하잖아. 싫으면 싫다고 말하고. 내가 누군가를 싫어하면 그놈은 그걸 분명히 알게 돼. 나는 그렇게 생겨먹었어. 매사가 그래야 해. 매번 속뜻이 뭔지 추측해야 하는 이 비밀스러운 분위기 말고."

미스터 버먼은 담배에 불을 붙이고는 엄지와 집게로 쥐고서 남은 손가락을 둥그렇게 구부렸다. "이건 방식의 문제야, 아서. 그런 것들은 이제 뒤로하고 철학을 생각해야 해. 그 철학에 의하면 그들의 조직은 끄떡없어. 그 조직은 우리 손이 닿는 데 있어. 우리는 그걸 이용하고, 그들의 보호를 받고, 우리 조직과 그들 조직을 합쳐서 이사회를 만들고, 발언권을 가진 이사가 되는 거야. 그게 철학이야."

"그래, 그건 아주 대단한 철학이야. 하지만 그거 알아? 이 더러운 듀이 개새끼가 쫓는 게 나라는 거. 연방검찰 개한테 섯, 물어, 한게 누구겠냐고! 그놈은 내 다리에 이빨을 박고 있어."

"우리의 문제에 그들의 이권도 걸려 있다는 걸 알아야 해. 그들의 문제이기도 한 거지. 더치맨을 넘어뜨리면 그다음은 자기들 차례라는 걸 안다고. 제발 부탁이야, 아서, 그들을 조금만 믿어봐. 그들은 비즈니스맨이야. 어쩌면 자네 말이 맞아, 어쩌면 이게 가야할 길인지도 모르고. 그가 이 일을 어떻게 처리할 수 있을지 연구해보겠다고 했어. 그때까지 좀더 생각해보자고. 그들도 그들이지만 자네도 알잖아. 데데한 순찰 경관 하나만 죽어도 온 도시가 떠들썩해진다는 거. 그런데 이 사람은 매일같이 신문에 오르내리는 중요한 검사야. 국민의 영웅이라고. 전투는 이기고 전쟁은 지는 꼴이 될 수 있어."

미스터 버먼은 계속 말하며 미스터 슐츠를 진정시키려고 했다. 그가 주장하는 바의 핵심을 말할 때마다 룰루는 자기도 하려던 말이라는 양 연신 고개를 끄덕이며 이마를 찡그렸다. 어빙은 팔짱을 낀 채 눈을 내리깔고 있었다. 어떤 결정이 내려지든 언제나 그랬던 것처럼 그것을 따를 것이며 죽는 날까지 그 자세에 변함이 없을 사람이었다. "현대의 비즈니스맨은 세력과 능률을 얻기 위해 합병에 의존하지." 미스터 버먼이 말했다. "그래서 조합에 가입하는 거고. 자신보다 큰 덩어리의 부분이 됨으로써 힘을 얻는 거야. 가격이나 영역 등 비즈니스를 어떻게 할지 합의하는 거지. 그러면 시장이 통제돼. 그래서 능률적인 운영이 이루어지는 거고. 그러면 놀랍게 수입이 늘어 서로 다툴 필요가 없어져. 각자에게 돌아가는 몫은 과거에 벌던 전체보다 더 커서 수지맞는 장사가 된다고."

나는 미스터 슐츠가 점차 누그러지는 것을 알 수 있었다. 그는 테이블을 들어 엎을 것 같은 자세로 가장자리를 잡고 몸을 굽혔다. 그러다 잠시 후 축 늘어지며 의자에 도로 앉더니 아프기라도 한 것처럼 한쪽 손을 머리 위에 갖다댔다. 그만의 특유한 우유부단의 몸짓은 나로 하여금 꼼짝없이 이 말을 하지 않을 수 없게 만들었다. "저어, 죄송한데요. 방금 말씀하신 그 사람 있잖아요. 성당에 온 그 사람. 프레스턴 부인이 그에 대해 뭔가 말했어요."

나는 이제 이 순간에 대해 내가 무엇을 하고 있었다고 생각했는지, 아니 내가 무엇을 하고 있었다고 생각했는지 지금 생각하는 바를 말하겠다. 왜냐하면 결단이 내려진 순간이었으니까. 나는 그들 모두의 죽음과 그들이 어떻게 죽었는지에 대해서도 생각하지만, 그보다는 이 결단이 어디서 내려진 것인지에 대해, 가슴도 머리도 아닌 입, 말을 만들어내는 곳, 불평과 신음, 애원과 비명의 어학자인 입에서 내려진 이 결단의 순간에 대해 더 많이 생각한다.

"부인은 그를 알고 있었어요. 그게, 부인이 그를 알았다는 게 아니라 만난 적이 있다고요. 그런데 그를 만난 기억이 완전한 건 아니었어요." 나는 말했다. "그랬다면 부인이 보스에게 직접 그랬다고 말했겠죠. 취했었다고 했어요." 나는 잠깐 어빙을 쳐다보았다.

"부인이 그렇게 말했어요. 술을 마시면 기억 못하는 게 많잖아요? 하지만 세인트바르나바 성당 앞에서 보스가 그들을 소개했을 때," 나는 미스터 슐츠를 향해 말했다. "그가 마치 부인이 누군지 아는 것처럼 쳐다봤다고 했어요."

팰리스 촙하우스 앤드 태번 안에 정적이 깔리고 미스터 슐츠의 숨소리가 들려왔다. 그 호흡의 크기는 그의 목소리, 그의 생각, 그의 성격만큼이나 내게 익숙했다. 그는 숨을 천천히 들이쉬고 빠르게 내뱉었다. 하나 둘 세는 듯한 리듬에 맞춰 한 번의 호흡이 끝나면 다시 숨을 쉴 것인지 말 것인지 생각하는 것처럼 잠시 정적이 뒤따랐다.

"어디서 만났다고 하든?" 그가 매우 차분한 목소리로 물었다.

"보와 함께 있을 때였던 것 같다고 했어요."

그는 돌아앉아 미스터 버먼을 쳐다보았다. 그리고 몸을 뒤로 기대더니 조끼 주머니에 양쪽 엄지손가락을 찔러넣었다. 그의 얼굴에 활짝 미소가 번졌다. "오토, 들었어? 여태껏 자네가 더듬고 또 더듬었는데 결국 길을 가르쳐줄 애는 여기 있었네."

그러더니 그가 바로 의자에서 벌떡 일어나 내 옆머리를 후려쳤다. 지금 생각해보면 나는 분명 그의 팔뚝에 맞았을 것이다. 무슨 일이 벌어진 건지 알 수 없었다. 방이 빙 돌았고 나는 갑자기 혼란스러웠다. 무언가 폭발해 방이 무너져내리는 건가 했다. 천장이 들리고 바닥이 나를 향해 튀어오르는 와중에 의자 등받이 너머로 날아가는가 싶더니, 어느새 앉은 채 뒤로 자빠져 어리벙벙해하다 바닥이 움직이는 것 같아 꼭 붙어 있으려고 했다. 그때 무언가에 옆구리를 맞아 끔찍한 통증을 느꼈다. 한 차례, 두 차례, 알고 보니 그의 발길질이었다. 나는 옆으로 굴러 벗어나려 했다가 비명을 질렀다. 의자가 바닥에 긁히는 소리가 들렸고 모두 일시에 떠들기 시작했다. 그들이 그를 말리는 것이었고, 실제로는 어빙과 룰루가 그를 내게서 뚝 떼어놓았다. 내 머릿속에 입력된 소리가 나중에야 들리면서 그들이 무슨 말을 했는지 알게 되었다. 어린애잖아요, 이런 정말, 그만해요, 보스, 그만해요. 꼼짝할 수 없는 폭력이 벌어지는 가운데 던져진 다급하고 팽팽한 말이었다.

그때 나는 몸을 돌려 등을 대고 누워서 그들이 잡은 손을 뿌리치는 그를 보았다. 그는 양손을 들어올렸다. "됐어." 그가 말했다. "됐어, 이제 괜찮다고."

그는 와이셔츠 칼라를 탁 잡아당겨 펴고 조끼를 끌어내리며 의자에 도로 앉았다. 어빙과 룰루가 양쪽 겨드랑이를 받쳐 나를 훌쩍 일으켜세웠다. 나는 적의를 느꼈다. 그들이 의자를 세워 나를 앉혔다. 미스터 버먼이 와인 한 잔을 내밀었다. 나는 두 손으로 받아 간신히 조금 넘겼다. 귀가 울렸고 숨을 쉴 때마다 왼쪽 옆구리에 심한 통증이 느껴졌다. 나는 자세를 똑바로 잡고 앉았다. 그렇게 몸은 일어난 일을 바로 받아들인다 머리는 그러지 못해도. 나는 똑바로 앉아 코로 약하게 숨을 쉬면 고통이 좀 덜하다는 걸 알았다.

미스터 슐츠가 말했다. "녀석아, 그건 진작 말하지 않은 벌이다. 그 계집이 그 말을 했을 때 바로 나한테 알렸어야지."

나는 기침하기 시작했다. 작게 마른기침을 할 때마다 몹시 아팠다. 와인을 조금 더 마셨다. "지금이 말할 수 있는 첫 기회였어요." 거짓말이었다. 목소리가 잘 안 나와 목청을 가다듬어야 했다. 징징대며 울먹이는 걸로 보이고 싶지 않았다. 감정이 상한 것처럼 보이고 싶었다. "보스가 시킨 일들을 하느라 바빴잖아요. 그뿐이에요."

"내 말 아직 안 끝났어. 그 천 달러짜리 지폐 얼마나 남았지?"

나는 떨리는 손으로 지갑에서 5천 달러를 꺼내 흰 테이블보 위에 놓았다. "좋아." 그는 한 장만 빼고 모두 집었다. "그건 네 거다." 그가 남은 한 장을 내게 밀었다. "한 달 치 선불이야. 이제부터 넌 주에 250달러를 받는 정식 멤버다. 정의란 이런 거야. 알겠지? 네가 맞을 만한 짓을 해서 맞은 것처럼 이것도 받을 만하니까 주는 거야." 그는 좌중을 둘러보았다. "우리의 다운타운 친구에 대해 모두가 나한테 이래라저래라 한 건 못 들은 걸로 하겠어."

다들 아무 말 하지 않았다. 미스터 슐츠는 와인잔을 모두 채워주고 크게 입맛을 쩝쩝 다셔가며 잔을 들이켰다. "이제 기분이 나아졌어. 그 회의는 뭔가 잘못된 느낌이었거든. 뭔가 이상하다는 걸 알았지. 나는 합병이라는 게 어떻게 되는 건지 몰라. 하려고 해도 어떻게 시작하는지 모를 거고. 난 처음부터 어디에 가입하거나 누구와 연합하거나 하는 사람이 아니었어, 오토. 누구한테 뭘 부탁한 적도 없고. 내가 얻은 건 모조리 직접 발로 뛰어 얻은 거야. 열심히 일했지. 내가 이룬 건 내가 하고 싶은 대로 해서 이룬 거라고. 남이 원하는 대로 해서가 아니라. 그런데 자넨 그 이탈리아 친구들과 나를 나란히 놓고서 갑자기 나더러 그들의 이익을 걱정해줘야 한다고 말하는 거야? 그들의 이익? 그들의 이익을 내가 알 게 뭐야. 이 헛소리가 다 뭐냐고. 나는 절대로 그만두지 않을 거야. 검사 무더기가 나를 잡으려 한다 해도 상관없어. 이게 내가 하려던 말이야. 확실히 표현할 길이 없었는데 이제야 알았어."

"별 의미 없을 수도 있어, 아서. 보는 노는 걸 좋아했잖아. 경마장에서 마주친 걸지도 몰라. 클럽이었을 수도 있고. 특별히 어떤 의미가 있다고 볼 수는 없어."

미스터 슐츠는 고개를 저으며 웃었다. "아바다바 이 친구야. 숫자가 몽상에나 쓰는 것인 줄은 몰랐네. 한 사람이 내게 약속을 하는데 그게 허울뿐이야. 그리고 한 사람이 몇 년 동안 나를 위해 일하는데 내가 등을 보이는 순간 나에게 맞서 음모를 꾸며. 그러면 글쎄, 난 모르겠네, 누가 그 사람에게 접근했을까? 도대체 어떤 사람이 난데없이 그런 생각을 할까?"

미스터 버먼은 심하게 동요했다. "아서, 그는 바보가 아니야. 비즈니스맨이라고. 여러 선택지를 본 다음 장애물이 가장 적은 길을 택하는 게 합병 철학의 요지야. 그 여자를 보지 않았어도 보가 어디에 있는지 이미 알았을 거야. 그래도 보스에게 존중을 표했잖아."

미스터 슐츠는 테이블에서 떨어져 앉았다. 주머니에서 묵주를 꺼내 빙빙 돌리기 시작했다. 원이 점점 작아지면서 묵주가 잠깐 흔들거리더니 반대 방향으로 돌며 원이 점점 커지면서 줄이 다시 팽팽해졌다. "그래서 보더러 등을 돌리게 한 게 누구야? 자네의 그 소중한 합병 얘기 잘 알아, 오토. 우라질 온 세상이 한꺼번에 나한테 덤비고, 누구는 나를 성당에 받아들이고, 누구는 나한테 형제라고 포옹하고 뺨에 키스하고. 날 사랑해서? 그들은 나를 사랑하지 않아, 내가 그들을 사랑하지 않는 것처럼. 이게 시칠리아인의 죽음의 키스라는 걸까? 모르겠군."

19

그렇게 해서 나는 토머스 E. 듀이를 미행하게 되었다. 갱단을 소탕하도록 임명된 이 특수부 검사는 나중에 지방검찰청 검사장이 되고 뉴욕 주지사를 거쳐 대통령 선거에서 공화당 후보가 된다. 그는 센트럴파크가 내다보이는 5번 애비뉴의 석회암 아파트 건물에 살았다. 사보이플라자에서 북쪽으로 얼마 안 되는 곳이었다. 나는 일주일 안에 그 동네를 다 파악했고, 대개 길 건너 공원 쪽에서 빈둥거리거나 잠복했다. 플라타너스 나무들이 그늘을 드리운 공원의 담을 따라 슬슬 거닐거나, 간혹 기분 전환 삼아 육각형 보도블럭의 선을 밟지 않고 걸어보기도 했다. 이른 아침 동쪽에서 떠오른 태양이 동서로 난 거리를 빛으로 가득 채웠다. 태양이 쏘는 광선은 벅 로저스*의 광선총처럼 비스듬히 교차로를 가로질렀다. 나는 계속 총격

---

* 1928년 SF 잡지 〈어메이징 스토리〉 연재 만화의 주인공.

을 생각했다. 트럭이 역화하는 소리에서 총성이 들렸다. 비스듬한 광선에서도 총격을 보았다. 아이들이 보도에 분필로 그린 줄에서도 총격을 읽어냈다. 검사를 암살할 만한 상황을 포착할 목적으로 그를 미행하는 동안 모든 게 총격으로 보였다. 저녁이 되어 태양이 웨스트사이드로 기울 때면 5번 애비뉴의 석회암 건물들의 창문은 금빛으로, 외벽은 하얀빛으로 빛났으며 각 층마다 유니폼을 입은 가정부들이 창문에 커튼을 두르거나 차양을 드리웠다.

이즈음 나는 미스터 슐츠와 아주 가까워졌다는 느낌이 들었다. 나는 그와 마음속 가장 깊은 곳에서 의기투합한 유일한 사람이었다. 그가 가장 신뢰하는 보좌관은 그의 의도를 유감으로 생각했고, 가장 충성스러운 두 수행원과 경호원들은 심각하게 불안해했다. 그의 마음속에는 그 자신과 나뿐이었다. 나는 그렇게 느꼈다. 그의 일탈의 동굴 속에 단둘이 있다는 생각에 들떴었다는 고백을 해야겠다. 나를 후려갈기고 갈비뼈를 걷어찼음에도 나는 그에게 진정한 우애를 느꼈다. 나는 그를 용서했고, 그도 내게 우애를 느꼈으면 하고 바랐다. 그리고 다른 사람들이 모면할 수 없는 일을 그는 모면할 수 있다는 사실을 깨달았다. 가령 룰루 로젠크란츠가 내 코뼈를 부러뜨린 일을 용서할 수 없었다. 그리고 그 일을 생각하다보니 사실 미스터 버먼이 비열한 숫자 속임수로 내게서 27센트를 훔친 것도 용서할 수 없었다. 149번가의 불법 로토 사업장에 있을 때 아직 그들에게 채용되기도 전이었다. 그때 이후로 미스터 버먼은 관대하게 나를 데리고 다니며 보살펴주는 멘토였지만, 어린 소년의 몇 푼을 빼앗아간 것을 나는 여전히 용서하지 못했다.

주변 환경에 어울리는 튀지 않는 복장을 갖추지 않고서는 효과적인 미행을 기대할 수 없다. 나는 퀵보드를 사고 좋은 바지에 폴로셔츠를 입었다. 하루이틀 정도 그러고 다니다 펫숍에서 강아지를 한 마리 사서 줄을 달아 산책했다. 그런데 문제는 아침 일찍 개를 산책시키러 나온 사람들마다 멈춰 서서 자신들의 개가 꼬리를 살랑대는 내 강아지의 엉덩이를 킁킁거리는 동안 귀엽다며 말을 거는 것이었다. 그건 좋은 일이 아니었기에 나는 강아지를 도로 가져다주었다. 그러고서 이삼일 정도 엄마의 고리버들 유모차를 빌려 택시에 실어 가져가 갓난아이 동생을 엄마 대신 봐주는 것처럼 밀고 다니기 시작하고서야 비로소 적절한 위장수단이 생겼다는 생각이 들었다. 나는 25센트를 주고 아널드 가비지에게 인형을 샀다. 얼굴을 가릴 수 있는 면 보닛이 달린 인형이었다. 사람들은 이른 아침에 어린아이들을 데리고 나오는 것을 좋아했다. 간혹 흰 스타킹을 신고 파란색 망토를 두른 보모들이 바퀴에 굵은 스프링이 달리고 광택제를 바른 정교한 유모차를 밀고 다녔다. 귀여운 어린아이를 보호하기 위해 방충망을 덮은 채. 그래서 나도 방충망을 사서 유모차에 뒤집어씌웠더니 할머니들이 유모차 안을 들여다볼 수 없어 참견하고 싶어도 그러지 못했다. 때로는 걸어다녔고 때로는 검사가 사는 건물 앞 길 건너의 벤치에 앉아 시간을 보냈다. 그렇게 벤치에 앉아 있을 때면 유모차를 앞뒤로 밀었다. 스프링이 망가지긴 했지만 위아래로 살살 흔들어주기도 했다. 이렇게 하다보니 이른 아침은 사람들의 왕래가 가장 적고 하루 중 가장 규칙적인 시간임을 알게 되었다. 미스터 듀이가 모습을 드러내는 아침 시간이 그를 해치울 수 있는 가장 좋은 때라는 데 의심의 여지가 없었다.

엄마는 그 인형을 마음에 들어했다. 그리고 내가 자기의 상상에 참여하게 된 것을 기뻐했다. 엄마는 오래된 삼나무 옷장을 뒤져 아기 옷을 찾았다. 내가 아기였을 때 입던 옷이었다. 십오 년 전에 내게 그랬듯 곰팡내나는 작은 겉옷과 빵모자를 인형에게 씌웠다. 하지만 알다시피 엄마의 이 모든 행동은 살인 계획을 모르고 하는 것이었다. 나는 근심하는 선지자처럼 그녀 주변에서 일어나는 살인에 대해 죄가 없는 엄마를 사랑했고, 사랑하며 사는 삶 속에서 일어난 살인들을 견디기 위해 위엄 있는 광기를 선택한 엄마를 몹시 사랑했다. 그래서 내가 하는 일이 마음에 걸리긴 했지만, 타고난 불굴의 의지로 용기를 냈다는 것을 엄마가 알 거라고 상상하기만 하면 되었다. 그렇게 해서 결국에는 만사가 잘 풀릴 것이며, 모든 게 내가 꿈꾸었던 대로 끝을 맺을 거라고 믿을 수 있었다.

사실 이 자리에서 분명히 밝혀둘 것이 있는데, 나는 이 일들이 어느 정도 내 손에 달려 있을지언정 직접 피를 묻히지는 않으리라는 걸 알고 있었다. 자기 잇속만 차리는 소리로 들릴 거라는 걸 안다. 이와 관련해 미스터 듀이의 친척이나 상속인 또는 대리인이 불쾌감을 느낀다면 이에 대해 사과하는 바이다. 하지만 이 이야기들은 방종하고 외롭고 불행했던 소년기에 대한 고백이며 나는 추호도 거짓말할 이유가 없다.

이상하게 들리겠지만 나는 미스터 버먼이 안됐다고 생각했다. 내가 드루 프레스턴의 말을 하필 팰리스 촙하우스에서 폭로한 순간, 분명 그것을 배신 행위로, 자신이 몰락하는 순간으로 여겼을 것이다. 그 순간 그의 모든 계획은 종지부를 찍었다. 그가 예견한 새로운 영역에, 숫자가 지배하는 영역에, 숫자가 언어가 되고 숫자가 장부를 다시 쓰게 될 영역에 결국 그의 동료를 데리고 갈 수 없게 되었다. 키가 작고 말쑥하며 손가락이 갈고리 같은 이 곱사등 사내가 언젠가 내게 그 생각에 대해 말했다. "책에 쓰여 있는 것은 말이야, 음, 글쎄, 이렇게 말해볼까. 숫자를 모두 한데 모아 뒤흔든 다음 공중에 확 던져 제멋대로 떨어지게 만드는 거야. 그런 다음에 그것들을 문자로 고쳐 다시 짜맞추면 완전히 새로운 책이 되는 거지. 새로운 말, 새로운 사상이 되는 거야. 새로운 의미를 가진 새로운 언어를 이해해야 하는 거지. 그러면 새로운 일들이 벌어져. 완전히 새로운 책이지." 그런데 그것은 위험한 제안이었다. 생각해보면 미지수 X의 제안이었으며, 미지수는 그가 질색하는 가치였다.

하지만 그가 안경 위로 나를 힐끗 보았을 때, 갈색 눈동자의 푸른 가장자리가 눈에 띄도록 휘둥그레졌을 때, 그는 즉각 어떤 자포자기식 비난과 더불어 모든 것을 보았다. 생각이란 얼마나 정연하고 작은지, 얼마나 외부의 혼란에 모욕을 당하는지 모른다. 이 작은 사나이, 그는 투지가 만만했다. 한 가지 재능으로 성공적인 삶을 일구어냈고, 교활하게 교육적이었을망정 내게는 늘 친절했다. 나는 지금 자문한다. 어린 내가 한 말이 영리한 그에게 그렇게 큰 영향을 미쳤는지, 보 와인버그와 달리 자신이 어떤 상황에 처했는지 모른 채 죽는 게 미스터 슐츠로서는 더 좋았을지, 그 명예가 당연히 그에게 돌려져야 하는 게 아니었는지. 한편 슐츠는 자신이 무엇 때문에 죽게 되었는지 절대 몰랐을 수도 있다. 어쨌든 지금 생각해보면, 그는 줄곧 알고 있었던 것 같다. 그래서 그 검사를 암살하고 싶다는 마음을 광고했을 것이다. 여하튼 실행에 옮겨지든 제안에 그치든 자살 행위였다. 그가 말한 대로였다. 나는 늘 그를 따라다니던 막연한 감을 딱 짚어 표현할 수 있게 해주었을 뿐이다.

그때 그의 나이가 서른셋? 서른다섯? 그는 종말의 유예 기간이 끝났음을, 그를 파멸에 이르게 할 모든 요소가 이미 오래전에 다 구성되었음을, 그의 인생이 흡사 퓨즈처럼 약화되었음을 이미 알았던 것 같다.

내가 무슨 짓을 하고 있는 건지 생각했던 바를 말하자면, 나는 친한 친구 사이에서 메시지를 전달해주고 있었다. 전달하지 않으려고 했지만 그러지 않고 내버려둘 수 없는 필요한 메시지였다. 그는 내가 전달하지 않으려 했다는 걸 알고 나를 후려쳤다. 나는 그 두 사람을 너무나 잘 알았다. 그녀는 둘 사이의 윙윙 울리는 공간에서 나를 다시 어린 소년으로 만들었다. 그에게 그거 말해, 알았지? 그녀는 말했던 것이다. 그리고 렌즈의 가장자리를 도는 작은 말들의 행렬을 보라고 쌍안경을 쳐들어주었다.

이제 무슨 일이 있었는지 기록할 때가 되었다. 어느 날 밤늦은 시각, 전과 같은 팰리스 레스토랑의 안쪽 방이다. 연초록색 벽에 변색된 거울이 일정한 간격으로 걸려 있다. 속이 빈 양철 틀에 줄이 가 있어 마천루의 유선형 현대성을 연상시키고, 층층의 줄진 활 모양은 예쁜 여자들로 구성된 코러스걸이 단에 올라가 무릎을 들어올린 것 같다. 우리는 모두 흠 없이 깔끔한 옷차림을 하고 뒤쪽 테이블에 창백한 얼굴로 앉았다. 나는 아주 늦게야 도착했고, 저녁식사는 이미 끝났다. 두툼한 접시나 컵, 받침접시 대신 테이블에는 그들을 끊임없이 매혹시키는 아주 얇은 계산 출력 전표가 놓여 있다. 시간은 자정이다. 나는 그곳에 들어오면서 바 위에 걸린 파란색 네온 시계를 보았다. 자정, 정의의 순간이 자비의 순간에 달라붙었다. 자정, 신에게 가장 잘 어울리는 이름이다.

그리고 지금은 내가 마침내 그들과 함께하는 순간이다. 그들 중 한 사람, 그들이 신뢰하는 친구, 그들의 동료로서. 무엇보다 거기에는 나를 감싸는 훌륭한 기교의 감각, 무언가 한 가지를 잘 알 때 맛보는 달콤함이 있다. 그다음으로는 음모의 사악한 쾌감이 있고, 아내에게 키스하거나 이를 닦거나 잠자리에 들어 책을 읽고 있을지 모를 누군가를 죽일 계획을 세운다는 것 자체만으로 느낄 수 있는 힘이 있다. 나는 암흑 속의 그 사람을 향해 쳐든 주먹이다. 나는 아무것도 모르는 그를 때려눕힐 것이다. 그는 목숨을 잃고서야 내가 알던 것을 알게 되는 것이다.

그는 매일 아침 정확히 같은 시간에 나와요.

몇 시?

일곱시 오십분요. 그 앞에 차가 있는데, 사복경찰 둘이 차에서 내려 현관을 나서는 그를 맞이해요. 그리고 함께 걸어요. 차는 차대로 뒤따르고요. 그렇게 72번가까지 함께 걸어가서 클라리지 드러그스토어로 들어가요. 그리고 공중전화에서 전화를 걸어요.

매일?

매일. 문을 열고 들어가면 바로 왼쪽에 공중전화 부스가 두 개 있어요. 따라오던 차는 길가에 서서 대기하고 사복경찰들은 그가 통화하는 동안 문밖에 서 있어요.

밖에서 기다린다고? 미스터 슐츠가 알고 싶어한다.

네.

안에는 뭐가 있지?

문을 열고 들어가면 오른쪽에 음료 바가 있어요. 거기서 아침을 먹을 수 있고요. 특별 요리가 매일 달라요.

사람이 많나?

그 시간에 한두 사람 이상은 본 적이 없어요.

그런 다음은 뭘 하지?

공중전화 부스에서 나와 카운터 점원에게 손을 흔들어 보이고 나가요.

가게 안에 얼마나 오래 있지?

끽해야 삼사 분이에요. 그 전화 한 통은 자기 사무실에 거는 거고요.

사무실에 거는 건지 네가 어떻게 알아?

들었어요. 들어가서 잡지를 구경했어요. 그는 전화로 할일을 지시해요. 전날 밤에 생각한 것들이죠. 작은 메모지를 가지고 다니는데 그걸 보며 불러줘요. 질문도 하고요.

집에서 전화하지 않고 왜 밖에서 할까? 미스터 버먼이 말한다. 게다가 출근하는 길이니 어차피 십오 분이나 이십 분 후면 그들을 볼 텐데?

저도 모르죠. 그새 좀더 일하라는 건지도.

혹시 도청당할까봐 그러는 걸까요? 룰루 로젠크란츠가 말한다.

검사가?

그야 그렇죠. 하지만 도청에 대해 잘 알 테니까, 그냥 자기 집에서 전화하는 모험은 하고 싶지 않은 걸지도 모르죠.

그는 줄곧 증인들을 만나고 있어. 미스터 슐츠가 말한다. 아주 비밀스럽게 말이야. 증인들을 뒷문으로 들이는지 어쩌는지, 아무도 누가 밀고하는지 몰라. 그 개새끼가 그렇다는 것쯤은 나도 알지. 룰루 말이 맞아. 그는 빈틈이 없어.

집에 돌아올 때는? 미스터 버먼이 말한다.

늦게까지 일해요. 시간은 대중없어요. 열시가 다 되어 오는 때도 있어요. 차가 집 앞에 서죠. 차에서 내리는가 싶으면 어느새 로비에 들어가 있어요.

아니, 이 녀석이 다 생각해놨네. 미스터 슐츠가 말한다. 아침 시간이 기회야. 둘한테 소음기 낀 총을 가지고 카운터에서 커피를 마시게 해. 거기서 탈출할 길은 있어?

뒷문이 있는데 그리로 나가면 어떤 건물의 로비예요. 그 건물 지하로 내려가 73번가로 나올 수 있어요.

자아, 그러면, 그가 내 어깨에 손을 얹으며 말한다. 자아, 그러면. 그의 손에서 온기가 느껴진다. 무게도 느껴진다. 아버지의 손같다. 익숙하다. 그 자부심이 부담스럽다. 그가 나를 보고 빙긋이 감사의 웃음을 짓는다. 입을 벌리고 웃는 그의 모습을 쳐다본다. 그 큰 치아가 드러난다. 우린 그들에게 무엇이 허용되지 않는지 보여줄 거다. 그래, 어디까지가 그들의 한계인지 보여줄 거야. 그리고 나는 줄곧 뉴저지에 있을 거고, 시무룩한 표정으로 그에게 개인적인 원한은 없었다고 말할 거다. 그렇지? 그는 내 어깨를 꼭 쥐고는 일어선다. 그들은 내게 고맙다고 할 거야. 그가 미스터 버먼에게 말한다. 그들은 결국 이 더치맨이 주의를 준 일에 감사할 거야. 내 말 잘 들어둬. 경영의 합리화란 바로 이런 거야, 오토. 이런 거라고.

그는 조끼의 뾰족한 끝을 탁탁 잡아당겨 매만지고 화장실에 간다. 우리 테이블은 연초록색 벽과 직각으로 만나는 구석에 있다.

나는 벽을 마주보고 앉아 있고, 내 등뒤에는 바로 연결되는 출입구가 있다. 하지만 나는 거울 아래에 앉아 있어서 바깥쪽을 정면으로 바라보는 사람보다 밖이 더 잘 보이는 유리한 위치에 있다. 변색된 거울을 통해 비스듬히 가로지르는 통로를 지나 바까지 보이기 때문이다. 달리 보이지 않는 무언가를 보게 해주는 것이 거울의 특별한 위력이다. 바 위에 걸린 시계의 파란색 네온관에서 발하는 빛이 어두운 홀로 연결되는 통로 바닥을 덮고 있는 게 보인다. 검은 물에 비친 달빛 같다고 할 수 있다. 그 물에 잔물결이 이는 듯하다. 그와 동시에 생맥주 꼭지 아래 아연 도금한 바를 바텐더가 행주로 탁탁 치던 소리가 멈추었다. 부자연스러운 요령으로 정문이 열렸다 닫힌 소리가 이제야 들린다.

내가 어떻게 알았지? 내가 어떻게 알았지? 살의의 조준 십자선에 피어오른 최초의 희미한 연기로? 무슨 검은 마법의 주문으로 그러듯, 음모를 꾸미는 우리의 행위로써 그 순간으론 감당하기 힘든 강렬한 영상을 불러냈는데, 그것이 방향을 바꾸어 우리를 하늘 높이 날려 보내기 위해 번쩍이는 거라고 난 생각한 걸까? 나는 가장 먼저 그 자리에서 몸을 구부리는 생각을 했다. 등뼈 아래서부터 위로 몸이 빠짝 태세를 갖추었다.

소음기라, 룰루가 앞으로 그의 인생에 일어날 일을 생각하며 말한다. 미스터 버먼은 입구 쪽을 보려고 몸을 돌리는 참이다. 어빙이 일어서는 나를 보며 눈을 치켜뜬다. 나는 어빙의 성긴 머리칼이 아주 단정하게 빗질되어 가지런히 제자리에 붙어 있는 모습에 주목한다. 그리고 뒤쪽의 주방으로 가는 짧은 통로에 선다. 남자 화장실 문을 찾았다. 공중화장실의 지린내가 코를 찌른다. 미스터 슐츠가 변기 앞에 다리를 벌리고 서 있다. 양손은 재킷 자락을 뒤로 걷느라 엉덩이 위에 있다. 그의 오줌이 아치를 그리며 소변기의 배수구로 바로 떨어진다. 당당한 남자의 방뇨가 걸쭉한 거품을 일으키는 소리가 난다. 나는 그에게 이건 완전히 구식인 소변 보기라고 말하려 한다. 그러다 총성이 울리자 나는 그가 성기를 통해 감전사했다고 생각한다. 신기한 일에 관한 책에서 그런 내용을 읽은 적이 있기에 그가 그런 실수를 저지른 것인가 생각한다. 뇌우가 퍼부을 때 오줌을 누는데 번갯불이 땅에 떨어져 변기를 통해 오줌을 타고 쉭 올라와 순간적으로 금빛 무지개를 일으키며 폭탄처럼 터져 사람을 태워버렸다는 내용이었다.

하지만 그는 감전사하지 않았다. 나는 그와 함께 변기가 있는 작은 칸막이 안으로 떠밀려 들어간다. 나는 변기 위에 선다. 그가 허리춤의 권총을 꺼내려고 더듬는 동안 그의 어깨가 나를 마구 밀쳐댄다. 내가 뒤에 있다는 것을 그가 아는지 모르겠다. 그는 공이치기가 당겨진 총을 천장을 향해 들고 있다. 다른 손으로는 놀랍게도 바지 단추를 잠그려고 애쓴다. 폭발은 귀에 들린다기보다 몸을 흔들고 귀를 울리며 귓속에서 연속적으로 터지는 재앙이 된다. 나는 섀도스 재킷 주머니에 손을 넣어 자동소총을 꺼내려 하지만 안감 소재에 걸린다. 그래서 그것을 풀어내려고 끙끙댄다. 나는 미스터 슐츠만큼 동작이 우아하지 않다. 화약 냄새가 나기 시작한다. 쓴 유황 냄새의 여파가 독가스처럼 문 아래로 새어들어온다. 이 찰나에 미스터 슐츠는 이 안에 실질적인 방어수단이 없으며, 자신이 칸막이 안에서 죽을 것임을 깨달은 게 분명하다. 그는 아랫손바닥으로 칸막이 문을 탕 치며 나가 문고리를 잡아당겨 화장실 문을 연다. 나는 그가 고함을 지른다고, 화장실에서 뛰어나가 양팔을 들어 총을 쏘면서 알아들을 수 없는 극도의 분노한 비명을 지르고 있다고 생각한다. 총격의 여파로 열린 두 문을 통해 그의 겨드랑이 아래로 배어나오는 달걀 모양 땀자국이 보인다. 그가 휘청거리며 앞으로 가더니 사라져 안 보인다. 통로의 연초록색 벽이 보인다. 새로운 구경에서 발사되는 묵직한 총성이 들리더니 그가 빙글 돌며 다시 시야에 들어왔다 비틀거리며 또다시 사라진다. 통로의 벽에 자신의 몸에 난 구멍들이 그린 쇼킹한 지도를 남긴 채. 그리고 화장실 문이 천천히 닫힌다.

귀를 울리는 총성을 들어보지 않고서는 긴박한 삶이 무언지 알 수 없다. 그 상황에 놓이면 무엇이든 할 수 있고 모든 법칙이 무시된다. 칸막이 뒤쪽 천장 바로 아래에 채광창같이 작은 창문이 있다. 나는 높이 달린 물탱크의 쇠사슬을 이용해 몸을 끌어올려 창문을 잡는다. 창문은 아래로 잡아당겨 열게 되어 있다. 양쪽 귀퉁이의 L자형 경첩이 벌어지며 안쪽으로 열린다. 그리로 나가기에는 너무 좁아서 일단 발부터 넣어본다. 발을 휙 치켜올려 한쪽을 먼저 건 다음 다른 발을 마저 건다. 그러고는 몸을 양옆으로 비틀어가며 다리를 먼저 내보내고, 엉덩이를 내보내고, 갈비뼈의 통증을 참으며 몸통을 내보낸다. 그리고 보가 바다에 빠질 때 그랬던 것처럼 머리 위로 양팔을 쳐든다. 나는 창문에서 미끄러져 나와 바닥에 떨어지며 세게 부딪힌다. 철길 바닥처럼 부서진 검은 자갈이 깔린 땅이다. 다리를 접질려서 심한 통증이 인다. 발목을 삐었고 손바닥에는 돌조각이 박혀 있다. 심장에 이상이 생긴 모양인지 완충장치에서 이탈한 것처럼 격렬하게 단속적으로 뛴다. 흉곽 안에서 미끄러지며 돌아다니다 목구멍에 와서 턱 박힌다. 내게 들리는 것은 심장 소리뿐이다. 나는 다리를 절며 골목길을 황급히 달려나간다. 작전 중인 진짜 갱스터인 양 재킷 주머니 속의 총을 꼭 쥔 채. 팰리스 춉 하우스 앤드 태번의 모퉁이를 살짝 휘둘러보니 차 한 대가 헤드라이트를 켜지 않은 채 속력을 내며 반 블록 정도를 달려가다 급정거한다. 후미가 좌우로 흔들리더니 차는 잠시 머뭇거리다 이내 거리의 어둠 속으로 사라진다. 나는 지켜보며 기다리지만 차는 다시 나타나지 않는다. 차가 길모퉁이를 도는 것을 보지 못했다. 나는 보도의 갓돌을 지나 차도 가장자리에 내려선다. 내가 볼 수 있는 한 노면전차 전선 아래로 길게 뻗은 뒷길은 텅텅 비었다.

이제 내 귀에 들리는 건 나 자신이 흐느끼는 소리뿐이다. 나는 바의 문을 열어 안을 들여다본다. 아직도 남아 있는 연기가 파란 불빛과 반짝이는 술병에 비쳐 보인다. 카운터 위로 머리를 내민 바텐더가 나를 보더니 마치 목을 베인 것처럼 순식간에 사라진다. 우습다. 공포란 우습다. 나는 절뚝거리며 안쪽으로 들어가 모퉁이를 돌아서 재앙이 일어난 짧은 통로에 선다. 방안을 들여다보기도 전에 연소된 불쾌한 공기가 코에 닿고 피로 인한 습한 기운이 느껴진다. 미숙한 재앙은 보고 싶지 않다. 이 끔찍한 역병의 기습에 감염되고 싶지 않다. 나는 그들이 너무 실망스럽다. 안을 엿보다가 어빙에게 발이 걸려 넘어질 뻔한다. 그는 총을 쥔 채 엎드려 있다. 여전히 그들을 쫓고 있는 듯 한쪽 다리가 위로 꺾여 있다. 나는 그를 넘어간다. 룰루 로젠크란츠는 앉은 채 총에 맞아 뒤로 젖혀져 벽에 기대어 있다. 그는 의자에서 일어나지도 못했고, 이발소 의자처럼 아슬아슬하게 기울어진 의자는 벽에 닿은 그의 머리에 의지해 고정되어 있다. 룰루의 머리칼은 이발할 때처럼 위로 뻗쳐 있고, 45구경 총을 든 손은 벌어진 채 허벅지에 얹혀 있다. 그는 자신의 성기를 잡고 눈에 아무것도 보이지 않는 격렬한 자위를 하는 듯한 자세로 천장을 응시하고 있다. 나는 뼈저린 실망감을 느낀다. 그들이 너무 쉽게 죽었다는 사실 외에는 비통한 게 없다. 자신들의 목숨을 너무 부주의하게 생각한 듯했다. 이 때문에 나는 그들이 실망스럽다. 미스터 버먼은 테이블에 엎드려 있다. 둥글게 핏자국이 번지는 체크무늬 재킷의 옷감이 튀어나온 등에 착 달라붙어 있다. 두팔은 앞쪽으로 쭉 뻗어 있고 한쪽 뺨이 테이블에 맞닿아 있다. 안경의 한쪽 다리는 뺨에 눌린 채 다른 쪽 다리는 벗어져 관자놀이에 걸려 있다. 미스터 버먼도 나를 실망시켰다. 나는 분개한다. 다시 아버지를 잃은 기분에, 아버지를 잃은 새로운 상실의 파도에, 우리가 갱으로서 함께한 역사란 없었다는 듯 그들이 갑자기 떠나버린 일에, 함께 나눈 대화는 착각이었으며, 이런 일련의 일이 벌어지고 또 저런 일련의 일이 벌어지고 내가 말하고 그가 말한 건 그저 우리의 오만이 믿기지 않아 죽음의 신이 삼산 일을 멈췄기 때문이었다는 사실에, 연기 한 줄기, 혹은 노래가 끝난 뒤 굳게 입다문 침묵이나 남기고 눈 깜짝할 사이에 소멸되는 것들과 달리 우리가 필연적으로 존재한다고 정말로 믿었다는 사실에.

미스터 슐츠는 바닥에 등에 대고 뻗어 있다. 아직 살아 있었다. 발끝이 약간 밖으로 향한 채였고 그를 내려다보며 서 있는 날 바라보는 눈길이 매우 평온해 보였다. 엄숙한 표정을 짓고 있는 얼굴이 땀으로 번들번들했다. 그는 나폴레옹의 초상화처럼 한 손을 피에 젖은 조끼 주머니에 꽂고 있었다. 황제와 같은 위엄으로 그 순간을 통제하고 있는 듯 보였다. 나는 쪼그리고 앉아 그에게 말을 걸었다. 나는 그가 자신이 처한 상황을 이성적으로 파악하고 있다고 생각했지만 실제는 그렇지 않았다. 나는 어떻게 해야 하냐고, 경찰을 불러야 하냐고, 병원에 데려가야 하냐고 물었다. 그의 명령에 따를 각오가 되어 있었다. 위중한 그의 상태를 잘못 판단한 건 아니었다. 일어나게 부축해달라거나 자신을 도와 다른 데로 가자고 해주기를, 여하튼 무엇을 어떻게 해야 하는지 결정을 내리는 누군가가 되어주기를 마음 한구석으로 기대했던 것이다. 그는 그전과 다름없이 평온하게 나를 응시했지만 그 어떠한 응답도 없었다. 방금 일어난 일로 너무 큰 충격을 받아 고통조차 느껴지지 않았던 것이다.

그런데 방안에서 목소리가 들렸다. 매캐한 연기를 말로 표현하면 그런 소리일 것 같았다. 속삭이는 소리가 너무 희미해 알아들을 수 없었다. 하지만 미스터 슐츠의 입술은 움직이지 않았다. 그저 나를 응시할 뿐이었다. 그때 내가 받은 느낌의 특징에 따르면, 그 무표정한 응시가 나더러 귀를 기울이라고 명하는 것 같았다. 그래서 나는 소리가 나는 곳을 찾으려고 했다. 등골을 오싹하게 하는 단편적인 소리였는데, 순간적으로 내가 숨을 쉬며 콧물을 들이마시면서 내는 소리인가 했다. 나는 소매로 코를 훔치고 손바닥으로 눈물을 닦아냈다. 그리고 숨을 멈추어보았다. 하지만 또 그 소리가 났다. 발꿈치로 빙글 돌아보니 테이블에 찡그린 얼굴을 대고 엎어진 아바다바 버먼의 말소리라는 걸 깨닫고 겁에 질려 무릎이 꺾였다. 나는 놀라 소리를 질렀다. 그가 살아 있다고는 생각지도 못했다. 그가 최후의 말을 전하고 있는 것 같았다.

그러자 이런 순간에서도 두뇌와 몸의 분리가 나타나는 상황이 매우 자연스럽게 느껴졌다. 미스터 버먼의 육체는 죽었을지언정 미스터 슐츠가 살아 있는 한 그를 대신해 생각하고 그가 하고자 하는 말을 할 것 같았다. 물론 희미하게나마 미스터 버먼은 아직 숨이 붙어 있었다. 하지만 내가 논리적인 설명이라고 여긴 건 앞서 떠올린 발상이었다. 내가 그들 사이를 갈라놓았다는 생각에 위로가 되는 듯했다. 나는 머리를 그의 머리와 나란히 테이블에 갖다 댔다. 그가 무슨 말을 했는지는 여기에 밝히겠지만, 그가 가까스로 한마디씩 속삭이는 데 얼마나 많은 시간이 걸렸는지는 표현하기 힘들다. 그는 한마디를 내뱉고서 아무리 봐도 없는 돈을 찾으려고 호주머니를 뒤지는 사람처럼 한참 뜸을 들이며 호흡을 보충하려 애썼다. 나는 그의 말을 기다리는 동안 테이블 위에 흩어져 있는 계산 출력 전표의 흐릿해진 세로 칸들을 쳐다보았다. 수많은 번호가 찍혀 있었다. 그리고 내가 똑바로 알아듣는지 확실히 하기 위해 귀로 듣기 전에 그의 입안에서 단어들이 형성되는 모양을 지켜보았다. 나로서는 그의 진술이 전달하는 ㄱ 궁극적인 순수의 ㄴ낌을 말하기가 쉽지 않다. 그가 말을 다 마치기 전에 경찰차의 사이렌 소리가 들렸다. 말하는 게 몹시 힘들었던 그는 말하려고 애쓰다 숨을 거두고 말았다. "오른쪽." 그는 말했다. "3, 3. 왼쪽 두 번. 2, 7. 오른쪽 두 번. 3, 3."

미스터 버먼이 죽었음을, 아니 다시 죽었음을 깨닫고 나는 미스터 슐츠에게 갔다. 그의 눈은 이제 감겨 있었다. 그는 신음했다. 무슨 일이 벌어졌는지 다시 자각해보려는 듯싶었다. 나는 그를 건드리고 싶지 않았다. 그는 축축했고 건드리기에는 생생하게 살아 있었다. 하지만 그의 조끼 주머니에 손가락을 넣어 열쇠가 만져지자 그것을 끄집어내 그의 재킷에 문질러 피를 닦았다. 그러고는 그의 바지주머니에서 묵주를 꺼내 손에 쥐여주었다. 경찰차들이 바깥에 도착해 멈추는 소리가 들리자 나는 화장실로 돌아가 다시 창문을 통해 밖으로 나갔다. 갈비뼈와 발목도 아팠다. 뒷길과 도로가 만나는 부근이 불빛으로 환했다. 사람들이 뛰어다니고 차들이 길가에 멈추어 섰다. 나는 일이 분 기다렸다 골목에서 살짝 빠져나가 어렵지 않게 사람들 틈에 끼었다. 그리고 잠시 뒤 길 건너편의 라디오 가게 출입문 앞으로 갔다. 시트로 덮인 시체들이 들것에 실려 나왔고, 바텐더가 형사들과 이야기하며 나왔다. 그리고 들것에 누워 안전벨트를 두른 미스터 슐츠가 나왔다. 구급대원이 옆에서 그에게 연결된 수혈병을 들고 있었다. 스피드그래픽 카메라들이 플래시를 터뜨려댔다. 사진기자들이 소모된 전구를 길에 집어던지자 총성처럼 터졌다. 실내가운이나 실내복 바람으로 구경 나온 동네 사람들이 그 소리에 소심하게 움찔 놀랐고 그러자 모두가 웃었다. 미스터 슐츠를 태운 구급차가 천천히 출발하며 사이렌 소리를 울렸다. 사람들이 몇 걸음 달려가 뒤쫓으며 뒤창 너머로 차 안을 기웃거렸다. 살인은 무언가 흥분시키는 면이 있다. 그것은 종교가 그래야 하듯 사람들의 기분을 고양시켜 가슴 두근거리는 경외감을 느끼게 한다. 거리에서 그 광경을 본 후에 젊은 부부라면 잠자리에 들어 사랑을 나눌 것이다. 일반적으론 성호를 긋고 하나님의 선물인 경이로운 생명에 감사할 것이다. 노인들은 레몬즙을 탄 따끈한 물을 한잔 마시며 서로 이야기를 나눌 것이다. 살인은 분석하고 숙고하고

음미해야 할 생생한 설교이기 때문이다. 살인은 사람들에게 반란의 위험에 대해 말해주고, 신의 일시적인 방문으로 이해된다. 그래서 신도들에게 기쁨과 희망과 의로운 만족감을 제공한다. 그들은 누구든 듣겠다면 오래도록 그 이야기를 할 것이다. 나는 슬슬 길모퉁이로 가서 잽싸게 골목길로 들어선 다음 종종걸음으로 사건 현장에서 멀어졌다. 그리고 팰리스 레스토랑을 중심으로 두 블록쯤 벗어나 사각형을 그리듯 동네를 한 바퀴 돌았지만 아무런 소득이 없었다. 그래서 두 블록 더 멀리 나가 더 큰 사각형을 그리며 걸었다. 그러다 트렌턴 스트리트에 있는 로버트 애덤스 호텔을 발견했다. 옅은 색 벽돌로 된 4층짜리 건물에는 녹슨 비상계단이 달려 있었다. 프런트 직원이 잠들어 있어 몰래 들어가기 쉬웠다. 절뚝거리며 4층까지 올라간 나는 미스터 슐츠의 호주머니에서 꺼낸 열쇠의 번호를 보고 방을 찾아 들어갔다.

방에 불이 켜져 있었다. 벽장을 열어보니 걸린 옷들 뒤에 금고가 있었다. 오논다가 외곽의 은신처에서 본 금고보다 작았다. 나는 그것을 금방 열 수 없었다. 그의 옷 냄새가 났다. 옷에서 그의 냄새가 났다. 시가 냄새, 분노의 냄새가. 나는 손이 떨렸다. 몸 상태가 좋지 않았다. 복부까지 통증이 번졌다. 그래서 숫자 배합을 시도해보기까지 몇 분을 보내야 했다. 오른쪽으로 33, 왼쪽으로 두 번 돌려 27, 다시 오른쪽으로 두 번 돌려 33에 맞추자 금고가 열렸다. 그 작은 금고 안에 고무줄로 묶은 지폐 뭉치들이 있었다. 계산 출력 전표에 찍힌 숫자들의 실물이었다. 나는 그것들을 퍼내다시피 꺼내 우아한 여행용 악어가죽 손가방에 쑤셔넣었다. 북부 지방에서 그들이 행복했던 시기에 드루 프레스턴이 미스터 슐츠를 위해 고른 것이었다. 가방이 돈으로 꽉 찼다. 숫자로 이 기하학적 입체도형을 만드는 일에서 나는 깊은 만족감을 느꼈다. 크고 장엄한 기쁨으로 가슴이 뿌듯했는데, 신에 대한 감사와 유사한 감정이었다. 내가 신을 불쾌하게 하는 실수를 저지르지 않았음을 깨달았기 때문이다. 가방의 걸쇠를 걸어 잠그는데 오래된 호텔 계단을 뛰어오르는 여러 사람의 발소리가 들렸다. 나는 금고를 도로 잠근 다음 보이지 않도록 봉에 걸린 미스터 슐츠의 옷을 앞으로 밀어놓았다. 그리고 창문으로 나가 비상계단을 타고 위로 올라갔다. 나는 그날 밤을 뉴저지 뉴어크의 로버트 애덤스 호텔 옥상에서 보냈다. 1935년 10월 23일이었다. 비참한 신세의 고아처럼 흐느끼고 훌쩍이다 동이 틀 무렵에야 겨우 잠이 들었다. 그 자리에서 동쪽으로 엠파이어스테이트 빌딩이 보였다. 멀리 있는 그 건물이 마음에 위안이 되었다.

20

치명상을 입은 미스터 슐츠는 다음날 저녁 여섯시가 조금 지나 뉴어크 시립병원에서 사망했다. 그가 죽기 직전에 간호조무사는 별다른 지시를 받지 못한 터라 가져온 저녁식사만 놓고 나갔다. 나는 몸을 숨기고 있던 칸막이 뒤에서 나와 쟁반의 음식을 전부 먹었다. 콩소메와 로스트 포크, 조리된 당근과 흰 빵 한 조각, 홍차, 그리고 디저트로 흔들거리는 네모난 라임 젤로까지. 그런 뒤 나는 그의 손을 잡았다. 그는 의식불명인 채로 조용히 누워 있었다. 형편없이 꿰맨 넓은 맨가슴이 부풀었다 가라앉기를 반복했다. 그러나 사실 그는 오후 내내 몇 시간 동안 정신착란을 일으키며 계속 헛소리를 했다. 소리를 지르는가 하면 울기도 하고, 명령을 내리다가 노래를 부르기도 했다. 누가 그를 쐈는지 알아내려던 경찰은 속기사를 들여보냈고 그의 헛소리를 기록했다.

나는 칸막이 뒤에서 간호사의 클립보드를 발견했다. 진료기록

양식이 몇 장 끼워져 있었다. 그리고 흰 철제 테이블의 제일 윗서랍을 천천히 열어보니 몽당연필이 있었다. 그걸로 나도 그가 말하는 것을 적었다. 경찰은 누가 그를 죽였는지 알아내는 데 관심이 있었지만, 그걸 아는 나는 그가 내뱉을 평생의 지혜에 귀를 기울였다. 정신이 혼미하든 어떻든 사람이란 최후의 순간에 할 수 있는 가장 훌륭한 진술을 할 거라고 여겼기 때문이다. 정신착란은 일종의 암호에 지나지 않는다는 생각이 들었다. 내가 받아 적은 것과 공식 기록이 반드시 일치하지는 않는다. 손글씨라 더 선택적이고 잘못 들은 말도 있으며, 나 자신의 감정이 개입되어 실수도 있다. 게다가 나는 시도 때도 없이 드나드는 사람들에게 발각되어선 안 된다는 압박감도 느꼈다. 속기사나 경찰, 의사나 성직자, 미스터 슐츠의 본처와 가족 들로 때로는 병실 안이 매우 번잡하기까지 했다.

속기사의 기록은 신문에까지 실렸고, 그 때문에 오늘날 더치 슐츠는 유난히 말을 많이 하며 오래 끌다 죽은 것으로 기억되고 있다. 원래 말이 없던 사람들에게 돌연 그런 경향이 나타난다고 여기는 문화 속에서 일어난 일이기 때문인데, 사실 그는 평생 모노드라마 배우 같은 사람이었다. 그는 결코 자신이 생각한 것처럼 과묵하거나 말솜씨가 형편없지 않았다. 그와 한배를 탔던 사람으로서 지금 생각해보면, 그의 행위는 모두 일맥상통했다. 살인과 살인에 대한 언어가 그랬다. 그는 그렇지 않은 척했어도 무슨 말을 해야 할지 모른 적이 없었다. 자신이 저지른 살인에 대한 독백은 암호로 된 열정이었지만 시는 아니었다. 그는 갱스터로 살았고 갱스터로서 말했다. 그리고 그가 가슴의 꿰맨 부분으로 피를 흘리며 죽었을 때, 마음으로는 갱 기질의 출혈로 죽었고, 마치 죽음이 수다로 이루어진 것처럼, 인간을 구성하는 것은 오로지 말이라서 죽으면 언어의 영혼이 스스로 방출되어 우주로 옮겨지는 것처럼 말로 자신을 방출하며 죽었다.

내가 배고픈 것도 무리는 아니었다. 그는 두 시간이 넘도록 계속 말했다. 거기에 앉아 있다보니 칸막이에 대해 완전히 파악했다. 소재는 모슬린이었던 것 같은데 초록색 철제 틀에 팽팽하게 묶여 있었고 작은 고무바퀴 네 개가 달린 이동식이었다. 그 천에 비치는 반투명한 빛에 그의 말이 새겨지는 듯했다. 아니, 그건 아마도 백지 상태인 내 마음이었을 것이다. 나는 그의 말을 받아 적었다. 연필심이 닳아 중단되기도 했는데, 그럴 때는 손톱으로 나무를 뜯어 심을 낼 수밖에 없었다. 여하튼 내가 들은 것을 여기에 기록하겠다. 내가 그의 말을 들은 시간은 10월 24일 오후 네시부터 그가 마침내 잠잠해진 여섯시까지이다. 그러나 그후로 숨을 거두기까지 계속 잠잠했던 건 아니다.

"아아, 엄마, 엄마." 그는 말했다. "이런, 그만해 그만해 그만해. 어서 빨리, 맹렬하게. 어서, 맹렬하게. 내 페이스가 되돌아오고 있어. 모스부호 시스템으로 하면 돼. 13780, 자네 수첩에 있는 그 숫자는 누구 것인가, 오토? 이런, 개 비스킷이군. 놈은 기분좋으면 물지 않지. 그만해, 나를 만나지도 않았잖아. 내가 한 말이 꼭 맞을 거야. 오 케이, 오 케이오, 오 코코아, 난 알아. 누가 나를 쐈지? 보스 자신이. 누가 나를 쐈지? 아무도. 어서, 룰루, 그러고서 나를 골로 보내? 소리 지르는 게 아니야. 나는 아주 맛좋은 프레첼 같다고. 사법부의 위니프레드에게 물어봐. 왜 그들이 나를 쐈는지 모르겠어, 솔직히 모르겠어. 솔직히. 나는 솔직한 사람이야. 나는 화장실에 갔어. 화장실에서 손을 뺐는데, 그애가 내게 덤벼들더군. 그래, 걔가 나한테 그런 거야. 아, 정말이지 걔가 날 훼방놓았어, 그의 유언의 수혜자를, 그게 옳은가? 그 아버지의 그 아들? 나 좀 지지해줘. 그래줄래? 몇이면 충분하고 몇이면 모자라느냐고? 그런 말 마, 나는 그와 상관없었으니까. 그는 일주일이면 칠 일을 계속되는 싸움 중 하나에 낀 카우보이였어. 사업체고 은신처고 친구고 뭐고 아무것도 없었지. 그냥 우연히 알게 됐는데 필요한 친구일 뿐이지. 나 술 한잔 주게. 공장에서 온 거야. 난 화합은 필요 없어. 난 화합이 필요해. 그렇게 아름다운 사람은 없어, 무엇과도 비교할 수 없지, 사람들은 그녀를 마리라고 불렀어. 나는 교회에서 결혼할 거야, 제발, 조금만 넣을게. 지역 소방서에 들어갈게. 아냐, 아냐, 우리는 열 명밖에 없고 너흰 어딘가에 십만 명이 있지. 그러니 네놈들이 한데 뭉쳐 일어나면 우리는 포기할 수밖에. 아, 나 좀 일으켜줘, 나 좀 돌려 눕혀줘. 경찰, 그건 공산주의 파업 같은 헛소리야! 나는 아직도 그가 앞길을 가로막고 있는 게 싫어. 소란을 일으켜도 소용없어. 길거리에 말썽이 생겼어, 곰 같은 놈들이 말썽을 일으켰어. 나는 그걸 해결했지. 내게 통제권을 넘겨, 그를 창밖으로 던져버리겠어, 눈을 갈아버리겠어. 금테 두른 내 좋은 사업, 그 더러운 쓰레기들이 알아버렸어! 엄마, 제발, 찢지 말아요, 떼어내지 말아요. 이야기해서는 안 될 것들이 있어. 여보게들, 나 좀 일으켜주게. 조심해, 총격이 좀 거칠어. 그런 사격이 사람의 생명을 구하기도 했지. 미안합니다, 내가 피고가 아니라 원고라는 걸 잊었습니다. 그는 왜 이제 그만 손을 떼고 내게 통제권을 넘기지 않는 거야?

엄마, 제발, 저 좀 잡아 일으켜주세요. 저를 놓지 마세요. 우리가 경찰을 내빼게 해줄 거야. 그들은 영국인인데, 그들과 우리 중 누가 최고인지 알 수 없는 부류야. 저기요, 인형 집에 지붕 좀 씌워주세요. 제발 좀! 잭스 놀이를 해도 돼, 그런데 여자애들은 말랑말랑한 공으로 하면서 속임수를 써. 그애가 나한테 그걸 보여줬지, 우리가 어렸을 때. 안 돼, 안 돼, 안 된다고. 그게 혼란스러워하며 안 된다고 말해. 소년은 울어본 적도 없고 수많은 킴을 단숨에 해치운 적도 없어. 내 말 들었어? 금고에 돈 좀 넣어둬, 우리에게 필요할 테니. 과거의 성과를 보라고, 그런데 장부에는 그게 없잖아. 나는 신선한 채소 상자를 좋아해. 간수, 제발, 제발 나 좀 일으켜주시오. 내 말 들리오? 중국인의 친구들과 히틀러의 지휘관을 박살내주시오. 엄마는 가장 확실하고 안전해, 그러니 사탄이 너를 너무 빨리 끌고 가지 않도록 하라고. 그 덩치 큰 자가 왜 나를 쐈지? 나 좀 일으켜줘. 그러면 호수에 가서 바로 여기에 뛰어들 수 있어. 나는 그들이 누군지 알아, 그들은 프랑스인이지, 아무렴 잘 지켜봐 잘 지켜보라고. 이런, 기억이 하나도 나지 않네. 나의 운명엔 기복이 있었지. 그후로 운이 닿았다 다해버렸어. 몸이 흔들거리네. 너희는 그자에 대해 불리한 정보가 없지만 우리는 그의 안녕 인사에 대한 정보가 있어. 자자, 아가씨, 나 좀 여기서 끄집어내주시오, 나는 당신한테 상당히 반했소. 그녀가 어디 있지, 그녀가 어디 있지? 그들이 나를 일어나지 못하게 해, 내 신발을 염색했잖아. 저 신발을 열어. 몸이 너무 아프다, 물 좀 줘. 이것 좀 열어, 깨뜨리라고, 당신을 만져볼 수 있게. 미키, 나를 차에 태워주게. 누가 이짓을 했는지 모르겠어. 누구든. 제발 내 신발 좀 벗겨줘, 신발에 수갑이 채워져 있어. 교황이 어떤 말을 했는데 나는 그를 믿어. 내가 내 서류더미로 여기서 무얼 하고 있는지 안다고. 자네와 나 같은 두 사내에게는 아무런 가치도 없지만 수집가에게는 거금의 가치가 있지. 값을 매길 수 없어. 돈도 종이이긴 하지. 돈은 변소에 숨겨둬! 저것 봐, 어두운 숲이야. 돌아가야겠어. 나를 향해 네 등을 돌려, 빌리, 내가 너무 아프구나. 지미 밸런타인을 돌봐주기 바란다, 그는 내 친구야. 네 어머니를 잘 돌봐드려, 잘 돌봐드려. 정말이다, 너는 그를 이길 수 없어. 경찰, 제발 나를 데려가시오. 기소를 확정할 테니. 자, 뇌물 기록을 열어. 굴뚝을 청소하자. 말하고 싶으면 무력에 호소해. 여기 제단에 캐나다식 프렌치 완두콩 수프가 있네. 나는 빚을 갚고 싶어. 준비가 되었다고. 나는 평생 기다려왔어. 내 말 들리나? 나 좀 내버려둬."

팰리스 촙하우스의 총격과 동시에 맨해튼과 브롱크스에서는 슐츠 갱단 멤버라고 알려진 자들에 대한 습격이 있었다. 두 사람이 죽었다. 그중 한 사람이 마이클 오핸리라는 실명의 운전사 미키였다. 그 외에 세 사람이 중상을 입었다. 나머지 갱단원은 뿔뿔이 흩어진 것으로 추정되었다. 나는 뉴어크역에서 맨해튼으로 가는 펜실베이니아 철도회사의 기차를 기다리며 읽은 조간신문에서 그 사실을 알았다. 그 어떤 기사에도 나는 언급되지 않았다. 바텐더의 진술에도 섀도스 재킷을 입은 소년에 대한 언급은 없었다. 다행이었다. 그래도 동전주입식 보관함에 가방을 넣어두고 재킷을 돌돌 말아 쓰레기통에 버렸다. 경찰이 바텐더에게서 알아낸 것이 전부 기사화되지는 않았으리라는 생각이 들어서였다. 그런 다음 역에서 도로 나와 택시를 타고 뉴어크 병원으로 갔다. 그 시점에 미스터 슐츠의 병실이야말로 가장 안전한 곳이라는 확신이 들었기 때문이다.

이제 그가 죽었으니 나는 혼자였다. 나는 그의 얼굴을 쳐다보았다. 자두같이 짙은 붉은색이었다. 입이 살짝 벌어져 있고 눈은 무언가 더 할말이 있는 듯 위를 향하고 있었다. 그 순간 나는 어리석게도 그가 말을 할 거라는 생각이 들었다. 그리고 이내 나도 입을 벌리고 있다는 걸 깨달았다. 나 자신도 무슨 할말이 있는 것처럼. 그래서 나의 마음은 우리가 주고받았던 모든 정상적인 대화들로 번득였다. 그런 대화를 하기에는 너무 늦었다. 그는 고백하고 나는 용서하는, 혹은 그 반대일 수도 있겠지만, 어느 쪽이든 망자와 나누는 대화일 뿐이었다.

간호사들이 들어와 그의 사망을 발견하기 전에 나는 절뚝거리며 그곳을 떠났다. 기차역에서 가방을 찾아 맨해튼으로 가는 기차를 탔다. 재킷을 입지 않은 소년에게는 쌀쌀한 밤이었다. 기차에서 내려서는 시내 횡단 전차를 타고 고가 전철역으로 갔다. 전철을 타고 브롱크스에 도착하니 밤 아홉시경이었다. 나는 집으로 곧장 가지 않고 다이아몬드 고아원 뒤뜰로 돌아가 아널드 가비지의 지하실로 내려갔다. 그는 오래된 〈콜리어스〉 잡지를 보며 라디오에서 흘러나오는 〈가장 무도회장〉이라는 노래를 듣고 있었다. 나는 자세한 말은 하지 않고 그에게 무언가를 숨겨야겠다고 했다. 그는 가장 깊숙하고 어두운 곳에 놓인 통 뒤의 작은 공간을 찾아주었다. 나는 그에게 1달러를 주었다. 그리고 온 길을 되돌아 3번 애비뉴로 빙 돌아갔다. 거기서 나는 앞길을 걸어 집으로 갔다.

그뒤로 몇 주 동안 나는 집에만 있었다. 도저히 움직일 수 있을 것 같지 않았다. 어디가 쑤시거나 아픈 건 아니었고, 그렇더라도 아스피린을 먹으면 될 일이었다. 몸이 천근만근 무겁게 느껴지면서 모든 게 몹시 버거웠다. 의자에 앉아 있는 것조차, 숨쉬는 것조차. 문득 나도 모르게 벨이 울리길 기다리며 검은색 전화기를 바라다보았다. 간혹 반대쪽에서 누가 전화를 하고 있는 건 아닌가 싶어 수화기를 들어보기도 했다. 나는 허리춤에 자동권총을 찬 채 앉아 있었다. 미스터 슐츠가 총을 가지고 다니던 방식이었다. 잠자리에 들 때면 악몽을 꿀까 두려웠지만 막상 천진난만한 아이처럼 잘 잤다. 그러는 동안 가을은 속속 브롱크스의 구석구석을 파고들었다. 창문이 바람에 덜거덕거렸고, 얼마나 먼 곳에서 날려왔는지 모를 바삭한 낙엽들이 모로 길 위를 굴렀다. 그리고 그는 여전히 죽은 사람이었다. 그들 모두가 여전히 죽은 사람이었다.

나는 미스터 버먼이 내게 남긴 마지막 말을 계속 생각했다. 금고의 숫자 배합 이상의 무언가를 뜻하는 건 아닌지 말이다. 그 말들은 계속하라는 뜻이었다. 그 정도는 나도 알 수 있었다. 그는 무언가를 보존하고자 했고, 그것을 전달하고자 했다. 그러니까 그것은 신뢰의 말이었다. 하지만 신뢰는 둘 중 하나를 의미할 수 있다. 잘 몰라서이거나 너무 잘 알아서이거나. 후자라면 줄곧 알았으면서 드러내지 않은 것이다. 안경 위로 슬쩍 나를 넘겨다보던 그는 스승이었고 그의 모든 행동은 가르침이었다.

그들은 내 마음속에 강력한 영향을 끼치는 유령으로 자리잡았다. 나의 죽은 갱단원들. 사람이 죽으면 가졌던 기술은 어떻게 되는 걸까? 가령 피아노를 칠 줄 알았다면 그 재능은 어떻게 되는 걸까? 어빙의 경우는 매듭짓는 기술, 바짓단을 걷어올리는 재주, 파도가 심한 바다 위 배에서 쉽게 걸을 수 있는 기술이 있었는데 그것들은 어떻게 되었을까? 정확성에 대한 어빙의 비상한 재능이나 매사에 발휘하던 적절한 능력, 내가 경탄해마지않던 그런 것들은 어떻게 되었을까? 그 관념, 그것은 어디로 갔을까?

엄마는 내 상태를 알아채지 못하는 듯했지만 내가 좋아하는 요리를 해주기 시작했다. 집도 아주 깨끗이 청소했다. 촛불을 모두 꺼버리고 초와 함께 초를 담았던 컵도 모두 버렸다. 거의 우습기까지 했다. 누군가 실제로 죽고 나자 엄마가 상중의 상태에서 벗어났으니. 하지만 나는 이 모든 것을 건성으로 의식했을 뿐이다. 앞으로 무엇을 해야 할지 고민하고 있었다. 다시 학교를 다닐까, 거기서 배우는 게 무엇이든 공부하며 교실에 앉아 있는 생각을 해보았다. 그렇지만 그럴 생각을 하는 건 슬픔에 잠긴 나의 심적 상태를 드러내는 일종의 흔적이라고 나는 해석했다.

나는 이따금 호주머니에서 내가 기록한 것을 꺼내 접힌 종이를 펴고서 미스터 슐츠가 한 말을 다시 읽어보았다. 실망스러운 헛소리였다. 역사적 실체가 없었고, 나를 향한 메시지도 없었다.

엄마는 배스게이트 애비뉴에서 조가비를 파는 가게를 발견하고 아주 작은 이랑 진 조가비들을 갈색 봉지에 한가득 사왔다. 어떤 건 기껏해야 새끼손톱 정도 되었다. 엄마는 다른 미치광이 프로젝트에 착수했다. 전화기에 조가비를 붙이는 일이었는데, 엄마는 내가 조립하다 만 오래된 발사나무 재질의 모형비행기용 접착액을 찾아내 그것을 붙이는 데 사용했다. 병에 담긴 접착액을 이쑤시개로 찍어 반짝이는 작은 조가비 가장자리에 발라 전화기에 붙였다.

마침내 수화기와 본체, 전화기 전체가 조가비로 뒤덮였다. 대체로 흰색과 분홍색과 황갈색으로 이루어진 그 모습이 꽤 아름다웠다. 물결 모양이 지고 울퉁불퉁한 게 전화기가 원래의 형태를 잃은 듯했다. 모든 사물이 우리의 관심으로 형태를 잃는 듯했다. 엄마는 전선에까지 조가비를 붙였고 결국 일련의 수중 촛불처럼 보였다. 나는 제임스 J. 하인스가 엄마를 생각하며 젊고 품위 있고 친절하고 용감한 이민자였다고 한 말이 떠올라 나도 모르게 미친 엄마 때문에 눈물을 흘렸다. 엄마가 한때는 틀림없이 아버지의 품위를 높여주었을 것이며, 아버지는 집을 나가기 전까지만 해도 부인할 수 없는 서로에 대한 사랑으로 엄마에게 빛이 되어주었을 거라고 생각했다. 이제 내게 돈이 있으니 엄마를 어디론가 보내지 않아도 될 터였다. 엄마와 함께 살 것이며 엄마가 살아 있는 동안은 언제까지고 내가 돌보리라 맹세했다. 하지만 나는 아무것도 시작할 수 있을 것 같지 않았다. 엄마에게 일을 그만두라고 설득하는 것조차 못할 것 같았다. 우리 앞에 그다지 즐거운 전망이 펼쳐져 있지는 않은 듯했다. 엄마가 초나 사진, 옛날 옷가지, 망가진 인형, 조가비 같은 물건들을 이상한 데 사용하는 모습을 보며 몹시 외로웠다. 어느 날 저녁 엄마는 집에 어항을 가지고 왔다. 너무 무거워 계단을 올라오는 데 애를 먹었지만, 소파 옆 탁자에 올려놓고 물을 채운 다음 그 안에 전화기를 다소곳이 담갔을 때 엄마는 얼굴이 상기되며 행복한 표정을 지었다. 내가 우리 미친 엄마를 얼마나 사랑했는지, 엄마가 얼마나 아름다웠는지 모른다. 나는 낙담했다. 엄마의 기대를 저버린 것 같았다. 엄마가 바뀌지 않은 건 내가 우리를 위한 최종적인 정의를 실현하지 못한 탓이라는 생각이 들었다. 길 건너 지하실에 둔 가방 안의 돈으로는 충분하지 않았다. 내 직관으로 계획해서 얻은 모든 노력의 결과가 그것으로 전부라니 믿을 수 없었다. 물론 가방에 든 돈이 얼마나 되는지는 몰랐지만, 근래 줄어든 슐츠 기업의 한 달 치 수입만 들어봐도 몇 년은 충분히 먹고 살 수 있고, 엄마가 세탁공장에서 받는 돈의 곱절씩만 가방에서 빼와도 우리가 필요한 건 모두 누릴 수 있을 터였다. 하지만 그 돈 때문에 걱정이 떠나지 않았다. 은행에 입금할 수도 없는 노릇이었고, 어떻게 지켜야 할지 늘 고심해야 하는데다 이목을 끌지 않으려면 아주 조금씩 쓸 수밖에 없을 터였다. 그래서 그 돈이 인색하고 불충분하게 보이기도 한 것이다. 그 돈이 무언가를 바꿀 수 있었다면, 그것을 소유했다는 사실만으로도 이미 무언가 바뀌었어야 했다. 하지만 아무것도 바뀌지 않았다. 미스터 슐츠가 죽었어도 내가 그것을 여전히 그의 돈이라고 여기고 있다는 걸 깨달았다. 나는 미스터 버먼의 지시를 따라 그것을 손에 넣었고, 이제는 그가 추가로 지시를 내리길 기다리고 있었던 것이다. 나는 꿈꾸었던 모든 게 이루어지면 오리라고 생각했던 평온을 느낄 수 없었다. 이야기할 사람이 아무도 없었다. 여하튼 네가 잘했다는 걸 알고, 그렇다고 말해줄 사람이 없었다. 사실상 내가 속했던 갱단의 죽은 사람들만이 내가 행한 일의 진가를 있는 그대로 알아줄 수 있었다.

그러던 어느 날 밤늦게 3번 애비뉴 고가 전철 아래 매점에서 신문을 사고 있는데 데소토 차가 멈춰 서더니 문이 열렸다. 그리고 이내 나는 사람들에게 둘러싸였다. 둘은 시가가게에서 나왔고 다른 둘은 차에서 내렸다. 얼굴에 범죄 세계의 냉정한 표정이 어려 있었다. 그들 중 한 사람이 고개를 끄덕여 열린 차문을 가리킬 뿐이었다. 나는 신문을 접어 겨드랑이에 끼고 차에 올랐다. 차는 다운타운의 로어이스트사이드까지 내려갔다. 나는 공황상태에 빠지지 않도록 하는 게, 혹은 나에게 무슨 일이 생길지 상상하지 않는 게 중요하다는 것을 알고 있었다. 지난해 나의 모든 행동을 돌이켜 생각해봤다. 어떻게 그들이 나에 대해 알 수 있었는지 이해할 수 없었다. 오난다가 성당 앞 계단에서 그의 눈에 잘 띄지 않도록 내가 몸을 사리기까지 했는데 말이다. 내가 집에 돌아오지 않을 경우에, 내가 집에 돌아오지 않아서, 엄마에게 돌아오지 않아서 죽은 줄로 생각될 경우에만 열어보라는 지시와 함께 엄마에게 편지를 쓰지 않은 정말 엄청난 실수를 했다는 것을 알았다.

차는 저가임대아파트가 늘어선 좁은 길에 섰다. 물론 그들은 그곳이 어딘지 내가 잘 보지 못하도록 했다. 불빛이 어둑한 길인데도 비상계단의 줄무늬 그림자가 얼굴에 느껴졌다. 우리는 현관 계단을 올라갔다. 그리고 5층까지 걸어올라갔다.

순식간에 나는 천장에 매달린 갓 없는 전구 불빛이 켜진 부엌에서 갱들의 전쟁에서 승리한 자를 마주하고 섰다. 방수포로 덮인 작은 식탁 앞에 앉아 있는 모습이 마치 부유한 친척이 방문한 것 같았다. 내가 본 바는 이렇다. 총기는 없어 보이고 캐묻기 좋아하는 빛이 약간 비치는 두 눈 가운데 한쪽 눈은 두꺼운 눈꺼풀이 축 처졌다. 그리고·실로 피부가 흉했다. 이제야 그것이 보였다. 턱 밑의 흉터는 다른 데보다 색이 옅었다. 종합해서 말하자면 그는 얼굴이 도마뱀 같았다. 그의 용모 중 가장 괜찮은 부분은 기름을 발라 뒤로 넘긴 검고 근사한 곱슬머리였다. 그는 사업가 티가 나는 앙상블 정장에 훌륭하게 재단된 외투를 입었다. 손톱은 잘 다듬어져 있었고, 오드콜로뉴 향수 냄새가 났다. 그의 악의는 미스터 슐츠와는 완전히 다른 종류였다. 내가 사는 동네에서 별로 멀지도 않은 다른 동네에 들어서면 느껴지는 그런 분위기였다. 그는 매우 정중한 몸짓으로 한쪽 손을 펴 보이며 나더러 앞에 앉으라는 시늉을 했다.

"먼저 말이다, 빌리." 그는 매우 부드러운 목소리로 말했다. 마치 이 모든 대화가 유감스럽다는 듯. "알다시피 더치맨에게 일어난 일은 심히 유감이다."

"네." 나는 그가 내 이름을 아는 게 소름끼쳤고 그의 명부에 오르고 싶지 않았다.

"나는 아주 존경했다. 그들 모두를 말이다. 내가 그들을 안 게 얼마나 되더라? 어빙 같은 사람은, 그와 같은 자질을 가진 사람은 없어."

"네."

"우리는 이 일의 근거를 찾으려 한다. 그의 멤버들을 다시 모아 무언가 조직하려고 해. 미망인과 아이 들을 위해서 말이야."

"네."

"그런데 이려운 일들이 놓여 있더군."

내 뒤에도 사람들이 있었고 그의 뒤에도 있어 작은 실내가 복잡했다. 나는 그제야 한쪽 옆에 있는 딕시 데이비스 변호사를 보았다. 나무의자에 구부정하게 앉은 그는 떨리는 손을 억제하느라 무릎을 모아 그 사이에 끼우고 있었다. 미스터 데이비스의 비싼 스트라이프 양복 겨드랑이가 땀으로 크고 짙게 얼룩졌고, 얼굴 전체가 땀으로 번들거렸다. 나는 이게 병자성사의 징후임을 알고 있었다. 누가 나의 신원을 확인해주었는지 그제야 깨닫고 그를 아주 잠깐 흘끗 쳐다보며 알은체했다. 이것은 내가 발설하는 내용은 모두 그들이 이미 알고 있는 사실이라는 걸 의미했고, 내가 무언가 숨기려할 만큼 영리하거나 교활하지 않다는 걸 저들에게 암시할 수도 있겠다는 생각이 들었다.

나는 심문자를 다시 쳐다보았다. 똑바로 앉아 또렷한 눈으로 그를 쳐다보는 게 중요한 듯했다. 그는 나의 말뿐 아니라 태도에서도 알아채는 게 만만치 않을 사람 같았다.

"그들이 보기에 너는 아주 잘 배워가고 있었다는데."

"네."

"우리도 똑똑한 아이들에게 일자리를 줄 수 있지. 거기에서 최소한 무언가 보여줄 거라도 가지고 나왔냐?" 그는 내 목숨이 위험에 처해 있지 않은 양 아무렇지도 않게 말했다.

"글쎄요." 나는 말했다. "저는 그저 배우는 중이었는걸요. 그 일이 있기 한 주 전에야 고정 급료를 받기 시작했어요. 엄마가 아프다고 한 달 치를 선불로 주셨어요. 200달러였죠. 지금 가지고 있지는 않지만 아침 일찍 은행에서 찾아올 수 있어요."

미소를 짓는 그의 입꼬리가 순간 위로 올라갔다. 그가 손을 들었다. "녀석아, 네 급료는 필요 없어. 사업 얘기를 하는 거야. 그들은 사업을 사업답게 운영하지 않았거든. 내가 묻는 건, 그들의 자산이 어떻게 되었는지 알아내는 데 네가 도움을 줄 수 있느냐야."

"아, 그거 참." 나는 머리를 긁적이며 말했다. "그건 오히려 미스터 데이비스 관할인데요. 저는 커피나 담배 심부름을 했을 뿐이에요. 회의에 참석해본 적도 없고 현장에 나가본 적도 없어요."

그는 앉은 채 고개를 끄덕였다. 나는 딕시 데이비스가 나를 쳐다보는 게 느껴졌다. 강렬한 그의 시선이.

"돈을 본 적이 없다는 거냐?"

나는 잠시 생각했다. "아뇨, 한 번 봤어요. 149번가에서요." 나는 말을 이었다. "제가 바닥 청소를 하는데 그들이 그날 수금한 돈을 세었어요. 인상적이었어요."

"인상적이었다고?"

"네. 제가 꿈꾸던 것이었거든요."

"꿈꾸던 것이라고?"

"매일 밤 꿈꿨어요." 나는 그의 처진 눈을 쳐다보며 말했다. "미스터 버먼이 제게 사업하는 방식이 바뀌고 있다고 했어요. 학교 교육을 받은 예의바르고 똑똑하고 얌전한 사람들이 필요하게 될 거라고요. 저는 다시 학교를 다닐 거예요. 그래서 시티 칼리지에 진학할 거예요. 그다음엔 어떻게 할 건지 봐야죠."

그는 고개를 끄덕이다 동작을 멈추고 잠시 내 눈을 가만히 들여다보며 결정을 내렸다. "학교에 간다는 건 좋은 생각이다." 그가 말했다. "가끔 네가 어떻게 지내는지 보러 우리가 찾아갈지도 모르겠구나." 그는 손바닥을 들어 보였고 나는 그 손짓에 맞춰 일어섰다. 딕시 데이비스는 손으로 얼굴을 감싸고 있었다.

"고맙습니다." 나는 미스터 슐츠와 미스터 버먼, 어빙과 룰루의 살해를 지시한 자에게 말했다. "만나 뵈어 영광이었습니다."

나는 3번 애비뉴로 안전하게 귀환했다. 그들이 차에 태워 시가가게 앞까지 데려다주었다. 그제서야 나는 겁에 질렸다. 갓돌에 주저앉았다. 신문을 쥐고 있던 축축한 손에 잉크가 묻어 시커멨다. 나는 손바닥에 그대로 묻어난 헤드라인의 일부와 단어 몇 개를 읽었다. 나에게 무슨 일이 일어날지 알 수 없었다. 이제는 자유롭거나 살날이 얼마 남지 않았거나 둘 중 하나였다. 그냥 알 수 없었다. 벌떡 일어나 거리를 걷기 시작했다. 나는 떨고 있었다. 두려움 때문이 아니라 두려워하는 나 자신에 대한 분노 때문이었다. 나는 생각했다. 죽이려면 죽이라지. 차창을 내리고 날카로운 타이어 마찰음을 내며 길모퉁이를 돌아나오는 특정 살해 차량의 엔진 소리를 기다렸다. 그리고 내가 저지른 일 중에서 그들이 날 죽이겠다고 생각하게 만들 만한 일이 무엇이 있는지 생각해내려고 애썼다. 그들은 나를 죽이지 않고 지켜보기만 할 것이다. 돈이 있는 곳을 모를 경우 나라면 그렇게 할 것이다.

사실을 말하자면, 나는 매우 흥미로운 사실을 알게 되었다. 언론들에서 미스터 슐츠의 재산이 6백만에서 9백만 달러에 이를 거라고 추정했다. 그중 아주 적은 일부만이 은행에 예치되어 있었다. 연합한 갱단은 그 나머지를 찾지 못했다. 그것을 찾고 있었던 그들은 그의 사업을 손에 넣었지만 돈도 탐냈던 것이다. 사업의 시작부터 현재에 이르기까지 몽땅 탐냈다.

묘하게도 나는 위험하다는 걸 알면서도 다른 거물의 주목을 받자 신이 났다. 정말 살날이 얼마 남지 않았을 수도 있다고 생각했지만 나의 경쟁 근성은 되살아났다. 그동안 내가 갱단의 패배를 병적인 방식으로 분담하고 있었다는 걸 깨달았다. 나는 그들의 죽음에서 벗어나지 못했던 것이다. 하지만 끝난 건 아무것도 없었고 모든 건 여전히 지속되었다. 돈은 죽지 않았다. 돈은 영원했고 돈에 대한 사랑도 무한했다. 나는 며칠은 기다렸다 아널드 가비지의 지하실로 갔다. 그는 수집을 나가고 없었다. 나는 누군가 들어올 경우를 대비해 단독된 공간을 마련했다. 재가 날리는 공기 속에서, 위층에서 어린아이들이 뛰는 발소리를 들으며, 악어가죽 가방의 돈을 셌다. 꽤 시간이 오래 걸렸다. 내 생각보다 훨씬 많은 액수였다. 그게 얼마인지 정확한 숫자를 밝히겠다. 그 돈을 모두 세는 데 몇 시간이 걸렸다. 유모차 부품과 옛날 신문지더미, 부서진 장난감, 침대 받침판, 난로 연통, 신발이 담긴 종이봉투, 포장해 꾸려놓은 옷가지, 솥과 프라이팬, 창유리, 자동차 기어, 아세틸렌 토치램프, 손잡이 빠진 드라이버, 망치, 이 빠진 톱, 풍선껌 카드가 든 신발 상자, 병, 단지, 아기 우유병, 공갈젖꼭지가 든 시가 상자, 타자기, 색소폰 부품, 트럼펫의 벨, 드럼에서 떼어낸 가죽, 흰 카주 피리, 망가진 오카리나, 야구 방망이, 금 간 병에 든 모형 배, 수영모자, 보이스카우트 모자와 배지, 캠페인 버튼, 돼지저금통, 뒤틀린 세발자전거, 곰팡이 낀 우표 수집책, 이쑤시개에 걸린 만국기 등등 이 모든 것 아래에 내 몫으로 차지해 숨겨둔 돈은 362,112달러였다.

그러고 나서 물론 나는 그의 말을 내 손으로 받아 적은 진술서를 다시 펴보았다. 그것을 면밀히 살펴보고 꽃을 피우는 보상 속에 사는 나의 미래를 발견했다. 나는 너무 조급했다. 엄청난 마법 같은 운명이 열리고 또 열리며 다발로 펼쳐져 꽃이 만발한 지구처럼 태양을 향해 펄럭인다. 미스터 슐츠가 말하는 소리가 들렸다. 유능한 아이, 유능한 아이. 아, 나는 유능한 아이였다! 그의 말 가운데서 돈을 숨겨둔 곳들을 발견했으니까. 그의 격정적인 헛소리가 누설한 돈은 광인의 수수께끼처럼 거기에 비밀스럽게 숨겨져 있었다. 나는 손으로 쓴 기록을 세밀히 검토한 후 그가 내게 말한 내용을 알게 되었다. 그는 아내와 자식들이 아는 어딘가에 그들을 위한 돈이 있다고 말했다. 하지만 그의 삶의 의미와 그의 재능을 생각하면, 당연히 오랜 세월에 걸쳐 여러 군데에 돈을 재워두었을 터였다. 그래서 가족이 사는 동네뿐 아니라 그가 범죄 경력을 쌓으며 거쳐온 그 시기에서도 찾을 수 있을 것 같았다. 나는 이 명제를 시험해보기 위해 어느 날 밤 아널드 가비지와 함께 행동을 개시했다. 나를 감시할 가치가 없음을 증명해 보이기 위해 몇 주 동안 학교에 다닌 후였다. 우리는 버려진 옛 맥주 은닉처의 자물쇠를 부수고 들어갔다. 내가 서성이며 저글링을 하던 파크 애비뉴의 그곳이었다. 기차가 지나가며 일으키는 진동을 느끼며 우리는 지옥 불이 꺼진 것 같은 컴컴한 어둠 속에서 지하로 내려갔다. 쥐들이 발목을 스쳤다. 맥주 밀매의 과거 역사를 간직한 음습함 속에서 아널드의 희미한 손전등에 의지해 그는 꿈에도 보지 못할 것을 찾았다. 바로 마개를 따지 않은 배럴에 가득 담긴 미국 통화였다. 아널드가 그것을 운반해 손수레에 싣고 집까지 날랐다. 나는 앞서가면서 건물 현관 앞 어둑한 곳에 서서 그를 기다렸다. 그 한밤중 이후 우리는 오늘날까지 지속하고 있는 기업체의 동업자가 되었다.

하지만 내가 그걸 전부라고 생각하고 만족했다는 건 아니다. 내가 그를 모르는 것도 아니고, 사정이 어려워질수록 더 끌어모으려 했을 테니 말이다. 나는 그의 망령의 목소리가 담긴 기록을 면밀히 살폈고, 내게 말한 내용이 무엇인지 알게 되었다. 세상이 숨통을 조여오면 재산을 모두 긁어모아라, 사정이 악화되면 될수록 독자적인 준비를 해라. 그는 주식이나 채권이나 노름판의 칩을 처분해 현금을 회수했을 것이다. 점점 더 위험한 길을 갈수록 매일 더 많은 돈을 가까운 곳에 쌓아두었을 것이다. 그리고 마지막에는 아무도 그가 다녀간 걸 모르는 곳에 숨겼을 것이다. 따라서 그가 그곳에 두 번 다시 가지 않으면, 그곳을 찾을 수 있을 정도로 영리한 사람이 없으면, 그 돈은 그와 함께 죽는 것이었다.

결국 나는 이제 모든 것을 알았다. 그 모든 것은 내게 가혹하리만치 신중할 것을 요구했다. 나는 계속 다닐 요량으로 학교에 돌아갔다. 어차피 그게 좋은 생각이라고 그가 말하지 않았던가? 결심이 굳은 마음을 억제해야 하는 시련을 겪긴 했지만, 나는 수업을 받으며 홀로 학교생활을 했을 뿐 아니라 방과 후에 주급 5달러를 받고 눈에 띄게 생선가게에서 일도 했다. 내가 걸치는 흰 앞치마는 매일 그곳에서는 일상인 피로 장식되었다. 나는 이 모든 행동을 감시당하고 있다는 단순한 가정하에 그럭저럭 때를 기다리고 있었다.

미스터 슐츠가 사망한 지 일 년도 안 되어 흉한 피부의 사나이도 토머스 E. 듀이에게 기소되어 재판을 받고 수감되었다. 갱 세계의 법칙을 알 만큼 알고 있었다. 그들이 변화에 적응함에 따라 우선순위가 바뀌고, 문제들이 재정의되고, 범죄적으로 시급하고 중요한 새로운 쟁점들이 발생했다. 따라서 그때 안전하게 내륙으로 갈 수 있을 터였다. 하지만 나는 서두를 이유가 없었다. 내가 아는 것은 나만 알기 때문이었다. 게다가 학교 수업 중에 어떤 계시 같은 게 떠오른 적이 있었다. 다름 아니라 내가 훨씬 더 큰 갱들의 세상에서 살고 있다는 것이었다. 어느 모로 보나 예전에는 상상도 못했을 범위였다. 이것의 진상은 그로부터 몇 년 후 2차대전이 발발했을 때 입증되었다. 그건 나중 일이고, 일단 나는 사격이나 배신 행위와 관련해서 그랬듯 학교에서도 남보다 공부를 잘하고 싶은 마음이 발동했다. 그래서 결과적으로 우수한 학생들이 다니는 맨해튼의 타운센드 해리스 고등학교로 도약하게 되었다. 그 무리 가운데 있으니 그들은 가소로울 정도로 대단하지 않았다. 그리고 나는 더 높이 도약하여 아이비리그 대학에 진학했다. 학교 이름은 밝히지 않는 게 현명할 것 같다. 등록금은 현찰로 알맞게 분할해서 냈다. 마침내 우등으로 졸업한 나는 학군단 출신 육군 소위로 임관되었다.

1942년 흉한 피부의 사나이는 그를 감방에 넣었던 당시 검사장 토머스 E. 듀이 주지사의 특별사면을 받아 이탈리아로 추방되었다. 뉴욕의 해안선을 나치 파괴 공작원으로부터 안전하게 지키는 데 도움이 되었다는 게 사면 사유였다. 하지만 그때 나는 애국을 위해 해외에 주둔하고 있었다. 그러니까 이래저래 해서 1945년 전쟁에서 돌아와서야 보물을 손에 넣을 수 있었다. 이 문제와 관련해서는 더이상 말하지 않을 생각이다. 훔칠 생각이 있는 독자라면 스스로 알아낼 수 있겠지만 말이다. 사실 누구든 잘 추론해보면 맞힐 수 있을 것이다. 그래도 나는 개의치 않는다. 왜냐하면 당연히 내가 보물을 가져왔으니까. 보물은 내가 생각한 바로 그곳에 있었다. 미스터 슐츠의 행방불명된 재산 전부였다. 사람들이 오늘날까지도 아직은 발견되지 않았다고 믿는 재산이었다. 다발로 묶은 재무부증권과 미스터 하인스가 사랑한 고귀한 단위의 빳빳한 지폐가 우편용 포대에 싸여 금고 안에 가득 채워져 있었다. 참전용사인 나에게 전쟁 전의 그 예스러움은 감동적이었다. 마치 해적의 약탈품, 태고의 탐욕을 기리는 기념비 같았다. 나는 그것을 바라보며 오래된 초상화를 보거나 죽었지만 여전히 열렬하게 노래하는 가수의 음반을 들을 때 느끼고 하는 감흥에 젖었다. 그러나 이런 감흥을 느낀다고 해서 그것을 가져갈 마음이 줄어든 건 아니었다.

한 소년의 모험담인 이 이야기도 이제 거의 막바지에 이른 듯하다. 성인이 된 내가 누구인지, 무슨 일을 하는지, 범죄와 관련된 일을 하는 건 아닌지, 어디서 어떻게 사는지 등은 내가 어느 정도 명성이 있는 사람이라 비밀로 하지 않을 수 없다. 내가 수여식을 거친 이후, 새로운 존재의 언어로 쓰인 새로운 책을 출현시키기 위해 모든 숫자를 공중에 던져 제멋대로 떨어져 문자가 되게 하는 시도를 얼마나 많이 했는지 고백하고자 한다. 미스터 버먼이 언젠가는 그렇게 될지도 모른다고 했었다. 그건 숫자와 숫자의 모든 상징을 버리라는, 정도를 벗어난 숫자 전문가의 명제였다. 설형문자, 상형문자, 미적분, 빛의 속도, 정수, 분수, 유리수, 무리수, 무한을 위한 수, 무를 위한 수, 그 모든 것을 말이다. 하지만 시도하고 또 시도했음에도 그것은 언제나 도로 떨어져 똑같은 빌리 배스게이트, 내가 만든 빌리 배스게이트가 되었다. 앞으로도 분명 늘 그럴 것이다. 그리고 나는 그 명제가 실현될 수 있는 비법이라는 믿음을 잃어가고 있다.

하지만 내 인생에서 더치 슐츠와 함께 보낸 시간에 관한 모든 것을 여기에 사실대로 말한 데서 위안을 찾는다. 비록 어떤 부분에서는 내 이야기가 옛날 신문을 찾아 읽어보면 알 수 있는 것과 다르지만 말이다. 나는 지금까지 말한 바의 진실을 글자로 나타냈으며, 또한 글자 사이에 존재하는 말하지 않은 바의 진실도 나타냈다.

이제 말할 게 딱 한 가지 더 남았다. 이 모든 기억들의 원천이라 마지막까지 아껴두었다. 소년이었던 나에게 면책을 부여해주지는 않아도 당분간 천국에서 제명되는 일은 늦춰줄 수 있을지 모를 사건에 관한 것이다. 그 생각을 할 때면 나는 경외하는 마음으로 무릎을 꿇는다. 내게 주신 생명과 자각의 기쁨에 대해 신에게 감사한다. 그분을 찬송하며 내 범죄 인생과 존재의 공포에 대해 숭배의 감사를 드린다. 미스터 슐츠가 사망한 이듬해 봄, 엄마와 나는 방이 다섯 개인 제일 꼭대기층 아파트에서 살았다. 클레어몬트 공원의 아름다운 나무와 산책로, 잔디와 운동장이 내다보이는 남향집이었다. 5월의 어느 토요일 아침, 누군가 노크를 했다. 연회색 운전사 제복을 입은 사람이 손잡이 달린 밀짚 바구니를 들고 서 있었다. 그게 세탁물이든 뭐든 나는 뭐라고 생각해야 할지 몰랐다. 하지만 엄마가 내 옆을 지나 나가더니 마치 그것을 기다리고 있었다는 듯 바구니를 건네받았다. 엄마는 대단한 권위와 자신감을 보였고, 운전사는 안도했다. 조금 전만 해도 그는 심히 근심스러운 표정이 역력했다. 엄마는 몸매에 어울리는 진정한 검정 드레스 차림이었고, 스타킹과 발에 꼭 맞는 최신 유행 구두를 신었다. 단정하게 잘라 차분한 머리는 아름다운 얼굴을 감싸도록 곱게 빗었다. 엄마가 방금 받은 것은 갓난아기였다. 당연히 그 아이였다. 드루가 낳은 내 아들. 나는 아기를 보자마자 그 사실을 알았다. 엄마는 아침 햇살이 비치는 아파트 안으로 아기를 데리고 들어가 누추한 갈색 고리버들 유모차에 뉘었다. 전에 살던 아파트에서 이사 올 때 그것도 가져왔다. 그 순간, 나는 공정한 우주의 작은 부분이 정정되었으며 내 인생의 청년기가 끝났음을 느꼈다.

물론 그후에 좀 혼란스러운 상황이 벌어졌다. 우리는 우유병과 기저귀를 사야 했다. 아기에게 사용설명서는 딸려오지 않았다. 엄마는 아기가 울며 팔을 허공에 휘저으면 어떻게 해야 하는지 기억해내는 데 약간 시간이 걸렸다. 하지만 우리는 금방 아기에게 적응했다. 아기를 데리고 이스트 브롱크스에 즐겨 갔던 일이 생각난다. 화창한 날 유모차에 아기를 태워 배스게이트 애비뉴를 걸었다. 소리 높여 가격을 부르는 행상인, 오렌지나 포도, 복숭아나 멜론을 피라미드 모양으로 쌓아둔 진열대, 빵집 창문 너머로 보이는 금방 구운 빵, 문 위쪽 채광창에 달린 선풍기 바람이 공기 중에 퍼뜨리는 따끈한 빵 냄새, 버터통과 숙성시키지 않은 치즈를 나무통에 담아 파는 유제품가게, 두꺼운 스웨터 위에 앞치마를 걸치고 기름종이에 고깃덩어리를 얹어 들고서 냉장실에서 나오는 푸주한, 꽃으로 빽빽한 화병에 물을 뿌리는 길모퉁이의 꽃장수, 뛰어 지나가는 어린아이들, 채소와 닭고기가 든 쇼핑백을 들고 수다를 떠는 할머니들, 흰 드레스를 옷걸이째 어깨에 대보는 십대 여자아이들, 러닝셔츠 바람으로 농산물을 부리는 트럭 운전사들, 그리고 빵빵거리는 자동차와 더불어 도시의 모든 활력소가 모습을 드러내며 우리를 반겼다. 아버지가 사라지기 전, 우리가 행복했던 옛 시절에 가족이 함께 이 시장, 이 인생의 장터, 배스게이트를 걸었을 때 그랬던 것처럼. 바로 더치 슐츠의 시대에.

옮긴이의 말

역사와 진실

> 내가 성취하려고 하는 과제는 글의 힘으로 사람들을 듣게 만들고,
> 느끼게 만들고, 무엇보다 보게 만드는 것이다. 그것 ─더도 아닌 그것이 전부다.
> 내가 그 일에 성공하면 사람들은 각기 처한 정신의 황야가 무엇이냐에 따라
> 격려나 위안, 두려움, 매력, 또는 무엇이든 필요한 것을 찾을 것이다.
> 어쩌면 청하지도 않은 진실을 어렴풋이 알게 될지도 모른다.
> _조지프 콘래드, 『나르시서스호의 흑인』 서문 중에서

1989년 2월, 이 소설이 출간되었을 때 소설가이자 비평가인 앤 타일러는 〈뉴욕타임스〉에 쓴 긴 서평에서 이렇게 말했다.

"자정에 딱 한 페이지만 읽고 자자고 다짐하지만 끝까지 다 읽게 되고, 시간을 보니 어느새 새벽 세시인 그런 종류의 책, 『빌리 배스게이트』는 바로 그런 책이다."[1]

앤 타일러에게는 이 소설이 스릴러물 같았을까? 암흑가를 다룬다는 점만 보면 누아르라고 할 수 있을지 몰라도 "『롤리타』가 포르노그래피를 예술의 경지로 끌어올렸다면 『빌리 배스게이트』는 통

---

1) Anne Tyler. *An American Boy in Gangland*. The New York Times. 26 Feb. 1989. Web. 8 Nov. 2017.

속 범죄 스릴러를 예술로 승격"[2]시켰다. 누아르의 요소―범죄자, 희생자, 범죄에 가담하는 주인공 등―를 갖춘 소설을 "예술" 작품으로 구별할 수 있게 해주는 요건은 무엇일까? 무엇이 『빌리 배스게이트』를 엘모어 레너드류의 누아르와는 다른 예술로 차별화했을까? 작품명과 동일한 이름의 주인공 빌리 배스게이트는 열다섯 살 소년이다. 앤 타일러는 그에 대해 이렇게 말한다.

"(빌리 배스게이트는) 인정 많고 기지가 넘치며, 창의력이 풍부하고 호감이 가는, 어느 시대에나 충분히 있을 법한 인물이다. 그는 허클베리 핀과 톰 소여에 시를, 홀든 콜필드에 열정과 기백을 더한 인물이다."

그 예술성은 바로 빌리 배스게이트라는 인물이 잉태된 과정에서 찾아볼 수 있다. 적어도 소설이 정의상 '언어' 예술이란 점에서 그렇다. 그는 첫 문장의 리듬에서 잉태되었다. 닥터로는 한 인터뷰에서 이렇게 말한다.

"나는 첫 문장의 짜임에서 빌리를 발견했어요. (독자가 빌리 배스게이트라는 인물의 목소리를 알아본다면) 그것을 찾아볼 마음만 있다면, 모든 건 바로 그 문장의 호흡에 있다는 걸 알 수 있죠. 이 소설을 쓰기 시작했을 때 내가 확신했던 건 그뿐이었습니

---

2) Douglas Fowler, *Understanding E. L. Doctorow*. (Columbia: University of South Carolina, 1992): 146.

다. 바로 그 첫 문장에서 이 이야기가 생겨났다는 겁니다. 그 문장은, 서사시같이 열광적인 문장은 바로 그의 지능을 내포하죠. 그것으로 그의 예리함과 감정적 반응과 두려움을 붙들어둘 수 있었습니다. 그의 목소리는 길게 연결되고 옆으로 빠지는 문장을 구성하고 지속합니다. 빌리에게 본질적인 요소입니다."[3]

　그 첫 문장은 모두 131개의 단어로 이루어져 있고 (번역은 긴 원문의 구조와 리듬을 그대로 가져오지 못하고 전체적인 리듬감을 최대한 살리는 방향으로 만족해야 했다) 대체로 강약약dactyl과 약약강anapestic 운율을 이루면서 경쾌하고 몰아치는 듯한 느낌을 준다. 빌리 배스게이트는 열다섯 살 소년이지만, 그의 "호흡"이 실어내는 어휘는 교육 수준이 높고 성숙한 지력을 가진 사람의 것이다. 대공황이 기승을 부리던 1930년대 브롱크스 빈민가에서 자라난 소년이 놀라운 어휘력을 갖추게 되기까지 어떤 일이 있었던 걸까? 바로 이 의문을 쫓느라 앤 타일러가 뜻하지 않게 거의 밤을 새웠던 것일까?

　닥터로의 여덟번째 소설 『빌리 배스게이트』는 성장소설이다.[4] 『위대한 개츠비』의 댄 코디가 제이 개츠비를 거두듯이, 갱단 두목 더치 슐츠도 빌리 배스게이트를 수하에 거둔다. 두 소설 모두 성장소설이지만 근면과 운의 성공 이야기와는 거리가 멀다. 닥터로가

<hr>

3) Herbert Mitgang. *Doctorow's People: Old Souls, New Bodies*. The New York Times 9 Mar. 1989. Web. 8 Nov. 2017.

4) Michelle M. Tokarczyk. *E. L. Doctorow's Skeptical Commitment*. (New York: Peter Lang Publishing, 2000): 133.

그리는 성공은 범죄와 관련이 있다. 닥터로는 아메리칸 드림이라는 신화의 허구를 잘 이해하고 그것을 글로 표현한다는 점에서 F. 스콧 피츠제럴드의 연장선 위에 있다. 아메리칸 드림은 흔히 범죄와 야합해서 이루어진다. 이 점은 그가 이 소설을 1980년대에 썼다는 것과 무관하지 않다.

1980년대라면 미국은 레이건 대통령이 집권하던 시기로, 『래그타임』에서도 그려졌듯이 "탐욕 문화의 시대, 즉 탐욕을 승인하고 심지어 찬미하기까지 하는 풍조가 만연한"[5] 호황 시대였다. 소설의 배경은 1930년대이지만 빌리가 "훨씬 더 큰 갱들의 세상에서 살고 있다"(442쪽)고 깨닫는 부분이 암시하듯이, 이 소설은 부패한 레이건 행정부와 열강을 우회적으로 비판한다. 빈부의 격차는 레이건 행정부 시기에 눈에 띄게 심화되기 시작했다. 군사력 증강은 문화와 복지후생 부문의 예산 삭감을 초래했다. 닥터로에게 그러한 일련의 행정정책은 1930년대 "갱들이 부정한 방법으로 축적한 자원을 지키려고 그 자원의 상당 부분을 지출"[6]하던 형태와 별로 달라 보이지 않았다. 1930년대의 대공황은 금융기관의 붕괴로 말미암은 한편, 1980년대의 월스트리트와 저축대출 스캔들은 큰 사회적 혼란을 불렀다.

갱단 두목 더치 슐츠와 갱들은 실존 인물들이고 소설 속 사건들은 닥터로가 태어나고 자라난 도시에서 그가 어렸을 때 실제로 일어난 일들이다. 그렇기 때문에 누구보다 애정을 가지고 그 시대의

---

5) Tokarczyk 134.

6) Tokarczyk 136.

분위기를 정확하고 근접하게 묘사할 수 있었을 것이다. 소설에서도 언급되지만 당시 뉴욕은 태머니파라는 정치조직이 뇌물과 부패의 본산으로 악명을 떨치고, 대공황의 기승에 짓눌린 청소년들은 전차 뒤에 매달려 무임승차하던 시절이었다.

그 암울한 시절, 빌리는 뉴욕시 북부의 브롱크스 빈민가에서 정신이 약간 이상한 어머니와 단둘이 살고 있다. 아버지는 집을 나가 어디론가 사라진 지 오래다. 빌리는 머리가 잘 돌아가고 날렵하다. 유명한 갱 더치 슐츠의 창고 근처에서 친구들과 시간을 보내던 빌리는 뛰어난 저글링 묘기로 그의 눈길을 끈다(저글링은 그의 인생을 설명하는 모티프 역할을 한다). 그러다 결국 더치 슐츠의 수하로 들어가 망도 보고 중요한 심부름도 한다. 아버지를 기억하지도 못하는 빌리는 아버지의 대역인 더치 슐츠, 그다음엔 오토 버먼에게 '성장 수업'을 받는다. 한 예로 더치 슐츠와 함께 있으면서 다음과 같은 교훈을 깨닫는다.

"만사가 순조롭고 해악 없는 운좋은 삶을 실수 없이 살고 있다는 느낌이 들 때마다 내가 기억해야 할 건 오로지 작은 실수 하나로, 어쩌면 나도 알지 못하는 사이에, 내 인생이 바뀔 수 있다는 것이었다."

그러나 이야기는 그보다 시간이 조금 흐른 뒤의 사건, 역시 실존 인물인 보 와인버그가 배 위에서 더치 슐츠에게 죽는 장면으로 시작한다. 그가 죽고 약 한 달 반 뒤에는 검사 암살 계획에 반대하는 다른 갱단에게 슐츠 자신이 암살당한다. 처음으로 암흑가의 살인을 목격한 선상의 그날 밤, 빌리는 상류층의 젊은 여성 드루를 알게 되면서 그 세계도 엿보게 된다.

상류층의 부유한 여성 드루 프레스턴은 어째서 무서운 갱들과 어울리며 위태로운 생활을 할까? 닥터로는 "미국 대중은 갱에게 매혹을 느낀다"[7]고 지적한다. 대중은 갱이라는 인물, 행위, 잔인성이 아닌 갱에 대한 관념, 무모한 무법자, 대담한 사업가라는 막연한 생각, 즉 한마디로 통속적인 '신화적 표상'에 끌린다고 그는 생각한다. 그렇다면 드루의 행동을 조금은 이해할 수 있을지 모르겠다.

드루는 빌리 배스게이트의 '성장'에 중요한, 어쩌면 거의 결정적인 변수로 작용한다. 슐츠가 그에게 '언어'를 주었다면, 버먼은 '돈'을 가르치고, 드루는 빈민가와 암흑가의 정반대인 풍요의 세계, 무한한 가능성의 세계를 엿보게 해준다. 소설에 등장하는 '배스게이트 애비뉴'는 과일과 온갖 상품이 풍부한 시장 거리로 풍요를 상징한다. 빈민가의 소년 '빌리'와 풍요로운 '배스게이트'는 태생적으로 정전기를 일으키며 잠재력으로 충만해 있다. 그 풍요의 잠재성은 빌리의 언어를 통해 처음부터 잉태되어 있는 것이다. 그래서 빌리 배스게이트의 언어는 "『래그타임』에서 볼 수 있는 절제된 정확성보다는 윌리엄 포크너의 과잉"[8]에 가깝다.

한편 이 소설은 1930년대를 배경으로 한 역사소설이기도 하다. 더치 슐츠는 물론 주변 사람 대부분이 실존 인물이다. 『빌리 배스게이트』뿐만 아니라 닥터로의 소설은 대부분 역사소설이다. 그에

---

7) Tokarczyk 134.

8) Fowler 150.

게 사실과 허구는 별개가 아니다. 그에게 진리란 상대적인 것이다. 그래서 그는 포스트모던 작가로 불리기도 한다. 소설을 쓰는 행위로 역사를 탐구해서 스스로 납득할 만한 이야기를 이끌어낸다. 즉 역사를 쓴다는 것은 취사선택의 행위이며, 기록된 역사라도 자세히 들여다보면 허점과 불분명한 점이 많다는 사실에서 출발하는 닥터로는 그런 부분을 파고들어 그의 소설, 그만의 '역사'를 쓴다. 그렇다고 확고한 사실까지 임의로 변경하는 무질서를 허용하지는 않는다.

더치 슐츠는 1935년 10월 24일, 뉴저지 뉴어크에 있는 팰리스 촙하우스에서 총격에 사망했다. 그날 신문기사를 찾아보면 총격으로 사망한 갱들의 수가 신문마다 서로 다르다. 총에 맞아 식탁에 엎드려 있다는 더치 슐츠의 사진도 얼굴이 보이지 않아 정말 그인지 확인할 수 없다. 병원에 실려가 아직 살아 있는 슐츠의 사진을 보면 오른쪽 복부에 총상이 보이는데, 사진 속 슐츠의 위치나 자세를 보면 좀 이상하다는 생각이 든다. 소설에서 그는 화장실에서 총을 쏘며 달려나갔고, 오토 버먼은 식탁에 엎드린 채 죽었다. 닥터로가 이용하는 역사적 사실은 이런 부분일 것 같다. 그는 특히 미디어가 기록하는 '사실'은 일단 의심하고 보는 듯하다. 닥터로는 그의 수필 『위서 *False Documents*』에서 이렇게 말한다.

"역사는 일종의 소설로 우리는 그 속에서 살면서 그것을 견뎌내기를 바란다. 소설은 일종의 추측에 근거한 역사일 뿐만 아니라, 어쩌면 일종의 상위의 역사이기도 하다. 그렇기 때문에 창작에 쓸 수 있는 자료는 그 출처 면에서 역사가가 전제로 하는 것보다 더 많고, 더 다양하다."[9]

역사란 누가 기술하든 정확하지 않은 부분이 있다는 것이다. 엄밀히 파헤쳐 확고한 '객관적' 사실로 확인할 수 있는 역사적 뼈대를 제외하면, 나머지는 고의에서든 무의식적으로든 그것을 기술하는 사람이 상상해낸 결과라는 입장이다. 이 같은 생각을 가진 소설가는 적지 않다. 가장 먼저 떠오르는 소설가는 W. G. 제발트다. 그의 『이민자』를 이루는 네 편의 이야기에 블라디미르 나보코프가 등장한다. 제발트는 그를 개인적으로 알지 못했고, 등장인물들이 나보코프를 보거나 만났다는 증거도 없다. 다만 나보코프의 자서전을 통해 그가 살았거나 다녀간 도시·마을에 제발트의 친척·친구, 혹은 제발트 본인이 같은 시기·장소나 가까운 곳에 있었다는 '사실'을 발견하고, 분명한 역사적 뼈대를 바탕으로 불분명한 부분에 살을 붙여 이야기를 구성했다. 닥터로의 『래그타임』에 등장하는 프로이트나 융도 그런 방식으로 소설 속에 구현되었다. 소설이 역사책 행세를 하는 셈인데, 닥터로는 누구나 이름을 들어 알고 있는 인물들을 등장시켜 "역사적 '진실'이라고 너무 손쉽게 불리는 것의 정당성에 대한 독자의 선입견에 시비를 거는 것"[10]이다.

『빌리 배스게이트』는 확인할 수 있는 '역사적 사실'들을 최대한 동원하고, 빌리 배스게이트를 등장시켜 확인되지 않은 사실들을

---

9) Matthew A. Henry. *Problematized Narratives: History as Fiction in E. L. Doctorow's Billy Bathgate*. Critique: *Studies in Contemporary Fiction*. 39:1. 1997: 33.

10) Henry 33.

말하게 한다. 가령 1935년 당시 뉴욕에서는 보 와인버그가 소설에 나오는 것과 같은 방식으로 더치 슐츠에게 살해당했다는 소문이 무성했다. 닥터로는 이것을 가져다 사소하지만 역사가 확인해주지 못하는 대답을 제공한다. 보 와인버그가 그런 식으로 죽는 것은 "조직범죄의 신화와 아주 잘 맞아떨어지는 그럴듯한 제안"[11]인 것이다.

빌리는 사건의 이면에 있는 '현실'을 말해준다(비화란 그런 것일까). 어쨌든 닥터로는 그를 통해 '역사책'에서는 알 수 없는 '사실'을 알려준다. 즉 닥터로에게 "역사는 소설의 한 유형"[12]이다. 닥터로가 창조한 빌리는 사실 또는 역사의 그런 허술한 측면을 일찍 깨닫는다.

"그날 이후로 내가 어디에 다녀왔는지, 내가 무슨 짓을 했는지 사람들이 전부 알고 있다는 걸 깨달았다. 자세한 건 모르더라도 갱단에 대한 그들의 신화적 이해가 충족되었다는 측면에서는 그러했다."

현실에 대한 사람들의 이해는 미디어를 통해 주입받은 선입견의 지배를 받는다고 그는 이해한다. 또한 빌리는 우리가 알고 있는 과거는 미디어의 허구일 뿐이라고 말하고 있다. 닥터로는 "인정된 역사에 살을 붙여 사실과 허구의 경계를 허물어 포스트모더니즘 역

---

11) Henry 34.
12) Henry 38.

사소설에 활력을 불어넣는다."[13] 그의 소설을 읽고 나면 그 중심에 있는 역사적 '진실'이란 무엇인지, 역사의 본질, 진실의 본질에 대해 생각해보지 않을 수 없다.

에드거 로런스 닥터로(1931~2015)는 뉴욕에서 태어난 미국 소설가로, 케니언 칼리지와 컬럼비아 대학교에서 공부했다. 작가가 되기 전에는 컬럼비아 영화사에서 시나리오를 검토하는 일을 했다. 『하드 타임스에 온 것을 환영합니다』(1960)는 그의 첫 소설로, 서부극 형식을 빌려 환상에 불과한 미국 진보 신화의 기반을 파헤친다. 『삶만큼 거대한』(1966)은 뉴욕을 배경으로 한 풍자적 공상과학소설로, 그는 출간 후 스스로 작품의 미흡함을 부끄럽게 여겨 중쇄를 허락하지 않았다. 『다니엘서』(1971)는 로젠버그 부부의 재판이 그들의 자녀에게 미친 영향을 탐색하는 소설로, 그 역사적 사건을 통해 매카시 시대(1947~57)를 거쳐 1960년대에 이르는 미국의 좌파 전통을 면밀히 살핀다. 콜하우스 워커가 겪는 인종차별과 불의를 다루는 『래그타임』(1975)은 하인리히 폰 클라이스트의 『미하엘 콜하스』에 근거하여 엠마 골드만, 지그문트 프로이트, 카를 융, 헨리 포드와 같은 역사적 인물들을 언급하고, 빠른 전개와 날카로운 서술로 과거와 현재의 관계를 고찰한다. 닥터로는 이 공식을 적용해서 『룬 호수』(1980), 『세계 박람회』(1985), 『빌리 배스게이트』(1989), 『수도』(1994)를 썼다. 닥터로는 소설마다 문체가 조금씩 다르다. "소설가는 다른 사람들의 가죽을 쓰고 사는 사람"

---

13) Henry 39.

이라는 그의 말처럼 『빌리 배스게이트』에서는 빌리의 가죽을 쓰고 이야기한다.

닥터로가 이 소설을 집필하던 시기에 그와 몇 블록 떨어진 곳에서 살았기 때문인지 번역을 하는 동안 줄곧 1980년대 맨해튼에 대한 향수에 빠져 있었다. 소설의 시간 배경은 1930~50년대이지만 그 분위기가 1980년대의 뉴욕과 많이 다르지 않다는 느낌 때문이었을 것이다. 어떤 공간은 시간의 구속을 받지 않는 감옥과 같다. 기억 속에 살아 있는 장소, 그곳에 거주하던 사람들이 내가 번역하며 떠올리는 소설 배경 속에서 집요하게 어른거렸다.

끝으로 이 옮긴이의 말이 작품에 어떤 의미를 부여하든 그건 그 나름대로 가치 있는 일이겠지만, 무엇보다 나는 이 책을 독자로서 처음 읽었을 때, 콘래드가 소설의 보물로 꼽는 격려와 위안, 두려움, 매력을 느꼈다. 물론 재미를 빼놓을 수 없다. 그런데 진실은…… 그건 지금도 잘 모르겠다.

공진호

1931년   에드거 로런스 닥터로는 1월 6일 뉴욕 브롱크스에서 러시아 유대계 이민 2세대인 데이비드 닥터로와 로즈 닥터로 사이에서 출생. '에드거'는 브롱크스에 거주했던 작가 에드거 앨런 포의 이름에서 따온 것임.

1948년   브롱크스 과학고등학교 졸업. 시인이자 비평가인 존 랜섬의 지도 아래 케니언 칼리지에서 수학.

1952년   철학 전공으로 케니언 칼리지 수석졸업. 컬럼비아 대학에 입학해 희곡을 공부. 독일 낭만주의 극작가 하인리히 폰 클라이스트의 작품을 처음 접하고 큰 영향을 받음.

1953~
1955년   독일 프랑크푸르트에서 군복무. 1954년 헬렌 에스더 세처와 결혼.

1959~
1964년   〈뉴 아메리칸 라이브러리〉에서 편집자로 재직.

1960년   첫 소설 『하드 타임스에 온 것을 환영합니다*Welcome to Hard Times*』 출간. 1967년 헨리 폰다 주연의 영화로 제작.

1964~
1968년   〈다이얼 프레스〉에서 편집장으로 재직.

1966년   『삶만큼 거대한*Big as Life*』 출간. 『하드 타임스에 온 것을 환영합니다』와 달리 비평가들에게 혹평을 받음. 이에 실망한 닥터로는 중쇄를 거부.

1968~
1969년   〈다이얼 프레스〉 부사장으로 취임. 노먼 메일러, 제임스 볼드윈, 리처드 컨던 등 당대 재능 있는 작가들과 일함.

1969~ 1970년	어바인 소재 캘리포니아 주립대학교 초빙작가로 작품활동에 몰두.
1971년	『다니엘서 *The Book of Daniel*』 출간. 이 소설로 비평가들의 절대적인 찬사를 받으며 작가로서의 위치를 군건히 다짐. 1983년 영화로 제작.
1971~ 1978년	뉴욕 사라 로런스 칼리지 교수로 재직.
1973년	매년 예술 분야에서 뛰어난 창의력을 보여준 이들에게 수여되는 구겐하임 펠로십 수상.
1974~ 1975년	예일 드라마 스쿨의 창작 펠로십 수상.
1975년	『래그타임 *Ragtime*』 출간. 출간 첫해에 20만 부 이상 판매, 전미도서비평가협회상 수상. 1981년에 영화로, 1998년에 뮤지컬로 제작.
1979년	『저녁식사 전의 한잔 *Drinks before Dinner*』 출간.
1980년	『룬 호수 *Loon Lake*』 출간.
1980~ 1981년	프린스턴 대학교 방문교수로 재직.
1982년	『미국 국가 *American Anthem*』 출간.
1982~ 1987년	뉴욕 대학교 교수로 재직.
1984년	단편집 『시인들의 삶 *Lives of the Poets*』 출간.
1985년	『세계 박람회 *World's Fair*』 출간. 제20회 국제 펜클럽 회의에 참석, 작가들에게 정치적 견해를 자유롭게 개진하도록 촉구. 이 논의는 에세이집 『우리 직업의 열정 *The Passion of Our Calling*』으로 출간.
1986년	『세계 박람회』로 전미도서상 수상.

1989년	『빌리 배스게이트 Billy Bathgate』 출간. 『래그타임』에 이어 전미도서비평가협회상 두번째 수상. 1991년 영화로 제작.
1990년	『빌리 배스게이트』로 펜/포크너상 수상.
1993년	문학비평, 정치적 견해, 역사적 고찰 등으로 구성된 첫 에세이집 『잭 런던, 헤밍웨이 그리고 헌법 Jack London, Hemingway and the Constitution』 출간.
1994년	『수도 The Waterworks』 출간.
1998년	국가인문학훈장 수훈.
2000년	『신의 도시 City of God』 출간. 존 맥거번상 수상.
2003년	에세이집 『세계를 전하다 Reporting the Universe』 출간.
2004년	단편집 『비옥한 땅 이야기 Sweet Land Stories』 출간.
2005년	『행군 The March』 출간. 이 작품으로 세번째 전미도서비평가협회상과 두번째 펜/포크너상 수상.
2006년	에세이집 『창조주의자들 Creationists』 출간.
2009년	『호머와 랭글리 Hormer & Langley』 출간.
2012년	뉴욕주 작가 명예의전당 헌액.
2013년	미국 예술문학아카데미 최고 권위의 상인 골드메달 수상.
2015년	폐암 합병증으로 별세.

옮긴이 **공진호**
뉴욕시립대학(CUNY)에서 영문학과 창작을 전공했다. 옮긴 책으로 윌리엄 포크너의 『소리
와 분노』, 허먼 멜빌의 『필경사 바틀비』, 샤를 보들레르의 『악의 꽃』, 세계여성시인선 『슬픔
에게 언어를 주자』, 하퍼 리의 『파수꾼』, 이디스 그로스먼의 『번역 예찬』, 밥 딜런의 『타란툴
라』 등이 있다.

문학동네 세계문학
빌리 배스게이트

초판인쇄 2018년 3월 13일 | 초판발행 2018년 3월 22일

지은이 E. L. 닥터로 | 옮긴이 공진호 | 펴낸이 염현숙
책임편집 고선향 | 편집 류현영 김정희 이현정
디자인 김현우 이원경 | 저작권 한문숙 김지영
마케팅 정민호 정진아 함유지 김혜연 강하린 | 홍보 김희숙 김상만 이천희
제작 강신은 김동욱 임현식 | 제작처 상지사

펴낸곳 (주)문학동네
출판등록 1993년 10월 22일 제406-2003-000045호
주소 10881 경기도 파주시 회동길 210
전자우편 editor@munhak.com | 대표전화 031) 955-8888 | 팩스 031) 955-8855
문의전화 031) 955-8862(마케팅) 031) 955-1917(편집)
문학동네카페 http://cafe.naver.com/mhdn | 트위터 @munhakdongne

ISBN 978-89-546-5065-6 03840

www.munhak.com